Yaşar Kemal

Die Hähne des Morgenrots

Zu diesem Buch

Die vom Krieg zusammengewürfelte Gemeinschaft auf der Ameiseninsel wächst und wächst. Die Flüchtlinge aus dem Osten und aus dem Westen versuchen, hier heimisch zu werden. Doch auch das Heimweh wächst: Der berühmte Pferdezüchter Aga Efendi will um jeden Preis zurück auf sein geliebtes Kreta. Er reist nach Istanbul und Ankara, bestürmt Botschafter und Minister, bäumt sich auf gegen eine gedankenlose Weltpolitik, die nach dem Ersten Weltkrieg mit einem Federstrich Millionen von Menschen umgesiedelt und in die Katastrophe geführt hat.

»Yaşar Kemal ist ein Meister der kunstvollen Synthese von episch ausschweifenden Schilderungen, die an Erzähltraditionen volkstümlicher Legenden anknüpfen, und eindringlichen Nahaufnahmen, die etwa die Schönheit einer Landschaft vor Augen führen.« *Renate Wiggershaus, NZZ*

Der Autor

Yaşar Kemal wird der »Sänger und Chronist seines Landes« genannt. Er wurde 1923 in einem Dorf Südanatoliens geboren und lebt heute in Istanbul. Kemals Werke erscheinen in zahlreichen Sprachen und wurden mit internationalen Preisen ausgezeichnet. 1997 erhielt er den Friedenspreis des Deutschen Buchhandels, 2008 wurde er mit dem Türkischen Staatspreis geehrt.

Im Unionsverlag sind außerdem lieferbar:
Die Insel-Romane: *Die Ameiseninsel* und *Der Sturm der Gazellen.*
Die Memed-Romane: *Memed mein Falke; Die Disteln brennen; Das Reich der Vierzig Augen* und *Der letzte Flug des Falken.*
Die Ararat Legende; Auch die Vögel sind fort; Der Baum des Narren; Eisenerde, Kupferhimmel; Salman; Der Wind aus der Ebene und *Zorn des Meeres.*

Der Übersetzer

Cornelius Bischoff wurde 1928 in Hamburg geboren, verbrachte seine Jugendjahre in der Türkei und studierte Jura in Istanbul und in Hamburg. Seit 1978 ist er als literarischer Übersetzer tätig und schreibt Drehbücher.

Yaşar Kemal

Die Hähne des Morgenrots

Aus dem Türkischen von
Cornelius Bischoff

Unionsverlag
Zürich

Dritter Band der Insel-Romane
Die Originalausgabe erschien 2002 unter dem Titel
Tanyeri Horozları bei Adam Yayınları in Istanbul.
Die deutsche Erstausgabe erschien 2008 im Unionsverlag, Zürich.

Im Internet
Aktuelle Informationen,
Dokumente, Materialien
www.unionsverlag.com

Unionsverlag Taschenbuch 485

Rieterstrasse 18, CH-8027 Zürich
Telefon 0041-44-283 20 00, Fax 0041-44-283 20 01
mail@unionsverlag.ch

Reihengestaltung: Heinz Unternährer, Zürich
Umschlaggestaltung: Peter Löffelholz, Zürich
Umschlagbild: Yuri Bonder
Druck und Bindung: CPI – Clausen & Bosse, Leck
ISBN 978-3-293-20485-0

I

Er war sehr müde. Tagelang hatte er rundum die Inseln abgerudert, bis er seine Arme nicht mehr heben konnte. Auf welcher Insel der Mann sich aufhielt, wusste er, dennoch steuerte das Boot andere Strände an. Zwar hielt er Kurs auf die ihm so vertraute Ameiseninsel, wusste, dass die gesuchte Person dort war, heftete seine Augen auf das im Dunst auftauchende Ufer, dümpelte, bis das Meer weiß wurde und die Insel sich aus den feinen Schleiern schob, wendete dann aber das Boot und machte sich ziellos davon. Proviant hatte er nur noch wenig. Auf anderen Inseln konnte er nicht an Land, denn wenn er den Mann umbrachte, würde man ihn leicht wiedererkennen. Auf See war ihm bisher noch niemand begegnet, kein Fischkutter, kein Boot, kein Dampfer. Die See lag leer und spiegelglatt.

Gegen Mittag fand er sich an einem Strand wieder, feiner Sand, soweit das Auge reichte. Dicht dahinter waren mit Tamarisken bestandene Hänge zu sehen. Er zog das Boot auf den Sand, nahebei stürzte Wasser über steil abfallende Felsen und vermischte sich mit dem Meer. Der Mann nahm seinen Proviant, ging zum Wasserfall, kniete nieder, trank, setzte sich, lehnte seinen Rücken an die Böschung, aß im Schatten der Tamarisken sein vertrocknetes Brot, den Käse, die mit der Faust zerschlagene Zwiebel, füllte die Krüge mit frischem Wasser und brachte sie zum Boot. Bald fielen die Schatten der Tamarisken auf den sandigen Strand. Der Mann rollte eine lange Matratze am Fuße der Böschung aus. Als er seinen Kopf auf den Quersack bettete, schoss aus einem großen Loch in der Böschung ein azurblauer Eisvogel, überzog den Sand, die Böschung, die Tamarisken mit seinem Blau und flog über das Meer davon.

Als die Sonne im Westen verschwand, lag Süleyman schweißgebadet da. Er wachte auf, schaute sich um. Er zog den Revolver aus einer der Taschen, er war nagelneu. Wie schön er doch glänzt, dachte er. Süleyman wird in Kürze einen blutjungen Mann töten, dazu noch einen, der niemanden getötet hat. Einen Unschuldigen, der sich in jener Nacht am Raubzug nicht beteiligt hatte, der nur abseits auf seinem Pferd saß, nicht einen Schuss abgab, kein Blut vergoss, dann sein Pferd zum Zelt des Emirs trieb und sich so rettete. Einen blutjungen, verbannten Tscherkessen, und einen Stammesbruder. Denn für uns Tscherkessen wurde das Töten von Menschen zum Beruf. Wir wurden mit Mord- und Totschlag verbannt, und bald wird ein Tscherkessenjunge durch deine Kugeln fallen! Er warf den Revolver wieder in die Tasche. Ist der Stiel der Axt, die den Baum fällt, nicht auch aus Holz?

Warum hatte Emir Selahaddin diesen Mann, der in seinem Zelt Zuflucht suchte, so lange geschützt? Sein ganzes Dorf hatte er nach Arabien umgesiedelt! Wohin genau, das wusste keiner. Vielleicht hatte er sie auch zurückgeschickt in den Kaukasus, nach Daghestan. War Emir Selahaddins Hanum nicht auch Tscherkessin? Die Tscherkessinnen sind die schönsten Frauen auf dieser Welt. Warum bloß haben die Männer des Emirs dem Scheich denn erzählt, dass der Führer der Männer, die sie nachts überfallen und niedergemacht haben, ein Tscherkesse war? Diese Männer des Emirs waren ja auch Tscherkessen! Dass er auf dieser Insel ist, hatten ihm auch die Söhne des Khans der Tschetschenen bestätigt. Wir werden ja sehen, ob das alles stimmt!

Warum schickte der Scheich ihn hierher, obwohl er genau wusste, dass Abbas und auch er selbst Tscherkessen sind? Wollte er das Band zwischen ihnen zerreißen?

Wie konnte er nach so vielen Jahren einen Menschen wiedererkennen, den er am Ufer des Euphrat zu Pferde im Kugelregen bis zum Zelt des Emirs verfolgt hatte? Nur einen Lidschlag lang hatte er ihn gesehen. Warum schickte ihn dann der Scheich los, obwohl er das alles wusste? Weil all die anderen Burschen, die er geschickt hatte, nur Aufsehen erregt, aber nichts erreicht hatten? Weil du erfahren bist, in den Dardanellen gekämpft, unzählige Bajonettkämpfe überstanden hast? Weil du diese Gegend und ihre Menschen so gut kennst wie deine Handflächen? Weil er meint, dass ein Tscherkesse darauf brennt, einen anderen Tscherkessen zu töten? Soll er doch mal sehen …

Er betrat das Dorf. Die Häuser waren anders als in den Dörfern, die er kannte. Sie waren zweistöckig. Die Bäume in den Gärten waren anders. Ölbäume standen in dunkelgrünem Dunst. Aufmerksam um sich schauend, ging er bis zur aufragenden Platane in der Dorfmitte. Im Café unter der Platane saßen Dörfler und Dörflerinnen. Sie winkten ihm, Platz zu nehmen, und riefen: »Willkommen, du bringst uns Freude!«

»Auch ich bin erfreut«, sagte Süleyman.

»Woher kommst du, wohin gehst du?«, fragten sie. Er antwortete: »Ich komme von den Bergen, kam ans Meer, habe in den Dardanellen gekämpft.«

»Es möge vergangen sein, Bruder! Hast du Verletzungen davongetragen?«

»In beiden Oberschenkeln stecken noch Kugeln. Die Ärzte meinten, sie sollen dort stecken bleiben, und ich sagte: Einverstanden. Ein Geschenk der Dardanellen an mich.«

Er ging in den Laden gegenüber. Dort lagen Brotlaibe, die von den Frauen in kleinen Hausöfen gebacken wurden. Sie waren noch ofenfrisch. Er kaufte Brot, Oliven, Käse und Türkischen Honig und sagte: »Bleibt gesund, Freunde, ich steche in See!«

»Geh frohen Mutes!«, riefen sie hinter ihm her. Über den Sand ging er zum Boot, legte den Quersack auf die Vorplicht, schob das Boot ins Wasser, sprang hinein und legte sich in die Riemen.

Der Ort war ein Griechendorf, das anatolischen Umsiedlern übergeben worden war, nachdem die Griechen es verlassen hatten.

Sie waren nicht hierher verbannt worden. Man hatte ihnen die Häuser geschenkt. Verbannt waren die Tscherkessen. Ihnen gab man weder Haus noch Acker. Man hatte sie splitternackt in die anatolischen Berge, in die Wüsten Arabiens vertrieben, ihnen gesagt: Seht zu, wie ihr zurechtkommt. Sie wurden zur Palastwache in den Serails der Emire abgestellt oder zu Leibgardisten von arabischen Scheichs. Wer keine Arbeit fand, musste verhungern.

Süleyman ruderte stetig. Langsam versank im Westen die Sonne. Je tiefer sie sich zum Meer senkte, desto größer wurde ihr roter Glutball.

Süleyman hatte das Auf und Ab des Ruderblattes dem Fluss seiner Gedanken angepasst. Wohin die Fahrt ging, kümmerte ihn nicht. Er war auf dem Weg, einen Tscherkessenjungen zu töten. Tut man das? Süleyman schämte sich. Die schrecklichste Gräueltat ist das Töten eines Menschen. Aber das Töten von Menschen ist die Aufgabe der Tscherkessen. Und die Araber töteten sich ja auch dauernd gegenseitig.

Vom Nachdenken und gleichzeitigem Rudern ermüdet, ließ Süleyman die Ruder sinken. Inmitten der ruhigen See fühlte Süleyman sich auch ganz ruhig. Er schaute in die untergehende Sonne. Das Orange, das Grün, das Violett, das Gelb, das Blau in ihrem Umkreis vermischten sich in einem Farbenrausch.

Das Licht der Sterne fiel auf das dunkelnde Meer. Er setzte sich auf die vordere Ruderbank und schaute hoch zu den Sternen. Sie standen reglos übereinander, glitten nicht weiter. Ganz anders die Sterne am Himmel des Euphrat: Sie zogen hintereinander dahin, brodelten, kreuzten sich, wurden ein jeder am Himmel zu mächtigen, sich öffnenden Blumen des Lichts.

Süleyman konnte seine Augen nicht vom Sternenhimmel wenden. Noch nie hatte er so viele sich neben- und übereinanderballende unbewegliche Sterne gesehen. Er vergaß alles um sich herum. Seltsam, überall auf dieser Welt gleiten die Sterne am Himmel. Aber die Sterne über diesem Meer schienen wie festgebunden. Bis ein Stern zu gleiten beginnt, wird er hier warten und zum Himmel schauen.

Bis nach Mitternacht wartete er, die Sterne scherte es nicht. Doch da machte ein kleiner Stern einen kurzen Ruck, und Süleyman frohlockte. Und im Osten stieg ein großer Stern wie von der Sehne geschnellt aus dem Meer, zog einen großen Bogen und fiel im Westen wieder ins Meer. Süleyman war verblüfft: Hat man so etwas schon gesehen? Sofort legte er sich in die Riemen. Die Ruderblätter wirbelten das Wasser auf, und es begann zu leuchten. Süleyman hatte sehr viele Meere erlebt, aber so ein Meeresleuchten noch nie. Seine Müdigkeit war verflogen.

Große und kleine Sterne begannen überall am Himmelszelt zu gleiten. Süleyman duckte sich erschrocken über die Riemenholme, ließ die Sterne aber nicht aus den Augen und bekam eine Heidenangst, sie könnten beim Gleiten zusammenstoßen.

Kühle Brisen kamen auf, der Meeresspiegel wurde milchweiß. In einiger Entfernung tauchte aus weißen Dunstschwaden immer wieder eine Insel auf. Ist es diese Insel?, überlegte Süleyman. Die Insel zeigte sich wieder und verschwand. Soll ich zurückrudern?, fragte sich Süleyman. Ich weiß, Abbas ist auf jener Insel. Wenn wir uns treffen, wird entweder er mich oder werde ich ihn töten. Ich werde ihn nicht überrumpeln. Ich bin dem Blutbad der Dardanellen entkommen, habe tausendundein Übel überlebt – und er die Apokalypse am Allahüekber. Wenn ich jetzt umkehre, geradewegs zum Emir Selahaddin, und ihm sage: Du bist unsere einzige Zuflucht. Der Scheich hat mich zu dieser Insel geschickt, um diesen Mann zu töten. Wie kann ich einen Menschen töten, der bei dir Zuflucht gefunden hat? Wenn ich ihn nicht töte und auf seiner Insel bleibe, würdest du dann meine Familie retten und auch mich in deine Obhut nehmen? Emir Selahaddin soll anstelle des Osmanischen Padischahs zum neuen Padischah ernannt werden. Mazli Sultan, seine Frau, ist auch Tscherkessin. Ich bin Tscherkesse, und Abbas ist Tscherkesse. Sind wir nicht in dieser misslichen Lage, weil sich die Tscherkessen immer gegenseitig umgebracht haben? Ich werde geradewegs zum Emir Selahaddin gehen, ihm sagen: Du bist der mächtigste und edelste Emir von ganz Arabien, ich habe bei dir Zuflucht gefunden, rette das Leben meiner Familie und auch mein Leben! Ich bin ein Tscherkesse, der die Schlacht um die Dardanellen überlebte, der einen Platz an der Pforte des Padischah verdient hat. Was er mir darauf wohl antwortet?

Süleyman wendete das Boot und steuerte auf die Sterne zu. Die Ruder bewegten sich so schnell auf und ab, dass er bald ganz außer Atem geriet: Blödes Menschenkind, sagte er zu sich selbst, Schwachkopf! Wer bist du schon, verglichen mit Emir Selahaddin?

Erst kürzlich hat der Scheich mit seinem großen Kopf und seinem weißen Bart am Tor des Selahaddin ganze Tage und Nächte gewartet und gestöhnt, und der Emir hat ihn nicht hereingelassen. Wer bist du also, he, du Trottel! Kehr um und töte ihn, hast du denn eine andere Wahl? Der Scheich wird dich umbringen, wenn du zurückkehrst, ohne ihn getötet zu haben! Mit seinem Schwert schlägt er dir eigenhändig den Kopf ab und treibt deine Familie zurück zum Russen! Mach kehrt!

Er machte kehrt und setzte das Boot auf den Sandstrand neben der Brücke. Hier ist die Ameiseninsel, freute er sich. Mächtige alte Platanen, haben sie gesagt. Stimmt! Und platsch, platsch plätschert der Brunnen, auch das stimmt! Seine Blicke hefteten sich auf das Meer. Eine lange Zeit. Plötzlich sprang er auf. Und das Meer, sagte er, das Meer ist so, wie sie es mir gesagt haben: Es glänzt. Wenn ich noch zwei Windmühlen und einen riesigen Birnbaum sehe, ist es klar: Diese Insel ist es! Er schlenderte hinter die Häuser und stand vor dem riesigen Birnbaum. Da es nun ein bisschen heller wurde, sah er auch die Windmühlen. Die Flügel der einen Mühle drehten sich. Er ging zurück und setzte sich neben den Brunnen. Er war so erschöpft, dass er keinen Schritt mehr tun konnte. Die Müdigkeit übermannte ihn, seine Augen schlossen sich, öffneten sich plötzlich, schlossen sich gleich wieder.

Als Vasili zum Brunnen kam, war Süleyman, den Kopf auf der Brust, in tiefem Schlaf. Das Boot lag nahebei auf dem Sand. Vasili untersuchte es. Im Boot waren ein kelimartiger Gebetsteppich, ein Mantelsack aus Teppichstoff, dann ein dunkelblauer neuer Anzug, Unterwäsche, ein seidenes, schulterlanges arabisches Kopftuch, einige kragenlose Oberhemden, eine Kopftuchkordel, drei gleichfarbige militärische Turbane, mehrere Beutel, in einem davon drei tscherkessische Handschars in nivellierten Scheiden. Neugierig öffnete er auch den nächsten Beutel und fand darinnen drei mit Seide durchwirkte Tscherkesskas; alle drei sorgfältig übereinandergelegt. Vasili legte sie wieder ordentlich zusammen, entfernte sich eilig vom Boot und blieb am Brunnen stehen. Süleyman lag noch in tiefem Schlaf.

Vasili eilte zu Nordwind. Lena war seit Langem wach und hatte den Tee schon aufgesetzt.

»Ist er noch nicht wach?«, fragte Vasili leise.

»Er wacht gleich auf«, antwortete Lena.

Vasili setzte sich in den Sessel.

»Was ist denn passiert, was gibt es denn, Vasili?« Sie unterhielten sich auf Griechisch.

»Am Brunnen schläft ein Mann. Wenn du mich fragst, einer von denen.«

»Wen meinst du damit?«

»Die gekommen sind, Nordwind zu töten.«

»Hast du ihm denn nichts getan?«, fragte Lena.

»Er schläft. Einen Schlafenden rührt sogar eine Schlange nicht an.«

Jetzt wachte Nordwind auf. »Was ist, Mutter, mit wem sprichst du?«, fragte er.

»Vasili ist hier«, sagte Lena.

Nordwind kam im Unterzeug aus dem Zimmer. »Was ist, Vasili, ist etwas passiert?«

»Nein, nichts«, beruhigte ihn Vasili, »nur ein Mann ist gekommen, unter die Platanen, sitzt da auf dem Sofa und schläft. Nach meiner Meinung gehört er zu den anderen. Ich habe in sein Boot geschaut.«

»Im Boot stand es geschrieben?«

»In seinem Boot sind ein Gebetsteppich aus Kelim und drei Beutel. Ich habe zwei Beutel geöffnet, in dem einen drei Tscherkessenhandschars in silbernivellierten Scheiden, in den anderen eine Kopftuchkordel und drei enge militärische Turbane in verschiedenen Farben. Hast du jetzt begriffen, woher dieser Mann im Dunkel der Nacht gekommen ist?«

»Ich habe begriffen, woher dieser Mann gekommen ist«, lachte Nordwind.

»Trug er einen Revolver an der Hüfte?«

»Ich habe mir auch die Hände des Mannes angesehen. Sein Zeigefinger krümmte sich wie am Abzug. Sogar im Schlaf. Die Finger der Menschen, die ihre Hand immer am Abzug haben, halten ihre Finger immer so, sogar im Schlaf.«

»Sieh an, das wusste ich nicht. Ich bin so einer, der viele Jahre den Finger nicht vom Abzug nahm, doch dass mein Finger mich verraten würde, wusste ich nicht. Und diesen Händen sieht man auch an, dass sie keine andere Arbeit getan haben, als auf den Abzug zu drücken.«

Hastig frühstückten sie und gingen zu den Platanen. Der Mann hatte den Kopf in den Nacken gelegt und schlief. Sie gingen zum Boot.

»In welchen Beutel hast du noch nicht geschaut?«

Vasili reichte Nordwind den dritten Beutel. Nordwind ging in Richtung Anleger, öffnete im Schutz des Röhrichts den Beutel, zog einen Koran, drei Amulette und einen beschrifteten Bogen Papier heraus. Nordwind las das Schriftstück, es war ein Empfehlungsschreiben, und der Name des Mannes Süleyman. »Süleyman ist wie ich ein Offizier im niedrigeren Rang. Er hat nach diesem Belobigungsschreiben in der Schlacht um die Dardanellen heldenhaften Mut bewiesen und ist mit diesem Schreiben befördert worden.«

Im Beutel waren außerdem noch einige Kleinigkeiten: ein Rasiermesser, ein Lederriemen zum Schärfen der Klinge, ein Rasierpinsel und ein Stück Toilettenseife. Sie eilten zurück zum Boot, legten den Beutel an seinen Platz und gingen zu den Platanen. Währenddessen war Musa Kazan Agaefendi, der sie durchs Fenster beobachtet hatte, heruntergekommen und wartete auf sie.

Vasili ging zum Agaefendi und sagte leise: »Er schläft.«

Der Agaefendi fragte noch leiser: »Wer schläft?«

»Süleyman«, antwortete Vasili. »Niederer Offizier, ein Held in der Schlacht um die Dardanellen, er hat ein Belobigungsschreiben. Er schläft.«

Sie gingen plaudernd unter den Birnbaum, setzten sich ins Gras und berieten lang und breit das Problem. »Sprechen wir erst einmal mit dem Mann. Tiere beschnuppern, Menschen besprechen sich«, sagte Nordwind.

Sie gingen zu den Platanen. Süleyman schlief noch immer in derselben Haltung. Sie gingen zu den Ölbäumen in der Senke. Sie gingen zum Brunnen und kamen zurück zur Platane. Süleyman hatte seine Haltung nicht verändert, er schlief.

»Was sollen wir tun?«, fragte der Agaefendi.

»Gehen wir zu uns nach Haus, mein Efendi, Mutter Lena macht uns Tee!«

»Das geht nicht«, widersprach der Agaefendi. »Was ist, wenn der Mann aufwacht und gleich mit dem Boot davonfährt?«

»Das wird er nicht, mein Efendi: Ohne vorher mit mir gesprochen zu haben, fährt er nirgendwohin.«

»Dieser Mann ist also Tscherkesse, nicht wahr?«

»Ja, mein Efendi, ein Tscherkesse.«

»Diese Handschars schmieden nur tscherkessische Meister, und nur Tscherkessen gürten sich damit«, warf Nordwind ein.

»Und woran erkennt man, dass er aus Arabien kommt?«

»In dem anderen Beutel sind drei militärische Turbane und eine Stirnkordel. Beides wird in Arabien getragen.«

»Also, gehen wir! Gehen wir Lenas köstlichen Tee trinken!«

Sie hatten sich gerade umgedreht, da hörten sie ein Geräusch. Süleyman war vom Sofa gefallen. Kaum vernehmbar murmelte er etwas auf Arabisch, danach kam auf Türkisch: »Ich bin krank, ich sterbe.«

»Heb ihn hoch!«, sagte Nordwind zu Vasili, »leg ihn aufs Sofa, ich hole die Ärzte.«

Bald darauf kam er mit beiden zurück. Sie untersuchten Süleyman eingehend. »Er ist nicht krank. Dieser Mann musste lange hungern und noch mehr dürsten. Drei Tage Bettruhe und Pflege, dann kommt er wieder zu sich!«

Salman Sami, einer der Ärzte, nahm die Hand von Süleyman: »Schau dir die Handflächen an, sie sind angeschwollen und haben Wasserblasen. Wie ist dieser Mann nur hergekommen?«

Nordwind zeigte auf das Boot im Sand.

»Dann nimm ihn mit nach Haus! Dieser kleine Offizier Süleyman ist tagelang gerudert, war durstig und hat gehungert. Sonst fehlt ihm gar nichts. Wenn du ihm jeden Tag Fisch zu essen gibst, ist er bald wieder wohlauf.«

»Vasili«, sagte Nordwind, »bring ihn nach Haus, wasche ihn zuerst vom Scheitel bis zur Sohle, leg ihn ins Bett, dann schläft er sofort. Lena soll ihm etwas Gutes kochen, wenn er aufwacht, wird er sich wie ein Raubtier darauf stürzen. Leg ihm seinen Mantelsack und seine Beutel in Reichweite, wenn er aufwacht, sucht er nach seinen Sachen.«

»In Ordnung!«, sagte Vasili und nahm sich den Mann aus Haut und Knochen auf den Rücken, brachte ihn ins Haus und legte ihn aufs Sofa. »Mutter Lena«, sage er auf Griechisch, »mach einen Kessel Wasser warm, ich werde diesen Mann von Kopf bis Fuß waschen, ihn mit Kölnischwasser einreiben und dann hinlegen. Wenn er aufwacht, wird er um honigsüße Pastete bitten, wir werden ihm auch viel Fisch und viel Grützpilaw geben. Und wenn er wieder zu sich gekommen ist, wird er Nordwind erschießen, sogar mit sieben Kugeln, wird ihn töten und flüchten.«

»Woher weißt du das?«

»Was hat er denn um Mitternacht auf dieser Insel zu suchen? Tagelang hat er gerudert, hat Blasen an den Händen bekommen, vor lauter Rudern seine Finger zerfetzt.«

Lena ging dicht an Vasili heran, zog seinen Kopf zu sich, drückte ihren Mund an sein Ohr, und obwohl sie griechisch sprach, sagte sie ganz leise: »Bevor er euch tötet, erwürge du ihn jetzt. Er ist sowieso krank. Du weißt Bescheid, du bist klug, jeder ist von der Insel geflohen, nur du nicht. Du bist klug, hast gesehen, dass Nordwind ein guter Mensch ist, und hast ihn nicht getötet. Hast ihn in schwerer See gesehen, hast gesagt, schade um ihn, Nordwind ist ein guter Mensch, bist ins Wasser gesprungen und hast ihn gerettet. Nun wasch du diesen Mann sorgfältig, damit der Arme nicht voller Schmutz in die Hölle fährt!«

»Nordwind sagt, einen schlafenden Menschen rührt nicht einmal eine Schlange an.«

»Also werde ich jetzt hinausgehen, und du drückst ihm die Kehle zu. Wie viel Leben hat er denn noch … Schau ihm doch einmal ins Gesicht! Er ist ja schon ein Toter.«

»Ach, Mutter, vergiss es. Er ist Tscherkesse, vielleicht sogar ein Vetter von Nordwind. Mach Wasser heiß!«

»Hoffentlich legt er euch alle um«, sagte Lena wütend, zündete im Herd ein Feuer an und setzte den Kessel auf.

Vasili machte es sich in einem Sessel bequem, schloss die Augen und versank in Gedanken. Dieser Mann ist ein Räuber, ein Räuber, wiederholte er immerfort. Diesmal wird er alles daransetzen und Nordwind töten. Wir dürfen ihn nicht am Leben lassen! Er faselt etwas auf Arabisch, was faselt er wohl? Dass er uns alle töten wird!

Er hielt seinen Finger in das aufgesetzte Wasser, es war warm geworden. Er zog den schlaftrunkenen Süleyman aus, setzte ihn auf einen Stuhl, seifte ihn ein und wusch ihn sorgfältig. Mit Handtüchern rieb er ihn trocken, brachte ihn ins Nebenzimmer und legte ihn in das von Lena vorbereitete blütenweiße Bett, wo Süleyman schon schlief, kaum dass sein Kopf ins Kissen gesunken war.

Am Morgen des zweiten Tages wachte Süleyman auf, und als er wach war, kam Nordwind ins Zimmer. Süleyman rieb sich die Augen, blickte um sich, verzog sein Gesicht zu einem Lächeln. »Bist du Abbas?« Er ging zu Nordwind, umarmte ihn. »Streite es nicht ab, Abbas, ich habe dich erkannt, du bist es, du bist Abbas.«

Plötzlich wurde ihm bewusst, dass ihm der Name Abbas entschlüpft war, er zuckte wie vom Blitz getroffen zusammen, kauerte sich aufs Bett und nahm den Kopf in beide Hände.

Nordwind ging hinaus und traf auf Vasili.

»Hast dus gehört?«, fragte Nordwind. »Was machen wir nun? Das Wort Abbas ist ihm entschlüpft.«

»Was sollen wir jetzt tun? Hätten wir doch nur die Ärzte nicht geholt. Jetzt sind wir geliefert, wie sollen wir ihn nun töten?«

»Hören wir erst einmal, worum es geht. Können wir ihm hier nichts tun, übergeben wir ihn Veli dem Treffer, der findet einen Weg, sich seiner zu entledigen.«

»Der findet einen«, sagte Vasili.

»Er ist Tscherkesse, vielleicht ist er gekommen, um mir etwas auszurichten. Würde sonst ein Mann bei Verstand einem Menschen, den er zu töten beabsichtigt, entgegenbrüllen: Du bist Abbas, ich habe dich erkannt? Hat er außer den Tscherkessenhandschars noch andere Waffen bei sich?«

»Weiß ich nicht«, antwortete Vasili, »wir haben seinen Quersack ja nicht aufgemacht.«

»Los, gehen wir nachschauen!«

Sie nahmen den Quersack, den Süleyman unter den Platanen auch im Schlaf nicht aus den Händen gelassen hatte, gingen ins Röhricht und öffneten ihn. In einem Fach lagen eine Tasche, ein Paar neue Schuhe, einige frische Hemden, eine blaue Weste nach Allepoer Art mit einundvierzig Knöpfen, ein Fez mit lila Troddeln und noch einiger Krimskrams. Das andere Fach des Quersacks war verschlossen. Vasili, der Meister der Schlosser, öffnete es im Handumdrehen. Mit einem Schlüssel hätte es länger gedauert. Er holte drei Laib Brot, etwas Oliven und ein bisschen Halva hervor. Tief unten lag noch eine große, schrumplige grüne Orange. Zuletzt zog er einen schweren, samtenen Beutel heraus, öffnete den Verschluss und brachte einen Revolver zum Vorschein. Er war nagelneu und funkelte im Sonnenlicht. Ein zweiter, noch größerer Beutel war bis an den Rand voller Patronen.

»Bei seiner Mutter!«, wunderte sich Nordwind, »unser Landsmann und Held der Dardanellen ist ja das reinste Munitionsdepot. Als sei er nicht gekommen, einen Mann zu töten, sondern bei Anafarta gegen die Engländer zu kämpfen. Legen wir die Beutel in das Zimmer im Untergeschoss, und das Boot ziehen wir in die Bucht unter die Tamarisken!«

Zehn Tage waren vergangen, Süleyman hatte sich erholt, ein bisschen Fett angesetzt und sich mit den Ärzten, mit Nordwind und dem Agaefendi angefreundet. Er hatte nur noch einen Feind auf dieser Insel: Lena. Eines Tages fing er Lena im Hause ab, als sie allein waren.

»Komm, Lena, setz dich her, ich erzähle dir die Sache von Anfang an, und dann töte mich, wenn du mich töten willst.«

»Einverstanden«, sagte Lena, »ich bin ein Mensch, der vieles im Leben erfahren hat, also sag mir die Wahrheit!«

Süleyman begann zu erzählen, Lena hörte ihm wortlos bis zum Ende zu.

»Was sagst du dazu, Lena Hanum?«

»Ich überlege, Süleyman Efendi. Fürchtest du dich sehr davor, getötet zu werden?«

»Ich weiß nicht, Lena Hanum. Es wäre schade um deinen Jungen, wenn ich getötet werde. Er ist ein sehr guter Mensch. Er hat die Niederlage von Sarikamiş überlebt und ist trotzdem in der Seele unversehrt geblieben.«

»Wirst du auch ihm erzählen, was du mir erzählt hast?«

»Wort für Wort, Lena Hanum.«

»Dann beeile ich! Vergeude keine Zeit!«

»Diesen Tag noch.«

Kein einziges Mal hatte Süleyman in all den Tagen gefragt: Wo ist mein Boot, mein Mantelsack, wo sind meine Beutel? Als sei nichts geschehen, verbrachte er lachend und mit jedermann scherzend die Zeit. Als sei er ins Haus seines Sohnes gekommen. Die Ärzte waren seine Kriegskameraden. Beide waren einzigartige Menschen. Und auch alle anderen hier waren für diese paradiesische Insel wie geschaffen.

Lachend legte Süleyman seine Hand auf Nordwinds Schulter: »Schau mich an, Abbas, ich nenne dich zum letzten Mal Abbas! Bis ans Ende meiner Tage wird ab jetzt dieses Wort nicht mehr über meine Lippen kommen. Nordwind, mein Freund, ich habe eine Bitte an dich: Morgen in aller Frühe werden du und ich zur Quelle gehen und uns dort lange unterhalten. Einverstanden?«

»Einverstanden. Aber du hast uns nicht ein einziges Mal gefragt: Wo ist mein Boot, mein Mantelsack, wo sind meine Beutel?«

»Was solls, ich habe nicht danach gefragt.«

»Nein, ich meine, vielleicht ... Morgen also.«

»Morgen ...«, sagte Süleyman.

Früh am Morgen machten sie sich auf, gingen scherzend bis zur Quelle, hockten einander gegenüber nieder und schauten ins Wasser. Nordwind ergriff das Wort: »Kaum hattest du die Augen geöffnet, nanntest du mich Abbas. Woher wusstest du, dass ich Abbas bin?«

»Weil ich unter denen war, die dich verfolgten. Ich war der Erste, der dein Gesicht sah, bevor du am Wohnzelt des Emirs abstiegst und hineingingst. Dein Abbild hat sich in meinen Augen festgesetzt. Und als ich hier die Augen aufschlug, habe ich wohl noch schlaftrunken deinen Namen genannt. Später habe ich von einem Tscherkessen im Dienste des Emirs erfahren, dass du Tscherkesse bist und ihr wie wir auch in die Verbannung geschickt worden seid. Und wie ich später hörte, dass die Frau des Emirs deine Verwandte ist.«

»Das wusste ich nicht.«

»Jedenfalls wusste sie, wo dein Dorf lag.«

»Woher wusste sie es?«

»Der Emir wusste es, weil dein ganzes Dorf eines Nachts aufgebrochen war und sich in Arabien an einem Ort, den niemand kannte, angesiedelt hatte. Hätte der Emir es nicht getan, wärst du von dem Scheich, der dich nicht finden konnte, wie alle anderen im Dorf umgebracht und das Dorf angezündet worden.«

»Aus Angst, dass wir zusammenkommen, hat uns der Osmane so zerstückelt und verstreut, dass der Bruder den Bruder nicht finden kann. Ich kam, dich zu töten, aber mein Herz erwärmte sich für dich. Vielleicht sind du und ich sogar verwandt. Uns hat der Osmane auseinandergetrieben. Ob Kaukasus, ob Arabien, spielt das eine Rolle?«

»Wenn du auf die Insel gekommen bist, mich zu töten, wieso bist du mir in die Hände gefallen?«

»Niemand weiß, dass du auf dieser Insel bist. Viele wurden ausgeschickt, aber keiner ist dahintergekommen, dass du jener Abbas bist. Außer mir hat dich keiner am Eingang vom Zelt des Emirs gesehen.«

»Warum hast du mich am Zelteingang nicht getötet?«

»Am Eingang des Zeltes des Emir tötet keiner keinen. Wer das tut, dessen Sippe wird mit Stumpf und Stiel ausgerottet. Deinen Aufenthaltsort kenne nur ich allein, wenn ich ihn verrate, werden sie dich finden und töten, auch wenn du dich im Bau einer Schlange oder unterm Flügel eines Vogels verkriechst. Wenn ich an deiner Stelle wäre, würde ich meinen Revolver ziehen und abdrücken. Denn wenn ich mit schlenkernden Armen davongezogen bin, bist du auf dem Friedhof. Sag, wirst du mich jetzt töten, meine Handschars, meinen Revolver und alles andere von mir hast du ja. Wenn du mich nicht tötest, bist du des Todes.«

Nordwind senkte den Kopf und dachte eine Weile nach.

»Niemand weiß, dass ich hier bin. Unsereiner erzählt niemandem, wo er sich befindet. Sag, wirst du mich töten?«

Nordwind hob den Kopf. »Ich weiß es nicht«, sagte er, »ich weiß es nicht.«

»Sag, was du denkst!«

»Ich weiß es nicht.«

»Ich glaube dir. Glaub du mir auch. Das ist aus uns geworden, fast hätte ich getötet. Alle vertriebenen Tscherkessen sind miteinander verwandt. Im klitzekleinen Daghestan, dessen Einwohnerzahl nicht über eineinhalb Millionen hinausgeht, werden vierzig verschiedene Sprachen gesprochen.« Er lachte. »Das heißt, wohl jeder Tscherkesse hat eine andere Sprache. Du bist also mein echter Verwandter. Hast du es jetzt verstanden?«

Auch Nordwind lachte: »Ich habs verstanden. Und jetzt werde ich dich was fragen. Wann hast du darauf verzichtet, mich zu töten?«

»Einige Nächte, bevor ich hergekommen bin. Vom Rudern war ich müde und völlig erschöpft und ausgelaugt. Meine Hände waren geschwollen und meine Arme steif, mir war zum Sterben. Wie konnte ich ein blutjunges Leben auslöschen, nur weil ein blutdürstiger Scheich es wollte? Ich habe für den Scheich viele Leben ausgelöscht. Sogar um das Leben von Emir Selahaddin auszulöschen, wurde ich dreimal geschickt. Und jedes Mal gelang es uns nicht. Wir waren zu siebt, die den Emir in eine Falle lockten. Es war stockdunkel. Die Hanum an seiner Seite, ritt er durch die Wüste. Die Hanum muss es gespürt haben, sie packte den Emir am Arm, riss ihn vom Pferde und sprang anschließend selbst ab, im selben Augenblick überschütteten uns seine Leibwächter mit einem Kugelhagel. Sie töteten sechs von uns, ich allein kam davon.«

»Und dann das zweite und dritte Mal?«

»Beim zweiten Attentat kamen wir alle davon. Der Emir war oberhalb von Lalis auf der Jagd. Noch während die ersten Schüsse fielen, sprang der Emir vom Pferd und begann auf uns zu schießen, danach ließen seine Leibwächter die Kugeln auf uns nur so herabregnen, doch wir konnten uns im Schutz der Felsen retten. Wir waren fünfzehn Mann! Wiederum allesamt Tscherkessen. Beim dritten Mal war ich allein und nahm ihn unter Feuer. Er war vor meiner Nase, meine Hände bewegten sich wie ein Maschinengewehr, und wieder traf ihn nicht eine Kugel!«

»Du bist Leibwächter; von Kindesbeinen an?«

»Von Kindesbeinen an bis heute … Stimmt. Nur wer den fliegenden Kranich ins Auge trifft, den machen sie zum Leibwächter des Scheichs.«

»Und was machte der Emir mit dir?«

»Er tat mir gar nichts. Sogar ein zehnjähriges Kind hätte an meiner Stelle den Emir getroffen. Er kam durch einen beidseitig von steilen Felsen eingerahmten Pass. Vor ihm, hinter ihm, neben ihm seine Leibwächter. Als der Emir genau vor mir vorbeikam, Kimme, Korn und Schuss, drückte ich fünfmal ab, und was sehe ich, er hatte die Hand erhoben und befahl seinen Leibwächtern, nicht zu schießen. Ich drückte noch einmal und noch einmal ab, und seine Hand blieb in der Luft. Sie wichen mir aus und machten sich davon.«

»Wie konnte das geschehen?«

»Die Kugeln prallen vom Emir ab.«

Nordwind lachte lauthals.

»Vielleicht prallen sie nicht ab, aber seine Mutter hat ihn gleich nach seiner Geburt vom größten Zauberer von Arabien verhexen lassen.«

»Ich habe begriffen«, sagte Nordwind, »wenn du es nicht kannst, wird ihn niemand töten können.«

»Danach gab der Scheich auf. Er bekam es mit der Angst. Ihm ging auf, dass der Emir kugelfest ist. Ich habe es ihm erzählt. Dass die Kugeln, die ihn treffen, an seinem Körper abprallen, wusste ein jeder, ich hab es auch gesehen. Der Scheich schien es zu glauben, aber er wird von dir und auch vom Emir nicht ablassen. Von deinem Aufenthaltsort haben sie erfahren, und dass du Abbas bist, wird er eines guten Tages erfahren. Und eines guten Tages wird er auch einen Weg finden, den Emir zu töten.«

»Wie denn?«

»Seit es ihre Sippe gibt, bis auf den heutigen Tag, sind sie im Töten ihrer Gegner zu Meistern geworden. Also wird er noch vor seinem Tode, wie auch immer, einen Weg finden, den Emir zu töten. Dich zu töten, ist sehr leicht. Es dauert keine sechs Monate, und er findet heraus, dass du Abbas bist, und dann lässt er dich töten.«

»Wenn es so ist, was soll ich tun? Ich habe mein Leben auf diese Insel gerettet. Sag, was soll ich tun? Wohin soll ich mit diesem Mädchen an meiner Seite? Soll ich in den Kaukasus, nach Daghestan?«

»Sag du mir, ob du mich freilässt oder ob du mich bei Gelegenheit ertränkst, sodass mich die Fische fressen. Es wäre klug, mich nachts im Schlaf zu erwürgen, die Leiche mit einem Steinblock zu beschweren und weit draußen ins Meer zu werfen.«

»Von dir kann ich einiges lernen. Ich weiß nicht, wie man Menschen umbringt. Sogar in Sarikamiş habe ich keinen Menschen getötet. Aber hier sind viele, die dich töten können. Dieser Hüsmen etwa, der sechs Töchter hat, der erwürgt dich nicht im Schlaf, sondern sehenden Auges und wirft dich dann den Haien vor. Denkst du denn, ich lasse dich laufen?«

Süleyman wurde aschfahl. Er wollte etwas sagen, öffnete die Lippen, brachte aber kein Wort heraus. Er stand auf, machte einige Schritte, da schnellte auch Nordwind auf die Beine. »Halt!«, befahl er streng. »Bleib auf der Stelle stehen, sonst kriegst du die Kugel!« Er hatte seinen Revolver gezogen. »Komm zurück und setz dich wieder auf deinen Platz. Wohin wolltest du flüchten?«

Süleyman kam zurück und setzte sich hin. Er sah völlig verwirrt aus. »Ich wollte meinen Mantelsack holen.«

»Wir haben deinen Mantelsack nicht verschluckt, deine Beutel und dein Boot liegen da, wo du sie zurückgelassen hast.« Im Laufschritt eilte Nordwind davon, kam bald danach mit den Beuteln in der Hand, den Mantelsack über der Schulter, zurück und legte alles auf einen Felsblock. Er betrachtete eine ganze Weile Süleymans aschfahles, verwirrtes Gesicht, griff dann zum Mantelsack, holte zuerst die vertrockneten Brotlaibe, danach die Patronengurte hervor. Dann zog er aus dem samtenen Beutel den Revolver, reichte Süleyman die in der Sonne funkelnde Waffe, schaute ihm in die Augen und sagte: »Er ist geladen.«

»Ich weiß«, sagte Süleyman mit ruhiger Stimme. Er betrachtete den Revolver, drehte und wendete ihn lange in seiner Hand, dachte nach und legte ihn dann behutsam neben sich.

Mit gesenkten Köpfen saßen sie so da. Schließlich blickte Süleyman auf.

»Dass du so handeln würdest, wusste ich«, sagte er.

»Und ich wusste, dass du mich nicht töten wolltest, kaum dass du den Scheich verlassen hattest.«

»Woher wusstest du das?«

»Weil du auch den Emir nicht töten konntest.«

Süleyman lächelte. »Weißt du auch, dass ich jetzt den Scheich töten lassen werde?«

Nordwind schwieg.

»Ihn töten zu lassen, ist für mich nicht schwerer, als ein Haar aus der Butter zu ziehen, und die Welt ist von einem bis zum Hals in Blut watenden Mörder befreit. Ich mache mich jetzt auf zum Emir Selahaddin und werde ihm alles erzählen. Und der wird sich sofort um den Scheich kümmern. Nimm diesen Revolver als Andenken, und auch diese Handschars!«

»Du kannst nicht ohne Revolver gehen, behalte ihn! Gib mir die Handschars, sie sind auch eine Erinnerung an Vater und Großvater.«

»Nimm, sie gehören dir! Lässt du mich jetzt gehen, weil ich dich nicht habe töten können?« – »Nein, weil du mein naher Verwandter bist. Jetzt werde ich dich mit dem Boot vom Tierarzt in die Stadt bringen. In der Stadt werde ich dich für einen Besuch beim Emir Selahaddin zurechtmachen.«

Der Tierarzt erwartete sie schon und warf den Motor an. Unter denen, die sie verabschiedeten, waren auch der Agaefendi, Melek Hanum, die Doktoren, Dengbej Ali und andere mehr.

Nachdem Süleyman allen die Hand gedrückt hatte, stiegen sie in den Kutter. Nordwind und Süleyman nahmen nebeneinander Platz. Sie hatten so viel zu besprechen, dass sie befürchteten, die Zeit bis zur Stadt würde dafür nicht reichen.

In der Stadt gingen sie gleich zum Schneider. Sie kauften für Süleyman einen blauen Anzug aus englischem Stoff. Anschließend noch Hemden, Stiefel und Schuhe. Der Anzug passte Süleyman wie angegossen, er war außer sich vor Freude. Dann kauften sie noch einen wirklich schönen Koffer, worin sie die Einkäufe verstauten. Sie gingen in ein Lokal und aßen. Nordwind kannte Tag und Stunde des Dampfers nach Istanbul. Der Dampfer kam und ankerte auf der Reede. Süleymans Augen wurden feucht. »Mein Nordwind«, sagte er. »wären doch alle Menschen wie du. Dir kann der Mensch Hab und Gut, ja sein Leben anvertrauen!«

»Oh weh«, rief Nordwind, »wir haben nicht an dein Boot gedacht.«

»Schenke es jemandem«, sagte Süleyman.

Sie umarmten sich zum Abschied.

Diesmal kamen die Wolken mit dem Wind aus Nordnordost, und eine undurchdringliche Finsternis senkte sich über die Insel. Von überall her wehten laue Brisen, dann fielen vereinzelt dicke Regentropfen. Ein durchdringender Geruch von Erde verbreitete sich ringsum. Unter allen Gerüchen ist der Duft des beginnenden Regens wohl der einzige, bei dem der Mensch vor Freude fliegt, der ihn berauscht, ihm den Kopf verdreht, das tausendjährige Paradies, wenn auch nur für einen Augenblick, ins Herz verpflanzt, ihn in noch nie genossenes Glück, noch nie erlebte Welten und Farben trägt.

Während große Tropfen auf die Erde klatschten, stürzte Musa der Nordwind, ohne zu wissen, wie er so schnell die Treppe heruntergekommen war, ins Freie. Umhüllt vom Erdgeruch, marschierte er bis zum Röhricht, kehrte um und kam nach kurzer Überlegung vor Zehras Haus. Als er schon die erste Stufe nehmen wollte, kehrte er wieder um und ging hinunter zum Meeresufer. In ihm war die Sonne aufgegangen, sein Inneres war taghell. In der Finsternis schwamm er im Licht, seine Füße berührten die Erde nicht. Bis der starke Regen einsetzte, bewegte er sich so glücklich und berauscht dahin.

Wolken brodelten am Himmel. Plötzlich donnerte es, dass die Insel bebte. Blitze zuckten, fächerten sich, die Welt lag in blendendem Licht, versank dann wieder in undurchdringliche Finsternis. Mit dem rollenden Donner fiel stockdunkel der Regen. Nordwind war so nass wie aus dem Wasser gezogen. Donnern, immer wieder grelles Blitzen, ausfächernde Blitze, dazu die sich wiegende, bebende Insel. Nordwind ging im Kreis umher, dann führten ihn seine Füße zu Zehras Treppe. Die Tür stand offen. Er nahm einige Stufen, sein Herz pochte, kehrte dann aber wieder um, ging zum Ufer hinunter und marschierte landauf. Schneeregen prasselte von überall her auf ihn nieder. Die Wellen türmten sich mannshoch, und wie weit Nordwind ihnen auch auswich, manche umspülten ihn doch kniehoch.

Als die großen Tropfen fielen und der Geruch der Erde Zehra den Kopf verdrehte – so roch die Erde auch auf Kreta! –, sah sie, wie Nordwind ins Freie stürzte, wie er trunken bis zur Treppe schwankte, wie er wie vom Blitz getroffen sofort wieder kehrtmachte, im dichten Regen tief geduckt wieder zur Treppe kam, vier Stufen nahm und dort stehen blieb. Sie freute sich und grämte sich zugleich vor Mitleid. Der Regen fiel immer stärker, Zehra lief von der Tür zum Fenster, vom Fenster zur Tür, hin und her.

»Was ist denn, Zehra, was hast du, Mädchen?«

»Die Himmel bersten, Vater, die Himmel reißen auf. Vom Himmel strömen die Wasser, als leerten sich Flüsse.«

Es war finster geworden. Die immerfort aufflammenden Blitze

rissen den Himmel in Stücke, jedes Stück versank wie eine blaue Lichtkugel im Meer, blaue Lichtstücke glitten über das Meer ins Weite. Die See donnerte, die Insel bebte. Nordwind, den Kopf eingezogen, bis zu den Knien im Wasser, stapft bis zum gelb geäderten Felsen, kehrt einen Schritt davor um, hebt beim Umdrehen den Kopf und schaut zu Zehras Tür hoch. Dicht vor der Haustür bleibt er stehen, hebt den Kopf, schaut zuerst zur Tür, dann zum Fenster, sieht mitten im gelben Licht Zehras Umriss, macht wieder kehrt. Das Rauschen des Regens, das Donnern der See, das Grollen des Himmels vermischen sich, die Insel, wie ein aus dem Ruder gelaufenes Schiff, schwankt von hier nach dort.

»Hab keine Angst, Zehra«, sagte der Agaefendi, »diese Insel geht nicht unter. Bis jetzt habe ich noch keine Insel versinken sehen. Hab keine Angst, mein Mädchen, komm, setz dich zu mir!«

Ob sie wollte oder nicht, sie musste sich zu ihm setzen. Sie zog den Kopf ein und streckte die Schultern.

Ihr Gesicht war puterrot, sie war in Schweiß gebadet. Hätte der Agaefendi seine Tochter so verstört gesehen, wäre er sehr erschreckt gewesen. Wie gut, dass er im gelben Licht der Lampe ihr Gesicht nicht so klar erkennen konnte. In Zehras Herzen sah es noch schlimmer aus. Er wird sterben, sagte sie sich, er wird sterben. Meinetwegen sterben. Und kann ich weiterleben, wenn er stirbt? Nicht einen Tag! Sie konnte nicht von der Seite ihres Vaters weichen, auch nicht zum Fenster oder zur Tür gehen. Jetzt aufstehen, durch den Regen, unter den Blitzen, den ins Meer stürzenden Himmelsbrocken hindurch – egal, was die Leute sagen –, zu ihm eilen, ihn umarmen, unterhaken, nach Hause bringen, ausziehen, ins Bett legen und bis zum Morgen am Kopfende dasitzen. Aber wenn der Vater das erlebt und begreift, dass die Hoffnung, nach Kreta heimzufahren, erlischt, trifft ihn dann nicht der Schlag?

Steif vor Anspannung hörte sie ihr Herz schlagen. Plötzlich konnte sie gar nicht mehr klar denken, ihre Füße trugen sie einfach zum Fenster. Der Regen fiel noch dichter, der Himmel krachte nah und fern. Nordwind, wie in zwei Teile zusammengeklappt, bewegte sich stolpernd und schwankend vorwärts. Zehra konnte nicht länger stehen, sie sank auf einen Stuhl.

Nesibe kam dicht zu ihr: »Los, steh auf und hör auf zu weinen. Wenn Vater aufsteht und hinausschaut und ihn sieht und dahinterkommt – er wird vor Schreck zusammenbrechen und sterben!« Mit einem Taschentuch trocknete sie Zehras Tränen.

»Dann stirbt mein Vater, ich weiß. Aber schau doch hinaus, auch er wird sterben! Wir müssen jemand zu Hilfe holen!«

»Dir und ihm passiert gar nichts. An unerfüllter, an schwarzer Liebe ist noch niemand gestorben, viele haben lang gelebt damit. Was redest du da? Los, steh auf!«

»Hab keine Angst, mein Mädchen, der Regen hört gleich auf. Bei uns auf Kreta regnet es auch so.«

Im selben Augenblick zuckte und krachte ein Blitz, im Inneren des Hauses wurde es blendend hell. Sogar der Agaefendi schreckte in seinem Sessel hoch.

Der Morgen graute. Der Regen hatte sich noch nicht gelegt, die Tore des Himmels standen offen, wie Flüsse strömten die Wasser. Zehra ertrug es nicht länger und stürzte zur Tür. Kaum hatte sie sie aufgestoßen, blitzte es ganz nah, und es wurde heller als am Tage. Sie konnte sogar das Gesicht von Nordwind erkennen. Dieser stattliche Mann schien nicht größer als ein Kind zu sein. Sie lief zurück und ging neben ihrem Vater in die Knie, keuchte wie in den letzten Zügen. Ihre Wangen hatten sich gespannt, ihre Lippen bebten.

»Mädchen, hab keine Angst, der Insel geschieht nichts. Wenn du immer so ängstlich bist, fahren wir in die Stadt. Wir können uns in den schönsten Gegenden der größten Städte niederlassen.«

»Mein Vater«, rief sie entsetzt, »wir gehören auf diese Insel. Ich habe hier keine Angst.« Ihre Stimme klang weinerlich. »Dieser Regen! Der Himmel hat sich in ein Meer verwandelt, Wildbäche fließen. Der ganze Himmel wird sich über uns ergießen. Hatte es bei der Sintflut nicht auch so geregnet, Vater?«

»Es hatte geregnet«, antwortete der Agaefendi, »aber ganz anders. Flüsse und Meere haben die ganze Erde überschwemmt. Dieser Regen wird sich legen. Es ist ein Sommerregen, er kommt mit einem Windstoß und geht mit dem nächsten wieder.«

»Diesmal geht er aber nicht. Was soll ich tun, Vater?« Dass ihr der letzte Satz so über die Lippen gerutscht war, ärgerte sie, sie kauerte sich in den Sessel und senkte den Kopf.

Der Agaefendi lachte. Er streckte den Arm aus und streichelte ihre Haare. »Auch als Kind hattest du Angst vor Regen, wenn es blitzte und donnerte, röteten sich deine Wangen, mit wirren Haaren kamst du herbei und schmiegtest dich an mich.«

»Ich habe keine Angst, Vater.«

»Nun, gehen wir schlafen!«

Zehra schnellte auf die Beine. Sie freute sich so, dass ihr Herzschlag fast aussetzte.

Der Agaefendi erschrak. Was ist nur mit dem Mädchen los?, fragte er sich. Schließlich war es nur ein Regen.

»Ich schlafe gleich ein und vergesse das Unwetter«, sagte Zehra.

Der Agaefendi stand eine Weile da. Dann ging er schnell in sein Zimmer und schloss die Tür hinter sich. Und Zehra eilte zum Fenster, öffnete es. Sie kniff die Augen zusammen, konnte im Dunkel niemanden sehen. Die Regenschauer wehten herein, ihre Brust wurde triefend nass. Zehra rührte sich nicht von der Stelle. Sie konnte die Wellen nicht sehen, die bis zu den Platanen schäumten, konnte nicht einmal die Umrisse der Platanen ausmachen. Aus fernem Himmeln kam Donner, dazu zuckte ein Blitz, spaltete den Himmel und endete auf dem Hügelkamm. In diesem Augenblick war es Zehra, als habe sie Nordwind gesehen. Als ein Blitz zuckte, wurde es taghell. Jetzt erblickte ihn Zehra. Bis zu den Knien stand er im Wasser, gekrümmt wie eine Kugel, und versuchte einige Schritte voranzukommen. Zehra neigte sich zu Nesibe, die neben ihr stand. »Er wird sterben«, sagte sie.

»Was sollen wir tun?«, fragte Nesibe.

»Ich gehe hin. Ganz leise. Lösch die Lampe. Leg mein Kissen unter meine Decke. Wenn er stirbt, kann ich nicht leben!«

»Ich weiß«, sagte Nesibe, »beeile dich.«

Wenn mein Vater das wüsste, würde auch er sterben, dachte Zehra, als sie geräuschlos die Treppe hinunterging. Könnte er denn seine Tochter in der Fremde zurücklassen und nach Kreta heimkehren?

Nesibe ging ins Zimmer zurück und setzte sich aufs Bett. Zehra ist wie Mutter, dachte sie. Auch sie hatte sich beim ersten Blick in Vater verliebt! Sie soll das schönste Mädchen auf Kreta gewesen sein. Ihr Vater war Bey und Großgrundbesitzer gewesen. Eines Tages, so sagt man, hat sie ihr Bündel gepackt, ist drei Tage auf Schleichwegen zum Konak des Vaters gekommen und hat sich auf die oberste Stufe der Außentreppe gesetzt. Vater hat sie entdeckt und willkommen geheißen. »Danke«, hat sie geantwortet. »Schicke Brautwerber zu meinem Vater und lasse um meine Hand bitten!« Dann stand sie auf und ging. So war unsere Mutter. Und was würde Zehra tun?, fragte sich Nesibe.

Zehra tastete sich durch die Dunkelheit zum Strand hinunter. Am Ufer blieb sie stehen. Ihr Herz schlug bis zum Hals, und sie horchte gespannt auf Schritte. Doch außer Regen und Wellenrauschen war nichts zu hören. Ach, wenn es doch nur blitzte, wünschte sie sich. Plötzlich donnerte es direkt über ihr, es wurde stockdunkel, dann zuckten Blitze, die Platanen standen in grellem Licht. Dort war Nordwind nicht zu sehen. Sie blickte um sich. Beim dritten Blitz entdeckte sie den sich vorwärtskämpfenden Umriss, lief hin und umarmte Nordwind. Er zitterte, seine Zähne schlugen aufeinander. Sie schleppte ihn wie im Fluge über die Kiesel, Blitze zuckten ununterbrochen, es donnerte, das Meer heulte. Sie brachte Nordwind ins Haus. Wie sie ihn fortschleppte, mit ihm die Treppe hinaufgestiegen war, daran konnte sich Zehra hinterher nicht mehr erinnern. Sie wusste nur noch, dass Lena mit einer Sturmlaterne oben auf dem Treppenabsatz stand.

»Mutter Lena«, keuchte Zehra, »er stirbt, er stirbt.« Dann ließ sie sich in einen Sessel fallen.

Lena packte Nordwind, brachte ihn ins Schlafzimmer, zog ihn aus, trocknete ihn mit Badetüchern ab. Nordwind zitterte, und seine Zähne schlugen aufeinander. Lena brühte Tee, setzte Milch auf. Dann musste Nordwind viel Tee und heiße Milch trinken. Das Zittern und Zähneklappern schien nachzulassen.

Zehra kam ins Zimmer, blieb am Fußende des Bettes stehen und starrte auf Nordwinds geschlossene Augenlider. Nach einer Weile beugte sie sich über ihn und legte ihre Hand auf seine Stirn. Langsam ließ sie die Hand in sein Haar gleiten und streichelte ihn. Er öffnete seine Augen. Einen Augenblick wusste er nicht, wie ihm geschah. War es Zehra, die ihn da streichelte? Er traute seinen Augen nicht. Ihre Blicke trafen sich, Zehra hielt es nicht länger aus, sie drehte sich um, ging aus dem Zimmer zur Treppe, wusste nicht, wie sie die Tür gefunden, die Stufen genommen hatte. Sie ging durch die Wolkenbrüche nach Haus, wo Nesibe in der Tür mit einer Sturmlaterne in der Hand auf sie wartete. Auf diesem kurzen Weg war Zehra bis auf die Haut durchnässt worden. Nesibe war es nicht besser ergangen, denn sie war mehrere Male von der Haustür bis zu Nordwinds Haus hin- und hergeeilt. Gott sei Dank, dass der Vater eingeschlafen war, gleich nachdem er den Kopf ins Kissen gebettet hatte.

Zehra setzte sich zu Nesibe und flüsterte ihr ganz leise ins Ohr: »Er ist nicht gestorben.« »Los, gehen wir in unser Zimmer«, sagte Nesibe. »Vater schläft so tief, ihn könnte auch Kanonendonner am Ohr nicht wecken!«

Sie trockneten sich mit Badetüchern ab, zogen ihre Nachthemden an und setzten sich einander gegenüber auf ihre Betten. Zehra erzählte in allen Einzelheiten, was sie soeben erlebt und getan hatte. Sie floss über vor Glück. Danach sprachen sie vom Vater. Er wollte um jeden Preis zurück nach Kreta. Und solange die Verbannung anhielt, musste es unbedingt eine Insel sein, darum hatte er sich auf diesem kleinen, öden Eiland niedergelassen. Dann hatte er sich eine Farm gekauft, kurz darauf eine zweite, um Pferde zu züchten. Er hatte dafür auch viel Geld bezahlt. Als er den Grundbuchauszug bekam, freute er sich so, dass es ihn nicht im Haus hielt und er bis in den Morgen hinein umherwanderte.

Als sie im Morgengrauen aufwachten, war Musa Kazim Agaefendi schon auf den Beinen. Er hatte sich ans Fenster gesetzt und schaute auf das aufgewühlte Meer, das hinter dem Vorhang fallenden Regens verschwommen zu sehen war.

»Regen, Regen seit gestern Abend bis jetzt! So einen Regen habe ich in meinem ganzen Leben noch nicht gesehen«, sagte er zu seinen Mädchen. »Es zuckten so viele Blitze, und so kurz nacheinander, dass der Himmel zu einer Feuerkugel wurde, die in tausend Stücke barst. Ich dachte, sie schlagen alle auf einmal in die Erde. Was sollte ich da tun? Also schlief ich ein.«

»Das machst du immer so, Vater. Als die Nachricht von der Vertreibung kam, hast du drei Tage und Nächte im Bett durchgeschlafen.«

Es klopfte an der Tür. Wer mag das zu dieser Stunde sein?, fragten sie sich. Zehra eilte zur Tür und öffnete. Mutter Lena wars. Zehra schwankte, wurde aschfahl, ihr wurde schwindlig. Sie musste sich an der Tür festhalten, sonst wäre sie gestürzt. Ist Nordwind etwas passiert?, wollte sie fragen, brachte aber kein Wort heraus.

Lena, die sofort im Bilde war, lachte. »Ist dein Vater aufgewacht, Mädchen?«, fragte sie. »Nordwind lädt ihn zum Frühstück ein.«

Leise flüsterte sie Zehra ins Ohr: »Ich hatte große Angst. Ohne dich wäre er gestorben. Wer wäre sonst darauf gekommen, dass er im Regen durchs Wasser watet? Mein Junge liebt es, im Regen vor eurem Haus durchs Meerwasser zu stapfen. Hättest du ihn nicht gebracht, er wäre noch gestürzt, und die Wellen hätten ihn fortgerissen. Und wir hätten nicht einmal seinen Leichnam gesehen. Die Fische hätten ihn gefressen. Nicht einmal seine Knochen hätten wir gefunden.« Lena flüsterte so leise, dass Zehra nur mit Mühe die Hälfte ihrer Worte verstehen konnte.

»Zehra, wer ist gekommen?«, rief der Agaefendi.

»Agaefendi, mein Efendi, ich bins, Lena.« Sie ging zu ihm, drehte sich dabei noch einmal zu Zehra um und sagte: »Gut. Sehr gut.«

»Dich, Agaefendi, mein Efendi, bittet Nordwind zum Frühstück. Er sagt: Wenn er mir diese Ehre erweist, werde ich sehr glücklich sein. Auch wenn er schon gefrühstückt hat, mag er doch auf einen Kaffee zu uns kommen, sagt er.«

Wenn Lena griechisch sprach, wurde sie noch verbindlicher.

»Ich komme sofort, leben sollst du, Lena! Sag meinem Sohn Nordwind, ich habe noch nicht gefrühstückt.« Er wandte sich an die Mädchen: »Bestimmt hat Nordwind mit mir etwas zu besprechen. Nehmt es mir nicht übel, ich muss los!«

»Geh in Frieden, Vater!« Während der Vater die Treppen hinunterstieg, standen sich die Töchter gegenüber, lachten und lachten.

Die Frühstückstafel bei Nordwind war reich gedeckt, es fehlte nur noch Vogelmilch! »Seit etwa zwei Jahren habe ich nicht so üppig gefrühstückt«, sagte der Agaefendi, als sie fertig waren.

Nordwind wusste nicht, was er darauf antworten sollte, stotterte ein mehrfaches Danke, doch da sprang Lena für ihn ein und bewies mit ihren höflichen Antworten auf Griechisch, dass sie aus sehr gutem Hause stammte.

Bis in den frühen Vormittag plauderten sie. Am Ende sagte Nordwind: »Efendi, für Ihre Rückkehr nach Kreta habe ich mir etwas überlegt.«

»Dann sags mir, mein Sohn!«

»Sie sind doch vor eineinhalb oder zwei Jahren in die Türkei gekommen, nicht wahr?«

»Ich bin nicht gekommen, mein Junge, sondern vertrieben worden«, antwortete der Agaefendi mit weicher Stimme und freundlich lächelnd.

»Ja, Sie sind vertrieben worden. Und seitdem ist die von Ihnen erwartete Nachricht nicht eingetroffen, nicht wahr?«

»So ist es. Aber wohin soll sie auch gelangen, ich habe ja nirgends länger als zwei, drei Monate gewohnt. Seit ich ins Land gekommen bin, habe ich noch keine feste Anschrift gehabt.«

»Mir kam da ein Gedanke. Vielleicht kann er von Nutzen sein!«

»Wie lautet er?«

»In Urfa hatten wir im Freiheitskrieg einen Kommandanten, der ist jetzt Abgeordneter und ein Vertrauter von Mustafa Kemal Pascha. Er mochte mich sehr und vertraute mir. Mit seiner Fürsprache könnten wir in der griechischen Botschaft vorstellig werden. Vielleicht ist das zurzeit der einzige Weg.«

Der Agaefendi war vor Freude ganz außer sich. »Das ist die Lösung«, rief er aufgeregt, erhob sich, wiederholte: »Das ist die Lösung« und setzte sich wieder. Er atmete schwer. »Das heißt, ich werde bald in meinem Haus, in meinem Land, bei meinen Freunden, in meinen Bergen, in meinen Gewässern, bei meinen Pferden sein!«

Er war so aufgeregt, dass er nicht an sich halten konnte: »Und Sie werden mit mir kommen«, sagte er und hatte es schon bereut. »Um das schöne Kreta kennenzulernen«, fuhr er hastig fort. »Wer Kreta nicht gesehen hat, der hat nicht gelebt! Also, leb wohl, auf nach Kreta!«

Er lief die Treppe hinunter, kam ganz außer Atem nach Haus und schrie schon von unten: »Mädchen, Mädchen, kommt schnell, vielleicht kehren wir bald schon nach Kreta zurück!«

Polternd eilten die beiden die Treppe hinunter zum Vater.

»Wir fahren zur griechischen Botschaft nach Ankara. Gott segne Nordwind Bey, meinen Sohn, und der heilige Ali versage ihm die Güte nicht, denn er hatte diesen Gedanken. Ich werde mit dem Botschafter griechisch sprechen. Wenn dieser mein Griechisch hört, wird sein Herz, mag es auch aus Stein sein, weich wie Seide. Vielleicht hat er auch schon meinen Namen gehört. Ja, wer unser Abenteuer aus meinem Munde hört, dem schmilzt das Herz vor Schmerz dahin. Kann sich die Menschheit mit dem, was uns widerfuhr, denn abfinden? Verlasse Heim, Heimat und die Gräber deiner Ahnen und gehe in hohem Alter in ein unbekanntes Land und lebe dort wie zwischen Mühlsteinen! Kann Gott so etwas billigen, das Herz eines Menschen so eine Quälerei ertragen? Gott sei Dank, ich bin Türke, bin Muslim, ist das ein Vergehen? Was habe ich Griechenland, was habe ich der Türkei getan? Warum haben sie mich wie ein Katzenjunges am Nacken gepackt und von Kreta hierhergeworfen? Was habe ich den Griechen denn getan, außer edle Pferde zu züchten, und den Türken, außer dass ich Türke und Muslim geblieben bin? Abgesehen von einigen Reibereien mit den Griechen von Zeit zu Zeit, lebten wir friedlich wie Rosen nebeneinander. Das alles habe uns Mustafa Kemal Pascha und Venizelos eingebrockt, sagt man. Nein, nein und nochmals nein, das hat uns das zivilisierte Europa eingebrockt. Bei der Konferenz von Lausanne. Das Herz von Europa ist aus Stein und Eisen. Den Entschluss hat ganz Europa gefasst, und wir wurden unserer Heimat, unserer Nester beraubt. Hoch soll Lena leben, sie ist zurück auf ihre Insel geflohen. In Frieden wird sie auf ihrer Insel sterben, ohne unzufrieden zurückzublicken. Und ich werde nach Kreta zurückkehren und auch ohne Gram sterben.«

Bis jetzt hatte noch niemand den Agaefendi so laut sprechen hören. In den Häusern war keiner mehr, alle standen unter den Platanen, hatten ihre Blicke dem wetternden Agaefendi zugewandt, mucksmäuschenstill, schienen nicht einmal Atem zu holen. Lena kniete in der Menge, schlug sich auf die Oberschenkel und weinte. Kaum hatte Musa Kazim Agaefendi sie wahrgenommen, hielt er inne, ging zu ihr, nahm sie bei der Hand, zog sie hoch und sagte auf Griechisch: »Komm, Lena, gehen wir zu mir! Du bist in deiner Heimat, wirst ohne Gram sterben. Du wirst in deiner Heimaterde begraben werden.«

Nachdem Lena sich bekreuzigt hatte, antwortete auch sie auf Griechisch: »Der Herrgott wird auch dich in Kürze mit deinem schönen Kreta vereinigen.«

Als der Agaefendi sich umdrehte, sah er Nordwind. Dieser war leichenblass; auch der letzte Tropfen Blut schien aus seinem Gesicht gewichen zu sein. Der Agaefendi tat, als sei es ihm nicht aufgefallen, und sagte lachend: »Ich rede immer vom Heimgehen! Aber was kann ich dafür, schließlich, mein Lieber, ist diese schreckliche Vertreibung die größte in der Geschichte der Menschheit. Zwei Millionen Menschen werden nicht gefragt, ob sie auswandern wollen oder nicht. Das ist die europäisch zivilisierte Art von Vertreibung. Wir haben alles Mögliche versucht, es hat nichts genützt. Die Gesetze von Europa sind unerschütterlich wirksam. Wurde dort nicht auch das Giftgas erfunden? Leben sollst du, mein Junge. Du hast mein Herz zu neuem Leben erweckt!«

Sie machten es sich in den Sesseln bequem. Der Agaefendi wurde immer ausgeglichener, und bald kam das Gespräch auf die Zucht edler Pferde.

Als sie hinausschauten, stellten sie fest, dass sich der Regen gelegt hatte.

»Gehen wir zu den Platanen!«, schlug der Agaefendi vor.

Und wieder ging das Gespräch um Kreta, die Menschen der Insel, ihre Berge, ihre Täler, vor allem ihre Pferde! Und Nordwind erzählte vom Taurus, von der weiten Hochebene, der Çukurova und dem Mittelmeer.

»Du stammst also vom Mittelmeer?«

»Von den Bergen der Tausend Stiere. Wir nennen den Taurus die Berge der Tausend Stiere.«

»Du bist also auch Anwohner des Mittelmeeres!«

»So kann man uns nennen. Unsere Berge umringen die Çukurova und das Mittelmeer wie eine Mondsichel.«

»Und unsere Insel umringt das Mittelmeer«, sagte der Agaefendi und schaute Nordwind in die Augen. Nordwind wich seinem Blick aus, schaute zu Boden, auf die Hände von Agaefendi, auf das laufende Wasser vom Brunnen, auf die Blätter der Platane, zurück in die Augen des Agaefendi, die unverändert in Nordwinds Augen schauten. Was er auch tat, wohin er auch schaute, diese stahlblauen Augen ließen nicht locker, bannten ihn jedes Mal, wenn sich ihre Blicke kreuzten.

»Bitte, mein Efendi«, sagte er geistesabwesend.

»Auch du zählst zu den Bewohnern des Mittelmeeres. Wenn unser Vorhaben klappt, kommst du mit uns und bleibst in unserer Farm. Meines Wissens sind die besten Reiter und die besten Pferdezüchter die kaukasischen Tscherkessen. Tscherkessen haben von allen Menschen die größte Liebe zu Pferden. Und alle Tscherkessen in Anatolien und in Arabien sind Vertriebene aus dem Kaukasus.«

»Ja, wir sind Vertriebene.«

»Der Duft des Mittelmeeres ist überall der gleiche. Ob auf Kreta, in der Çukurova; im Taurus, in Griechenland, in Frankreich, in Spanien oder in den Pyrenäen. Wenn wir die Erlaubnis bekommen, nach Kreta zurückzukehren, kommst du doch mit uns, nicht wahr?« Der Agaefendi ließ die Augen wieder auf Nordwind ruhen, und Nordwind wich seinem Blick aus. Er war in Schweiß gebadet.

»Auf Kreta finden dich keine arabischen Könige, keine arabischen Emire, da findet dich keiner, geschweige denn ein arabischer Scheich. Vergiss nicht, Kreta ist eine Insel mitten im Mittelmeer. Glaube mir, Nordwind. Als ich dich zum ersten Mal erblickte, wurde mir warm ums Herz. Ich hatte keinen Sohn, und der Herrgott hat dich mir auf diese Insel geschickt. Ich liebe dich wie einen Sohn, und ich will nicht, dass mein Sohn durch eine arabische Kugel stirbt!«

»Leben sollen Sie, mein Efendi. Und ich liebe Sie wie meinen Vater.«

Einige Tage später waren sie auf dem Weg nach Ankara. Nordwind war noch nie dort gewesen, aber er kannte in Ankara einen Hauptmann, mit dem er bei Urfa gemeinsam gegen die Franzosen gekämpft hatte. Den suchten sie auf, und er brachte sie im schönsten Hotel der Stadt unter, direkt gegenüber dem Parlamentsgebäude. Nachdem sie im Hotel ihre Zimmer bezogen hatten, lud der Hauptmann sie ins beste Restaurant der Stadt zum Essen ein. Am nächsten Tag suchte er sie im Hotel auf, sie schliefen noch, und er wartete, bis sie herunterkamen. Sie frühstückten gemeinsam. Der Hauptmann hatte schon ein Treffen mit dem Kommandanten vereinbart.

»Abbas, der Kommandant erinnert sich an dich«, sagte der Hauptmann. »Geht es meinem Sohn, dem Recken, gut?, fragte er. Und zu mir sagte der Kommandant: Wenn ich den Freiheitsorden an Ihrer Brust sehe, bin ich stolz. Unser Kommandant ist der Erste im Kreise der Männer um Mustafa Kemal Pascha.«

Der Hauptmann steckte in nagelneuem, frisch gebügeltem Zeug, und der Freiheitsorden glänzte an seiner Brust.

Die Verabredung war um elf Uhr im Parlament. Die Bügelfalte in der Hose aus englischem Stoff, die der Agaefendi trug, war messerscharf. Zum weißen Hemd hatte er sich eine blaue, weiß gepunktete Krawatte umgebunden und dazu nagelneue Schuhe angezogen. Sein mit Troddeln verzierter Fez war lilafarben. Sein krauser Bart war gestrählt, der Schnauzbart gezwirbelt. Mit seinem schlanken, hochgewachsenen, kerzengeraden Körper erweckte er Hochachtung. Auch Nordwind hatte sich herausgemacht. Seine Kleidung blieb nicht hinter der des Agaefendi zurück. Der Orden glänzte auf der Brust seines blauen Jacketts.

Punkt elf Uhr standen sie im Parlamentsgebäude vor der Tür des Kommandanten, und der Hauptmann klopfte. »Herein!«, hörten sie eine kräftige Stimme. Musa Kazim Agaefendi, hinter ihm der Hauptmann, gefolgt von Nordwind, betraten den Raum. Kaum hatte der Kommandant Nordwind erblickt, erhob sich der massige Körper mit dem gewölbten Bauch hinter dem Tisch, ging zwei Schritte. Nordwind eilte sofort hin, ergriff die Hand des Mannes und küsste sie. Auch Musa Kazim Agaefendi ging zum Kommandanten, drückte ihm die Hand; der Kommandant bot ihnen Platz an, und sie setzten sich.

»Nun, Abbas, erzähl mal, wo bist du nach dem Krieg überall gewesen?«

Und Nordwind erzählte, was er nach dem Krieg alles getan und wie es ihn auf die Insel verschlagen hatte.

»Wohin kann denn das ganze Dorf gezogen sein?«, fragte der Kommandant.

»Ich kann es nicht herausfinden, mein Kommandant«, antwortete Nordwind.

»Warum hast du deinen Namen in Nordwind umgeändert?«

»Wie Sie wissen, Kommandant, bekamen wir alle während des Kampfes gegen die Franzosen einen Beinamen. Ich wurde Nordwind genannt.«

»Ich erinnere mich ... Habe ich dir nicht selbst den Namen Nordwind gegeben? Warte, ich muss nachdenken, vielleicht komme ich drauf.« Er überlegte eine Weile und rief dann: »Ha, ich habs! Du hast mit deinem Kommando eine französische Einheit zerschlagen und bist mit Gefangenen und einem erbeuteten Kanu zurückgekommen. Da habe ich dir den Namen Nordwind gegeben, und dafür und für noch einige andere Heldentaten hast du auch den Orden verdient. Wann hast du die Armee verlassen?«

»Ich wurde als Kriegsversehrter entlassen. Verwundet an meiner rechten Schulter. Mir fehlen auch einige Rippen. Ich wollte es nicht, aber sie haben mich ausgemustert.«

»So ist das Reglement, mein Junge. Was ist zwischen dir und dem arabischen Scheich vorgefallen?«

»Der Stamm der Beduinen hielt es mit den Franzosen. Sie haben viele von unseren Leuten getötet. Und noch mehr von der Miliz.«

»Ich kenne den Vorgang.«

»Eines Nachts haben wir den Stamm überfallen, es kam zum mörderischen Kampf. Wir zählten viele Gefallene. Von den Beduinen fielen noch mehr. Der Kampf dauerte bis zum Morgen. Die Beduinen haben mich und meine Freunde erkannt.«

»Ich weiß, und ihr konntet gerade noch eure Haut retten.«

»Es war, wie Sie sagen, mein Kommandant.«

»Und dann bist du verschwunden.«

»Der Scheich lässt mich noch immer verfolgen.«

»Und da hast du dich auf die Insel gerettet, nicht wahr?«

»Eine sehr schöne Insel. Der Beyefendi hier ist aus Kreta. Ein Ausgetauschter. Da sind noch zwei Ärzte auf der Insel. Sie waren in den Dardanellen und im Freiheitskrieg. Auf der Insel hatten sie ein Lazarett eingerichtet und sich um die Verwundeten aus Gallipoli gekümmert. Ein Tierarzt im Rang eines Leutnants ist auch noch da. Sie alle wurden als Kriegsversehrte ausgemustert.«

»Sehr schön, sehr schön. Hast du geheiratet?«

»Ich konnte noch nicht heiraten«, antwortete Nordwind verlegen.

So ging das Gespräch hin und her, und nach einer kurzen Pause hob der Kommandant den Kopf und fragte: »Habt ihr ein Anliegen?«

»Musa Kazim Agaefendi hat eine Bitte, mein Kommandant.«

»Darf ich sie vortragen?«, sagte der Agaefendi und rieb sich die Hände. »Mein verehrter Efendi, die Griechen haben uns aus unserem Heimatland gejagt. Ich möchte für Sie hinzufügen, dass sie uns nicht fragten, ob wir wollten oder nicht, als sie uns verjagten. Ich hatte ein großes Gut auf Kreta. Auf diesem hundertjährigen, vielleicht dreihundertjährigem Gut haben wir immer edle Pferde gezüchtet. Unsere Zucht war in ganz Europa berühmt. All mein Hab und Gut ist dort geblieben. Auch die Gräber unserer Ahnen und meiner gesamten Sippe sind dort geblieben. Unsere Ahnen und meine Onkel haben auf Kreta gekämpft und sind dort gefallen. Dort ist unsere Heimat. Für Kreta haben wir viel Blut vergossen. Und als es keinen Grund und Anlass gab, als alle Kriege zu Ende waren, nahmen uns die Griechen bei den Ohren und warfen uns hinaus. Ist das recht und billig?«

»Ist das hier nicht euer angestammtes Vaterland?«

»Natürlich ist mein eigentliches Vaterland hier. Ich habe mein Hochschulstudium in Istanbul gemacht. Seit Jahrhunderten haben wir niemals unser angestammtes Vaterland vergessen. Auch nicht unsere Sprache, unseren Glauben und unser Türkentum. Nur, mein verehrter Kommandant, wurden wir diesmal ohne Krieg besiegt. Das wurmt uns. Wie Hunde wurden wir fortgejagt.«

»Nein, ihr wurdet nicht fortgejagt!«

»Wir wurden fortgejagt, mein Kommandant.«

»Nein«, brüllte er, schlug mit der Faust auf den Tisch und stemmte seinen massigen Körper auf die Beine. »Wir haben euch mit Gewalt den Händen der Griechen entrissen. Damit ihr dort nicht verelendet, erniedrigt, zur Fußmatte der Griechen werdet. Wir haben bei der Konferenz in Lausanne mit ganz Europa, mit allen Großmächten um euch gerungen und euch in eure angestammte Heimat geholt. Unser Staat hat euch trotz seiner ganzen Armut Obdach, Heimat gegeben, euren Hunger gestillt. Wenn du nicht zufrieden bist, mein Freund, geh, wohin immer du willst, wenn du willst nach Kreta, meinetwegen nach Florenz. Dieses Land hier hat Leute wie dich überhaupt nicht nötig. Während die Angehörigen und Kinder derer, die ihr Leben für ihr Vaterland hingegeben haben, in den von den Griechen gebrandschatzten Dörfern, Orten und Städten ohne ein Dach über dem Kopf hungrig und nackt dahinsiechten, haben wir euch ernährt, gekleidet, ein Haus gegeben, Geld und Garten und Gehöfte. Und euch, euch ... euch gefällt dieses Vaterland nicht, und ihr sehnt euch nach der Knechtschaft unter den Griechen.«

Wütend setzte sich der Kommandant, sein Sessel schwankte und schlug knarrend nach rechts und links aus. Das Gesicht des Agaefendi war aschfahl geworden, er war in Schweiß gebadet. Seine stahlblauen Augen hatten sich zu Schlitzen verengt.

»Du willst also deine angestammte Erde, dein Paradies von Vaterland verlassen und dich bei unseren griechischen Brüdern niederlassen, nicht wahr?«

»Ja, Kommandant. Ich bin dort geboren, Kommandant. Das Grab meiner Sippe ist dort.«

»Das heißt, du wirst den Griechen edle Pferde züchten?«

»Das werde ich tun, Kommandant. Aber ich bin ein alter Mann geworden. Und auf dem Herweg starb an Bord meine Frau. Ihre Leiche wurde den Fischen zum Fraß ins Meer geworfen.«

»Ist denn nur deine Frau in diesem Krieg gestorben? Die Frauen vieler Männer starben. Sie wurden mit Töchtern und Kindern in Moscheen und Häuser gesperrt und angezündet. Und zwar von deinen griechischen Brüdern.«

»Diese Griechen sind nicht meine Brüder.«

»Wenn es so ist, zu wem willst du dann und warum?« Seine Stimme war etwas versöhnlicher geworden und auch die Spannung seiner Gesichtszüge weicher.

»Zu meiner eigenen Erde, meinen Nachbarn, meinen Freunden.«

Das Gesicht des Kommandanten veränderte sich plötzlich, er schlug mit seiner Faust wieder auf den Tisch. »Zu deiner eigenen Erde?«

»Zu meiner eigenen Erde.«

»Zu deinen griechischen Freunden, zu deinen Freunden, die Häuser verbrennen und Herde auslöschen?«

Der Agaefendi war jetzt gefasst, seine Augen, sein Gesichtsausdruck waren verbindlich und freundlich wie immer. »Ja, mein Kommandant, es sind meine Nachbarn und Freunde. Ihre Großväter und meine, ihre Väter und mein Vater haben sich auf Leben und Tod bekämpft. Die Kriege sind zu Ende, wir wurden Freunde.«

»Schweig, sprich nicht weiter! Je länger du redest, desto mehr gerate ich außer mir.« Er wendete sich Nordwind zu: »Steh auf, kleiner Offizier!«

Nordwind schnellte sofort auf die Beine und nahm vor dem Kommandanten Haltung an.

»Du bist kein Soldat, du bist ein Nichtsnutz, kleiner Offizier. Unbrauchbar als Soldat. Du undankbarer kleiner Offizier, diesen heiligen Orden an deiner Brust haben viele kriegserfahrene Paschas nicht bekommen. Ich pflegte ihn nur an opferbereite Untergebene zu verleihen.« Der Kommandant steigerte die Lautstärke seiner Stimme aufs Äußerste: »So wie ich dir diesen Orden verliehen habe, so kann ich ihn dir auch wieder wegnehmen lassen. Die seiner nicht würdig sind, die diesen Orden nicht verdient haben, dürfen ihn auch nicht tragen. Dürfen ihn nicht tragen, nein, nicht tragen!«

Während der Kommandant Nordwind anbrüllte, ging der Agaefendi auf Zehenspitzen zur Tür, die einen Spalt offen stand, verschwand auf den Flur und blieb am Ende des langen Korridors stehen.

»Weil du mir einen Griechenhund, einen Griechenfreund hergeschleppt hast, der die griechische Knechtschaft seinem Paradies von Vaterland vorzieht, verstoße ich dich auf der Stelle aus der menschlichen Gemeinschaft. Schau, schau, er ist schon abgehauen!« Er streckte seinen Zeigefinger zur Tür und dröhnte, dass die Wände bebten: »Verschwinde, Vaterlandsverräter! Raus mit dir!«

Mit weichen Knien ging Nordwind hinaus. Er mochte den Kopf nicht heben und dem Agaefendi ins Gesicht sehen. Schweigend gingen sie bis zum Hotel. Als sie in die Sessel des Hotels sanken, war ihnen, als hätten sie tagelang Steine geschleppt.

»Entschuldigen Sie, Efendi!«, sagte Nordwind schließlich, ohne den Kopf zu heben.

»Gräme dich nicht, mein Sohn, so sind sie nun einmal! Was war noch der Dienstgrad deines Kommandanten?«

»Major.«

»Gräme dich nicht, ich gehe morgen allein in die griechische Botschaft und rede dort ohne Fürsprecher. Ich hab dir viel Ärger gemacht, mein Sohn. Können sie dir den Orden wegnehmen?«

»Das können sie nicht. Und wenn schon! Sollen sie doch, wenn sie ihn haben wollen! Ich habe mein Blut ja nicht für einen Orden vergossen.«

Sie schwiegen. Nordwind konnte dem Agaefendi nicht in die Augen sehen, sein Herz pochte. Warum hatte er dem Agaefendi nur vorgeschlagen, nach Ankara zu fahren, und ihn dadurch in diese Lage gebracht? Könnte er doch im Erdboden versinken. Besser sterben, als mit dieser Schande weiterleben! Und wie sollte er Zehra in die Augen schauen? Aus den Augenwinkeln sah er ihm ins Gesicht, und wenn er dieses bleiche, so gealterte, die Umwelt so vorwurfsvoll betrachtende Antlitz musterte, blutete ihm das Herz. Wie sollte er jetzt mit den Menschen, besonders mit Zehra reden? Der Kommandant hatte ihn viel mehr noch als den Agaefendi erniedrigt, ihn in Grund und Boden verdammt. Der Agaefendi grämt sich für mich mehr als für sich …

Während Nordwind sich so quälte, erschien mit unglücklicher Miene der Hauptmann in der Tür. »Hätte ich euch doch nicht zu dem Mann gebracht! Als er redete, war mir, als überschüttete man mich mit siedendem Wasser. Ich fühlte schon, dass ich die Beherrschung verlor und drauf und dran war, euch noch größeren Ärger zu bereiten, also machte ich mich aus dem Staub, kam hierher und wartete auf euch. Dann wanderte ich hin und her, von hier zum Bahnhof, vom Bahnhof zum Hotel, hin und her! Ich bitte euch, mir zu verzeihen!«

Der Agaefendi hob langsam den Kopf. »Bitte uns mit keinem Wort um Vergebung! So viel ist mir widerfahren, seit ich unterwegs bin. Weder will ichs erzählen, noch sollst dus hören. Was haben diese Augen nicht alles gesehen, diese Ohren nicht alles gehört, bis wir auf die Insel kamen. Sie ist ein Paradies, die Menschen Engel, der eine wie der andere. Ich konnte es kaum glauben. Aber der Ort, an dem der Mensch geboren wurde und aufwuchs, ist etwas ganz anderes. Es kommt einem so vor, als würde das Herz herausgerissen. Seit ich in der Fremde bin, ist die Erde, auf der ich geboren wurde, tags in meinen Gedanken, nachts in meinen Träumen. Jeden Morgen meine ich, in meinem Haus auf Kreta zu erwachen, dann schau ich mich um und weiß nicht, wo ich bin. Jedes Mal, wenn ich morgens auf dieser Insel erwache, spüre ich, dass die Einsamkeit so tief in mein Herz gedrungen ist, dass ich mich fürchte. Ja, ich gewöhne mich an die Insel. Aber ich fürchte, dass ich mich selbst vergesse, je mehr ich mich daran gewöhne. Nehmt es mir nicht übel, meine Kinder, ich quäle euch, aber ich will nach Kreta, will dort sterben. Ich bitte euch beide um Vergebung!«

»Unser Kommandant war schon immer ein rauer Mensch«, sagte

der Hauptmann, »aber ich habe nie erlebt, dass er irgendeinem Menschen ein böses Wort gesagt, einen Soldaten verletzt hat. Wird ein Mensch so, wenn er Abgeordneter ist?«

»So sind die Menschen, mein Junge, manche verändern sich von einem Tag auf den andern, grämt euch nicht, ihr seid noch jung und werdet noch viel erleben. Ich habe genug gesehen, deswegen konnte das Benehmen des Kommandanten, Gott ist mein Zeuge, mich nicht so verletzen. Hauptsache, ihr grämt euch nicht!«

Nordwinds Gesicht nahm einen kindlichen Ausdruck an, seine Augen waren voller Tränen, die gebogenen Wimpern feucht. »Als mein Großvater starb, war er über neunzig Jahre alt. Er war vom Kaukasus in den Taurus gekommen, der auch ein Paradies ist. Bis zu seinem Tode erzählte er uns wie ein Märchen vom Kaukasus, von seinen Pferden, seinen Quellen, seinen Menschen, Blumen und Vögeln, von dem Heldenmut seiner Bewohner, den an Quellen blühenden Wildrosen, dem Padischah der Vögel, Greif Anka, der dort in seinem Kristallpalast thront. Er sang uns Lieder aus Daghestan, und als er starb, waren seine letzten Worte: Ach, Kaukasus, ach, Daghestan.

Während Nordwind sprach, begannen die Augen des Agaefendi zu leuchten, und ein Lächeln huschte über sein Gesicht. Aber der Hauptmann glühte noch immer vor Zorn. »Ich bitte Sie, mir nicht zu verübeln, dass ich Sie zu diesem Mann gebracht habe! Dieser Mann war früher nicht so, das weiß auch mein Bruder Abbas. Im Kampf war er immer um uns besorgt, stürzte sich vor uns ins Getümmel. Erst als Abgeordneter wurde er wohl so. Ich weiß nicht, was ich sagen, was ich tun soll. Als ich ihn hörte, musste ich flüchten, um Schlimmeres zu verhüten. Um Ihnen noch mehr Unheil zu ersparen. Und wie freundlich hatte er uns doch empfangen! Verzeiht mir!«

»Wie kommen wir denn jetzt zur griechischen Botschaft? Machen wir uns auf die Suche!«

Der Hauptmann kannte sich in Ankara, das nicht größer als eine

Provinzstadt war, gut aus. Sie gingen eine Straße hoch, durchmaßen einen alten Markt, dann wurde es abschüssig, und sie blieben vor einem hölzernen Konak stehen.

»Wartet hier!«, sagte der Hauptmann. »Ich werde mich nach der griechischen Botschaft erkundigen und bin gleich wieder da.« Er ging in den Konak, kam aber bald wieder heraus. Betreten und kleinlaut stand er vor dem Agaefendi, der mit gerunzelter Stirn gedankenversunken gewartet hatte.

»Agaefendi«, begann er mit bebender Stimme, »die griechische Botschaft ist von Istanbul noch nicht nach Ankara verlegt worden. Wenn Sie wollen, können wir dorthin …«

Er hatte seinen Satz noch nicht beendet, da rief der Agaefendi fröhlich: »Wie schön! Wir werden …«

»Mit der Eisenbahn …«

»Genau! Ich kann mich an den Bahnhof Haydarpascha erinnern. Das waren Zeiten! Als ich in Istanbul studierte, hatte ich dort Freunde. Bestimmt werde ich einen von ihnen … Einer hieß Sait Rahmi, er war mein bester Freund. Ein kluger Junge, der wusste alles! Sogar heute noch würde ich das Haus in Kuzguncuk finden. Lasst uns sofort fahren.«

Als sie sich zum Zug aufmachten, ging der Tag schon zur Neige. Der Agaefendi zog seine goldene Uhr aus der Westentasche. »Noch fünfzehn Minuten, bis der Zug abfährt«, sagte er, und sie stiegen eilig ins Abteil und nahmen einander gegenüber Platz. Kaum hatte der Zug sich in Bewegung gesetzt, schloss der Agaefendi seine Augen und schlief ein. Nordwind dagegen konnte keinen Schlaf finden. Er hatte den Agaefendi jetzt besser kennengelernt. Er war ganz anders, als er sich gab. Er war streng und hart wie Fels. Je lauter der Kommandant geschrien hatte, desto abweisender waren seine Gesichtszüge geworden, er hatte ihn angeschaut, als fixiere er eine Fliege, und während dieser weiterbrüllte, veränderte der Aga immer wieder seine Haltung, wurde immer stolzer und überlegener, und der Kommandant, der das wohl mitbekam, wurde immer wilder.

Während er fast zu platzen schien, schaute der Agaefendi ihm gelassen, ja, wie erstaunt ins Gesicht und schwieg, was den Kommandanten erst recht auf die Palme brachte.

Dieser Mann wird lange leben und niemals auf eine Rückkehr nach Kreta verzichten. Und die Töchter lieben ihren Vater so sehr, dass sie bis zu seinem Tode, wenn nicht sogar darüber hinaus, ihre Mitgifttruhen nicht öffnen werden … Bei diesem Gedanken versank er in den erstickenden Tiefen der Hoffnungslosigkeit, um beim Gedanken, mit nach Kreta zu reisen, wieder in lichte Höhen emporzuschnellen.

Als das Tageslicht durch das Abteilfenster fiel, erwachte der Agaefendi, ging zur Toilette, kam wieder zurück, setzte sich und ließ den Blick auf Nordwind ruhen. Das Gesicht des jungen Mannes war eingefallen, die Augen hatten ihren Glanz verloren, er schien über Nacht ergraut und gealtert zu sein.

Was hatte ihm über Nacht so zugesetzt? Der Aga bekam Mitleid. Um seinen Blicken auszuweichen, sagte Nordwind: »Ich habe kein Auge zugetan und werde mir erst einmal das Gesicht waschen, vielleicht hilft das. Im Zug kann ich nie schlafen. Na ja, so oft bin ich ja auch nicht mit der Eisenbahn gereist!«

Aber als er zurückkam, hatte sich sein Gesicht nicht verändert. Was tue ich diesem Jungen nicht alles an, schoss es dem Aga durch den Kopf, und er empfand Mitleid mit ihm.

»Wenn ich Sait Rahmi finde, löst sich alles mit Leichtigkeit auf. Sein Vater war ein großer Pascha. Er war auch im Freiheitskrieg. Er muss einen hohen Rang gehabt haben, wenn wir sogar auf Kreta von ihm wussten. Abwarten! Lass uns erst einmal ankommen!«

Dann sprachen sie nicht mehr. Mit seinen Gedanken bei Zehra, nickte Nordwind schließlich ein. In seinen Träumen, mehr im Halbschlaf, sah Nordwind Zehra. Ein großer Dampfer in voller Beleuchtung hielt Kurs auf die Insel, näherte sich der Brücke, tauchte sie in helles Licht, beleuchtete die ganze Insel, und alles auf ihr, ob Vögel, Schmetterlinge, Bienen mit ihren funkelnden Flügeln, Spinnennetze, war ganz deutlich zu sehen. Dieser Feuerball, der sich der Brücke näherte, verschwand ganz plötzlich, und alles versank wieder in tiefes Dunkel. Doch nach dem verschwundenen Dampfer kam ein zweiter, der die Welt auch in Licht tauchte und der nach kurzer Zeit auch verschwand. Die Dampfer reihten sich hintereinander und umkreisten die Insel wie berghohe Lichterketten. Nordwind hielt Zehra an der Hand, und auch sie beide kreisten mit den Lichtern. Sie waren im Dampfer, und die Insel umkreiste das Schiff. Hand in Hand flüchteten sie vor den Lichtern, vor der glänzenden Insel, vor den Dampfern. Zehra fiel von hoch oben ins Meer und er hinter ihr her. Zehra tauchte auf den Grund des Meeres und Nordwind hinter ihr her. Eine Weile tauchten sie und kamen wieder, landeten auf einer schäumenden Welle und fanden sich auf dem Sand unter einem mächtigen Baum wieder. Auf jedem Zweig dieses mächtigen Baumes blühten andersfarbige Blüten. Aus jeder Blüte strömte ein Duft. Ihnen wurde schwindelig. Unter der Steilküste sahen sie den Eingang einer Höhle, suchten dort Schutz und drängten sich aneinander. Sie hatten Angst, und je mehr sie sich fürchteten, desto enger umarmten sie sich, und je mehr sie sich aneinanderdrängten, desto mehr zitterten sie.

Nordwind zitterte noch, als er erwachte und um sich blickte. Zehra war nicht da, der Agaefendi sah ihn lächelnd an und strählte seinen Bart.

»Mein Sohn, dich haben die Träume nicht in Ruhe gelassen.«

Nordwind lächelte. »Eine Angewohnheit aus dem Krieg, in Abschnitten zu schlafen. Mir ist, als wärs eine ganze Nacht gewesen. Oftmals erwache ich mit Kanonendonner und Pferdegewieher in den Ohren.«

»Dann schlaf wieder ein. Hier donnern keine Kanonen, wiehern keine Pferde!«

»Ich kann nicht mehr schlafen. Das Rattern der Schienen ist schlimmer als Kanonendonner.«

Als sie aus dem Zug stiegen, waren die beiden sehr erschöpft.

Die Fähre kam bald und brachte sie nach Karaköy. Dicht vor ihnen stand ein Taxi, dem sie die Jahre ansahen. Stellenweise war der Lack abgeblättert, das Blech durchgerostet. Der Fahrer war ein alter Mann. »Bitte, die Beys!«, sagte er, »steigen Sie ein! Wohin, die Beys?«

Der Agaefendi und Nordwind sahen sich an.

»Hotel Pera Palace!«, sagte der Agaefendi mit Entschiedenheit.

Von der Brücke bis zum Hotel sang der Taxifahrer seinem Auto eine Lobeshymne, und er hörte damit auch nicht auf, als der Agaefendi nach dem Preis fragte. Erst nachdem der Agaefendi seine Frage eindringlich wiederholte, nannte der Fahrer den Betrag. Der Agaefendi hatte Gefallen an dem Mann gefunden und gab ihm ein reichliches Trinkgeld.

»Wann immer Ihr ein Anliegen habt, ich stehe auf der Brücke. Im Hotel kennt mich jeder, und sie holen mich. Ich stehe Ihnen zur Verfügung, mein Efendi.«

Am Hoteleingang nahmen ihnen zwei Bedienstete in Livree die Taschen ab. Die Zimmer waren wirklich prachtvoll. Der Agaefendi gab auch den Bediensteten ein großzügiges Trinkgeld, als sie die Taschen brachten. Sie packten ihre Reisetaschen aus, erfrischten sich, gingen hinunter und tranken einen Kaffee. Außer im Laden von Hayri Efendi hatte der Agaefendi noch keinen so köstlichen Kaffee getrunken, der starke Duft zog durchs ganze Hotel.

»Gehen wir doch bis zum Taksim-Platz. Da gab es zu meiner Zeit ein Café, wo ich mich mit meinen Freunden traf!« Sie gingen die Allee entlang bis Taksim, dann ein Stück zurück bis zum Café und nahmen dort Platz. »Der Stadtteil Beyoğlu hat sich gar nicht verändert«, sagte der Agaefendi. »Seit meiner Zeit hat sich kein Pflasterstein des Trottoirs von seinem Platz bewegt.«

Sich hier und da vor Schaufenstern aufhaltend, bummelten sie zum Hotel zurück. Sie waren müde geworden.

»Lass uns früh schlafen und zeitig aufstehen! Der Konak von den Sait Rahmis befindet sich auf der anatolischen Seite des Bosporus.

Wenn wir früh da sind, überraschen wir ihn noch, bevor er das Haus verlässt.«

Morgens frühstückten sie in einem Puddingladen Honigpasteten und Milch, gingen zu Fuß zur Brücke. »Die gleichen Dampfer fuhren schon zu meiner Zeit nach Kuzguncuk«, sagte stolz der Agaefendi, ging zum Schalter und löste die Fahrkarten. Sie gingen an Bord, und nachdem sie eine ganze Weile gewartet hatten, legte der Dampfer ab. »Zu meiner Zeit legte er auch so spät ab!«

»Die Brücke hat sich überhaupt nicht verändert, wie schön«, rief der Agaefendi, als der Dampfer anlegte.

Sie gelangten in eine Allee und gingen an einer Synagoge, einer Kirche und einer Moschee vorbei, die nebeneinander hochgezogen worden waren. An der Uferstraße standen Konaks. Vor einer Steigung blieben sie stehen. »Hier ist es«, sagte der Agaefendi. Sie erklommen die steile Straße und blieben vor einem verzierten Hoftor stehen. Den Klopfer schlug der Agaefendi, und ein uniformierter Schwarzer öffnete.

»Ist Sait Rahmi Bey zu Hause? Sag ihm: Dein kretischer Freund Musa Kazim ist gekommen!«

»Zu Befehl, Beyefendi!«, sagte der Schwarze und eilte im Laufschritt in den weiß getünchten großen Konak. Im Handumdrehen stand Sait Rahmi vor ihnen. Sie umarmten sich, und Sait Rahmi Bey vergaß auch nicht, Nordwind die Hand zu drücken.

»Sei willkommen, mein Lieber, du bringst Freude, mein Sultan. Dass du in die Türkei kamst, wusste ich, und ich fragte mich schon, warum mein Bruder nicht zu mir kommt. Ich befürchtete, dir sei etwas zugestoßen.« Er hakte sich beim Agaefendi ein. Über eine marmorne Schwelle betraten sie einen lang gezogenen Salon. Mehrere marokkanische Sessel, Stühle, ein großer Tisch. Nordwind hob staunend den Blick zur funkelnden Zimmerdecke. Sie schien mit Blattgold überzogen zu sein. Sie gingen ins Wohnzimmer, wieder grüne, marokkanische Sessel, ein schlichter Tisch, darauf Schreibstifte, Kristallkugeln, Aschenbecher und die Statuette einer springenden Gazelle aus Messing. Sie ließen sich in die Sessel sinken.

»Sait, dein Zimmer hat sich gar nicht verändert«, bemerkte der Agaefendi.

»Den Tisch mussten wir ersetzen, einem Freund gefiel der alte so gut, da musste ich ihm den alten geben. Aber einen Tisch wie jenen konnte ich weder in Istanbul noch in Paris auftreiben. Diesen hier entdeckte ich nach jahrelanger Suche bei einem Antiquitätenhändler. Erzähle aber, Musa, was hast du seit deiner Ankunft in der Türkei erlebt? Ich habe oft an dich gedacht. Eines Tages wird er schon kommen, habe ich gedacht. Mein Vater nahm am Befreiungskrieg teil, er kämpfte gegen die Griechen. Jetzt ist er Abgeordneter in Ankara. Was mich betrifft, ich habe mich eine Weile um das Gut gekümmert, vielleicht werde ich im kommenden Jahr Abgeordneter. Mein Vater will zurücktreten. Die Kriege haben ihn zu sehr erschöpft. Ich werde seinen Sitz einnehmen. Der Pascha hat mich gebeten. Die meisten Offiziere der Einheitspartei sind in Gallipoli gefallen. Die übrig gebliebenen mit Hochschulbildung kannst du an den Fingern abzählen. Aber erzähl du, was hast du gemacht, wo hast du in all den Jahren gesteckt?« Er hielt inne, überlegte, schaute Musa Kazim an und fragte: »Mann, habt ihr schon gefrühstückt? Ich hatte mich gerade rasiert und angezogen, und als ich euch sah, vergaß ich alles um mich herum. Also, auf zum Frühstück. Nehmt es mir nicht übel, dass ich so spät daran denke. Den Frühstücksraum kennst du ja, geh voran und zeige ihn uns!«

Musa Kazim ging vornweg und führte sie bis zur Tür des Frühstücksraumes.

»Bitte, mein Efendi!«

»Ich bitte Sie!«

»Nein, Sie! Du machst es genau wie damals. Bitte hinein, mein Efendi. Mit dir kann mans nicht aufnehmen. Lass mich nicht schon wieder verhungern!«

»In Ordnung«, sagte der Agaefendi, ergriff Nordwind am Arm,

und sie gingen hinein. Sait Rahmi folgte ihnen. Zu beiden Seiten der gedeckten Tafel standen in weißen Kitteln zwei junge Mädchen. Kaum hatten die Männer Platz genommen, füllten sie Tee in die Gläser mit metallenen Behältern; und Sait Rahmi hielt ihnen das kristallene Zuckerglas hin.

»Ich bitte dich!«, sagte Musa Kazim.

»Dein Bart ist ergraut, aber auf deine alten Gewohnheiten verzichtest du noch immer nicht!«

Sie frühstückten, sprachen von den alten Zeiten und gingen dann hinüber in das Wohnzimmer.

»Der Austausch …«, sagte Sait Rahmi.

»Schrecklich.«

»Ich weiß, eine schreckliche Sache, ich weiß. In diesen Austausch einwilligen war unser größter Fehler. Die Griechen haben uns, mit wenigen Ausnahmen wie dich, nur Analphabeten vom Lande geschickt. Unsere Griechen aber waren unter den Osmanen die gebildetsten Menschen. Viele Ärzte, Ingenieure und Akademiker waren Griechen. Auch die meisten Handwerker. Als sie fortgingen, gab es in Anatolien fast keine Maurer, Maler, Schmiede und Schuster mehr. In Izmir und Trabzon hatten im 19. Jahrhundert die Griechen sogar Konservatorien gegründet. All dieses Wissen haben die Griechen übernommen. Ich behaupte, dass die von Anatolien nach Griechenland ausgewanderten Griechen Griechenland verändern, ja entwickeln werden. Und so hat uns wieder einmal die Partei für Einheit und Fortschritt angeschissen. Aber lassen wir das, und du erzähle mir von deinem Abenteuer der Ausweisung, denn im Namen von Einheit und Fortschritt werden wir noch oft angeschissen werden. War es nicht Europa, das diesen Weltkrieg entfachte? Sie nennen ihn Weltkrieg, betrügen damit die Menschen. Es ist kein Weltkrieg, sondern das erste Völkermorden der Geschichte. Und du weißt ja, dass Europa in Lausanne diesen Bevölkerungsaustausch beschlossen hat.«

Musa Kazim ergriff das Wort, erzählte zuerst in allen Einzelheiten seinen Lebenslauf. Danach, wie sie fast übereinander in einen klapprigen Dampfer verladen wurden, dort schrecklichen Durst leiden mussten, die Toiletten von Gestank und Dreck nicht betreten konnten, dass der alte Dampfer ununterbrochen schlingerte, beim kleinsten Wellengang schon Schlagseite bekam, fast alle Passagiere sich krümmten und kotzten, der Dampfer nach zwei Tagen schon unerträglich stank, der Gestank und der Durst von Tag zu Tag noch anstiegen, über die Hälfte der Passagiere erkrankte, viele Kinder starben. Die Todesfälle wurden geheim gehalten. Leichen begannen zu stinken, viele wurden ins Meer geworfen, der Zustand an Bord war nicht mehr zu ertragen, die Anzahl der am Gestank Erkrankten stieg an. Im Hafen von Izmir konnten die zuständigen Personen vor Gestank nicht an Bord kommen, worauf sie sich schließlich einen Mundschutz umbanden, Kranke, Alte und Kinder von Lastenträgern von Bord holen ließen, während Passagiere bei ihren Toten Wache hielten …

»Viele der erschöpften, zum Skelett abgemagerten Passagiere, die den Dampfer nicht verlassen wollten, leisteten den Polizisten und Gendarmen unerwarteten Widerstand. Einen Teil dieser federleichten Menschen schleiften Polizisten und Gendarmen mit Gewalt von Bord. Die anderen wehrten sich mit Schreien und Klagen. Schließlich bekam ich den Auftrag, sie zu überreden. Als ich wieder an Bord ging, schlug mir ein derartiger Gestank entgegen, als hätte ich eine kräftige Ohrfeige bekommen. Ich strauchelte und fiel, und zwei Polizisten konnten mich gerade noch auffangen und mich zu den Aufsässigen schleppen. Einer von ihnen machte einen Schritt auf mich zu, wankte und fiel mit offenem Mund zu Boden. Wir sahen, dass er tot war. Die anderen konnten sich nicht von der Stelle bewegen. Einer von ihnen sah mich an, zog mit Mühe eine Decke hoch, darunter lagen aufgereiht nackte Leichen.

Der Mann, der die Decke angehoben hatte, war noch Haut und Knochen. »Sags denen da draußen, wir werden unsere Toten, die wir bis hierher versteckt gehalten haben, von ihnen nicht ins

Meer werfen lassen! Wir werden ein Stückchen Erde finden und sie begraben!

Gestützt von Polizisten, ging ich ins Bad. Wolkenbrüche gingen hernieder. Der Regen dauerte zehn Tage. Im Hafen verloren wir wohl die Hälfte unserer Leidensgenossen. Die anderen wurden in Anatolien verteilt. Wenn ich dir erzählte, was dann geschah, würdest du es nicht ertragen ...«

Zu dritt gingen sie zurück in die Stadt, ins Pera Palace.

Der Hoteldirektor kam: »Willkommen, Beyefendis!«, sagte er, »haben Sie einen Wunsch?«

Auf einen Wink beugte er sich zu Sait Rahmi hinunter. »Ich habe eine Bitte«, sagte dieser, »lassen Sie mir Briefpapier und Umschlag bringen!«

Ein junger Mann kam und reichte ihm das Gewünschte.

Er zog seinen goldenen Füllfederhalter aus der Tasche, schrieb einen Brief und gab dem jungen Mann den Umschlag. »Bringen Sie den Brief in die griechische Botschaft, und geben Sie ihn dem Botschafter persönlich, grüßen Sie ihn von mir, und warten Sie!«

Der junge Mann war bald mit einem Brief wieder da: Der Botschafter erwartete Sait Rahmi.

»Er ist ein guter Freund von mir, und er spricht Französisch wie seine Muttersprache. Er wird für dich tun, was in seiner Macht steht. Vielleicht tafeln wir heute Abend auch mit ihm.«

Die Bediensteten am Eingang zur Botschaft kannten Sait Rahmi, und kurz darauf erschien der Botschafter, hakte sich bei Sait Rahmi ein und führte sie ins Arbeitszimmer. Sait Rahmi stellte Musa Kazim vor und Musa Nordwind dem Botschafter. Der Kaffee wurde gebracht, und sie plauderten eine ganze Weile. Musa Kazim begann nach und nach, von seinen Abenteuern zu erzählen. Er sprach Griechisch, das Sait Rahmi wie viele Istanbuler auch beherrschte. Musa Kazim erzählte von seiner Pferdezucht, von der Dampferfahrt in die Verbannung, danach von ihren Leiden in Anatolien, noch ausführlicher als vorhin und in allen Einzelheiten. Sein Vortrag dauerte über eine Stunde. Sowohl der Botschafter als auch Sait Rahmi waren gerührt, beide hatten feuchte Augen, und solange Musa Kazim erzählte, schaute keiner dem anderen in die Augen.

Der junge Botschafter schaute Sait Rahmi eine Weile in die Augen. »Hat es so eine Vertreibung in der Weltgeschichte schon einmal gegeben?« Er wurde zornig.

»Als uns dieser Austausch eröffnet wurde, glaubte weder ein Türke noch ein Grieche ernsthaft daran. Wir alle lachten nur. Einige Tage später wurde dieses schreckliche Unheil Wirklichkeit. Und immer noch dachten wir, die vernünftigen Griechen oder Türken, das muss ein Irrtum sein. Und alle, die wie wir dachten, verkauften bis zum letzten Tag keine Nähnadel«, sagte Musa Kazim. »Ich gab meine Pferde, mein Gehöft, meinen Garten meinen Nachbarn in Verwahrung und kam her. Jeder meinte: Du fährst in die Türkei und kommst wieder zurück. Im Glauben, heute oder morgen kehren wir wieder zurück, haben meine Töchter ihre Truhen noch nicht geöffnet. Wir warten noch. Gott sei Dank, haben wir diese Insel gefunden. Gott sei Dank, trafen wir auf dieser Insel auf Menschen wie Nordwind Bey. Er wurde zum Trostpflaster all unserer Leiden.«

»Ich werde dem Außenministerium von euch berichten. Im Ministerium habe ich Freunde, mit denen ich enger verbunden bin als mit leiblichen Brüdern, und in der Regierung bekleiden Freunde und Verwandte hohe Ämter. Nur herrscht jetzt in Athen ein ziemliches Durcheinander, niemand weiß, wie dort gedacht und entschieden wird. Es gibt viele Hürden. Freundschaft mit der Türkei bahnt sich an ... Wenn wir eine in Griechenland so bekannte Persönlichkeit wie Musa Kazim Bey wieder zurückholen, kann das sogar diese Freundschaft gefährden. Zumindest haben die hier zuständigen Beamten solche Befürchtungen. Und gegen diese Macht reicht niemandes Macht. Sait Bey, kann bei euch jemand außer Mustafa Kemal Pascha einen in der Türkei sehr bekannten Griechen zurückholen?«

»Schwerlich.«

»Aber ich werde trotz allem für Musa Kazim Bey alles in Bewegung setzen.«

Musa Kazim bedankte sich bei dem Botschafter.

Der Botschafter beugte sich vor und ergriff die Hand von Sait Rahmi: »Bald wirst auch du zum Botschafter ernannt«, sagte er. »Wenn du nach Athen gehst, regelt sich diese Angelegenheit.«

»Eigens für Musa Kazim würde ich nach Athen gehen. Wenn wir zwei Botschafter uns einig sind, können wir sogar den Beschluss der Lausanner Konferenz für eine Person außer Kraft setzen.«

»Heute Mittag seid ihr meine Gäste!«, sagte der Botschafter. »Ich bringe euch in ein sehr gutes Restaurant, da reden wir weiter. Ich befürchte, dass diese beginnende Freundschaft nicht andauern wird.«

»Wer will diese Kriege?«

»Ja, wer will sie?«

2

Schneeweiß wie eine Jacht kam ein Kutter auf, dem fünf von Kopf bis Fuß pechschwarz gekleidete Männer entstiegen. Alle trugen schwarze, gezwirbelte Schurrbärte. Ihre gebogenen Nasen waren groß, ihre Wangen eingefallen, ihre Hautfarbe dunkelbraun. Und ihre schwarzen Augen riesengroß. Sie waren alle hochgewachsen, keiner weder einen Finger größer noch kleiner als die anderen. Ihre Revolver steckten in schwarzen Holstern, die über ihren Hüften hingen, und von den rechten Westentaschen bis zu den linken hingen die goldenen Ketten ihrer Uhren. Über die Beine hatten sie die Schäfte ihrer schwarzen Stiefel gezogen und auf ihre Köpfe dunkelblaue Feze mit lila Troddeln gesetzt. Sie waren wie aus einem Guss. Die fünf Männer gingen von der Brücke zu den Häusern der Pfeffersäcke. Einer neben dem andern. Erst vor den Häusern zerstreuten sie sich und schlenderten eine Weile herum. Am Ufer kamen sie wieder zusammen, blieben nebeneinander stehen, betrachteten das Meer, gingen nebeneinander weiter über die Insel, vorbei an der Höhle, ohne hineinzublicken, bogen ab, stiegen wieder zum Ufer hinunter, weiter durch die mit Feigenbäumen bestandene Senke zum Hain der Granatapfelbäume.

Auf dem Kamm angelangt, stellten sie sich in eine Reihe und schauten zur Sonne. Kurz vor Sonnenuntergang tauchten sie bei den Platanen auf. Allein oder zu zweit kamen die Bewohner aus ihren Häusern und gesellten sich zu ihnen.

»Ihr seid willkommen, bitte, bitte, setzt euch doch!«, sagte Hüsmen.

»Danke sehr!«, sagten alle fünf gleichzeitig und setzten sich. Auch die Stimme der fünf klangen wie aus einem Mund, worüber sich die Inselbewohner doch sehr wunderten. Der Mund der fünf Männer schloss sich nach dem Danke gleichzeitig, die Stimmen der fünf hörten sich an wie die Stimme eines einzigen Mannes.

Hüsmen staunte und verrenkte fast seinen Hals. Er drehte sich nach links und rechts, schaute einen nach dem anderen verblüfft an und fand keine Worte. Und nachdem er wieder Mut gefasst hatte, begann er, jedem der fünf nacheinander in die Augen zu sehen. In diesem Augenblick kamen die Doktoren, und wer schon saß, stand auf. Die Gäste rührten sich nicht von ihren Plätzen. Die Doktoren setzten sich gegenüber den schwarz gekleideten Gästen aufs Sofa. Eine Weile schauten sie ihnen in die Augen, konnten sich aber keinen Reim auf sie machen. Die Männer sprachen nicht, hatten ihre Augen aufs Meer gerichtet, schauten in die Weite, hatten ihre Hälse gereckt, als warteten sie auf jemanden.

So schwiegen sie eine ganze Weile, und auch die Inselbewohner hüllten sich in Schweigen. Schließlich hielt es Doktor Salman Sami nicht mehr aus: »Woher kommt ihr, wohin wollt ihr, meine Efendis? Sucht ihr jemanden? Oder habt ihr die Absicht, euch auf unserer himmlischen Insel niederzulassen?«

»Wir kommen aus dem Orient und wollen in den Maghreb und suchen einen namens Abbas«, sagte der Mann an ihrer Spitze, »und wir haben nicht die Absicht, uns auf eurer himmlischen Insel niederzulassen.«

Noch bevor der Doktor das Wort ergreifen konnte, sagte der Tierarzt: »Hier gibt es einen Mann mit Namen Abbas.«

»Wer ist es, können wir mit ihm sprechen?«, fragte der Wortführer mit einer Stimme, zischend wie eine Schlange.

Zuerst lächelte Doktor Salman Sami und dann alle anderen.

Die Heiterkeit schien den Wortführer zu beruhigen. »Bringt ihn sofort her«, befahl er in scharfem Ton, und die Hände der fünf gingen zu ihren Revolvern.

Vasili lief sofort ins Haus und kam mit Ipek und Abbas in den Armen im Laufschritt zurück. Er blieb vor dem Wortführer mit den griffbereiten Revolvern stehen und sagte: »Das hier ist Abbas, und das ist seine junge Braut Ipek.«

Der schwarz gekleidete Wortführer lachte, und im selben Augenblick auch die anderen. Als lachten nicht fünf, sondern nur ein Einziger. Als der Wortführer zu lachen aufhörte, gefror augenblicklich auch das Lachen auf den Lippen der anderen.

Der Kater Abbas, hinter ihm Ipek, beschnupperten vom ersten Mann bis hin zum letzten die Beine, setzten sich anschließend auf den Hintern und ließen die Männer nicht aus den Augen. Als dem Mann an der Spitze auffiel, dass die Katzen ihn und die andern anstarrten, wurde er unruhig, und ein Schauer überlief ihn vom Kopf bis zu den Zehen.

Mit ihm erschauerten auch die anderen.

»Wer hat dieser Katze den Namen Abbas gegeben?« Wieder zischte seine Stimme. Als die Katzen das Zischen hörten, standen sie auf, verharrten am Keuschlammbaum und begannen, sich das Fell zu lecken.

»Ich gab ihr den Namen.«

»Ist das der Name deines Großvaters?«

»Nein.«

»Deines Onkels, deines Vaters …?«

Der Blick des Mannes durchbohrte den Tierarzt.

»Es ist der Name meines geliebten Kriegskameraden aus Erzurum«, sagte der Tierarzt.

In den Mann, der regungslos wie ein schwarzer Felsblock dasaß, kam Leben, er nahm sogar die Hände von seinen Oberschenkeln, bewegte sie. So taten es auch die anderen schwarz gekleideten Männer. »Wo ist jener Freund?«

»Wir beide gerieten in russische Gefangenschaft.«

Doktor Salman Sami stand auf und sagte: »Jetzt wissen wirs, diese Männer wollen den Stammbaum der Katze kontrollieren«, drehte sich um und ging zum Röhricht. Nach ihm erhob sich auch Doktor Halil Rifat, sagte: »Jetzt wissen wirs« und ging gleichfalls.

Der Mann an der Spitze schwieg ratlos, der Tierarzt kam ihm zu Hilfe: »Während der Schlacht um Gallipoli wurde die zerstörte Kirche hier zum Lazarett. Der zuerst aufstand und ging, war Arzt im Rang eines Majors, der Zweite Arzt im Rang eines Hauptmanns. Als sie pensioniert wurden, ließen sie sich hier nieder. Und ich bin Tierarzt und wurde als Kriegsversehrter pensioniert. Ich bin durch die ganze Türkei gezogen, fand keinen schöneren Ort als diese Insel und blieb.«

»Was geschah mit Abbas, hast du seine Leiche mit eigenen Augen gesehen?«

»Gesehen habe ich sie nicht.«

»Wo ist er jetzt?« Seine Stimme klang wieder wie das Zischen einer Schlange. »Wo kann er jetzt sein?«

»Wir lagen unterm Schnee.«

»Wie wurdet ihr gerettet?«

»Wir lagen in den Hängen des Allahüekber allesamt unterm Schnee. Wer nicht vom Schnee begraben war, gefror zu Eis, die Hänge verwandelten sich in einen Wald von erfrorenen Soldaten.«

»Erzähl mir, wie ihr davongekommen seid!«

»Wie, weiß ich nicht. Russische Soldaten haben uns unterm Schnee herausgeholt. Im Krankenhaus öffnete ich meine Augen. Eins meiner Beine war erfroren, meine rechte Schulter kaputt. Einer der Doktoren war Tatare, und wir konnten uns halbwegs verständigen. Sie haben mich gut behandelt, heilten meine Schulter. Mein Arm wurde kürzer, sie brachten mein Bein in Ordnung. Ich blieb bis zum Frühling im Lazarett. Der Tatare im Rang eines Majors brachte mich zu Abbas, wir umarmten uns und weinten. Nachdem ich Abbas verlassen hatte, sagte mir der tatarische Major: Wenn du willst, mach dich davon, denn wer weiß, wann sie dich in Russland wieder freilassen. Wie kann ich Abbas hier zurücklassen, sagte ich. Rette du dein Leben, was aus Abbas wird, ist ungewiss, sagte er. Er hatte keine

Stelle, die nicht verletzt war. Ich ging zu ihm und brüllte. Schließlich öffnete er die Augen und lächelte mich an. Plötzlich verzerrte sich sein Gesicht vor Schmerzen, ich mochte gar nicht hinsehen. Mit schwacher Stimme sagte ich, es heißt, das ganze Heer ist zu Eis erstarrt; die Hänge haben sich in einen Wald erstarrter Soldaten verwandelt. Oh weh, sagte er und schloss die Augen. Und ich verließ Abbas. Ich küsste die Hand des tatarischen Majors. Er sagte, geh in Frieden, Bruder. Ich kam auf diese Insel und fand diese Katze. Außer Vögeln, Schlangen, Ameisen und Schmetterlingen traf ich keine Geschöpfe an. Diese Katze wurde mein Weggefährte.«

»Findet jener Abbas dich auf dieser Insel, wenn er genest und in seine Heimat zurückkehrt?«

»Er findet mich.«

»Wie findet er dich?«

»In der Moschee von Van lebt ein Sofi. Wenn Abbas freikommt, macht er sich sofort nach Van auf, um mich zu finden. In Van kennt mich jeder. Zwei in Van wissen, wo ich bin. Einer ist Sofi: Den trifft er in der Großen Moschee. Wenn er nicht gestorben ist, findet er mich. Der andere ist Fischer Kirkor, der auf einer Insel lebt. Aber der hat keine Ahnung von der Welt.«

»Dieser Abbas ist nicht gestorben, er lebt.«

»Wo?«, fragte der Tierarzt.

»Er soll auf einer dieser Inseln sein.«

»Wo er auch ist, ich finde ihn. Finde ihn und bringe ihn euch. Was wollt ihr von ihm?«

»Wenn du ihn findest, werde ich dich und ihn umarmen.«

»Ich finde ihn, wenn er hier irgendwo ist.« Er stand auf, und die anderen waren im selben Augenblick auf den Beinen.

»Nun gut, woher wisst ihr, dass Abbas auf diesen Inseln ist?«

Der Anführer der schwarz gekleideten Männer hakte sich beim Tierarzt ein, und sie gingen in Richtung Röhricht. »Wir wissens aus Istanbul. Hier lebt ein Schah der Tschetschenen, wir erfuhren es von ihm.«

»Üzeyir Khan. Woher weiß er es?«

»Dieser Schah der Tschetschenen hat zwei Söhne in Istanbul. Wir trafen auf Freunde von ihnen. Jener Mann soll früher Schah gewesen sein, jetzt ist er Standesbeamter. Er hat seinen Söhnen erzählt, ein berühmter Held mit Namen Abbas sei auf die Inseln gekommen. Wir haben ja einen Abbas gefunden, aber das ist eine Katze. Meines Erachtens ist der Abbas, den wir suchen, hier nur durchgekommen.«

»Habt ihr beim Khan der Tscherkessen gefragt?«

»Haben wir. Drei Tage und Nächte hat er die Einträge geprüft. Einen mit diesem Namen gibt es nicht, sagt er, und damit war es für ihn erledigt …«

»Wenn er hier durchgekommen ist, finde ich seine Spur, auch wenn er über das Meer gelaufen ist, und dann bringe ich ihn euch. Finde ich ihn in einem Monat nicht, dann ist er gestorben oder nicht hierhergekommen. Sucht ihn dann woanders, und gebt mir Nachricht, wenn ihr ihn findet. Er ist mein Bruder und ein Held. Habt ihr sein Dorf aufgesucht? Er stammt aus dem Dorf Orsor, Provinzstadt Hines bei Erzurum.«

»Und ob wir dort gesucht haben. Fünfmal sind wir dort gewesen, und fünfmal fanden wir das Dorf menschenleer vor. Sie sollen in den Kaukasus, ihre eigentliche Heimat, zurückgekehrt sein.«

»Wenn Abbas noch lebt, ist er in sein Dorf zurück. Und als er dort niemanden vorfand …«

»Ob er in den Kaukasus gezogen ist?«

»Er zieht nicht in den Kaukasus.«

»Meinst du, wir sollen in seinem Dorf auf ihn warten?«

»So ist es. Er liebte seine Berge, seine von Blumen umgebenen Quellen sehr. Und Istanbul. Er war in Istanbul verliebt. Wie ein Mensch in ein Mädchen verliebt sein kann, so war er in Liebe für Istanbul entbrannt.«

Noch während sie redeten, unterbrach sie Hüsmen: »Mensch, Freunde, wenn dieser Abbas nicht unsere Katze ist, sondern ein Mensch, warum sucht ihr ihn Schulter an Schulter?«

Der Wortführer schaute verblüfft. Mit ihm die anderen. Der Mann schaute nach rechts, und auch die anderen schauten zur Seite. Der Wortführer fand eine Zeit lang keine Antwort.

Hüsmen nutzte diese Stille und fuhr fort: »Ihr wisst alles. Habt euch pechschwarz gekleidet, euch schwarze Kalpaks auf die Köpfe gesetzt, und eure Füße stecken in schwarzen Stiefeln. Ihr kommt hierher und donnert wie die Berge, und wer euch sieht, dem zittern die Knie. Was ist Abbas für euch, wer ist Abbas überhaupt, was arbeitet er, ist er euer Verwandter, ist er euer Feind?«

»Wer bist du, was tust du hier, woher bist du gekommen?«, zischte der Wortführer scharf.

Und auch seine Begleiter wie aus einem Mund, die Augen stier, die Halsadern fingerdick geschwollen: »Wer bist du, was hast du hier zu schaffen, woher kommst du?«

Angesichts ihrer Verblüffung wurde Hüsmen noch beherzter: »Wenn ihr alles wisst, warum findet ihr dann nicht das Dorf von Abbas? Einen verirrten Menschen zu finden, ist schwer, aber ein verlorenes Dorf zu finden, ist ein Kinderspiel!«

»Woher bist du gekommen, was ist dein Beruf?« Der Schwarzgekleidete hatte seine Stimme etwas gedämpft. Die anderen Schwarzen wiederholten ihn nicht, sie schwiegen, hielten die Köpfe gesenkt und warteten ab.

»Ich bin aus Griechenland gekommen. Sie verbannten mich, und Mustafa Kemal Pascha schickte mich auf die Insel. Hier habe ich ein Haus, eine Frau und, Gott segne sie, sechs rosige Kinder. Ihr habt nicht einmal ein großes Dorf gefunden, ihr sucht nach einem verschollenen Menschen und findet unsere Inselkatze. Sucht einen Floh mit Augen, die einen Elefanten nicht sehen können! Sagt ihr mal: Wer seid ihr, woher kommt ihr, wohin geht ihr? Wenn ich herausfinde, wo euer Dorf ist, sage ich es euch.«

»Wir wissen, wo das Dorf ist«, sagte der Schwarzgekleidete.

»Warum geht ihr dann nicht hin?«

»Bevor wir das Dorf erreichten, waren die Männer von Emir Selahaddin schon da und haben alle Bewohner verschleppt. Wohin, das haben wir nicht herausgefunden. Ohnehin können wir es nicht betreten, und könnten wir es betreten, könnten wir nicht einmal einen räudigen Hund mitnehmen, geschweige einen Menschen. Die stehen unter dem Schutz von Emir Selahaddin.«

»Ist der Emir, von dem du sprichst, Emir Selahaddin, der Sultan von ganz Arabien?«, fragte der Tierarzt.

»Ja, dieser Emir Selahaddin«, antwortete der Schwarzgekleidete, »niemand wagt sich in seine Nähe. Er ist ein weltweiter Schah. Hätte Abbas nicht in seinem Serail Schutz gesucht, gäbe es heute keinen Knochen mehr von ihm.«

Sie erhoben sich alle gleichzeitig und gingen zur Brücke. Der Anführer blieb stehen, drehte sich um und sagte: »Vertriebener Mann, eins sage ich dir: Sei nie wieder so überheblich, und halte nicht jeden Mann, den du triffst, für so anständig, wie wir es sind. Man könnte dich auch von dieser Insel ins Jenseits vertreiben!«

Hüsmen ging auf die Brücke und blieb vor dem Mann stehen. »Schau, Bruder, ich wollte dir nichts Böses, wollte dir nur einen Gefallen tun! Warum bist du so wütend geworden? Nimms mir nicht übel, wenn ich gefehlt habe. Wie soll ich dich benachrichtigen, wenn ich diesen Abbas hier in der Gegend sehe?«

Der schwarze Mann war beschwichtigt, er legte seine Hand auf die Schulter von Hüsmen, neigte sich an sein Ohr und sagte: »Wenn du diesen Mann findest, benachrichtige heimlich Kavlakzade Remzi Bey, und ich mache dich so reich wie Krösus!« Er sprang in das Boot, und die anderen folgten ihm.

Nach einigen Meilen Fahrt hielt das Boot und ankerte. Als es dunkel wurde, setzte es alle Leuchten und verwandelte sich in einen Lichterball.

Fernab, in der Gegend der Rauen Insel, kam aus dem Dunkel ein über die Toppen beleuchteter Dampfer auf.

Das Boot lichtete den Anker, näherte sich wieder der Insel, begann sie zu umkreisen und setzte alle Lichter. Der Dampfer folgte ihm und tauchte die Insel in helles Licht. Boot und Dampfer umkreisten ununterbrochen die Insel bis in den Morgen. Kaum hellte es im Osten auf, verloren sie sich in der Dämmerung und verschwanden. Als die Sonne aufging, kamen aus allen Richtungen Wolken tiefblauer Schmetterlinge und ließen sich auf die Insel nieder. Der blaue Schatten der Schmetterlinge bedeckte die Insel, färbte Häuser, Strände, Bäume, Menschen, Meer blau. Bis Sonnenuntergang wiegte sich die ganze Insel in reinem Blau. Bis zum Mittag des zweiten Tages schwirrten die Schmetterlinge hierhin, dorthin, zerstreuten sich dann und verschwanden.

Als das Boot und der Dampfer die Insel pausenlos umkreisten, die Insel in Licht versank, gingen die Inselbewohner nicht in ihre Häuser, auch als die Lichter verschwanden und das Dunkel sich über sie senkte, rührten sie sich nicht und warteten stumm auf die Lichter. Sie fanden das ganz normal und sprachen nicht einmal darüber. Als die Schmetterlinge ihr Blau über die Welt verbreiteten, in Wolken die Insel bedeckten, freuten sie sich zuerst, waren dann aber verblüfft und ratlos, als sie die Insel völlig zudeckten und über ihren Köpfen brodelten. Als die ganze Welt und auch ihre Gesichter, Hände und Zähne tiefblau anliefen, schauten sie in die Höhe und konnten ihre Augen von den brodelnden Wolken von Schmetterlingen nicht wenden. Als die Schmetterlinge verschwanden, leerte sich auch der Himmel, und ihnen war, als sei der Himmel samt den Schmetterlingen verschwunden. Danach sprachen sie untereinander nicht mehr von den Schmetterlingen. Sie verzogen sich in ihre Häuser, bis der Agaefendi und Nordwind kamen.

Alle versammelten sich augenblicklich unter den Platanen. Kapitän Kadri trug die randvollen Säcke und Beutel von Deck und packte sie auf die Tische. Auch Zehra und Nesibe kamen im Laufschritt herbei, umarmten ihren Vater und drückten anschließend Nordwind die Hand. Zehras Gesicht war wieder rosarot angelaufen, und ihre Hände zitterten. Als die Mädchen das zufriedene Gesicht und die fröhlichen Augen ihres Vater sahen, wunderten sie sich zuerst, dann riefen sie lachend: »Ihr seid willkommen!«

»Sind alle Kinder hier?« Die Stimme von Agaefendi floss über vor Freude.

Die Kinder scharten sich um ihn. »Kommt mit!« Der Agaefendi ging zum Tisch, die Kinder ihm nach … Er nestelte am kleinen Jutebeutel in seiner Hand, bis Kapitän Kadri kam und den Knoten löste.

»Schütte alles auf den Tisch, mal sehen, was im Beutel ist!«

Kleine Päckchen in allen Farben kamen zum Vorschein. »Verteile sie an die Kinder, Kapitän!« Die Päckchen in ihren ausgestreckten Händen, standen die Kinder da. Von den restlichen Päckchen nahm der Agaefendi eins und reichte es dem Kapitän: »Mach es auf!«

Im geöffneten Päckchen lagen rosafarbene Lokum, dicht an dicht gereiht. Verblüfft öffneten die Kinder die Päckchen in ihren Händen, starrten auf den Agaefendi und warteten ab. Mit spitzen Fingern nahm der Agaefendi aus dem Päckchen, das der Kapitän in der Hand hielt, einen Lokum, wischte mit den Fingern über den Streuzucker, steckte ihn in den Mund und leckte sich die Finger. Die Kinder taten es ihm gleich, und so auch Kapitän Kadri.

Überwältigt von dem nach Rosen duftenden Geschmack an ihrem Gaumen, brüllten die Kinder begeistert, rannten vom Röhricht ans Ufer und auf den Hügel zum Olivenhain, ließen ihre Beine den Hang hinunterbaumeln und begannen, genüsslich die Lokum zu verzehren.

»Öffnet noch die anderen Beutel!«, befahl der Agaefendi. Auch ein gehäutetes ganzes Schaf war gekauft worden. »Meine Hanums, dieses Schaf bleibt euch überlassen!« Die Töchter betrachteten ihren Vater verblüfft. Seine Haltung, sein Gang, das Schlenkern der Arme und Hände, alles an ihm war verändert. Das war nicht jener, der, den Kopf in die Hände gestützt, kein Wort gesprochen hatte und gedankenversunken wie ein Schlafwandler umhergegangen war.

Auch Melek Hanum hatte diese Veränderung wahrgenommen, und sie erschrak. Machte er sich morgen schon auf den Weg nach Kreta?

Zehra konnte ihre Augen nicht vom Vater wenden. Er schien verjüngt, die Sorgenfalten in seinem Gesicht hatten sich geglättet, seine Reden hatten den alten, befehlenden Ton angenommen, er war selbstsicher und wieder der Mann, dessen Lebensfreude auf seine Umwelt übersprang.

Schließlich hielt es Zehra nicht länger aus, sie hakte sich bei ihrem Vater ein, und sie gingen bis zum Röhricht. Dort fragte sie: »Nun sag schon, Vater, was ist passiert?«

»Sehr viel, mein Mädchen, sehr viel.« Jetzt kam auch Nesibe herbei und danach Melek Hanum. Der Agaefendi lächelte sie an. »Ich wollte Zehra erzählen, was wir erleben mussten. In Ankara wurden wir von einem großen Tier«, er lachte lauthals, »das aber eher eine Ratte war, beleidigt. Als wir dann erfuhren, dass sich die griechische Botschaft in Istanbul befindet, sind wir dorthin gefahren. Dort haben wir meinen Freund Sait Rahmi aufgesucht. Er hat uns tagelang auf Händen getragen. Der griechische Botschafter ist sein Freund. Er hat uns versprochen, er werde uns umgehend nach unserem Kreta, zu unseren Pferden schicken und mit denen, die wir lieben, vereinen. Als er das sagte, dachte ich: Wie gut, Mädchen, dass ihr eure Truhen noch nicht geöffnet habt!« Dann ging er zu den Platanen, Nesibe folgte ihm.

Zehra und Melek Hanum standen wie erstarrt, sie konnten weder sprechen noch sich in die Augen schauen. Nach geraumer Zeit kam Melek Hanum wieder zu sich: »Man kann nie wissen, mein Mädchen, gräme dich nicht, Ausgewiesene nehmen sie auf keinen Fall wieder auf, sagte der Kapitän. Mein Kapitän Kadri kennt sich da aus, er unterhält sich auch mit den Paschas und Beys. Die von dort hierher ausgewiesen sind, können auf keinen Fall mehr zurückkehren«, sie wurde lauter, »nie und nimmer.«

»Ich habe Angst! Du kennst meinen Vater nicht, Hanum. Er

wird alles daran setzen, um auf dieses vermaledeite Kreta zurückzukehren. Er hat schon immer bekommen, was er anpackt.«

»Wie schön du doch bist, mein Mädchen! Du gehörst zu denen, die Gott zu seiner Erbauung schuf. Ist es nicht schade um dich?«

»Auch du bist sehr schön, Melek Hanum«, sagte Zehra, »ist es nicht auch schade um dich?«

»Gräme dich nicht, mein Mädchen, gräme dich nicht, es wird oft hell, bevor der Tag beginnt! Kennt ihr diese Redewendung auch?«

»Wir kennen sie auch.«

»Schau, Mädchen, sie mögen deinem Vater dort allerlei versprochen haben. Aber Mustafa Kemal Pascha nimmt nicht zurück, was er einmal gesagt hat. Dein Vater kann nicht zurück nach Kreta. Aber Lena, werdet ihr sagen, ist zuerst nach Griechenland gezogen und dann zurück auf ihre Insel geflüchtet. Wenn die Regierung erfährt, dass Lena hier ist, schickt sie sie umgehend zu den Griechen! Darüber hinaus soll Lena im Krieg vier Söhne bei Mustafa Kemal Pascha gehabt haben. Zwei von ihnen sollen bei Mustafa Kemal Pascha gefallen sein. Zwei Söhne sind jetzt noch bei ihm, erzählt man. Nordwind sagt, sie schicken die Frau trotzdem auf der Stelle nach Griechenland. Die nehmen euch nie wieder in Kreta auf! Dein Vater macht sich etwas vor. Ich würde das auch im Beisein deines Vaters erfragen, er soll es hören.«

»Frag du, Melek Hanum, frag, auf dass ich nicht sterbe!«

Hüsmen war auch ein geschickter Metzger. Er zerteilte das Schaf, legte Rippchen, Filet, Rostbraten, Leber und Lunge gekonnt auf den Tisch. Sie rösteten das Fleisch auf der Glut von Olivenbaumholz. Vasili hatte schon längst die Weinflaschen entkorkt und auf den Tisch gestellt. Zwei Flaschen Mastika und zwei Flaschen Raki standen dahinter und warteten darauf, geöffnet zu werden.

Als die gerösteten Lammrippchen auf den Tellern lagen, wurde mit einem Schluck Wein begonnen. Der Agaefendi nahm einen Schluck und ließ ihn über seine Zunge wandern. »So einen Wein findest du nicht auf Kreta und nicht in Frankreich. Woher kommt er?«

Vasili zeigte auf den grünen, stufenförmig aufsteigenden Hang des Hügels. »Von den Weinbergen da oben. Tanasi Karincaezmez hat ihn aus den Trauben dort gekeltert.«

Gemeinsam mit dem Agaefendi hob jeder sein Glas: »Auf seine Gesundheit und seine Ehre!«

Als die Flaschen sich leerten, kam solch fröhliche Laune über sie, dass sie alles und jeden auf dem Erdenrund, ob Wolf, Vogel, Käfer, Schlange, Tausenfüßler und alle Fische der Meere, hochleben ließen.

Zehra und Nesibe wunderten sich. Noch nie hatten sie ihren Vater so hingerissen erlebt. Er war sonst immer so ernst. Seinen Zorn, seine Freude und alle anderen Gefühlsregungen hatte er nie offen gezeigt.

»Zum Wohle dessen, der diese Reben pflanzte, pflegte und aus ihnen so herrlichen Wein kelterte, der harzig duftenden Raki kaufte und für uns aufbewahrte, zu Ehren unseres Tanasi!«

Als der Agaefendi sich den letzten Schluck Mastika aus der Flasche genehmigt hatte, rief er begeistert: »Nach meiner Rückkehr werde ich als Erstes auf Kreta unseren gesegneten Tanasi ausfindig machen und auf meine Farm bringen. Dort werde ich ihm den fruchtbarsten Boden geben, auf dem er Reben anbauen und Wein keltern soll. Ich werde ihm arabische Vollblüter schenken. Und ich werde in Griechenland von Dorf zu Dorf gehen und jedem erzählen, dass es in dieser dreckigen, unmenschlichen Zeit auch gesegnete Menschen wie Tanasi gibt. Auch der Presse werde ich es berichten. Ganz Griechenland wird kreisrunde Augen machen.« Er stand auf, kam schwankend auf den ernst dreinblickenden Nordwind zu, der sofort auf die Beine schnellte und seine Jacke zuknöpfte. Der hochgewachsene Agaefendi legte ihm seine Hände auf die Schultern.

»Dieser heldenhafte Junge hat mir den Weg nach Kreta geöffnet. Er hat für mich in Ankara viel Unbill auf sich genommen. Dieser Held der Ostfront und des Freiheitskrieges hat sich meinetwegen mit seinem Kommandanten entzweit und seine Zukunft aufs Spiel gesetzt. Ich werde ihn mit nach Kreta nehmen. Wenn er nicht auf Kreta leben will, werde ich ihm in Athen ein Haus kaufen. Er hat prunkvolle Häuser, edle Vollblüter und Autos verdient, ich werde ihn vor jeder Unbill bewahren. Wie ich das anstelle, werdet ihr schon noch erleben. Jeder ist Hahn auf seinem eigenen Misthaufen.«

Während er so redete, schämten sich Zehra und Nesibe in Grund und Boden. Nordwind nahm ihn am Arm und schlug mit dem schwankenden Agaefendi, dessen Beine sich verhedderten, den Weg nach Hause ein. Auch Zehra hakte sich bei ihm unter, und so nahmen sie ihn in ihre Mitte. Mit Mühe stiegen sie die Treppe hoch und brachten ihn bis ins Schlafzimmer. Nordwind machte sofort wieder kehrt, doch Zehra hielt ihn beim Treppenabsatz an: »Morgen werde ich den ganzen Tag bei Şerife Hanum sein, sie hat einen neuen Kelim fertig gewoben.«

Und Nordwind flüsterte ihr ins Ohr: »Morgen wird Vasili sich bei Şerife Hanum einfinden und dir sagen, dass ich in der Mühle auf dich warte. Du gehst durch den Olivenhain den Hang hinauf, da sieht dich niemand!«

Beider Herzen pochten bis zum Hals. Nordwind fasste das Mädchen bei der Hand. Beider Hände zitterten wie Espenlaub. Als Nordwind die Treppe hinunterstieg, klammerte er sich ans Geländer. Seine Beine waren weich geworden, und mit Mühe erreichte er die Platanen. Er schaute um sich und sah niemanden. Während er sich noch vergewisserte, hörte er Schritte vom Röhricht her. Er lauschte, die Schritte waren denen von Vasili sehr ähnlich.

»Vasili?«

»Ja, ich bins.«

Vasili kam, setzte sich neben ihn und fragte: »Willst du etwas von mir?«

»Woher weißt du das?«

»Frag nicht und sag, was du zu sagen hast!«

»Du kennst dich doch mit Schlössern meisterhaft aus, nicht wahr?«

»Sag mir, was du willst!«

»Morgen noch vor Morgengrauen wirst du ein Hängeschloss auftreiben, wirst in die Mühle gehen und das Schloss an der Innenseite anbringen und mir dann den Schlüssel bringen. Ich werde schon da sein, bevor du mit deiner Arbeit fertig bist. Dann wirst du zu Şerife Hanum gehen. Sie ist mit einem neuen Kelim fertig, den wirst du dir anschauen. Zehra wird auch dort sein, es reicht, wenn sie dich sieht!«

Vasili stand auf: »Wird gemacht, Bruder. Heute hast du dich sehr angestrengt, und morgen musst du sehr früh hoch.«

»Woher weißt du, dass ich früh hoch muss?«

»Mann, hast du mir nicht gerade die Sache mit dem Schloss aufgetragen?«

Eingehakt stiegen sie die Treppe in Nordwinds Haus hoch, wo sie von Mutter Lena begrüßt wurden. Vasili und Lena entkleideten Nordwind und zogen ihm ein Nachthemd an. Kaum hatte Nordwind seinen Kopf aufs Kissen gelegt, schlief er ein.

Früh am Morgen wachte er auf. Er hatte durchgeschlafen. Ausgeruht stand er auf, ging ins Bad, wusch und rasierte sich. Lena hatte das Frühstück schon zubereitet, im Haus roch es nach Tee. Nordwind setzte sich hastig an die Tafel. Genauso hastig ergriff Lena die dampfende Teekanne, füllte die Gläser und warf je zwei Stück Zucker in den Tee. Nordwind frühstückte so schnell, dass seine Hände fast nicht zu sehen waren. Mit dem letzten Bissen noch im Mund, eilte er kauend zur Treppe, merkte gar nicht, dass er die Stufen hinuntersprang, und fand sich vor der Tür der Mühle wieder.

Den Schlüssel hatte er in der Hand, steckte ihn ins Schloss, und die Tür sprang auf. Wie er die Treppe emporstieg, wusste er nicht mehr. Er hockte sich vorm Fenster hin, lehnte den Rücken an die Wand und zog die Beine an. Es war kurz vor der Morgendämmerung, der Dunst auf dem Meeresspiegel stieg ganz langsam aus dem Zwielicht in die Höhe.

Nordwind schaute plötzlich auf, denn von weit her kam ein

Dampfer, der alle Lichter gesetzt hatte. Die Blätter einer hohen Silberpappel zitterten, außer dem Flügelschlag eines Vogels, der unten aus dem Gestrüpp flatterte, war auf der Insel kein Laut, nicht einmal ein Windhauch zu hören. Sein Blick blieb auf Zehras Haus haften. Eine Weile verharrte er, dann sprang er aufgeregt wieder auf die Beine. Von oben kamen Geräusche, er blickte hinauf und sah am obersten Knick des Dachstuhls ein Schwalbennest. Aus einem Winkel vermeinte er, eine Stimme zu hören: Auch dort hatte eine Schwalbe ein Nest hingesetzt. In der dritten Ecke war auch ein Schwalbennest. »Macht drei«, sagte sich Nordwind, als eine Schwalbe pfeilschnell durchs Fenster hereinkam und in drei Nestern das Gezeter der Küken ausbrach. Die Schwalbe landete auf dem Nest gegenüber. Danach kam eine zweite Schwalbe, die auf dem Nest nebenan Platz nahm. Bald darauf kam eine dritte …

Mit wiegendem Gang stieg Nordwind die Treppe hinunter, ging ins Freie und fand sich am Ufer wieder. Außer dem Rauschen des Meeres war kein Laut zu hören. Der Wasserspiegel glitzerte. Die Tür von Zehras Haus wurde nicht geöffnet. Auf dem schillernden Meer kräuselten sich kleine Wellen. Er kehrte um, ging zur Mühle, steckte den Schlüssel ins Schloss, öffnete, schloss ab, öffnete, schloss wieder ab, eine ganze Weile immer wieder, eilte dann mit dem Schlüssel in der Hand zum Röhricht hinunter und verschwand im Schilf. Die Narzissen ringsum waren verblüht. Der Sommer war gekommen und alle Blumen verblühten. Die Veilchen waren es schon seit Langem, sie blühten im Frühling heimlich als Erste. Auch im Röhricht, verborgen vor jedermann. Von hier aus war Zehras Tür gut zu sehen. Es hatte nicht den Anschein, dass sie bald geöffnet würde. Sie öffnete sich nicht, aber dort – jenseits des Schilfs – stand mit ihrem schlanken Hals, den großen blauen Augen, dem bis auf die Schulter fallenden, lichthellen Haar und ihren beiden Grübchen Zehra. Er schloss die Augen, und als er sie wieder öffnete, war Zehra wie weggewischt, verschwunden. Vielleicht ist Zehra zur Mühle gelaufen, weil sie mich nicht gefunden hat. Er lief hin, eilte, zwei Stufen auf einmal nehmend, hinauf, hängte sich bis zur Hüfte ins Freie, blickte zu den Häusern. Nicht die kleinste Bewegung. Seine Geduld ging zur Neige, er verließ das Fenster. Drei kleine Schatten blitzten durchs Fenster herein. Das Geschrei der kleinen Schwalbenküken erschreckte ihn, und mit Gezwitscher schossen die Vögel hintereinander ins Freie. Nordwind lief zum Olivenhain. Unter dem alten Ölbaum blieb er stehen. Stockdunkel war das Meer zu sehen. Aus den Büschen schnellten flügelschlagend die Vögel hervor. Schweren Schrittes ging er zurück zur Mühle und setzte sich auf den Mühlstein. Draußen drehten sich kreischend die Flügel. Mit hängendem Kopf blieb er so hocken. Licht füllte die Mühle, von oben kamen die Stimmen der Schwalben, dann das Gekreische der Kleinen. Er öffnete die Tür und blickte auf die Ölbäume gegenüber.

Die Ölbaumblätter glänzten. Drei mächtige Schmetterlinge rückten dicht aneinander, vereinten sich, trennten sich sofort wieder, flogen im Zickzack hinunter zum Meer, verloren sich, kehrten bald wieder zurück, trafen sich erneut, strichen wieder davon und verschwanden. Auf einem einzelnen Zweig eines Busches zu seiner Rechten hockte ein Schmetterling mit orangen, weißen, schwarzen und lila Ringen, hatte die Flügel zusammengefaltet und schlief. Die drei Schmetterlinge kamen vom Meer zurück. Im Zickzackflug sich treffend und trennend, flogen sie zum Kamm hinauf, dicht an Nordwind vorbei. Doch dessen Augen waren bei dem orangefarbenen Schmetterling mit den zusammengefalteten Flügeln, der auf dem von der Brise leicht hin- und herschwankenden langen dünnen Zweig saß. Auf Zehenspitzen ging er zum Busch, blieb in einiger Entfernung vom Zweig stehen. Der wie festgefroren auf dem Zweig klebende Schmetterling rührte sich nicht.

Zunächst ganz leise umkreiste Nordwind den Busch, wurde dann schneller, stampfte schließlich auf den Boden, lief laut schreiend im Kreis, ohne den vogelgroßen Schmetterling aus den Augen zu lassen. Doch der ließ sich nicht stören.

Ermattet hockte Nordwind sich auf den Boden, schnellte wieder auf die Beine, lief in die Mühle und setzte sich auf den Mühlstein. Seine Augen blieben an den drei Weizenkörnern auf dem Mühlstein haften. Er freute sich, weil sie noch immer auf ihrem Platz lagen. Von oben her kam dunkles Gesumm. Er stand auf, sah sich um, in der Ecke des Schwalbennests flog eine Hornisse. Der Schreck fuhr ihm in die Glieder. Wenn dieses riesige Insekt die jungen Schwalben sticht, sind sie verloren. Nicht nur jungen Schwalben, sogar einem Menschen ist ihr Stich gefährlich. Er lief ins Freie, der Schmetterling auf dem langen Zweig hockte noch genauso da. Nordwind lief um den Busch herum, ließ den Schmetterling nicht aus den Augen. Vom nächsten Strauch brach er einen langen, mit Blättern bewachsenen Zweig ab. Oben summte sehr laut die Hornisse. Im Nu sprang er die Treppe hoch, in drei Nestern begannen plötzlich mit weit aufgerissenen Schnäbeln auf dünnen, nackten Hälsen die jungen Schwalben zu kreischen, deren nackte Köpfe nicht kleiner waren als die nackten Körper. Nordwinds Augen waren bei der Hornisse, er nahm mit dem buschigen Zweig Maß, stellte sich auf die Zehenspitzen, schlug mit dem Zweig nach der Hornisse, die aufflog, davonkam und in der nächsten Ecke noch lauter summend zu kreisen begann. Nordwind schlug noch einmal nach ihr. Die Hornisse flog wieder davon. Nordwind schlug zu, die Hornisse flüchtete, wieder und wieder. Einige Male nahm sich auch die Hornisse angriffslustig Nordwinds Stirn und Hals zum Ziel. Nordwind war auf der Hut und konnte mit dem kräftigen Zweig parieren. Sonst hätte diese riesige, vom Alter lila gewordene rote Hornisse ihn totgestochen oder zumindest ernstlich verletzt. Das große Fenster stand sperrangelweit offen. Nordwind jagte die Hornisse von hier nach dort, sie näherte sich dem Fenster, doch kurz davor kehrte sie um, flog hinunter, und während sie über dem Mühlstein kreiste, holte Nordwind sie ein, ließ den Zweig mit aller Kraft niedersausen; die Blätter verteilten sich auf dem Mühlstein, die Hornisse schwirrte zwischen ihnen hindurch und kam erst wieder vor den Schwalbennestern zu Atem.

Nordwind schwitzte Blut und Wasser. Am Stein blieb er stehen, setzte sich, Zehra fiel ihm ein, und er lächelte. Die Hornisse flog mit wütendem Gesumm durch die Mühle, machte Nordwind ganz verwirrt damit, doch als er mit dem Strauch in der Hand wieder aufstand, hörte er ein Geräusch wie von Schritten. Er horchte, das Geräusch verstummte vor der Tür. Er sprang, öffnete, ergriff Zehras Hand, sagte: »Komm!«, zog sie herein, zeigte auf den Mühlstein. Zehra setzte sich und sagte: »Wie verschwitzt du bist!«

»Seit dem Morgenrot kämpfe ich gegen dieses summende Untier da oben. Vom vielen Schlagen, sieh doch, ist kein Blatt mehr an dem Strauch und keine Kraft mehr in meinen Gliedern. Ich konnte sie nicht aus dem Fenster jagen, sie ist mit Todesmut zum Gegenangriff übergegangen, und ich habe mich gegen ihre Angriffe mit Macht gewehrt und so mein Leben gerettet. Sonst hätte dieses vom Alter schon lila angelaufene Untier, hör doch nur, wie es summt, mich zu Tode gestochen.«

Wenn ich mich eines Tages mit Zehra treffe, werde ich, sobald ich ihre Hand ergreife, tot umfallen, hatte sich Nordwind schon oft gesagt. Doch jetzt war er ganz gelassen, und das erfüllte ihn mit Freude und dazu bis ins Mark mit Liebe. Lachend fasste er nach ihrer Hand und rief: »Schau! Schau dir dieses Untier an! Wie wild es summt. Hat sich versteift, nicht hinauszufliegen. Meinetwegen, dann eben nicht, aber da oben sind in den Schwalbennestern Junge mit riesig gelben Schnäbeln, die sie so weit aufreißen und damit so ein Gekreisch machen, dass du denkst, die Insel springt aus den Angeln.«

»Was hat dir die Hornisse denn getan?!«

Nordwind runzelte die Stirn. »Was sie mir getan hat? Diese Hornisse ist der Feind der Schwalben.«

»Ja, aber was hat sie dir getan?«

»Hornissen stechen Schwalbenjunge zu Tode. Sie sind wie die Schlangen Feinde der Schwalben. Vor den Schlangen fürchten sie sich am meisten. Eine Schlange kann an der Wand dort hochkriechen. Oben verschlingt sie die Jungvögel. Deswegen bauen die Schwalben ihre Nester in den Häusern.« Er stand auf, ergriff Zehras Hand und zog sie hoch. »Los, lass uns nach oben gehen!« Auf der Treppe umarmten sie sich, verharrten eng umschlungen eine Weile. Sie waren ineinander so vertieft, dass sie auf die Stufe sanken und erst wieder zu sich kamen, als das Geschrei der Jungschwalben wieder ausbrach.

Nordwind richtete sich auf. »Ihre Mutter hat ihnen etwas zu fressen gebracht«, sagte er, »komm, gehen wir nach oben!«

Eng umschlungen stiegen sie hoch. Die Jungen in den drei Schwalbennestern hatten ihre schaumfeuchten Schnäbel sperrangelweit geöffnet, ihre kahlen Hälse zum Zerreißen gespannt der Mutter entgegengestreckt und warteten darauf, gefüttert zu werden. Und die Schnäbel der Schwalbenmütter tauchten immer wieder in die schaumnassen gelben Schlunde ein. Am Ende der Fütterung flogen die drei Schwalben pfeilschnell durchs Fenster davon, die Jungen blieben still hocken.

Die Hornisse war noch wilder geworden und kreiste zornig summend, so schnell sie konnte. Nordwind hob den Zweig auf, wog ihn kurz in der Hand und schlug blitzschnell nach der Hornisse, die tot von der Wand auf den Fußboden fiel.

»Ich habe die Schwalbenjungen vorm Tod bewahrt«, lachte er.

Eng umschlungen stiegen sie die Treppe hinunter und setzten sich auf den Mühlstein. »Ich werde diese Mühle in Betrieb nehmen«, sagte Nordwind. Die Hand des Mädchens lag auf seinem Haar und streichelte es sanft. Ja, die Flügel drehten sich im Leerlauf, die Müller und ihre Meister waren alle nach Griechenland geschickt worden. Wenn die Insel sich belebte, würden sich vielleicht auch Müller finden.

»Diese Hornissen lieben es, junge, noch nackte Schwalben zu stechen. Eine Hornisse sticht am Tag hundert von ihnen. Sie stechen auch Menschen. Kleinkinder töten sie, Erwachsene bekommen Schwellungen, sterben aber nicht. Stecke einen Knüppel in ihr

Nest, und wütend stürzen sich die großen Hornissen in die Gassen, greifen die Häuser an, stechen jeden, der ihnen in die Quere kommt, dass er anschwillt wie eine Pauke. Ich habe hier viele Nester von Hornissen gesehen. In fast allen Felslöchern. Wenn ich welche entdecke, flüchte ich ans Ufer. Sie überfallen auch Ortschaften und Kleinstädte, und wenn zornige Hornissen durch Gassen und Straßen ziehen, schließen die Einwohner Türen und Fenster, suchen Schutz in ihren Häusern und kommen nicht mehr ins Freie, bevor es dunkel wird. Und sie lieben das Fleisch der Schalen von Honig- und Wassermelonen. In meiner Kindheit bewachte ich Tag und Nacht ganz allein unser Melonenfeld. Das Feld war am Ufer eines Baches, mein Laubdach auf vier langen Stangen. Über dem Laub lagen Tannenzweige, darunter mein ausgebreitetes Bett. Nachts kletterte ich zum Schlafen über eine lange Leiter auf das Laubdach, zog die Leiter nach, legte sie neben mein Lager und streckte mich auf meinem Bett aus. In Mondnächten betrachtete ich bis zum Morgengrauen die über die Stromschnellen flussauf springenden Fische, ließ am frühen Morgen die Leiter hinunter, frühstückte am fließenden Bach und schaute den im klaren Wasser hintereinander springenden Fischen zu. Ihre fliegenden Schatten glitten über die Kieselsteine davon. Wanderer kamen des Weges, besuchten mich, ich gab ihnen im quellenden Wasser gekühlte Melonen. Sie aßen die eiskalte Frucht und warfen die Schalen wahllos auf die Erde. Hornissen gingen darauf nieder und bohrten sich wimmelnd ins Fruchtfleisch. Manchmal legte ich auch Melonenscheiben in die Sonne, die Hornissen stürzten sich darauf, und ihre durchsichtigen Flügel blitzten in der Sonne auf. Ihre dunkelroten Oberkörper, die gelben Ringe ihrer langen Hinterleiber und am Schwanzende ihr stahlblauer Stachel! Wenn Honigbienen stechen, bleiben ihre Stachel in der Haut des Menschen stecken. Menschen, die von Hunderten Bienen gestochen werden, können überleben, aber vom Stich einer einzigen Hornisse sind sie schon halb tot. Von Stichen mehrerer Hornissen gleichzeitig können sie sterben. Sie bauen ihre

Nester in Felslöchern und Mauernischen. Sie geraten außer sich vor Zorn, wenn mit einem Stock in ihre Nester gestochert wird, und stürzen sich auf jeden, der sie stört. Lässt du sie in Frieden, tun sie dir nichts, kommen herbei, sammeln sich auf Melonenschalen oder roten Wassermelonenscheiben und bleiben dort, bis es dunkel wird. Dann sitzt nicht eine einzige auf dem Fruchtfleisch. Die Hornissen fürchten nichts so sehr wie das Dunkel.«

Zehras Hand streichelte sanft Nordwinds Haar. Und Nordwind redete und redete. »Kaum graute der Tag, landeten die Hornissen auf den Scheiben und Schalen der Wassermelonen, hoben nicht mehr ab, blieben dort hocken bis zur Abenddämmerung. Und wenn es dunkel wurde, breitete sich wie sprühende Funken das Licht der Glühwürmchen aus. Ich betrachtete dieses Funkeln, bis es aufhörte. Dann schlief ich ein und wachte erst wieder vom Schrei des Uhus oben in den Felsen auf. Sofort brachte meine Mutter mir das Frühstück, setzte sich mir gegenüber hin, und wir frühstückten gemeinsam. Wir unterhielten uns auf Tscherkessisch. Ihre Sehnsucht nach dem Kaukasus war unendlich. Ihre Schilderung der Quellen des Kaukasus, der Gewässer, der Pferde und ihrer Reiter, der Kämpfe mit den Russen, der Honigbienen, des Honigs in weißen Waben, der blutrünstigen Beys vom Kaukasus, der Blumen und ihrer Düfte sind mir noch frisch im Gedächtnis. Schlimmer nur ging es meinem Großvater. Gott füge es, dass ich in kaukasischer Erde begraben werde, wünschte er sich in einem fort. Unsere Lieder waren tscherkessisch, und alle handelten vom Kaukasus. Tag für Tag hieß es: Eines Tages zurück in den Kaukasus! Je älter mein Großvater wurde, desto öfter sprach er davon, schließlich von morgens bis abends. Die Alten des Dorfes fanden sich jeden Morgen beim Balladensänger Hamza ein, lauschten seinen Heimatliedern und weinten. Balladensänger Hamza war auch schon alt. Er fieberte vor Heimweh und konnte nicht anders, er musste diese Lieder singen. Auch meine Mutter hatte eine schöne Stimme, und auch sie sang kaukasische Lieder und brachte jeden zum Weinen. Sie hatte eine Schwäche für

Marienkäfer. Jedes Mal, wenn sie kam, suchte sie die Melonenfelder nach ihnen ab. Fand sie auf einem Blatt oder im Heidekraut einen dieser Glückskäfer, wurde sie verrückt vor Freude. Manchmal sah sie, dass das lila blühende Heidekraut, die Melonenfelder und die ganze Gegend voller Marienkäfer waren. Sie legte die roten Käfer mit den schwarzen Punkten auf ihren Handrücken und rief: Flieg, flieg! Und bevor sie aufflogen, flüsterte sie ihnen mit flinken Lippen etwas ins Ohr. Als seien die Käfer vom Himmel geregnet, aus dem Boden geschossen, färbte sich die ganze Umgebung rot. Eine Woche später gab es keinen einzigen Käfer mehr, und meine Mutter kam nicht mehr aufs Melonenfeld, meine kleine Schwester brachte mir das Essen.«

Danach begann er vom Krieg zu erzählen. Bis ins Kleinste beschrieb er das Handgemenge, die Furcht, den täglichen Tod, wie er vor jeder Schlacht verrückt war vor Angst und wie auf dem Schlachtfeld die Angst, die ihm bis ins Knochenmark gefahren war, sich nach und nach verflüchtigte. Den Sternenhimmel über der Wüste, den Völkermord an den Jesiden, und als er zu der Stelle kam, als die abgeschnittenen Brüste der Mädchen in den Wüstensand geworfen wurden, verstummte er. Eine lange Stille herrschte zwischen den beiden, das Mädchen nahm ihre Hand von seinem Kopf. Doch kaum hatte sie die Hand weggezogen, umarmte sie ihn. Eng umschlungen erhoben sie sich. Eine Zeit lang blieben sie so stehen. Wie sie sich voneinander losrissen, nach draußen gingen – sie wussten es nicht.

Das Mädchen ging zum Olivenhain, Nordwind kam nach Haus, warf sich aufs Bett. Sein Gesicht war hochrot angelaufen, sein Körper schweißnass. Die welterfahrene Lena war gar nicht überrascht. Sie musterte den rücklings mit geschlossenen Augen daliegenden jungen Mann eine Weile, ging dann in die Küche, machte Feuer, setzte den Teekessel auf und brühte einen Lindenblütentee. Sie ging zu Nordwind, der seine Augen geschlossen hielt, sagte: »Steh auf, mein Sohn, ich habe dir einen Lindenblütentee gebrüht, der bekommt dir gut, er nimmt dir den Schweiß.« Sie ergriff seine Hand und zog ihn hoch. Nordwind öffnete seine Augen, sah Lena an und lächelte. Er schwankte zum Sessel. Der Duft von Lindenblüten durchzog den Raum. Nordwind roch am dampfenden Glas, hielt es dann gegen das Licht und begann danach, vorsichtig zu trinken.

Lena ging hinaus und schlug den Weg zu Zehras Haus ein. Zehra kauerte in einem Sessel und starrte auf den Teppich. Kaum entdeckte sie Lena, sprang sie auf die Beine und blickte ihr in die Augen. Lena wich ihrem Blick aus, schaute sich um und sah Nesibe aus dem Nebenzimmer herbeikommen. Nesibe lachte: »Willkommen, Mutter Lena, bitte, setz dich!«

Lena zauderte. Sie musste gleich wieder zurück und sich um Nordwind kümmern. Hier konnte sie nicht länger bleiben. Die Mädchen überschütteten sie mit ihrer Liebe. Nein, sie hatte es eilig. Doch wie es den lieben Mädchen erklären? Plötzlich sprang sie auf: »Ich muss los, meine Mädchen, ich muss los! Ich habe die Teekanne auf dem Feuer stehen lassen, die kocht über und das Feuer verlöscht. Ich brühte Lindenblütentee für meinen Sohn Nordwind. Ihr solltet auch Lindenblütentee trinken, der tut gut«, sagte sie hastig und ging hinaus. Sogar auf der Treppe rief sie noch: »Der tut gut, ja, tut gut!«

Als Nordwind Mutter Lena so aufgeregt kommen sah, stellte er das Glas auf den Tisch und stand auf: »Mutter, was ist mit dir?«, fragte Nordwind.

»Sie hat mich umarmt«, rief Lena, »sie hat mich umarmt. Zehra hat mich umarmt. Musa Kazim Agaefendi sitzt ganz allein unter den Platanen und denkt nach. Sie hat mich umarmt. Jetzt trinkt sie auch Lindenblütentee.«

»Komm, Mutter, und setz dich hierher!« Er zeigte auf den Sessel gegenüber. »Trink auch vom Lindenblütentee!«

Was ist Nordwind in der Mühle widerfahren?, überlegte sie. Die Mühlenflügel drehten sich und knirschten … Hoch über ihnen flogen glühende Granaten. Unter den glühenden Granaten marschierten wie Ameisen splitternackte Soldaten die Berge hoch, wo sie aufrecht erfroren. Plötzlich fielen ihm die Schwalben ein, wie jedes Mal, wenn sie durchs Fenster hereinflogen, die Jungen, deren Köpfe größer waren als ihre Körper, mit weit aufgerissenen riesengroßen Schnäbeln zu zetern begannen. Ihr Gezeter übertönte sogar das Ächzen der Windmühlenflügel.

»Woran denkst du, mein Sohn?«

»An die Schwalbennester«, antwortete Nordwind.

»Wo hast du diese Nester gesehen?«

»In unserem Haus.«

»In welchem?«

»Ich war noch ein Kind.«

»Der Agaefendi wartet bestimmt auf dich, er sitzt neben dem Brunnen.«

»Ich sterbe vor Erschöpfung, Mutter, mein ganzer Körper schmerzt.«

»Leg dich hin, mein Sohn, leg dich sofort ins Bett, ich ziehe dich auch aus!« sagte Lena besorgt.

»Nicht nötig, Mutter, ich ziehe mich selber aus. Wer auch immer kommt, Vasili, Musa Kazim Agaefendi und wer sonst noch, du weckst mich nicht! Meine Knochen ziehen, ich fühle mich gar nicht, fühle mich wie tot.«

Lena runzelte die Stirn, hob die Stimme: »Sie hat mich umarmt, du hast von nichts eine Ahnung, sie hat mich umarmt. Los, leg dich hin!« Nordwind hatte sich schon ausgezogen, die Kleider auf einen Bügel gehängt, er war eingeschlafen und wäre nicht aufgewacht, wenn man ihm ins Fleisch geschnitten hätte.

Lena weckte Nordwind nur zur Essenszeit und brachte ihm die mit Sorgfalt und Zehras Hilfe zubereiteten köstlichen Speisen auf einem verzinnten Tablett ans Bett. Und der Agaefendi kam jeden Vormittag, fragte, ob Nordwind noch schlafe, und seufzte, mein Gott, was ist denn mit dem Jungen los, verlor nach und nach die

Geduld, wurde ganz unruhig. Die Tage vergingen, weder aus Athen noch aus Istanbul kam eine Nachricht.

Jeden Tag fragte er nach Nordwind. Lena sagte: »Er schläft.« Auf Griechisch lud er sie zu einem Kaffee in seinem Haus ein, und Lena schlug es nicht ab. Der Agaefendi setzte sich in einen Sessel. »Ich achte dich sehr, Lena. Tapferer als du ist kein Mann, keine Frau. Und fragst du mich, warum? Du bist den Gendarmen und der Polizei entkommen, bist hungrig und mit geschwollenen Beinen versteckt in Schiffen über die Meere zurück in deine Heimat und hast in dieser Welt schon das Himmelreich erlebt. Der Geruch deiner Heimat, deines Meeres und deiner Insel ist doch ein anderer, nicht wahr?«

»So ist es, mein Agaefendi, genau so. Ich war schon im Sterben, lag schon in den letzten Zügen, da spürte ich den Geruch meiner Insel in der Nase und erwachte zu neuem Leben. Als wir die Insel anliefen, stand ich auf, erblickte sie, und meine schon erblindeten Augen weiteten sich, denn ich wollte ihnen nicht glauben. Plötzlich spürte ich dieses Dorf in meiner Nase, wars Traum oder Wirklichkeit? Ich kniff mich in den Oberschenkel, doch ich war bei mir. Kaum auf der Insel, lief ich zum Birnbaum. Der Baum war vor Blüten nicht zu sehen, und die Bienen summten. Der Geruch der Bienen stieg mir in die Nase. Ich setzte mich und lehnte meinen Rücken an den Stamm. Es war niemand da. Ich bekam Angst. Diese menschenleere Insel ist nicht meine Insel! Bis zum Abend blieb ich so hocken. Ich bereute, gekommen zu sein, doch weinen konnte ich nicht mehr, dann erschien der Umriss eines Menschen. Ists Mensch oder Dschinn?, fragte ich, sprang auf, und ich weiß, dass ich hinlief und den Schatten umarmte. Da kam eine Stimme an mein Ohr: Mutter, wie heißt du? Und ich fragte ihn: Aleks, Panayot, Petros, Kostas, mein Sohn, bist dus? Ich bins nicht, Mutter, antwortete er. Dann sagte er: Sei willkommen auf meiner Insel! Ist dies jetzt deine Insel?, fragte ich. Fürs Erste, sagte er. Ich ließ ihn los und brach zusammen. Als ich die Augen wieder öffnete, blickte ich in das freundliche Gesicht eines stattlichen Jungen. Mutter, wie ist dein Name? Man nennt mich Lena, mein Kind. Ich stamme von dieser Insel, mein Junge. Sie haben mich nach Griechenland verbannt. Zwei meiner vier Söhne sind in Ankara, bei Mustafa Kemal Pascha. Der Junge brachte mich in sein Haus, pflegte mich gut. Jeden Tag im Morgengrauen ging ich zum Birnbaum, hockte mich hin und lehnte meinen Rücken an den Stamm. Die summenden Bienen, der Duft der Blumen und der des Meeres und das gute Essen, das mir mittags mein Sohn Nordwind brachte, dazu noch das frische Wasser der Quelle da oben, so wurde ich gesund. So ist dieser Nordwind, der beste der Menschen.«

»Was hat er?«

»Er ist erschöpft, kommt aber langsam zu sich. Nun, sehr erschöpfte Menschen schlafen so fest, und sie kommen nur schwer zu sich.«

»Das heißt, er wird schnell müde!« Bei diesen Worten klang die Stimme des Agaefendi eigenartig, und das passte Lena gar nicht.

»Auch die, die Steine auf ihrem Rücken schleppen, sich auf dem Meer in die Riemen legen, den Acker pflügen, Schlachten schlagen, Fische fangen und im Herzen Flammen tragen, werden müde, mein Agaefendi. Und die im Herzen glühende Asche schichten. Besonders die vergeuden ihre Kräfte, mein Agaefendi«, sagte Lena mit Nachdruck und auf Griechisch.

Der Agaefendi wechselte das Thema. Er genoss es, sich mit dieser pfiffigen Frau zu unterhalten. Aber Lena mochte ihn auch sehr. Und wie gut er Griechisch konnte, grad wie der griechische König.

Nordwind wachte früh am Morgen auf, Lena hatte ihm schon zwei Kanister Wasser heiß gemacht und in den Baderaum gestellt. Nordwind wusch und rasierte sich, schnitt sich die Fingernägel und betrachtete sich im Spiegel. Sein Gesicht war blass, aber im Innern fühlte er sich frisch und von einem süßen Traum gefangen. Lena brachte seine nach Harz duftende Unterwäsche und legte sie auf den Stuhl vor dem Baderaum. Lena hatte ihm auch sein schönes

Zeug und ein weißes Hemd zurechtgelegt, er zog sich an, ging wieder vor den Spiegel, kämmte sich Haare und Schnurrbart. Er ging hinunter in den Garten, die See unter ihm hatte sich aufgehellt, ihr starker Duft zog ihm in die Nase. Im Dämmerlicht erschien alles in zauberhafter Schönheit. Von Weitem kam ein Vogelschrei an sein Ohr, er klang genau wie der Schrei jenes Vogels, den man wohl hören konnte, aber nie zu sehen bekam … Wie erstarrt blieb er stehen, fing sich aber schnell. Der Schrei dieses Vogels bedeutet Glück, sagte er sich. Alles kam ihm in diesem Zwielicht besonders schön vor. Er nahm sich vor, hinauf bis zur Quelle zu gehen. Vor Tagesbruch, wenn das Meer noch weiß war, hatte er die Quelle noch nie gesehen. Nach einigen Schritten fiel ihm ein, dass ihn der Agaefendi zum Frühstück gebeten hatte. Er machte sich sofort auf den Heimweg, hastete, zwei Stufen auf einmal nehmend, nach oben und fragte aufgeregt: »Mutter Lena, hast du schon Zehras Leute benachrichtigt?«

»Langsam, langsam, siehst du nicht, ich habe den Tisch gedeckt, Tee und Milch sind auf dem Feuer. Sieh dir doch den Tisch an, wie frisch die Gurken, wie schön die Tomaten und grünen Paprikaschoten sind!«

»Aber war unser Garten nicht völlig ausgetrocknet? Ich habe ihn nur zweimal begossen. Warum hab ich sie nicht gesehen, Mutter?«

»Ihr habt eben keine Augen im Kopf. In jedem Garten hängen an den trockenen Stauden eine, zwei eiergroße Tomaten. Und sie duften so gut, nimm diese da und koste!«

»Geh jetzt hin und wecke sie, du hast ja alles zubereitet, worauf wartest du noch?«

»Werde nicht so ungeduldig, es ist noch gar nicht hell. Sie werden aufstehen, sich waschen, anziehen, die Mädchen werden ihr Haar kämmen … Ich weiß, wann ich dort sein muss.«

Nordwind ließ Zehras Haus nicht aus den Augen. Dort rührte sich nichts. »Eigenartige Menschen, es ist kurz vor Sonnenaufgang, und sie wachen nicht auf. Wir haben sie zum Frühstück eingeladen, und sie sind noch immer nicht wach.«

Lena schaute lächelnd hinter ihm her: So ist es, wenn der Kamin Feuer fängt.

Als es ein bisschen aufhellte, sah Nordwind hinter dem Brunnen etwas rötlich aufleuchten, er schritt noch schneller aus, bückte sich, griff zu, hielt eine große Tomate in der Hand und brach sie ab. Je heller es wurde, desto mehr rötliche Punkte leuchteten auf. Jede Tomate war fest und rot. Auf dürrem Boden wachsen sie so tiefrot. Als die Sonne aufging, schaute er in jeden Garten, und überall leuchteten im Morgentau die roten Stellen. Erst jetzt wurde ihm bewusst, dass der Tag angebrochen war. Um Gottes willen, ich werde zum Gespött der Leute, dachte er und lief los. So weit ist es gekommen, rennst von Garten zu Garten, von Tomate zu Tomate! Als er ins Haus ging, sah er die Gäste am Frühstückstisch sitzen. Sie warteten auf ihn.

»Entschuldigen Sie, mein Efendi, entschuldigt mich alle! In verdorrten Gärten wachsen rote Tomaten. Sie sind in jedem Garten. Sie haben kein Wasser bekommen. Die Stauden und Blätter sind verdorrt. Doch Tomaten sind da. Sie sind fest, und sie duften, sie duften, sage ich euch …« Er zog eine große Tomate aus seiner Tasche und legte sie vor den Agaefendi hin. Lena stand auf, nahm die Tomate, wusch sie, kam zurück und legte sie auf den Teller des Agaefendi: »Probieren Sie, und wie sie duftet!«, sagte sie, als habe sie selbst die Frucht gepflückt.

Lächelnd nahm der Agaefendi die Tomate, zerschnitt sie und aß sie zum weißen Jürüken-Käse. »Und woher sind diese Gurken?«, fragte er.

»Die habe ich in den Gärten gepflückt, durch die das Wasser der Quelle abfließt. Und verschiedene Minze blüht auch. In den blauen Blüten der hüfthohen Minze hockten Bienen, durch deren Gewicht sich das Kraut bis zur Erde neigte. Dieses Jahr wird unser Honig nach Minze schmecken. Wir werden den Honig essen und auch so duften.«

Das Frühstück hatte mit Tomaten begonnen und wurde mit

Minze beendet. Der Agaefendi war nicht zu halten und schilderte die Minze von Kreta so anschaulich, dass jeder vor Verwunderung auf seine Daumenkuppen biss. Das ganze Mittelmeer mit See, Erde und Stein duftet dort nach Minze. Ziege, Schafe, Hirsche, auch Damhirsche, Wachtel, Pirol und Fasan. Er wollte gerade wieder loslegen, als Kapitän Kadri hereinkam. Er übergab Nordwind einen Brief und sagte: »Kavlakzade Remzi bestellt viele Grüße und meint, Musa Kazim Agaefendi solle in die Stadt kommen. Auf ihn warten dort viele Menschen. Auch Männer vom Gänseberg wollen ihn empfangen.«

Nordwind reichte dem Agaefendi den Brief, der ihn zu lesen begann. »Woher kennen mich denn die Menschen vom Berg Ida?«, fragte er. »In der Stadt warteten welche auf mich. Wer ist das wohl? Sie laden auch die Herren Doktoren ein. Mal hören, was sie dazu sagen! Wenn er uns alle einlädt, heißt das, die Partei wird gegründet.«

»Ihr Name ist Republikanische Volkspartei«, sagte Nordwind. Die Doktoren saßen sich am Meer an einem langen Tisch gegenüber und diskutierten. »Bitte, Nordwind Bey, setz dich zu uns!« sagte Salman Sami. »Ich habe genug von dem Gerede dieses Mannes. Der Sieg von Gallipoli, der Sieg von Gallipoli, er redet von nichts anderem. Wäre der Sieg von Gallipoli ein Sieg gewesen, hätten dann die feindlichen Schiffe im Hafen von Istanbul geankert?«

»Ein Sieg wars«, sagte Doktor Halil Rifat. »Ein glorreicher Sieg dazu!«

»Gott bewahre, dieser Mann macht mich noch wahnsinnig, ja wahnsinnig!« Salman Sami war blass geworden, seine Hände zitterten. »Sieg! Und hier sitzt der Hauptheld!«

Bevor Halil Rifat ihm entgegnen konnte, drückte Nordwind Salman Sami den Brief in die Hand. »Hmmm!«, murmelte Salman Sami Bey, begann zu lesen, reichte dann den Brief Halil Rifat Bey, der ihn auch las und brummte.

»Kavlak Remzi ist Rais der Republikanischen Volkspartei geworden. Ist er nicht ein Fahnenflüchtiger?«

»So sagt man.«

»Sowohl ein Fahnenflüchtiger …« Noch bevor der Doktor den Satz beendet hatte, kamen Kapitän Kadri und Handscharträger Efe herein. Der Handscharträger begrüßte sie mit seiner tiefen Stimme, dass die Scheiben klirrten. Als Nordwind den Recken Efe sah, freute er sich sehr und stand auf. Notgedrungen erhoben sich auch die anderen.

»Bitte, setz dich, Efe! Sei willkommen. Ich wartete schon auf dich.«

Mit dem blauen, kurzärmeligen, bortenbesetzten Jackett, dem gestreiften, seidenen, kragenlosen Hemd, den Kniestrümpfen, dem knielangen, blumenbunten Schalwar mit Biesen, dem lila Fez, den zweischneidigen Handschars im roten Bauchgurt war er wie ein Recke, der gestern noch in den Bergen sein Unwesen getrieben hatte. Mit einem kleinen Unterschied: Die Kluft war nagelneu, und die Stiefel glänzten.

»Ein Fahnenflüchtiger …?«

»Einer mit vielen Talenten.«

»Wer soll das sein?«, fragte Handscharträger Efe.

»Kavlakzade Remzi«, sagte Nordwind.

»Welch ein unanständiger, niederträchtiger, hinterlistiger Hund«, sagte kopfschüttelnd Handscharträger Efe. »Fahnenflüchtig, meinetwegen, aber er hatte eine Bande gegründet und war zum Griechen übergelaufen. Mit seiner Bande kam er nachts von den Bergen herunter, beraubte die Dörfler und zündete ihre Häuser an. Er hat viele Menschen getötet. Nach dem Sieg von Kemal Pascha ging er herunter in die Ebene, hisste die rote Fahne, rief, ich komme von Izmir, wo wir gemeinsam mit Mustafa Kemal Pascha die Griechen ins Meer gejagt haben. Die Kleinstädter hoben ihn auf ihre Schultern, trugen ihn herum und feierten ihn drei Tage und Nächte lang. Ich schimpfte und schrie, Gott sei Dank hörte mich keiner. Sonst hätten sie mir doch gleich die Haut abgezogen. Ich breche gleich auf. Meine Leute warten im Boot auf mich. Lass mich erst einmal zur Ruhe kommen, ich habe dir viel zu erzählen, sehr viel!«

»Bleibt gesund!«, sagte er und drehte sich beim Hinausgehen noch einmal um mit den Worten: »Ohne den hinkenden Major wäre ich nie in die Nähe dieser Insel gekommen, geschweige denn hier gelandet. Er hat mir hier ein Haus gegeben und auch sonst geholfen.«

»Musa Kazim Bey wartet unter den Platanen auf uns!« Bei den Platanen angekommen, stellten sie fest, dass der Agaefendi schon lange auf sie gewartet hatte, und sie entschuldigten sich. Und kaum hatten sie Platz genommen, ging der Streit los. Was Efe über Remzi erzählte, war besonders niederträchtig. »Dieser Mann war nicht doppelzüngig, nein, er war tausendzüngig.« Die Diskussion dauerte lange. Halil Rifat war der Meinung: »Die Kleinstädter logen Tag und Nacht, sogar in ihren Träumen, ihre Hauptbeschäftigung war das Lügen.«

Zornig sprang Salman Sami auf die Beine: »Lügt denn auch Handscharträger Efe? Diese Recken sind edle Menschen, sind die Freunde der Armen, nehmen von Reichen und geben den Armen.«

Am Ende waren alle etwas milder und einigten sich: »Ghasi Mustafa Kemal Pascha fand ihn für den Vorsitz geeignet, und Mustafa Kemal Pascha ist der Gründer der Partei. Und der designierte Vorsitzende hat nun eine schriftliche Einladung geschickt, und wir müssen schon zu Gefallen Ghasi Mustafa Kemal Paschas zur Gründungsfeier gehen!«

Besonders die Mundwinkel des Agaefendi berührten fast die Ohrläppchen. Der arme Agaefendi, dachte Nordwind, er erhofft sich Hilfe vom fliegenden Vogel. Solange aus Athen kein Bescheid kommt, schaut er so traurig in die Welt, dass einem das Herz bis zum Halse schlägt. Er musste Remzi Beyefendi mit Umsicht behandeln, hatte der doch die Häuser von drei Inseln, viele Kirchen und Gehöfte niedergerissen, hatte sich die ergiebigsten Äcker an der Küste unter den Nagel gerissen und ganze Wälder gefällt. Woher sollten die Einwohner vom gebrandschatzten Izmir denn für den

Aufbau Balken bekommen, wenn nicht von ihm? Als enger Freund von Mustafa Kemal Pascha, der ja der Oberste Führer der Republikanischen Volkspartei ist, konnte Kavlakzade sehr von Nutzen sein.

Um die gedrückte Stimmung ein bisschen aufzumuntern, aber auch aus Neugier fragte Nordwind: »Verehrte Doktoren, sind Sie zufrieden mit den Frauen, die ich Ihnen geschickt habe? Zufrieden mit ihren Kochkünsten, mit der Wäsche und dem Hausputz?«

Salman Sami rief: »So eine saubere, so eine fingerfertige Frau findest du nicht einmal in Istanbul. Ein unerwartetes Glück!«

Halil Rifat ergänzte: »Auch für mich ein unerwartetes Glück. Nur traurig ist sie, verängstigt, unsicher, als habe sie im Leben noch nie gelacht, als habe man ihr immer Angst eingejagt, als sei sie ihr Leben lang gefoltert worden.«

»Die zu mir kommt, ist genauso«, sagte Salman Sami.

»Gedulden wir uns, bis wir wissen, warum!«, sagte Nordwind. »Melek Hanum wird es schon herausbekommen. Und die Kinder der Frauen?«

»Das Kind von meiner spricht gar nicht«, sagte Salman Sami. »Verlässt morgens das Haus, geht zum Ufer, setzt sich auf die Böschung, lässt die Beine baumeln, starrt aufs Meer. Ich bin mehrmals sehr laut an ihm vorbeigegangen. Es hat nichts gehört, hat sich nicht einmal bewegt. Wenn der Tag sich neigt, kommt es nach Haus, die Mutter gibt ihm zu essen, es verzieht sich in ein Zimmer, isst allein, wäscht auch sein Geschirr ab.«

»Genau wie meiner«, sagte Halil Rifat. »Dann treffen sie sich und kommen nach Haus zurück. Eigenartige Kinder! Warum setzen sie sich nicht nebeneinander auf die Böschung, sondern jedes für sich …«

»Melek Hanum wird es bald herausfinden.«

»Wann ist die Feier?«, fragte Doktor Salman Sami.

Nordwind öffnete den Brief und las. »Feier am Freitag. Spätestens Freitagmittag müssen wir dort sein.«

»Das werden wir«, meinte Salman Sami. »Tun wirs nicht Mustafa Kemal Pascha zuliebe?«

Alle nickten gleichzeitig.

»Mein Efendi, ich hatte Ihnen schon angedeutet, werden Sie mit Hasan dem Flüchtling sprechen?«

»Oh weh, ich habs vergessen!«, schimpfte Salman Sami. »Wo ist er wohl?«

»Er bleibt auf seinem Boot. Ich suche ihn gleich auf.« Er stand auf und ging zum Anleger. Das Boot von Hasan war auf seinem Liegeplatz. Ein schönes, wolkengrau angemaltes Boot. Boote in dieser Farbe sind auf dem Meer nicht leicht auszumachen.

»Hasan!«, rief Nordwind. »Komm schnell her!«

Hasan sprang in das Beiboot, ruderte zum Ufer, zog das Boot auf den Sandstrand und lief zu Nordwind. »Zu Befehl!«

»Ich bringe dich jetzt zu den Doktoren. Du wirst mit ihnen reden!«

Hasan stutzte, senkte den Kopf, dachte eine Weile nach, schaute dann Nordwind in die Augen und fragte: »Ist einer von den Doktoren nicht Major und der andere Hauptmann?«

»Sie sind Veterinäre.«

»Werden sie mich nicht dem Militär übergeben und mich hängen lassen? Früher stellten sie an die Wand, das war ganz gut, gehängt werden aber ist sehr schlimm. Ich will nicht gehängt werden, Rais! Bring mich nicht zu ihnen. Sie sind Offiziere, kaum haben die einen Wehrdienstpflichtigen, verhaften sie ihn und übergeben ihn der Militärverwaltung. Und die hängt den Menschen gleich auf. Tu mir nichts, Bruder. Ich bin nur ein kleiner Vogel, du bist wie ein mächtiger Busch, in dem ich Schutz gesucht habe. Wenn mich die Doktoren nun sehen … Erlaube mir, dass ich mein Boot besteige und mich davonmache!«

»Ich bin auch Offizier, habe ich dir jemals Schlimmes angetan? Wenn du mit mir nicht zum Doktor gehst, fessle ich dich sofort und schicke dich mit Hüsmen zum Militär!«

»Lass mich gehen, tu meinem süßen Leben das nicht an, lass mich weggehen, wie ich hergekommen bin. Zieh deinen Revolver, drücke ihn an meiner Stirn ab, damit ich in Ehren sterbe. Hauptsache, du übergibst mich nicht der Regierung und lässt mich nicht aufhängen.«

»Jetzt hör mir gut zu, entweder wirst du gehängt, oder wir gehen zusammen zu den Doktoren.«

»Sind diese Doktoren brave Männer?«

»Brave Männer.«

»Haben sie schon mal gesehen, wie einer aufgehängt wird?«

»Viele, sie sind ja Ärzte. Die sehen viele, die in den letzten Zügen liegen, die sterben, die erschossen werden. Viele, sehr viele.«

»Wirklich, sie verraten mich nicht?«

»Ich habe mit ihnen gesprochen, gesprochen für dich. Sie haben in der Regierung gute Beziehungen. Sie gelten als Helden. In den Dardanellen und auf dieser Insel haben sie Tausenden Soldaten das Leben gerettet.«

»Haben sie schon mal einen gehenkten Mann gesehen?«

»Sie haben schon viele gesehen«, brüllte Nordwind.

»Geh zu ihnen, frage sie, und komm dann wieder!«

»Mensch, du dreckiger Deserteur, du glaubst mir nicht, du verdammter Feigling, der vor eine Ameise, vor einem Schmetterling Angst hat, verpiss dich, damit sie dich hängen. Du bist aus Feigheit desertiert. Alles, was du da erzählst, ist gelogen.«

»Gott bewahre!«, widersetzte sich Hasan, »Gott bewahre, ich kann gar kein Feigling sein! Wäre ich einer, wäre ich jetzt nicht hier. Rais, jetzt höre du mir gut zu, du kannst mich nicht einen Feigling nennen! Dazu hast du gar kein Recht. Und du kannst mich von dieser Insel nirgendwohin schicken. Welches Recht hast du dazu? Schau, ich gehe jetzt zu den Doktoren, und die werden mich aufhängen lassen. Und du kannst dir vor Freude Henna auf deinen Arsch schmieren. Ich habe die Nase voll!«

Er machte kehrt, eilte zu den Doktoren, stand vor ihnen zackig still und blieb mit militärischem Gruß stehen. »Ich bins, Deserteur Hasan, und Rais Nordwind sagt mir …«

Jetzt kam auch Nordwind herbei und setzte sich neben den Doktoren auf die Pritsche.

»Was stehst du da wie angewurzelt, Hasan, setz dich doch!«, sagte Salman Sami.

»Ich kann mich nicht setzen, mich am Kragen packen lassen und auf dem Marktplatz der Kleinstadt aufhängen lassen. Haben Sie schon einmal einen Mann gesehen, als er gehängt wurde?«

»Warum fragst du, Hasan?« Salman Samis Stimme klang väterlich weich.

»Sagen Sie mir, haben Sies gesehen oder nicht?«

»Wir haben es nicht gesehen«, antwortete Salman Sami.

»Habe ichs dir nicht gesagt!« Hasan schaute Nordwind zornig an.

»Setz dich doch erst einmal!«, sagte Salman Sami, und seine Stimme klang so freundlich, warm und weich, dass in Hasan plötzlich eine Hoffnung aufkeimte. »Hast du jemals einen Mann gesehen, der aufgehängt wurde, Hasan?«

»Viele habe ich gesehen, viele. An der russischen Front fingen sie flüchtende Soldaten ein, hängten sie sofort auf, dazu noch an den Ästen der von Eis und Schnee weiß gewordenen Bäume der Wälder. Mit diesen meinen Augen habe ich es gesehen. Ganze Regimenter. Alle Zungen eine Handbreit ausgestreckt, und ihre Fußspitzen berührten die Erde. Näher will ichs lieber nicht ausführen. Wenn ihr mich dem Militär ausliefert, fleht sie an, mich nicht zu hängen, sie sollen mich erschießen. Tod ist Tod, aber erschossen werden ist eine saubere Sache. Aber wäre es nicht besser, ihr liefert mich gar nicht aus und ich würde nicht umgebracht?«

»Das wäre besser«, sagte Salman Sami.

Verwundert, ein bisschen auch ungläubig fragte Hasan zögernd: »Das wäre besser?«

»Setz dich, ja doch, das wäre besser.«

Salman Samis Stimme klang so überzeugt, dass Hasan sich setzte. Mit der Hand zeigte er auf Nordwind: »Na, dieser Rais Nordwind nannte mich einen Feigling. Nun sitze ich hier, würde ich mich zwischen drei Offiziere setzen, wenn ich feige wäre? Hättet ihr gesehen, wie ein Mann, ein einziger Mann aufgehängt wird, ihr brächtet es nicht übers Herz, mich aufhängen zu lassen.«

»Ich habe keinen Mann hängen sehen, und dennoch werde ich dich nicht verhaften lassen, sondern dir Entlassungspapiere besorgen. Der Rais der Militärverwaltung in der Stadt, der hinkende Ishak Bey, war mein Kriegskamerad in den Dardanellen. Seine beiden Beine wurden schwer verletzt, die Knochen mehrmals gebrochen. Ich habe ihn tagelang, ja, wochenlang gepflegt und seine Beine geheilt. Eines seiner Beine heilte ganz, das andere hinkte ein wenig. Wäre Halil Rifat Bey nicht mit mir zusammen gewesen, hätte er jetzt nicht gehen können, wäre er kriegsversehrt wie wir. Würde er jetzt einen Mann, den ich ihm bringe, aufhängen oder erschießen lassen?«

Hasan hatte seine kugelrunden, weit aufgerissenen Augen auf das Gesicht des Doktors gerichtet, war wie erstarrt und brachte kein Wort über die Lippen. Er wollte sprechen und konnte nicht, seine Zunge war wie gelähmt. Er versuchte es immer wieder. Seine Stimme zitterte. »Diese Männer lassen mich aufhängen, und wenn sie keine Kugeln und keine Stricke mehr haben, lassen sie mich sogar mit eingefetteten Riemen erwürgen.«

»Ein riesiges Armeekorps brandete an den Berghang. Es war dermaßen kalt, dass die Füchse Kupfer schissen. Die Berghänge waren vereist. Stellenweise war es so glatt, dass die Soldaten zum Fuß des Hanges abrutschten. Ein Teil der Soldaten war kniend erfroren, manche stehend. Wer noch Kraft hatte zu klettern, erfror, wenn er sich nur nach den anderen umdrehte. Sie kamen an steile Hänge, glatt wie Eisbahnen, über die ganze Abteilungen in wirrem Durcheinander in die Schluchten stürzten. Und wir konnten nichts anderes tun, als uns von den Schluchten möglichst fernzuhalten. Dann kamen Stellen, die steil wie Mauern vor uns aufragten. Und wir schlugen gemeinsam mit Pionieren Stufen ins Eis und stiegen so treppauf den Berg hoch. Wer den Mut hatte, hinunterzuschauen, warf nur einen kurzen Blick in die Tiefe, vom riesigen Korps war nur eine Handvoll Soldaten übrig geblieben. Wir kamen auf ein Plateau, da waren Soldaten aufrecht erfroren. Wenn man sie berührte, kippten sie wie Eisfiguren um. An einer anderen Stelle war der Boden vor Leichen nicht zu sehen. Und wir kletterten, ohne zu essen und zu trinken, drei Tage und Nächte weiter. Wer sich niederkauerte, um sich auszuruhen, fiel sofort in den Schlaf und wachte nicht mehr auf und erstarrte. Wehe dem, der sein Gewehr am Lauf hielt. Die Hände klebten am Stahl fest. Und wir, schon zehn, fünfzehn Tagesmärsche vor dem Gebirge halb verhungert, in Sommeruniform und ledernen Opanken, klettern über in Eis geschlagene Stufen die Hänge hoch, ohne Nachschub oder Verpflegung. Die Offiziere erfrieren wie wir, wenn auch sehr wenige. Manche Soldaten bleiben stehen und blicken zum Gipfel hoch. Was machen die Offiziere? Sie schießen auf die schon erstarrenden Soldaten. Wenn sie fallen, hört es sich an, als sei ein Stück Balken umgestürzt. Gegen Mittag erreichten wir den Kamm, eine unendlich weite Hochebene. Es waren die Weiden der Kurden. Hier zelten sie.

Die Befehle der Kommandanten lauteten: Hier wird heiße Suppe und warmes Essen ausgeteilt, eine Weile ausgeruht, dann hinunter nach Sarikamiş marschiert, das russische Heer von dort vertrieben, und wir werden uns dort den Bauch so vollschlagen und uns gute Uniformen anziehen und gute Filzstiefel und rein wollene Mäntel … Und dann werden wir lange und so tief schlafen, drei Tage und drei Nächte lang … Vom Armeekorps hat nur ein Viertel der Männer den Gipfel erreicht.

Von unserem Heer kam keiner zurück. Vielleicht einige Blinde und Krüppel, vielleicht mehrere Gefangene. Mein Vater hatte mir gesagt, ich gebe dir einen weisen Rat, mein Kleiner, mein Augapfel, ich gebe dir dieses Geld, brings deiner Mutter, sie soll dir aus gewachstem Tuch eine Börse nähen, steck das Geld da hinein, gib es nicht aus, kauf dir nur Zucker. Bitte vergiss das nicht. Wenn der Krieg euch in die eisigen Berge verschlägt, werdet ihr erfrieren. Aber auch in der Ebene werdet ihr in der Kälte erstarren. Und trüget ihr auch ein Zobelfell um die Schultern, würde euch die Kälte wie ein Schwert in zwei Hälften teilen und zugrunde richten. Vergiss um Gottes willen nicht, was ich dir gesagt habe!

Auf dem Weg in die Berge zogen wir durch eine Kleinstadt. Ich ging in einen Laden, kaufte mir einen Gürtel und behängte ihn mit Zucker. Sie gaben mir noch einen zerrissenen Sommermantel. Ich vergrößerte die Manteltaschen und füllte sie mit Zucker. Auch all meine anderen Taschen. In den Tälern rührte ich meinen Zucker nicht an. Erst als wir auf diesen mächtigen Berg Allahüekber stiegen, steckte ich mir ein Stück Zucker in den Mund und lebte wieder auf. Beim Aufstieg brachen viele Soldaten im Schnee zusammen. Unteroffiziere, rangniedrige Offiziere und Hauptleute leerten ihre Trommeln in die Köpfe der zusammengebrochenen Soldaten, weil sie meinten, sie seien noch am Leben. Aus den Köpfen floss das Blut und gefror sofort. Ein Teil der Soldaten war aufrecht im Schnee erfroren. Die Offiziere stupften sie mit den Spitzen ihrer Waffen, und die erstarrten Soldaten fielen um. Die Hänge waren schwarz von erfrorenen Soldaten. Wir waren in einem Gewaltmarsch von Erzurum hergekommen und hatten nicht einmal einen Teller warme Suppe im Magen. Vom Kamm des Berges sollten wir bergab nach Sarikamiş stürmen und die Stadt von den Russen erobern. Schon beim Aufstieg stand unsere rechte Flanke unter Beschuss.

Was soll ich euch sagen, der langen Rede kurzer Sinn: Wir sind auf den Gipfel des Berges gestiegen. Dort ist die Hochebene der Kurden. Dort haben wir uns barfuß oder in zerfetzten Opanken, in zerfetzter Sommeruniform, die Füße wie Pauken angeschwollen, seit Tagen ohne einen Bissen im Mund, reihenweise auf das Eis gelegt. Wir waren so kraftlos, dass wir uns nicht mehr rühren konnten. Rot ging die Sonne unter. Eine riesige Armee hatte vier Fünftel ihrer Soldaten verloren, und der Rest war auf dem Gipfel des Allahüekber kurz vorm Verhungern.

Auf Befehl des Oberbefehlshabers sollten wir uns von hier bis Sarikamiş durchkämpfen, die Einheiten der Russen aus der Stadt werfen, uns satt essen und ausruhen. Und unser Oberbefehlshaber würde sich, blabla, blabla, aufblasen und seine Brust mit Orden behängen lassen.«

»Komm, setz dich zu mir!«, sagte streng Salman Sami. Hasan kam und setzte sich neben den Major. »Hör mir zu, auch wir haben den Krieg von Anfang bis Ende mitgemacht. In den Dardanellen. Sag mir, Hasan, wie bist du davongekommen?«

»Als wir so dalagen, regneten, noch bevor wir Luft holen konnten, von rechts Kugeln und Granaten auf uns herab. Wir schossen im Liegen auch ein bisschen, und das Feuer hielt hier und da vereinzelt an. Dann stellten wir es ein. Was hätten wir anderes tun können? Als es still wurde, waren sie wohl bereits erfroren, denn es kam kein Feuer mehr. Die Sonne ging unter. Dann brach ein Schneesturm los, als ob die Welt, Gott bewahre uns, unterginge. Wir, die von der riesigen Armee übrig gebliebene Handvoll verwundete, hungrige Soldaten, schnellten sofort auf die Beine, denn sonst würden wir vom Schnee begraben werden. Der Bora blies so heftig, dass er uns von den Beinen holte. Wir begannen zu kriechen. Der Schneesturm packte uns und trug uns hinunter. In Schluchten, Tälern und Bachbetten fanden wir uns wieder. Kriechend tastete ich mich in eine Felsnische, streckte die Hand aus, fühlte Erde. Zum ersten Mal nach Monaten berührte ich Erde. Ich hatte schon vergessen, was Erde ist. Wenn ich den Morgen erlebe und die Sonne aufgeht, werde ich die Erde sehen. Ich kroch hinein. Verglichen mit draußen, wo Schnee und Eis vom Himmel fiel, war es hier warm. Aber wenn ich jetzt einschlafe, werde ich dennoch erfrieren. Ich holte einige Stück Zucker aus meiner Tasche und steckte mir kleine Bissen in den Mund. Bis zum Morgen lutschte ich Zucker. Wenn mich der Schlaf übermannte, schlug ich mir mit der Faust gegen die Stirn, trat auf die Erde und gegen die Felswände, bis mein Kopf, meine Füße und Hände so schmerzten, dass an Schlaf nicht einmal zu denken war. So hielt ichs, bis der Morgen kam. Vom Eingang kam ein Lichtstrahl, und als ich die Erde sah, fühlte ich mich wie neugeboren. Mein Herz schlug, ich flog vor Freude. Am Eingang der Nische, was sehe ich? Fünf Offiziere lagen übereinander. Alle erfroren und starr. Ich zog sie einen nach dem anderen ins Freie, damit sie gesehen und fortgetragen würden und nicht zum Fraß werden für Vogel, Wolf und Schakal. Beim Abstieg musste ich über Leichen gehen. Die Soldaten lagen eng umschlungen, so waren sie gestorben. Überall am Berg, in Bachbetten und Schluchten, auf Plateaus und an Hängen lagen dicht an dicht Leichen von Soldaten.«

»In jenen Bergen starben neunzigtausend Mann vor Kälte, vor Hunger und an Typhus«, sagte Salman Sami. »Wie viele dieses riesigen Heeres zum Krüppel wurden, weiß niemand. Wie grausam und unmenschlich der Krieg ist, der die Menschheit bis ins Innerste verdirbt, weiß nur, wer ihn mitgemacht hat.

Enver Pascha war Oberbefehlshaber. Ohne das Frühjahr abzuwarten, trieb er jenes verhungerte, nackte, barfüßige und glatzköpfige Heer in die Allahüekber-Berge – bei dreißig, vierzig Grad unter null – nicht in den Krieg, sondern in den Tod. Die sogenannten Helden sind die größten Feiglinge. Ich habe in den grausamsten Schlachten gekämpft, habe alle Arten von Großmäulern erlebt und kann bezeugen, dass sie die feigsten Menschen sind. Nimm jene, die den Krieg beschließen, stelle sie in die Reihen der Soldaten und sage ihnen: Bitte sehr, mein Freund, nun heißt es, töten oder getötet werden! Du wirst sehen, dann gibt es keinen einzigen Krieg mehr. Stell die Befehlshaber in die Reihen der Bajonettkämpfer, und dann schau, ob irgendwer das Wort Krieg überhaupt noch in den Mund nimmt! Ich habe einen Verwandten, einen Pascha, der an der Ostfront gekämpft hat. Er war Kommandant eines Armeekorps. Mit diesem Pascha habe ich mich lange über die Schlacht bei Sarikamiş unterhalten. Enver war ein unfähiger Heerführer. Er konnte kein

Regiment führen, geschweige denn eine Armee. Seine Gefühle überstiegen sein Denkvermögen hundertfach, sogar bis zum Wahnsinn, sagte der Pascha. Sarikamiş war damals eine russische Kleinstadt an unserer Ostfront. Wie viele russische Soldaten dort lagen, wusste keiner. Einer sagte zwei, der andere drei, der nächste fünf Divisionen. Unsere Soldaten hatten weder Führung noch Kopf noch Verpflegung. Die meisten Lagerhallen in Erzurum waren gähnend leer. Aus dem Irak war ein barfüßiges Heer in Sommeruniformen herangeführt worden. Und es war ungenügend bewaffnet. Nie hätte man mitten im Winter Sarikamiş angreifen dürfen. Die russischen Streitkräfte, deren Hauptmacht ohnehin an der deutschen Front lag, hätten im Schneetreiben keinen Angriff gewagt. Hätten wir das Frühjahr abgewartet, wäre dieses große Sterben und somit diese Niederlage nicht geschehen. Was dieser Dummkopf von Enver Pascha wollte, weiß Gott allein. Hungrige, durstige, barfüßige und zerlumpte Soldaten wurden vom Ararat über steile Gebirgsketten, die sich bis zum Schwarzen Meer hinziehen, in die Eishölle getrieben, mitten im eisigen Wintermonat Januar. Hier erfroren mehr Soldaten, als in den Dardanellen fielen. Nicht zu reden von denen, die der Typhus dahinraffte.

Das Heer hatte noch keinen einzigen Gipfel erreicht und noch keine Schlacht geschlagen, da waren schon neunzigtausend Mann der Kälte zum Opfer gefallen. Gott gebe ihnen die ewige Ruhe! Wer sagt neunzigtausend? Hunderttausend, zweihunderttausend, ein riesiges Armeekorps ist an Hunger, an Typhus und den Kältetod gestorben, die Übrigen wurden in Scharmützeln von den Russen umgebracht. Und die Restlichen tötete Enver Pascha als Fahnenflüchtige.

Nachdem die russische Armee dann keine feindlichen Soldaten mehr vor sich hatte, verließ sie Sarikamiş und zog hinunter nach Mesopotamien, nach Mittelanatolien und an die Küste des Schwarzen Meers. Dies sind die Tatsachen, Hasan Rais.«

Hasan kam um vor Ungeduld. Er musste dem Doktor Oberst

sein Anliegen erzählen, vielleicht würde der ihn nicht aufhängen lassen.

»Ich zog von den Bergen zu Tal, kam in eine Ebene und versank sogar im Flachland bis zum Bauchnabel im Schnee. Vor mir sah ich einen mächtigen weißen Baum, unter dem ein Mann saß. Ich ging zu ihm, er hatte seinen Rücken an den Baum gelehnt, die Augen geschlossen, der Kopf ruhte auf seiner rechten Schulter. Ich brüllte ihn an: Freund, bist du tot oder am Leben? Wenn du lebst, öffne deine Augen. Wenn er tot ist, ist er eben tot, sagte ich mir, diese Berge, Ebenen, Flüsse und Hänge sind randvoll mit Toten gefüllt. Ist da noch jemand, der nicht gestorben ist? Ich packte ihn an den Haaren und hob seinen Kopf hoch, da öffnete er die Augen. Er konnte nicht sprechen. Ich stellte ihn auf die Beine und klopfte seine Kleider ab. Halt ein, sagte er da, halt ein und töte mich nicht, ich weiß von nichts, ich sterbe vor Hunger. Warte ab, ich erwecke dich zum Leben! Er wollte etwas sagen, seine Lippen bewegten sich, aber er sackte zu Boden, seine Augen schlossen sich. Ich brüllte ihn an: Mach deine Augen auf, Mensch, schau, was ich dir geben werde, da wirst du wieder lebendig. Da öffneten sich seine Augen sofort, er schaute mir ins Gesicht. Ich stopfte ihm drei Stück Zucker in den Mund. Er schloss seine Augen, und bis der Zucker sich in seinem Mund aufgelöst hatte, bewegte er seine Lippen nicht. Nachdem der Zucker sich aufgelöst hatte, schluckte er dreimal, öffnete die Augen, sagte, wenn du mir noch drei Stück gibst, werde ich wieder ganz lebendig. Sie haben mich aus der Offiziersschule an die Front geholt, ich bin Unteroffizier, ich kann dir sehr von Nutzen sein. Ich gab ihm noch drei Stück Zucker, er kam ganz zu sich, ging zum Baum, umkreiste ihn, kam zurück. Wie hast du es hier ausgehalten, wo ist deine Einheit, dein Regiment? Ich weiß es nicht. Sie sind alle tot. Ich habe aus den Manteltaschen vom Kommandanten, vom Oberst und vom Hauptmann das Brot herausgeholt, Tote können nicht essen. Ich kam her, setzte mich unter diesen Baum, aß das ganze Brot auf, starb, und dann kamst du.«

Salman Sami wurde immer ungeduldiger: »Jetzt reichts, erzähle, wie du fahnenflüchtig wurdest!«

»Zu Befehl, mein Oberst! Ich sagte ihm, was soll jetzt werden, du bist fahnenflüchtig. Er dachte lange nach, sagte dann: Bin ich ein Deserteur? Sag du es mir! Ich weiß es nicht. Ich war im Dunkel, ich war tot. Während wir so redeten, kamen von Weitem Reiter. Der Soldat zählte sie und sagte, sie kommen in unsere Richtung. Ich fragte ihn: Warum hast du die Reiter gezählt? Er sagte: Der an der Spitze ist der Oberbefehlshaber, es sind sieben Mann. Die hinter dem Oberkommandanten sind seine Paschas. Drei von ihnen sind deutsche Generäle. Wenn der Oberbefehlshaber Deserteure sieht, sagt er: Öffne deinen Mund und leert dann seine Pistole in den offenen Mund. Ich sagte ihm: Flüchten wir in den Wald da unten. Er sagte: Ich habe ihn oft erlebt, er trägt einen Feldstecher um den Hals, er hat uns schon längst gesehen. Bevor wir den Wald erreicht haben, hat er uns eingeholt. Warten wir hier auf ihn. Wenn er kommt, stehen wir auf, nehmen Haltung an und machen Meldung. Vielleicht kommen wir davon. Dann schwiegen wir und warteten. Ich sagte: Mit uns ist es aus. Er sagte: Ja, so ist es. Wir murmelten jedes Gebet, das wir auswendig kannten. Bald darauf blieben die Reiter vor uns stehen. Wir standen schon längst stramm und machten beide Meldung. Da sagte der Oberbefehlshaber Enver Pascha: Ihr Deserteure, ihr! Während das ganze Heer stirbt, flüchtet ihr! Er zog seine Pistole, sagte: Öffnet euren Mund, und wir rissen unsere Münder weit auf. Nachdem er mit dem Finger am Abzug eine Weile überlegt hatte, drehte er sich zu seinen Paschas um. Deserteure werden erschossen, das ist die Regel, nicht wahr?, fragte er, und wie aus einem Munde antworteten die Paschas: So ist es! Sogar die deutschen Paschas sagten: So ist es. Enver Pascha fuhr fort: Das Heer hat sowieso keine Munition mehr, und meine beiden Manteltaschen mit Patronen sind auch leer. Auch habt ihr nur noch wenig Munition. Lassen wir diese beiden aufhängen. Vergeuden wir keine Patronen mehr, wie sollen wir sonst Sarikamiş einnehmen?

Ich dachte: Etwas wie eine Armee gibt es doch nicht mehr, willst du das russische Heer mit toten Soldaten besiegen? Und den letzten Rest der Armee, eine Handvoll Überlebende, lässt du auch noch aufhängen, willst du denn ganz allein losziehen und Sarikamiş einnehmen? Das alles habe ich mir gedacht, aber Enver Pascha nicht zu sagen gewagt. Ich hatte Angst! Mensch, du bist sowieso tot, sags ihm doch, und du bist es los! Ich hatte Angst. Eine kurze Frist noch leben. Doch solange du dein Leben nicht ausgehaucht hast, verlässt dich die Hoffnung nicht. Ich fürchtete mich so sehr.«

»Der Mensch lebt ständig in Angst«, sagte Salman Sami.

»Der Pascha rief den jüngsten Hauptmann ganz hinten zu sich und sagte: Bring uns diese da nach. Die Paschas ritten los und verschwanden. Der Hauptmann sagte: Los, weitergehen! Meine Füße waren wie eine Pauke aufgedunsen, sie waren eisig und gefühllos. Mir ging es geradezu gut. Mein Kamerad war so erschöpft, dass er nach zwei Schritten zusammenbrach. Der Hauptmann sagte: Heb den da auf, ich hob ihn auf. Der Hauptmann streckte sich in den Steigbügeln und donnerte einen Peitschenhieb auf den Rücken meines Kameraden, dass dieser wieder zusammensackte. Der Hauptmann sagte: Heb ihn auf, ich hob ihn auf. Er schwankte und schlug längelang wieder in den Schnee. Mein Baumkamerad war etwa sechzehn oder achtzehn, zum Skelett abgemagert, nur Haut und Knochen, vor Hunger und Erschöpfung zu einem Kind geschrumpft, mit großen, tief in den Höhlen liegenden Augen, großen blauen Augen. Nimm ihn auf den Rücken!, brüllte der Hauptmann. Ich nehme diesen federleicht gewordenen Soldaten auf meinen Rücken. Wenn du aber dein Pferd antreibst und ich schnell hinter dir herlaufe und deswegen ausrutsche, stirbt der hier. Was, meinst du, macht dann Enver Pascha? Er lässt dich und mich aufhängen. So ist es, sagte der Hauptmann, er lässt alle aufhängen. So gingen wir weiter. Ich flog viermal der Länge nach in den Schnee. Als ich schon keine Luft mehr hatte, zeigte der Hauptmann auf ein großes Zelt, es stand nah an einem Waldrand. Davor war ein Haufen Pferde zu sehen. Mit dem Mann auf meinem Rücken ging ich ins Zelt hinein. Dort saß Enver Pascha, zurückgelehnt, die Beine übergeschlagen, in einem aus einem verlassenen armenischen Dorf herbeigeschleppten Sessel. Die abgemagerten Paschas und auch die deutschen Paschas standen. Enver Pascha redete. Noch am Zelteingang hatte der abgesessene Hauptmann mich beiseitegeschoben, sich in strammer Haltung vor Enver Pascha hingestellt und Meldung gemacht: Ich habe die Deserteure gebracht, verehrter Pascha, wobei er zum Zelteingang auf uns zeigte. Ich ließ den Mann von meinem Rücken herunter, nahm sofort Haltung an und machte Meldung. Er fragte mich: Bist du auf die Hochebene vom Berg Allahüekber gestiegen? Ich sagte: Ich bin hochgestiegen. Erzähl, sagte er. Er fragte, ich erzählte. Plötzlich sprang er wütend auf die Beine, und dieser klitzekleine Mann wurde zum Riesen. Was sagst du da!, begann er zu brüllen. Von diesem mächtigen Armeekorps bist nur du übrig? Durch den Spalt der Felsnische hast du die übereinanderliegenden erfrorenen Offiziere gesehen? Du niederträchtiger Hund. Ihn und den Toten da werdet ihr sofort aufhängen, als abschreckendes Beispiel. Zu den stehenden Paschas: Die da werdet ihr nicht erschießen, es sind keine Patronen mehr da. Es sind keine Soldaten, es sind feige Verräter, die werdet ihr aufhängen. Ehrenvolle Soldaten werden an die Wand gestellt. Nach der Einnahme von Sarikamiş könnt ihr so viele Patronen vergeuden, wie ihr wollt, könnt ein Armeekorps von Deserteuren an die Wand stellen, aber was euch jetzt in die Hände fällt, werdet ihr aufhängen. Mein Knieband hatte sich gelöst, der Pascha war hinausgegangen, ich hinterher …Verehrter Enver Pascha, lass mich nicht töten, ich bin kein Deserteur, ich bin ein Ghasi, wollte ich sagen. Der Pascha saß auf, und da kam von gegenüber ein Dauerfeuer. Mein Enver Pascha legte sich flach auf das Pferd, peitschte es, dass es davongaloppierte. Die Wachabteilung des Hauptquartiers erwiderte das Feuer. Die Russen zogen sich zurück. Die meisten anderen Paschas waren im Zelt geblieben. Einer mit vollem Schnauzbart, dem die Güte übers Gesicht floss, sagte:

Erzähl mir noch einmal die Geschichte von deiner Flucht in die Felsnische. Ist das alles wahr? Ich sagte: Das ist eine Sache mit Zeugen und Beweisen. Ich ging nahe an ihn heran. Schau mich genau an, hab ich mich mit roter Erde beschmutzt oder nicht? Schau in meine Taschen, ist da Zucker drin oder nicht? Ich steckte die Hand in meine Tasche und holte eine Handvoll Zucker hervor. Als der schnauzbärtige Pascha den Zucker sah, bekam er tellergroße Augen und streckte seine Hand aus. Gib mir diesen Zucker! Drehte sich zu den anderen Paschas um: Seht euch den Zucker an, jetzt werden wir Tee trinken, sogar mit Zucker. Wendete sich an mich: Hast du noch etwas mehr? Ich holte noch eine Handvoll hervor, und die Paschas wurden fröhlich. Der Schnauzbärtige rief gleich einen Offizier herbei und fragte: Es gibt doch noch Tee, nicht wahr, mein Junge? Ein bisschen ist noch im Beutel, so für drei oder fünf Portionen. Lass ihn sofort brühen, und auch für dich ein Glas, sieh doch, es gibt Zucker, Zucker! Der munter gewordene Pascha sagte zu mir: Heb den da auf, er kommt mir von irgendwoher bekannt vor, wartet, jetzt fällt es mir ein! Ich hob den vor Schreck schwefelgelb gewordenen Soldaten mit dem spindeldürren Hals auf die Beine. Dieser Soldat kann nicht auf seinen Beinen stehen, sagte der Pascha. Gib ihm auch ein Stück Zucker, damit er lebendig wird. Und ich holte sofort ein Stück Zucker aus meiner Tasche, steckte es dem Soldaten in den Mund. Er sog und sog, bis er es aufgelutscht hatte. Trinkt er jetzt noch einen Tee, kommt er zu sich. Der Pascha ließ meine Tasche, aus der ich den Zucker geholt hatte, nicht aus den Augen. Flehentlich schaute er mir in die Augen, bat mich aber nicht um mehr. Der schnauzbärtige, große und breite Pascha drehte sich zu den anderen um und sagte: Von einem hundertzwanzigtausend Mann starken Armeekorps ist nur dieser eine Soldat übrig geblieben. Anstatt ihn aufzuhängen, sollten wir einem, der die Fähigkeit bewiesen hat, Läuse und Kälte zu überleben, einen Tapferkeitsorden überreichen. Seine Miene verdunkelte sich, seine Augen wurden feucht, seine Stirn legte sich in Falten, Trauer umflorte sein Gesicht.

Er sagte, wo hast du dich mit dem Jungen, den du auf dem Rücken hergebracht hast, getroffen? Ich sagte: Unter dem Baum, wo ich den verehrten Enver Pascha getroffen habe. Als ich unter den Baum kam, sah ich diesen Soldaten tot wie alle anderen. Ich setzte mich zu ihm und stellte fest, er atmete noch ein wenig. Ich nahm ihn in meine Arme, wollte ihn wärmen und spürte, dass ich auch eiskalt war. Ich sagte mir, oh Gott, Zucker kann uns retten. Der schnauzbärtige Pascha wandte sich an die anderen Paschas: Hätte Enver nur ein Hundertstel von der Intelligenz dieses einfachen Soldaten, dann hätte dieses riesige Heer nicht hungrig, halb nackt, erschöpft und müde in dieser Kälte, bei Bora und Schneesturm den Angriff angetreten, sondern den Frühling abgewartet. Die Paschas alle auf einmal: Haben wir das nicht alle Enver vorgeschlagen? Haben wir nicht gesagt, bei diesem Unwetter, bei dem Berg und Himmel zu Eis erstarren, erfriert unser Heer, sterben wir alle? Hat nicht Enver dem Kommandanten der Streitkräfte, Hasan Izzet Pascha, der den Frühling abwarten wollte, das Kommando entzogen und das Heer in Marsch gesetzt? Und jetzt stillt er seine Wut an diesen jungen Männern.

Der schnauzbärtige Kommandant sagte: Deserteur, mach noch einmal Meldung. Der Junge tat es. Da erkannte ihn der Kommandant. Dieser Junge war eingezogen worden, als er selbst noch im letzten Studienjahr auf der Kriegsakademie gewesen war, hatte sofort ein Regiment bekommen und sich an der Front ausgezeichnet.

Der Kommandant sagte: Erzähl, mein Junge, ich erinnere mich an dich. Was geschah dann? Als er erzählte, zitterte er. Bei Cerkesköy griffen sie uns an. In meiner Abteilung blieben wir zu dritt übrig. Bald verschwanden meine Kameraden im Schneesturm, ich war allein. Mein Divisionskommandeur ist vielleicht nicht tot, sagte ich, ermüdete auf der Suche nach ihm, sagte mir, ruh dich unter dem Baum aus, und setzte mich. Plötzlich übermannte mich der Schlaf. In fünf Minuten stehe ich auf, sagte ich mir, doch der Schlaf war so süß, ich strengte mich unglaublich an, ich konnte nicht aufstehen.

Ich versank im Paradies des Schlafes. Am Ende kam dieser Soldat, weckte mich, entriss mich aus der Hand des Todes, gab mir auch Zucker, dann kam Enver Pascha.

Die Paschas besprachen sich lange. Wir hängen die Jungs nicht auf, stellen sie auch nicht an die Wand. Dieser Wald da unten ist schon voller gehenkter und erschossener Soldaten. Jedes Mal, wenn Enver Pascha sich an die vorderste Frontlinie begibt, kehrt er mit fünf oder zehn, fünfzig oder hundert angeblichen Deserteuren des sich auflösenden Heeres zurück, die, warum auch immer, nicht sogleich erschossen, sondern vor dem Hauptquartier an die Wand gestellt wurden. Als das Heer geschlagen war, begann er mit dem Hängen.«

»In so einer Kälte können Menschen sich nicht gegen den Schlaf wehren, er übermannt und entführt sie«, sagte Salman Sami. »Die meisten schlafen nur für fünf Minuten ein, obwohl sie wissen, dass dies den Tod bedeutet, und sie wachen nicht mehr auf. Es ist wie ein Schlafrausch. Sie erfrieren sofort!«

»Dir hat also das, was ich dir erzählte, gefallen, mein Doktor Oberst?«

Salman war über diese Frage so verärgert, dass er wutentbrannt auf die Beine sprang. »Verpiss dich, du hundeschnäuziger Kerl! Was soll einem denn an dem gefallen? Verschwinde, oder ich bringe dich um!«, brüllte er, und Hasan rannte so schnell, dass Flucht und Sprung aufs Boot eins waren. Salman Sami Beys Hände zitterten noch, als er sich setzte. Seine Halsader war angeschwollen.

»Was für ein Ungeheuer, erzählt lachend und tanzend die größte Katastrophe in der Weltgeschichte der Kriege!«

»Er ist davon, aber bald kommt er wieder. Denn er brennt darauf, seine Abenteuer zu Ende zu erzählen. Wer Derartiges erlebt hat und danach vereinsamt, erzählt demjenigen, der ihm gespannt zuhört, vierzig Tage und vierzig Nächte seine Erlebnisse. Er hat Angst bekommen und ist geflohen.«

»Los, lauf und rufe ihn! Er hat mich für Enver Pascha gehalten und ist zum Meer gerannt, um sein Leben zu retten! Hol ihn ein und sag ihm, der Zorn des Doktors ist verflogen!«

Halil Rifat stand auf und lief zum Anleger. Hasan war auf seinem Boot und kurbelte aufgeregt mit zitternden Händen am Motor.

»Hasan, Hasan, der Doktor ist dir nicht böse, er ist wütend auf die Paschas. Er bat mich, dich zu rufen, weil er wissen will, wie es ausgegangen ist. Er sagt: Ich werde ihm nicht einmal einen Nasenstüber geben, geschweige denn, ihn aufhängen lassen.«

Hasan stand auf, drehte sich Halil Rifat zu, musterte ihn lange vom Scheitel bis zur Sohle, hockte sich dann plötzlich wieder nieder, kurbelte noch einmal, der Motor sprang an, das Boot drehte sich nach Osten. Er wird mich aufhängen lassen, seine Augen ähneln den Augen von Enver Pascha. Trau ihm nicht, er lässt dich auch aufhängen. Während er Kurs auf die Raue Insel nahm, versank er in Gedanken. Ob der Doktor Oberst ihn verraten und aufhängen lässt? Wie hatte er ihm doch mit ganzem Herzen zugehört! Als ich den halb toten Jungen fand, füllten sich seine Augen mit Tränen, und wie freute er sich, als der Junge zu sich kam. Und als Enver sagte: Bring sie fort und lass sie aufhängen, schäumte er vor Wut, sackte zusammen, ließ die Schultern hängen, wurden ihm die Knie weich, wurde er safrangelb, als würde er selbst zum Galgen gebracht. Würde so ein Mann mich aufhängen lassen? Ja, er würde! Denn seine Augen hatten sich so mit Wut und Hass gefüllt, dass er an allem, von den kriechenden Ameisen bis zum fliegenden Vogel, Rache für die Niederlage nehmen wollte. Waren die Augen des Obersts den Augen Envers ähnlich? Ähnlich schon, aber doch nicht ganz. Envers Augen waren voller Trotz und Wahn. Der Doktor aber gehörte zu denen, die plötzlich explodierten und sofort wieder verlöschten. In denen nistet sich das Böse nicht ein.

Der Kahn hielt vor der Rauen Insel, Hasan warf den Anker, bestieg das im Schlepp liegende Beiboot, ruderte an Land, ging zur Quelle und legte sich ins Gras. Wie sehr er sich auch bemühte, er konnte bis zum Morgen nicht schlafen, starkes Herzklopfen hielt ihn wach. Von Montag bis Donnerstag blieb er auf der Insel. Er holte seine Angel vom Boot, sammelte einige Heuschrecken, spießte sie auf die Angelhaken, fing in kurzer Zeit drei größere Fische, salzte sie und legte sie auf dem Felsen in die Sonne. Gegen Mittag machte er aus trockenem Reisig Feuer, aß die gerösteten Fische, lehnte sich mit dem Rücken an den Felsblock bei der Quelle und schlief ein. Nachmittags wachte er schweißgebadet auf. Er wusch sein Gesicht, schaute sich um, und was sieht er? Um ihn herum haben sich die blauen Ziegen von Hizir mit den blauen Lämmern versammelt. Vor ihnen ein mächtiger Bock mit strengem Geruch. Der zottige Ziegenbock von Hizir riecht also wie alle anderen Böcke auch. Wie schön doch die Lämmer sind! Wenn er sie doch nur berühren, ihre bläulichen Haare streicheln dürfte. Aber man darf die Ziegen von Hizir nicht berühren, denn wenn man eine einzige Ziege berührt, ergreift Hizir den Menschen, bringt ihn zum Gipfel der Felsen, rollt ihn die Klippen hinunter und betrachtet dann mit Vergnügen die zerfetzte Leiche! Ziemt sich das für den heiligen Hizir mit dem Grauschimmel? Kommt er nicht allen sinkenden Schiffen als Retter zu Hilfe? Über alle Weltmeere gleitet er mit seinem Grauschimmel so schnell wie der Wind. So hat Gott ihn geschaffen. Wer weiß, wie viele Tausend seit Beginn der Welt gefleht haben: Hizir, komm und rette uns! Aber hat er sie gerettet? Nicht einen Einzigen! Hizir kommt oder kommt nicht, ganz nach Lust und Laune. Und dass ihm danach war zu kommen, hat noch niemand erlebt. Wer Hizir ist, ob der Sohn von Gottes Tante oder wer auch immer, weiß kein Mensch. Unsere Griechen am Schwarzen Meer behaupteten, Jesus ist Gottes Sohn. Wie ist Hizir eigentlich mit Gott verwandt? Oder ist er Gottes Lebensretter? Er ist nicht nur der Heilige der Meere, er ist auch der Heilige der Berge, der Ebenen, der Wüsten, der Heilige der ganzen Erde. Ich werde die Seefahrer des Schwarzen Meeres, des Mittelmeeres und des Ägäischen Meeres fragen: Gibt es einen Menschen, den Hizir gerettet hat? Sie werden sagen: Nein. Haben nicht alle in den Schiffen, die in den Dardanellen untergingen, Hizir zu

Hilfe gerufen? Und sind sie nicht alle auf dem Grund des Meeres gelandet? Waren es nicht auch Muslime? Beschützt Hizir denn nur die Muslime? Etwas eigenartig ist der hochverehrte Hizir schon. Brächte er denn sonst die Ziegen auf diese verlassene Insel, in diese Einöde, in diese Menschenfalle? Nehmen wir an, ein armer Schlucker wird auf diese Insel verschlagen. Das Meer ist in Aufruhr, und er muss zehn, fünfzehn Tage hier ausharren. Soll er verhungern? Er weiß ja nicht, dass es die Ziegen vom heiligen Hizir sind. Wenn er eine schlachtet und verspeist und Hizir schickt den Armen auf den Meeresgrund, ist das gerecht? Woher soll er denn wissen, dass es die Ziegen des Allerheiligsten sind? Ist das etwa Menschlichkeit? Die Augen von Hizir ähneln vielleicht denen von Enver. Wie auch denen vom Oberst. Dieser Offizier wird mich aufhängen lassen. Wenn nicht heute, wenn nicht morgen, dann übermorgen mit einem geölten Strick. Er soll ein Doktor sein! Sie belügen mich! Sie werden mich aufhängen lassen und auf dem Marktplatz ihr Vergnügen daran haben. Remzi Kavlakoğlu ist sowieso in Festtagsstimmung. Meine Leiche wird drei Tage und Nächte auf dem Marktplatz der Kleinstadt baumeln, das Salz und der Pfeffer in dieser Festtagssuppe, dachte er. Und dabei sträubten sich ihm die Haare, ihm schauderte, und in seinem linken Bein spürte er ein Ziehen. Das gibt ein Gaudi in dieser Kleinstadt. Sechs Monate lang werden sie darüber sprechen. Einige werden sagen: Wie schade um ihn, andere: Verdient hat es dieser Deserteur.

Die Ziegen scharten sich noch um ihn. Er streckte die Hand nach dem Kopf eines Lammes aus und zog sie sofort wieder zurück, er zitterte. Ja kein Lamm von Hizir berühren! Er wurde wütend. Das sind Ziegen eines Heiligen, was haben sie hier bei den Menschen denn zu suchen? Mensch ist Mensch, hat der etwa keine Lust auf ein frisches, blaues Ziegenlamm? In der Glut von getrocknetem Ölbaumholz geröstet! Welch ein berauschender Duft! Er fing an zu brüllen: Haut doch ab! Wer hat euch gerufen? Wir sind tausend Tode gestorben. Und jetzt tauchen die Ziegenlämmer von Hizir vor mir auf, und was für Lämmer, mit blauem Fell, gut im Fett, und du darfst sie nicht schlachten und verzehren, ihnen kein Härchen krümmen, nicht einmal die Ziegenmilch trinken. Sonst stürzt er dich am Ende von den Felsen, zerschellst du an den schroffen Steilhängen in tausend Stücke und stirbst. Mensch, sie werden dich sowieso aufhängen, und Sprit für den Motor hast du auch zu wenig, um zu flüchten. Fahre ich in die Stadt zum Tanken, schnappen sie mich auf der Stelle. Rühre ich seine Ziegen an, nistet sich Hizir im Herzen des Kommandanten ein, und der umzingelt mit einem Regiment Gendarmen die Insel, die fangen mich ein und hängen mich am Ast der Platane auf dem Marktplatz auf. In der Stadt wird ein Fest gefeiert, ein Freudenfest, zehn Tage und zehn Nächte lang. Jahrelang bleibt es in aller Munde. Ihr nichtsnutzigen Ziegen von Hizir! Und schon bereute er, dass er die Ziegen des Hizir nichtsnutzig genannt hatte. Seine Angst wuchs und wuchs. Wenn Hizir das gehört hat! Gehört und sofort seinen gescheckten Grauen besteigt und wie der Wind über die Weltmeere hierherzieht und mich die Felsen hinunterstürzt, hinunterstürzt, hinunterstürzt.

Er hielt inne, dachte nach: Alles ist besser als aufgehängt werden! Er näherte sich einem Ziegenlamm, um es zu fangen, schreckte zurück, kaum dass er die Hand ausgestreckt hatte. Zornig brüllend ging er auf die Ziegen los, die Ziegen kümmerte es nicht. Er sehnte sich so nach Ziegenlammfleisch, auch wenn Hizir ihn vom Gipfel des Felsens hinunterstürzen würde. Wenigstens würde er mit duftendem Ziegenlamm im Magen in die andere Welt einziehen. Sein Zorn wuchs, und die im Kreis um ihn stehenden Ziegen hatten die Köpfe erhoben und glotzten ihn blöd an. Was gafft ihr so, als wolltet ihr sagen, wir sind die Ziegen von Hizir! Was spreizt ihr euch denn so, wäret ihr nicht hier, sondern irgendwo anders, hätte man euch schon längst verspeist, und wäret ihr die Ziegen des Propheten. Sollte ich hier länger als einen Monat bleiben, länger hält es kein Mensch nur mit Fischen aus, und sei es ein Heiliger. Ich würde erst einmal eure schönen Lämmer, eins nach dem anderen, schlachten und aufessen. Würde euch melken und eure Milch trinken. Er streckte wieder seine Hand nach der Ziege mit den listigen Augen aus, zog sie schnell wieder zurück und zitterte. Nur gut, dass er sie nicht berührt hatte, Hizir könnte es missverstehen, würde ihn lähmen an Beinen und Händen, sodass er nicht aufstehen könnte, nicht fischen, sich nicht einmal bücken und Wasser aus dieser Quelle trinken, oh Gott, oh Gott! Vielleicht sind das auch alles Lügen, dachte er. Als sie auf den Berg Allahüekber stiegen, hatte da nicht jeder Soldat insgeheim gefleht: Eile herbei, oh Hizir, wir sterben, oh Hizir, und warum ist er nicht zu Hilfe gekommen? Ob Hizir gestorben ist, sein Pferd ausgerutscht und auf den Grund des Meeres gesunken, dass er uns nicht zu Hilfe kommen konnte, obwohl wir so laut nach ihm gebrüllt hatten? Waren wir denn alle Sünder und unter uns kein einziges unschuldiges Menschenkind? Was für Sünden können denn fünfzehnjährige Soldaten schon begangen haben. Bringt mich nicht in Versuchung, weg, ihr Ziegen! Einen Tag oder zwei halte ich das aus, und danach such ich mir das fetteste Lamm unter euch aus, röste es in der Glut und verzehre es. Vor Wut war er ratlos. Er steckte in der Falle. Wenn sie aus der Stadt zurückkommen, wer weiß, mit wie viel blutrünstigen Gendarmen, und Nordwind weiß, dass ich mich hier auskenne, dann werden sie mich so schnell finden, als hätten sie mich mit eigenen Händen hier abgelegt. Er eilte in den Olivenhain, klaubte einen trockenen Stock auf, ging brüllend auf die Ziegen los, schwang den Stock über die Ziegen hin und her, aber die Ziegen taten keinen Wank. Jedes Schimpfwort, das er kannte, schleuderte er über die Ziegen. Dann bereute er seine Ausfälle und rief: Wie dumm von mir, den hochverehrten Hizir zu beschimpfen, ich bereue! Er ging zum Beiboot, schob es ins Wasser, ruderte zum Kutter, nahm das Boot am Achterdeck in Schlepp, griff zur Kurbel und drehte sie wütend immer wieder, doch der Motor sprang nicht an. Schweißgebadet stand er auf, sah zu den Ziegen hinüber, sie hatten sich an die Quelle gedrängt und tranken, einige von ihnen, darunter auch der Widder mit dem fast bis zur Erde herabhängenden Haar, standen da und schauten ihn an. Schaut nur her, und wenn der Motor nicht anspringt, könnt ihr was erleben! Und was ich sage, soll auch Hizir hören, falls sein Pferd nicht gestolpert ist und er nicht auf den Grund des Meeres gewirbelt ist. Anstatt zu verhungern, werde ich jeden Tages eines eurer Lämmer und alle zwei, drei Tage auch noch eine von euch schön schlachten und verspeisen. Und dann soll Hizir herkommen und überlegen, wie er mich von hier wegbringen kann und ich nicht genötigt bin, euch zu verzehren. Die Ziegen hatten sich hintereinander aufgereiht und kletterten hinterm Ziegenbock in die Höhe. Klettert ihr nur, aber wenn ich auf der Insel bleiben muss, werde ich euch alle fangen und aufessen, und solltet ihr auch in den Himmel klettern. Der hochverehrte Hizir soll seine Ohren spitzen und hören, was ich da sage: Ich dreh die Kurbel jetzt noch einmal. Was soll ich denn tun, wenn der Motor wieder nicht anspringt. Nehme mir das niemand übel.

Wütend hängte er sich an die Kurbel, drehte dreimal, und der Motor sprang an. Plötzlich hüllte Freude sein Innerstes ein, und ganz langsam begann er, die Insel zu umfahren, immer auf der Suche nach einer günstigen Stelle, um sein Boot zu verstecken. Am Fuße der im Osten der Insel wie eine glatte Wand aufragenden Felsen befand sich eine ausgedehnte Ebene. Durch die Tamarisken am Ufer war sie nicht einzusehen. Auch Hasan wäre sie nicht aufgefallen, hätte er sich nicht bis zu den Tamarisken vorgewagt. Inmitten der Ebene befanden sich drei Ruinen, deren Mauern teilweise noch standen. Hier haben also Menschen gelebt, dachte er. In eine längliche Bucht passte ein Boot von vier bis fünf Klafter Breite bequem hinein. Als er zurückkehrte, war er beruhigt.

Es wurde Abend, die Sonne versank. Hasan aß seinen Proviant, trank Quellwasser, ruderte zum Kutter, versuchte zu schlafen, entspannte sich erst gegen Morgen und schlief ein. Als er frühmorgens erwachte, hatte sich in seinem Herzen wieder Angst eingenistet. Er stieg ins Beiboot, ruderte ans Ufer und wusch sich das Gesicht in der weiß gekieselten Quelle. Dann öffnete er seinen Proviantbeutel und holte die in den Gärten von verdorrten Sträuchern gepflückten purpurroten Tomaten und den wie Waben gelöcherten Nomadenkäse hervor, legte beides auf sein altes Brot und frühstückte. Die Ziegen standen auf dem Kamm der hohen Felsen in einer Reihe, hatten ihre Hälse gestreckt und schauten ihm zu. Auf dieser Ebene könnten fünf und sogar zehn Höfe gebaut werden. Wenn Hizir hier seine Ziegen weidet, warum nicht auch wir unsere Ziegen und unsere Kühe. Warum nicht auch Weizen, Hafer, Roggen und Gerste anbauen, Olivenbäume veredeln und Gemüse pflanzen. Auf dieser Insel ein kleines Dorf gründen, ein Dorf, in dem nicht täglich Gendarmen herumschwirren. Duftende Tannen und Kiefern, mächtige Platanen und auf die Ebene dahinten ein Birnbaum vor die Ruine, der so mächtig wächst wie die mächtigen Platanen, auf dessen Äste sich Bienen drängen, so viele, dass sich die blühenden Zweige bis zur Erde neigen. Dann schlachten wir eine Ziege, und der Duft von dem in die Glut trockenen Olivenholzes träufelnden Fett durchzieht die ganze Insel. Jeden Tag essen wir duftendes Ziegenfleisch, trinken frische Ziegenmilch und essen sahnigen Joghurt. Wir fangen auch Fische und verkaufen sie in den Städten. Dieses Meer brodelt vor Fischen. Und Hizirs Ziegen fangen wir nachts ein, zählen sie zu unseren Ziegen und schlachten sie. Wenn es hier auf diesen Hängen so viele Ziegen gibt, wer weiß, wie viele noch in den Felsen am anderen Ende der Insel leben. Und wenn Hizir es wünscht und wenn er uns mag, obwohl wir seine Ziegen schlachten, und er weiterhin Lämmer werfen lässt, hüten wir seine Ziegen, werden wir Ziegenhirten. Wer weiß, wie viele von seinen Ziegen schon geschlachtet und verzehrt wurden. Gäbe es denn sonst so wenige Ziegen auf dieser riesigen Insel? Rührte sie niemand an, würden sie ja bis an die Ufer der Insel dicht an dicht stehen.

Ob diese Doktoren mit mir ein Spielchen treiben? Sind sie nicht auch Offiziere? Der Jüngere sieht aus, als habe er Mitleid im Herzen. Vielleicht tut auch Musa Kazim Agaefendi, wie schön doch seine Töchter sind, der Herrgott hat sie zu seiner eigenen Ehre geschaffen, mir einen Gefallen. Er scheint ein Mann zu sein, dessen Wort etwas gilt. Auch Nordwind hat eine gute Ader. Aber nimm dich in Acht vor den Überlebenden von Sarikamiş! Sie kümmern sich nicht um die Tränen der Väter, Mütter, Kinder und Geliebten. Gott hat das Innere ihrer Herzen ausgegraben und alles, was sie an Liebe und Mitleid da drinnen hatten, in die Luft geschleudert. Und der Major war sehr wütend auf mich, ja, auf mich.

Der Motor setzte aus, das Boot trieb auf die Ebene zu, Hasan schien es nicht zu bemerken. Auf meiner Flucht bin ich am Ende der Welt gelandet! Wohin jetzt weiter? Vielleicht gibt Hüsmen den Regierungsstellen einiges Geld, damit sie mich nicht aufhängen. Nach dem, was er sagte, soll er teure Goldstücke der Giauren haben.

Plötzlich gab er alle Hoffnung auf, Angst überkam ihn. Ihm wird klar, dass der Sprit nicht bis zum Ufer reichen wird, er versinkt in unendliches Dunkel, danach erinnert er sich voller Freude an die Worte des Paschas, der ihm auf seinem Weg zum Galgen die ewige Ruhe wünschte, und Helle füllt sein Inneres. Die Welt ist voller guter, schöner Menschen!

Der Major und der Hauptmann hatten ihre Galauniform angelegt, ihre Stiefel gewichst und waren mit Kalpaks auf dem Kopf schon früh zum Anleger gekommen, wo sie plaudernd auf die anderen warteten. Bald danach trafen Nordwind und Vasili ein.

Vasili trug einen dunkelblauen Anzug und hatte seinen roten Fez mit lila Troddeln aufgesetzt. Nordwind war in Uniform, sein Freiheitsorden glänzte auf seiner Brust. Auch der Tierarzt hatte sich in Dunkelblau geworfen. Hüsmens Anzug war schon verblichen und zerknittert. Als Letzter kam Musa Kazim Agaefendi. Er war sehr elegant. Auch er trug einen Kalpak. Er hatte seine blaue Krawatte mit weißen Punkten nach der letzten Mode um den Kragen seines weißen Hemdes gebunden. Sein Anzug war schwarz, seine Schuhe glänzten. Er hatte seinen Schnurrbart gezwirbelt und seinen krausigen Kinnbart gekämmt. Seine schönen blauen Augen blickten milde. Er schaute suchend um sich. Seine Augen blieben auf Nordwind haften. Dieser stattliche, gelassen dreinblickende, gutmütige Jüngling sah in Uniform noch jünger aus. Kapitän Kadri hatte mit seinem Kutter angelegt. Zuerst geleiteten sie Agaefendi untergehakt an Bord. Ihm war die Würde eines Beys anzusehen, der auf seiner Farm im Kreise seiner Pferdeknechte, Nachbarn und Freunde seine edlen Araber betrachtete.

Der Kapitän warf den Motor an, und nach einer Weile gab er Vollgas. Schneller als sonst erreichten sie die Anlegebrücke der Kleinstadt. Kavlakoğlu Remzi Bey, ganz in Blau, hatte seinen Kalpak aufgesetzt und erwartete die Inselbewohner. Sie zu empfangen, waren auch der Landrat, der Vorsitzende des Wehrbezirks, der Vorsitzende des Standesamts Üzeyir Khan, Abdulvahap, Hayri Efendi, Cafer, Ismail und die übrigen Notablen der Stadt gekommen.

Kaum hatten sie festes Land unter den Füßen, begannen die Pauken und Oboen zu spielen. An der Spitze die Oboenspieler und Paukenschläger, zog die Menge zur Stadt und wurde immer größer. Handgefertigte Fahnen flatterten an langen Stangen. So bewegte sich der prunkvolle Umzug zum großen Konak von Remzi Bey. Die Notablen stiegen die Treppe hoch ins obere Stockwerk, dann in den großen Salon und versanken in den reihum aufgestellten Sesseln.

Doktor Salman Sami wandte sich dem neben ihm sitzenden Hayri Efendi zu und flüsterte ihm ins Ohr: »Ich habe in meinem Leben noch nicht solche Sessel gesehen, geschweige denn, darin gesessen.«

»Dieser Konak gehörte dem Pfeffersack Lefteris Farasoğlu«, antwortete Hayri Efendi. »Er war der reichste Mann in dieser Gegend gewesen, besaß Bauernhöfe und Überseeschiffe. So einen Konak gab es nicht einmal in Izmir. Kavlak Remzi war in Offiziersuniform mit einer riesigen, den Boden fegenden Fahne, die an einer langen Stange hing und deren Halbmond weder einer Mondsichel ähnelte noch der Stern einem Stern, in die Stadt einmarschiert! Seine fünfzig

Mann trugen die alttürkische Tracht des Stammes der Zeybeks. Ihre langen Handschars steckten in seidenen Bauchbinden, die Mausergewehre mit verziertem Kolben hingen über ihren Schultern. Silberverzierte Patronengurte glänzten über Kreuz auf ihrer Brust. Auf dem Kopf eines jeden war ein blumengeschmückter Fez zu sehen. Mit den bis zu den Knien reichenden, silberverzierten Pluderhosen, den mit Borten besetzten, geschlitzt kurzärmeligen Westen waren die Freischärler der Kavlakgarde schon eine Pracht.«

»Halt an!«, unterbrach Salman Sami den Redefluss von Hayri Efendi. »Anstatt hier zu sitzen, lass uns hinausgehen und ein bisschen spazieren. Kommen Sie auch mit, Nordwind Bey!«

Sie stiegen nebeneinander die mitten in den Salon mündende Treppe hinunter, schlugen die Richtung zum Ufer ein und gingen dort den sandigen Strand entlang. So kamen sie zum Hauptplatz der Stadt, wo ein Rednerpult aufgebaut war, wann und von wem, wusste niemand. Das Volk drängte sich so dicht, dass eine fallende Nadel den Boden nicht berührt hätte.

Mit einer riesigen Fahne in der Hand eilte Kavlak zum Rednerpult und begrüßte das Volk mit militärischem Gruß. »Wir haben den Feind ins Meer getrieben«, begann er. »Mit meinen Kämpfern habe ich ein griechisches Regiment besiegt, die Hälfte der fliehenden Feinde getötet und den Rest bei Izmir ins Meer getrieben. Ein Türke wiegt tausend Griechen auf, ein Kämpfer hunderttausend Griechen!«, brüllte er. Drei Tage und Nächte bewirtete er das arme Volk auf Bastmatten im Hof und die Notablen im Konak. Drei Tage und Nächte war in den Räumen des Konak ein einziges Kommen und Gehen.

»Ich weiß es, und die ganze Stadt weiß es, dieser Mann ist ein Deserteur. Die Männer, die mit ihm gekommen waren, sind Kämpfer, die wirklich gegen die Griechen gekämpft hatten. Sie waren am Anfang des Freiheitskrieges in die Täler hinuntergezogen. Und nun waren sie für einige Tage seine Söldner geworden. Dieser niederträchtige Mann ist ein Vaterlandsverräter und Deserteur.« Beim

Wort Deserteur hielt Salman Sami inne, drehte sich zu Nordwind um, fragte: »Wo steckt denn Flüchtling Hasan? Er wollte doch mitkommen, und wir wollten unseren Freund Major Ishak um einen Entlassungsschein für ihn bitten?«

»Wir haben Hasan überall gesucht und nicht gefunden. Er hat das Weite gesucht, Efendi«, antwortete Nordwind.

Salman legte die Hand an seine Stirn, überlegte eine Weile und sagte dann: »Er hat Angst bekommen. Als wir uns unterhielten und ich grob wurde, hat er es mit der Angst bekommen und ist geflohen. Das tut mir leid.«

»Wer ist dieser Mann?«, fragte Hayri Efendi.

Abwechselnd erzählten Nordwind und Salman Sami die Abenteuer des fahnenflüchtigen Hasan. Die Augen von Hayri Efendi wurden feucht, ihm war, als drücke eine Faust seine Kehle zusammen, als er mit erstickter Stimme sagte: »Wären meine Söhne doch auch desertiert. Was hat der Kampf um die Dardanellen denn genützt? Am Ende sind die feindlichen Panzerschiffe doch durch die Meeresenge gefahren und vor Dolmabahçe vor Anker gegangen.«

Salman Sami ergriff Nordwind am Arm. »Ich habe diesem Mann, dem flüchtigen Hasan, geschadet. Wohin kann er geflüchtet sein? Können wir ihn nicht irgendwo aufstöbern und ihm von Ishak Bey einen Entlassungsschein besorgen?«

»Auf der Insel ist er nicht, wir haben jeden Winkel durchsucht. Er wird auf seinen Kutter gestiegen und davongefahren sein. Aber sehr weit kann er nicht gekommen sein. Wenns hoch kommt, bis zur Rauen Insel. Er hat keinen Sprit.«

»Ist Kapitän Kadri hier?«, fragte Salman Sami.

»Gehen wir zum Anleger, vielleicht sitzt er dort im Kaffeehaus!«

Sie setzten sich langsam zur Landungsbrücke in Bewegung, hörten dabei Hayri Efendi zu.

»Die Pfeffersäcke hatten von dem Austausch schon erfahren, kaum dass er in Lausanne beschlossen worden war. Sie verkauften nach und nach ihr gesamtes Hab und Gut zu Spottpreisen und machten sich auf. Lefteris und Remzi waren gute Freunde. Lefteris verkaufte sein Gehöft mit über fünftausend Morgen Land samt Weinbergen und seinen Konak an Remzi. Nach seiner Rückkehr würde er alles von Remzi wieder übernehmen. Er vertraute Remzi in jeder Hinsicht. Käme er nicht zurück, sollte sein Hab und Gut seinem Bruder Remzi zum Segen gereichen!«

Bei der Brücke trafen sie Kapitän Kadri, gingen ins Kaffeehaus, das bis auf den letzten Platz besetzt war. Alle Anwesenden standen auf, Tee und Kaffee wurde gebracht, und alle hießen sie willkommen.

»Hasan habt ihr noch nicht gefunden, nicht wahr, Kadri?«

Kapitän Kadri antwortete: »Als er an jenem Abend zu mir kam, sagte er: Hier kann ich nicht bleiben. Der Major wird mich aufhängen lassen. Morgen, übermorgen werden die Gendarmen kommen. Ich muss diese Nacht noch weg, aber der Tank von meinem Boot ist leer. Wenn du mir einen Kanister Benzin gibst, werde ich dir viel Geld bezahlen! Daraufhin holte er einen großen samtenen Geldbeutel hervor: Nimm dieses Geld und hole mir drei Kanister Benzin, ich werde dir den Transport reichlich vergüten, sagte er.«

Nordwind drängte ihn: »Fahr du mit deinem Boot sofort zur Insel und bring Hasan ins Dorf! Sag ihm, der Doktor Bey holt von seinem Freund, dem Major, dem Rais der Militärverwaltung, deinen Entlassungsschein! Wenn er nicht will, lieg ihm so lange in den Ohren, bis er nachgibt. Bringt ihr ihn auf die Insel, lasst nirgendwo Kanister mit Sprit stehen, die er für sich stehlen kann. Es wäre schade um den Armen, dem jetzt zum Sterben zumute ist. Los, auf zur Insel!«

Nachdem sie sich von Kapitän Kadri verabschiedet hatten, kehrten sie zurück in die Stadt. Unterwegs trafen sie Männer von Remzi Bey: »Endlich, unsere Efendis, aus Ankara sind Abgeordnete eingetroffen, sie erwarten Sie im Konak!«

Die Abgeordneten aus Ankara hatten auch einen Haufen Fahnen mitgebracht. Kavlak Remzi Bey hatte zwei von den größeren an den Gipfel der beiden langen Silberpappeln rechts und links des prächtigen Hoftors aufhängen lassen. Die anderen lagen in Abständen aufgereiht auf der hohen Hofmauer. Die Fahnen wellten sich. Im Hof wurden Pauken geschlagen, Oboen geblasen, tanzten die Kämpfer den Zeybek, wobei sie mit den Knien die Erde berührten, bevor sie sprangen. Ihre verzierten Trachten glänzten in der Sonne. Als die Männer den Salon betraten, erhoben sich alle Anwesenden. Die Abgeordneten trugen alle dunkelblaue Anzüge, die vom selben Schneidermeister zu stammen schienen. In ihrer Mitte stand ein hochgewachsener Mann mit einem langen Hals. In seiner Brusttasche steckte ein weißes Ziertuch, dazu trug er eine rote Krawatte. Ein Tapferkeitsorden aus dem Freiheitskrieg glänzte an seiner Brust. Als Nordwind den Salon betrat, ging der hochgewachsene Abgeordnete geradewegs auf ihn zu, stellte sich vor und sagte, er habe zuerst in Gallipoli und dann im Freiheitskrieg gekämpft.

Nordwind schien beklommen, stammelte nur einige Worte.

»Und Sie?«

»Ich, Efendi? Zuerst am Allahüekber, dann in Sarikamiş, danach an der Front in Urfa gegen die Franzosen.«

»Habe die Ehre, mein Sohn. Das heißt, du gehörst zu den wenigen, die Sarikamiş überlebt haben. Hattet ihr Feindberührung?«

»Feindberührung schon, aber es waren keine Kämpfe. Wir waren schon vorher tot. Wir alle.«

»Wir hatten Kämpfe in Gallipoli und viele Verluste. Ihr wurdet von Läusen zerfressen, von der Kälte getötet, wir von Kugeln und Bajonetten. Wir sind gestorben und mit uns das große Reich. Trotzdem danken wir dem heutigen Tage. Wie Phönix aus der Asche ist die Republik entstanden und das edle türkische Volk.«

»Gott sei Dank, mein Efendi.«

»Das Osmanische Reich hat sieben Jahrhunderte gelebt, die Republik wird ewig leben.«

»Sie wird leben, mein Efendi. Sogar noch länger.«

Ein Abgeordneter trat zu ihnen. »Herr Oberst, wir gehen alle zum Hauptplatz der Stadt. Dort werden Sie mit einer herzzerreißenden Rede, wie wir dieses Vaterland gegründet haben, das Volk zu Tränen rühren.«

Der Oberst hakte sich bei Nordwind ein. »Los, gehen wir zum Platz. Eine öffentliche Rede im Freien zu halten, ist kein Kinderspiel. Das Volk damit zu gewinnen, ist schwieriger, als den Feind in offener Feldschlacht zu schlagen.«

Eingehakt stiegen sie bedächtig die Treppe hinunter. Vorneweg die Kämpfer in ihrer Tracht, dahinter die ohrenbetäubenden Paukenschläger und Oboenbläser, dann die Abgeordneten und Honoratioren der Stadt und der benachbarten Städte und Ortschaften, gefolgt von Alt und Jung, Frauen und Männern, Kind und Kegel der Städter und Dörfler, die den Befehl bekommen hatten, pünktlich in der Stadt zu erscheinen. Als Kavlakzade Remzi den Oberst und Nordwind so eingehakt, in vertrautem Gespräch vertieft, erblickte, wurde seine Angst immer größer. Ich habs gewusst, dachte er, ich habs gewusst, wer dieser Mann ist, den sie Nordwind nennen. Als ich ihm in die Augen schaute, habe ich gewusst, dass er eine wichtige Aufgabe ausführt. Und ich habe auch gleich erkannt, wer dieser Veli der Treffer mit den wie Kugeln rollenden grünen Augen ist. Und die später eintreffenden Doktoren? Und der, den sie Tierarzt nennen? Kann jemand denn Tierarzt heißen? Der Mann gehört zu einer Geheimorganisation, und Tierarzt ist sein Deckname. Schaut ihn doch an, wie dieser Junge mit dem ehrenwerten Helden Oberst eingehakt im Gespräch vertieft ist, wie Vater und Sohn, wie großer und kleiner Bruder, wie in tausendjähriger Freundschaft. Diesem Oberst kannst du keine Sekunde lang in die Augen blicken, und er durchschaut dich bis ins Innerste. Der wichtigste Mann in dieser Runde ist Nordwind. Und auf seiner Insel habe ich die Kirche eingerissen! Sollte ich sie sanieren und mit einem hohen, schneeweißen Minarett versehen? War es denn nötig gewesen, diese schönen Häuser der Pfeffersäcke einzureißen? Diesen Nordwind muss ich im Auge behalten. Er kann von einem viel Übel abwenden.«

Er drehte sich um, näherte sich dem Oberst und Nordwind fast in Habachtstellung, die Arme eng am Körper, den Kopf tief in den Schultern, die Schultern gut gestreckt. »Mein Efendi, Sie werden sprechen, nicht wahr?«

Der Oberst reckte sich, ließ Nordwinds Arm los. »Selbstverständlich werde ich reden.«

Der Oberst würdigte Remzi keines Blickes mehr, hakte sich wieder bei Nordwind ein, und plaudernd gingen sie langsam weiter. Als sie kamen, öffnete die Menschenmenge eine Gasse, und während der Oberst nach links und rechts grüßte, erreichten sie das Rednerpult. Im selben Augenblick brandete zuerst bei den Abgeordneten und den Notablen der Stadt, der Nachbarstädte und des Bezirks, anschließend bei den Dörflern der Applaus auf, die Pauken und Oboen schwiegen laut vorheriger Anweisung, und auch die Dörfler waren wie auf dem Kasernenhof gedrillt worden. Der Applaus dauerte an, und der Oberst hielt den Kopf gesenkt. Dann hob er ihn plötzlich und stieg aufs Pult. Er nahm die drei Stufen und ließ seine Augen über die Menge schweifen. Der Applaus wurde stärker, der Oberst hielt die Hände mit den Handflächen nach außen zur Menge gestreckt. Der Applaus verstummte abrupt, und der Oberst begann.

»Mein Volk, das den Feind von Sakarya, Inönü und Afyon verjagte, die Ebenen bei der Feldschlacht von Dumlupinar mit dem Blut der feindlichen Soldaten tränkte, mein heldenhaftes Volk, das Dumlupinar mit den Leichen der feindlichen Soldaten füllte, mein erhabenes Volk, du bist es, das die Überreste der Feinde im hehren Izmir ins Meer jagte, mein Volk von Helden, Abkommen heldenhafter Ahnen! Bist du nicht einst wie ein Sturm von Asien, Reich an Reich gründend, nach Anatolien gekommen, hast Rom, also Byzanz, in die Knie gezwungen? Bist du es nicht, das neun Jahrhunderte diese große Welt beherrschte? Das einen Atilla, einen Dschingis Khan, einen Temuz hervorbrachte, unter deren Bogen, Pfeilen und Lanzen die Welt erzitterte, Berge, Meere und Wüsten erbebten? Dieses Volk ist ein Phönix. Der Phönix, Khan der Vögel, ihr Padischah, lebt tausend Jahre, dann steigt Feuer aus seinem Herzen, verbrennt ihn zu Asche. In dieser Asche bildet sich ein Ei, und aus diesem erhitzten Ei entsteigt ein Küken, dieses Küken wächst unter sieben Küken heran und wird zum Khan der Vögel. Und so setzt sich das Geschlecht des Vogels Phönix in seiner Pracht in alle Ewigkeit fort. Und unsere Rasse ist wie der Vogel Phönix unter den Menschen. Wir werden alle tausend Jahre wie der Vogel Phönix aus dem Ei in der Asche in alle Ewigkeit als Volk emporsteigen. Unsere Rasse wird dank Ghasi Mustafa Kemal Pascha ewig leben. Mein heldenhaftes Volk, wir haben uns heute hier eingefunden, um die Republikanische Volkspartei zu gründen. Diese aus dem Herzen des Volkes geborene Partei wird uns erhöhen, die Alpen überfliegen und zum Gipfel der europäischen Kultur tragen. Wir sind aus tausendjähriger Asche geboren, aus Asche, Asche und abermals Asche. Und nach tausend Jahren werden wir wieder aus unserer Asche emporsteigen!« Der Oberst war in Wallung geraten, räusperte sich die Kehle frei, steigerte seine volle Stimme zum Äußersten. »Ja, in zehntausend, in hunderttausend Jahren, bis in alle Ewigkeit werden wir gemeinsam mit unserer Republik und unserem Führer Mustafa Kemal Pascha und unserer Republikanischen Volkspartei aus unserer eigenen Asche geboren werden und die Welt beherrschen. Es lebe die Republik, es lebe unsere Partei, es lebe der sagenhafte Phönix, es lebe die Weltherrschaft!«

Je höher Kavlak Remzi die Fahne in seiner Hand streckte, desto lauter sollte der Applaus werden.

Vor der Gründung der Republik gab es in Anatolien keinen Applaus, hatte Händeklatschen keine Tradition. Der Applaus breitete sich von Ankara über das Land aus. Und nachdem Kavlak Remzi mit Ankara Beziehungen aufgenommen hatte, brachte er neben vielen anderen Neuerungen auch das Händeklatschen in die Provinz. Das Applaudieren hatte er auch in Ankara gelernt. Als er Bezirksvorsitzender der Republikanischen Volkspartei wurde, brachte er zuerst den Kleinstädtern und dann von Dorf zu Dorf den Bauern das Händeklatschen bei.

Donnernder Beifall erhob sich, wollte gar nicht enden. Der Oberst winkte ab, breitete die Arme aus, bedankte sich, der Beifall brach nicht ab. Das Publikum war begeistert, klatschte, dass die Hände schmerzten, was der Oberst auch anstellte, der Beifall ebbte nicht ab. Schließlich stieg der Oberst vom Pult und entfernte sich eiligst. Währenddessen senkte Kavlakzade die Fahne, zog sie wieder hoch, und das Volk, einmal losgelassen, kannte kein Halten mehr und klatschte, was das Zeug hielt. Remzi hatte ihnen wohl das Klatschen beigebracht, aber nicht, wie es aufzuhören hatte. Er wusste nicht, wie er dieses begeisterte Volk beschwichtigen sollte, und schwang sich in höchster Not aufs Rednerpult.

»Haltet an, Freunde, haltet an«, brüllte er, so laut er konnte. Doch je lauter er brüllte, desto lauter wurde der Applaus. Und er zappelte da oben auf dem Rednerpult. Als er feststellte, dass er machtlos war, verließ er das Pult, schwankte einige Schritte und stürzte zu Boden. Da wurde der Beifall noch stärker. Da schnellte der erboste Salman Sami aufs Pult, zog seinen Revolver und ballerte drei Schüsse in die Luft. Die Menge erschrak, ein Teil schwieg bestürzt, ein Teil klatschte weiter.

»Es ist genug, hört auf zu klatschen! Das ist ein Befehl!«

Ganz plötzlich war es still. So still, dass die Flügel eines flatternden Schmetterlings zu hören gewesen wären.

Kavlak Remzi, der sich gefangen hatte, schwankte hinkend aufs Rednerpult. »Ab sofort kein Klatschen mehr!«, brüllte er. Sein dunkelblauer Anzug war staubbedeckt. »Wir werden jetzt gemeinsam zum Parteibüro marschieren, und der Oberst wird die rot-weiße Kordel durchschneiden. Der Applaus ist beendet, es wird nicht mehr geklatscht!«

Der Oberst an ihrer Spitze, die Menschenmenge im Gefolge, so marschierten sie zum griechischen Konak, der für die Partei eingeweiht werden sollte. Die Menschenmenge scharte sich um den

Konak herum, von niemandem ein Laut. Sogar die Pauken und Oboen blieben stumm. Der Konak war von oben bis unten mit Fahnen geschmückt. Der schlanke, hochgewachsene Oberst mit dem zerfurchten Gesicht ging zur Tür. Ein junges Mädchen in einem silberverzierten violetten Samtkleid, um den Hals eine Kette mit osmanischen Goldstücken, kam zum Oberst und reichte ihm ein goldenes Tablett. Bevor der Oberst die Schere nahm, betrachtete er das schöne Gesicht des Mädchens, dessen Hände unmerklich zitterten. Ihre Stirn war schweißbedeckt. Er nahm die Schere, hob sie prüfend in die Höhe. Die rot-weiße Kordel spannte sich von einer Ecke des Konaks zur anderen. Der Oberst stand da wie im Gebet. Die linke Hand streckte er behutsam zur Kordel aus, die rechte schnitt behutsam die Kordel durch. Er drehte sich zur Menschenmenge um und rief mit seiner kräftigen Stimme: »Es möge uns Segen und Glück bringen! Unser unsterbliches Vaterland …« Da sah er die Wellenbewegung in der Menge und schwieg sofort. Fingen sie wieder an zu klatschen, würde sie diesmal niemand mehr aufhalten können. Er flüchtete sich in den Konak, stieg die Treppe hoch, die Gäste folgten ihm.

Die Parteizentrale war prunkvoll eingerichtet. Solche Sessel, Sofas, Stühle und Tische gab es nicht in Istanbul und nicht in Ankara. Sie setzten sich und begannen sich zu unterhalten. Die keinen Platz fanden, blieben stehen und hörten ihnen gespannt zu. Der Vorsitzende des Wehrbezirks, Oberst der Artillerie Ishak Bey, hatte sich verspätet und stand auch. Doktor Salman Sami und die anderen saßen auf dem Sofa dicht an der Tür des Salons. Als der Doktor den behinderten Oberst erblickte, glitt er unauffällig vom Sofa und winkte seinen Freunden, ihm ganz langsam zu folgen.

»Los, gehen wir zum Bezirksbüro!«, flüsterte Salman Sami.

Das Wehrbezirksbüro lag in der Nähe; sich einen Weg durch die Menge bahnend, erreichten sie bald den prächtigen, hölzernen Bau.

Sie blieben davor stehen: »Oberst Ishak, du hast keinen Konak, das ist ein Serail!«

»Der gehörte einem Pfeffersack. Als ich herkam, war unser Amtsbüro ein Käfig, so eng. Dieses Gebäude gefiel mir. Auf einem Daunenbett lag angezogen und mit Schuhen ein Möchtegern. Als er mich erblickte, sprang er auf die Beine und salutierte. Wem gehört dieses Haus?, fragte ich. Es gehört mir. Ein Erbe von deinem Vater? Von einem griechischen Pfeffersack. Ich war Wächter auf seinem Gut. Als er sich in seine Heimat aufmachte, gab er es mir. Warum das? Damit die Regierung es nicht bekommt. Und du hast es natürlich genommen! So ist es. Gib mir mal die Schlüssel. Er zog sofort die Schlüssel hervor und gab sie mir. Er senkte den Kopf: Und ich hatte mich schon so gefreut, Eigentümer dieses Hauses zu sein! Du wirst dich wieder freuen, komm in zehn Tagen her, ich werde für dich ein Haus besorgen. Dann sage ihnen auch, dass sie mir den Weinberg nicht wegnehmen sollen, den er mir auch geschenkt hat. Er zog einige Urkunden aus seiner Tasche, ja, dieser Konak und ein Weinberg waren tatsächlich an den Burschen verkauft worden. Komm in zehn Tagen zu mir, wenn ich bis dahin für dich kein schönes Haus gefunden habe, werde ich dir meines geben. Gib mir einfach den Weinberg, damit die Regierung ihn mir nicht mehr wegnehmen kann; was soll ich mit einem so großen Haus! Überlass du mir den Weinberg, das reicht. Du brauchst mir auch kein Haus zu besorgen! Leben sollst du! Und er ging.«

Sie betraten den Konak, die Inneneinrichtung war vom Feinsten. Sessel, Sofas, Stühle, alles aus Italien. Die Gäste setzten sich in die Sessel, der Kaffee wurde aufgetragen.

Der Oberst erzählte, wie es mit dem Burschen weiterging. »Der Bursche kam nach zehn Tagen. Ich hatte für ihn ein kleines Haus gefunden und ihm auch einen Grundbuchauszug für den Weinberg besorgt. Hurra, welch ein Leben!, brüllte er, eilte wie im Fluge die Treppe hinunter und verschwand. Von Weitem kam noch sein Ruf: Und nun werde ich heiraten, ich werde heiraten.«

»Jetzt haben wir auch etwas mit dir zu bereden. Nordwind soll dir seine Begegnung mit Hasan erzählen, danach rede ich mit dir!«

Zuerst Nordwind, danach Doktor Salman erzählten, was ihnen der Fahnenflüchtige berichtet hatte. Oberst Ishak war ganz gerührt und schien zu zittern. »Es entspricht den Tatsachen. Sarikamiş ist unsere größte Niederlage in unserer Geschichte. Es ist das Werk dieses Narren, den sie Enver Pascha nennen. Die wahre Anzahl der Toten werden wir niemals erfahren. Sollen sie bekannt geben, dass ein ganzes Heer schon vor der Schlacht auf Befehl eines herzlosen Wahnsinnigen durch Kälte, Läuse und Typhus umgekommen ist? Sie fürchten sich davor!«

»Keiner von uns wusste auch nur das Geringste über Sarikamiş. Es war doch erst gestern! Warum verschweigen sie es?«

»Dass sie vor Beginn der Schlacht auch noch drei Armeekorps getötet haben, verschweigen sie auch. Wie sollen sie den Verlust der Milizen vom Schwarzen Meer und des Armeekorps der kurdischen Kavallerie zugeben, ohne sich zu schämen?«

Der Oberst schwitzte Blut und Wasser, seine Halsader war angeschwollen, seine großen blauen Augen hatten sich geweitet. Er streckte sein linkes Bein vor, krempelte die Hose hoch.

»Seht euch diese Beine an, an keiner Stelle irgendeine Schussverletzung. Wir stiegen den Berg hoch, da begann ein Schneesturm, und drei Viertel unseres schon vorher durchgefrorenen Regiments machten kehrt, hinunter in die Ebene. Bis zum Bauch steckten wir im Schnee, konnten uns nicht vom Fleck rühren. An den Rest kann ich mich nicht erinnern. In einem Bauernhaus öffnete ich meine Augen, neben mir noch zwei Mann, Leutnants alle beide. Was ist passiert, wo sind die anderen Kameraden?, fragte ich. Die beiden richteten sich auf: Diese Dörfler sagten uns, sie hätten alle neben uns im Schnee liegenden Kameraden untersucht, sie waren alle erfroren. Ich spüre meine beiden Beine nicht, sagte ich. Ich habe auch keine Beine, sagte der eine Leutnant. Ich wollte sie bewegen, aber ich konnte nicht. Der Arzt des Dorfes konnte ein Bein retten. Mit diesem Bein bin ich freiwillig in den Freiheitskrieg gezogen. Der Freiheitsorden wurde mir noch nicht zugestellt. Bestimmt haben sie mich vergessen. Bringt mir schnell den Deserteur Hasan, ich werde ihm mit seinem Entlassungsschein auch den Sarikamiş Tapferkeitsorden überreichen. Ich bin sehr froh, ihm helfen zu können.«

Auf die Gäste aus Ankara wartete der Zug, und noch vor dem Abendessen bestiegen sie die von einer mit Blumen und Myrtenzweigen geschmückten Lokomotive gezogenen Waggons.

Remzi hatte nicht vergessen, in seiner Unterweisung über das Klatschen die Dörfler aufzufordern, die scheidenden Gäste mit donnerndem Applaus zu begleiten. Eine Zeit lang mühte er sich ab, sie zum Klatschen anzuhalten, aber von der den Bahnhof umringenden Menschenmenge kam kein Laut. Bis der Zug anfuhr, schwiegen auch die Pauken und Oboen. Erst als die Dampflokomotive sich zischend in Bewegung setzte, fingen ohrenbetäubend die Pauken und Oboen an zu lärmen. Aber die lautlose Menschenmenge rührte sich nicht vom Fleck, bis der Zug verschwunden war. Erst danach begannen die Zeybek-Tänze und Reigen.

Tanzend kehrten sie in den Konak zurück und tanzten den Zeybek und den Reigen bis in den Morgen.

Doktor Salman Sami grämte sich während der ganzen Rückfahrt, Hasan schlecht behandelt und verjagt zu haben, und fragte immer wieder: Werden wir Hasan finden?« Nordwind beruhigte ihn: »Sehr weit kann er nicht kommen, er hat ja nicht genügend Sprit.« Das ließ Doktor Salman Sami aufatmen, aber dem Armen schlotterten die Knie vor Angst. Im Laufe der Jahre war sie bis ins Mark gedrungen, diese tagtägliche Angst, gejagt, getötet zu werden. Er sprach sehr kaltblütig von seiner Angst, als sei sie nicht seine, sondern die eines anderen. Nur wen diese Angst ganz ausfüllt, nur wer mit der Angst so eng lebt wie der Vogel mit dem Fangen, erzählt so über die Angst. Streckenweise nachdenklich still, manchmal über Hasan redend, so fuhren sie zur Insel.

Argwöhnisch und zögerlich gingen sie im Morgengrauen von Bord. Sie sahen Melek Hanum von oben herunterkommen. »Ihr seid willkommen!«, sagte sie.

»Wir danken dir«, antworteten sie und setzten sich zum Brunnen.

»Kapitän Kadri hat gestern diesen fahnenflüchtigen Mann entdeckt und hergebracht. Sein Gesicht war leichenblass, seine Augen waren ohne Glanz und seine Lippen blau. Er nahm einen Bissen, kaute und kaute und konnte nicht schlucken. Was ist mit dir, Hasan, mein Sohn?, fragte ich. Frag nur nicht, meine schöne Mutter, sagte er und zitterte am ganzen Leib. Frag nicht, wie es mir geht, meine schöne, edle Melek Hanum und Mutter, ich bin geflohen. Habe mich auf der Rauen Insel versteckt. Die Ziegen des Hizir waren um mich herum. Ich bin nicht gekommen, um euch zu braten und zu essen, sagte ich ihnen. Gott sei Dank, ich bin bei Kräften. Und habe ich kein Brot mehr, kann ich Fische fangen und satt werden. Und irgendwann kommt hier bestimmt ein Boot vorbei, von dem ich Sprit kaufen kann, der bis zur Küste reicht. Als ich von Weitem ihr Boot sah, war ich heilfroh, winkte ihnen, bis sie näher kamen. Als ich Kapitän Kadris Boot erkannte, sagte ich, nun ist es aus mit mir. Ich sollte auf diesen Felsen klettern und mich hinunterstürzen, besser in Stücke zerfetzt werden als am Galgen sterben. Das Leben ist süß, das Meer salzig, und das Salz brennt in den Wunden, schmerzt schon im verletzten Finger. Und erst im zerstückelten Körper! Mir stellten sich die Haare zu Berge. Während ich so mit meinem Schicksal haderte, landeten sie. Sie ergriffen mich, packten mich ins Boot und brachten mich zur Insel. Dann schlief ich ein. Ich dachte, ich wäre tot. Nach einiger Zeit stellte ich fest, dass ich wieder lebendig war. Sie sprachen alle auf mich ein. Einer von ihnen war Kapitän Kadri, oh mein Gott, sagte ich mir, in dieser Welt ist das Menschliche noch nicht ausgestorben. Ich sagte mir, dieser Kapitän muss der Sohn von Melek Hanum sein. Und sein Vater ist bei der Schlacht in den Dardanellen zu Staub geworden und als eine Staubwolke in den Himmel aufgestiegen, bis zum Stockwerk der Engel, die ihn aus dem Staub wieder zum Menschen geformt haben, ihn ins Paradies brachten und den Huris übergaben. Gibt es denn Menschen auf dieser Welt, die am Tag ihres Todes in den

Himmel kommen? Nicht einmal die Heiligen kommen am Tag ihres Todes in den Himmel. Auch nicht der heilige Hizir Aleyhisselam. Melek Hanum geht als Witwe eines Gefallenen zur Regierung und will mich vorm Galgen bewahren. Aber wenn sie nicht auf sie hören, stellen sie mich an die Wand. Ich habe auf diesen Hasan eingeredet, so gut ich konnte. Ich redete und redete und dachte, er glaubt mir. Ich war froh, er war froh, er lachte sogar, die Mundwinkel am Ohrläppchen. Ich brachte Essen, er stürzte sich darauf wie einer, der vierzig Tage nichts hatte. Als er sich mit dem Messer vom Kapitän den Bart rasierte, sah ich, dass er ohne Bart jünger geworden war. Dass ich ihn so jugendlich wie meinen Kapitän sah, brach mir das Herz, aber ich verschluckte die Tränen. Denn wenn ich weinte, könnte er aus Angst bis zum Morgen nicht einschlafen. Ich hab ihm ein schönes Bett ausgerollt, nach Harz duftend, soll er wenigstens in einem nach Harz duftenden Bett ruhen! Nachts bin ich dreimal aufgestanden, um nach ihm zu sehen, Hasan schlief wie ein Engel. Morgens stand ich auf, wollte Suppe, Milchreis, Tee aufsetzen. Ich schaute auf sein Bett, es war leer. Kapitän Kadri, brüllte ich, wach auf, der Deserteur ist geflohen! Mein Kapitän schnellte aus dem Bett und machte sich auf die Suche, ohne sich zu waschen und einen Bissen zu essen, und sie sind noch nicht da.«

»Bevor er ihn nicht gefunden hat, wird der Kapitän nicht kommen«, sagte der Agaefendi.

In diesem Augenblick kam Zehra, sie lächelte, die Grübchen in ihren Wangen vertieften sich, und unauffällig warf sie einen Blick auf Nordwind. »Das Frühstück steht bereit«, sagte sie, ging zum Brunnen, füllte ihre Eimer und eilte zum Haus zurück.

Das Frühstück dauerte lange, Doktor Salman Sami hielt es nicht an seinem Platz.

»Gehen wir unter die Platanen! Warten wir dort auf Kapitän Kadri!«

»Keine Sorge, mein Oberst«, sagte Nordwind, »Kapitän Kadri findet ihn und bringt ihn her. Machen Sie sich keine Sorgen!«

Puterrot vor Aufregung kam Melek Hanum im Laufschritt herbei. »Sie kommen. Ich hab sie bei den Feigenbäumen gesehen.«

Der Tierarzt sprang sofort auf. »Ich werde die beiden auf der Stelle herbringen.« Die anderen schauten wortlos mit gestreckten Hälsen hinter ihm her.

Nachdem sie eine ganze Weile gewartet hatten, kamen die Männer hinter dem Haus hervor. Im selben Augenblick erschien Zehra. Sie brachte auf einem silbernen Tablett rot gestreifte, breitrandige Mokkatassen mit schäumendem, duftendem Kaffee.

Nordwind konnte seinen Kopf nicht heben und ihr ins Gesicht schauen. Hasan hielt seine Tasse unschlüssig in der Hand.

»Trink sofort deinen Kaffee«, befahl Salman Sami streng. »Wir haben gute Nachrichten für dich. Hasan, du bist ja gar kein Deserteur. Davon wusstest du nichts und wir auch nicht. Das hat uns der Vorsitzende der Militärdienststelle gesagt. Tatsache ist, dass auch Oberst Ishak ein Überlebender vom Allahüekber ist.« Er schwieg. Hasan stürzte seinen heißen Mokka in einem Zug hinunter.

Nach dem Oberst ergriff Musa Kazim Agaefendi das Wort und erzählte, was Ishak Bey gesagt hatte und dass er ihm umgehend die Entlassungspapiere aushändigen werde. Er sprach ernst, und seine Worte klangen zuversichtlich. »Der Doktor hat deine Geschichte so berichtet, dass dich alle Zuhörer gleich mochten und tief bekümmert waren. Auch er hat in Sarikamiş gegen die Russen gekämpft und wurde verwundet. An einem Bein ist er behindert. Und so, mein Sohn, hat dich Salman Sami Beyefendi vom Ruch des Deserteurs befreit. Bis an dein Lebensende kannst du jetzt frei und unbehelligt leben. Und der verehrte Doktor wird auch mich dank seiner schönen Stimme und seines großen Ansehens in meine Heimat, in mein Nest, zurückführen.«

Danach übernahm Nordwind das Wort. »Ab heute mach dir klar, dass du deine Entlassungspapiere in der Hand hältst! Du bist jetzt, so wahr es Himmel und Erde gibt, unser Bruder. Die Überlebenden von Sarikamiş sind niemals Deserteure. Ich gehöre auch zu denen aus Sarikamiş. Wenn du willst, fahren wir zusammen in die Stadt und holen deine Bescheinigung. Oberst Ishak Bey wird sich freuen, dich zu sehen.«

Hasan war immer kleiner geworden, hatte seine Hände zwischen Bauch und Schenkel versteckt, und während sie sprachen, krümmte er sich immer tiefer. Nach Nordwind ergriff Doktor Salman Sami noch einmal das Wort und redete ihm aus tiefstem Herzen zu. Aber wie sehr sie sich auch bemühten, Hasan rührte sich nicht, wie ein Stein saß er da. Der Doktor gab auf und verstummte. Nach ihm ergriff erneut der Agaefendi das Wort. Er hielt wohl die schönste Rede seines Lebens, aber Hasan rührte sich nicht. Darüber grämte sich der Agaefendi sehr. Ach, Heimat, in Kreta hätten mir auf solche Worte sogar die Steine geantwortet.

Nordwind bemerkte, dass Doktor Salman Sami vor Ärger zu platzen drohte. Er hatte seine Augen auf Hasan gerichtet und ließ ihn nicht los. Ich sollte noch einmal reden, dachte Nordwind und begann: »Was sagst du dazu, Hasan, mein Bruder, du bist jetzt kein Deserteur mehr. So viele Menschen versichern es dir. Sowohl der Oberst Doktor als auch der Hauptmann Doktor und auch der mächtige Aga von Kreta, Musa Kazim Agaefendi.« Am Schluss wurde die schöne Rede von Nordwind zur Stimme einer Mutter, die ein Wiegenlied singt. Er sprach lange, aber Hasan hockte reglos da und krümmte sich unablässig.

Auch der Agaefendi setzte noch einmal an, mit seiner hoffnungsvollsten Stimme. Dieser mächtige Mann begann, Hasan fast anzuflehen. Dieser rotznasige, keine fünf Para werte Mann wurde langsam zur Plage.

Der Doktor nahm noch einen Anlauf. Erde und Steine ließen sich erweichen, aber nicht Hasan.

»Tick deinen Nebenmann doch einmal an, er ist doch nicht tot?«, sagte der Doktor wütend zum Kapitän.

Der Kapitän versetzte Hasan einen Stoß. »Er ist quicklebendig. Schau doch, mein Oberst, er atmet, seine Brust hebt und senkt sich.«

Wutentbrannt rief der Doktor: »Gestehe es, du willst diese Nacht wieder abhauen! Ich werde dich eigenhändig an diesen Ast der Platane aufhängen, wenn du nicht endlich ein Wort sagst. Und deine Leiche werfe ich den Kötern dieser Küstendörfer zum Fraße vor. Adler und Hunde werden dich fressen. Wenn du aber flüchten willst, lasse ich dich jetzt sofort gehen.« Seine Augen ruhten lange auf ihm. Hasan rührte sich nicht.

Wütend sprang der Doktor auf die Beine und ließ sich gleich wieder krachend auf seinen Platz nieder. »Ach, Enver Pascha«, rief er, »wo bist du nur, komm her und stopf den Mund von dem da mit Patronen! Befiehl, dass wir ihn am Ast vom Birnbaum dort aufhängen!«

Bei diesem Satz drehte Hasan den Kopf schnell in die Richtung des Baumes, und seinen Körper überlief ein Zittern, das keinem der Anwesenden entging.

Nordwind empfand tiefes Mitleid. Und Melek Hanum war so mitgenommen, dass sie vor Entsetzen den Kopf immer tiefer einzog: Dieser arme Kerl scheint vom Scheitel bis zur Sohle nur aus Angst zu bestehen, dachte sie. Aber keiner machte den Mund auf. Es herrschte eine bedrückte Stimmung. Bis schließlich der Doktor puterrot anlief, ihm die Halsadern anschwollen, er schweißtriefend aufsprang und mit den Fingern auf Hasan zeigte: »Gebt diesem Mann einen oder zwei Kanister Benzin, ich bezahle, und nehmt ihn mit. Ich will ihn nicht mehr sehen, bringt ihn, wohin er auch will.«

»Ich nehme ihn in mein Haus«, sagte der Tierarzt, »es geht ihm nicht gut. Er trägt noch immer den Schrecken des Krieges, das Sterben und die Todesangst mit sich. Schlimm ist das, schlimm.«

Hasan kauerte im Sessel, den ihm der Tierarzt hingeschoben hatte. Es bringt nichts, mit dem Mann zu sprechen, dachte der Tierarzt und schwieg. Er ging in die Küche, holte Teller und Gabeln und legte alles auf den Esstisch. Aus dem Eimer füllte er Wasser in den Krug und brachte Hasan auch ein Gals Wasser: »Trink das!«

Hasan hob den Kopf, ein unmerkliches Lächeln huschte über sein Gesicht. Er nahm das Glas Wasser und stürzte es in einem Zug hinunter.

»Soll ich dir noch ein Wasser bringen?«

Er brachte noch ein Glas, Hasan stürzte auch das hinunter.

»Noch eins?«

Hasan trank es langsam aus, kauerte sich wieder zusammen, sein Gesicht bekam einen weichen Zug. Er schien zu sich zu kommen. Der Tierarzt freute sich und drang nicht weiter auf ihn ein. Er nahm den leeren Eimer und ging ins Freie. Draußen stieg ihm der Duft in Glut röstender Fische in die Nase. Der Mann hat sicher Hunger, dachte er. Wer weiß, wie lange der Arme keinen Bissen mehr im Mund hatte.

Die Fische waren kurz vorm Garen. Nachdem der Tierarzt den Eimer gefüllt hatte, setzte er sich neben Nordwind zum Brunnen.

»Wie siehts aus?«, fragte Nordwind.

»Er hat drei Becher Wasser getrunken. Ich will noch mehr Wasser holen. Vielleicht isst er auch von den Fischen!« Der Tierarzt stand auf und griff den Eimer.

»Geh du nur!«, sagte der Kapitän. »Ich bringe dir Fische, sowie sie gar sind.«

»Also, Kapitän, erzähl, du hast ihn im Feigenhain auf einem riesigen Baum gesehen?«, fragte der Agaefendi.

»Es gab keinen Winkel der Insel, wo ich nicht gesucht hatte. Den Feigenhain habe ich vielleicht zehnmal durchstreift. Keinem Menschen fällt es doch ein, in die Baumkronen zu schauen. Ich hatte die Hoffnung schon aufgegeben, als ich über mir ein Rascheln hörte und dachte, da ist ein Vogel gelandet. Nach zwei Schritten hörte ich ein Geräusch wie von einem brechenden Ast. Ich drehte mich um und schaute hoch. Zwischen großen Blättern ein Schuh. Ich schaute noch mal, aus dem Schuh wurden zwei. Ich ging unter den Baum und brüllte: Komm sofort herunter. Wenn du nicht gleich kommst, schieße ich dich herunter. Während ich noch so sprach, plumpste Hasan vor mir ins Gras und blieb zusammengekrümmt liegen. Ich wartete neben ihm. Er hob mühsam seinen Kopf und sagte mit kaum hörbarer, toter Stimme: Warum bringst du mich an den Galgen, Kapitän Kadri, ist es nicht schade um mich? Wenn du wüsstest, wie ich meine Haut gerettet habe, ließest du mich sofort frei, gäbest mir einen Kanister Benzin, und ich gäbe dir alles Geld, das ich habe. Ich habe viel Geld. Du wirst also reich und rettest auch noch ein Leben. Ich darauf: Dich wird niemand aufhängen, und deinen Entlassungsschein wird dir der Oberst der Stadt geben. Ich zog ihn hoch. Ich erklärte ihm die Lage und dass der Oberst dem Doktor sein Wort gegeben habe. Ich redete wie ein Wasserfall aus sieben Brunnen. Er wurde so weich wie ein entbeintes Stück Fleisch. Seine Augen wurden stumpf, sein Körper war nicht mehr warm, er schien nichts zu hören. Ich brachte einen Toten hierher.«

»Mir ist bang«, sagte Salman Sami. »Nicht dass er sich am Ende gar selbst aufhängt!«

Der Kapitän nahm die gerösteten, dampfenden Fische aus der Glut, legte sie auf ein großes Blech und brachte sie ins Haus. Kaum hatte Hasan den Duft wahrgenommen, öffnete er die Augen, starrte auf die Fische auf dem Tisch und schluckte. Der Tierarzt kam mit Brot, hob den noch immer starrenden Hasan aus dem Sessel, setzte ihn auf einen Stuhl und schob ihm den mit Fisch gefüllten Teller und den Brotkorb hin. Dann schüttete er frisches Wasser aus dem Eimer in die mit Blumenmustern verzierte Karaffe.

Hasan machte sich plötzlich über den Teller her; noch bevor der Tierarzt seinen Fisch halbieren konnte, hatte Hasan ihn schon verschlungen und sah den Tierarzt flehentlich an. Der Tierarzt legte die Fische von seinem Teller und die auf dem Blech auf Hasans Teller. Wieder machte sich Hasan mit aller Kraft über die Fische, das Brot und das Wasser her.

Der Kapitän griff sich das Blech und rief: »Wir haben noch viele Fische!« Er lief los und kam bald mit dem Blech voller gerösteter

Fische zurück. Hasan machte sich wieder darüber her, bis er nicht mehr konnte.

Hasan konnte nicht aufstehen, mit leeren Augen blickte er um sich.

»Wir legen Hasan ins Bett«, schlug der Kapitän vor, »er ist halb tot vor Schlaflosigkeit.«

Eilig machten sie das Bett, trugen Hasan ins Nebenzimmer, zogen ihn aus und legten ihn hin. Kaum hatte Hasan seinen Kopf im Kissen, schlief er ein. Erst am nächsten Morgen wachte er wieder auf, schaute sich mit angstgeweiteten Augen überrascht um, hob die Decke hoch und betrachtete sie prüfend. Durchs Fenster fiel schüsselgroß ein Sonnenstrahl auf die mit Veilchenmustern verzierte Decke. Hasans Augen blieben am Sonnenstrahl haften, bis er die Schritte des eintretenden Tierarztes hörte.

»Los, steh auf, das Frühstück steht bereit!«

»Wo bin ich, und wer bist du?«

»Ich bin der Tierarzt, und du bist in meinem Haus. Los, steh auf, da sind zwei Eimer und eine Kanne voll Wasser, wasch dich! Nach dem Frühstück werde ich dich schön glatt rasieren.«

Hasan bemühte sich, aufzustehen, er konnte nicht. Der Tierarzt umfasste ihn, brachte ihn in den Baderaum, setzte ihn auf einen Schemel, wusch ihm mit duftend schäumender Seife Haare, Hals und Oberkörper, zog ihn an und setzte ihn an den Tisch im Wohnzimmer.

Als Hasan die Speisen sah, weiteten sich seine Augen, und wie am Vorabend fiel er darüber her. Als die Tafel völlig verputzt war, schaute er den Tierarzt an: »Sie haben mich also nicht gehängt«, sagte er, schwankte zum Bett, schlug die Decke auf und kroch darunter.

Der Tierarzt eilte schnurstracks zum Anleger, stieg auf sein Boot und fuhr fischen. Als am Abend beide Behälter voll waren, kehrte er zurück auf die Insel. Noch bevor er die Fische landete, ging er nach Haus, hob die Bettdecke von Hasan, der, die Lippen geschürzt, noch schlief, worüber er sich freute. Er holte zwei Eimer aus dem Baderaum und füllte sie mit ausgewählten Fischen und machte sich auf zu Nordwind. Lena hieß ihn willkommen.

»Das Meer brodelte von Fischen. Ich habe viel gefangen, nimm dir aus den Eimern, soviel du willst!«

Von Melek Hanum bis zum Agaefendi, von dort zu den Häusern der Doktoren und weiter bis zum Dengbey Uso verteilte der Tierarzt die Fische, bis sie alle waren. Mit den letzten ging er hinunter ans Ufer, hockte sich ans Wasser, nahm sie aus und wusch sie, bevor er sie nach Hause brachte. Zu Hause angekommen, sah er, dass Hasan noch schlief. Er lüpfte die Decke, Hasans Gesichtszüge waren ausgeglichen, im Traum schien er nicht aufgehängt worden zu sein.

Beruhigt ging der Tierarzt zu den Läden; da saßen sie alle. Mit einem durchdringenden Duft von Meer schritt er durch die Tür.

»Wo warst du, Tierarzt Bey?«, fragte spöttisch Doktor Salman Sami.

»Ich war fischen, Efendi.«

»Offensichtlich«, lachte der Doktor, »du hast den gesamten Geruch des Meeres mitgebracht. Das heißt, heute gibt es ein Fischmahl.«

»Und ob, Efendi, und ob! Viel Fisch, zwei Behälter voll. Immer wieder habe ich frisches Wasser nachgefüllt, damit die Fische am Leben bleiben. Als ich sie verteilte, sprangen sie noch aus den Eimern.«

»Unser Tierarzt ist der König der Fischer! Hast du uns auch welche mitgebracht?«

»Habe ich, mein Efendi. Ich habe euren Frauen gesagt: Geht in die Gärten, pflückt von den überreifen Tomaten die blutroten, dazu grüne, scharfe Paprika und Petersilie. Am Lauf der Quelle wächst rechts und links bis zum Meer Minze, sammelt auch davon. Habt ihr keinen Granatapfelessig im Haus, besorgt euch etwas von Lena. Außerdem gibt es in den Gärten frische, grüne Zwiebeln, wenn nicht, könnt ihr auch getrocknete nehmen!«

»Leben sollst du, mein Sohn! Wie geht es Hasan?«

»Er schläft. Ich gab ihm ein Frühstück, er fiel darüber her und hat weggeputzt, was ich ihm vorsetzte. So wars auch mit dem Mittagessen. Was auf den Tisch kommt, darauf stürzt er sich. Dann fällt er ins Bett, und kaum berührt der Kopf das Kissen, schläft er.«

In den nächsten Tagen war vom Tierarzt nicht viel zu sehen. Er frühstückte jeden Tag gemeinsam mit Hasan, der gleich danach wieder zu Bett ging und sofort einschlief. Jedes Mal, wenn der Tierarzt vom Fischen zurückkam, fand er Hasan in tiefem Schlaf vor. Mittags und abends brachten ihm Melek Hanum und Lena Joghurt und nur für ihn zubereitete, schmackhafte Gerichte.

Noch bevor es am dritten Tag im Osten aufhellte, erwachte Hasan, ging, um den Tierarzt nicht zu wecken, auf Zehenspitzen zum Baderaum, öffnete leise die Tür, schlich wie eine Katze die Treppe hinunter, kam zum Brunnen, füllte die Eimer, stieg lautlos wieder die Treppe hoch, betrat wieder vorsichtig den Baderaum, schloss geräuschlos die Tür, zog sich aus und wusch sich gründlich mit der duftenden Seife, trocknete sich mit dem orangefarbenen Badetuch des Tierarztes ab, zog seine Hose an, ging zu seinem Boot, griff sich frische Unterwäsche und sein neues Zeug. Er musste auch seine blanken Langschäfter anziehen und sein nagelneues, noch nicht getragenes Hemd mit Kragen. Sein Rasiermesser war auch im Boot, aber wenn er sich gleich rasierte, würde der Tierarzt meinen, er sei geflohen. Er ging also eilends zurück, stieg lautlos die Stiegen hoch, sah erleichtert, dass der Tierarzt noch tief schlummerte, und ging sich rasieren. Danach setzte er sich in einen weichen Sessel und begann nachzudenken. Er schien sich über sich selbst zu ärgern, begann zu schimpfen: »Du Eselskopf, der Hauptmann und der Major sagen dir, der Krieg ist aus. Und werden Soldaten aufgehängt, wenn der Krieg vorbei ist?« Er dachte lange nach, sprang plötzlich auf die Beine, schrie: »Sollen sie doch aufhängen, wenn sie wollen. Wie oft bin ich schon gestorben und wieder zum Leben erwacht. Nun reicht es. Ich sterbe einmal, und damit hat es sich!«

»Bist du schon wach, Hasan?« Was ist denn mit dem Mann los, dachte der Tierarzt, seine Stimme klingt ja wie Glocken so hell. Da steckt doch etwas dahinter. Er war plötzlich besorgt und sah nach seinem Revolver, er war an seinem Platz. Der hat mir einen Schrecken eingejagt, dieser Mann, murmelte er in sich hinein.

Als der Tierarzt das Frühstück zubereitete, half ihm Hasan. Nachdem der Tisch gedeckt war, sagte Hasan mit warmer, weicher Stimme: »Ich gehe jetzt zum Brunnen und hole Wasser.« Er flitzte davon, kam bald mit vollen Eimern zurück und füllte die Karaffe. Dann schürte er das Feuer, bis die Flammen die Teekanne leckten und das Wasser kochte. Der Tierarzt saß am Frühstückstisch und beobachtete Hasan mit leichtem Staunen.

Hasan brachte in taillierten dünnen Gläsern den hasenblutfarbenen Tee, den sie schweigend tranken. Hasan räumte ab, spülte das Geschirr, und sie setzten sich einander gegenüber in die Sessel.

Der Osten wurde heller, die Sonne war kurz vorm Aufgehen, mit der Morgenbrise kam ein leichter Meeresduft.

»Oben soll es eine Quelle geben, den Grund bedecken weiße Kiesel!«

»So ist es«, sagte der Tierarzt.

»Wenn du willst, suchen wir sie auf und kommen bei Tagesanbruch zurück.«

»In Ordnung«, nickte der Tierarzt.

Durch den Olivenhain stiegen sie hügelan. Die duftende Minze stand kniehoch. Zwei Wegspuren zogen sich beidseits des schmalen, glänzenden Wasserlaufs entlang. Sie hockten sich zu beiden Seiten der Quelle nieder und betrachteten schweigend, mit gesenkten Köpfen die Kieselsteine auf dem Grund. Das Licht fiel auf das Wasser und warf tanzende Glitzerfunken auf die rot geäderten glatten Felsen zurück. Durch einen Olivenhain stiegen sie hinunter und schlenderten den Wasserlauf entlang durch blau blühende Minze hügelab zu den Platanen.

Von Weitem, aus der Gegend der Feigenbäume, hörten sie die

Stimme eines Vogels. »Welcher Vogel ist das?«, fragte der Tierarzt. »Bei uns zu Haus war dieser Vogel auch zu hören, aber niemand wusste, was für ein Vogel es war, der da sang.«

»Was weiß ich«, antwortete Hasan. »Ich fahre seit Jahren zur See und habe außer Möwengeschrei keine andere Vogelstimme gehört. Haben Fische denn auch eine Stimme? Ich habe sie noch nie gehört.«

»Jedes Lebewesen hat eine Stimme«, sagte der Tierarzt, »aber wir können sie nicht alle hören.«

»Stimmt«, sagte Hasan, »ich ging letztens am großen Birnbaum vorbei, da sprach Vasili am Fuße des Baumes mit seiner Katze, Vasili redete, die Katze miaute. Ich hockte mich hinter ihn und hörte zu. Zuerst sprach Vasili türkisch, dann schwieg er plötzlich. Und während er schwieg, miaute die Katze ohne Pause. Dann hob er den Kopf, schaute in den Himmel zu den gleitenden weißen Wolken, aufs Meer vor ihm und sagte dann bedrückt zur Katze: Schweig, mein Freund, schweig! Danach begann er griechisch zu sprechen. Ich verstehe auch Griechisch, über die Hälfte unseres Dorfes waren Griechen. Eines Nachts kam die Bande von Osman und tötete alle. Im Dorf erzählte mein Vater, Osman der Hinkende ist Gottes Zorn und Unheil. Wo er Griechen sieht, tötet er sie, und wo er in den Bergen einen Mann unter vierzig sieht, tötet er ihn auch, weil er ihn für einen Deserteur hält. Er ist tausendmal schlimmer als Enver Pascha.«

»Und warum tötet er die Männer?«

»Warum wohl! Weil sie fahnenflüchtig sind.«

»Wie kommt er darauf, dass jeder, der in den Bergen lebt, ein Deserteur ist?«

»Mein Vater sagte mir: Um Gottes willen, mein Sohn, geh nicht wieder in die Berge! Um nicht für Deserteure gehalten zu werden, ziehen sogar steinalte Bergler mit Bärten bis zum Knie in die Ebene und ans Meer. Mein Vater gab mir Geld, sagte: Geh und stelle dich der Militärverwaltung. Ich ging drei Dörfer weiter und kaufte ein

Boot mit Motor, das einem Griechen gehörte, den Osman der Hinkende getötet hatte. Fast alle Männer dort humpelten, sie hatten sich gegenseitig in die Beine geschossen, wurden zu Hinkenden und deshalb nicht eingezogen. Eine andere Möglichkeit gab es nicht. An jenem Tag begann ich auch zu humpeln, humpelte bis hierher, gewöhnte mich so daran, dass ich vergessen hatte, kein Hinkender zu sein.«

»Wie hast du diese Insel gefunden?«

»Nachdem ich das Motorboot gekauft hatte – ich war vor meinem Militärdienst Fischer –, fuhr ich fischend die Küste entlang und verdiente so mein Geld. Ich kam zur großen Stadt und sah überall an der Pier Boote. Ein Bärtiger mit gütigem Gesicht verkaufte sie. Die Besitzer all dieser Boote hatte Osman der Hinkende getötet. Warum er sie getötet hatte, fragte ich den Verkäufer. Ich habs gesehen, sagte der Mann, er hat sie alle an der Hauptstraße aufhängen lassen. Waren es Deserteure? Aber nein, sagte der Bärtige, es waren Griechen, Deserteure werden an die Wand gestellt, werden erschossen. Drei Tage lang musterte ich jedes Boot und fand schließlich eins, das noch nach Farbe roch. Der Motor war gerade eingefahren. Mit dem Bärtigen feilschte ich lange, der Handel dauerte und dauerte, bis der Alte die Nase voll hatte und mir den Kahn fast umsonst überließ. Ich gab ihm dazu mein altes Boot und sagte: Und das soll dir gehören, verkauf es meinetwegen. Fische fangend und verkaufend bin ich die ganze Schwarzmeerküste entlanggezogen, suchte zuletzt Schutz auf dieser Insel und sah Hatice, als ich hier herumhumpelte. Wie hat Gott so eine Schönheit nur erschaffen können?, dachte ich, streckte mich und hörte im selben Augenblick auf zu humpeln. Da entdeckte mich Nordwind, und da konnte ich nicht mehr zur Humpelei zurück. Als ich Hatice sah, hatte ich schon beschlossen, hierzubleiben, hatte aber auch Vertrauen zu Nordwind Efendi und erzählte ihm meine idiotische Fahnenflucht. Den Rest weißt du ja. Was werden sie mir tun? Ach, ich bin ein Idiot.«

Hasan drückte das Kinn auf seine Brust, dachte noch nach, als

Musa Kazim Agaefendi herbeikam und lachend sagte: »Gott sei Dank, dass ich dich treffe, Hasan. Bist du schon bei Doktor Salman Sami gewesen? Er suchte nach dir!«

Hasan wurde kreidebleich.

»Keine Angst, Hasan, er will dir einen Gefallen tun. Los, ich bring dich zu ihm!«

Hasan schwieg lange. Dann sagte er: »Ich komme, aber nur, wenn Musa der Nordwind dabei ist. Ich gehe zu ihm und hole ihn her!«

Als sie sich gemeinsam zu den Läden aufmachten, saßen Doktor Salman Sami und Doktor Halil Rifat in ihren Sesseln und unterhielten sich gestikulierend.

»Bitte, meine Efendi, willkommen, ihr bringt Freude ins Haus, seid willkommen!« Die Eintretenden hockten sich in die Sessel. Vor Hasan stand ein leerer Sessel, doch er blieb, den Kopf gesenkt, mit starrem Gesicht so stehen. Niemand bat ihn, Platz zu nehmen. Sie unterhielten sich über die Feier von Kavlak Remzi. Mal lachten sie, dann schimpften sie wieder einmütig auf ihn, Doktor Salman Sami äffte Kavlak nach, hielt mit seiner Stimme haargenau seine Rede: Wer sich an diesem heiligen, unbefleckten Vaterland vergreifen wollte, den haben wir in diesem unserem Land in seinem eigenen Blut ertränkt! Ihre Kadaver liegen noch übereinander, ihr Gestank steigt zum Himmel. So spottete er über Kavlak und zwinkerte hin und wieder dem aufrecht stehenden Hasan zu. Plötzlich unterbrach er seine Rede, wandte sich wieder Hasan zu und rief sehr streng: »Was stehst du mit gesenktem Kopf wie ein Waisenknabe so da? Setz dich!«

Hasan machte zögernd einen Schritt, warf sich in den Sessel und blieb hocken.

»Fahrt ihr jetzt in die Stadt oder erst morgen?«

»Lass uns heute gehen, Doktor, wir besuchen am Vormittag den Oberst Ishak Bey, dann Vahap Bey, dann Üzeyir Khan und den Grundbuchbeamten und kehren abends wieder zurück. Habt ihr einen Befehl, mein Oberst?«

»Den habe ich: Ich komme mit!«

»Aber bitte, Doktor Bey!«, sagte Nordwind, »Ihre Begleitung wird uns vieles erleichtern.«

»Aber um das Haus dieses Kavlak machen wir einen großen Bogen. Wir werden diesen Fahnenflüchtigen, der die Häuser abbrennt und Bäume fällt, nicht begrüßen. Aber Üzeyir Khan hätte ich gern wiedergesehen, diesen edlen Mann aus gutem Haus!«

Sie stiegen in das Boot des Tierarztes, erreichten am frühen Nachmittag die Stadt und machten sich auf zum Laden von Hayri Efendi.

»Cafer brachte heute Morgen frisch gestampften Kaffee«, brüstete sich Hayri Efendi, »da trinken wir doch gleich einen köstlichen Mokka.« Er war ganz stolz.

»Mein Junge, die Mokkas schaumig!«

Schon bald brachte der Junge auf silbernem Tablett die dampfenden, schaumbedeckten Mokkakaffees, und ihr Duft schwängerte den ganzen Raum.

Sie erklärten Hayri Efendi ganz kurz ihr Vorhaben. »Ich komme mit euch«, sagte dieser. Oberst Ishak empfing sie mit großer Freude, bat sie, Platz zu nehmen, nur Hasan blieb stehen. Er hatte Haltung angenommen und sah Oberst Ishak Bey in die Augen.

»Setz du dich auch, mein Sohn!«

Hasan rührte sich nicht.

»Setz dich, mein Junge, setz du dich auch!«

Hasan stand stramm, die Hände fest auf die Hosennaht gedrückt.

»Mein Sohn, ich habe gesagt, du sollst dich setzen!«

»Bemüh dich nicht, Oberst, er ist Soldat. Selbstverständlich wird er vor dir strammstehen. Er muss es sogar.«

»Dann soll er strammstehen«, sagte Oberst Ishak, und sie lachten.

»Soldat, du warst bei Sarikamiş, stimmt das? Gib mir deine Personalien, aber langsam, ich schreibe mit!«

In einem Rutsch rasselte Hasan seine Stammrolle herunter.

»Noch einmal!«

Jetzt gab Hasan Wort für Wort seine Personalien an.

»Ich habs, mein Sohn. Wie bist du davongekommen?«

Hasan erzählte lang und breit. Als er zum Zucker kam, konnte er gar nicht mehr aufrecht stehen und schwankte.

»Soldat, stillgestanden!«, brüllte der Kommandant. Hasan fasste sich und stand stramm.

»Zu Befehl, mein Kommandant!«

»Das ist ein Befehl!«

»Zu Befehl, mein Kommandant.«

»Sofort in diesen Sessel setzen!«

Hasan schlug die Hacken zusammen, salutierte und setzte sich.

»Du hast also die Kameraden aus deiner Kompanie gesucht, nicht wahr?«

»Ich konnte sie nicht finden, mein Kommandant, sie waren alle erfroren.«

»Du hast deine Abteilung aufgesucht, nicht wahr?«

»Ich fand sie nicht, mein Kommandant, alle waren erfroren.«

»Dein Bataillon?«

»Ich fand es nicht, alle waren erfroren.«

»Dein Regiment?«

»Auch erfroren. Auch die Armee ...«

»Und wie nahmen dich die Russen gefangen?«

Hasan ließ den Kopf sinken und begann lange nachzudenken.

Ishak riss die Geduld: »Was ist los, was überlegst du?«

»Frag mich nicht, mein Kommandant, den ungläubigen Russen in die Hände zu fallen, kränkt mich zutiefst. Fällt ein türkischer Soldat russischen Giaurs denn in die Hände? Weil ich mich so schäme, habe ich es bisher noch niemandem erzählt. Wenn ich nur daran denke, versinke ich im Erdboden.«

»Sie nahmen dich gefangen.«

»Ich stieg in eine Ebene hinunter. Erde und Himmel waren vereist. In der Ferne sah ich hinter weißen Schwaden den Umriss eines Baums und ging darauf zu. Je näher ich kam, desto deutlicher erkannte ich unterm Baum einen Schatten. Es war ein Soldat in den letzten Zügen. Warte, ich mach dich wieder lebendig, rief ich, holte drei Stück Zucker aus meiner Tasche und drückte sie gegen seine Lippen. Als er den Zucker verzehrt hatte, öffnete er seine Augen und kam wieder zu sich.«

»Und dann?«

»Als sie uns entdeckten, legten sie an und richteten ihre Gewehrläufe auf uns. Ich sprang sofort auf die Beine und hob meine Hände. Plötzlich sah ich, dass unser in den letzten Zügen liegender Kamerad auch aufgestanden war und beide Arme hochgehoben hatte. Die Russen kamen, wir fielen um, sie hoben uns auf, wir fielen wieder und wieder um. So brachten sie uns nach Sarikamiş und legten uns ins Krankenhaus. Als wir das Krankenhaus verlassen konnten, brachten sie uns nach Sibirien. In Sibirien war es so kalt, dass die Füchse ganz schlimm Kupfer schissen. Mehr als im Berg Allahüekber. Alle Füchse schissen Kupfer.«

»Und dann?«

»Dort angekommen, trafen wir alle unsere Soldaten, die nicht erfroren waren, wieder. Wir mussten arbeiten. Unter uns gab es auch Generäle. Die mussten nicht arbeiten. Wie viele Jahre ich dort blieb, weiß ich nicht. Wenn man den Tag von der Nacht nicht unterscheiden kann, kann man die Jahre nicht zählen.«

»Und dann?«

»Zu fünft flüchteten wir. Einer von uns war ein junger Offizier, der sich dort auskannte. Kaum zurück in der Heimat, machte ich mich auf die Suche nach meinem Regiment. Es gab nicht einmal mehr seinen Namen. Und so bin ich als Fischer vom Ende des Schwarzen Meeres hergekommen und habe auf unserer Insel Schutz gesucht.

»Sei willkommen!«, sagte Oberst Ishak, ging an seinen Tisch, zog einen Bogen Papier hervor, tauchte die Feder in die Tinte, beschrieb den Bogen, holte aus der Schublade noch einen Stempel hervor und drückte ihn aufs untere Ende des Briefbogens.

»Das ist deine Entlassung, das muss noch in die Stammrolle, dann ist es bombensicher. Wenn du deinen Personalausweis bekommen hast, bring ihn her, dort tragen wir deine Entlassung auch ein.« Hasan stand auf, grüßte zackig, legte die Arme an und nahm mit bebender Hand die Urkunde entgegen.

Üzeyir Khan empfing sie schon an der Tür. »Ich weiß schon Bescheid. Bitte sehr, nehmt Platz!«

Hayri Efendi reichte Üzeyir Khan das Entlassungsschreiben, das dieser durchlas. Hasan war stehen geblieben und hatte Haltung angenommen.

»Setz dich doch, mein Junge!«

»Kann ich nicht, verehrter Khan.«

»Warum nicht?«

»Du bist ein Padischah!«

Üzeyir Khan lächelte glücklich in sich hinein. »Das war einmal, Hasan, mein Junge«, entgegnete er, rief nach dem Sekretär, der sofort hereinkam. »Nimm das und geh mit Hasan in dein Büro, fülle den Personalausweis aus, bring alles her und trage es auch in die Stammrolle ein.«

Und sie plauderten über die prächtige Veranstaltung, über den kerzengerade dastehenden Oberst und stritten über Kavlakzade, also ein reiches Thema, das kein Ende fand.

Als der Sekretär und Hasan zurückkamen, stempelte Üzeyir Khan das Papier ab und reichte dem strammstehenden Hasan den Entlassungsschein. »Viel Glück! Grüßen Sie mir Vahap Bey, er soll Hasan ein schönes Haus überschreiben!«, sagte Üzeyir Khan.

Vahap Bey empfing sie sehr freundlich. »Ich weiß schon, unser Sohn Hasan ist ein Kriegsheld, der sehr viel ertragen musste. Heute werde ich ihm ein Haus überschreiben. Ich werde es nicht selbst bestimmen. Tierarzt Bey und seine Freunde sollen das schönste aussuchen!« Er lachte: »Hasan muss es auch gefallen! Auf jetzt zum Grundbuch!«

Hasan stand nicht mehr stramm. Er holte seine prall gefüllte

Geldbörse hervor, zählte drei Goldstücke auf den Tisch von Vahap Bey. Vahap Bey nahm wortlos die Goldstücke und legte sie in die Schublade.

Im großen Salon des Konak von Hayri Efendi stand die mit einer veilchengemusterten Tischdecke verzierte Tafel schon bereit, die kaum etwas entbehrte. Alle waren in Hochstimmung. Hayri Efendi wies jedem seinen Platz zu, aber Hasan blieb stramm stehen. Hayri Efendi führte ihn an die reich gedeckte Tafel an seinen Platz. Und Hasan krümmte sich wieder kugelrund.

Im Morgengrauen waren sie schon wieder auf dem Weg zum Markt und kauften, was noch fehlte. Als alles beisammen war, sagte Hasan: »Jetzt will ich meine Einkäufe machen.«

»Nur zu!«, sagten die anderen.

»Ich komme mit dir, vielleicht kann ich dir helfen«, meinte der Tierarzt.

»Ich komme auch mit«, sagte Kapitän Kadri.

Sie machten sich auf zu Cafer, der sie mit Begeisterung empfing.

»Was brauchst du, Hasan?«, fragte der Tierarzt.

Hasan ging zu den Sesseln und Sofas. »Kommt und sucht welche mit aus!«

Kadri und der Tierarzt begannen Sessel und Sofas auszuprobieren.

Sie kauften auch Betten, Geschirr, französisch getischlerte Stühle, einen großen Smyrna und drei kleinere Teppiche und was sonst noch fürs Haus wichtig ist.

»Leben soll Hasan Bey!«, rief Cafer. »Ich bin seit meiner Jugend in diesem Geschäft, aber Kunden wie Hasan Bey habe ich wenige erlebt, er hat nur vom Feinsten gekauft. Es sind französische Möbel, aber ich werde sie euch sehr billig überlassen. Seit die Griechen fort sind, kauft sie niemand mehr.«

»Hör zu, Hasan«, sagte der Tierarzt, »ein Haus wird nicht in einem Tag eingerichtet, die anderen Dinge kaufst du, wenn es an der Zeit ist. Cafer Efendi verschwindet ja nicht.«

Hasan stand vor einem Spiegel, ging um ihn herum und musterte ihn von allen Seiten. »Kaufen wir ihn«, bat er und schaute dem Tierarzt in die Augen.

»Wir kaufen ihn, Hasan.«

»Das ist der wertvollste und teuerste Spiegel im Laden. Bevor sie ihn kauften, saßen die griechischen Pfeffersäcke in diesem Sessel hier« – er zeigte auf den Sessel vor seinem Tisch –, »nahmen ihren Kopf in die Hände und grübelten. Aber keine Angst, Hasan, ich werde ihn dir fast umsonst geben. Weil nämlich die Unsrigen solche Spiegel überhaupt nicht mögen.«

Sie kauften noch so viele Dinge, dass der Tierarzt sich schon fragte, wie viel Geld dieser desertierte Hasan wohl haben mochte.

Hasan schaute ihm mit freundschaftlicher Zuneigung lächelnd in die Augen: »Ich bin vom Ende des Schwarzen Meeres bis hierher gekommen. Eure Meere brodeln von Fischen. Nachdem die Griechen fort waren, gab es auch im Schwarzen Meer keine Fischer mehr. Bevor ich Soldat wurde, war ich Partner eines griechischen Fischers gewesen. Es war ein wahrer Meister. Und wie er verwandelte ich all meine Fische in Gold. Schau, meine Bauchbinde und die Beutel unter meinen Achselhöhlen sind voller Goldstücke. Meine größte Sorge war, dass alles bei Enver Pascha bleiben würde, wenn er mich hängt.«

Während er mit dem Tierarzt von einem Ende des Ladens zum anderen ging und alles anschaute, was zum Verkauf auslag, schüttete dieser Hasan, der bisher so schweigsam war, sein ganzes Herz aus. Er neigte sich zum Tierarzt und sagte ihm ins Ohr: »Wenn Oberst Ishak versetzt wird und ein anderer an seine Stelle kommt, hängt man mich dann doch?«

»Du hast einen Entlassungsschein in Händen, der, um ganz sicher zu gehen, auch noch in deinem Personalausweis vermerkt ist. Deine Entlassung hält sogar einer Granate stand.«

»Haben die Herren noch einen Wunsch?«, fragte Cafer, der zu ihnen trat.

»Das Haus eines Rais, wie ich einer bin«, rief Hasan triumphierend, »lässt sich nicht in einem Tag einrichten. Ich bin schließlich ein Kriegsveteran!«

»So ist es«, meinte Cafer, »ich bin seit zehn Jahren verheiratet und habe mein Haus erst jetzt eingerichtet. Die Meine ist ein griechisches Mädchen. Hayri Efendi hat auch noch seine berühmten Truhen aus verziertem edirneischem Zypressenholz und maraschem Nussbaum, die euch anlachen, wenn ihr sie nur anschaut. Er verkauft sie zum Spottpreis. Ich habe selbst drei von den allerschönsten in meinem Haus. Geh zu ihm, und kaufe davon, soviel du brauchst. Ich mache jetzt eure Rechnung, bezahlt, wann ihr wollt, oder erst, wenn die Ware angeliefert wird!«

Hasan sah den Tierarzt an. »Wir bezahlen gleich, du bist doch unser liebster Freund«, rief dieser.

Cafer setzte sich an seinen Tisch. Seine beiden Angestellten hoben die Sachen nacheinander hoch, und Cafer notierte ihren Preis.

In Schweiß gebadet, zählte Cafer zusammen und nannte die Endsumme. Hasan griff unter seine Bauchbinde, zog aus einem Lederhalfter eine große Geldbörse hervor und zählte die Goldstücke in Cafers Hand; dann eilten sie zu Hayri Efendi. Obwohl der Tierarzt schon verschiedentlich bei Hayri Efendi war: Diese Truhen hatte er noch nicht entdeckt. Beinah hätte er sein Gaumenzäpfchen verschluckt. »Nehmen wir sie gleich mit!«, sagte er.

Als sie die Insel anliefen, wurden sie von allen erwartet. Beim Anblick der Truhen waren alle begeistert.

»Los, Vasili, komm mit. Wir suchen für Hasan ein schönes Haus!«

»Ich komme auch mit«, sagte der Tierarzt.

»In deiner Nachbarschaft«, bat Hasan.

»Selbstverständlich«, entgegnete Nordwind.

»Ich komme mit euch«, sagte auch Melek Hanum und streichelte die schon auf dem Anleger abgestellten Truhen. Und zu Kapitän Kadri gewandt: »Mein Kapitän, morgen noch vor Tagesanbruch wirst du zu Hayri fahren und drei dieser Truhen kaufen. Wir werden sie sehr brauchen.«

Sie sahen sich viele Häuser an und suchten eins aus, das sowohl Hasan als auch ihnen gefiel und in Nordwinds Nähe stand. Und es war kupferfarben.

»Ich fahre raus zum Fischen«, sagte Hasan, der vor Freude ganz aus dem Häuschen war. »Komm mit!«, sagte er zum Tierarzt. »Wir fangen Fische für uns alle. Heute ist der Tag, an dem ich zum zweiten Mal von meiner Mutter geboren wurde, der Tag, an dem ich von den Toten auferstanden bin.«

Mit voller Fahrt nahmen sie Kurs auf die Raue Insel.

»Wäre jetzt Veli der Treffer bei uns«, sagte Hasan, »er wüsste, wo sich in der Tiefe die Fische tummeln. Er muss nur auf den Wasserspiegel schauen, nicht wahr?«

»So ist es.«

»Ich habe noch nie so einen Menschen gesehen.«

»Dann wirst du bald einen sehen. Er ist jetzt mit Ahmet beim Fischen.«

»Was ist das für ein Mann, für ein eigenartiger Mann.«

»Weißt du, Hasan, der Teufel hatte eine Tochter, die hatte den Vater von Treffer geheiratet und ihm einen Sohn geboren, dem sie den Namen Veli gaben und der im Jemen zu den Soldaten ging. Von den Soldaten, die im Laufe der letzten fünfhundert Jahre in den Jemen und nach Arabien gezogen sind, ist fast keiner zurückgekehrt, bis auf einen: Veli der Treffer. Er ist ein Deserteur, der weit vom Jemen, aus dem Schlund der Hölle, bis zum Schwarzen Meer, bis auf den Berg seines Dorfes zu Fuß gelaufen ist. Vom Jemen!«

»Breh, breh, breh!«, sagte Hasan, »was für ein Mann, dieser Veli der Treffer!«

»Und warum hat dieser Hizir seine Ziegen auf der Rauen Insel ausgesetzt und schickt jedes Boot mit gestohlenen Ziegen auf den Meeresgrund? Isst er das Fleisch dieser Ziegen? Ist er ein Mensch?«

»Er ist ein Mensch, aber ein unsterblicher.«

»Aber sind diese blauen Ziegen nicht eine Falle für die Menschen? Wenn nun einer Appetit auf Ziegenfleisch hat? Weiß der Treffer davon?«

»Und ob er das weiß! Habe ich dir nicht gesagt, dass des Teufels Tochter ihn geboren hat? Also hat er viele Talente. Er steckt den trockenen Kirschzweig in die Erde, bringt ihn zum Blühen und pflückt dann die roten Kirschen. Er kann noch viel mehr! Wenn du das hörst, kriegst du den Mund nicht mehr zu. Es gibt keinen besseren Menschen als ihn, obwohl er der Enkel des Teufels ist.«

»Werfen wir jetzt die Angeln aus«, sagte Hasan, »mir steigt hier der Geruch von Blaubarschen in die Nase!«

Und gleich landeten sie je einen Blaubarsch.

»Deine Nase ist so gut wie Treffers Augen! Bist du der Sohn der anderen Tochter des Teufels?«

Noch bevor der Tag zur Neige ging, hatten Hasan und der Tierarzt die Becken voller Blaubarsche und kehrten zurück zur Insel. Vasili, Hüsmen, Saliha und die Mädchen nahmen die randvoll mit Blaubarschen gefüllten Deckelkörbe, trugen sie zum Wasser und reinigten behände die Fische. Die Getränke wurden gebracht, und der Agaefendi schien sich zuletzt nicht mehr auf den Beinen halten zu können, Nordwind brachte ihn mit Mühe die Treppen hoch und legte ihn, angezogen wie er war, aufs Bett. Die Mädchen waren ihm gefolgt. Nordwind mochte Zehra seit jenem Tag nicht in die Augen schauen und vermied ihre Gegenwart. Im Handumdrehen war er schon wieder auf der Treppe und sagte noch: »Zieht euren Vater aus und legt ihn ordentlich ins Bett. Er ist in diesen Tagen ein bisschen traurig. Macht euch keine Sorgen, er hat nicht viel getrunken. Ich werde ihn sehr bald mit dem Doktor zum Landgut bringen, wenn er das Gehöft sieht, wird Freude seine Trauer verscheuchen. Gute Nacht!«

Hasan hatte bisher noch nie getrunken. Auch an diesem Abend nahm er trotz allen Drängens der anderen keinen Tropfen. Vor Freude konnte er nicht ruhig sitzen. Nachdem er ein, zwei Bissen vom Fisch genommen hatte, glitt er unauffällig vom Tisch ins Dunkel, eilte zu seinem Boot, legte sich in die Koje und blieb wach bis zum Morgen. Dreimal war er desertiert, weil er das Töten von Menschen nicht ertragen konnte. Beim ersten Mal war es bei einem Angriff mit aufgepflanztem Bajonett. Als er sah, wie die Soldaten sich niederstachen, fiel er rücklings zu Boden und kotzte. Wieder zu sich gekommen, schaute er sich um und sah um sich nur in ihrem Blut liegende Leichen. Er drehte sich wieder auf den Rücken und starrte in den Himmel, bis es dunkel wurde und er die Sterne sehen konnte. Als er sich schwankend davonmachte, stolperte er über Leichen, und wer weiß, wie viele es waren, über die er stolpernd hinschlug, bis er das Schlachtfeld hinter sich gelassen hatte.

Nach diesem Bajonettkrieg konnte er nicht mehr zurück zu seiner Einheit. Er schlug sich in die Berge und wurde am Ende verhaftet, überstand noch zweimal einen Bajonettkampf mit anschließender Flucht in die Berge und zweimaliger Verhaftung. Der Hinrichtung entging er um Haaresbreite.

Wen die Männer der Regierung auch in den Bergen antreffen, halten sie für einen Deserteur, sagte sich Hasan, verhaften ihn, ziehen ihn am Ohr zum Marktplatz und stellen ihn an die Wand. Also fuhr ich hinaus aufs Meer, fischte die ganze Küste entlang, verkaufte und verkaufte. Niemand hat mich gefragt: Woher kommst du, wohin willst du? Bei Gelegenheit sagte ich: Ich bin ein Deserteur, aber niemand glaubte mir. Gibt es denn Deserteure auf hoher See? Sie glaubten mir nicht, lachten mich aus. Und so kam ich bis zu dieser Insel. Ich sagte zu Nordwind: Ich bin ein Deserteur. Er glaubte mir. Als Erster …

Frühmorgens schon sprang er aus dem Bett und ging zum Meeresufer, stand nur da und guckte auf den Meeresgrund. Die Sonnenstrahlen fielen weit hinunter, die Tiefe hallte vor Licht; bunte, in einer Reihe hintereinander von den Ufern in die Weiten gleitende Fische kamen und gingen, standen senkrecht, als schnupperten sie an den Algen, und schossen plötzlich auseinander, als seien schwere

Steine mitten in ihren Schwarm gefallen. Hasan konnte seine Blicke nicht vom Meeresgrund wenden. Fliegende Fische glitzerten, das Meer, licht bis auf den Grund, glitzerte. Das unwirkliche Schwarze Meer, wo er jahrelang gearbeitet hatte, kämpfend gegen Wind und Wetter, Sturm und Wellen, war ganz anders gewesen. So hatte er das Meer noch nie gesehen! Dass ihm das geschehen konnte, der mit dem Meer seit Kindsbeinen vertraut war!

Noch drei Tage lang ging Hasan, bevor es im Osten aufhellte, zum Strand hinunter, ging, die Augen aufs Meer geheftet, am Ufer entlang hinter den Fischen her, ohne zu merken, wie oft er die Insel umrundete, kehrte erst bei Sonnenuntergang nach Haus zurück und rollte sich im Bett zusammen, kaum dass er einige Bissen zu sich genommen hatte.

Am Ende des dritten Tages kam der ganze Hausrat, den er gekauft hatte, und wieder halfen ihm Melek Hanum, Şerife Hanum, Zehra, Nesibe und die anderen. Wohin Şerife Hanum auch etwas stellte, es passte dorthin, wie eigens bestellt.

Nachdem alles seinen Platz gefunden hatte, verließ Hasan das Haus nicht mehr. Er stand stundenlang vor seinen neuen Besitztümern, musterte sie wie zuvor die Schwärme von Fischen, die glitzernd in den Tiefen des Wassers dahinglitten. Besonders vor dem Wandbild im Salon blieb er oft andächtig stehen, wie festgewurzelt. Unten erstreckt sich ein Blumengarten mit Bienen und Marienkäfern, oben am blauen Himmel fliegen dunkelblaue Eisvögel mit schönen Schnäbeln, Stare, Pirole und viele andere bunte, kleine Vögel. Über alldem vergaß Hasan zu essen und zu trinken. Wenn die Nachbarn ihm etwas brachten, nahm er einige Bissen und war satt. Vergaßen sie es, dachte er nicht einmal daran.

So ging es, bis Nordwind ins Haus kam. »Ist dies deine Wohnung oder dein Grab? Du bist in dieses Haus hinein und kommst nicht mehr heraus.«

»Ich habe ja noch nie ein Haus gehabt«, antwortete Hasan, den Kopf gesenkt. »Ich habe an dich, Bruder, noch einen Wunsch.«

»Sprichs aus, Hasan!«

»Gehen wir zusammen noch einmal in die Stadt!«

»Wann immer du willst, Hasan, ich beneide dich. Du hast dich als der beherzteste und menschlichste von uns allen erwiesen. Nur wenige haben wie du den Mut gehabt, nicht in den Krieg zu ziehen. Wir alle wurden wie eine Herde von Millionen Schafen von unseren Schäfern in den Tod getrieben.«

»Nein, ich habe mich nicht aufgelehnt, weil ich mutig war. Mir schlotterten die Knie vor dem Tod, vor dem Galgen. Wen ich auch in den Bergen oder in Sarikamiş antraf, mit wem ich auch sprach, dem schlotterten die Knie. Was weiß ich? Wir sind wohl geflohen, weil wir zu denen gehörten, die sich am meisten fürchteten. Kommst du morgen mit mir in die Stadt?«

»Ich komme, mein ängstlicher Freund«, grinste Nordwind.

»Warum, mein Bruder, soll ich vor seinem Diener verschweigen, was der Herrgott von mir weiß.«

Vor Tagesanbruch machten sie sich auf den Weg und nahmen auch Kapitän Kadri mit.

Der Kutter von Hasan machte gute Fahrt. Kapitän Kadri wunderte sich. Es gibt also schnellere Boote als meines, schoss es ihm durch den Kopf.

»In der Stadt werden wir uns nach einem wohlgenährten Schaf umsehen, danach einen Sack Reis kaufen, und dann – es gibt schon Honig, ich hab welchen in einem Laden gesehen. Ich verstehe etwas von echtem Honig. Mein Vater hatte viele Körbe. Wir werden auch reichlich Getränke kaufen. Griechischen geharzten Raki, unseren Raki mit Anis, Wein aus Izmir, ja, reichlich Getränke, wenn wir die besten gefunden haben. Wir werden auch zu einem Bäcker gehen, und wenn es kein frisches Brot mehr gibt, werden wir eine Nacht in der Stadt bleiben, früh morgens zum Bäcker gehen und frisches Brot kaufen, dessen Duft die Menschen berauscht!«

»Ich liebe den Geruch der Erde, wenn die ersten dicken Regentropfen fallen, und zweitens den Duft des Brotes, wenn es frisch aus dem Backofen kommt«, sagte Nordwind. »Wir wickeln die frisch gebackenen Brote in einen Beutel ganz fest ein und holen sie erst am Festabend wieder hervor. Und ein Brot essen wir gleich, wenn es warm aus dem Ofen kommt. Aber ohne Aufstrich. Der Geschmack und der Duft von frischem Brot ohne Zutaten ist unvergleichlich.«

»Unvergleichlich«, frohlockte Hasan.

»Unvergleichlich«, rief Kapitän Kadri. »Uns wurde ganz schwindelig vom Duft des Brotes, das meine Mutter aus dem Backofen zog. Und frisches Brot musst du unbedingt ohne Aufstrich essen. Zutaten, selbst wenn es Honig ist, verderben den Geschmack und den Duft.«

»Wenn wir zurückkommen«, sagte Hasan, »werde ich Melek Hanum einen Backofen bauen, bei dessen Anblick auch die Vorsehung oh Gott, oh Gott! rufen wird.«

Sie erreichten viel früher als sonst die Stadt. Wenn es den Kapitän auch wurmte, er ließ sich nichts anmerken. Wäre es das Boot eines anderen, das schneller war als seines, er hätte es nicht verwinden können.

Der Kapitän hatte das beste Schaf sofort herausgesucht, und alle waren zufrieden. Im Honigladen kauften sie Honig und waren schon vom Duft wie berauscht. Dann wanderten sie durch alle Ladenstraßen und kauften Esswaren nach Herzenslust. Bei jeder neu entdeckten Speise flog Hasan vor Freude. Immer wieder zückte er seine Börse, zählte eine Handvoll Münzen in die Hand des Ladenbesitzers und sagte: »Nimm davon, soviel es dir beliebt!«

Schließlich kamen sie zum Bäcker. »Zu Diensten«, sagte er, »der Teig ist schon fertig, und der Ofen ist gerade richtig.« Er öffnete die Ofenklappe und schaute hinein. »Es braucht nicht einmal mehr Holz. Wir schieben es gleich rein, und dann dauerts nicht lange.«

Zwei Mann von jeder Seite formten den Teig, legten die Brote auf die Schieber und schoben sie in den Ofen. Nach kurzer Zeit zogen sie die gebackenen Brote heraus. Die drei zogen den Duft durch ihre Nasen.

»Soll ich euch Fettkäse bringen? Der passt gut zu frischem Brot.«

»Vielen Dank!«, sagte Nordwind, »zu frischem Brot brauchts keine Zutaten, so schmeckt es am besten.«

Sie hatten die frischen Brote noch nicht aufgegessen, als schon die dritte Ofenladung gebacken war.

»Ist das Fest morgen Abend?«, fragte der Bäcker. »Ich werde sie euch so einwickeln, dass sie drei Tage und Nächte taufrisch bleiben.«

Als sie zur Insel kamen, drängten sich Kind und Kegel, Mädchen, Frauen, junge und alte Männer auf der Brücke, um sie zu empfangen. Unter den Platanen setzten sie sich auf die Sitzbänke.

»Ist das Festessen heute oder morgen Abend, mein Oberst?«, fragte Nordwind.

»Natürlich heute Abend«, antwortete Doktor Salman Sami. »Wir wussten, dass ihr schon früh kommt, und haben schon Feuer gemacht. Dieser Hammel reicht uns drei Tage.«

»Das passt mir gut, wir haben vom Bäcker frische Brote gekauft. Sie duften noch.«

»Wer wird das Schaf schlachten?«, fragte der Oberst.

»Ich«, sagte Hüsmen, »in der Heimat, also in Griechenland, haben wir Herden, daher kann ich schlachten.«

»Dann nimm diesen Hammel, geh damit unter einen Olivenbaum, zerlege das Fleisch und bringe es in Schüsseln her.« Er wandte sich an die Frauen: »Los, meine Damen, was ihr im Haus an Tellern, Schüsseln, Bestecken, Gläsern und Kannen habt, bringt es her. Und schmückt die Tische mit Blumen!«

»Keine Sorge, mein Oberst!«, sagte Melek Hanum, »wir haben die Kinder in der Obhut unserer Zehra zum Blumenpflücken geschickt.«

Als sie den Namen Zehra aussprach, krampfte sich Nordwinds Herz zusammen. Er hatte in der Menge Zehra wohl gesehen, aber nicht ein einziges Mal den Kopf heben und sie anschauen können.

Als Doktor Salman Sami die drei Flaschen Mastika auf dem Tisch sah, rief er voller Freude: »Seit Jahren habe ich keinen Mastika mehr getrunken«, und sein besorgtes Gesicht hellte sich auf.

»Das ist ein Leben«, rief Doktor Halil Rifat Bey.

»Hasan der Deserteur ist eine freudige Überraschung.«

»Dass er ein braver Mann ist, war ihm rundherum anzusehen.«

»Alle, die ihre Angst überwinden, werden zu den beherztesten der Menschen.«

»So ist es«, sagte der Agaefendi mit gewichtiger Stimme. »Du hast recht, Doktor, die ängstlichsten Menschen können zu den mutigsten der Menschheit werden.«

In Schüsseln wurde das Fleisch gebracht, die Lammkoteletts brutzelten in der Glut, und der Duft garenden frischen Fleisches stieg zum Himmel empor.

Der Agaefendi trank wieder viel und wurde so mitteilsam, dass jeder ihm mit offenem Mund zuhörte. Kreta wurde in seinem Munde zur Sage einer Sehnsucht und der Agaefendi zum Sagenerzähler aus alten Zeiten. Während er redete, verwandelte sich die Sage in eine Totenklage. Die Wörter flossen wie ein Wasserfall über seine Lippen. Als er nach rechts kippte, fing ihn der wachsame Nordwind auf, hob ihn hoch, hakte sich bei ihm unter, und als er den Weg nach Haus einschlug, erhoben sich auch die beiden Mädchen und folgten ihm. Mit Mühe schafften sie die Treppe. Als Nordwind und Zehra den Agaefendi aufs Bett legten, berührten sich ihre Hände, ihre Augen trafen sich, doch Nordwind wich ihrem Blick aus.

Das Festessen wurde an zwei Abenden fortgesetzt. Auch der Agaefendi blieb bis morgens am Tisch sitzen, aß bedächtig das Röstfleisch, sprach mit besonderer Betonung, nahm aber von den Getränken keinen Tropfen.

Hasan war glücklich. Er fuhr jeden Tag zum Fischen, verteilte einen Teil seines Fangs an die Bewohner und verkaufte den Rest in der Stadt. Er vergaß auch den Oberst Ishak Bey nicht, brachte ihm Seebarsch, Goldbrassen, Blaubarsch und Knurrhahn. Daraus macht man die schmackhaftesten Suppen. Danach duftet der ganze Körper nach Meer.

In der Stadt hatte sich Hasan mit jedem angefreundet. Gab es etwas zu erledigen, war er zur Stelle, wer Sorgen hatte, dem hörte er zu, versuchte zu helfen und fand schließlich auch eine Lösung. Er mochte die Doktoren, am meisten Salman Sami, und wenn sie danach fragten, erzählte er von Sarikamiş und vom Abenteuer seiner Fahnenflucht.

Den Doktoren alles zu erzählen, fürchtete er. Könnte dieser verrückte Doktor ihm nicht etwas übel nehmen und ihm Ärger machen? Dennoch konnte er sich nicht zusammenreißen und erzählte Punkt für Punkt, was ihm widerfahren war.

Enver Pascha, die Generalstäbler im Gefolge, zwei von ihnen Deutsche, einer General, der andere Oberst, kam zum Korpshauptquartier. Die Paschas eilten aus ihren Zelten, standen stramm und grüßten.

Enver Pascha saß kerzengerade zu Pferde. »Meine Paschas«, brüllte er. Klein von Wuchs, schwach von Stimme, konnte er nicht brüllen, er ahmte Brüllen nur nach. »Hochverehrte Paschas, habt ihr die vorgestern und gestern von mir gebrachten Vaterlandsverräter aufhängen lassen?«

»Wir konnten sie noch nicht aufhängen.«

»Wie denn das? Ihr wisst doch, was es heißt, Befehle nicht zu befolgen. Ihr werdet sie jetzt gleich in den Wald bringen und hängen! Warum ist mein Befehl nicht ausgeführt?«

»Wir wollten sie vors Kriegsgericht stellen, mein Pascha.«

Enver Pascha wurde so wütend, dass er wohl zu doppelter Größe anschwoll. Könnte er sich so im Spiegel sehen, flöge er vor Glück. Auch seine Stimme hatte sich seinem mächtigen Körper angepasst. »Was soll das heißen, meine Efendis, verehrte Paschas, was soll das heißen, was heißt Kriegsgericht?« Sein Stimme wurde noch lauter: »Habe ich euch keinen Befehl gegeben? Habe ich euch nicht gesagt, ihr sollt diese Verräter nicht erschießen, sondern hängen? Fahnenflüchtige sind keine Soldaten, wir werden keine Kugeln verschwenden. Für mich ist eine einzige Patrone zehn Soldaten wert. Hängt sie! Das ist ein Befehl. Meine Augen sollen diese landesverräterischen Fahnenflüchtigen nicht mehr sehen!«

Der größte unter den Paschas, der Divisionskommandant, machte in strammer Haltung einige Schritte zum Pferd von Enver Pascha. »Hochwohlgeborener Pascha«, sagte er mit gewichtiger, kaltblütiger und weicher Stimme, »an jedem Baum des Waldes hängen zehn Soldaten. Wir haben viele, viele Fahnenflüchtige aufhängen lassen.«

»Verehrte Paschas, ihr trinkt hier gemütlich euren Tee, legt euch aufs Ohr, werft Scheite in den Ofen und wärmt euch auf. Wo sind euer Heer, eure Armeekorps, eure Regimenter, was ist mit ihnen, sind alle geflüchtet? Habt ihr sie eingefangen und an den Bäumen des Waldes aufgehängt?« Enver Pascha reckte sich noch ein bisschen im Sattel und wartete. Seine Frage wurde nicht beantwortet. Da brüllte er so laut er konnte und trieb sein Pferd ein, zwei Schritte voran: »Sagt schon, wo sind eure Soldaten?«

Enver Pascha zu Pferde brüllte wie verrückt und tobte: »Warum seid ihr in diesem Augenblick nicht bei ihnen, was werdet ihr unserem Volk sagen? In einigen Tagen werden wir Sarikamiş angreifen. Setzt euch an die Spitze eurer Soldaten, lasst sofort zum Sammeln blasen! Das ist ein Befehl. Ich komme morgen wieder. Ihr werdet die Männer sofort aufhängen! Das ist ein Befehl.«

Er trieb sein Pferd in den Wald, der Wald war schneeweiß, auf den Bäumen war nicht der kleinste dunkle Fleck zu sehen. Als der Pascha sich dem Wald näherte, zügelte er sein Pferd. Von einem Ende bis zum anderen waren Soldaten gehängt worden, auch sie waren eingeschneit und schneeweiß wie die Bäume. Deswegen waren sie von den Bäumen nicht zu unterscheiden. Enver Pascha zügelte sein Pferd, verhielt kurz, biss die Zähne zusammen und zischte wie eine Schlange: »So ist es nun mal« und hielt sein Pferd in Richtung Berg Allahüekber.

»Greifen wir Sarikamiş an?«, fragte der hochgewachsene Pascha die anderen.

»Auf gegen Sarikamiş«, antworteten sie.

Der Brigadegeneral, Kommandant des Armeekorps, erhob sich, rückte sein Koppel gerade und fragte beim Hinausgehen: »Nach Sarikamiş?«

»Nach Sarikamiş«, antworteten die Paschas wie aus einem Mund.

Der Brigadegeneral blieb draußen stehen, wartete, schaute in den Wald gegenüber, dann in Richtung Allahüekber und dann in den weißen Himmel. Durch rieselnden Schnee ging er auf den einzelnen Baum hinterm Zelt zu und blieb unter seiner Krone stehen.

Draußen tönte ein Schuss, die Paschas gingen unter den Baum, ihr Freund lag hingestreckt auf dem Eis. Seine Augen waren offen. Sein Gesicht und das Eis unter seinem Kopf waren voller Blut.

Wortlos, ohne sich anschauen zu können, standen sie eine Weile, die Augen auf den am Boden liegenden Pascha geheftet, nur so da. Bis einer von ihnen sagte: »Jetzt zieht der Pascha an der Spitze seiner vernichteten Soldaten nach Sarikamiş!«

»Tote haben keine Träume«, sagte der korpulente joviale Pascha.

»Aber Enver Pascha träumt«, sagte der Längste unter ihnen. Sie gingen zurück zum Zelt, die Lippen zusammengepresst.

»Rufen wir den Hauptmann, trinken wir einen Tee!«, schlug der joviale Pascha vor.

Der Hauptmann kam herbei.

»Hast du Tee, Hauptmann?«

»Tee ja, aber keinen Zucker.«

»Wie viele Fahnenflüchtige hatte Enver Pascha gefangen und uns übergeben?«

»Neunzehn, mein Pascha.«

»Nimm alle Deserteure und eine Kompanie Soldaten, Hauptmann, und sag dem Leutnant Ömer, er soll die Deserteure hängen lassen! Und du bringst uns diese beiden Soldaten her.«

Bald darauf kam der Hauptmann mit Hasan und dessen Freund. »Jungs, wir haben euch zu retten versucht, es hat nicht sollen sein: Enver hat es befohlen. Leider, wie schade, wir wissen, ihr seid unschuldig.«

Hasan und sein Kamerad schwiegen. Hasan fasste sich und sagte mit erstickter Stimme: »Ihr wolltet uns doch vor Gericht stellen und nicht hängen!«

»Wir alle, alle Paschas, hatten beschlossen, euch vors Kriegsgericht zu bringen und vorm Galgen zu bewahren, wir hätten euch alle gerettet, dann kam Enver Pascha und befahl: Hängen! Befehl ist stärker als Stahl, mein Junge, Befehl ist stärker als Stahl!«

Der eingefallene Pascha mit dem langen Hals, der am Feuer seine Hände über die Glut gestreckt hatte, stand schwankend auf. »Es tut mir sehr leid, meine Kinder, es tut uns sehr leid, aber wir konnten es nicht ändern.«

Der joviale, korpulente Pascha stand auf. »Hasan, mein Junge, Nafiz mein Junge, alles Gute, meine Jungs, Gott gebe euch ewige Ruhe und verwandle in ein Paradies, wo immer ihr seid! Was sollen wir tun, meine Kinder, auch ein wertvoller Pascha aus unseren Reihen hat gerade seinem Leben ein Ende gemacht. Auch er möge das Paradies finden!«

Der joviale Pascha hatte nur den Zucker im Kopf, er wagte aber nicht, es Hasan zu sagen. Und der Hauptmann würde niemandem etwas vom Zucker erzählen, den er in Hasans Tasche finden würde, wenn er diesen aufgehängt hatte. Doch dem Pascha fiel ein, dass er immerhin ein Divisionskommandeur war, und da hielt es ihn nicht länger: »Hasan, mein Junge, seit Langem hat unser Gaumen keinen Löffel gezuckerten Tee mehr genossen. Dank dir konnten wir ein Glas Tee trinken.« Er schämte sich, wäre am liebsten im Erdboden versunken, da fiel es ihm wieder ein, wer er war. »Stillgestanden, Soldat!«, brüllte er, so laut er konnte, und Hasan stand stramm. »Was soll dir danach der Zucker noch nützen! Es tut uns sehr leid, mein Junge, aber wir konnten nichts tun. Hasan, in wenigen

Augenblicken wirst du … Los, steck deine Hand in die Tasche … Was wirst du danach mit dem Zucker anfangen?«

Hasan schwankte bis zum Tisch in der Mitte und leerte mit der Linken den Zucker aus seiner linken Tasche auf die Tischplatte. Ob ich den Zucker aus meinem Hüftgürtel auch ausleere?, schoss es ihm durch den Kopf. Man weiß ja nie, sollte er nun oder nicht, er zitterte vor Angst, war kurz davor, ohnmächtig zu werden. Man weiß ja nie, schoss es ihm noch einmal durch den Kopf, und seine Hand tastete sich nicht mehr zum Zucker im Hüftgürtel.

Während Hasan verschreckt am Tisch stand, kam der Leutnant herein. »Haben Sie einen Befehl, mein Pascha?«

»Nehmt diese mit!«, seine Stimme klang wie ein Wimmern. »Bringt sie in den Wald. Habt ihr einen Strick zum Hängen?«

»Der verehrte Enver Pascha hatte viele Stricke, sogar geölte, um Soldaten zu hängen. Wir haben so viele Deserteure aufgehängt, dass wir nur noch Stricke für vier, fünf Mann haben.«

»Und nun?«

»Wir werden mit den Stricken, die wir noch haben, den Rest der Deserteure auf den Boden legen und strangulieren.«

»Von wem habt ihr diesen Befehl?«, brüllte noch lauter der joviale, korpulente Pascha.

Bei diesem Gebrüll sprangen die Paschas, die sich am Feuer wärmten, auf die Beine. »Warum regen Sie sich so auf, was macht das für einen Unterschied, hängen oder strangulieren? Haben nicht alle osmanischen Padischahs ihre Prinzen strangulieren lassen, und ist der verehrte Enver Pascha nicht der Schwiegersohn des Padischah?«

Die Soldaten trieben die Deserteure in den Wald. Der Wald war schneeweiß, es war kein Baumstamm und kein Blatt zu sehen. Dann, soweit das Auge sah, an den Bäumen Gehenkte, deren Zehenspitzen den Boden berührten, die Hälse mancher lang wie ein Strick, mit heraushängender Zunge, die Gesichter lila angelaufen. Manche nackt, andere in Fetzen.

Ein unerträglicher Nordostwind blies, die Soldaten konnten den Abzug der Gewehre vor Kälte nicht berühren, konnten nicht einmal die Hände ballen.

Sie stellten die Fahnenflüchtigen in eine Reihe, ein Soldat band einen festen Strick mit Mühe und Not an den dicksten Ast eines Baumes. Sie holten den grobschlächtigen Vordermann der Deserteure und führten ihn unter den Baum. Der Deserteur wehrte sich überhaupt nicht, sie legten ihm die Schlinge um den Hals, schoben das Eis unter seinen Füßen beiseite, nur noch die Zehenspitzen berührten den Boden. Der Deserteur am Strick drehte sich wie ein Kreisel um seine Mitte. Seine Zunge hing weit heraus. Das Gesicht des Mannes lief grün an. Sie holten den zweiten und dritten Mann aus der Reihe und hängten ihn in gleicher Weise auf. Als sie sich beim vierten einhakten, schüttelte dieser sie mit einem Schwung in den Schnee. Noch bevor sie aufstehen konnten, fielen alle Soldaten über ihn her, banden ihm die Hände auf den Rücken, legten ihn rücklings aufs Eis, schlangen ihm den in der Nacht zuvor geölten Strick um den Hals. Zwei Soldaten an einem Ende, zwei Soldaten am anderen nahmen den Strick in die Hände.

»Zieht mit aller Kraft«, brüllte der Leutnant, »das ist ein Befehl!«

Die Augen des Deserteurs traten aus den Höhlen, es schien, als fielen sie heraus. Sein ganzer Körper bäumte sich auf, wieder und wieder, streckte sich, wurde ganz steif, bäumte sich wieder auf und begann dann, heftig zu zittern, das Zittern ebbte ab, der Körper entspannte sich, ein leichtes Zittern dauerte noch eine Weile, danach streckte sich der Tote längelang und wurde ganz steif.

»So geht es leichter«, sagte der Leutnant, »so machen wirs mit allen. Die andern werden uns keine Schwierigkeiten machen, denke ich. Sie konnten alles mit ansehen. Die wehren sich nicht. Los, bringt einen her und legt ihn hierhin! Woher habt ihr diese Schlinge?«

»Unteroffizier Osman hat diese Schlinge bis morgens geölt, mein Kommandant. Unteroffizier Osman sagt, diese Schlinge ist wie die Schlinge, die einen Padischah erwürgt!«

Bald schon hatte die Zahl der Deserteure um die Hälfte abgenommen. Bis Sonnenuntergang würden sie alle erwürgt haben.

Die Reihe war an Rüstem dem Ringer. Er stand immer noch kerzengerade da. Als sie ihn hinlegen wollten, schleuderte er die Männer, die an seinen Armen klebten, in den eisigen Schnee, und die sich auf ihn legten, flogen rechts und links zur Seite. Hasan, der Nächste in der Reihe, nahm die Hand seines Hintermannes und rannte mit ihm in den Wald. Unter den Bäumen lag der Schnee mannshoch. Einige Männer, die Rüstem zu Boden gerungen und ihm die Schlinge um den Hals gelegt hatten, sahen Hasan und seinen Hintermann flüchten. Die Soldaten richteten die Läufe ihrer Gewehre auf sie und warteten auf den Befehl »Feuer!« aus dem Mund des Leutnants. Hasan drehte sich um und blickte zurück. Die Soldaten hatten die Finger am Abzug und warteten. Auch sein Kamerad drehte sich um und blickte zurück ... Dann warfen sie sich hinter den dickstämmigen Baum vor ihnen und versanken bis zum Hals im Schnee. Eine Weile rührten sie sich nicht, als sie dann zurückblickten, sahen sie die Läufe immer noch auf sie gerichtet und die Finger der Schützen am Abzug. Aus dieser kurzen Entfernung hätte sie sogar der ungeübteste Soldat in den Kopf schießen können. Doch keiner rührte sich. Die beiden gingen weitere hundert Schritte durch den Schnee und waren sehr bald aus dem Schutz des Baumstammes heraus. Sie schauten wieder zurück und blickten in die Augen des Leutnants. Sofort ließen sie sich in den Schnee fallen und robbten weiter. Als sie zum letzten Mal zurückschauten, lag der mächtige Körper von Ringer Rüstem, die Knie an die Brust gezogen, zu Füßen des Leutnants im Schnee.

Ohne noch einmal zurückzublicken, steckten sie – man weiß ja nie! – noch ein Stück Zucker aus Hasans Tasche in den Mund und waren bald aus dem Wald heraus. Vor ihnen lag eine Ebene. Hasans Kamerad, nur noch Haut und Knochen, war zu neuem Leben erwacht und schritt fast so aus wie Hasan. Nicht weit vor ihnen gewahrten sie Rauch und lenkten ihre Schritte dorthin. Als sie sich näherten, verschwand der Rauch. Wo ist der Rauch geblieben?, fragten sie sich, da sahen sie weiter vor ihnen wieder Rauch aus dem Boden aufsteigen. Lang und dünn stieg er in den Himmel. Und nun sahen sie auch links und rechts Rauch senkrecht aus dem Boden steigen.

»Hier gibt es ein Dorf«, sagte der Kamerad, »aber wo?«

»Ich habs gefunden«, rief Hasan und zeigte auf drei in die Erde gegrabene Stufen. Dahinter war eine gut gehobelte Tür. Sie klopften und warteten. Von drinnen kamen Stimmen von Frauen, Männern und Kindern.

Die Stimmen der Unterirdischen verstummten, sie klopften noch einmal, und wieder Stimmen … »Wir sind Gottesgäste, öffnet die Tür, wir haben nichts Böses im Sinn!«, riefen sie.

Ein alter Mann öffnete die Tür.

»Wir sind gestern Morgen dem Tod entkommen. Keine Angst, wir sind Fahnenflüchtige!«

»Kommt bitte herein!«

Als sie eintraten, öffnete sich zu ihrer Linken noch eine Tür, und von dort kam ein durchdringender Duft von Mais.

»Betretet ihr zum ersten Mal eins unserer unterirdischen Häuser?«

»Zum ersten Mal.«

»Hier hält man diesen Winter, diesen Schnee, dieses Eis, diesen Sturm über der Erde nicht aus.«

Den Fußboden bedeckten prachtvoll verzierte Filzteppiche, vor den getünchten Wänden lagen in Teppich eingearbeitete Sitzkissen, davor mit Atlasseide bespannte Matratzen. Der alte Mann bat sie, auf den Matratzen Platz zu nehmen. Sie zogen ihre Schuhe auf der Schwelle aus, setzten sich mit überkreuzten Beinen auf die Matratzen und lehnten ihre Rücken gegen die Kissen.

»Nehmt es uns nicht übel, Gottesgäste, ein Gast isst nicht, was er sich erhofft, sondern was er vorfindet. Erstens haben wir kein Brot, die Soldaten haben alles mitgenommen, zweitens haben wir keine

Hafergrütze und drittens auch keinen Kaffee. Wenn vor dem Krieg Gäste in dieses Haus kamen, wurde der Kaffee in zwei Mörsern gestampft. Tag und Nacht duftete das Haus nach Kaffee … Jetzt haben wir Tee, aber keinen Zucker. Wir haben weder Mehl noch Weizen, nichts mehr. Was wir hatten, nahmen die Soldaten. Wir haben noch Schafe und Rinder, und die schlachten wir nach und nach und verzehren sie. Und so ist es im ganzen Dorf. Wie unser Dorf gibt es Zehntausende unterirdische Dörfer. In diesen Dörfern findet man keine Männer. Wer auszog, kam nicht zurück. Aus diesem Haus gingen fünf Jungmänner fort, von meinen fünf Söhnen bekamen wir fünf Erkennungsmarken zurück. Sie konnten sicher nicht flüchten.«

Im Haus des alten Mannes blieben sie drei Tage. Am zweiten Tag ließ der alte Mann ein Schaf schlachten, ohne Brot aßen sie Hammelkebap vom Blech in Joghurt.

»Wir hatten kein Brot mehr, wir schlachteten unsere Schafe und verzehrten sie. Wenn die Schafe alle sind, werden wir die Rinder schlachten. Schlechte Nachrichten kommen von den Fronten, die Soldaten sterben vor Hunger, sagen sie. Bald schon werden sie kommen und unsere letzten Schafe und Kühe holen.«

Als sie das Haus verließen, gab ihnen der Mann einen weißen Beutelkäse. »Esst ihn bei großer Kälte, vielleicht rettet er euch vorm Erfrieren.«

So zogen sie von Dorf zu Dorf und näherten sich Erzurum. »Kamerad«, sagte Hasans Begleiter, »ich gehe nach Erzurum und suche meine Einheit, nur gut, dass sie mich nicht strangulieren konnten, ich wäre sonst als Fahnenflüchtiger gestorben.«

Sie umarmten sich zum Abschied. Hasan kaufte sich ein Pferd, einen Mantelsack und kam so bis zu den Bergen am Schwarzen Meer. In den Bergen wimmelte es von Deserteuren, die meisten waren Räuber geworden. In den Dörfern waren nur alte Männer und Kinder unter fünfzehn Jahren übrig geblieben. In einem grünen Tal kam Hasan in ein Dorf, dessen Holzhäuser in verschiedenen

Farben bemalt und mit Ziegeln bedeckt waren, wo mächtige Nussbäume standen und ringsum Wald. Unter einer großen Kastanie sah er Wolle spinnende und Pullover strickende Frauen sitzen und grüßte sie. Die Frauen standen auf, grüßten zurück und hießen ihn willkommen. Weit entfernt sah Hasan einen alten Mann mit langem Bart und gebeugtem Rücken, ging und setzte sich zu ihm. Der alte Mann war glücklich darüber, dass er sich einfach zu ihm gesetzt hatte. Sie begannen gleich, miteinander zu reden.

»Ich komme vom Berg Allahüekber.«

»Ist da nicht jeder erfroren? Wie bist du denn davongekommen?«

»Ich habe Zucker gegessen, bis ich auf dem Gipfel und dann wieder unten war.«

»Erfriert der Mensch denn nicht, wenn er Zucker isst?«

»Mein Vater warnte mich: Um Gottes willen, mein Sohn, auf einen Umhang aus Wolle kannst du verzichten, aber fülle deine Taschen mit Zucker!«

»Du hast einen klugen Vater. Bist du jetzt ein Deserteur? Die Berge sind voll von Fahnenflüchtigen.«

»Ich bin kein Deserteur. Seit ich von den Bergen heruntergekommen bin, suche ich mein Regiment. Wenn ich es auch hier nicht finde, weiß ich nicht mehr weiter.«

»Bleib in unserem Haus! Ich bin sehr bedrückt. In unserem Dorf gibt es keine Männer mehr. Unter all den Weibern fühle ich mich überhaupt nicht wohl. Die eine wartet auf ihren Sohn, die andere auf ihren Mann, eine auf ihren Verlobten und eine auf einen Recken, den sie nach seinem Militärdienst heiraten wird. Über etwas anderes reden sie nicht. Es ist zum Verrücktwerden …«

Er blieb etwa zehn Tage. Länger wollte er nicht bleiben, im Haus lebten fünf junge Ehefrauen, die auf ihre Männer warteten, obwohl deren Erkennungsmarken schon längst geschickt worden waren. Ihre Kinder waren noch klein. Das Essen bestand aus Mais und Walnüssen. Der Mais ging schon zur Neige, bald gab es nur noch Nüsse. Hasan zog hinunter zum Haus der einsamen alten Döne, die, weil allein, noch viel Maisbrot hatte. Sie hatte auch viele Bäume. Hasan entschied sich, in diesem Dorf zu bleiben. Er richtete sich im zweistöckigen Haus der Döne ein. Die Brüder von Döne, ihr Ehemann, ihre Verwandten und die Söhne waren in den Krieg gezogen und nicht heimgekehrt. Die jungen Ehefrauen waren ins Haus ihrer Väter zurückgekehrt. Döne und Hasan lebten wie Mutter und Sohn.

Hasan war ein ansehnlicher, blonder Mann, er war hochgewachsen und hatte blaue Augen. Er lachte viel, wenn er sprach. Jeden Tag fing er im unteren Bach reichlich Fische. Den Dorfkindern brachte er das Fischen bei. Jeder liebte Hasan, den einzigen Mann im Dorf. So schöne Menschen wie diese Georgier hatte er noch nie gesehen. Auch Hüseyin Aga war immer noch ein ansehnlicher Mann. Wer weiß, wie stattlich sie waren, die in den Krieg gezogen waren und nicht zurückkamen. So, wie Hasan jeden Tag Forellen nach Haus brachte, so brachte er auch welche in das Haus von Hüseyin Aga. Und wie er die Walnüsse der Döne von den Bäumen schüttelte, die grüne Außenschale abzog, so half er auch den anderen Frauen bei der Nussernte. Innerhalb einiger Monate war Hasan der Liebling des Dorfes. Alle wollten, dass er sich hier niederlasse.

Seine Nachbarin Fadime war das schönste Mädchen des Dorfes. Bei diesen Georgiern war das Verhüllen der Frauen auch nicht üblich. Eines Tages kam Fadime zu Döne und sagte: »Mutter Döne, nimm mich doch für deinen Sohn Hasan zur Frau. Eine bessere als mich wird er ja nicht finden.«

»Du bist die Schönste der Welt, ich will Hasan mal fragen, ob er hier bleibt oder in seine Heimat zurückkehrt.«

»Frag ihn«, sagte Fadime, »wohin er geht, dahin gehe ich mit ihm.«

Wenige Tage später war Verlobung, die Ringe steckte ihm Hüseyin Aga an die Finger. Danach machte im Dorf ein sagenhafter Tratsch die Runde: Verlobt man sich denn mit so einem Mann, wo keiner weiß, woher er kommt, wohin er geht, was er war und was er wird? Ist er beschnitten oder nicht beschnitten? Konnte Fadime sich davon überzeugen? Diese Frage vor allem brannte auf den Zungen: beschnitten oder nicht beschnitten? Und konnte Fadime sich davon überzeugen?

Hasan konnte nicht mehr durchs Dorf gehen, nicht am Brunnen vorbei – er trug auf seinen Schultern das Gewicht von Hunderten Augenpaaren. Schließlich wurde es ihm zu viel, er nahm Hüseyin Aga an seine Seite, und sie gingen gemeinsam zum Brunnen. Beim ersten Mal waren die Frauen sehr überrascht, sie schauten nicht einmal zu ihnen hinüber. Nach einer Woche hatten sie sich gewöhnt, einige alte Frauen lächelten Hasan sogar an.

Die Walnüsse wurden reif. Hasan schüttelte sie von seinen Bäumen vor dem Haus, pflückte die in der Krone gewachsenen von den Zweigen, schälte die grüne Fruchthülle von der Schale und füllte die Nüsse in Säcke. Dann half er Hüseyin Aga, der viele Nussbäume hatte, und seinen Leuten. Die Frauen schälten die weiche, grüne Fruchthülle von der Walnuss. Die größeren Kinder kletterten in die Äste und pflückten. Drei junge Mädchen und fünf Kinder fielen von den Bäumen. Hasan und Hüseyin Aga verstanden beide etwas von Knochenbrüchen, sie renkten die Bruchstelle wieder ein und legten einen festen Verband. Die Frauen füllten die Walnüsse in Kiepen und trugen sie hinunter in die Küstenstadt. Nach einer Woche hatten sie alles losgeschlagen. Auch Fadime schleppte einen Teil der von Hasan gesammelten und von der grünen Außenschale gereinigten Nüsse auf ihrem Rücken hinunter in die Provinzstadt. Hasan tat es leid, Fadime diese Last schleppen zu lassen. Aber er wagte sich nicht hinunter. Die Frauen errieten den Grund. Doch sie sprachen darüber nicht einmal unter vier Augen, geschweige denn in großer Runde.

Eines Tages sah Hasan durchs Fenster einen Gendarmen. Als er flüchten wollte, packte ihn jemand von hinten. Er drehte seinen Kopf und erblickte links einen zweiten Gendarmen. Sie fesselten ihn und schleppten ihn ins Freie.

Fadime stand totenbleich unter einem Nussbaum und rührte

sich nicht. Als Hasan vor ihr stand, sagte er: »Warte auf mich, Fadime, früher oder später komme ich zu dir zurück!« Diese Worte sprach er so überzeugt, dass Fadime erschauerte. Sie wollte Hasan etwas antworten, brachte aber kein Wort über ihre Lippen. Erst als Hasan und die Gendarmen verschwunden waren, konnte sie flüstern: »Bis in den Tod.«

Hasan sah, wie die bis auf die Knochen abgemagerten Gendarmen beim Abstieg schwankten. Sie gingen ein Stück und hockten dann erschöpft nieder. Ihren Gesprächen entnahm er, dass sie keine Munition hatten. Während sie bergab stolperten, blieb Hasan zurück. Fragten sie ihn, warum er nicht vorankam, antwortete er: »Meine Arme sind gefesselt, aber warum seid ihr so langsam?«

Diese Berge waren voller Deserteure. Manche waren Wegelagerer, manche lebten in Höhlen, andere im Schutz von Dörfern, die von alten Männern, mannlosen Frauen, jungen Mädchen und Kindern bewohnt waren. Die Gendarmen erhielten viele Anzeigen und gingen täglich in die unwegsamen, felsigen Bergflecken auf die Jagd nach Deserteuren oder auch manchmal in den Kampf mit Räuberbanden aus Deserteuren, töteten und starben. Manche, die dieses schwere Leben nicht verkrafteten, liefen mit ihren Gewehren zu den Banden über, manche flüchteten in ihre Heimatdörfer und wurden dort sofort verhaftet, zurückgebracht und vors Kriegsgericht gestellt.

»Wurden die verurteilten Deserteure im Wald aufgehängt?«

»Sollten sie sie denn durchfüttern?«, schnaubte der Gefreite wütend. »Früher wurden sie an die Wand gestellt. Als es keine Munition mehr gab, wurden sie alle gehängt.«

Hasan wurde es übel, er musste sich setzen.

»Steh auf, Hasan, hätten wir noch Patronen, würde ich dich jetzt an die Wand stellen. Ich habe in diesen Bergen schon viele wie dich an die Wand gestellt. Hätte ich einen Strick, ich würde dich an diesen Nussbaum aufhängen und deine Leiche in den Bach da unten werfen. Die Leichen der meisten Vaterlandsverräter wie du habe ich in diese Schluchten gestürzt, dem Wolf und Vogel zum Fraße. Los, steh auf und geh weiter!«

»Meine Hände sind gefesselt, und ich komme nicht voran. Ich bin kein Deserteur, mein Gefreiter, ich bin auf der Suche nach meinem Regiment. Immer auf der Suche, bin ich bis hierher gekommen.«

»Was ist mit deinem Regiment geschehen?«

»Ich suche es, mein Gefreiter, es ist verschwunden. Wie soll ich da zum Vaterlandsverräter werden? Würdest du an meiner Stelle nicht auch dein Regiment suchen? Wenn ich mein Regiment gefunden habe, werde ich meine Entlassungspapiere bekommen.« Hasan beschwor den Gefreiten, aber er konnte dessen Herz nicht erweichen. Schließlich wurde er härter: »Hör zu, Gefreiter«, rief er, »du hast die Axt hart angesetzt. Weißt du, wer ich bin? Mich hat Enver Pascha … Weißt du überhaupt, wer Enver Pascha ist?«

»Wer kennt ihn nicht … «

»Eben. Eines Tages rief mich Enver Pascha zu sich. Mein Sohn, sagte er, nimm diesen Bogen Papier, steck ihn in deine Tasche, mach dein Regiment, wo auch immer, ausfindig. Ebendieses Papier habe ich, löse meine Fessel, und ich zeigs dir! Wenn der Pascha hört, du hast mich auf der Suche nach meinem Regiment aufgehängt, dann hängt er dich und deine ganze Einheit. Er hat überall seine Augen und Ohren!« Hasan reckte sich: »Hab acht!«, befahl er streng. »Das ist ein Befehl: Löse auf der Stelle meine Fesseln! Und dann bring mich zu Enver Pascha, wenn du keine Angst vor ihm hast, oder sonst zu einem Kommandanten.«

Leichenblass kam der Gefreite und nahm Hasan die Fesseln ab.

3

Ein Boot kam zum Anleger. Zuerst begrüßten die Kinder, danach die Erwachsenen den Gast. »Ich werde Meister Arsen genannt«, sagte lächelnd der Gast, »ich habe mich ziemlich lange auf dieser Insel aufgehalten. Ich war verwundet.« Er zeigte auf die zerstörte Kirche: »Jene Kirche da wurde im Krieg zum Lazarett. Gott sei Dank heilten mich dort die Ärzte. Beim Militär war ich Waffenmeister, das heißt, ich setzte beschädigte Gewehre instand. Ich stamme aus den Taurusbergen. Als ich geheilt war, zog ich in meine Geburtsstadt, aber dort gab es keinen mehr von den Meinen. Alle waren weg, Armenier, Turkmenen, auch die Kinder. Unser Nachbar versteckte mich eine Woche in seinem Haus. Ich trug noch meine Uniform. Eines Nachts brachte unser Nachbar mich zum Bahnhof, ich bestieg den Zug nach Istanbul, wo wir Verwandte hatten. Zu Hause hatte die ganze Familie aus Schmieden bestanden, meine Verwandten eröffneten mir eine Schmiede, und ich stellte in meiner Werkstatt auch viele Angeln und Harpunen her. Ich verdiente als Schmied viel Geld, indem ich für jeden Fisch die entsprechenden Angeln herstellte. Doch in Gedanken war ich auf dieser Insel geblieben. Ich erkundigte mich, sie war menschenleer. Dann hörte ich, dass sie sich wieder belebte, und da bin ich hergekommen.«

»Sei willkommen!«, sagte noch einmal der Tierarzt. Auch die anderen riefen: »Willkommen, willkommen!« Veli der Treffer reichte Meister Arsen die Hand und zog ihn auf die Brücke und fragte: »Hast du ein Haus gekauft?«

»Nimm und schau!«, antwortete Meister Arsen voller Freude.

Er griff in seine Tasche und zog einige Papiere hervor, »nimm und schau!«

»Ich kann nicht schreiben und lesen«, sagte der Treffer und reichte die Papiere an den Tierarzt weiter. Der Tierarzt schaute sich die Papiere an und blickte dann suchend um sich, bevor er brüllte: »Wo ist Vasili?« Aus der Richtung, wo der Birnbaum stand, kam eine Stimme: »Was ist, Tierarzt? Ich bin hier.«

»Komm schnell her, hier ist Arbeit für dich!«

Vasili kam im Laufschritt zum Anleger, nahm dem Tierarzt die Papiere aus der Hand und las. »In Ordnung«, sagte er, »komm mit mir, und ich zeige dir dein Haus! Sei willkommen! Dein Name ist Arsen die Zeder, richtig?«

»So ist es. Mein Vater war Schmied und Tischler zugleich. Keiner kannte die Wälder von Pos so gut wie mein Vater. Von alters her gab es die größten Zedern. Und bis auf den heutigen Tag werden die Masten der großen Kutter im Mittelmeer aus Zedern der Wälder von Pos hergestellt. Deswegen nennt man uns seit den Zeiten meines Großvaters und meines Urgroßvaters die Zedern.«

»Los dann, entladen wir jetzt dein Boot. Und wir suchen einen Laden für dich aus! Wirst du hier als Schmied arbeiten?«

»Soviel ich weiß, soll es auf dieser Insel Läden geben.«

»Die gibt es«, sagte Vasili, »und sie stehen noch. Damit Kavlak Remzi sie nicht einreißt, hat sie Nordwind aufgekauft.« Unterwegs zum Anleger erzählte Vasili in einem Rutsch von Remzi Kavlakzade, wie dieser die Kirchen und die Villen der Pfeffersäcke hatte einreißen lassen und wie groß dessen Furcht vor Veli dem Treffer war.

Am Anleger empfing ihn das ganze Volk der Insel. Hand in Hand trugen sie die Sachen von Meister Arsen vom Boot auf die Anlegebrücke. Es war sehr viel. Verzierte Truhen, volle Jutesäcke, Matratzen, Teppiche, Kelims, Geschirr und alles, was sonst noch zu einem Haushalt gehört, trugen sie Hand in Hand in Arsens neue Bleibe. Meister Arsen war froh; wie gut, diese Insel gewählt zu haben!

Dann kam auch Nordwind nach Hause. »Das ist mein brüderlicher Freund Musa der Nordwind«, sagte Vasili. »Er ist der Erste, der sich auf dieser Insel niederließ.«

»Willkommen auf unserer Insel, Bruder!«

»Leben sollst du, auch wenn du mich Unheilbringenden ertragen musst!«

»Auch dieses Unheil ertragen wir gern. Sag uns, was du Unheil nennst!«

»Wenn ihr nach meinen Unglück fragt, mein Werkzeug, also Blasebalg und was noch dazugehört, dazu meine Stühle, Sessel und Harpunen sind noch in der Stadt. Auch mein Proviant. Ich muss los, meine Sachen herbringen und die Werkstatt aufmachen.«

»Habs nicht so eilig!«, beschwichtigte ihn Nordwind. »Bevor die Insel nicht voll ist, hast du wenig zu tun. Aber wenn du magst, habe ich etwas für dich.«

Nachdem sie die Sachen im Haus abgestellt hatten, gingen sie zum Anleger. Inzwischen war Musa Kazim Agaefendi mit seinen Töchtern dort eingetroffen. Kaum hatte Nordwind Zehra erblickt, erbleichte er, schwankte, fasste sich aber sehr schnell.

Die Augen von Meister Arsen strahlten. »Ich will unbedingt etwas tun, Nordwind Bey, mein Bruder.«

Nordwind zeigte mit der Hand zum Hang hinüber: »Siehst du die Mühle dort? Ihre Flügel drehen sich, aber nicht die Mühlsteine. Kannst du sie zum Drehen und zum Mahlen bringen?«

»Ich werde die Steine zum Drehen bringen und dir ein Weizenmehl mahlen, das sogar den Himmel in Staunen versetzt. Und dann backe ich dir ein Brot, dessen Duft über die ganze Insel zieht und jeden vor Hunger umbringt.«

»Mit meinem Boot schaffst du die Fahrt in die Stadt und zurück in höchstens zwei Tagen«, sagte Kapitän Kadri, der hinter ihm stand.

Meister Arsen sprang ins Boot, nach ihm die Kinder. Kapitän Kadri warf sofort den Motor an, gab Gas, das Boot nahm Fahrt auf.

»Dein Motor ist noch ziemlich neu, dein Boot ist sehr schön«, sagte Meister Arsen voller Bewunderung.

»Sechs Monate vor seiner Abreise hatte es mein Meister gekauft.« Voller Bewunderung sprach er von seinem Meister.

»Ob er wohl zurückkehrt, Meister Arsen? Ich vermisse ihn sehr.«

»Sie können nicht zurück«, seufzte Meister Arsen. »Gott gebe, dass sie zurückkehren, aber sie werden es nicht.«

»Aber er war in den Dardanellen Unteroffizier bei der Artillerie.«

»Was auch immer er war, er kann nicht zurück.«

»Kann Musa Kazim Agaefendi denn zurück?«

»Wer ist das?«

»Der Mann mit dem Kinnbart. Ein Kreter. Er war Inhaber einer Farm, wo er für die Beys und Paschas arabische Vollblüter züchtete. Er soll sehr reich sein. Auch ihn haben sie auf unsere Insel verbannt. Mustafa Kemal Pascha soll ihn nach Kreta zurückschicken. Schickt er ihn?«

»Nicht möglich.«

»Warum bist du hierhergekommen?«

»Ich lag im Sterben, sie schickten mich hierher ins Krankenhaus. Als ich die Augen öffnete, war ich in dieser eingestürzten Kirche. Damals stand sie noch.«

»Kavlak Remzi hat sie einreißen lassen. Unter der Kirche war ein Krug Goldstücke vergraben, den hat Kavlakzade ausgegraben und mitgenommen. Einen kleinen Teil dieser Goldstücke hat er denen in Ankara gegeben. Und die haben ihn zu ihrem Rais gemacht. Jetzt ist er in der Gegend der Größte. Noch größer als der Khan der Tschetschenen, Zübeyir.«

Schneller als sonst erreichten sie die Stadt, holten die Sachen von Meister Arsen aus dem kleinen Hotel und machten sich noch am frühen Nachmittag auf die Rückfahrt zur Insel. Als sie ankamen, war die Sonne gerade untergegangen, an der Stelle, wo sie versunken war, huschte noch lila getöntes Glitzern über das Wasser.

»Meister Arsen«, sagte Kapitän Kadri, als er den Kutter an den

Anleger manövrierte, »es ist spät geworden, bleib diese Nacht bei uns, wir haben ein Bett für dich. Meine Mutter zählt Gäste zu den Glücksbringern. Den Kutter löschen wir morgen, richten dein Haus gleich ein, und meine Mutter hilft uns dabei!«

Meister Arsen legte die Hand auf die Schulter eines der Kinder. »Leben sollt ihr, Jungs, ihr habt viel geholfen. Kommt ihr morgen frühzeitig wieder?«

»Wir kommen«, sagte der mit dem Fez.

»In Ordnung«, sagte der mit dem Kahlkopf.

»Ihr werdet von mir schöne Geschenke bekommen«, sagte Meister Arsen.

Verschämt und hastig verzogen sich die Jungs. Ihre Mütter warteten schon auf sie, und noch vor dem Essen mussten sie in allen Einzelheiten von ihrer Reise in die Stadt erzählen.

In aller Früh holten Nordwind und Vasili Meister Arsen vom Hause von Melek Hanum ab und brachten ihn zu den Läden.

Die Doktoren hatten ihre Praxen noch nicht geöffnet. Sobald Meister Arsen von den Ärzten hörte, hatte er gefragt: »Warum sind sie denn hierhergekommen? Hier gab es viele Doktoren und viele Verwundete. Die Insel quoll über von ihnen. Hier starben viele, auch viele Ärzte. Was haben diese Doktoren denn angegeben, warum sie gekommen sind? Alle Doktoren, die damals hergekommen waren, waren auch verwundet oder krank gewesen.«

Der Laden, der am Ende lag, gefiel Meister Arsen. »Das Gehämmer hier wird niemanden stören«, sagte er.

»Gehämmer stört niemals und niemanden.«

»Leben sollst du, mein Bruder.«

Vasili öffnete den Laden und reichte Meister Arsen den Schlüssel.

»Hast du die Schlüssel für jeden Laden?«, fragte Meister Arsen.

»Sie hatten alle Schlüssel stecken lassen. Auch die der Häuser.«

»Sie waren gute Menschen, sie haben uns damals sehr geholfen. Wer die Erde und das Meer liebt, liebt auch die Menschen. Wahrscheinlich sind die Doktoren auch deswegen hergekommen.«

»Die Doktoren werden bald ihre Praxen aufmachen, sauber machen, sich in ihre Sessel setzen, und wenn niemand kommt, wortlos dasitzen und dösen und am Abend nach Hause gehen.«

»Reden sie, wenn jemand zu ihnen kommt?«

»Dann reden sie, sogar viel. Kommt jemand, strahlen die Gesichter der Doktoren, und sie fangen an zu reden und zuzuhören.«

Gegen Mittag war alles in den Laden gebracht, waren die Kisten abgestellt und geöffnet worden. Sie waren randvoll mit Angeln, Netzen und Knäueln von Garn und Leinen gefüllt. Als Veli der Treffer das sah, machte er tellergroße Augen, ergriff mit zitternden Händen die Hand von Meister Arsen und fragte: »Hast du all diese Angeln hergestellt?«

»Die meisten«, antwortete Meister Arsen. »Einen Teil der Angeln und Harpunen habe ich aus Europa schicken lassen. Im Meer sind viele Fische und viele Sorten. In diesen Kisten sind Angeln für jede Art von Fisch.«

Die Angeln und Harpunen glänzten. Ganz außer sich vor Begeisterung starrte der Treffer in die Kisten. »Angelgerät für jeden Fisch? Sogar für Petersfische?«

»Sogar dafür.«

»Seeteufel?«

»Ja.«

»Hornhecht?«

»Dafür brauchts keine Angel.«

Der Treffer kannte die Namen von vielen, sehr vielen Fischen. Er zählte alle auf. In den Kisten von Meister Arsen lagen die Angeln der meisten, und Harpunen für fast alle Fische, die harpuniert wurden. Der Treffer legte die Hände auf die Schultern von Meister Arsen. »Dich hat uns der Herrgott geschickt«, sagte er, »wenn die Insel voll ist, wirst du nicht wissen, wo dir der Kopf steht. Kannst du auch Motoren reparieren?«

»Kann ich. Meister Hüseyin in Istanbul, bei dem ich gearbeitet habe, konnte alle Motoren reparieren. Einen Meister wie ihn gab es in ganz Istanbul nicht mehr. Sogar nach Ankara wurde er drei, vier Mal im Monat gerufen, um die Motoren des Paschas zu reparieren.«

»Wann bringst du die Mühle wieder in Gang?«, fragte Nordwind.

»In zwei, drei Tagen richte ich mein Haus und meine Werkstatt ein und fange dann mit der Mühle an. Da die Flügel sich noch drehen, muss sie bis zum letzten Tag in Betrieb gewesen sein. Die Mühle instand setzen ist leicht. Hauptsache, du findest einen Sack Weizen.«

»Den finde ich«, antwortete Nordwind. Er war glücklich, dass die Mühle wieder arbeiten, wieder mahlen würde. Plötzlich fiel ihm Zehra ein, und sein Herz begann zu pochen. Der Duft von Mehl aus der Mühle stieg ihm in die Nase.

»Der Duft nach Mehl in einer Mühle«, sagte Nordwind, »gibt es einen schöneren Duft in dieser Welt?«

»In keiner Blume gibt es diesen Duft«, nickte Meister Arsen. »Wer ihn kennt, weiß, wovon er spricht.«

Sie kamen zur Mühle, und nachdem Meister Arsen jeden Winkel sorgfältig gemustert hatte, hielt er die sich drehenden Flügel an. »Ich stoppe die Mühlenflügel, einer ist abgenutzt, den werden wir ersetzen. Der Mühlstein ist wie neu. Ich werde diese Mühle wieder in Gang bringen und auch einen jungen Müller ausbilden, dann wird der Mehlduft von hier bis zu den Häusern ziehen.«

Schon fast auf dem Rückweg drehte Nordwind sich um. »Meister Arsen«, sagte er, »bring die Flügel wieder in Gang! Das Drehen der Mühlenflügel bringt Leben auf die Insel.«

Der Meister machte gleich kehrt und setzte die Flügel wieder in Gang.

»So ist es gut«, rief Nordwind, »wenn sich die Mühlenflügel drehen, wird die Insel fröhlich.«

Plaudernd kamen sie zum Brunnen und setzten sich auf die Pritschen. »Meine linke Schulter ist ja in Stücken, aber sie funktioniert noch. Wenn ich den Blasebalg drücke, schmerzt sie, aber ich schaffe es. Was damit war, weiß ich nicht, ich glaube, die Doktoren heilten in dieser Kirche die Verletzung, die eine Schrapnellkugel gerissen hatte.«

»Weißt du, dass zwei dieser Doktoren hier sind?«, ereiferte sich Nordwind. »Der eine heißt Salman Sami, der andere Halil Rifat. Los, gehen wir zu ihnen. Jetzt sind sie in ihren Praxisräumen.«

Die Doktoren sahen sie kommen, standen auf und begrüßten sie an der Tür. »Tretet ein und nehmt Platz!«

»Du bist hier behandelt worden, Meister Arsen?«

»So ist es, Doktor Bey.«

»Wo wurdest du verwundet?«

»Bei Anafarta in den Dardanellen. Erst in der Kirche da oben schlug ich die Augen wieder auf. Ihr habt mich hier geheilt.«

»Was warst du beim Militär?«

»Nur ein einfacher Soldat, aber auch Waffenmeister des Regiments. Mein linkes Schulterblatt war zermalmt, die Doktoren hier heilten es. Gott segne sie!«

An jenem Tag luden die Doktoren Meister Arsen gemeinsam mit Nordwind zum Essen ein. Von morgens bis abends sprachen sie über die Schlachten von Gallipoli und Sarikamiş. Von der Schilderung der schrecklichen Schlachten wurde ihnen schwindlig. Alle drei waren auf diese Insel gekommen, um ihre jüngste, schreckliche Vergangenheit zu vergessen.

Danach war die Werkstatt an der Reihe. Schwere Kisten und ein großer Blasebalg wurden hingebracht. Veli der Treffer half beim Einrichten. Er hatte Hüsami, Vasili und die Kinder zu Hilfe geholt. Unter den Anweisungen von Meister Arsen stand nach drei Tagen alles an seinem Platz, Rauchfang und Esse und Werkbank waren eingerichtet, Kohlen aufgefüllt und angezündet. Um den Betrieb der Schmiede und das lodernde Feuer zu sehen, war jeder gekommen und drängte sich in die Werkstatt. Den Blasebalg betätigte mit Geschick Veli der Treffer. Nach geraumer Zeit hatte sich das Feuer in Glut verwandelt, und die Funken sprühten in den Raum. Am Ende sagte er: »Ich bin erschöpft«, ließ den Blasebalg los und ging zu der Kiste, die randvoll war mit Angeln. In der Kiste daneben lagen die verschieden großen und kleinen Harpunen. »Auf dieser Insel brauchten wir einen Mann wie dich«, sagte der Treffer.

»Die Doktoren haben auf dieser Insel mein Leben gerettet, und ich habe gelobt, bis zu meinem Tod auf dieser Insel zu bleiben.«

»Gut so. Ich gehe jetzt ins Dorf, mein Weib holen. Die sitzt ganz allein dort und wartet auf unsere Söhne, die aus SarikamiŞ nicht heimgekehrt sind. Ich werde schnell zurückkommen und dir helfen. Vom Schmieden verstehe ich nichts, aber vom Fischen viel.« Er stockte, dachte nach, schaute Arsen eine Zeit lang in die Augen. Die breite Stirn von Meister Arsen lag in strengen Falten. Er hatte schwarze, ineinander übergehende Brauen und große, braune Augen. Wohin er schaute, schien er seine Augen zu heften, als schaute er auf etwas in großer Tiefe und als errate er die Gedanken seines Gegenübers. Über seine rechte Wange zog sich eine Narbe bis unters Kinn und verlieh seinem Gesicht einen Anflug von Trauer.

»Meister Arsen, mein Bruder, alles gut und schön, aber wer weiß, was du für dieses Haus bezahlt hast. Und für Blasebalg, Amboss und was sonst noch, für Betten, Geschirr, geschnitzte Truhen, Teppiche und Kelims. Wer macht die schönsten Kelims?«, fragte er und schaute dem Meister in die Augen. »Wer macht sie, wer macht sie, mein Meister Arsen, nun, Şerife Hanum macht sie«, fügte der Treffer hinzu. »Wenn du ihre Kelims siehst, bleibst du wie vom Blitz getroffen davor stehen, kannst die Augen nicht wenden, ergreift dich ein Zauber, hält dich fest, bis jemand dich wieder zur Besinnung bringt. Nun denn, bald wirst dus selbst erleben. Ich werde dir jetzt nicht vorhalten, dass du viel Geld ausgegeben hast und deine Taschen leer sind. Ich habe viele Fische gefangen und viel Geld dafür bekommen.« Er steckte seine Hand in die Tasche. »Was du brauchst, gebe ich dir, und du gibst es mir zurück, wenn du wieder was übrig hast.«

»Ich habe genug«, rief Meister Arsen aufgeregt, »genug Geld in der Tasche. Komm du erst wieder zurück, dann reden wir weiter.«

In jener Nacht fand der Treffer keinen Schlaf. Schon früh am Morgen klopfte er bei Nordwind an. Besorgt öffnete dieser: »Was gibt es, Treffer, ist was passiert?«

»Sehr viel ist passiert. Diesen Giauren Meister Arsen schickte uns der Herrgott, weil er uns liebt. An zehn Fingern hundert Talente. Jetzt wirst du dich fertig machen und anziehen und mit mir in die Stadt kommen. Weil nun einmal«, er zog seinen Kragen zurecht, »ich in diesen Lumpen nicht ins Dorf kann, um meine Sultan zu holen, die dort auf die Rückkehr ihrer Söhne aus Sarikamiş wartet. Wir werden in der Stadt Kleidung für mich kaufen, die sich nicht einmal der griechische Padischah leisten kann. Zieh dich schnell an!«

»Geh du ins Zimmer und setz dich hin! Und sag Lena, sie soll sofort das Frühstück vorbereiten!«

»Sofort«, sagte der Treffer. »Lena, beeil dich, mach das Frühstück! Ich helfe dir.«

Lena protestierte: »Misch dich nicht in die Dinge von Frauen ein. Setz du dich in den Sessel, ich mach mich gleich an die Arbeit. Schau, das Teewasser kocht schon! Im Haus haben wir auch frisch gemolkene Ziegenmilch, was willst du mehr?«

»Ich will gar nichts.« Er ließ sich in einen der Sessel fallen.

Sie frühstückten hastig und eilten zum Anleger. Kapitän Kadri, schon am Vorabend bestellt, wartete bereits. Sie stiegen ins Boot, begannen sich zu unterhalten und merkten gar nicht, wie schnell sie die Stadt erreichten. Im Laden von Cafer verschnauften sie, und Cafer begleitete sie zu Sami, dem Gesellen des berühmtesten griechischen Schneiders. Dieser hatte ihm die Stoffe und Anzüge hinterlassen, die für die Agas, die Beys und die Pfeffersäcke bestimmt waren. Nordwind, der Treffer und Cafer verschwanden im Laden und suchten für den Treffer passende Kleidung aus. Nach langem Suchen fanden sie einen Anzug, der auch dem Treffer gefiel. Er stellte sich vor den dreiteiligen Spiegel; der Anzug passte, als sei er für ihn maßgefertigt. Der Treffer wanderte eine Weile durch den Laden, blieb vorm Spiegel stehen und betrachtete sich. Dann wanderte er wieder, wollte wieder vor dem Spiegel stehen bleiben, genierte sich aber. Wären diese Männer nicht dabei und lächelten sie nicht heimlich über ihn, er würde stundenlang vor diesem großen Spiegel stehen und sich immer wieder betrachten.

So warf er nur einen – wie er meinte – heimlichen Blick auf sein Spiegelbild.

»Gut so«, sagte er, rückte seinen Kragen zurecht, spielte mit den Knöpfen, strich mit zwei Fingern bis zum Hosenaufschlag über die Bügelfalte, ohne den Blick vom Spiegel zu wenden. Er steckte die Hände in die Taschen, zog sie heraus, ohne den Spiegel aus den Augen zu lassen.

»Wirklich gut so«, sagte er. »Jetzt brauche ich noch ein Hemd mit Kragen. Also kein kragenloses Kittelhemd.«

»Haben wir auch«, sagte der Geselle, »unser Meister verkauft auch Hemden, sogar italienische. Wie sie die Reeder tragen.« Er hob einen großen Kasten aus dem Regal, legte ihn auf den Verkaufstisch und öffnete. »Sie sind aber sehr teuer, diese Hemden leisteten sich nicht einmal die Paschas und die Reichen. Seit die Griechen fort sind, konnte ich nur eins verkaufen, und das kaufte Kavlakzade Remzi mir zum halben Preis ab.«

Der Treffer streckte sich und zog ein blaues Hemd aus dem Karton. »Mir wirst du dieses hier zu einem Viertel des Preises verkaufen! Wenn nicht, lege ich deine Stadt und deinen Herd in Asche, und ich tue, was ich sage! Mich nennt man auf dieser Welt den Treffer.«

Der Geselle lachte: »Weil du Veli der Treffer bist, verkaufe ich dir auch das, was du trägst, und alles Weitere zu einem Viertel des Preises.« Und er nannte die Preise. Das Hemd kostete nicht einmal so viel wie ein kragenloser Kittel.

»Ich nehme drei von diesen Hemden!«

»Zum Henker, dann nimm drei!«, rief der Geselle.

Der Treffer holte seinen Geldbeutel hervor und legte ein Goldstück auf den Tisch.

»Treffer«, sagte da der Geselle, »allein der Anzug, den du jetzt trägst, ist teurer als ein Goldstück, viel teurer, aber seis drum!«

Er legte das Goldstück in seine Schublade. »Seis drum«, murmelte er, als er die Hemden einwickelte.

»Halt«, rief da der Treffer und nahm dem Gesellen das blaue Hemd, das er gerade einwickelte, aus der Hand, legte es auf den Tisch. Er zog den rot gestreiften kragenlosen Kittel aus, streifte das Hemd über, ging vor den Spiegel, betrachtete sich eine Weile, zog anschließend das Jackett an und schaute Nordwind an. Er schaute mal in den Spiegel, mal zu Nordwind, mal in den Spiegel, mal zu Nordwind.

Und Nordwind schaute zu, wie Treffers Augen zwischen ihm und dem Spiegel hin und her wanderten. »Wie elegant du doch bist«, sagte er, »wer dich so sieht, wird dich für den englischen König halten.«

»Gott bewahre dich vor neidischen Blicken!«, sagte Sami der Geselle.

Der Treffer geriet vor Freude ganz aus dem Häuschen. »Leben sollt ihr, Brüder! Jetzt werdet ihr mir noch ein Paar Langschäfter finden.«

»Braun oder schwarz?«

»Schwarz«, meinte der Treffer.

»Auch die habe ich«, sagte Sami der Geselle. »Für den Treffer gebe ich meine Seele! Sein Ruf drang schon über diese Dörfer und Städte hinaus. Was er hier kauft, bekommt er für ein Viertel des üblichen Preises.« Er ging nach hinten und kam mit einem Beutel zurück, aus dem er zwei blitzblanke Langschäfter herauszog. »Genau deine Größe«, sagte er.

Der Treffer hockte sich auf den Stuhl, zog eilig seine derben Stiefel aus, glitt mit Leichtigkeit in die Langschäfter, stand auf und sagte: »Wie für mich gemacht. Sie schmiegen sich an meine Füße.« Im Nu stand er wieder vor dem Spiegel.

»Grandios!«, rief bewundernd der Geselle.

»Grandios!«, rief auch Nordwind.

»Gott bewahre den Treffer vor neidischen Blicken und führe ihn bald mit seinen Lieben zusammen.«

In seinen neuen Kleidern stolzierte der Treffer drei Tage lang durch die Gegend. Von den Doktoren marschierte er zu Şerife Hanum, ihre Kelims zu bewundern, und rief: »Grandios!« Dieses Wort gefiel ihm sehr. Wo immer es ging, rief er es. Bei Musa Kazim Agaefendi. »Grandios! Diese Mädchen hat der Herrgott zu seinem Ruhme geschaffen!«

Am vierten Tag legte er seine neuen Kleider in einen Beutel, den er von Melek Hanum bekommen hatte, wickelte auch seine Langschäfter ein, zog sein altes Zeug an, schlüpfte in seine alten Arbeitsstiefel und machte sich auf den Weg in sein Dorf.

In der Kleinstadt bestieg er ein Schiff, das nach Istanbul fuhr; dort wartete er im Stadtteil Sirkeci in einem billigen Hotel auf den Dampfer, der auch seine Heimatstadt anlief. Eine Woche lang reiste er mit armen Auswanderern auf dem Schiffsdeck. Auf halbem Wege hatten diese ihren Proviant verbraucht, er aber hatte sich für die Reise eingedeckt und teilte seinen randvoll mit Brot, Käse und Oliven gefüllten Sack mit den anderen Reisenden. Als er sah, dass Brot, Oliven und Käse nicht reichen würden, suchte er sich einige Männer aus, ging mit ihnen am ersten Hafen von Bord und kam, alle bepackt mit Krügen voll Wasser in den Händen und Proviant auf den Rücken, kurz bevor der Dampfer ablegte, wieder an Deck.

In seiner Heimatstadt war er noch unterwegs zum Marktplatz auf einige Kameraden gestoßen; wer ihn erkannte, umarmte ihn und schloss sich der Gruppe an. Am Marktplatz stürmte die Meute holterdiepolter ein Café, und jeder setzte sich, wo er noch Platz fand. Die Männer hier waren fast alle Auswanderer, denn die Erde an der Küste des Schwarzen Meeres gab nicht genug her, um sich dort niederzulassen. Aber auch als Nomaden fanden sie in den Nachkriegsjahren keine Arbeit. Auswanderer von der Küste arbeiteten überall als Bäcker oder Fischer oder in anderen Berufen. Über die Hälfte der Einwohner hatten die Kleinstadt schon verlassen. Den Verbliebenen war anzusehen, dass sie halb verhungert waren. Viele wohlhabende Einwohner waren von der Stadt aufs fruchtbare Land verlassener griechischer Dörfer gezogen, unter ihnen auch viele Türken aus Griechenland, die von der türkischen Regierung dort angesiedelt worden waren.

Der Treffer war in jener Nacht Gast im Hause seines Freundes Ali Duran. Und er bereute tausendmal, so gastlich aufgenommen zu sein. Denn das Haus von Ali war fast splitternackt, wie man sagt. Es gab weder Brot noch sonst einen Bissen zu essen. Er verließ gegen Abend das Haus und fand bei einem Bäcker zwei, drei pechschwarze Brote, die wer weiß womit vermischt worden waren. Sie waren so teuer, dass der Bäcker in der ganzen Stadt schwerlich jemanden gefunden hätte, der sie hätte bezahlen können. Der Treffer kaufte die Brote. Dann wanderte er von Laden zu Laden und konnte noch Maismehl, ein halbes Okka weiße Bohnen, Kichererbsen, Linsen und etwas ausgelassenes Fett auftreiben.

Im Hause von Ali Duran herrschte beim Anblick der Esswaren eine Freude, so eine Freude! Der Treffer hatte schon viele freudige Menschen erlebt, aber weder bei Hochzeiten noch anderen Festen Menschen, die sich so freuen konnten. Die Kinder waren bloß noch Haut und Knochen, und das Kleid von Alis Frau hing in Fetzen. Die Augen von Ali Duran lagen tief in den Höhlen, sein Hals war mager, seine Wangen eingefallen, sein Gang schwankend. Aber so bewegten sich fast alle Männer in der Kleinstadt.

Der Treffer musste im Hause von Ali Duran auf einer Bastmatte übernachten. Als alle anderen Freunde und Bekannten hörten, dass Veli der Treffer als Gast bei Ali Duran Esswaren mitgebracht hatte, rissen sie sich darum, ihn als Gast empfangen zu können. Der Treffer konnte manch einen Freund nicht abweisen und besuchte ihn, ob er nun wollte oder nicht. Und in jedem Haus gab es nicht einen Krümel Brot. Bevor er ein weiteres Haus aufsuchte, ging er auf der

Suche nach Essen erneut von Laden zu Laden, fand auch welches und wurde in jedem Haus mit unbändiger Freude empfangen.

Er wagte fast nicht, zu seinem Dorf aufzubrechen. Wenn Sultan, um ihre Söhne zu suchen, sich nach Sarikamiş aufgemacht hatte und dort erfroren war? Oder sich im Dorf, um ja nicht ihre Söhne zu verpassen, nicht gerührt hatte und dort verhungert war? So dachte er und sah keine andere Möglichkeit, als sich selbst aufzumachen. Unterwegs machte er wieder kehrt, betrachtete die Häuser, und ihm entging nicht, dass kein Schornstein rauchte. Nach einigen Tagen schlug er den Weg zu einem Dorf ein, das er kannte. Dort würde er bei Freunden übernachten. Er wusste, auch sie waren arm, aber schließlich findet in einem Dorf der Mensch immer noch einen Bissen. Trotzdem kaufte er in der Stadt noch etwas Vorrat. Auch in diesem Dorf war niemand mehr. Er ging von Haus zu Haus, alle Türen standen offen, und er sah in keinem der Häuser einen Toten oder Sterbenden. Das beruhigte ihn.

In der abseits gelegenen Senke standen dicht bei einer Quelle drei Häuser, und in allen drei Häusern wohnten Leute, die wegen ihrer großen Ziegenherden als reich galten. Sie hießen den Treffer freundlich willkommen. Gegen Abend kochten sie gebutterte Weizengrütze, schlachteten ein Ziegenlamm, rollten doppelte Matratzen aus, heizten am Morgen das Bad und drückten ihm ein Stück nach Rosen duftende Seife in die Hand.

Der Treffer war auf alles gefasst, als er sich nach seinem Dorf erkundigte. Er erzählte, wie seine Frau, als alles schlief, sich davongemacht hatte, um ihre Söhne zu suchen, und fragte, ob in einem der verlassenen Dörfer jemand dasaß und nach seinen Kindern Ausschau hielt.

»Viele Frauen sind in ihre Dörfer zurückgekehrt und warten auf ihre gefallenen Söhne, deren Erkennungsmarken sie bereits erhalten hatten. Mir ist nicht zu Ohren gekommen, ob deine Hanum darunter ist. Warst du schon in deinem Dorf?«, fragte Salih Aga.

»Im Dorf war ich noch nicht. Seit ich hierhergekommen bin,

treibe ich mich in der Gegend herum, aber den Weg ins Dorf hinein habe ich nicht schaffen können.«

»Bleib du erst einmal einige Tage hier bei uns, wir werden schon eine Möglichkeit finden, dich ins Dorf zu bringen.«

»Gott gebe es!«, sagte Veli der Treffer verzweifelt. Er hatte keine Stunde Geduld, geschweige denn einige Tage. Immer wieder ging er zum Dorfrand, setzte sich auf einen Stein. Vor seinen Augen erschien Sultan, die auf einer Türschwelle lag, die Ohren von Ratten und die Augen von Ameisen zerfressen, der Körper aufgedunsen. Manchmal weiß er nicht, was er in dieser Einsamkeit tun soll, er steht auf, stürzt keuchend über den Hang bergab. Schweißbedeckt setzt er sich auf die Erde, geht zurück, tätigt Einkäufe in den verwaisten Läden und lässt sich in irgendeinem Haus aufnehmen. Jeder heißt ihn freundlich willkommen.

Nähme der Treffer sich doch nur ein Herz und suchte sein Dorf auf, er wäre verrückt vor Freude beim Anblick seiner Frau und der anderen Frauen, die dort ihr alltägliches Leben wieder aufgenommen hatten. Doch leider wagt er es nicht und irrt nur in der Umgebung herum.

Es wurde Morgen, die Frauen wachten auf, gingen zum Ziegenstall, molken die Ziegen, gossen die Milch in einen Kessel und stellten ihn aufs Feuer, um Milchsuppe zu kochen. Sie hatten reichlich Maisbrot gebacken, frühstückten gemeinsam, ohne sich zu unterhalten, gingen dann hinaus unter die Walnussbäume und setzten sich auf Matratzen, die sie auf Pferdedecken ausgebreitet hatten. Zarife wollte ihren Traum von letzter Nacht erzählen.

»Ich hatte einen Traum, er möge Gutes bringen und mit dem Guten auch Glück!«

»Mit dem Guten auch Glück«, wiederholten die Frauen gemeinsam.

Die Sonne schien bis auf den Grund des Meeres. Der Schatten der schneebedeckten Berge fiel unter das Wasser, der Schatten der schneebedeckten Berge. Die Quellen brodelten, schäumten über die Felsen, die lila Felsen versanken im weißen Schaum. Die Berge schäumten, Felsen und Himmel schäumten, die Sonne schäumte. Die Hänge des Berges versanken im Sonnenlicht, der Schnee leuchtete, beulte sich nach und nach, die kleinen, leuchtenden Beulen bedeckten die Hänge. Und wie Schneeglöckchen nach und nach die Schneedecke durchstoßen, so stiegen die Köpfe von Soldaten aus dem Schnee. Zuerst die Köpfe, mit den Köpfen erschienen die Mündungen von Gewehren, dann Schultern, danach Oberkörper, gefolgt von Oberschenkeln, Beinen und Füßen. Sie waren splitternackt. Beschienen von der Sonne. Dann schmolz das Blut in den Schnee, färbte Erde und Himmel rot, danach kam blutrotes Licht. Das rote Licht begann zu brodeln, Winde kamen auf, Boras und Stürme brüllten, das blutige Licht verlöschte und verschwand völlig. Die nackten Männer trugen Soldatenhosen. Schneestürme und der Bora brausten wieder, es wurde dunkel. Das Dunkel lichtete sich. Die Schneedecke war wie ein Wald, ein Wald von erfrorenen Soldaten. In meinem Traum sah ich es, in meinem Traum, zum Guten deutete ich es, zum Guten. Drei Personen vom Wald der erfrorenen Soldaten und ich waren an einer Quelle im Tal, bei mir schöne Mädchen in Seide, ein jedes wie eine weiße Elfe. Drei Soldaten mit geschulterten Gewehren kamen aus dem Schnee. Alle drei waren Menschenkinder. Alle drei ergriffen die Arme der drei Elfen, und aus dem Licht am Meeresgrund stieg ein weißes Schiff empor. Der Schatten des weißen Schiffes fiel auf den Grund des Meeres, die drei Söhne von Sultan und die drei Elfen stiegen aufs Schiff. Das Schiff nahm Fahrt auf, kam bis da unten, wo das Meer endet, das Schiff pflügte die Küste, kam bis zu den Klippen da unten. Zerteilte die Klippen und kam bis hierher. Kam immer näher, stieg die Felsen hoch und blieb dort liegen.

Die drei Söhne von Sultan, bei ihnen drei Elfen. Als Sultan sie erblickte, wollte sie ihren Augen nicht trauen, sie lehnte ihren Rücken an den Stamm des Nussbaumes und rührte sich nicht. Das Schiff blieb auf den Felsen liegen. Und auch Sultan war auf dem Schiff. Sie rührten sich nicht von der Stelle. Das Schiff über dem Licht bewegte sich plötzlich auf das Dorf zu. Bald danach schäumte das Licht. Der Schaum des Lichtes schwoll immer mehr an, wurde breiter, schob sich über die Nussbäume, dem weißen Schiff wuchsen zwei Flügel. Als es den Schaum durchschnitt und auf die Nussbäume hinunterglitt, tauchten Veli der Treffer und Sultan aus dem Grund des Meeres auf und landeten auf dem fliegenden geflügelten Schiff und fielen sich mit ihren Kindern in die Arme. Undurchdringliches Dunkel senkte sich herab, und ich wachte sofort auf. Als ich wach wurde, fiel das Schiff auf das Meer von Licht und sank auf den Grund des Meeres. Das bedeutet, ob ich wohl drei Tage sage oder drei Wochen oder drei Monate oder Jahre sage, dass vom Grund des Meeres, durch das Wasser des Meeres auf dem weißen Schiff, gleich einem Schneeglöckchen durch den Schnee, die erfrorenen Soldaten hervorkommen und wie ein Wald von Menschen am Hang des Berges haften bleiben und aus diesem Wald von Erfrorenen drei Jünglinge in weißen Gewändern sich Hand in Hand aus diesem Menschenwald entfernen, während die anderen erstarrt zurückbleiben, das bedeutet also, dass nach diesem eine Nacht währenden Traum die drei Söhne von Sultan nicht gefallen sind, nicht in die Hände der Russen gefallen sind und, sage ich, in drei Tagen oder, sage ich, in drei Monaten oder später zu ihrer Mutter zurückkehren werden.«

Dieser Traum hatte die Gedanken von Sultan ziemlich durcheinandergewirbelt, aber was sie gesagt hatte, war eingetreten. Ihre Kinder waren nicht umgekommen, nicht von den Russen gefangen genommen worden und nicht zu Eiszapfen erfroren. Zarife erzählte ja ziemlich wirr, aber das Tageslicht erhellte den Meeresspiegel. Hängte sie dem Schiff auch Flügel an, sodass es fliegen konnte, die Felsen spaltete und bis ins Dorf kam, meinetwegen, wichtig war, dass ihre Söhne eines guten Tages kommen würden.

Dass ihre Söhne kerngesund und in schönen Kleidern kommen und sie umarmen würden, hatte sie selbst ja auch geträumt. Hand in

Hand mit schönen Elfen hatte sie sie nicht gesehen, aber vielleicht hatten die Jungs sich geschämt, ihr die Mädchen vorzuführen.

Seitdem hatte Zarife jede Nacht Träume, die sie den Frauen erzählte. Sultan, Fatma und Emine erwachten jeden Morgen vor Sonnenaufgang, setzten ihre Suppen auf, molken die Schafe und warteten ungeduldig auf Zarife, die lange schlief. Seitdem Sultan ins Dorf gekommen war, hatte sie ihre Söhne nur einmal im Traum gesehen, noch dazu nur die schwefelgelben toten Gesichter der in ihrem Blute daliegenden Söhne. Sie hatten sich erhoben und waren, tiefe Spuren im Schnee hinterlassend, in die Ebene gezogen, hatten sich in einer engen Schlucht mit offenen Mündern rücklings längelang hingelegt, und im selben Augenblick waren drei riesige Hirtenhunde erschienen und hatten begonnen, das gefrorene Blut von den Körpern abzulecken.

Die Träume von Fatma waren nicht so hoffnungsvoll, so tröstlich. Ihr verwundeter Sohn stapfte blutend durch den Schnee und verschwand in seinem Zelt. Mehr weiß Fatma nicht. Sie konnte nicht ins Zelt, konnte nicht sehen, wie es ihrem Sohn im Zelt erging, sie wartete eine Weile vor dem Zelteingang und erwachte dann in Tränen aufgelöst.

In Emines Traum hatte ihr Sohn seine Brust mit einer riesigen Goldmedaille geschmückt, war auf einen Rotfuchs mit goldenen Steigbügeln gestiegen, trug die Uniform eines Offiziers, dazu blitzblank glänzende Schaftstiefel, er hatte mit geschwellter Brust dem Pferd die Sporen gegeben und war wie der Blitz durch das Dorf geflogen, ohne dass die Hufe den Boden berührten, bis zur Ebene auf den weißen Felsen gegenüber, und bis zum Morgen war der Rotfuchs hin und her gewirbelt. Emine wunderte sich, auch sie saß zu Pferde, klebte am Schwanz des Pferdes von ihrem Jungen, das nach ihr ausschlug. Emine flog bis zum Marktplatz, fiel, Gott sei Dank, in die Quelle und rettete so ihr süßes Leben. Auf einem Felsen wäre sie in Stücke zerfetzt worden. Emine hatte den Schweif des Pferdes nicht losgelassen und war aufgewacht, als sie zu den Gipfeln flog.

Ich sahs im Traum, in meinem Traum und deutete es zum Guten, ja, zum Guten. Zarife ist heute mit Mühe wach geworden, hat ihr orangefarbenes geblümtes Kleid angelegt und ihre gelackten Schuhe angezogen. Sie band sich ihre tiefblaue Kette um den Hals und das orangefarbene Seidentuch aus Aleppo um den Kopf. Dann füllte sie Wasser in das Schnabelkännchen und ging wortlos zum Fuß des Feuersteinfelsens, um sich zu entleeren. Sultan, Emine und Fatma waren voller Erwartung. So benahm sie sich immer, wenn sie einen bedeutenden Traum gehabt hatte. Sie nahm das Kännchen, eilte im Laufschritt hinters Haus, kam schnell zurück, hängte den Spiegel an den Stamm des Nussbaums und kämmte sich, ohne den Spiegel aus den Augen zu lassen, nahm dann von Sultan die geforderte grüne, duftende Seife in die Hand, während Emine herbeieilte und Wasser über die Hände von Zarife goss, die ihr Gesicht so lange wusch, bis es rosarot geworden war.

Ich sahs im Traum, in meinem Traum und deutete es zum Guten, ja, zum Guten.

An jenem Tag war Zarife früh auf und weckte die andern. Die stiegen aufgeregt aus ihren Betten, fragten, alle zugleich: »Was ist, Zarife, was ist?«

»Wascht euch erst einmal, kommt zu euch, ich habe einen Traum gehabt, einen Traum, sag ich euch. Bis heute hab ich noch nie so einen Traum gehabt, noch nie habt ihr von so einem Traum gehört. Beeilt euch!«

Die Frauen beeilten sich, kamen herbei, setzten sich unter die Nussbäume und lehnten sich mit den Rücken an die Baumstämme.

»Das Dunkel war wie eine Mauer, die alle vier Seiten umringte. Und alle vier Seiten waren vereist. Bäume, Gewässer, Finsternis, die ganze Welt war gefroren. Nichts bewegte sich. Von nirgendwo ein Laut, sogar die Geräusche waren gefroren. Hielten sie es mitten im Dunkel einen Tag aus, drei Tage, fünf oder zehn Tage? Plötzlich spaltete sich die Dunkelheit, und aus ihrer Mitte strahlte grelles, blendendes Licht, dass die Augen blind wurden. Eine ganze

Weile konnte niemand etwas sehen. Erst nach und nach wurde die Umgebung deutlich. Vom Boden bis zum Himmel und weiter streckte sich eine lilafarbene Säule empor, streute feine Glitzer um sich und begann sich zu bewegen, bewegte sich in einem gleichmäßigen Kreis um das hohe Gebirge herum. Vom Kreis aus begannen Menschen zu den Gipfeln des Gebirges emporzusteigen. Wie Ameisen bewegten sich Soldaten über die Hänge zur lila Säule empor. Wie Bienen, die sich vor dem Loch des Bienenkorbes türmen. Die Hänge wurden pechschwarz vor Menschen. Die vom Gipfel des Berges über den Himmel und weiter über den siebten Stock des Himmels hinausragende lila Säule begann zu schwanken und der Berg mit ihr. Danach blitzte ein Licht auf, begann ein Schneetreiben, brach ein Schneesturm los, schaukelte die Welt wie eine Wiege, dass du meinst, der Berg gerät aus den Fugen. Plötzlich wurde es finster, und kaum dunkel, gleich wieder hell, strahlte die Sonne auf die Hänge, leuchtete der Schnee, wurden die Hänge schneeweiß. Die Glitzer des Schnees wirbelten empor, kein dunkler Fleck, auch nicht stecknadelgroß, trübte das Weiß. Du, Sultan, du, Fatma, du, Emine, und ich hielten uns an den Händen und standen bei der lilafarbenen Säule. Wir betrachteten die Berghänge und die vom Wind verwehten, wirbelnden, unser Auge blendenden Schneeflocken. Die lila Säule war vom Berg herabgestiegen und kreiste um uns herum. Kreiste und kreiste, verfärbte sich in tiefes Rot, und wir haben sie verfolgt und waren verdattert unter der lila Säule stehen geblieben. Neben der roten Säule wurden Reiter sichtbar, zornige Reiter, die Schulterklappen vergoldet, zornige Männer. Vor den zornigen Männern eine Handvoll kleinwüchsige Männer mit leblosen Schafsaugen. Sie blieben vor uns stehen, der kurze Mann fragte Sultan: Bist du nicht die Frau von dem Fahnenflüchtigen, der dazu noch vom Jemen desertiert ist? Und Sultan: Na und, ich bin seine Frau. Bist du nicht die Mutter von den drei Jungen, die von Sarikamiş, von dem Berg Allahüekber geflüchtet sind? Na und, ich bin ihre Mutter. Wenn es so ist, öffne deinen Mund, schrie er zornig, drückte seinen Revolver auf Sultans Lippen, und als er gerade abdrücken wollte, kamen aus drei Stellen unterm Schnee drei Stimmen: Enver Pascha, Enver Pascha, jene Frau ist unsere Mutter, wirf den Revolver in deiner Hand auf den Boden, sonst töten wir dich mit drei Kugeln! Enver Pascha warf seinen Revolver auf den Boden, riss den Kopf seines Pferdes herum, seine Begleiter rissen die Köpfe ihrer Pferde auch herum, und sie flüchteten. Als sie flüchteten, kamen unsere Kinder, fünf an der Zahl, aus fünf Stellen unterm Schnee hervor und umarmten jede von uns. Als ich erwachte, war ich verrückt vor Freude. Ich habe das Kissen umarmt und gedrückt. Hört mir jetzt zu, solche Träume bedeuten weder Gutes noch Böses. Denn solche Träume sind wirklich. Unsere Jungen sind weder auf dem Schnee erfroren und erstarrt noch unter dem Schnee gestorben. Mein Traum zeigt, dass sie erst unterm Schnee lagen und dann hervorgekommen sind. Unterm Schnee ist es warm. Überm Schnee wären sie erfroren und zu Säulen erstarrt. Wie gut, dass wir auf sie warten. Denn wenn sie ins Dorf kommen und uns nicht finden, was dann, was dann? Sie wären böse auf uns und würden sich zu irgendeinem anderen Ort aufmachen. Habe ich euch schon jemals einen so wirklichen Traum erzählt? Nie wäre ich auf den Namen von Enver Pascha gekommen. Über ihn haben Frauen Totenklagen gesungen, die sich bis hierher verbreitet haben, ja, die habe ich vernommen, die Totenklagen habe auch ich gehört, der Balladensänger, der aus Yusufeli kam, sang sie uns. Aber woher sollte ich wissen, dass Enver Pascha unsere Soldaten in den Tod geführt hat? Es gibt Träume der Wirklichkeit. Da gibt es nichts zu deuteln.«

Da lachten die Frauen wie aus einem Mund, fassten sich bei den Händen und begannen zu singen und zu bauchtanzen, so wie sie es bei Hochzeiten taten.

»Unsere Söhne kommen«, sagte Sultan, »noch nie haben wir so geträumt.«

»Ein Symbol wie die über den siebten Himmel hinausragende

lila Säule habe ich weder gesehen noch davon gehört. Was soll das bedeuten?«, sagte Zarife.

»Unsere Jungen kommen«, sagte Fatma.

»Sie kommen«, sagte Emine.

»Gott sei Dank«, sagte Zarife, »an dem Tag, an dem unsere Jungen kommen, werden wir doppelte Opfertiere schlachten und Feste feiern.«

In jener Nacht legten sie sich fröhlich schlafen, wachten früh am Morgen fröhlich auf, holten frisches Wasser von der Quelle, brühten Tee und frühstückten. Fröhlich erzählte Zarife ihren neuen Traum.

Veli der Treffer kreiste noch immer durch seine Gegend. Wenn er in der Stadt alte Freunde besuchte, schwieg er verbissen. Veli der Treffer war nicht mehr der alte Veli.

Als er eines Tages bei seiner Heimkehr in die Stadt Sultan vor sich sah, wie sie tot auf der Schwelle lag, war er sicher, er würde nie mehr ins Dorf zurückkehren. Und auf Sultan war er sehr wütend. Warum auf der Schwelle des Hauses sterben und zum Fraße von Wolf und Vogel werden? Sind nur die Kennmarken deiner Söhne gekommen? Und was ist mit den Kennmarken all der anderen Jungs? Hatte nicht jeder sein Bergdorf verlassen und war in die Häuser der Ebene gezogen? Vom Himmel stürzen Adler mit großen Augen herunter, landen auf der Schwelle des Hauses, stürzen sich auf die Leiche von Sultan, zerreißen ihr Kleid und reißen jedes Mal ein Stück von ihrem Fleisch heraus. Unter den Krallen der Adler fließt ein Strom von Blut in die Tiefe. Der Treffer will dem entfliehen und wartet auf einen Dampfer, um auf die Insel zurückzukehren, sitzt am Kai, lässt die Beine baumeln und heftet die Augen aufs Meer. Es gelingt ihm nicht, die Augen vom Meer zu wenden.

»Ich habe einen Mann gesehen«, sagte Zarife, »da oben zwischen den Felsen. Einen Schatten. Auf dem Felsen, dem Dorfe zugewandt, er rührte sich nicht.«

»Hast du ihn in deinem Traum gesehen?«
»Nein, meine Liebe, ich war wach.«
»Warum hast dus uns nicht gesagt?«
»Was weiß ich, vielleicht hielt ich es auch für einen Tram.«
»Ich hab den Schatten auch gesehen«, sagte Sultan.
»Ich sah ihn auch«, sagte Emine.
»Ich hab den Schatten gesehen, wie er von Fels zu Fels flog«, sagte Fatma.
»Schau hinauf, aus der Ferne, vom Fuße des Felsens kommt ein Schatten in unsere Richtung«, sagte Zarife.
»Er kommt«, sagte Sultan, »ist es ein Dschinn, eine Elfe, ein Gespenst? Seit Langem kommt niemand mehr hierher.«
Sie standen alle zugleich auf, wandten sich dem Schatten zu, der, wenn auch ganz langsam, näher kam. Als der Schatten vor ihnen anhielt, rührten sie sich ein bisschen, konnten aber keinen Laut von sich geben. Der Wanderer war in Uniform und trug einen langen, staubigen, wohl auch sehr schmutzigen Bart. Nichts ließ darauf schließen, dass der Bart pechschwarz war. Eines seiner Augen fehlte, eine blutrote Wunde zog sich über die Wange. Sein linker Arm fehlte ganz, sein rechtes Bein war schief wie ein Bogen. Seine Kleidung hing in Fetzen, seine behaarte Brust war frei, die zerrissene Hose verdeckte nur teilweise die Beine, der Soldat, nur Haut und Knochen, würde zusammenbrechen, wenn man nur pustete. Der dünne Hals schien zu brechen.
»Osman, bist dus, Osman bist du es«, schrie Sultan, »Osman bist dus?«
Ohne Sultan zu antworten, humpelte Osman bergab, nach einigen Schritten rutschte sein Stock, er stürzte bäuchlings zu Boden und kam mit Mühe wieder auf die Beine. Dann taumelte er zum Haus, die Tür stand offen, er ging hinein und kam wieder heraus. Das Haus war menschenleer. »Mutter, Mutter, wo bist du?«, fragte er mit fast unhörbar leiser Stimme, hockte sich auf die Schwelle und blieb dort sitzen. Die Frauen liefen zu ihm, zogen ihn hoch, führten

ihn zum Haus von Sultan, breiteten ein Kissen aus, setzten ihn drauf und stützten seinen Rücken an den Stamm des Nussbaums.

Osman verschnaufte ein bisschen, kam wieder zu sich und sagte: »Ich sterbe vor Hunger. Wenn ihr ein wenig Hafergrütze habt, macht mir einen fetten Grützpilaw, es ist lange her, dass mir ein ordentlicher Kanten Brot und ein Löffel gekochte Grütze durch den Schlund gerutscht sind!«

»Sofort«, sagte Sultan, »ich werde dir so einen Grützpilaw machen, wie ihn auch Beys und Paschas nicht haben.« Sie stand auf, machte Feuer im Außenkamin und setzte den Topf mit Wasser auf den Dreifuß. Das trockene Holz fing schnell Feuer. Sie warf drei Handvoll Grütze ins Wasser. Die Grütze war schnell gar. Sultan nahm den Topf vom Feuer, tat reichlich Fett in eine Pfanne, und der köstliche Duft geschmolzener Butter breitete ich unter den Nussbäumen aus. Ganz langsam träufelte Sultan die Butter über die Grütze.

Das Zischen des Fettes auf dem Pilaw ging Osman durch und durch. »Schnell her mit der Grütze, ich drehe gleich durch!«

Sie schoben den in der Schüssel aufgehäuften Grützpilaw vor Osman hin. Mit einem nagelneuen Holzlöffel machte sich Osman über den Pilaw her. Anschließend reckte er sich, lehnte sich gegen den Nussbaum und war im selben Augenblick schon eingeschlafen.

»Schlagen wir diesem Armen in Velis Zimmer ein Nachtlager auf«, sagte Sultan. Gemeinsam richteten sie ein Bett her, griffen dem schlafenden Osman unter die Achselhöhlen, schleppten ihn zum duftenden Bett und legten ihn hin. Osmans Geruch brach ihnen fast das Nasenbein, aber sie scherten sich nicht.

Sie setzten sich an den gedeckten Tisch und stießen die Löffel in den Grützpilaw, den Osman übrig gelassen hatte. »Er soll schlafen und sich ausruhen, nach den Kindern fragen wir morgen!«

»War Osmans Stammrolle nicht auch gekommen?«, fragte Sultan, »und hatte das Klagen seiner Mutter nicht unser aller Herzen schwer gemacht? Wenn Osman gekommen ist, müssen nach der über den Himmel hinausragenden lila Säule auch unsere Kinder unterwegs sein.«

»Wenn unsere Kinder auch in diesem Zustand sind, wäre es besser, sie kämen überhaupt nicht«, seufzte Fatma.

»Was redest du da!«, schrie Zarife.

»Meine Kinder sollen nur kommen, egal wie! Hauptsache, ich kann sie beschnuppern«, sagte Sultan.

Emine warf Fatma einen Blick zu, als wolle sie sie töten. »Unsere Kinder sollen nur kommen, auch ohne Arme, ohne Beine, ohne Augen. Hauptsache, sie atmen. Auch taubstumm. Hauptsache, sie kommen, und ich kann ihren Geruch schnuppern!«

»Dass sie nur kommen«, sagte Fatma voller Reue. »Egal wie.«

Erst am Vormittag des nächsten Tages wachte Osman auf. Er schaute sich um, entdeckte den Spiegel an der Wand, lief hin, nahm ihn in die Hand, schaute noch einmal hinein und schleuderte ihn mit aller Kraft an die gegenüberliegende Wand. Klirrend fielen die Scherben auf den Boden. Die Frauen kamen gelaufen, Osman stand da, hatte sich an die Wand gelehnt und schaute mit verwunderten Augen um sich.

Sultan hob den Stab auf, reichte ihn Osman und sagte: »Es ist nichts passiert, Osman, der Spiegel ist von der Wand gefallen und zerbrochen. Es war sowieso ein alter Spiegel. Los, gehen wir, das Wasser ist schon warm, wir werden dich ordentlich waschen!«

Sie führten Osman ins Badezimmer, begannen ihn auszuziehen, doch Osman schüttelte sie so kräftig ab, wie sie es nicht erwartet hatten. »Das muss nicht sein, ich will nicht gewaschen werden!«, rief er. »Ich habe Hunger. Und der Spiegel ist auch entzwei. Ich sterbe vor Hunger.«

»Komm und setz dich unter den Nussbaum. Ich bin dabei, dir eine sämige Joghurtsuppe mit Minze zu kochen. Schau zum Herd! Riechst dus nicht?« Osman zog die Luft tief durch die Nase ein. »Osman hat sich bestimmt nach Joghurtsuppe gesehnt, sagte ich mir, und ich hatte noch vom letzten Winter Joghurtteig übrig. Riech nur, riech! Spüre, wie es duftet. Der Geruch von Joghurtsuppe ist einmalig.« Osman zog den Duft der kochenden Suppe durch die Nase ein. »Riech nur, riech! Riech, Osman, riech! Ein Soldat im Heer sehnt sich nach Joghurtsuppe.«

Sultan nahm den Suppentopf vom Herd. Gleichzeitig hatte Fatma die Tafel vor Osman gedeckt und das morgens gebackene Maisbrot aufgetischt. Mit einem Holzlöffel machte sich Osman über den großen Topf dampfender Joghurtsuppe her. Sultan füllte noch einmal nach, und noch einmal.

Osman lehnte sich an den Nussbaum und schloss satt die Augen. Solange er die Augen geschlossen hielt, sprachen die Frauen nicht. Doch kaum hatte er sie nach einer Weile wieder aufgeschlagen, fragte Zarife: »Unsere Jungs kommen auch, nicht wahr, Osman?«

»Eure Jungs können nicht kommen«, antwortete Osman.

»Warum können sie nicht kommen?«

»Tote können nirgendwohin.«

»Woher willst du wissen, dass sie tot sind?«

»Vom ganzen Heer ist niemand übrig geblieben, alle sind erfroren und zu Stangen erstarrt, und die nicht erstarrt sind, haben die Läuse gefressen. Ich weiß es.«

»Wenn alle tot sind, wieso bist du noch übrig?«

»Nun, das ist was anderes, ich war auch tot. Dann machte ich meine Augen auf und sah, dass ich wieder am Leben war. Aber an einem Ort, den ich nicht kannte, nie gesehen hatte. An einem Ort, den ich fürs Jenseits hielt. Jeder sprach eine Sprache, die ich gar nicht verstand, und wie viele Tage und Nächte ich dort blieb, weiß ich nicht mehr. Wie viele Monate, wie viele Jahre ich blieb, ich weiß es nicht. Nach einer langen Zeit, wie lang, wie kurz sie war, auch das weiß ich nicht, gab man mir einen Mann zur Seite, der überall verbunden war. Nach einiger Zeit begann der Mann zu sprechen. Er sei ein Offizier gewesen, den die Russen gefangen genommen hatten. Man habe ihn aus dem Schnee gegraben. Er wäre lieber gestorben, als so weiterzuleben. Dann sagte der Offizier, wir seien in einem russischen Krankenhaus. Mich hatten sie auch aus dem Schnee geschaufelt, eines meiner Beine sei im Freien gewesen und erfroren, das schnitten sie mir ab. Eines meiner Augen hatte eine Kugel mitgenommen, die Ärzte rührten die Stelle, an der das Auge gewesen war, gar nicht an.«

»Wer hat die Unsrigen aus dem Schnee herausgeholt?«

»Niemand hat sie herausgeholt.«

»Wohin sind sie dann?«

»Nirgendwohin. Am Berghang sind sie so, ohne auf den Boden zu fallen, erfroren und zur Stange erstarrt. Tausende Soldaten blieben auf den Berghängen stecken und wurden zu Stangenwäldern. Diese Wälder habe ich gesehen.«

»Hast dus mit eigenen Augen gesehen?«, fragte Sultan. »Dass auch unsere Jungs stocksteif gefroren gestorben sind?«

»Das habe ich nicht gesehen.«

»Wenn du es nicht gesehen hast, wieso erzählst du dann, dass unsere Kinder erfroren sind?«

»Hört ihr denn nicht, dass ich euch seit heute morgen erzähle, dass eine ganze Armee erfroren ist, erfroren und stocksteif gestorben ist, und wer nicht stocksteif erfror, von Läusen zerfressen wurde, habt ihr das nicht gehört? Denkt ihr denn, ich lebe, auch ich bin tot, auch ich bin tot, ja, tot!« Voller Wut griff er nach seinem Krückstock, zog sich am Baumstamm hoch, drehte sich um, schaute sich vom Fuß bis zur Krone die Nussbäume an, kehrte ihnen den Rücken zu und ging mit dem Ruf »Mutter, Mutter, Mutter!« bergab, schaffte es bis zur Haustür, öffnete sie, ging hinein, und von drinnen tönte es: »Mutter, Mutter, wohin bist du gegangen, alle Frauen dieser Welt warten auf ihre gefallenen Söhne, und du, Mutter, Mutter, wo bist du?« Er verließ das Haus. Der Takt seines Krückstocks auf dem steinigen Boden und sein Ruf »Mutter, Mutter!« hallten von den Felswänden wider.

Diese Rufe hörte auch der Treffer, der sich dem Dorf näherte. Dieser Lärm bedeutet Gutes, dachte er, das Dorf ist nicht menschenleer. Sultan ist bei Dörflern, vielleicht sogar kerngesund. Hoffnung keimte in ihm auf, seine Füße trugen ihn bergauf. Er spürte so viel Freude, so viel Hoffnung, dass er im Laufschritt über den steinigen Pfad eilte, immer wieder stürzte, sofort wieder auf den Beinen war und dann wieder hinschlug. Mit blutigen Händen und Knien kam er nach Haus.

Sultan sah ihn zuerst, ihre Knie wurden weich, sie brach zusammen. Die Frauen liefen zu ihr.

»Sultan, was ist mit dir?«

Zarife schnappte sich einen Holzbecher, füllte ihn mit Wasser und brachte ihn Sultan, deren zitternde Hände den Becher nicht halten konnten, und Zarife drückte den Becher an Sultans Mund, die mit bebenden Lippen etwas trank, dabei die Hälfte des Wassers vergoss und nach mehreren Versuchen den Becher anheben konnte, ihn zum Pfad hinausstreckte, sodass die Frauen dorthin blickten.

»Bei Gott!«, rief Zarife, »bei Gott, Frauen, ist der da nicht mein Veli Aga?«

Mit bebender Stimme sagte Sultan, die sich ein bisschen gefangen hatte: »Der da kommt, ist Veli. Man hört es an seinem Schritt. Der da kommt, ist Veli, ja, Veli.« Sich mit den Händen abstützend, kam sie auf die Beine. »Der da kommt, ist Veli, ja, Veli.«

Sie lief stolpernd bergauf zu den Felsen Veli entgegen, und Veli, der sie entdeckt hatte, begann bergab zu laufen, und sie fielen sich in die Arme. Eng umschlungen kamen sie zu den Nussbäumen. Sultan atmete schwer, ihre Brust hob und senkte sich. Etwas abseits standen die Frauen und betrachteten sie.

»Es ist Veli, ja, Veli.«

Die Frauen verschwanden in den Häusern, kamen mit Matten und Kelims wieder ins Freie und breiteten sie unter den Nussbäumen aus. Zuerst nahmen sie Treffer bei der Hand und setzten ihn auf ein Kissen, dann setzten sie sich ihm gegenüber. Eine ganze Weile fiel kein Wort. Sie konnten sich nicht einmal in die Augen schauen.

Sultan fasste sich zuerst. Sie lächelte und sagte: »Willkommen, Veli!«

»Ich begrüße euch!«, antwortete Veli.

Zarife stand auf, nahm den verzinnten Kupferbecher, füllte ihn mit Wasser aus dem Holzkrug und reichte ihn Veli, der ihn hob und ohne abzusetzen glucksend leerte.

Veli schwieg noch eine Weile und begann dann von der Insel zu erzählen. Von Sultans Flucht sagte er kein Wort. Wie sie die Insel fanden, wie sie empfangen wurden, dass man ihnen auf der Insel Häuser so schön wie Serails schenkte, die Insel selbst ein Paradies Gottes sei, erzählte er in allen Einzelheiten. Gegen Abend kochten ihm die Frauen gebutterten Grützpilaw, stellten auch Ziegenjoghurt und Sauermilch auf die Tafel. Danach zogen sich alle zurück und legten sich schlafen. Alle wachten früh auf. Schweigend aßen sie ihre Morgensuppe. Sultan kam ins Haus, um ihr Bündel zu schnüren, begleitet von den anderen Frauen. Nach geraumer Weile kamen sie mit ihren Bündeln ins Freie.

Veli der Treffer zog einen Zettel aus der Tasche und gab ihn Zarife. »Wenn unsere Jungs kommen, gib ihnen dieses Papier. Sag ihnen, dass eine Abschrift dieses Papiers sich in der Stadt bei Hadschi dem Hinkenden befindet. Hadschi schickt sie dann zu uns. Vergiss nicht, was ich gesagt habe!«

»Ich vergesse es nicht, mein Veli Aga«, sagte Zarife. Treffer band die Beutel vor ihm mit einem Strick fest zusammen und warf sie sich über die Schulter. Und Sultan nahm ein Bündel in jede Hand.

»Diese Nussbäume gehören euch«, sagte der Treffer. »Ihr wisst alle, wie sie geerntet werden, ihr pflückt und verkauft sie, lebt in diesem Dorf wie die Beys und ernährt eure Kinder. Euch gehören alle Nussbäume in diesem Dorf. Wer sollte schon kommen und sie euch streitig machen. Wen gibt es denn noch in diesem Dorf, und wenn es noch jemanden gibt, ist er wie ich irgendwo angesiedelt worden. Was soll er hier in diesen Bergen! Auf gehts, und habt ihr noch einen Anspruch gegen mich, verzichtet darauf!« Dann ging er, und mit Tränen in den Augen seufzte Sultan: »Verzichtet auf eure Rechte auch gegen mich« und humpelte hinter dem Treffer her.

»Euch sei vergeben, vergeben, vergeben! Und wenn die Jungs kommen, schicken wir sie euch sofort, macht euch darüber keine Sorgen! Meint ihr nicht, dass der Herrgott, der Osman, den Sohn von Safiye, geschickt hat, eines Tages auch die Unsrigen schicken wird? Geht mit lachendem Gesicht auf offenen Wegen!«

Sie standen wie zu Stein erstarrt und ließen die beiden nicht aus den Augen, bis sie über den Pass waren.

Miteinander plaudernd gingen Sultan und der Treffer gemächlich ihres Weges. Der Treffer erzählte von der Insel, von den Enkeln, die von Melek Hanum, von Lena, Zehra und Saliha so gut gepflegt wurden, dass er sie nach jedem Fischzug wieder ein bisschen gewachsen und ein bisschen dicker vorfand, und er beschrieb die Menschen der Insel und die Naturschönheit dort in allen Einzelheiten. Jedes Mal, wenn der Treffer von den Enkeln sprach, leuchteten die Augen von Sultan, und der Treffer legte immer noch eins drauf und fand kein Ende. Als sie schon in der Ebene waren, setzte sich Sultan auf einen Stein und jammerte: »Oh weh, meine Kleinen, die ohne Mutter und Vater allein aufwachsen« und fing an zu weinen. Der Treffer stellte sich vor sie hin und sagte mit scharfer Stimme: »Hör auf zu weinen, hör auf! Was ist mit deinen Enkeln? Die Frauen auf der Insel pflegen sie wie junge Rosen, besser als du und ich sie pflegen können. Hör auf zu weinen!« Er nahm sie bei der Hand und zog sie hoch. Dann legte er behutsam seine Hand auf ihre Schultern. »Erzähl mal von deiner Träumerin Zarife. Hatte sie jede Nacht einen Haufen Träume?«

»Sie begann in aller Frühe, und an manchen Tagen erzählte sie bis spät in die Nacht, was sie geträumt hatte. Jeder Traum von Zarife zeigte, dass unsere Jungs noch leben, und Safiye erklärte, dass sie wie Osman zurückkommen würden.«

Veli der Treffer blieb wie angewurzelt stehen, runzelte die Brauen, und seine Stirnader schwoll fingerdick. »Sollten unsere Jungs wie der Osman von Safiye zurückkommen, wäre es besser, sie kämen überhaupt nicht und blieben bei den Russen, hast du verstanden?«

Mit weichem, friedlichem, überzeugtem Ton entgegnete Sultan: »Warum sprichst du mit Wut und hörst die Worte nicht, die dir über die Lippen kommen? Die Träume von Zarife erzählen ja nicht, unsere Jungs würden wie Osman daherkommen, sondern kerngesund und quicklebendig, so, wie sie von hier weggegangen sind. Was erzählst du denn da. Zarife hat so viele Monate, so viele Nächte Träume gehabt und sie uns alle, so, wie sie waren, erzählt. Unter den Rückkehrern war nicht ein einziger wie Osman. Nur erzählte sie nie, an welchem Tag, in welchem Monat, in welchem Jahr sie kommen würden. Es kam auch ein Balladensänger aus Artvin, Garip der Sänger. Er sang Klagelieder und Volksweisen. Und auch über einen Mann wie ein Drache, Enver Pascha, Vernichter der Soldaten. Frauen aus einer Gegend noch hinter dem Jemen haben ein Klagelied gesungen, in dem sie ihn verfluchen. Als er das sang, weinten wir alle. Garip der Sänger war ein stattlicher Mann. Als er unser Dorf verließ, folgte Zarife ihm, ging mit ihm fort, und wir blieben hier ohne Zarife und ohne Träume, wir wurden fast verrückt. Gott sei Dank kam Zarife bald wieder zurück und begann wieder mit ihren Träumen.«

»Zarife tat gut daran, zu euch zurückzukehren«, sagte der Treffer, »wenn der Mensch auf die Rückkehr seiner Soldaten wartet, folgt er doch keinem Menschen, auch wenn er ein Balladensänger ist!«

»Was geschehen ist, ist geschehen«, sagte Sultan. »Zarife hat dann im Traum gesehen, wie unsere Söhne lachend vor uns standen, während sie erzählte.«

Der Treffer hakte sich lächelnd bei Sultan ein. »Auf der Insel gibt es ein Tal, das am Meer beginnt und sich bis zum Fuß des Hügels erstreckt. Das Tal ist voller Feigenbäume, sie sind niedrig, haben viele Äste und breite Blätter. Sie sind mächtig, unsere Nussbäume und jede Feige wird dick wie meine Faust. Wenn sie reif sind, wird gelber Honig aus ihren Ärschen fließen. Bald ist es so weit. Wenn wir nicht bald auf der Insel sind, fressen sie die Vögel. Hoffentlich gibt es bald einen Dampfer.«

Veli der Treffer hatte nur die reifenden Feigen im Kopf. Bei so vielen Bäumen wird es eine reiche Ernte geben, und ihr Verkauf wird viel Geld einbringen. Ob es jemandem auf der Insel einfallen wird, die reifenden Feigen zu pflücken? Die Zweige der Feigenbäume sind weich, tragen nicht viel und brechen beim kleinsten Übergewicht. Zehn- bis elfjährige Kinder werden zum Pflücken in die Bäume geschickt. Gab es auf der Insel welche, die Feigen mochten? Musa Kazim Agaefendi kam aus Kreta, dort wachsen Feigen! Auch Vasili und Nordwind kannten Feigen. Nordwind ist in der Çukurova in den Feigenbaum im Vorgarten seiner Windmühle geklettert, hat so viele Feigen gegessen, dass sein Bauch anschwoll, er trat auf einen dünnen Ast, und als dieser brach, hielt er sich am nächsten dicken Ast fest. Die wollen vielleicht pflücken, aber beim Pflücken brechen die Äste unter ihnen, und sie stürzen vom Baum auf die Erde und, Gott bewahre!, fallen von so hohen Bäumen auf den steinigen Boden und könnten sogar sterben.

In der Kleinstadt tätigten sie im Marktviertel ihre Einkäufe und kehrten dann bei Freunden ein, die überglücklich waren, als sie Sultan sahen.

Noch auf der Türschwelle erkundigte sich Veli der Treffer nach einem Dampfer. »Er kommt morgen und fährt am Nachmittag weiter nach Istanbul«, sagte sein Freund.

»Setzt euch doch erst einmal und verschnauft ein bisschen!«, sagte sein Freund und nahm Veli die Bündel von der Schulter, und seine Frau nahm die von Sultan. Dann holten sie das Essen, das sie mitgebracht hatten, und brachten es in die Küche.

Nach dem Essen sprachen sie über den Krieg. »Kürzlich kam aus Artvin ein junger Balladensänger, blind auf einem Auge und mit einem steifen Bein. Er sang Lieder, Totenklagen und Balladen über den Krieg und brachte seine Zuhörer mit Bächen von Tränen zum Weinen. Er sang von erfrorenen und zu Eis erstarrten Soldaten, von

Wäldern erstarrter Soldaten. Drei Tage und Nächte hat der Sänger die Zuhörer damit gequält und traf seine Zuhörer mitten ins Herz.«

Während sie sich unterhielten, hatte die Hanum des Hauses für sie schon längst Matratzen ausgerollt, und als sie gegessen hatten, sagte der Gastgeber: »Bitte sehr, das Bett ist gemacht. Veli liebt doppelte Kissen. Bitte sehr!«

Kaum hatten sie ihren Kopf ins Kissen gebettet, schliefen sie ein.

Sie wachten sehr früh auf. Der Treffer ergriff das volle Schnabelkännchen und ging zum Örtchen im Garten. Neben der Tür des Klosetts hing ein Tuch. Nachdem der Treffer fertig war, wusch er sich den Hintern mit dem Wasser im Schnabelkännchen, zog Unterhose und Hose hoch, band die Unterhose fest, knöpfte die Hose zu. Im Vorhof des Hauses nahm eines der Mädchen des Hauses ihm das Schnabelkännchen aus der Hand, der Treffer hockte sich nieder, das Mädchen reichte ihm ein Stück Seife und goss ihm Wasser in die geöffneten Hände. Der Treffer hatte seine Hände und sein Gesicht, besonders seinen struppigen Bart, noch nie mit einer derart duftenden Seife gewaschen. Nachdem er sich gewaschen hatte, legte er die Seife auf ein Brett, stand auf, das Mädchen reichte ihm das über ihre Schulter geworfene blaue Handtuch, Veli trocknete Gesicht und Hände ab und sagte: »Leben sollst du, mein Mädchen!« Dann drehte er sich zum Meer und ging schnell in diese Richtung. Sein Freund rief hinter ihm her: »Veli, Veli, wohin gehst du, die Suppe kocht gleich, sogar eine Milchsuppe!«

»Noch bevor ihr sie vom Feuer nehmt, sitze ich an der Tafel.«

Im Laufschritt eilte er zur Anlegebrücke, die Schalter waren noch nicht geöffnet. Es war niemand zu sehen. Noch schneller eilte er zurück, der große Topf Milchsuppe stand noch auf dem Herd. Kaum war er geleert, kaum hatten sie sich die Bäuche vollgeschlagen, war der Treffer schon wieder unterwegs zum Anleger und kam mit mürrischem Gesicht zurück. »Es ist noch immer niemand da, die Schalter und das Brückencafé sind geschlossen.«

»Nun, setz dich ein bisschen hierher und lass uns ein wenig reden. Du wirst also nicht mehr in diese Gegend zurückkommen?«

»Was soll ich hier, die Gräber meiner Eltern mögen in Frieden ruhen! Sie wollen von mir kein Brot und kein Wasser mehr haben. Du müsstest die Insel einmal sehen, ein richtiges Paradies. Ich bekam ein Haus wie ein Serail. Zweistöckig! Die Decke ein gemaltes Meer, umrahmt von Blumen. Morgens öffne ich die Augen und sehe die Blumen. Und das Meer rundherum ist so friedlich, so weich. Nicht wie im Schwarzen Meer, wo die wild gewordenen Wellen sich höher als Pappeln türmen. Das Meer bei unseren Inseln ist meistens so ruhig, dass Ameisen am Ufer Wasser trinken könnten. Und dort gibt es Fische, dass die See brodelt, wirf die Angel aus und hol sie ein, wirf sie aus und hol sie ein. Genau so. Die Menschen in guten Gegenden sind auch gut, sagen unsere Ahnen, es sind wahre Worte. Sogar die Turkmenen in ihren Dörfern an der Küste unseres Meeres essen Fisch. Wenn ich in unserem friedlichen Meer einige Monate gefischt habe, reicht es für Jahre.«

Sein Freund lachte. »Veli, du warst hier genau so. Wenn die Fische dich hinausfahren sahen, sprangen sie schon mit wedelnden Schwänzen aus dem Wasser und türmten sich in deinem Boot!«

»So war es«, antwortete der Treffer mit breitem Grinsen.

Der aus Istanbul einlaufende Dampfer warf Anker in der Bucht. Der Treffer wunderte sich. Was war nur mit Sultan los? Wie ein Lamm folgte sie ihm. Sonst musste alles nach ihrer Pfeife tanzen; hatte sie sich etwas vorgenommen, musste es gemacht werden, koste es, was es wolle. Bis zu ihrem Tod wollte sie doch eigentlich hier auf ihre Söhne warten, jeden Tag und jede Nacht von ihnen träumen. Und wenn sie kerngesund und quicklebendig zurückkommen, wird sie es dem Treffer schon zeigen!

Der eingelaufene Dampfer wartete auf seine Fahrgäste. Der Treffer war auf der Hut, die Angst quälte ihn, er ließ Sultan nicht aus den Augen. Sie aber rührte sich nicht, saß neben ihm und wartete ungeduldig darauf, dass der Dampfer die Passagiere aufnahm.

Sie saß im Café, starrte auf den Dampfer, während der Treffer sich fragte, was sie ihm im letzten Augenblick noch für Unbill verursachen könnte.

Aber auf diesem Dampfer rührte sich nichts. Schließlich ging er zu Sultan, setzte sich neben sie, hielt sie fest an der Hand, und Sultan ließ ihn gewähren. Mein Gott, was war nur mit ihr los?

Die Boote, die die Reisenden zum Dampfer bringen sollten, kamen endlich zur Brücke und legten an. Der Treffer erhob sich und zog auch Sultan hoch. Als sie auf die Beine kam, zitterte ihre Hand. Gemeinsam mit den anderen Fahrgästen sprangen auch sie in ein Boot. Sultan zitterte noch immer. Über das Fallreep kletterten sie an Bord. Ein Mann mit grünen Augen, rotem Schnurrbart und spitzer Nase, der einen zerknitterten blauen Anzug mit betressten Ärmeln trug, zeigte ihnen ihre Kabinen.

»Da sind sogar Betten drin!«, rief Sultan. »Wie das Zimmer von einem Padischah!«

Plötzlich entzog Sultan dem Treffer ihre Hand, eilte aus der Kabine, hielt sich mit aller Kraft an der Reling fest und heftete ihre Augen auf die Berge über ihrem Dorf. Der Treffer kam zu ihr, fasste ihre Hand, die sich an die Reling klammerte, und zog mit aller Kraft, doch die Hand von Sultan konnte er nicht lockern. Da legte er seine Hand ganz leicht auf ihren Handrücken und sagte: »Ich möchte deine Hand halten.« Seine Stimme war weich. Der Treffer war wieder jung, seine Stimme klang zärtlich, sie war wieder zur eindringlichen, von unerfüllter schwarzer Liebe vergangener Tage geleiteten Stimme geworden. Die Hand von Sultan ließ das Eisen los und legte sich auf die Hand von Treffer. Sein Herz pochte so schnell wie das Herz eines Vogels. Dabei lächelte Sultan ganz leicht, und das entging ihm nicht. Bis der Tag sich neigte, standen sie so da, ohne die Augen von den Bergen ihres Dorfes zu wenden.

Dann läutete die Schiffsglocke, und ohne ihre Hand loszulassen, sagte er: »Die Glocke läutet zum Essen, gehen wir in den Speisesaal und lassen es uns schmecken!«

Im selben Augenblick kam der spitznasige Mann zu ihnen: »Unser Speisesaal ist noch nagelneu. Und so schmackhafte Speisen gibt es nicht einmal in den vornehmsten Restaurants von Istanbul. Meine Täubchen, ich kenne euch. Er ist Veli der Treffer. Wenn er auf Fischfang hinausfährt, kommen alle Fische der Weltmeere zu ihm und türmen sich um sein Boot. Habt ihr nicht gesehen, dass von sieben bis siebzig die ganze Stadt mit Kind und Kegel sich von euch verabschieden wollte, als ihr dort hocktet? Ich bin Seefahrer seit Jahren und hab so einen Auflauf zum Abschied noch nirgends gesehen. Das Volk liebt euch sehr, meine Täubchen.«

Er ging vorneweg, geleitete sie zum Speisesaal, führte sie zu einem Tisch, rückte ihnen die Stühle zurecht. Dann flüsterte er dem Kellner etwas ins Ohr, sagte »Guten Appetit!« und ging.

»Hör zu, Sultan!«, sagte der Treffer, »hier essen sie nicht wie wir. Ich habe bei meinem General gelernt, wie sie hier essen, das ist nicht so leicht. Wenn du willst, schaust du mir zu und isst wie sie. Oder du isst so wie in unserem Dorf«, fügte er ein bisschen spöttisch hinzu.

In diesem Augenblick kam eine Gruppe von etwa zehn Personen in den Saal, sie waren wie Istanbuler angezogen. Eine der Frauen war besonders herausstaffiert, aber auch die anderen waren sehr elegant. Aber der Treffer stand ihnen in nichts nach. Er war fast eleganter als sie. Sultan hockte gebeugt da, aß, wie sie es gewohnt war, blickte hin und wieder auf, lächelte den Treffer an und senkte gleich danach wieder den Kopf.

Nach einem Tag auf dem Dampfer löste sich Sultans Zunge, und Morgen für Morgen erzählte sie Zarifes nicht enden wollende Träume, bis sie in Istanbul waren. Sie schilderte Zarifes Träume so mit Herz und Seele, dass der Treffer ganz hingerissen und schließlich wie Sultan überzeugt war, dass seine Söhne zurückkehren würden. »Vielleicht sind sie schon auf der Insel, bevor wir wieder dort sind«, sagte er.

»Das werden sie«, sagte Sultan. »Wenn du fragst, warum – nun, die uns zugesandten Stammrollen meiner Söhne waren keine Stammrollen von Gefallenen, also von Toten, sondern Stammrollen von Gefangenen. Sie leben jetzt in Russland. In Russland geht es in diesen Tagen drunter und drüber, und deswegen sind die Russen nicht in der Lage, unsere Söhne freizulassen. Wenn du die Träume von Zarife richtig deutest, dann sind sie wahr, sogar ganz wahr. Besonders einer, in dem blaue Adler in blaue Wolken fliegen und über blaues Meer und auf blauen Klippen landen.«

Alle drei Adler sind auf Klippen gelandet. Und jedes Mal, wenn sie ihre Flügel öffnen und schließen, sind Wolken blauer Funken um sie herumgesprüht und in drei Bächen bis unter unsere Nussbäume und über uns geströmt. Am Fuß der Nussbäume hat sich ein tiefblaues Meerufer gebildet. Auf dem blauen Meer von Licht sind drei blaue, lichte Burschen erschienen. Alle drei sind in drei Funkenströmen gekommen und unter dem Nussbaum stehen geblieben. Auch Sultan war aus funkelndem blauem Licht, und als sie ihre Söhne sah, ist sie zu ihnen geeilt und hat alle drei auf einmal umarmt. Aus Sultan sind auch Adlerflügel gesprossen. Und die vier haben plötzlich gleichzeitig ihre Flügel geöffnet. Alle vier sind in vier Strömen zum Himmel geflogen und haben aus vier Richtungen gerufen: Wir kommen bald zurück, bald, bald. Unter den Nussbäumen, aus dem Lichtermeer, ist aus den Tiefen des blauen Meeres ein hell beleuchteter Dampfer aufgetaucht, auf ihm drei splitternackte Menschensöhne, in ihrer Mitte eine splitternackte Frau. Das Licht verströmende Schiff ist unter den Nussbäumen plötzlich ins Wasser getaucht. Unter den Nussbäumen blieben die splitternackten Menschenkinder zurück, drei Soldaten und eine Frau. Die Frau umarmte alle drei Söhne zugleich …

»Sie kommen bald zurück«, sagte Sultan.

Als sie die Stadt erreichten, gingen sie geradewegs in den Laden von Hayri Efendi.

»Hayri Efendi, diese Hanum ist unsere Sultan.«

»Sei willkommen«, sagte Hayri Efendi, der wusste, dass der Treffer zum Dorf gegangen war, seine Frau zu holen.

»Diese Hanum hat alles, was sie hatte, vier Frauen geschenkt, die im Dorf geblieben sind und auf ihre Söhne warten, deren Stammrollen bereits gekommen sind. Sie gab ihnen ihr Haus und ihre Ziegen, ihre Hühner und ihre Nussbäume und ist mit ihrem letzten Hemd am Leibe hierhergekommen.«

»Sie soll willkommen sein, bringt Freude ins Haus! Auch ich warte auf unsere Kinder, deren Stammrollen schon gekommen sind. Jeden Tag ist mir, als kämen sie von den Dardanellen heim!«

»Unsere Hanum braucht Kleider!«

»Bleibt heute Nacht hier, meine Hanum wird alles erledigen. Was verstehen du und ich von Frauendingen.«

Eine Stunde später geleitete Hayri Efendi seine Gäste nach Haus. Zuerst ließ er das Badezimmer einheizen. Mit reichlich warmem Wasser und duftender Seife wusch sich Sultan, nach ihr Veli der Treffer. In jener Nacht schliefen sie in einem nach Harz duftenden blitzsauberen Bett. Am nächsten Tag gingen die Hanums von Hayri Efendi und Sultan ins Geschäftsviertel und fanden schöne, für Sultan passende Stoffe, schickten nach dem Gesellen des griechischen Schneiders und ließen für Sultan Kleider nähen. Sultan probierte ein Kleid nach dem anderen an, und der Treffer ließ es sich etwas kosten. Inzwischen hatte Hayri Efendi Nordwind benachrichtigt, dass der Treffer mit Sultan Hanum in die Stadt gekommen sei. Und dass er Sultan drei Paar der schönsten Schuhe, die von den griechischen Hanums getragen werden, geschenkt habe. Sie wanderten Straße für Straße durch die ganze Stadt. Und der Treffer erzählte Hayri Efendi meisterhaft alle Träume, die Zarife heimgesucht hatten. Am Ende seufzte er: »Den Träumen von Zarife zufolge sind unsere Söhne, deren Erkennungsmarken wir schon erhalten haben, nicht gefallen, sondern von den Russen gefangen genommen worden. Auch sind drei Soldaten, deren Erkennungsmarken bereits geschickt worden waren, in unserem Dorf aufgetaucht, haben jedes

Haus des verlassenen Dorfes aufgesucht und sich nach ihren Müttern, Vätern und Frauen erkundigt und sich dann auf den Weg nach ihnen gemacht. Hoffentlich haben sie Erfolg. Hoffentlich kommen auch die Eurigen. Wie ich hörte, haben die Engländer in den Dardanellen viele gefangen genommen, und die Unsrigen haben die Stammrollen der Gefangenen nach Hause geschickt. Wie es heißt, haben unsere Generäle das Motto, Türken ergeben sich nicht. Also erklärten sie die vermissten Soldaten als gefallen.«

Hayri Efendi, der wie ein Häufchen Unglück zusammengesunken war, richtete sich wieder auf, und seine Augen funkelten.

»Eines Tages schaust du dich um und siehst deine beiden Kinder durch diesen Garten zur Tür kommen.«

»Nun, dann werde ich vor Freude hoppla sagen und mein Leben aushauchen. Hauptsache, sie kommen, dann hauche ich gern mein Leben aus!«

»Man weiß ja nie. Als ich zum ersten Mal von den Träumen hörte, habe ich gezweifelt, genau wie du. Aber als ich von unseren splitternackten Kindern an Deck des blauen Schiffes aus Licht hörte, das bis zu unserem Dorf den felsigen Berg durchstieß, und mir war, als sähe ich sie, da glaubte ich daran, dass sie gefangen in russischen Händen waren und bald heimkommen würden. Wundere dich nicht, wenn du in Kürze hier unsere Kinder siehst. Dieser Traum ist schärfer als Stahl. Er ist wahrer als die Wirklichkeit. Die Anschrift unserer Insel habe ich mit dem Namen der Stadt und mit deinem Namen aufschreiben lassen und hab sie an die Tür des Hauses geschlagen und sie auch den Frauen des Dorfes gegeben. Dazu noch meinen dortigen Freunden.«

»Wenn die Kinder zu mir kommen, schicke ich sie sofort zu dir. Mach dir ja keine Sorgen!«, sagte Hayri Efendi. Er saugte den blauen Traum in sich hinein, bis ins Mark. Der Traum hatte ihn verwandelt und verlieh ihm Flügel.

Hayri Efendi und seine Hanum standen am Morgen früh auf, eine üppig gedeckte Tafel mit Honig und Pasteten wartete auf alle, und sie frühstückten stillschweigend. Gleich danach machten sie sich auf den Weg zur Landungsbrücke. Kapitän Kadri hatte längsseits angelegt und wartete schon. Hayri Efendi umarmte den Treffer, seine Frau nahm Sultan in die Arme.

»Wir erwarten euch jederzeit in unserem Haus«, sagte Hayri Efendi, »ihr habt uns sehr glücklich gemacht, habt uns wieder Hoffnung gegeben. Die Träume von Zarife werden sich erfüllen. Geht mit lachenden Augen!«

Kapitän Kadris Kutter legte ab und nahm schäumend Fahrt auf. Hayri Efendi und seine Hanum standen still da und ließen den davonfahrenden Kutter nicht aus den Augen, bis er hinter der Kimm verschwunden war.

Auf ihrem Rückweg ergriff Hayri Efendi den Arm seiner Hanum und sagte: »Haben wir nicht viele Soldaten gesehen und von vielen gehört, die sieben, ja fünfzehn Jahre nachdem ihre Stammrollen gekommen waren, aus der Gefangenschaft heimgekehrt sind? Warum haben wir für unsere Jungs Totenklagen angestimmt, bis wir selbst fast des Todes waren!«

»Stimmt«, sagte sie, und ihre Augen leuchteten. Seit dem Erhalt der Stammrollen ihrer Söhne lächelten sie zum ersten Mal.

4

Seit Kapitän Kadri die beiden gesehen hatte, war ständig ein Lächeln auf seinem Gesicht. Aber nicht nur er, jede und jeder wurde bei ihrem Anblick wie vom Zauber der Liebe erfasst.

»Als ich von Hayri Efendi eure Ankunft erfuhr, steuerte ich sofort die Insel an und rief die Leute zusammen. Als sich alle, samt Wolf und Vogel, Schwalbe und Katze am Anleger versammelt hatten, sagte ich ihnen, der Treffer sei wieder da. Sie fragten mich, ob er auch Sultan Hanum mitgebracht habe. Ich antwortete: Wie ich von Hayri Efendi hörte, sind beide zusammen gekommen. Da klatschten sie so, dass die Schwalben, Katzen und Möwen die Flucht ergriffen. Die Insel schäumte über vor Freude. Die Schwalben, so viele es auf der Insel gibt, flogen direkt über uns, hin und her wie ein schwingender Säbel. Als ich aufbrach, um euch abzuholen, waren alle damit beschäftigt, ein Freudenfest vorzubereiten.«

Der Treffer warf einen freudigen Blick auf seine Frau. »Gott sei Dank haben wir Freunde, die uns lieben, mehr noch als der eigene Bruder.«

»Wer liebt dich nicht, mein Veli, aber du liebst ja auch jedes Wesen, von der Ameise auf der Erde bis zum Vogel am Himmel.«

Als sie sich der Insel näherten, stand Kapitän Kadri auf. »Schaut auf den Anleger! Wie sie sich dicht gedrängt versammelt haben.«

Während das Boot anlegte, war auf der Brücke kein Laut zu hören. In vorderster Reihe standen die Doktoren, Musa Kazim Agaefendi, Melek Hanum, Şerife Hanum, Nordwind, Vasili und Hüsmen, dahinter Zehra und Nesibe, Dengbey und der Tierarzt und Şehmus Aga.

Als der Treffer mit Sultan an der Hand auf den Anleger sprang, rief vorne eine kräftige Stimme: »Willkommen, Treffer!« Danach donnerte die ganze Menge wie aus einem Mund: »Seid willkommen, seid willkommen!«

»Wir danken euch, wir danken euch«, flüsterte der Treffer verschämt mit gepresster Stimme. Nein, das war wohl nichts, dachte er, reckte sich und brüllte: »Wir grüßen euch, leben sollt ihr. Wie schön, mit euch wieder zusammen zu sein!«

Zehra und Nesibe hatten ein Sorbett vorbereitet und verteilten es unter den Platanen. Bis die Sonne hinter dem Hügel verschwand, unterhielten sie sich, besser gesagt: Sultan sprach, und alle hörten zu. Sultan begann mit den Träumen von Zarife, ging über zu den Nussbäumen, zu der Erde, die sie schleppten, zum Soldaten an Krücken, der, nur Haut und Knochen, »Mutter, Mutter, Mutter« schrie, und alle trauerten um ihn, und auch Sultan weinte mit ihnen.

Nachdem die Sonne untergegangen war, zündeten sie Sturmlaternen an und hängten sie an die Äste der Platanen. Mit den Laternen begann plötzlich auch getrocknetes Olivenholz Feuerschein zu verbreiten. Dichter Rauch stieg auf, und der köstliche Duft von geröstetem Fisch breitete sich aus. Die Mädchen und Frauen brachten auf Brotblechen die granatapfelroten Fische an die Tische.

Vor dem Treffer hatten sie einen Trinkbecher hingestellt. Musa Kazim Agaefendi füllte ihn. Bis jetzt hatte der Treffer noch keinen Tropfen Alkohol getrunken. Wenn aber ein so großer Agaefendi einem den Becher füllte, wie soll der Mensch ihn ablehnen! Und wenn es Gift gewesen wäre, er hätte es getrunken. Gemeinsam mit den anderen hob auch er sein Glas, und ihm war, als schaute jeder ihm zu, wie er trank. Beim ersten Schluck verzog er das Gesicht. Das Zeug ist ja gar nicht so giftig und bitter, wie behauptet wird, dachte er. Und obwohl Musa Kazim Aga älter war als er, füllte er sich das Glas wieder auf und leerte es in einem Zug, als wäre Wasser darin.

Nur Zehra wurde schwer ums Herz. Während ihr Vater ein Glas ums andere leerte, wurde ihre Miene immer finsterer und so bitter, dass jeder sehen konnte, was in ihr vor sich ging. Wenn es so weiterging, würden sie sich wie beim letzten Mal wieder vor aller Welt blamieren. Früher hatte er auch viel getrunken, aber mit Würde, immer freundlich und liebevoll, und am Ende war er immer vom Tisch aufgestanden, als habe er keinen Tropfen getrunken. Und was jetzt?, fragte sie sich und schwitzte Blut und Wasser. Es ging schon auf Mitternacht. Musa Kazim Agaefendi hob sein Glas, das er mit zitternden Händen mit geharztem Raki gefüllt hatte, leerte es mit einem Zug, schleuderte es dann zum Meer und horchte, bis er das Klirren des Glases auf den Kieseln hörte. Dann sagte er: »Auf dem Dampfer starb unsere Hanum, weit draußen auf dem Mittelmeer. Mit ihrem Tod wurde ich zum lebendigen Toten. Ihr Leichnam wurde ins Meer geworfen, so verlangt es das Gesetz der Seefahrer. Als sie meine Hanum ins Meer warfen, zog das Meer auch mich hinab. Schlafen mit meiner Frau in den Armen des weiten großen Meeres, nur das wollte ich. Doch dann dachte ich, dass zwei blühende Mädchen zurückbleiben würden. Bis wir zur Türkei kamen und festen Boden unter den Füßen hatten, zog mich das Meer mit vierzig Tauen zu sich. Doch wenn ich mich in die Fluten stürzen wollte, kamen die Mädchen, standen vor mir, fassten mich am Rockschoß und fragten: Und wir, Vater, was wird aus uns! Wach konnte ich mich nicht ins Meer stürzen, aber als Schlafwandler könnte ich es bestimmt. Wäre ich doch ein Schlafwandler! Doch danach fürchtete ich mich vorm Einschlafen. Ich weigerte mich, einzuschlafen.«

»Gut getan«, sagte Melek Hanum.

»Nicht gut getan, Melek, überhaupt nicht gut getan. Damals nährte ich eine Hoffnung in meinem Innersten. Sie ist erloschen, Melek, mein Inneres ist tot, und die Freunde, auf die ich mich verlassen konnte, sind für mich gestorben. Ich hatte geglaubt, dass sie sich für mich einsetzen, die griechische Regierung zwingen werden, sich bei mir zu entschuldigen. Meine lieben Herzensfreunde haben mir keinen einzigen Brief mit griechischen Briefmarken geschickt. Seitdem ich hier bin, habe ich jeden Tag an jeden meiner Freunde geschrieben, habe auch die Adresse von Hayri Efendi genannt und die Adresse der Ameiseninsel. Dazu war ich mit meinem Sohn Nordwind bei seinem Kommandanten, der ein angesehener Abgeordneter geworden ist. Er hat uns beschimpft und davongejagt. Dann sind wir nach Istanbul gefahren, haben unseren Klassenkameraden ausfindig gemacht, den Sohn vom ranghöchsten General. Er kam uns so liebevoll entgegen, dass ich mir schon sagte: So ein Freund ist wie leibliche Mutter, Vater und Bruder gleichzeitig. Nordwind ist Zeuge, wie viele Briefe ich dem geschrieben habe, auch von ihm keinen Laut. Bin ich jetzt nicht mutterseelenallein auf dieser Welt?«

»Sind wir denn nicht mehr da, mein Sultan, wir alle, die dich mehr lieben als unser Leben?«

»Ach, Kreta, ach, meine paradiesisch duftende Erde. Ich warf meine Liebste in die Arme des mächtigen Mittelmeeres. Hätten wir doch nebeneinander, Hand in Hand, ruhen können, ruhen unter einem Laubendach mit violetten Trauben.« Schwankend erhob er sich und ging zum Meer, in die Dunkelheit hinein. Alle schauten verwundert und ratlos. Nur Zehra rief: »Vater, Vater, was tust du da, wohin gehst du?«, blieb aber wie festgenagelt am Platz. Nur Nordwind hatte sich gefasst, glitt hinter dem Agaefendi her ins Dunkel hinein zum Meer, woher leises Plätschern zu hören war. Im Nu eilte er dem Geplätscher nach auf diesen Schatten zu, packte ihn, schon bis zum Bauch im Wasser, umarmte ihn mit äußerster Kraft, trug ihn ins Trockne. Jetzt kamen auch Vasili und Hüsmen herbei, übernahmen den Agaefendi, führten ihn hinter den beiden Mädchen her ins Haus. Zehra zündete die Lampe im Schlafzimmer an. Während die Mädchen ihren Vater entkleideten, verließen die anderen den Raum.

Drei Tage lang konnte der Agaefendi das Bett nicht verlassen.

Melek Hanum fand keinen Schlaf, sie hatte sich ein schwarzes Kopftuch umgebunden und wachte beim Agaefendi. Am ersten Tag wachten auch die Doktoren beim Agaefendi. Am zweiten Tag lachten sie und meinten: »Musa Kazim Beyefendi fehlt gar nichts, er ist nur sehr traurig.« Am Mittag des dritten Tages sagte der Agaefendi: »Mein Herz verlangt nach gefüllten säuerlichen Kürbisblüten!«, und er schaute dabei Melek Hanum in die Augen.

»Morgen früh, bevor die Blüten sich geschlossen haben! Ich habe vor einem Haus ein Kürbisfeld entdeckt, auf dem die Kürbisse von den Spitzen der Ranken bis zu den Wurzeln voller Blüten stehen. Davon werde ich meinem Sultan gefüllte Kürbisblüten kochen. Wart nur … Da isst du deinen Daumen mit.«

Noch vor Tagesanbruch ging sie zum Garten des Hauses, das weit am anderen Ende lag. Die Blüten waren weit geöffnet. Wenn du sie nicht vor Sonnenaufgang pflückst, kannst du sie nicht füllen, bei Sonnenlicht schließen sie sich, und wenn du sie zu öffnen versuchst, brechen sie.

Am Mittag desselben Tages aß der Agaefendi mit Nordwind, den er eigens dafür eingeladen hatte, mit Granatapfel gesäuerte Kürbisblütenrouladen. Die Mädchen und Melek Hanum leisteten ihnen Gesellschaft. Während des Essens fragte der Agaefendi Nordwind drei Mal: »Wie findest du die gefüllten Kürbisblüten von Melek Hanum?« Und Nordwind antwortete: »Sehr gut, sehr gut, sehr, sehr gut!« Nach dem Essen saßen der Agaefendi und Nordwind einander gegenüber und tranken frischen, duftenden, im Mörser gestampften Kaffee. Da hob der Agaefendi plötzlich den Kopf und sagte: »Morgen fahre ich mit dir nach Istanbul. Dieser Sait Rahmi war nicht zuverlässig und auch nicht der griechische Botschafter.«

»Zu Befehl, mein Efendi!«

»Wie fandest du die gefüllten Kürbisblüten, mein Junge? Dieses Gericht können einzig und allein die Kreter. Von Kreta aus haben sich die Kaktusblütenrouladen im ganzen Mittelmeer ausgebreitet.«

»Bei uns kennt man sie nicht.«

»Und Melek Hanum hat dieses Gericht von hier eingewanderten Kretern gelernt. Morgen auf nach Istanbul! Mal sehen, wie weit unsere Angelegenheit gediehen ist!«

Sait Rahmi war in ein fernes Land als Botschafter gesandt worden, aber niemand im Hause wusste, wohin. Auch über seinen Vater wusste niemand Bescheid. Vielleicht wollte auch niemand etwas über ihn sagen.

Als sie aus Istanbul zurückkamen, hätten die Töchter ihren Vater fast nicht wiedererkannt. Der Agaefendi war eingefallen, seine Stirnfalten waren tiefer geworden, der Glanz seiner Augen war verschwunden, Haare und Bart waren noch etwas grauer geworden. Kein Wort kam über seine Lippen.

Auf die vielen Briefe, die er seinen Freunden in Athen und auf Kreta geschrieben hatte, kam keine Antwort. Eine einzige Zeile, und wäre es eine Beschimpfung, hätte ihn glücklich gemacht. Konnte der Mensch einem Menschen, der Kamerad einem Kameraden gegenüber so treulos sein! Jene Freunde, denen er Gespanne von englischen Rassepferden geschenkt hatte … Es jemandem zu erzählen, daran nur zu denken, schämte er sich …

»Jetzt nur noch einen Brief an alte Freunde, die mir näher waren als Brüder. Und wenn ich wieder keine Antwort bekomme, sage ich: So ist die Welt, so ist die Menschheit, Schluss damit!«

Er setzte sich hin und schrieb mit Sorgfalt und Liebe diese Briefe, nahm Nordwind mit zur Stadt, wo er sie eigenhändig im Postamt aufgab. Und wären seine Freunde, Nachbarn und befreundeten Generäle aus Stein, auf solche Briefe würden sie antworten müssen! Die Miene des Agaefendi hatte sich aufgehellt, sein Rückgrat sich gestreckt. Er war hundertprozentig sicher, Antwort zu bekommen. Und wenn nicht? Nordwind fuhr der Schreck in die Glieder!

Alle zwei, drei Tage ging Nordwind zur Post. Die Tage vergingen. »Gräme dich nicht, Nordwind, mein Junge!«, tröstete ihn der

Agaefendi. »Es sind ja nicht alle meine Freunde und Bekannten unmenschlich geworden. Irgendwann werden sie mir einen Brief schicken, einen nach Kreta duftenden Brief. Natürlich wird einer von so vielen mir einige Zeilen schreiben, schon aus Erinnerung an Brot und Salz vergangener Tage.«

Seit ihrem Treffen in der Mühle wurden Nordwinds Knie weich, wenn er Zehra traf. Er konnte nicht ein einziges Mal den Kopf heben und ihr in die Augen schauen. Jedes Mal, wenn er sie sah, hatte er die Jesiden an den Ufern des Euphrat vor Augen. Er konnte nicht darüber hinwegkommen. Wie sie ihrer Kleider beraubt, getötet und ins Wasser geworfen wurden. Frauen und Mädchen wurden zuerst splitternackt ausgezogen, nebeneinander aufgestellt, die schönsten von ihnen ausgewählt, an einen anderen Ort verschleppt, dort wurden ihnen die Brüste abgeschnitten, in den Sand geworfen, wo sie weiter bluteten und zuckten.

Seitdem Nordwind im Hause von Vasili die Brüste von Zehra gesehen hatte, gingen ihm die zum Himmel aufsteigenden Schreie der Frauen nicht aus den Ohren, die erdolcht und mit abgeschnittenen Brüsten im Wasser des Euphrat treibenden Leichen nicht aus den Augen.

Das sandige Ufer war übersät mit blutigen, zuckenden Brüsten. Vom Himmel kugelrund herabrauschende Adler schnappten eine um die andere und flogen mit wohlgefüllten Krallen zu den fernen blauen Bergen. Über den Brüsten verkeilten sich die Greife, und der Sieger brachte seine bluttropfende Beute in die fernen Berge. Nordwind ist ratlos in seiner Qual, seit er die Brüste von Zehra gesehen hat, verfolgen ihn diese Bilder. Zehra steht in der Reihe der jesidischen Frauen, splitternackt mit ihren langen Haaren, ihren großen, blauen Augen, ihrem traurigen Gesicht und den Grübchen in ihren Wangen. Ein Säbel zischt, trennt ihre Brüste von ihrem Körper, schleudert sie in den Wüstensand. Adler stürzen sich darauf. Flügel an Flügel streiten sie sich um die Beute. Manchmal verwischen sich die Reihen der nackten Frauen. Neben dem mächtigen Euphrat steht die splitternackte Zehra kerzengerade im Sand, wartet auf den Säbelhieb, der ihre Brust vom Körper trennt.

Unter den blutigen Brüsten zucken auch Zehras Brüste. Ihr toter Körper wird in den Euphrat geworfen. Diese Träume vom Massaker an den Frauen kommen auch am helllichten Tag. Traum oder Einbildung oder Wirklichkeit? Er bringt alles durcheinander. Zehra stürzt sich auf den Adler, der sich über ihren blutüberströmten, zuckenden Busen hermacht. Und mit Zehra greift auch Nordwind den Adler an.

Er plagt sich vergebens, nicht an Zehra zu denken. Dazu reicht seine Kraft nicht. Hin und wieder will er die Insel verlassen, will alles hinter sich lassen, will im Kaukasus leben, alles vergessen. Sein Entschluss steht fest. Und gibt den Plan bald wieder auf. Den Kaukasus kennt er doch gar nicht … Auch dort wird Zehra tagsüber in seinen Vorstellungen und nachts in seinen Träumen leben. Was er auch tut, überall wird er Zehra sehen.

Nordwind war mit Zehra eins geworden. Dachte er auch nur einen Augenblick nicht an sie, schämte er sich. Nicht an seine Hände und Füße denken, das geht, nicht an Zehra denken, das geht nicht. Manchmal nahm er seine Umgebung gar nicht wahr, schlenderte wie ein Schlafwandler umher. Es gab keinen auf der Insel, der seinen Zustand nicht wahrnahm. Irgendetwas ging in Nordwind vor, aber was?

Zum Glück ahnte Lena alles und sagte Nordwind, was sie darüber dachte. »Bleib nicht auf dieser Insel, dein Kummer ist zu groß. Er ist nicht zu heilen und tötet dich. Sorge dich nicht um mich, wenn du gehst, mache ich mich auf nach Istanbul, wo ich Verwandte habe. Ich kann auch nach Ankara. Dort lebt mein Mustafa Kemal Pascha, ich gehe zu ihm, und meine Söhne kümmern sich um mich. Hauptsache, du rettest dich aus diesem Elend. Diese Insel hat dir nicht gutgetan. Außerdem haben deine Feinde, die Araber, dich entdeckt. Auch wenn du vor Kummer nicht stirbst, deine Feinde werden dich hier finden und töten.«

»Wohin soll ich denn, Mutter Lena? Du weißt auch, dass ich nirgendwohin gehen kann.«

»Geh du auch zu Mustafa Kemal Pascha. Er liebt dich, hat dir einen riesengroßen goldenen Orden verliehen. Und du liebst ihn. Er lässt nicht zu, dass man dich tötet. Und zu meinen Jungen sagst du, ich bin der Sohn von Lena. Dann regelt sich alles. Hast du verstanden, was ich sage?« Sie zog ihn am Arm. »Hast du verstanden?«

Nachdem sie ihre Worte mehrmals wiederholt hatte, sagte Nordwind: »Ich habe verstanden, Mutter, ich habe verstanden.«

»Geh, denk nicht so viel, du gutes Kind, alles wird gut.«

Während Nordwind die Treppe hinunterstieg, schlug Lena das Kreuz über ihn.

Das Meer war noch weiß, als Kapitän Kadri auf den Agaefendi und Nordwind wartete. Nordwind stand auf dem Hügel nahe den Olivenbäumen und dachte an den Tag seiner Ankunft, an die sich im Wasser spiegelnden Pfirsichblüten, an den Tag, als Zehra und ihre Leute kamen. Sie war leuchtend vor ihm gestanden. Plötzlich hatte er splitternackte, taufrische Körper von Mädchen vor Augen. Scharfe Schwerter und Handschars blitzen auf und blutige Brüste fallen nacheinander auf den Sand, nackte, blutige, taufrische Körper werden in den Euphrat geworfen. Nordwind konnte es nicht mehr aushalten, ihm schwindelte, er setzte sich auf den Boden. Nur, diesmal waren zwischen den abgeschnittenen Brüsten nicht die von Zehra … Zwischen den in den Euphrat geworfenen blutigen Körpern war nicht der splitternackte Körper von Zehra … In diesem Augenblick entdeckte Nordwind an der Treppe seines Hauses den Agaefendi. Der Schwindelanfall war fast vorüber. War das nicht Zehra, die hinter dem Agaefendi die Treppe herunterstieg? Das Mädchen sehen und sich gleich wohlfühlen … Seltsam, Nordwind wunderte sich. Untergehakt kamen der Agaefendi und Zehra auf die Brücke, der Agaefendi stieg in den Kutter, und Zehra blieb mitten auf dem Anleger stehen. Nordwind eilte im Laufschritt auf die Brücke, und als er an Zehra vorbeikam, hielt er, um ihr nicht in die Augen zu schauen, den Kopf gesenkt. Als sie auf gleicher Höhe waren, sagte sie leise: »Wir müssen miteinander reden, Nordwind. Nach deiner Rückkehr warte ich in der Mühle auf dich.«

»Guten Morgen, gesegneten Tag, Zehra Hanum«, rief Nordwind laut. »Hab ich mich verspätet?«

»Nein, wir sind gerade gekommen«, antwortete Zehra.

Nordwind sprang ins Boot. »Wir wollen zum Gut, was werden wir dort tun?«

»Wir müssen es wieder in Betrieb nehmen. Wenn in diesen wirren Zeiten von Freunden eine Nachricht kommt, dann ist es keine gute Nachricht. Ich habe darüber nachgedacht. In Griechenland herrscht ein derartiges Durcheinander, dass alle Freunde sich nur um die eigenen Sorgen kümmern. Diese Wirren in der Türkei und in Griechenland werden hoffentlich bald ein Ende haben. Und der Bevölkerungsaustausch wird irgendwann vergessen sein. Wir verkaufen dann unsere Pferde und unser Landgut und kaufen uns in Kreta ein noch schöneres. Keine Sorge, unsere Zuchtpferde verkaufen wir nicht. Wir nehmen sie mit nach Kreta.« Der Agaefendi betrachtete ihn mit liebevollen, feuchten Augen: »Du bist ein kluger, mitfühlender und nachdenklicher Junge. Mein letzter Wille: Wenn ich sterbe, wirst du meine Leiche nach Kreta überführen und neben dem Grab meines Vaters bestatten. Habe ich dein Wort?«

»Mein Wort darauf, falls ich Sie überlebe!«

»Kann ich dich etwas fragen?«

»Bitte, mein Efendi!«

»Meister Arsen, der Schmiedemeister, kann uns vielleicht von Nutzen sein, wenn wir das Landgut in Angriff nehmen. Können wir ihn jetzt einladen, mitzukommen?«

»Ich hole ihn sofort.«

Zehra stand noch auf der Brücke und wartete, dass der Kutter ablegte. Als Nordwind an ihr vorbeiging, konnte er ihr wieder nicht ins Gesicht schauen.

»Wohin gehst du?«, fragte Zehra.

Ohne den Kopf zu heben, antwortete Nordwind: »Ich gehe Meister Arsen holen. Nach meiner Rückkehr werde ich von morgens bis abends bei den Schwalben in der Mühle sein. Komm dorthin, ich habe mit dir zu reden.« Sein Gemurmel war kaum zu hören, aber Zehra verstand ihn, und ein Schauer huschte über ihren Körper.

Er lief zur Werkstatt des Meisters und rief von draußen: »Meister Arsen, der Agaefendi ruft dich. Wir gehen zum Landgut! Du sollst das nötige Werkzeug mitnehmen und kommen, sagt er.«

»Komm herein!«, sagte Meister Arsen, »setz dich dorthin!« Er zeigte ihm einen Stuhl. »Was ist das für ein Landgut?«

»Der Besitzer, ein Grieche, züchtete hier Pferde, sogar reinrassige Pferde. Der Agaefendi hat dieses Gut vom Finanzministerium gekauft und wird auch hier edle Pferde züchten.« Arsen packte in eine nagelneue Ledertasche, die vor ihm lag, einige Werkzeuge. »Ist er ein sehr reicher Mann? Manche, die beim Austausch hergekommen sind, sollen so reich sein, dass die Regierung ihnen als Entgelt für ihre in Griechenland verbliebenen Güter und Waren hier Höfe von fünfzehn-, zwanzigtausend Morgen übergab. Vielleicht hat der Agaefendi dieses Gut auch auf diesem Wege gekauft.«

»Nein, so nicht«, erwiderte Nordwind aufgeregt. »Nein, nein, vor meinen Augen schüttete der Agaefendi dem Finanzdirektor funkelnagelneue Goldstücke hin.«

»Also doch sehr reich.«

»Ich weiß es nicht. Er wartet auf uns auf dem Boot von Kapitän Kadri.«

Kaum waren sie an Bord, warf Kapitän Kadri den Motor an und ließ die Bugwellen aufschäumen.

Gegen Abend erreichten sie das Dorf von Sergeant Ali dem Hinkenden, und die unter der Platane zusammengekommenen Dörfler erhoben sich und hießen sie willkommen. Sergeant Ali umarmte zuerst Nordwind, dann den Agaefendi und schließlich Meister Arsen. Und alle Dörfler riefen wie aus einem Mund: »Seid willkommen!«

Sie wurden an einen Tisch gebeten, der mit einem Tischtuch bedeckt war. Bald schon wurde hasenblutfarbener Tee aufgetragen.

Sergeant Ali musterte Meister Arsen: »Dich kenne ich von irgendwoher.«

»Du hast doch dein Bein in den Dardanellen verloren, nicht wahr? Nordwind Bey erzählte es mir, als wir herkamen.«

»So ist es«, sagte Sergeant Ali. »Die Engländer nahmen es mir, schickten es als Geschenk an ihren König und sagten: Das ist das Bein von Sergeant Ali dem Hinkenden. Hast du davon gehört?«

»Ich habs gehört. Ich war Waffenmeister bei den Truppen der Dardanellen und reparierte die Gewehre und die Kanonen.«

»Ich wusste gleich, wer du bist, mein Freund. Da war doch ein Regiment, von dem drei Mann übrig geblieben waren, einer von ihnen war Waffenmeister.«

»Das war ich.«

»Wie bist du davongekommen?«

»Ich? Noch bevor wir uns zum Angriff aufmachten, kam eine Kanonenkugel und schlug genau vor mir ein. Die ganze Erde vom Unterstand schüttete mich zu. Ich wurde ohnmächtig. Als ich zu mir kam, war es stockfinster um mich, und überall lag Erde. Über mir lag ein entwurzelter Baum, seine dichten Äste schirmten mich ab. Ich grub mich mit bloßen Händen durch die Erde, bis ich Tageslicht sah. Da wurde ich wieder ohnmächtig. Wie lang ich schlief, weiß ich nicht. So war es. Dann schlug eine Kugel durch meine rechte Seite und zertrümmerte vier Rippen. Man brachte mich auf diese Insel, ins Krankenhaus der Ameiseninsel. Hin und wieder kam ich zu mir, dachte, ich sei gestorben. Und so bin ich immer wieder gestorben und wieder zum Leben erwacht. Als ich meine Augen öffnete, sah ich, dass ich mitten im Paradies war. Wenn ich am Leben bleibe, sagte ich mir, werde ich hier leben, koste, was es wolle. Ich hatte auf dieser Welt außer der Ameiseninsel nichts und niemanden mehr. Meine Mutter, mein Vater und meine Verwandten waren getötet worden, als ich beim Militär war. Auf dieser Welt gab es einen Zweig, an den ich mich klammern konnte. Diese Insel. Was verlange ich denn sonst noch vom Herrgott?«

»Verlange nicht mehr! Auch wenn du es verlangst, der Herrgott lässt einen Pechvogel wie dich nicht einmal an einem Kuruş riechen. Los, machen wir uns auf, damit der Gaumen dieses armen Schmieds frische, heute morgen ins Netz gegangene Rotbrassen schmeckt. Wem das Glück hold ist, dem wächst es aus dem Löffel.«

Die Hanum des Hauses empfing sie fröhlich an der Gartenpforte. Ihre Stimme zwitscherte vor Freude. »Wäre doch auch Veli der Treffer hier. Unser Ahmet hat von ihm Fischen gelernt, und nun fängt er jeden Tag so viel, dass wir vor lauter Fisch-Essen schon selbst zu Fischen geworden sind.«

Am nächsten Morgen kam der bestellte Wagen. Er war nagelneu und roch noch nach Farbe. Im Fonds lagen aufgeschüttelte Baumwollmatratzen und auf beiden Seiten lange Baumwollkissen mit Veilchenmustern für ihre Rücken. Sie zogen ihre Schuhe aus, streckten ihre Beine und lehnten ihre Rücken in die Kissen.

»Ismail hat das Landgut keinen einzigen Tag verlassen«, sagte Sergeant Ali. »Aus den behauenen Steinen des zerfallenen Serails baute er sich neben dem großen Baum ein kleines, aber schönes Haus. Aus nahen Dörfern holte er sich Dielenbretter und Dachpfannen. Kavlakoğlu hatte ja viele Häuser abreißen lassen, konnte aber so viel Holz und Stein gar nicht verladen. Ismail baute auch einen Pferdestall. Er pflegte das Pferd so gut, dass die Flanken wie Siegel glänzten. Er legte einen Weinberg an und ein Melonenfeld, auch Gehege für Hühner und Enten. Seine vier Kühe haben gekalbt, und sie geben viel Milch. Ismail hat eine gute Hand. Wenn wir in Kürze dort sind, werden wir es ja sehen … «

Sergeant Ali konnte gar nicht aufhören, Ismail zu loben. »Jeder andere an seiner Stelle hätte Kavlakoğlu ohne viel Federlesens getötet. Er hat nicht ein einziges Mal auch nur Kavlaks Namen genannt. Wenn du mich fragst, Kanonier Ismail wartet auf eine günstige Gelegenheit. Wenn er jener Kanonier Ismail ist, den ich kenne, wartet er. Ein kluger Mann ist ein geduldiger Mann.«

Im Hof des zerfallenen Konaks des Landgutes stiegen sie ab. Ismail empfing sie voller Stolz. »Seid ihr gekommen, um das Pferd zu sehen? Mir habe ich ein Haus und dem Pferd einen Stall gebaut. Guckt gar nicht hin, ihr werdet das Pferd nicht wiedererkennen.« Im Laufschritt eilte er zum Stall und kam mit einem Pferd mit glänzendem Fell wieder heraus.

»Ist das unser Pferd, das wir gekauft haben, Ismail?«, fragte der Agaefendi in gemessenem Ton. »Wie gut das Pferd doch gepflegt ist, leben sollst du.«

»Als wir dieses Pferd gekauft haben, hatten die Leute nicht erkannt, dass es ein arabisches Vollblut ist. Nach drei Monaten Pflege ist es in diesem Zustand. Es ist unglaublich schnell. Und sehr klug. So ein Pferd bekam ich sehr selten in die Hände.«

Der Agaefendi ging dicht an das Pferd heran und streichelte es vom Hals bis zu den Flanken. Dann öffnete er das Maul des Tieres so weit, dass sein weißes Gebiss freigelegt wurde. Nachdem er eine ganze Weile dem Pferd ins Maul geschaut und es wieder geschlossen hatte, sagte er: »Ismail, hast du die Zähne dieses Pferdes gesehen? Es ist erst vier Jahre alt!«

»Ich habs mir angesehen, mein Efendi, es ist erst vier Jahre alt.«

»Ein arabisches Vollblut. Das sind die rassigsten unter den Pferden. Hast du eine Stammbaumurkunde von ihm?«

»Nein, aber die können wir sofort bekommen. Wer gibt so einem Pferd denn keine Stammbaumurkunde? Der Stammbaum steht auf seiner Stirn.«

Mag nun kommen, was wolle, und mochte der Agaefendi noch so viel Leid ertragen haben, das Glück dieses Augenblicks wog alles auf. Kaum hatte er dieses Pferd gesehen, war er ein anderer Mensch geworden. Mit schnellen Schritten war er zum eingestürzten Haus geeilt, die anderen hinter ihm her. Er blieb auf der Schwelle der Haupttür stehen, blickte lange nach rechts, dann nach links, dann geradeaus und hinter sich, und nachdem er seine Augen über die ganze Gegend hatte schweifen lassen, sagte er: »Das war ein kluger Mann. Er hat seinen Konak an der schönsten Stelle gebaut. Wohin du auch schaust, ist das Meer zu sehen, und überall ist sein Anblick anders. Bei uns auf Kreta gibt es auch solche Plätze. Wer immer wieder dasselbe Meer sieht, glotzt nur und verblödet und kann den Anblick nicht genießen. Auf unserer Insel lebt ein Mann, der sich wie ein ungezogenes Kind benimmt, vielleicht habt ihr ihn schon gesehen, Veli den Treffer.«

»Kennen wir, kennen wir, mein Efendi«, sagte Sergeant Ali. »Er kommt oft zu uns, und kaum betritt er den Anleger, ruft er schon: Sergeant Ali, Sergeant Ali, ist die Joghurtsuppe schon auf dem Herd, und geht es der Ehefrau gut?«

»Dieser Veli sieht an jedem Tag, in jeder Morgendämmerung, in jeder Frühe, an jedem Vormittag, jedem Mittag, Nachmittag und Abend, bei jedem Sonnenuntergang, jedem Sternenlicht, jeder Mondnacht ein anderes Meer. Er lebt nicht in einem, er lebt in tausend Meeren. So sind die echten Seefahrer. So wie derjenige, der diesen Konak gebaut hatte, mit den Pferden verbrüdert war, so verbrüdert war er auch mit dem Meer.«

»Der Großvater unseres Pfeffersacks hat diesen Konak gebaut.«

»Er möge in lockerer Erde ruhen!«, sagte der Agaefendi. »Er war ein echter Mann. Nur die Pferde und das Meer lieben ist nichts Besonderes. Wolf und Vogel, die Ameise am Boden, die Biene in der Wabe, was es auf dieser Welt auch gibt, Stein und Erde, die wehende Brise, die gleitenden Sterne, alles, ja alles sollst du bis ins Mark, bis auf den Grund deines Herzens lieben. Vom Streicheln dieser Welt darfst du nicht genug bekommen!«

Der Agaefendi ging zum mittleren Baum, an dessen Fuß eine Quelle sprudelte. Eine stürmische Begeisterung hatte ihn erfasst, und die andern versuchten mit ihm Schritt zu halten. Bei der Quelle blieb der Agaefendi stehen, bückte sich, schaute aufs Wasser, sah sein Spiegelbild; es war jugendlich, ausgeglichen. Plötzlich wandte er sich an Ismail: »Bei dieser Quelle, bei diesem Baum hat es eine Veränderung gegeben, nicht wahr?«

»Ich habe das Becken erweitert und den Rand dichter zur Baumwurzel gelegt, habe den Grund tiefer gegraben und den Raum für die Quelle verdreifacht. Die Kiesel auf dem Grund reichten nicht. Da brachte ich vom Meer auf meinen Schultern sackweise Kiesel und legte sie auf den Grund der Quelle. Als die Quelle nahe am Baum war, gab sie sehr viel Wasser. Wie ein Bassin, es wurde ein Quellenteich auf Kieseln in verschiedenen Farben.«

»Rühre diese Quelle nicht noch einmal an, Ismail!«, befahl der Agaefendi in strengem Ton. »Schon gar nicht diesen Baum! Die Natur ist immer klüger als wir. Sie weiß besser, was sie will.«

»Ich verstehe, mein Efendi, ich rühre nichts an, zerstöre nichts.«

»Woher sind diese Fische in die Quelle gekommen, gab es sie schon früher?«

»Ich brachte sie her, mein Efendi.«

»Schön dumm von dir. Wie alle Dummköpfe versuchst du auch, die Natur zu verschönern. Wenn die Quelle gewollt hätte, sie hätte die schönsten Kiesel abgelegt und die schönsten Fische mitgeführt. Bring die Fische wieder dorthin, woher du sie gebracht hast. Und schleppe auch keine Kiesel mehr in diese Quelle. Es reicht, was du gebracht hast. Und bringe die Fische nicht um, wenn du sie wegbringst.«

»Ich werde sie nicht umbringen, mein Efendi.«

»Meister Arsen, Meister Arsen, Meister Arsen, wenn du den Konak baust, vergiss nicht die Boxen, und für mein Pferd einen Stall, außerdem einen Rosengarten. Zeichne alles auf und bringe mir dann den Gesamtplan. Ich will das ganze Gut bis in alle Einzelheiten geplant haben.«

»Keine Sorge, Agaefendi, Pläne zeichnen kann ich auch, ich werde dir das ganze Landgut mit Erde und Fels, Quelle, Baum, Bach und Olivenhain vorlegen. Aber ich brauche noch einige Tage.«

»Wenn du willst, kannst du ja im Haus von Ismail wohnen.«

»Meister Arsen ist herzlich willkommen. Wie Ali Aga der Hinkende ist auch er ein Held der Dardanellen, ein Held von Gallipoli. Bevor er kam, war ihm schon sein Ruf vorausgeeilt, ist er nicht jener Meister Arsen, der die vom Feind zerstörten Kanonen, die veralteten Gewehre so repariert hat, dass sie nagelneu wurden?« Sergeant Ali der Hinkende stampfte mit geschwellter Brust auf den Boden. »Die Veteranen von den Dardanellen und von Gallipoli sind alle stolz auf ihn. Von vielen hat er die Gewehre repariert, von manchen auch die Geschütze. Und oft genug hat er sich selbst hinter ein Maschinengewehr gelegt und den Feinden, die uns wie ein Schwarm Heuschrecken angriffen, kein Pardon gegeben.«

Der Agaefendi eilte wutentbrannt davon. Nordwind und Ismail hatten Mühe, mit ihm Schritt zu halten.

Sie kamen an den Bach, der leuchtend über glänzende Kiesel floss. Die Glitzer seines Spiegels fielen auf die Stämme der Olivenbäume, Tamarisken und Platanen an beiden Ufern. Sie verbreiteten eine ganz andere, glänzende Helle als das Tageslicht, und die mit ihren glänzenden Schuppen licht sprühenden Schwärme von Fischen wirbelten spielend hin und her. Der Agaefendi kniete am Rand des Wasserlaufs nieder. Nach einer Weile setzte er sich hin und ließ bis zum Abend das Wasser nicht aus den Augen.

Sie blieben drei Tage. Ali der Hinkende ließ Speisen auftischen, die sie nie gegessen hatten, ja nicht einmal kannten, und während dieser drei Tage vergaß der Agaefendi sein Kreta, seine Pferde, seine dem Meer übergebene Frau, seine aus vollem Herzen geliebten Töchter. Das vom Gut in tausendfacher Form sichtbare Meer, die lichten Wasser des strömenden Baches, die wie ein Funken sprühender Ball wirbelnde Quelle unter der Platane, Sergeant Ali und die anderen Menschen hatten ihn verzaubert. Agaefendi war in eine andere Welt gezogen und schwebte wie ein Schlafwandler in paradiesischen Träumen.

Erst nachdem er das Boot von Kapitän Kadri bestiegen hatte, fielen ihm seine Töchter wieder ein, und er erwachte ein wenig aus seinen Träumen. »Fahren wir also zu unserer Insel, Jungs. Wo sind Sergeant Ali und Ismail abgeblieben? Ich wollte Ismail einen Geldbetrag geben, hab ich das?«

»Sie haben, mein Efendi«, antwortete Nordwind.

Musa Kazim Agaefendi lehnte sich ins Kissen, schloss seine Augen, öffnete sie hin und wieder, schaute sich verwundert um und schloss sie gleich wieder. Als das Boot die Brücke anlief, fragte er: »Sind wir schon da?«

Meister Arsen zog ihn an der Hand auf die Beine und sprang mit ihm auf den Anleger. Der Agaefendi war nicht mehr der Mann, der wie ein Schlafwandler durch die Welt gegangen war. An dessen Stelle war ein vor Freude überschäumender, ungeduldiger, verjüngter Agaefendi mit blitzenden Augen getreten, aus dessen Haut der Frohsinn nur so sprudelte. Wüchsen einem Menschen vor Freude Flügel, so wären sie dem Agaefendi gewachsen. Er eilte so schnell nach Hause, dass Nordwind hinter ihm kaum Schritt halten konnte. Noch bevor er über die Schwelle der Gartenpforte war, rief er: »Mädchen, Mädchen, meine herzallerliebsten Töchter, da bin ich wieder.«

»Sei willkommen, Papa!«, schrien die Mädchen, rannten stolpernd die Treppe hinunter in den Garten und umarmten ihn. Seine Freude sprang auch auf sie über, und mit ihnen überkam auch Nordwind ein stürmisches Glücksgefühl.

»Ich komme vom Paradies, meine Töchter. Von welchem Standpunkt unseres Landgutes du das Meer auch betrachtest, du siehst es anders in Farbe und Licht. Los, ins Haus, und ich erzähle es euch in allen Einzelheiten!« Er hakte sich bei den Mädchen ein, und sie gingen zur Treppe. »Du schaust auf das nahe Meer, auf die funkelnde Quelle unterm mächtigen Baum, siehst zwischen den Olivenbäumen einen lichthellen Bach, und ein schwindelerregender Zauber erfasst dich, der deine Füße von der Erde hebt, und du bist wie von Sinnen. Fliegst vor Freude ... Wie gut, dass ich auf diese Insel kam, diese Menschen kennenlernte, dieses Landgut kaufte.

Wenn ihr dieses Landgut besucht, werdet ihr erleben, da ist irgendetwas, das den Menschen verzaubert.«

Nordwind war vor den Stufen stehen geblieben. Er war verwirrt, ein Schmerz in seinem Innersten schwoll und schwoll.

Als ihr Vater auf der Treppe stehen blieb, hatte sich Zehra umgedreht und Nordwind angeschaut. Aber er hatte es nicht gewagt, zu ihr aufzublicken. Auch sie war wie verzaubert, auch sie hatte den Boden unter den Füßen verloren, auch sie war wie selbstvergessen. Wenn jetzt doch Mutter Lena käme, ihn nach Hause holte und niemand sein zerquältes Gesicht sähe. Die drei waren in Liebe vereint, schwebten wie ein Knäuel vor Freude, doch Nordwind stand wie ein verwaister Junge einsam mitten auf der Insel. Trotzdem, er wird morgen in aller Frühe aufstehen und auf sie in der Mühle warten, mag sie kommen oder nicht, bis der Tag zur Neige geht, bis es dunkel wird. Er ging nach Hause.

Zehra fand Vasili auf dem Anleger. Er wollte zum Fischen hinausfahren. »Warte, Vasili«, rief sie, »sage Nordwind, ich werde morgen von früh bis spät in der Mühle auf ihn warten.«

»Jetzt gleich?«, fragte Vasili.

»Jetzt gleich«, antwortete Zehra, »bevor du zum Fischen hinausfährst.«

Vasili machte sich auf zu Nordwind und war bald wieder zurück.

»Was hat er gesagt?«, fragte Zehra und errötete vor Scham.

»Er hat nichts gesagt. Er ist bleich geworden, schien verwirrt. Er wollte etwas sagen, konnte es aber nicht. Ich kenne ihn ja. Wenn er nicht will, kriegst du nichts aus ihm raus. Ich habe ihn noch mal gefragt: Was soll ich Zehra sagen? Er hat nur die Lippen ein bisschen bewegt. Ich habe wieder gewartet und wieder gefragt, er hat wieder nichts gesagt.«

Er sprang in sein Boot und legte sich in die Riemen. Zehra blieb noch eine Weile reglos stehen. Dann begann sie zu murmeln: »Ob er kommt oder nicht, ich werde morgen auf ihn in der Mühle warten.« Warum ist mein Vater eigentlich so fröhlich?, überlegte sie.

Vielleicht hat er eine Nachricht bekommen … Wenn es aber so ist, wieso haben ihn das neue Landgut und die neuen Bekanntschaften so verzaubert? Sie setzte sich auf die Bank am Brunnen und sagte sich, vielleicht treffen wir uns hier. Sie wartete. Und je länger sie wartete, desto größer wurde die Hoffnung. Bald wird er kommen, bald wird er kommen … Es wurde später Vormittag, doch zum Brunnen kam niemand. Auf der Insel war kein Ton zu hören. Weder Vogelzwitschern noch Bienensummen, weder die Stimme eines Menschen noch Meeresrauschen … Nur Kater Abbas und eine neu zur Insel gebrachte Katze kamen vorbei: beide in bester Laune. Die beiden, die an ihr vorbeigingen, waren glücklich. Zehra beneidete sie. Sollte sie jetzt Şerife Hanum besuchen und wie immer mit ihr Kelims weben? Der Vater hatte viele Meere gesehen, tausenderlei Licht, tausenderlei Blumen und Himmel, die ihn verzauberten. Aber auch der Anblick eines einzigen von Hatice Hanum gewebten Kelims konnte einen verzaubern. Konnte ein Menschenkind etwas so Schönes schaffen?

Sie stand auf und schaute zum hellen Wasser, das aus dem Hahn strömte. Auch dieses Wasser floss mit tausendfachem Licht, wenn du es so betrachtest. Ihr Vater war genau so. Der Weg zu Şerife Hanum führte an ihrem Haus vorbei. Der Aga sprach begeistert auf Nesibe ein. Als er Zehras Schritte hörte, drehte er sich um. »Gut, dass du kommst«, rief er, »setz dich zu uns und schau es dir auch an.« Auf dem Tisch lag ein breiter Bogen Papier. »Schau, mein Mädchen, das hier ist unser Landgut, hier steht ein alter Konak, nicht wie unser auf Kreta, aber doch prächtig.«

Seinen neuen Konak, den Baum, unter dem die Quelle entsprang, den Bach, der wie ein Strom von Licht zwischen den Olivenbäumen dem Meer zustrebte, und was es sonst noch auf dem Landgut gab, hatte er mit allen Einzelheiten auf das weiße Papier gezeichnet. Er fand gar kein Ende, das Gut und die Menschen dort zu schildern.

»Kinder, ich gehe jetzt zum Haus meines Jungen Nordwind.«

Er nahm den Bogen Papier, faltete ihn zusammen, rief nach Melek Hanum, die Hals über Kopf herbeilief.

»Melek Hanum, Melek Hanum, ich werde Ihnen etwas zeigen! Wir gehen zusammen zu meinem Sohn Nordwind. Er hat für mich ja dieses Landgut entdeckt. Ich habe mich hingesetzt und eine Zeichnung gemacht, wie dieses Landgut werden soll.«

Als Nordwind die beiden vor der Tür sah, war er zuerst verblüfft, doch gleich darauf füllte sich sein Herz mit Freude.

Lena lief in die Küche und kam mit dampfendem, duftendem Tee zurück.

»Wir haben drei Tage und drei Nächte in einem Paradies gelebt. Überall duftete es nach Frühling. Auch vom Meer kamen Düfte, die ich in keinem Meer gerochen hatte. Ein Duft, der den ganzen Körper des Menschen entspannt.« Der Agaefendi begeisterte sich immer mehr, je länger er erzählte. Er sprach von Dingen, die Nordwind gar nicht wahrgenommen hatte, so aus vollem Herzen, dass jeder ganz verzaubert war.

Die Tür wurde geöffnet, und Dengbej Uso kam herein.

»Ich kann nichts dafür, aber als ich hier vorbeiging, traf es mich mitten ins Herz, ich setzte mich auf eine Treppenstufe. Auch wenn ich nicht alles verstand, was der Agaefendi erzählte, traf es mich doch ins Herz. Unser Dengbej Abdale Zeyniki war auch so. Er sang seine Lieder auf Kurdisch, und Türken, Perser, Tscherkessen, Georgier und wer auch immer ihm zuhörte, verstand, was er sang. Sogar ein Araber ohne Sprachkenntnisse würde verstehen, was der Agaefendi erzählt. Denn es ist nicht die Zunge des Agaefendi, die spricht, sondern sein Herz. Und es sind nicht die Zungen der guten, echten Dengbejs, sondern ihre Herzen, die sprechen. Und solche Worte verstehen zweiundsiebzig Völker.«

Lena brachte erneut dampfenden Tee. Musa Kazim Agaefendi breitete die große Papierrolle vor sich aus und erklärte lang und breit, wie er den Konak bauen, welche Rosen er in seinem Garten züchten, was für Bäume er pflanzen, welcher Rasen im Garten des

Konaks grünen wird, dass er die Saat für diesen Rasen aus England holen, die Meister für die Zimmerdecken, die Kalligrafen für die Wände in Persien, Indien und Arabien und wo sonst noch finden wird. Dann ging er über zu den Pferden, ihren Arten und ihrer Zucht. An einem solchen Ort wüchsen so prächtige arabische Vollblüter und englische Halbblüter heran, dass die arabischen und englischen Züchter sich vor Staunen auf die Lippen beißen würden. Überhaupt seien Pferde die schönsten Lebewesen der Schöpfung. Und er fügte hinzu, dass hinter jedem Helden ein heiliges Pferd stünde. Ist nicht der heilige Mohammed auf dem Rücken seines Pferdes Burak in den Himmel geritten? Auch die Pferde von Alexander dem Großen, des heiligen Ali und von Köroğlu leben an der Seite ihrer Herren weiter …

Als der Morgen graute, war der Agaefendi vom Reden so erschöpft, dass manche Wörter ihm nur halb über die Lippen kamen. Er holte tief Luft. Im müden Gesicht lagen Zufriedenheit, aber auch Schmerz und Angst. Er faltete den großen Bogen zusammen und stand auf. »Hoffentlich ist der Tierarzt Bey hier, morgen muss ich ihn treffen. Ich werde mit ihm in der Çukurova alle Stallungen besuchen. Dort züchten sie die schönsten Pferde. Der Tierarzt versteht viel von Pferden. Auch von ihrer Geschichte und Entwicklung seit Mittelasien. Als die Assyrer die Çukurova eroberten, verlangten sie weder Gold noch andere Wertsachen von den Einheimischen, nur dreihundertsechzig edle Grauschimmel. Auch in Urfa wurden edle Pferde gezüchtet seit Selahattin Eyyübi bis heute. Er sagte, dort soll es Gestüte geben, die schon für Selahattin Eyyübi Pferde gezüchtet haben.«

Er ging zur Treppe. Nordwind stand hastig auf, hakte sich beim schwankenden Agaefendi ein, und Arm in Arm stiegen sie die Treppe hinunter. Melek Hanum folgte ihnen. Die Mädchen schliefen noch nicht, sie warteten auf ihren Vater. Sie führten ihn ins Schlafzimmer, zogen ihn sofort aus und legten ihn zu Bett. Als sie zurückkamen, standen die andern noch immer so da.

»Wollt ihr nicht hereinkommen und den Morgentee bei uns nehmen?« Nesibe stellte die Frage, von Zehra kam kein Ton. Ihre Augen waren nur bei Nordwind, und der hielt wie immer den Kopf gesenkt.

»Leben sollt ihr, meine Mädchen«, sagte Melek Hanum, »aber wir müssen nach Haus. Wenn mein Kapitän erwacht und mein Bett leer sieht, macht er sich Sorgen.«

Nordwind lief drei Mal um die Mühle herum und konnte nicht ein einziges Mal vor dem Eingang stehen bleiben. Als er zum Olivenhain abschwenkte, war der Rand der Sonne zu sehen. Der Schatten der Bäume war so lang, dass er sogar über die Felsen oberhalb der Quelle hinausragte.

Er stieg die Felsen hinauf, setzte sich vor den beschrifteten Stein und lehnte seinen Rücken an die Inschrift. Sein Kopf sank auf die Brust, aber plötzlich sprang er auf die Beine und lief zur Mühle zurück. Schließlich nahm er allen Mut zusammen, ging dicht zur Tür, horchte auf eine Stimme, ja auf einen Atemzug. Er wartete und wartete, von drinnen kein Geräusch. Er sah eine Schwalbe durchs Fenster hinausfliegen und nach einem weiten Bogen wieder hineinfliegen. Schwalben waren sehr schnelle Vögel, aber eine so schnelle hatte er noch nicht gesehen. Als die Schwalbe mit höchster Geschwindigkeit durchs Fenster hineinflog, schlug die Tür wie von selbst auf, und Nordwind wurde gemeinsam mit der Schwalbe in die Mühle hineingewirbelt.

Zehra, sie saß auf dem Mühlstein, ihr Gesicht war leichenblass, sie hatte ihre großen, blauen Augen weit aufgerissen und schaute ihn an, als kenne sie ihn nicht. Jedes Mal, wenn die Schwalbe hereinflog, streckten die Jungen ihre Köpfe über den Rand des Nests hinaus, lange, federlose, nackte Hälse, und lärmten mit ihren weit geöffneten gelben Schnäbeln, als ginge die Welt unter.

»Die Schwalbe, hast du gesehen, sieh dir die Jungen an, was für einen Radau sie vom Zaune brechen!« Nordwind wusste gar nicht, was er da sagte, erwartete auch keine Antwort. Er setzte sich neben Zehra auf den Mühlstein, konnte ihr nicht ein einziges Mal ins Gesicht schauen, senkte den Kopf und hob ihn nicht wieder hoch. Eine Weile schwiegen sie. Zehra schaute ihn an. Nordwind war reglos. Gedankenversunken, verschämt, verwirrt, wie erstarrt schaute er vor sich hin.

Nach einer Weile bewegte sich Zehra. »Was habe ich dir getan, Nordwind, was habe ich getan, dass du mir nicht ins Gesicht schaust? Oder bedrückt dich etwas anderes? Hast du eine Frau, eine Verlobte? Dann sag es mir, damit ich mich entsprechend verhalte. Aber wie kannst du eine Frau haben, mit sechzehn konnten sie dich auf der Kadettenschule ja nicht verheiraten. Hättest du eine Verlobte, du würdest es wie der Tierarzt jedem erzählen, zumindest Vasili oder Mutter Lena, ihr erzählst du ja alles. Was ist dir widerfahren, was hast du getan? Wie hast du dich in Sarikamiş retten können, wie hast du in Urfa gegen die Franzosen gekämpft, wie hast du von Mustafa Kemal Pascha die goldene Tapferkeitsmedaille bekommen? Es heißt, du hast am Völkermord an den die Sonne und den Teufel anbetenden Jesiden teilgenommen. Und der Überfall auf den Stamm der Beduinen…«

Kaum hatte Zehra das Wort Jesiden ausgesprochen, sah sie, wie Nordwind aschfahl wurde. Er drehte seinen Kopf zu ihr, schaute sie an, wusste nicht, wohin mit seinen zitternden Händen. Irgendetwas war da. Dort wurden viele Jesiden getötet, sagt man, sie wurden beraubt, ermordet, splitternackt ausgezogen, sie stahlen ihnen ihre Uhren, den Schmuck ihrer Frauen und töteten sie. Vom Blute der Jesiden färbten sich der Wüstensand und die auf die Leichen niedergehenden Adler feuerrot. Die Toten der Jesiden warfen sie in ein großes Gewässer mit Namen Euphrat!

Zehra brachte die Rede wieder auf die Jesiden. Er schreckte bei diesem Wort zusammen und schaute Zehra argwöhnisch an. Mit den Jesiden war Nordwind nicht im Reinen, dachte sie. Ob er sich in eines ihrer Mädchen verliebt hatte? Ob die Jesiden es in die Berge verschleppt hatten oder es vor Nordwinds Augen splitternackt ausgezogen, getötet oder vom sandigen Ufer ins Wasser geworfen hatten? Er hatte ihrem Vater doch alles erzählt, sollte er dieses verschwiegen haben? Ob Vasili davon auch nichts wusste? Oder war Nordwind ihrer überdrüssig geworden? Waren seine nächtlichen Gänge vorbei an ihrem Haus bei strömendem Regen nur ein Spiel?

»Ich liebe dich, und ohne dich will ich nicht leben. Sollte morgen mein Vater nach Kreta zurückkehren und du kommst nicht mit, bleibe ich entweder hier bei dir, und wenn das nicht möglich ist, sterbe ich. Sag mir, bist du in ein jesidisches Mädchen verliebt?« Sie stockte, schaute ihm sehr lange in die Augen. Ihre Miene hatte einen sehr traurigen, bemitleidenswerten Zug bekommen.

»Oder fürchtest du eine Schwangerschaft und dass er dann jede Hoffnung auf eine Rückkehr verlieren, sich sogar umbringen könnte? Er hat eine Rückkehr nach Kreta schon längst aufgegeben. Er schwärmt von seinem neuen Landgut, als habe der Herrgott ein Paradies geschaffen. Und nehmen wir an, er fährt dennoch nach Kreta; ich bin in eine englische Schule gegangen, dort wurde uns …« Sie stockte eine Weile verschämt. »Dort wurde uns gelehrt, wie man eine Schwangerschaft vermeidet. Wir werden kein Kind bekommen, hab keine Angst!« Sie schwitzte, ihr Gesicht wurde puterrot. Nach kurzem Schweigen sprach sie weiter: »Befürchte nichts, auf dieser Insel gibt es niemanden, der unsere Beziehung meinem Vater verrät. Mein Vater wird nichts, aber auch gar nichts erfahren!«

Plötzlich brach über ihnen ein Aufruhr los. Alle fünf Jungvögel hatten ihre nackten Hälse gestreckt und zeterten, was das Zeug hielt. Nordwind, der aufgestanden war, um nach den Vögeln zu sehen, rutschte den Mühlstein entlang, auf dem seit Langem schon Reste von Weizenkörnern lagen. Mit einer Miene, die Wut oder Trauer, Mitleid oder Liebe gleichzeitig ausdrückte, schaute er sie an. Zehra sagte lächelnd: »Um ihr Leben zu retten, sind die Jesiden in die Berge …« Nordwinds Gesicht wurde aschfahl, und Zehras Lächeln gefror auf ihren Lippen. Wie ein Blinder tastete Nordwind nach der Tür, schwankte hinaus, doch Zehra fehlte die Kraft aufzustehen. Bis es dämmerte, rührte sie sich nicht vom Fleck, bis schließlich die besorgte Nesibe erschien.

»Steh auf, Zehra, Vater stirbt vor Sorge, er fragte dauernd nach dir. Und ich antwortete jedes Mal: Zehra webt Kelims bei Şerife Hanum. Verärgert sagte er: Hole sie, wer webt denn bis Mitternacht Kelims! Was ist geschehen?«

»Gar nichts ist geschehen. Er hat dauernd diese Jungschwalben beobachtet.«

Grad in diesem Augenblick kam die Mutter der Schwälbchen hereingeflogen, und oben war wieder das Gezeter zu hören. Nesibe schaute hinauf. »Ihre Schnäbelchen sind riesengroß und alle sperrangelweit aufgerissen. Und wie sie kreischen!«

Nesibe ergriff Zehra am Arm, und sie gingen hinaus. Es dunkelte. Sehr langsamen Schrittes kamen sie nach Hause, wo der Agaefendi seine Töchter begeistert begrüßte und beide zugleich umarmte: »Hast du viel gearbeitet, mein Mädchen, bist du sehr erschöpft?«

Nesibe spürte, dass Zehra schwer antworten konnte. »Papa«, sagte sie, »ich habe sie mit Mühe von der Werkbank weggezogen. Die Kelims in Arbeit sind so schön, so wunderschön, dass, wer auch immer vor einem sitzt, sich von ihm nicht trennen kann. Wenn ich Zehra nicht weggezogen hätte, säße sie noch immer dort. Jetzt bringe ich Zehra zu Bett, sie ist so erschöpft, dass sie im Stehen schläft.«

»Die Kelims von Şerife Hanum betören nicht nur Zehra, dich und mich, sie verzaubern alle Menschen. Bring sie zu Bett! Leg sie hin, komm zurück und lass uns essen!«

Über Nordwind, der aus der Mühle schwankte, zeterten ohrenbetäubend die Jungvögel, schwärmten Hunderte von Schwalben. Wie Nordwind durch diesen Lärm nach Hause gelangte und sich ins Bett legte, wusste er nicht mehr. Auch Lena betrachtete ihn ratlos, und während Nordwind im Gezeter und Geschwirre fast die Sinne verlor, flog pappelhoch über ihm mit weit gestreckten Schwingen ein Falke. Als Nordwind durch die Tür ging, schraubte sich der Falke über dem Dach empor und reckte seine Brust dem Südwind entgegen.

Nordwind wälzte sich stöhnend im Bett, und auf dem Strand des strömenden Wassers kamen die roten Adler rauschend hernieder, öffneten beim Landen ihre breiten Flügel und hüpften dann über den Sand. Bis in den Morgen hinein blieben sie auf den Stränden des Euphrat, und die Wüste leuchtete rot von Adlern, während die Sonne sich nicht von der Stelle rührte. Die feuerroten Adler verkeilten sich ineinander, bekämpften sich mit Schnäbeln und Krallen, dass manchem der gebrochene Flügel zur Seite hing, manchem das Auge auslief.

Schreiend erwachte Nordwind gegen Morgen, richtete sich auf und schaute mit leeren Augen um sich. Lena hatte bis morgens nicht geschlafen, sie saß am Fußende des Bettes auf einem Stuhl. »Was ist, mein Junge?« Sie war aufgestanden und an das Kopfende des Bettes gegangen. Nordwind war in Schweiß gebadet. »Bist du krank? Soll ich zu den Doktoren gehen?« Nordwind hob den Kopf vom Kissen: »Mir fehlt nichts, lass mich schlafen. Adler, rote Adler.«

Als sei nichts geschehen, wachte Zehra an jenem Morgen früh auf, ging in den Baderaum, wusch sich, putzte sich die Zähne und unterhielt sich mit Nesibe. Der Vater war schon längst auf den Beinen, hatte sich in den Sessel vor dem Fenster gesetzt und betrachtete das schon seit Langem glänzende Meer.

»Schau, Nesibe, die Gelegenheit ist günstig, weder von Istanbul noch von irgendwoher kommt eine Nachricht. Trotzdem ist unser Vater wie verzaubert, fast wachsen ihm Flügel, als wolle er in den Himmel fliegen. Die Gelegenheit ist gut …«

Nesibe nickte.

»Vielleicht gibt er uns die Erlaubnis, die Truhen zu öffnen.«

»Warum auch nicht, nach Kreta können wir ja nicht mehr zurück«, antwortete Nesibe. »Alle Hoffnungen unseres Vaters haben sich zerschlagen, und er redet von nichts anderem als von einer Pferdezucht hier vor Ort. Öffnen wir unsere Truhen und ziehen wir uns ordentlich an. Jetzt haben wir nur zwei Kleider zum Wechseln.«

»Und die sind schon abgetragen. Wir sehen aus wie Zigeuner. Aber du wirst unseren Vater darum bitten.«

»Das geht nicht, Zehra, du bist die Ältere, du wirst es ihm sagen.«

»Ich würde es ihm sagen, aber das geht nicht. Wegen der Sache mit Nordwind. Er weiß alles. Sogar am Lidschlag erkennt er, was man fühlt. Zu Nordwind sagt er dauernd, du wirst mit uns nach Kreta kommen. Hast dus noch nicht gehört?«

»Auf Kreta kann ihn niemand töten, und es kann sein, dass Vater Nordwind nach Kreta bringen will, weil er ihn gern hat.«

»Ich habs gehört, aber er weiß über mich und Nordwind Bescheid. Ich kanns ihm nicht sagen. Sag ich es ihm, wird er meinen, ich bleibe mit Nordwind hier. Also wirst du unserem Vater sagen, dass wir die Truhen öffnen.«

Das Hin und Her dauerte auch nach dem Frühstück noch an, am Ende war Nesibe damit einverstanden, das Öffnen der Truhen vorzuschlagen. Der Vater war in diesen Tagen so nachgiebig. Sie hatten ihn noch nie so liebevoll und so umgänglich erlebt. Sie würden ihre Truhen öffnen und ihre schönsten Kleider anziehen. So gut gekleidete Mädchen gibt es nicht einmal in Athen. Beide Mädchen hatten die englische Schule besucht. Ihre Kleider wurden immer vom besten Schneider von Athen genäht. Wenn der Vater erst erlaubte, die Truhen zu öffnen, würde Zehra ihr schönstes Kleid anziehen und so vor Nordwind treten. Das wusste Nesibe, aber sie kannte auch ihren Vater. So liebevoll er war, er blieb ein Vater!

Musa Kazim Agaefendi saß gedankenversunken im großen Sessel und schaute aufs Meer.

»Vater!«

»Sag, mein Mädchen!«

»Papa, ich habe mit Zehra gesprochen, wir werden unsere Truhen öffnen. Dir gefällt es hier sehr. Die Gegend hat dich verzaubert.

Und du hast weder eine Nachricht noch einen Brief bekommen. Wir haben am Leib keine Kleider mehr. Wir wissen nicht, was wir tun sollen, wenn du hierbleibst, erlaube uns, die Truhen zu öffnen!«

Agaefendi gab Nesibe keine Antwort, schaute, zu Stein erstarrt, aufs Meer.

»Papa … « Sie setzte ihre Rede fort. Das Landgut werde noch schöner werden als das Gut auf Kreta. Zehra und auch sie hätten die Menschen hier liebgewonnen. Warum sollten sie die Truhen nicht öffnen?

»Papa, sprich!«

Der Agaefendi, zu Stein erstarrt, öffnete die Lippen nicht.

»Vater, sag doch etwas!«

Zehra, die im Sessel neben der Tür horchte, kam hinzu. »Vater, ich küsse deine Hände und Füße, sprich! Was du auch sagst, wir sind einverstanden, aber sag etwas!«

Sehr langsam wendete sich der Agaefendi ihr zu. »Als eure Mutter noch lebte, waren wir vier übereingekommen, nach einem langen Gespräch, dass die Truhen nicht geöffnet werden, bis wir nach Kreta zurückgekehrt sind! Öffnet sie, wenn ihr wollt! Zuerst die Truhe eurer Mutter. Was auch immer drin ist … Mehr habe ich nicht zu sagen. Das müsst ihr wissen!«

Er stand auf, ging zur Tür. Die Mädchen stellten sich ihm in den Weg. »Wir hatten gedacht, du würdest hierbleiben, und deswegen …«

»Ich werde nicht hierbleiben, und läge ich auch in den letzten Zügen, ich fände einen Weg und ginge nach Kreta. Wenn ich hier sterbe, ist mein letzter Wille an euch: Begrabt meinen Leichnam auf Kreta. Ihr werdet die Türkei nicht verlassen können. Unser Sohn Nordwind Bey ist Offizier, sogar Offizier mit Freiheitsorden. Er soll meinen Leichnam auf unserem Landgut neben den Gräbern meiner Mutter und meines Vaters bestatten. Es liegt Geld in meiner Truhe und in der Truhe eurer Mutter. Sie haben doppelten Boden, die Goldstücke liegen in Baumwolle verpackt dazwischen. Auch in euren Truhen sind Goldstücke. Ihr habt gehört, was ich gesagt habe. Also sorgt euch nicht, wenn ich hier sterbe. Ich werde einen Weg nach Kreta finden. Vielleicht schon morgen oder nächste Woche. Haltet euch bereit, mit euch werde ich bald nach Istanbul reisen. Beim größten Schneider von Istanbul werde ich Kleider für euch bestellen, es ist nicht nötig, die Truhen zu öffnen.«

Die Mädchen wunderten sich. Der Vater hatte nicht geschrien, war nicht wütend geworden, er war ganz ruhig.

»In Ordnung, Papa«, sagte Zehra.

»In Ordnung, Papa«, sagte Nesibe.

»Solange wir leben, werden wir die Truhen nicht öffnen.«

Als der Vater die Treppe hinunterstieg, schaute er noch einmal zurück. »Istanbul ist so schön. Zusammen werden wir sie besuchen, die Thronstadt der Osmanen, der Byzantiner und Römer.«

Nachdem der Vater gegangen war, setzten sich die beiden einander gegenüber in die Sessel.

»Erzähl! Gestern Nacht warst du wie tot, konntest dich nicht von der Stelle rühren.«

»Da ist nicht viel zu erzählen. Ich bin, wie du weißt, sehr früh zur Mühle gegangen, dachte, er würde vor mir dort sein. Als ich ankam, war er nicht da, ich setzte mich auf den Mühlstein und wartete. Die Vögel begannen zu zwitschern, ich wartete mich zu Tode und war gespannt wie ein Bogen. Plötzlich öffnete sich die Tür, er zitterte wie Espenlaub, schaute mir wieder nicht ins Gesicht, setzte sich neben mich auf den Mühlstein. Auf dem Stein lagen einige Weizenkörner, mit bebenden Lippen zählte er sie. Die Jungschwalben über uns im Nest zeterten los, wenn ihre Mutter angeflogen kam, er drehte sich zu ihnen um, und sein Gesicht wurde grasgrün. Dann stand er auf und tastete sich zur Tür.«

»Ihn bedrückt etwas, das hat nichts mit dir zu tun. Eines Tages wird er es dir erzählen, danach wird sich alles einrenken. Gräme dich nicht. Er liebt dich, er ist verrückt nach dir.«

»Ist das wahr, Nesibe? Wird er mir erzählen, was ihn bedrückt?«

»Ihm bleibt nichts anderes übrig. Meines Erachtens weiß Vater, was ihn bedrückt. Auch wenn er es Vater und auch sonst niemandem erzählen kann, am Ende aber wird er es dir gestehen und sich von allem befreien.«

»Ich flehe zu Gott, dass unser Vater die Erlaubnis bekommt und wir nach Kreta reisen. Auch Nordwind wird mit Freuden nach Kreta kommen.«

5

Handscharträger Efe wohnte in einem der schönsten Häuser der Insel, und keiner der Bewohner ließ es ihm an Achtung und Zuneigung fehlen. Er war von den Bergen in die Ebene heruntergekommen, hatte um sich eine Anzahl Milizionäre geschart und war einer der Ersten, die sich mit einer Bande gegen die Griechen auflehnten und nicht wie Efe der Schmied, ob schuldig oder nicht, jene, die ihm nicht passten, unterdrückte. Wenn er redete, sprach er von seinen Erinnerungen in den Bergen und von seinen Kämpfen im Freiheitskrieg gegen die Griechen. Sonst hüllte er sich in Schweigen. Und wenn er schon sprach, wunderte sich jeder, dass er überhaupt das Wort ergriff. Jeder wusste, dass er sich mit Weib und Kindern auf der Insel niedergelassen hatte, weil er Nordwind mochte und ihm vertraute. In manchen Nächten sah man ihn mit dem Gewehr in der Hand ums Haus von Nordwind seine Runden drehen. Als wolle er Nordwind vor jemandem schützen. Irgendwie hatte er diese Insel entdeckt, sich mit Musa dem Nordwind angefreundet und war eines Tages mit Kind und Kegel hergezogen. Er war noch ein junger Mann, der weder vom Fischen noch von der Landwirtschaft etwas verstand. Aber er hatte Erspartes und konnte damit ein schönes Haus mit Teppichen, Kelims und samtenen Sesseln einrichten. Seine Frau und seine Kinder waren stets blitzsauber gekleidet. Als er das Haus kaufte, wollte Nordwind ihn unterstützen, doch er schob den von Nordwind gereichten Geldbeutel mit der Linken beiseite, holte seine eigene Geldbörse hervor und legte den geforderten Betrag vor Vahap Bey auf den Tisch.

Was Handscharträger Efe nun auf der Insel anfangen sollte, wusste weder er noch irgendwer. Die Doktoren wollten in der von den Griechen verlassenen Schule Klassen einrichten. Sie hatten ihr Vorhaben bei der Präfektur in Ankara beantragt und die jetzt zu Abgeordneten gewählten früheren Kriegskameraden, alte Offiziere, auf die Insel eingeladen, um ihnen ihr Projekt darzulegen. Mit ihrer Hilfe würden die Kinder für das Studium an höheren Schulen vorbereitet werden. Auch Handscharträger Efe wollte seine Kinder in dieser Schule anmelden.

Er hatte sich auch schon eine Tätigkeit ausgedacht. Er würde Getreide anbauen. An den Dreschplätzen in der Ebene war zu erkennen, dass die Griechen hier Getreide gepflanzt hatten. Stoppeln von Getreide waren zwischen den Grünpflanzen noch zu erkennen. Handscharträger Efe wollte Äcker von der Regierung kaufen. Und Olivenbäume, die früher einem Griechen gehörten. Und wenn die Bäume eines Griechen nicht reichten, konnte er noch fünf Olivenbäume von fünf anderen Griechen dazunehmen. Na ja, Olivenernte ist mühselig, aber was ist mit den Weinbergen? Kaufte er fünf bis zehn Morgen, konnte er seine Familie leicht ernähren. Und den Granatapfelgarten, die Pfirsichbäume und die gelben, riesigen Feigen, aus deren Ärschen der Honig nur so träufelt!

Handscharträger Efe stieg vom Feigenhain zu den Pfirsichgärten hinunter. Die Feigenbäume im Hain waren größer als die anderen Bäume. Auch die Früchte waren massig. So große Feigenbäume sah man selten. In knapp zehn Tagen würde zuckersüßer Saft aus den Feigen träufeln. Was treiben unsere Inselbewohner eigentlich?, ärgerte er sich. Wenn die Feigen schon so weit sind, müssen die Pfirsiche überreif sein! Die Leute haben von nichts die Ahnung, grummelte er, ging zu den Pfirsichgärten hinunter und sah, dass die Früchte schon reif waren. Wie gut, dass ich hergekommen bin, die Pfirsiche müssen umgehend gepflückt werden. Heutzutage bringen Pfirsiche viel Geld. Eilig schlug er den Weg zu Nordwind ein.

»Nordwind, Bruder, weißt du, woher ich jetzt komme? Aus den

Pfirsichgärten. Die Pfirsiche sind schon reif, in knapp einer Woche fallen sie vom Baum und sind nichts mehr wert. Innerhalb zweier Tage müssen wir sie pflücken, haben wir Leute dafür?«

»Ich weiß es nicht«, antwortete Nordwind.

»Ich habe Kinder und Frauen, es gibt dich und mich, den Agaefendi, die Töchter, die Doktoren … Pfirsiche bringen viel ein. Entweder pflücken wir sie, oder wir geben sie den Großhändlern in Kommission, sie ernten und nehmen sie mit. Wenn wir sie pflücken, verdienen wir das Doppelte. Wenn wir es nicht ganz schaffen, hole ich aus der Kleinstadt und den Dörfern Tagelöhner, und wir verkaufen sie an die Kommissionäre. Was meinst du?« Nordwind überlegte eine Weile. »Gehen wir zu den Doktoren und fragen sie! Auch Veli den Treffer, Hüsam und Hasan den Deserteur. Und auch Melek Hanum und den Agaefendi …«

»Und in einer Woche reifen die Feigen. Danach die Granatäpfel und dann die Weintrauben. Wie reich sie doch ist, unsere Insel.«

»Ja«, sagte Musa der Nordwind. »Wo sich die Griechen niedergelassen haben, dort ist fruchtbare, gesegnete Erde. Wir dürfen keine Zeit verlieren!«

Schon bald waren sie bei den Doktoren. Etwas später kam Mutter Lena mit denen, die sie zusammengetrommelt hatte. Nordwind erzählte ihnen von dem Problem mit den Pfirsichen. »Und nun frage ich euch: Pflücken wir die Pfirsiche, oder verkaufen wir sie am Baum an die Kommissionäre? Wir verstehen nichts von Pfirsichen. Dass sie reif sind, sogar schon überreif, hat mir Handscharträger Efe gesagt. Ich weiß weder, wie Pfirsiche reifen, noch wann sie überreif sind.«

»Was ist ein Kommissionär, was bedeutet verkaufen am Baum? Efe soll uns das erklären, damit wir im Bilde sind«, sagte Doktor Salman Sami.

»Ich erklärs«, antwortete Handscharträger Efe. »Wir benachrichtigen die Großhändler für Gemüse und Obst in der Stadt, diese kommen, schauen sich die Pfirsichgärten an und schätzen einen

Preis für alle Pfirsichgärten. Entweder sind wir mit dem geschätzten Preis einverstanden oder auch nicht. Sind wir einverstanden, bekommen wir unser Geld im Voraus. Wenn nicht, suchen wir einen anderen Kommissionär, und wenn wir uns mit ihm einigen, kommt er mit Tagelöhnern, pflückt die Pfirsiche, verpackt sie in Kisten und bringt sie fort, ohne uns auch nur an einem unserer Pfirsiche schnuppern zu lassen. Und unseren Kindern, die die reifen Pfirsiche sehen, läuft das Wasser im Munde zusammen.«

»Und die andere Lösung?«

»Wir verkaufen die Pfirsiche nicht wie am Baum gewachsen, wir pflücken sie selbst, packen sie in Kisten, bringen sie in die Stadt, übergeben sie dort einem Großhändler. Das macht nur Sinn, wenn wir so einen besseren Preis bekommen als für alle am Baum. Die Pfirsiche der Ameiseninsel sind berühmt, jeder wird sich darum reißen.«

»Wir wissen nicht, wie Pfirsiche geerntet werden, wir werden die Hälfte aus Gier schon beim Pflücken essen und Durchfall bekommen.«

»Was ist denn das, Durchfall?«

»Das ist schlicht und einfach Dünnschiss.«

»Ich verstehe«, sagte Efe, »es stimmt.«

»Verkaufen wir die Obstgärten als Ganzes. Hayri Efendi findet für uns einen ehrlichen Makler. Aber wie vermeiden wir, dass unseren Kindern das Wasser im Munde zusammenläuft?«

»Das machen wir so«, rief Handscharträger Efe mit seiner Donnerstimme. »Wir trennen etwa fünfzehn Bäume vom Ganzen ab, dann bleibt etwas für die Kinder und auch für uns. Also geht jetzt einer von uns zu Hayri Beyefendi, der sucht uns einen ehrlichen Makler.«

»Ich gehe«, sagte der Tierarzt. »Wir hatten in Van viele Nussbäume und auch Weinberge. Wir verkauften die Walnüsse am Baum.«

»Dann mach dich jetzt auf!«, sagten sie. »Du hast ja auch ein Boot, sogar ein pompöses.«

»Jetzt gleich!«, rief Handscharträger Efe. »Je früher wir die Pfirsiche verkaufen, desto höher ist unser Gewinn.«

Der Tierarzt eilte zum Anleger. Er machte die Leinen los, gab Vollgas, und das Boot flog dahin. Als er die Stadt erreichte, suchte er Hayri Efendi auf.

»Heute übernachten Sie bei uns«, sagte er, »da haben Sie es bequem.«

Bis zum Abendessen saßen sie auf dem Balkon und unterhielten sich. Hayri Efendi stellte andauernd Fragen über die russische Front, und der Tierarzt schilderte das Massaker von Sarikamiş mit gebrochener Stimme und Tränen in den Augen.

»Das heißt, die russische Front war grausam und schrecklicher als die Dardanellen.«

»Beides war schrecklich, beides war eine Schande der Menschheit«, antwortete der Tierarzt.

»Alle Kriege sind eine Schande für die Menschheit und auch für die Tierwelt«, sagte Hayri Efendi voller Wut, und seine Hände zitterten.

»In Gegenwart von Nordwind dürfen wir nicht über Krieg reden, er wird dann leichenblass, bekommt lila Lippen, ist wie von Sinnen. Nein, wir reden in seiner Gegenwart kein Wort über den Krieg. Noch sehr jung, knapp sechzehn Jahre alt, ist er bei Sarikamiş in die Schlacht gezogen. Frau Lena sagt, dass er in den Nächten bis in den Morgen hinein von Sarikamiş deliriert.«

Hayri Efendi runzelte die Brauen und dachte nach. »Sagtest du, die Pfirsiche sind schon reif?«

»Wenn wir sie nicht pflücken, ist es in einer Woche, zehn Tagen schon zu spät. Wir sind zu dem Entschluss gekommen, wir können sie nicht pflücken. Unter uns sind welche, die gar nicht wissen, was ein Pfirsich ist. Und wem verkaufen wir sie, und wie? Da haben wir beschlossen, die Ernte am Baum zu verkaufen. Damit du für uns jemanden findest, haben sie mich zu dir geschickt.«

»Gut getan, zu mir zu kommen. Da gibt es Şükrü Efendi. Er ist weitläufig mit mir verwandt. Als die Griechen noch hier waren, war Şükrü Efendi ein bekannter Großhändler für Obst und Gemüse in diesem Bezirk und in Izmir. Nur feilschen dürft ihr mit ihm nicht. Und zweitens: In seiner Gegenwart kein Wort über die Dardanellen, Gallipoli und den Krieg überhaupt! Sein Bruder und drei Vettern und auch sonst keiner der Burschen seines Dorfes, die in die Dardanellen zogen, sind zurückgekommen. Alle jungen Frauen seines Dorfes wurden zu Witwen. Bis heute sind die Nächte im Dorf Gejammer und Wehgeschrei. Einen Großhändler einschalten ist ein guter Gedanke. Şükrü Efendi ist der Richtige. Ich werde ihn gleich benachrichtigen, und morgen in aller Frühe wird er mit seinen Leuten hier im Laden sein. Um Gottes willen, dass niemand von Schlachten und Krieg ein Wort verliert. Dann verlässt er sofort die Insel und kehrt grollend heim!«

»In Ordnung, niemand wird ein Wort sagen …«

»Er ist jetzt ein einsamer Mann auf dieser Welt, verletzt und mutterseelenallein.«

»Aber wir haben ein Anliegen. Unter uns sind Menschen, die noch nie einen Pfirsich gesehen haben. Şükrü Efendi soll uns den kleinsten der Gärten überlassen und uns entsprechend weniger bezahlen. Die Pfirsiche machen den Kindern den Mund wässerig.«

»Gut, dass du mir das sagst. Das wird er einsehen, mach dir keine Gedanken!«

Schon früh am Morgen tauchte Şükrü Efendi mit einigen Männern auf. Hayri Efendi erklärte Şükrü Efendi die Lage.

»Geht in Ordnung«, sagte der. »In dieser Gegend gibt es keine besseren Pfirsiche als die von der Ameiseninsel. So ist es auch mit den Feigen, den Granatäpfeln und den Weintrauben. Die Erde ist so fruchtbar. In der Ebene wuchs früher ein Getreide, das ein Tiger nicht flachlegen kann. Ich übernehme das gesamte Obst und vermarkte es. Und sorge für einen guten Gewinn.«

Şükrü Efendi wirkte wie ein ruhiger, friedlicher Mann, der langsam spricht, seine Stimme im Zaume hält und Vertrauen erweckt, dachte der Tierarzt. Hayri Efendi hatte zwei schöne Töchter, die den Frühstückstisch deckten. Şükrü Efendi hob nicht ein Mal den Kopf, um sie zu betrachten. Er schien verschämt. Aber – wer so ruhig ist und den Kopf gesenkt hält, ist oft gefährlich, war Şükrü Efendi einer von denen? Dann redet er von einem Getreide, das auch ein Tiger nicht flachlegen kann. Seltsame Redeweise … Aber vielleicht ist das hier eine übliche Redensart. Mehrmals wiederholte er diesen Satz.

»Ich habe auf der Ameiseninsel viel Weizen gekauft, habe ihn in der Mühle mahlen lassen und in die Stadt gebracht. Auf dieser Insel wuchs ein Getreide, das dem Menschen bis zur Brust reichte und das auch ein Tiger nicht flachlegen konnte.«

Şükrü Efendi blieb nicht lange. »Morgen noch nicht, aber übermorgen komme ich zur Insel, grüße die Freunde, Tierarzt!«, sagte er beim Weggehen.

»Zu Befehl, Şükrü Efendi.«

»Sie sollen sich keine Sorgen machen. Ich werde für die Kinder, die noch keine Pfirsiche gesehen, geschweige denn gegessen haben, einen schönen Pfirsichgarten abtrennen. Ich werde ihn in Gedenken an meinen Vater auch bezahlen, da können sie essen, bis ihre Bäuche schwellen.«

Kaum war er gegangen, erhob sich auch der Tierarzt. »Gut, dass du für uns diesen Mann gefunden hast. List und Betrug sind ihm fremd.«

»Nur vom Krieg, Dardanellen und Gallipoli kein Wort in seiner Gegenwart! Dann lässt er nämlich sofort alles liegen und kehrt zurück in die Stadt. Und eure Pfirsiche verfaulen am Zweig. Um Gottes willen! Sage allen, sie sollen ja keinen Fehler machen! Şükrü Efendi hats nicht leicht. Alle reden jetzt ständig vom Krieg, sodass Şükrü das Haus nicht verlassen konnte. Und wenn er es verließ, kam er wie von Sinnen zurück und schloss sich tagelang im Hause ein.»

Der Tierarzt überlegte, was Şükrü Efendi wohl erlebt hatte. Und es gab ihm einen Stich ins Herz. Auch er selbst war vor einigen

Jahren wie von Sinnen, wenn er die Worte Krieg und Schlacht hörte. Was ist seinen Eltern widerfahren, was seiner Verlobten, seinen Geschwistern? Wohin sind sie?

So in Gedanken kam er zur Insel, vertäute das Boot am Anleger, ging zu den Platanen und setzte sich. Er schaute sich um, es war niemand da. Er suchte, auch Vasili war nicht zu sehen. Er ging zu den Doktoren, die Türen waren verschlossen. Die Werkstatt von Meister Arsen lag drei Läden entfernt, seine Türen waren auch verschlossen. Dann schritt er alle Häuser ab. Mein Gott, was ist mit diesen Menschen geschehen? Als er durch Van ging, war er auch in einer so gottverlassenen Welt mutterseelenallein gewesen. Im Laufschritt gelangte er zum Olivenhain und kletterte, gegen Bäume stoßend und an Sträuchern hängen bleibend, außer Atem den Hügel hoch. Er kam zum beschrifteten Stein, schaute in alle Richtungen, zuerst nach Westen, dann nach Osten, Süden und Norden, aber es war niemand zu sehen.

Auf der Insel gab es kein Lebewesen mehr. Er setzte sich vor den beschrifteten Stein, lehnte sich mit dem Rücken an den Block und dachte nach. Wohin könnten sie sein? Die Granatapfelgärten, das Tal der Feigenbäume, die Bienenkörbe, es gab vieles auf der Insel, das von diesem Hügel aus nicht zu sehen war. Dort sind sie! Er sprang auf die Beine und strauchelte hügelabwärts. Er durchschritt das Tal der Feigenbäume und kam an den Granatapfelbäumen vorbei. Als er zu den Pfirsichgärten hinunterging, sah er die Menschenmenge. Das ganze Dorf war hier.

»Der Tierarzt ist da, der Tierarzt ist da«, riefen alle freudig und hießen ihn willkommen. Der Tierarzt hatte keine Kraft mehr, er hockte sich auf einen Stein, und sie umringten ihn gleich.

»Das ganze Dorf ist hier. Was habt ihr hier zu suchen?«

Veli der Treffer trat vor. »Hier?«

»Ja, hier.«

»Seitdem du dich in die Stadt aufgemacht hast, kommen wir alle jeden Tag hierher.«

»Und was tut ihr hier?«

»Nichts.«

»Was heißt nichts?«

»Nun, nichts.«

»Sind die Pfirsiche gereift, habt ihr sie alle gegessen?«

»Niemand wagt es, einen einzigen Pfirsich zu pflücken!«

»Was hat dann das ganze Dorf hier zu suchen?«

»Nichts. Wir gucken nur.«

»Habt ihr, nur wegen des Geschmacks, nicht einen einzigen Pfirsich gekostet?«

»Warum denn?«

Jetzt trat Nordwind, der die Geduld verloren hatte, vor. »Bruder Tierarzt, von denen hier hat nicht einer auch nur an einem Pfirsichblatt geschnuppert, geschweige denn einen Pfirsich mit der Hand berührt. Wir schauen die Früchte nur an und machen uns den Mund wässerig. Wir haben schon keine Spucke mehr! Dieser Veli trat vor uns hin: Nicht ein Pfirsich wird angerührt, wir werden dem Käufer diese Gärten unberührt wie eine Jungfrau übergeben. Denn wenn der Käufer die Bäume nicht voll behangen vorfindet, kauft er sie nicht oder versucht, den Preis zu drücken. Und deswegen haben wir nicht einen einzigen Pfirsich gepflückt und beschnuppert. Wir kamen bei Tagesanbruch hierher, betrachteten unsere Pfirsiche und gingen bei Sonnenuntergang wieder nach Hause. Und wenn du einen Monat weggeblieben wärst, hätten wir hier gestanden und unsere Pfirsiche nicht einmal beschnuppert. Und was hast du in der Stadt erlebt?«

Der Tierarzt blieb auf dem Stein sitzen und begann alle Einzelheiten zu erzählen. Von Şükrü Efendi, von seinen Bedenken und seinem Charakter. Die Pfirsiche, Granatäpfel, Feigen und das Getreide der Insel seien das Beste in der ganzen Gegend und er würde die Ernte teurer einkaufen als anderswo, aber auch teurer verkaufen.

»Einen der Obstgärten wird er kaufen und den Inselbauern überlassen, die noch nie von Pfirsichen gehört, geschweige denn gegessen haben. Nach Hayri Efendis Meinung steht Şükrü Efendi zu seinem Wort. Noch niemals habe er bis jetzt erlebt, dass er seine Spucke wieder aufgeleckt habe.«

»Und nach Kriegsende soll es noch solche Männer geben?«

»Gibt es«, antwortete Veli der Treffer. »Selbstverständlich wird es auf dieser Welt immer solche Menschen geben.«

»Muss es geben«, sagte Nordwind, »Menschenkinder werden den Krieg beenden, und wie soll das gehen, wenn es solche Menschen nicht mehr gibt?«

»Wartet, ich bin noch nicht fertig!«, sagte der Tierarzt. »Şükrü Efendi ist bei manchen Worten wie von Sinnen. Wer sie ausspricht, den schaut er nicht mehr an, und er verurteilt jene, die zu diesen Wörtern schweigen. Er schließt sich dann in seinem Haus tagelang ein, ist böse auf die ganze Welt.«

»Mensch, nun sag schon, was sind das für Wörter, sags uns, damit keines dieser Wörter uns über die Lippen kommt.«

»Unsere Pfirsiche dürfen nicht an den Bäumen verfaulen. Sag es uns sofort, dass uns kein falsches Wort über die Lippen kommt!«

»Erstens: Das Wort Krieg. In seiner Nähe wirst du dieses Wort nicht einmal denken. Zweitens: Dardanellen.Şükrü Efendi gerät außer sich, wenn er dieses Wort hört. Außerdem: Gallipoli.«

Melek Hanum machte mit hochrotem Gesicht einige Schritte, sie zitterte am ganzen Körper. »Recht hat er, der Şükrü Efendi, und zwar himmelhoch recht. Wenn auch ich diese Wörter höre, sträuben sich mir die Haare. Ach, Şükrü Efendi! Zwei Brüder, drei Vettern, und überhaupt kommt keiner, der aus seinem Dorf auszieht, wieder zurück. Ach, mein Şükrü Efendi!« Mit Tränen in den Augen bahnte sie sich einen Weg durch die Menge, als fliehe sie vor einem Ungeheuer. Die Menschenmenge zog palavernd und zeternd hinter ihr her. Unter den Platanen setzten sich alle auf die Sofas und Pritschen und sprachen vom Krieg, den Dardanellen und von Sarikamiş. Unter ihnen war nicht einer, der diese Schlachten nicht miterlebt, zumindest einen Nahestehenden dort verloren hatte. Alle gaben Şükrü Efendi recht, aber was konnten sie anderes tun als die Zähne zusammenbeißen. Es wurde Abend, die Sonne ging unter, unglücklich gingen sie auseinander. Nur Dengbey blieb am Brunnen zurück, er war so betrübt, dass er wie gelähmt sitzen blieb. Es wurde dunkel, der Mond neigte sich nach Westen und verschwand, der Dengbey kam mit Mühe auf die Beine, seine Füße zogen ihn den Hügel hinauf. Im schwindenden Schimmer des Mondes gewahrte er den beschrifteten Stein, er setzte sich drauf, murmelte eine Totenklage der Schlachtfelder. Seine Stimme wurde lauter, das Klagelied brach aus ihm heraus …

»Wir kamen vom anderen Ende der Welt, von den lila geblümten Hängen des Berges Cudi. Die Menschen waren glücklich, der Vogel am Himmel, die Ameise am Boden war glücklich, die Menschen lachten lauthals. Du, Menschenkind, klug bist du, hast eine große Seele und ein Herz voller Liebe … Und erfindest den Krieg … Hättest du ihn doch nicht erfunden, denn nun stirbt das Menschenkind schon bei seiner Geburt. Denn tötest du dich nicht selbst, wenn du dein Gegenüber tötest? Wurde dir Vernunft gegeben, damit du dich selbst tötest? Wir haben die Freude in uns getötet … Die Welt war voller Blumen, voller Licht, voller Farben, voller Vögel, voller Stimmen, voller Gerüche, voller Liebe, voller Gnade … All das haben wir getötet …« So sang der Dengbey Uso. »Die Erde, auf der wir geboren, den Himmel über uns, die segelnde weiße Wolke, die dahinfliegenden Zugvögel, alles, was die Welt schön macht, haben wir getötet. Auch die Gazellen mit den traurigen schwarzen Augen. Wären wir doch nie auf diese Welt gekommen … Wäre die Welt ohne uns nicht viel schöner gewesen? Jetzt wird seine Stimme heiser. Wofür ist eine Welt ohne Menschen, ohne Liebe denn gut, eine Welt ohne Licht? Was hast du getan, Menschenkind, warum hast du das Licht unserer Freude gelöscht? Warum deine Kraft für Kriege vergeudet? In deinem Herzen ist keine Mordlust, in deinem Innersten bist du voller Liebe. Hat dich die Todesangst in diesen Zustand gebracht? Hat sich die Todesangst so verderblich in deinem Herzen einnisten können, dich zum Feind deiner selbst, zum niederträchtigsten aller Geschöpfe verändern können?« So sang er. »Du hast es dir selbst angetan. Hast zu Helden gemacht, die die meisten Menschen getötet haben. Sind diese Menschenblutsäufer denn glücklich geworden? Du hast sie gekrönt, bist du nun glücklich? Du hast die Mörder den Menschenkindern zum Vorbild gemacht«, sang er. »Bekränze dich dafür!«

Als er mit seiner kräftigen Stimme zu singen begann, erwachten zuerst die Doktoren, sie standen auf und zogen sich an. Diese Stimme ging zu Herzen, sie wurde immer lauter, wütender. Auch der Tierarzt wachte auf, rief hinunter nach Nordwind. Sie suchten den Agaefendi auf; der stand schon mit seinen Töchtern im Garten.

»Wir werden zur Quelle hinaufgehen und uns still hinsetzen. Dort kann er uns nicht sehen, und wir werden ihm zuhören, ohne dass er es merkt.«

Bald waren fast alle Inselbewohner still und leise zur Quelle gegangen und hatten sich am Fuße des Felsens hingehockt.

»Ob Uso Dengbej uns sieht, wenn ich mir eine Zigarette anzünde? Warum verstecken wir uns eigentlich vor ihm?«

»Bei den Turkmenen und auch bei den Kurden singen die Dengbejs vor Zuhörern anders als für sich. Ich habe Dengbej Uso oft zugehört, und so wie jetzt kenne ich seine Stimme und auch seine Worte nicht. Es reißt einem das Herz aus dem Leib«, sagte der Tierarzt.

»Cemil Bey, übersetzt du es uns von Anfang an?«, fragte Doktor Salman Sami den Tierarzt.

»Als der Dengbej mit der Sage begann, las ich ein Buch. Kaum hörte ich seine Stimme, legte ich das Buch beiseite und begann ihm zuzuhören. Er begann mit der Totenklage der Mutter eines gefallenen Soldaten. Ich hörte seine Stimme, die sich mit dem Rauschen des Meeres vermischte, und verstand seine Worte. Als er mit der Sage begann, wurde er lauter, wurde auch seine Stimme kräftiger. Soll ich wiederholen, was er bisher gesungen hat?«

»Von dem bisher Gesungenen nur den Inhalt«, sagte Salman Sami, »und alles was noch kommt.«

Tierarzt Cemil begann, den Gesang des Dengbej zu übersetzen. Kurz vor Tagesanbruch war die Sage zu Ende. Nun begann der Dengbej auf der Schalmei zu blasen. Die Kinder, die zur Quelle gekommen waren, hatten kein Wort gesprochen und keins von ihnen war eingeschlafen.

Bei Tagesanbruch verflüchtigten sich sachte die Klänge der Schalmei und verstummten schließlich. Der Dengbej legte das Instrument ins Futteral und stand mühselig auf, denn seine Beine waren eingeschlafen. Er ging zum Olivenhain hinunter, kam zu den Platanen, setzte sich auf eine der Pritschen und lauschte dem Plätschern des aus dem Hahn strömenden Wassers. Ein anderes Geräusch war nicht zu hören. Er trank am Brunnen, kam zurück und setzte sich. Plötzlich musste er an seine Heimat denken. Hätte er diese neue Sage dort gesungen, die Zuhörer wären aus dem Häuschen gewesen; Menschen, deren Jungen in den Dardanellen, in Sarikamiş, an der griechischen Front geblieben waren, hätten Tränen vergossen, junge Dengbejs hätten diese Sage gelernt und von Ort zu Ort weitergetragen …

Das Glück der in dieser Nacht gedichteten Sage füllte das Herz von Dengbey Uso. Jeder Dengbej, der diese Sage irgendwo vortrug, würde mit dem Einfluss seiner Zuhörer seinem Lied Neues hinzufügen. Die Zuhörer, die seine alten Sagen von Ort zu Ort mit ganzem Herzen verfolgten, verschönerten sie jedes Mal. Obwohl er eine zornige Sage geschaffen hatte, fühlte er sich vor Freude und Glück wie im Himmel, litt aber auch Höllenqualen, weil er sie nicht weitertragen konnte. Gleich diese Insel verlassen, sich auf den Weg machen, bis hin zur Heimat diese Sage allen Menschen erzählen … Ein Feuer hatte sein Herz erfasst, und er fühlte sich in diesen frühen Morgenstunden in der riesengroßen Öde dieser Welt mutterseelenallein. Einen großen Platz müsste es geben, einen riesengroßen Platz, und dieser Platz bis an den Rand voller Menschen, und denen müsste er diese neue Sage erzählen. Und danach die Oboe spielen. Ohne sich zu rühren, ohne zu hüsteln, würden die Menschen zuhören … Als die Morgenbrisen aufzogen, war er plötzlich voller Freude, bis ins Mark, und die Höllenqualen wie fortgeblasen. Für Wolf und Vogel, Käfer und Fliege, die Nacht, das Meer und das Mondlicht hatte er sein Lied gesungen, der wehenden Brise und den duftenden Blumen. Eines Tages würde er auch für die Menschen auf dem randvoll gefüllten Platz singen, über das Böse, das Grausame, das der Mensch dem Menschen antat. Und sie würden danach so glücklich sein, wie er selbst in dieser Nacht glücklich war.

Im Osten hellte es auf, das weiße Meer begann zu schillern, die Welt war menschenleer. Es kam auch niemand zum Brunnen, um Wasser zu holen. Stille rundum. Kein Fenster wurde geöffnet, keine Tür knarrte, kein Laut. Nur das Rauschen des Meeres … Er stand auf und nahm den Weg zum Haus von Şerife Hanum. Die Tür stand offen. »Şerife Hanum, Şerife Hanum, wo sind Sie?«, brüllte er. Nichts rührte sich. Er ging hinein, es war niemand da. Er ging nach oben, auch dort gähnende Leere. Er lief zu Nordwind, nicht einmal Mutter Lena war dort. Er ging zum Agaefendi, zu den Doktoren, zum Tierarzt, im Dorf nicht eine Menschenseele. Er kam zurück und setzte sich unter die Platanen. Wohin waren alle Bewohner der Insel? Er schaute zu den Kuttern und Booten am Anleger hinüber, sie waren alle da. Er wunderte sich mehr und mehr. Er war von Haus zu Haus gegangen, nur sein eigenes hatte er vergessen. Ganz außer Atem kam er dort an, nahm drei Stufen auf einmal nach oben, rief seine Frau, ging von einem Zimmer ins andere. Er zog Streichhölzer aus seiner Tasche, zündete die Lampe an, das Haus war menschenleer. Das Dorf leer, seine Frau verschwunden, ohne seine Zustimmung – was war geschehen? Er wusste nicht mehr weiter und setzte sich auf die Pritsche neben dem Brunnen.

Von irgendwoher kamen fast unhörbare Laute. Er spitzte die Ohren, stand auf, vernahm etwas wie Stimmen, die sich vermehrten, je näher sie kamen. Eine ganze Weile stand er wartend da. Zwischen den Stimmen konnte er Doktor Salman Sami, danach den Tierarzt, dann Melek Hanum heraushören. Waren sie zur Quelle gelaufen, um zu lauschen? Von seinem Versteck hinter den Sträuchern glitt er geduckt zum Granatapfelgarten. Es wurde hell, über den Meeresspiegel zog ein leichter Nebelschleier, eine Spinne hatte von einem Strauch zum nächsten ihr Netz gesponnen, sich in den obersten Winkel der Fäden gehockt, als betrachtete sie einige tote Fliegen, die sich im Netz verfangen hatten.

Als die Menschenmenge ins Dorf zurückgekommen war, verstummten die Stimmen. Sie sind gekommen, um mir zuzuhören, das steht fest, dachte der Dengbej, hätte ich mich doch ins Röhricht geschlichen und gelauscht, was sie von meiner neuen Sage halten.

Bis zum Mittag blieb er im Granatapfelgarten, im Innersten eine unerträgliche Sehnsucht. Als er in der Nacht seine neue Sage sang, hatte er auch diese unerträgliche Sehnsucht gefühlt. Er verspürte Hunger und schlich geduckt nach Haus. Seine Frau empfing ihn liebevoll. So herzlich und leidenschaftlich hatte sie ihn bisher, auch nicht in den ersten Tagen ihrer Liebe, nie umarmt.

»Als sie deine Stimme hörten, hielt es hier niemand mehr aus. Wir gingen ohne einen Laut hinauf zur Quelle. Du sangst kurdisch, der Tierarzt sagte es auf Türkisch. Wir alle weinten plötzlich, Kind und Kegel. Wo bist du abgeblieben, ich habe dir so schöne Speisen zubereitet. Die Doktoren haben uns Lammfleisch ins Haus geschickt. Und am meisten hat dieser große Doktor geweint.«

Die Fußbodentafel war schon gedeckt. Die Frau brachte in Windeseile das Essen, sie setzten sich einander gegenüber und aßen. Nach dem Essen machte die Frau das Bett, Uso kroch unter die Decke und drehte sich eine ganze Weile hin und her. Als er gegen Abend erwachte und das Tageslicht gewahrte, meinte er, es sei schon Morgen.

»Was war in der Nacht?«, fragte er seine Frau.

»Kind und Kegel, alle haben geweint«, antwortete sie.

»Alle?«

»Auch die beiden Doktoren und auch der Agaefendi, ja, auch er mit seinem riesengroßen Kopf, und auch Melek Hanum und auch Şerife Hanum … Die Tränen von Şerife Hanum versiegten gar nicht. Und auch alle Kinder … Die weinten viel, sehr viel, als du spieltest.«

»Nun, das ist die beste Nachricht. Die Kinder haben geschnieft und geweint?«

»Genau so, sie haben sich immer wieder geschnäuzt und von Anfang bis Ende geweint.«

»Das heißt, mein Vortrag wird in aller Munde sein. Die Dengbejs werden meine Sage von einer Sprache in die andere Sprache übertragen und bis ans Ende aller Tage von einer Stadt in die andere, von einem Dorf ins andere bringen. Der Sage, die aus meinem Herzen kommt, wird jeder Dengbej, gemeinsam mit seinen Zuhörern, schöne Zeilen hinzufügen. Und es wird keinen Krieg mehr geben. Wer meine Sage hört, wird sich schämen, an Krieg auch nur zu denken. Die Kinder haben meine Sage gehört, ohne einzuschlafen. Das ist für einen Dengbej das Maß aller Dinge. Es gibt eine Redewendung der Türken, sie sagen: Höre, was die Kinder berichten.«

»Die Kurden haben eine ähnliche Redewendung.«

»In mir brennt eine Sehnsucht, die mein Herz zerspringen lässt.«

»Meins auch!«

»Diese Gegend ist nicht für uns. Wenn meine Sage von einem türkischen Dengbej gesungen wird, wer weiß, wie er sie verschönern würde. Wenn sie ihnen in der Sprache des Tierarztes so gut gefallen hat, wer weiß, wie sie sie lieben würden, wenn sie ein türkischer Dengbej sänge. Schon bald werden türkische Dengbejs … Ja, bald wird jeder Sagen über den Krieg vortragen, Dengbejs von zweiundsiebzig Völkern. Und die Menschen von zweiundsiebzig Völkern werden ihnen zuhören, und in zweiundsiebzig Völkern wird man unmenschlichen Menschen nicht einmal mehr ins Gesicht spucken. Nach allen vier Büchern ist die Tötung eines Mörders erlaubt – auch das wird niemand mehr sagen, denn einen Menschen töten, aus welchem Grund auch immer, wird niemandem nicht einmal mehr einfallen. So wird der Mensch erst zum Menschen …«

»Nimm deine Saz und ziehe in den Iran und nach Turan, unsere zentralasiatische Heimat. Seit ich dir in dieser Nacht zugehört habe, wird mein Herz, wenn ich hierbleibe, zerspringen. Gehen wir und singe du zweiundsiebzig Völkern deine Sagen!«

Die Eheleute sprachen so bis Mitternacht. Am Morgen wachten sie fröhlich auf, wie seit Jahren nicht mehr. Sie setzten sich unter die Platanen und waren etwas besorgt: Was würden die Leute sagen, wenn sie so fröhlich daherkamen? Die Kinder kamen als Erste und schauten mit großen Augen zum Dengbej Uso und lächelten voller Bewunderung.

Nacheinander kamen drei Boote, und aus dem ersten stieg Şükrü Efendi. Der Tierarzt war auf den Anleger gekommen, um ihn zu begrüßen, und machte ihn mit allen bekannt. Als sie zu den Platanen kamen, erhob sich Dengbej Uso, drückte ihm die Hand, wollte sie küssen, Şükrü Efendi entzog sie ihm sofort. Dengbej Uso war traurig. Musste die gesegnete Hand eines Menschen nicht geküsst werden, der das Wort Krieg nicht mehr hören wollte? Dengbej Uso war verwirrt.

Sie setzten sich für eine Weile unter die Platanen, tranken ihren Kaffee. Die Kutter waren geräumt, die Arbeiter warteten auf dem Anleger. Şükrü stand auf. »Mit wem kann ich über die Obstgärten verhandeln?«, fragte er den Tierarzt. Der Tierarzt zeigte auf Nordwind, auf den Treffer, auf Hüsmen und auf Handscharträger Efe.

»Besprechen wirs auf unserem Boot!«, sagte Şükrü Efendi.

»Gehen wir doch zu mir nach Haus!«, meinte Nordwind.

Sie gingen in Nordwinds Wohnung und setzten sich in die bequemen, schönen Sessel.Şükrü Efendi hatte nicht erwartet, auf dieser Insel so ein Haus zu sehen.

Der Tierarzt sah an Şükrü Efendis Gesicht, wie überrascht dieser war. »Nordwind Bey ist Offizier! Einer der Handvoll Soldaten, die im Osten nicht erfroren sind. Und außerdem, mein Efendi, ist er ein Held mit Freiheitsorden«, sagte er. Er sagte nicht: mit Orden des Freiheitskrieges, wollte nicht mit dem Wort Krieg alles versauen. Dennoch verfinsterte sich die Miene von Şükrü Efendi. »Ich gehe jetzt zu den Pfirsichgärten. Ich will schätzen, was sie wert sind, und dann will ich einen Teil für diejenigen aussortieren, die noch keinen Pfirsich gekostet haben.«

Nach einer Weile kam Şükrü Efendi zurück, sein Gesicht strahlte. Nordwind und die andern erhoben sich und gingen ihm entgegen.

»Sehr schön«, rief Şükrü Efendi. »Die Pfirsiche sind von guter Qualität, sie sind reif, und ich habe für diejenigen, die noch keine gekostet haben, einen Teil abgegrenzt, dazu ein gutes Gartenstück für die Kinder. Ich sage es euch noch einmal, vergesst das nie: Solche Pfirsiche gibt es auf der ganzen Welt nur wenige!«

Als Şükrü Efendi den für die Gärten geschätzten Wert nannte, verschlug es Nordwind die Sprache. Dieser Preis war unerwartet hoch.

»Die Arbeiter werden sofort anfangen zu pflücken. In zwei Tagen sind sie durch. Wem werde ich das Geld geben?«

»Nordwind Bey!«

»Nordwind Bey, können Sie mir eine Quittung über den Geldbetrag ausstellen, den ich Ihnen bezahle?«

»Natürlich! In den Praxen der Doktoren sind Papier und Stifte.«

Sie gingen zu den Doktoren, die sich in Sesseln gegenübersaßen und diskutierten.

»Ich möchte Şükrü Efendi eine Quittung ausstellen über das Geld, das ich für die Pfirsiche bekomme.«

»Setzen Sie sich bitte an den Tisch, da sind Papier und Schreibstift. Bitte sehr!« Doktor Halil Rifat stand auf, zeigte Nordwind den Sessel. Nordwind setzte sich, schrieb die Quittung und las das Geschriebene laut vor.

»Sie haben wohl alle Gärten der Insel gekauft«, lachte Doktor Salman Sami.

»Nein, mein Efendi, ich habe nur die Pfirsiche von diesem Jahr an den Bäumen gekauft.«

»Für so viel Geld?«

»Es ist eine sehr wertvolle Sorte. Sie haben einen sehr angenehmen Duft. Isst der Mensch auch nur eine Frucht, duftet sein ganzer Körper nach Pfirsich. Ich will meine Leute anweisen, sie zu pflücken. Und dann will ich denen, die noch nie Pfirsiche gekostet haben, den Obstgarten zeigen, den ich für sie vorgesehen habe. Aber sagt den Kindern, sie sollen nicht zu viel davon essen, sie verpesten sonst die ganze Insel mit ihrem Dünnschiss. Und Dünnschiss nach Pfirsichen ist tausendmal schlimmer als Weintraubendünnschiss.«

Sie kamen alle gemeinsam zur Anlegebrücke. Die Tagelöhner, die sich auf den Sofas, Polsterbänken und dem Rasen niedergelassen hatten, erhoben sich sofort, als sie Şükrü Efendi erblickten.

»Nehmt die Obstkästen und Kiepen auf die Schultern, wir gehen in die Obstgärten!«, befahl Şükrü Efendi. Die Tagelöhner marschierten zu den Obstgärten und machten sich sofort an die Arbeit. Die Hochgewachsenen pflückten die Pfirsiche von den Zweigen, legten sie in die Körbe, gaben diese ihren Helfern, die den Korb sorgfältig in die Kiepen und Kisten leerten.

Plötzlich waren aus den weiter entfernten Gärten Kindergeschrei und laute Frauenstimmen zu hören. Wer einen Beutel, Kessel oder Kanister im Hause gefunden hatte, war in den Ästen, andere kletterten die Stämme hoch oder rannten durchs Gras. Frauen bogen die Zweige herunter, um pflücken zu können, und schlugen mit Bambusrohren die Früchte vom Baum. Dieses Tohuwabohu dauerte bis zum Sonnenuntergang. Die Tagelöhner hatten die Hälfte der Bäume schon abgeerntet und ruhten sich auf der Wiese am Fuße der Felsen aus. Bald würden sie ihren Proviant verzehren, sich im Gras ausstrecken und einschlafen.

Şükrü Efendi, die Doktoren, der Agaefendi, der Treffer, der Tierarzt und die andern, an ihrer Spitze Melek Hanum und die anderen

Frauen, gingen an den Tagelöhnern vorbei zu den Pfirsichgärten, die den Bewohnern überlassen waren. An den Bäumen waren weder Pfirsiche noch Zweige, noch Blätter zu sehen, der Garten sah aus wie ein verlassenes Schlachtfeld.

Doktor Salman Sami schnalzte missbilligend mit der Zungenspitze, schüttelte den Kopf und legte die Stirn in Falten. »Durch diesen Garten sind die Horden von Dschingis-Khan gestürmt«, sagte er. »Schaut euch die Bäume an, die von den Tagelöhnern abgeerntet worden sind. Da liegt kein einziges Blatt am Boden. Kein einziges …«

Tief gebeugt, mit Körben, Beuteln und Kanistern voller Pfirsiche in den Händen, gingen Frauen und Kinder an ihnen vorüber.

»Seht sie euch an, die Krieger von Dschingis-Khan. Sie haben den Pfirsichgarten in ein Ruinenfeld verwandelt. Sie werden Dünnpfiff bekommen, Dünnpfiff.« Das Wort hatte es dem Doktor angetan, er wiederholte es immer wieder.

»Stimmt, morgen wird die ganze Insel nach ihnen stinken. Weh uns, das hat uns gerade noch gefehlt!«

Handscharträger Efe ergriff die Hand von Veli dem Treffer und flüsterte ihm ins Ohr: »Ich habe ihn gesehen, jenen Mann.«

»Den Mann, der Abbas sucht?«

»Er war unter den Landarbeitern.«

»Diese Männer kommen und gehen. Und jedes Mal suchen sie nach Abbas. Wer ist dieser Abbas?«

»Ich weiß es auch nicht, aber alle, die kommen, sind sich so ähnlich, als seien sie aus einem Guss. Manchmal zu fünft, zu sechst oder zu siebt, und alle pechschwarz angezogen und alle Gesichter sehr dunkel. Augen, Ohren, Nasen, Haare, Schnurrbärte und Hände – alle sahen sich ähnlich. Auch ihre Art zu sprechen, zu gehen, zu lachen und sich zu bewegen. Auch die hintereinander kamen, sahen sich zum Verwechseln ähnlich. Blonde Haare, blonde Schnurrbärte und Hakennasen. Nach meiner Meinung alles Wüstensöhne. Sie suchten einen bedeutenden Mann. Hat Nordwind nach Sarikamiş nicht in der Wüste von Urfa gegen die Franzosen gekämpft?«

»Du sagst es.«

»Hat er nicht dort seinen Orden des Freiheitskrieges verliehen bekommen?«

»So ist es.«

»Wer hat der Katze den Namen Abbas gegeben?«

»Die Katze gehört Vasili. Bevor Nordwind auf die Insel kam, war Vasili mit dieser Katze schon da. Er hat sich hier im Röhricht versteckt, als Nordwind auf die Insel kam. Danach haben sich alle drei hier getroffen, und die Katze, Vasili und Nordwind wurden Brüder.«

»So war es, aber warum hat sich Nordwind auf diese menschenleere Insel zurückgezogen? Ein Offizier mit Tapferkeitsorden, ein Held, kann überall leben und arbeiten. Und so jung! Warum diese öde Insel?« Sie stritten eine ganze Weile über das Alter von Nordwind, am Ende einigten sie sich auf einundzwanzig Jahre.

Sie gingen zu den Pfirsichgärten, wo die Landarbeiter mit allen Kräften Pfirsiche pflückten und zu den Kuttern schleppten. Sie musterten jeden der Landarbeiter, doch keiner ähnelte besagtem Mann. Sie gingen hinauf zu dem Garten, der für die Bewohner bestimmt war. Die Kinder kletterten noch in den Bäumen. Oben in einem großen Baum pflückte ein Junge sehr schnell die Pfirsiche von den Zweigen, steckte sie genauso schnell in den Mund und spuckte den Kern dann in die Weite. Verwundert beobachteten sie diesen Jungen, dessen Hände und Lippen sich wie Maschinen bewegten.

»Dieses Kind gerät in eine verzwickte Lage«, meinte Handscharträger Efe. »Um Mitternacht springt es aus dem Bett und geradewegs ans Meeresufer.«

»Warum ans Meeresufer?«, fragte der Treffer.

»Warum? Weil dieser Junge um Mitternacht Magenschmerzen

bekommt, Dünnpfiff hat und bis zum Morgen ans Meeresufer hin- und zurückläuft.«

Als sie gut gelaunt ins Dorf zurückkehrten, gewahrten sie einen Mann, der zwischen zwei Felsen hockte. Der Mann sah sie, und obwohl sie vor ihm stehen blieben, stützte er weiterhin das Kinn auf sein Knie, ohne aufzublicken.

»Sei gegrüßt.«

Ohne aufzublicken, fragte der Mann: »Sucht ihr jemand?« Er stand auf, ohne auf eine Antwort zu warten.

»Wir sahen dich auch, als du vor Kurzem kamst, dann verloren wir dich aus den Augen.«

»Ich komme zum ersten Mal hierher.«

»Ich war mir sicher, ich sehe dich zum zweiten Mal.«

»Als ich dich unter den Landarbeitern sah, hielt ich dich für den Anführer der Pfirsichpflücker«, sagte Handscharträger Efe. Der Mann ließ seine Augen auf Handscharträger Efe ruhen, musterte ihn vom Scheitel bis zur Sohle.

»Warum bist du auf unsere Insel gekommen? Wenn du ein Anliegen hast, sag es und wir kümmern uns darum!«

»Leben sollt ihr, Brüder, wem sonst sollte ich es sagen, wenn nicht euch. Ich suche einen Offizier.«

»Suchst du Abbas? Der Mann, der letztes Mal kam, ähnelte dir wie ein Ei dem andern. Was wollt ihr von Abbas?«

Der Mann schwieg eine Weile, überlegte, dann sagte er: »Abbas hatte sich mit seinen Eltern überworfen und sich in die Fremde aufgemacht.«

»Bist du mit ihm verwandt?«

Darauf war der Mann vorbereitet, er antwortete sofort: »Ich bin sein Vetter.«

»Und der Mann, der vor dir kam?«

Darauf konnte der Mann nicht gleich antworten, er verhedderte sich: »Er auch, er auch.« Er stotterte, überlegte. »Er wohl auch, aber ich kenne den Mann nicht, weiß nicht, wer er ist.«

»Willst du Abbas sehen?«

Der Mann wurde lebhaft, freute sich, aber wollte sich die Freude nicht anmerken lassen. »Das will ich!« Er beruhigte sich. »Wenn ich ihn finde, sind seine Eltern und Geschwister und alle andern glücklich.«

Sie marschierten unter die Platanen und sahen Vasili hinter dem Brunnen sitzen. Als sie näher kamen, sahen sie auch Abbas, der sich an Vasilis Beinen rieb.

»Vasili, wo ist Abbas?«

Vasili bückte sich und nahm Abbas in die Arme. »Hier ist Abbas! Wenn du ihn verheiraten willst, kommst du zu spät. Abbas hat schon eine Frau, schön wie eine Rose. Bald werden sie auch Junge bekommen. Wenn du willst, schenke ich dir davon eines. Was willst du von Abbas?«

Treffer zeigte auf den gut gekleideten, hochgewachsenen Mann mit grünen Augen und spitzem Schnurrbart. »Dieser Freund hier fragt nach Abbas.«

»Was will er mit Abbas? Beim letzten Mal schon wollte einer Abbas kennenlernen. Ich habe ihm Abbas vorgestellt, er war erfreut und ist gegangen.«

»Sieht dieser hier nicht genau so aus wie der Freund vom letzten Mal?«

Er griff an den Saum der Jacke des Mannes und lüpfte ihn. »Schau!«, rief er. »Sein Revolver ist genau so wie der vom letzten Besucher. Der hatte gefragt, wer der Katze den Namen gegeben hätte. Hat dieser das auch gefragt?«

»Dann frag ich jetzt danach«, sagte der bis jetzt gebeugt dastehende Mann in unerwartet straffer Haltung. »Ich frage, wer ist der Namenspate der Katze?«

Vasili stellte sich gereckt vor ihm auf. »Was geht dich das an, Bruder. Wer auch immer meiner Katze den Namen gab, was geht es dich an, Bruder.«

Der Fremde fiel in sich zusammen, seine Stimme wurde leise, er ließ die Schultern hängen. »Nimms mir nicht übel, Bruder, so ist die Neugier nun einmal.«

»Wenns Neugier ist, will ichs erzählen. Ich habe es auch dem Mann erzählt, dessen Revolver so war wie deiner. Und nun sage ich es dir. Als ich in den Dardanellen kämpfte, hatte ich einen Kameraden, wir mochten uns sehr gern. Ich wurde verletzt, war kurz vorm Sterben. Mein Blut floss in Strömen, er nahm mich auf seinen Rücken und brachte mich rechtzeitig zum weit entfernten Lazarett. Dort stillten sie mein Blut und retteten mein Leben. Und wie war der Name meines Kameraden aus Erzurum? Abbas! Hast du verstanden? Um mich immer an seinen Namen zu erinnern, habe ich der Katze den Namen Abbas gegeben.«

»Ich habe verstanden, Bruder, leben sollst du, Bruder!«

»Bitte setze dich!«

»Setzt ihr euch!«, sagte Treffer. »Wir gehen nun zu den Pfirsichgärten. Mal sehen, was die Kinder dort getrieben haben, dann kommen wir wieder.« Sie machten sich auf den Weg.

»Sag, mein Efe, dieser Mann ist ähnlich wie der erste – aber dieser wird unseren Kragen nicht mehr loslassen. Vielleicht wird er Nordwind irgendwo in die Enge treiben und ihn erledigen. Oder sie werden noch mehr solcher Männer schicken. Bei diesem Nordwind ist angeblich alles offensichtlich, und doch ist er ein Krug voller Geheimnisse. Der Gute! Erzählt jedem, der ihm begegnet, seine ganze Vergangenheit. Aber wer sind diese Männer? Schwarze und blonde Männer, die einander ähnlich sind, kommen und gehen, alle mit Revolvern bewaffnet. Alle fragen nach Abbas; wer ist dieser Abbas?«

Eine Weile gingen sie schweigend. Als sie dem Garten näher kamen, hielt Handscharträger Efe an. »Die Sache ist sehr ernst, ich kenne mich da aus. Sie dürsten nach Abbas' Blut. Bevor ich hierherkam, sollen diese Männer auch schon da gewesen sein. Bist du etwa Abbas? Du siehst sehr nach Abbas aus.«

»Mein Name ist nicht Abbas, ich habe auch noch nie Abbas geheißen.«

»Wer ist dann dieser Abbas? Meine Nase wittert auf dieser Insel einen Geruch von Abbas.«

»Vielleicht ist es einer der Doktoren. Aus welchem Grund kommen so hervorragende Doktoren auf diese mickrige Insel und lassen sich hier nieder?«

»Sie waren als Doktoren tätig und waren hier glücklich.«

»Verlässt man deswegen Haus und Hof?«

»Warum sie hergekommen sind, weiß ich nicht.«

Sie setzten sich an die Felswand, lehnten sich mit dem Rücken an den Stein und sprachen die Sache durch. Sie waren so vertieft, dass sie gar nicht merkten, wie die Zeit verging.

»Wir sind uns einig«, nickte Handscharträger Efe. »Wir werden jetzt den Mann aufsuchen, ihn zur Quelle führen, ihn dort verhören und herausfinden, warum diese Männer hier auftauchen.«

»Abgemacht«, sagte Treffer, »verhören werde ich ihn. Ich werde schnell herausbekommen, was er weiß. Ohne ihn zu verprügeln, zu foltern, zu drohen, werde ich ihn zum Singen bringen wie eine Nachtigall.«

»Wie wirst du ihn denn zum Reden bringen? Denkst du denn, das ist so leicht?«

»Darin bin ich Meister. Ich weiß, wie und warum ein Menschenkind redet.«

»Du redest ja auch mit den Fischen und mit dem Meer! Was da nicht alles über dich erzählt wird. Besonders, was deine Sultan Hanum unserer Hanum berichtet hat. Du sollst ein Zauberer sein, verzauberst jeden, den du willst, würdest sogar die Schlange, den Tiger, den Präfekten, den Pascha und sogar den Padischah verzaubern, wenn du seiner nur habhaft wirst. Du sollst auch die Doktoren verzaubert haben, und deswegen sind sie hiergeblieben.«

»Stimmt alles nicht«, entgegnete Treffer. »Nur dass ich das Meer verzaubere, damit es mir Fische schickt, ist wahr.«

»Und dann sollst du mit der See reden, die dir die Punkte zeigt, wo die meisten Fische zusammenkommen. Du fährst dorthin und fängst mehr Fische als der gesegnete Heilige der Meere und füllst dein Boot bis an den Rand. Du hast also das riesengroße Meer verzaubert, ja?«

»Hizir, der Heilige der Meere, hat mir die Hand gereicht, und ich habe das Meer verzaubert.«

»Diese Fähigkeit hat dir also Hizir gegeben, nicht wahr?«

»So wird gesagt.«

»Alle Achtung!«

»So bringe ich auch diesen Mann zum Reden, und wir erfahren, wer und woher er ist.«

»Wenn du schon dabei bist, bring auch diesen Nordwind zum Reden, damit wir erfahren, welche Gefahren ihm drohen!«

»Nichts leichter als das.«

Im Laufschritt kamen sie zu den Platanen. Der Mann war nicht da. Sie weckten Vasili, der sich auf einer Pritsche ausgestreckt hatte. »Wo ist der Mann hin?«, fragte lautstark Handscharträger Efe.

»Soeben war er noch hier«, antwortete Vasili gleichmütig und rieb sich die Augen.

»Wo ist er hingegangen?«

»Wer?«

»Der nach der Katze fragte. Wo ist er hin?«

»Ist er nicht mit den Arbeitern gekommen?«, fragte Vasili.

»Ich habe ihn auf der Anlegebrücke unter den Arbeitern gesehen und mich noch gefragt, was hat er unter den Landarbeitern zu suchen. Ich dachte, vielleicht ist er ein Teilhaber von Şükrü Efendi oder ein Verwandter. Wir müssen Şükrü Efendi fragen. Und uns unter den Landarbeitern umsehen.«

Alle drei, gefolgt von der Katze Abbas, machten sich auf in die Gärten und mischten sich unter die pflückenden Landarbeiter. Ja, so schön duften die Pfirsiche, wenn sie geerntet werden! Vielleicht hatte der Mann die Kleidung gewechselt, also schauten sie sich jeden Arbeiter genau an. Misstrauisch wurden die drei Männer von den Landarbeitern gemustert.

Enttäuscht kehrten sie zurück unter die Platanen und stießen auf Şükrü Efendi und Doktor Salman Sami. Sie erkundigten sich sofort nach dem Mann, und Şükrü Efendi antwortete, ihn nicht gesehen zu haben. Dabei war er doch auf demselben Kutter gekommen.

Wohin war dieser Mann? Wo konnte sich so einer verstecken? Jeder auf der Insel, auch Frauen und Kinder, ließ alles liegen und durchkämmte jeden Winkel. Die Suche dauerte drei Tage. Sie schauten in die Windmühle, unter das Gebüsch, in die Baumwipfel, in die großen und kleinen Höhlen, in alle leeren Häuser. Es war, als hätte sich die Erde gespalten und den Mann verschluckt. Jedermann hatte die Hoffnung verloren, den Mann auf der Insel zu finden, nur Handscharträger Efe nicht. Irgendwo würde der Mann schon auftauchen. Schon früh am Morgen zog er aus, hatte seine scharfen Augen überall, spitzte die Ohren nach dem leisesten Geräusch. Die ganze Insel, Alt und Jung, Kind und Kegel bis hin zu Şerife Hanum, die den halb fertigen Kelim im Webstuhl zurückgelassen hatte, war auf der Suche nach diesem Mann, der gekommen war, Musa den Nordwind zu töten. Dessen Verschwinden war in aller Munde und würde sich demnächst auch in der Stadt und den umliegenden Dörfern herumsprechen, wobei alle nur darauf warteten, manche mit Bedauern, manche mit Freuden, dass Nordwind getötet würde, was diesen besonders schmerzte. Auch Zehra hatte sich ein Herz gefasst und hatte am frühen Morgen mit traurigem Gesicht, in Begleitung von Nesibe, mit einem kurzen Blick auf Nordwinds Tür das Haus verlassen. Nordwind wusste, wie sehr sie sich grämte, und das machte ihm schwer zu schaffen. Gott sei Dank wurden auch die Gelder für die Pfirsiche verteilt, wodurch die Suche nach dem Mann nach und nach in Vergessenheit geriet.

Auf Wunsch von Musa dem Nordwind versammelten sich die Männer der Insel, unter ihnen Melek Hanum als einzige Frau, in den Räumen der Doktoren.

Das Wort ergriff zuerst Hüsmen. »Das von Şükrü Efendi erhaltene Geld wird an die Bewohner verteilt. Wie dies geschehen soll, ist das Problem.« Hüsmen sprach so, wie es ihn Musa der Nordwind gelehrt hatte. »Lasst uns erst einmal überlegen! Es pro Kopf verteilen geht nicht. Sagen wir, in einem Haus leben neun Personen. In einem anderen Haus ist eine Person, im nächsten sind es zwei. Und bei mir sind es fünf Personen. Pro Person verteilen ist also ungerecht.«

Die Diskussion dauerte nicht lang, das Geld sollte pro Haus verteilt werden. Als Erster lehnte sich der fahnenflüchtige Hasan dagegen auf. »Mir wurde auf dieser Insel Gutes getan wie nirgendwo sonst. Legt meinen Anteil zu dem Geld, das an die Freunde verteilt wird!«

»Macht es mit unserem genau so!«, sagten die Doktoren.

»Den von Mutter Lena und meinen auch«, sagte Nordwind.

»Streicht auch unser Haus aus der Liste«, sagte der Agaefendi.

»Unseres auch«, sagte Şehmus Aga.

»Das können wir nicht annehmen«, sagte Hüsmen.

»Das können wir nicht annehmen«, sagten auch alle Übrigen gemeinsam.

»Die Kelims sind ja noch nicht verkauft, aber es wird nicht mehr lange dauern«, sagte Şerife Hanum.

Danach wurde das Gespräch sehr friedlich. Weil Şükrü wusste, dass das Geld verteilt werden würde, hatte er ihnen einen Beutel voll Wechselgeld mitgegeben. Hüsmen ging von Haus zu Haus und verteilte es.

Eine Woche später waren die Feigen reif, und Şükrü Efendi kreuzte mit drei Kuttern wieder auf. Die Boote legten an, rechts auf der Brücke stand der Treffer, links Handscharträger Efe, und dort, wo die Landarbeiter von Bord sprangen, wartete Vasili. Diese drei mit ihren Falkenaugen hofften, unter den Arbeitern den blonden Mann, der im Gurt einen Revolver trug, zu entdecken. Der Kutter leerte sich, jener Mann kam nicht.

Handscharträger Efe ging zum Brunnen und setzte sich auf das Sofa, auch die andern kamen zu ihm. »Vasili, durchsuche den Kutter dort, und Treffer, du den andern!« Er zeigte auf die Boote. »Seht euch überall um, nicht dass sie sich dort versteckt haben.« Sie ließen keinen Winkel aus. Mit leeren Händen und langen Gesichtern kamen sie wieder heraus. Sie schlugen den Weg zum Tal der Feigenbäume ein, wohin die Landarbeiter verschwunden waren. Diesmal waren als Landarbeiter zwölf- bis fünfzehnjährige Kinder gekommen, alle bis auf die Knochen abgemagert. Als sie ankamen, eilten die Kinder im Laufschritt zu einem Baum. Kaum waren sie hochgeklettert, pflückte jedes eine große, gelbe Feige und ließ sie im Schlund verschwinden. »So ist es wohl bei diesen Landarbeiterkindern üblich«, meinte Treffer.

Die Kinder pflückten hastig die Feigen, füllten sie in die mitgebrachten Körbe, ließen die an einem Strick befestigten Körbe hinunter, dort wurden sie von anderen Erntehelfern in von Feigenblättern getrennten Schichten verpackt und dann die Kisten zugenagelt.

Handscharträger Efe vorneweg, hinter ihm die anderen, hastete im Laufschritt hügelan, wo die Feigenbäume für die Bewohner standen. Kinder, Mädchen und Jungen, waren oben in den Feigenbäumen, und alle Frauen standen unter dem Geäst. Die Inselkinder stiegen von Ast zu Ast, schlugen einerseits die Feigen herunter, füllten aber andererseits auch ihre Körbe. Die Frauen drückten, soweit es ging, mit langen Bambusrohren die Äste herunter, pflückten bequem Feigen und aßen sie auf.

»Schaut euch diese Feigen an!«, rief Treffer, »der Honig tropft nur so aus ihren Ärschen, eine Himmelsfrucht. Feigen, gelb wie Bernstein!«

Ihm lief das Wasser im Munde zusammen, er schluckte einige Mal, und das war Vasili und dem Handscharträger nicht entgangen.

»Treffer«, sagte Handscharträger Efe, »nun zeig mal, was du kannst. So, wie du die Meere und die Fische verzauberst, verzaubere auch diese Bäume, auf dass sie sich vor uns verbeugen und uns ihre Honigfeigen darbieten!«

»In Ordnung«, nickte Treffer, »was tut dieser Treffer nicht alles dir zum Gefallen. Schau, schau, die Frauen da drüben! Schnapp dir einen der Körbe und bring ihn mir!«

Handscharträger Efe ging zu den Frauen. »Ist unter euch gesegneten Frauen eine, die mir einen Korb überlässt?«

»Die gibt es«, antwortete Zehra, »da, wir haben zwei Körbe, wie du siehst.«

Kaum hatte Treffer den Korb aus Efes Hand an sich gerissen, lief er zum nächsten, mächtigen Baum, dessen Äste sich unter der Last der Feigen bogen, und kletterte wie ein Eichhörnchen auf den dicksten Ast. Wie eine Maschine wirbelten seine Hände zur Seite, nach hinten und nach vorne, pflückten die Feigen in den Korb. Mit der Gelenkigkeit eines Eichhörnchens kletterte er wieder vom Baum herunter. »Bitte sehr! Esst schnell, damit ich wieder auf den Baum klettere!« Er griff in den Korb in der Hand von Handscharträger Efe, schnappte sich eine Feige, und ohne sie zu schälen, verschlang er sie mit drei Bissen. Verwundert musterten ihn die andern. »Macht den Korb schnell leer! Seht doch, da kommen alle Männer der Insel. Gebt mir den Korb, und ich pflücke auch für sie von diesem Bernstein, aus dessen Arsch der Honig fließt.«

Der Handscharträger ergriff den Korb und schüttete die Feigen ins Gras. »Nimm deinen Korb und klettere auf den Baum, den du verzaubert hast!«

Treffer kletterte wieder wie eine Katze hinauf und begann die Feigen von den dickeren Zweigen zu pflücken. Kaum war der Korb voll, glitt er vom Baum herunter, leerte den Korb auf die Feigen, die schon im Grase lagen, und war flugs wieder auf dem Baum.

Bis die Dörfler bei ihnen waren, hatte Treffer einen großen Haufen Feigen aufgetürmt. Die Frauen und auch die Kinder hatten ihre Arbeit eingestellt, umringten den verzauberten Baum und beobachteten den mit dem Korb zwischen Baum und Wiese hin und her flitzenden Treffer. Auch die angekommenen Dörfler, an ihrer Spitze Musa Kazim Agaefendi, die Doktoren, Nordwind und der Tierarzt, standen auf der Wiese und konnten ihre Blicke nicht von Treffer abwenden.

Doktor Salman Sami stellte sich Treffer in den Weg und rief: »Halt an, es reicht! Wer soll so viel essen? Wir bekommen ja eine Magenkolik.«

Er nahm Treffer den Korb aus der Hand, ging hin, schüttete ihn auf den Feigenhaufen aus, setzte sich ins Gras, nahm eine Feige, steckte sie in den Mund und schlug mit der Hand auf den Boden. »Setz dich zu mir!« Und Treffer setzte sich dorthin, wo der Doktor hingeschlagen hatte. Der Doktor nahm eine Feige vom Haufen und reichte sie Treffer. Die andern setzten sich im Kreis um den Haufen und machten sich über die Feigen her.

»Esst, Freunde!«, rief Treffer, »ich habe noch nicht ein Zehntel dieses Baumes pflücken können.«

Alle redeten und futterten.

»Esst, Brüder und Schwestern!«, wiederholte Treffer. »Esst euch dick und rund, ich habe in all meinen Jahren nirgendwo in Anatolien solche Feigen gesehen!«

Obwohl jeder zulangte, wurde der Haufen nicht kleiner. Am schnellsten bewegten sich die Hände und Kiefer von Şükrü Efendi. Zwischen zwei Feigen rief er: »Nirgendwo sonst auf dieser Welt lassen sich solche Feigen finden. Eine Sünde ist es, so rundum in Honig verwandelte Feigen zu verkaufen. Aber wir müssen es tun. Wie schade!«

Der Agaefendi nickte. »Sogar auf unserer Insel Kreta gibt es wahrscheinlich keinen solchen Honig, Honig, Honig …« Seine Stimme zitterte, er strengte sich an, wollte wohl »Honig träufelnde Feigen« sagen, brachte es aber nicht über die Lippen.

»Das gibt es sonst nirgendwo auf der Welt«, sagte Treffer.

Dagegen konnte der Agaefendi nichts einwenden, er seufzte nur innerlich, schließlich hatte er selbst Treffer auf diesen Gedanken gebracht.

»So ist nun einmal unsere himmlische Insel! Sehr bald schon

reifen auch unsere Granatäpfel und Weintrauben. Nirgendwo sonst auf der Welt, auch nicht auf Kreta, gibt es solche Granatäpfel und Weintrauben.«

Der Agaefendi wollte diesem großspurigen Mann eine Antwort geben, dass er am Stamm dieses Baumes kleben bliebe. Du Trottel, würde er sagen, du Hexenmeister, du Deserteur, auf diesem Inselchen hast du dich verkrochen und proklamierst dich zum Sultan Soliman. Wer bist du denn? Keine fünf Para wert und wagst es, über Kreta zu reden, was schon eine Beleidigung ist! Der Agaefendi war aufgebracht, und jeder bemerkte es.

Jeder aß die Feigen ungeschält, nur der Agaefendi schälte sie behutsam und schnitt sie in dünne Scheiben. Aber jetzt hatte die Miene von Agaefendi einen verstörten Ausdruck bekommen, und die Feige in seinen Fingern schien wie versteinert.

Die Stimmung lief aus dem Ruder. Treffer, was geht dich Kreta an! Treffer hatte das auch begriffen, aber was konnte er jetzt noch retten. Flehentlich schaute er Nordwind an.

»Die Welt ist sehr groß«, sagte Nordwind, »so groß, dass unsere Insel auf der Landkarte der Türkei nicht einmal eingetragen ist. Die Ameiseninsel ist eine schöne Insel, eine himmlische Insel, aber es gibt weltweit nur wenige Inseln, die es mit Kreta aufnehmen können.«

Der Agaefendi hatte das Kinn auf die Brust sinken lassen und schaute mit trauriger Miene auf den Boden.

Als Doktor Salman Sami das Leid von Agaefendi, seine wie erstarrt herabhängenden Arme sah, empfand er tiefstes Mitleid mit dem Mann, dessen Haltung auf einen angeborenen Edelmut hinwies.

»Ich sage es nicht, weil der Agaefendi von dort ist. Kein Stück Land auf der Welt kann mit Kreta verglichen werden. Denn eine der großen Weltkulturen ist dort entstanden. Die Erde auf Kreta ist so fruchtbar, dass sie eine unserer Weltkulturen hervorgebracht hat. Als ich in Paris Medizin studierte, erzählten unsere kretischen Kommilitonen so spannend von Kreta, dass wir mit offenem Munde zuhörten. Von duftenden Früchten auf blumenbedeckten Ebenen, von der reinen Luft, dem klaren Wasser und den langlebigen Menschen ... Warum hatte Ägypten so eine große Kultur? Weil die Erde dort so ist wie die kretische. Die Kulturen auf der ganzen Welt sprossen auf fruchtbarer Erde. Meine kretischen Freunde behaupteten, wer auf Kreta geboren wurde, wer auf Kreta lebt und aufwächst, hat es schwer, in anderen Gegenden zu leben. Kreta ist für die, die es erleben und die dort leben, das Paradies auf Erden.«

Nach Doktor Salman Sami ergriff der Tierarzt das Wort, und wer seinem Redefluss zuhörte, vermeinte, Kreta erlebt zu haben. Dabei war es nicht Kreta, worüber er sprach, sondern Van, und das Mittelmeer nichts anderes als der Van-See. Sogar der Agaefendi war darüber erstaunt, denn er sprach so schön und so anschaulich über Kreta, dass er es bis auf den Grund seines Herzens erfühlte und von Neuem erlebte.

Nach ihm sprach Hüsmen, der schon dreimal Kreta bereist hatte. Vergrößere unsere Ameiseninsel tausend Mal, tausendfünfhundert, zweitausendfünfhundert Mal ... Nun, so groß ist Kreta, und ein Paradies dazu. Wie gut kannte dieser Hüsmen, dieser grobe Dörfler, doch Kreta! Agaefendi hob den Kopf und schaute Hüsmen in die Augen. Was hatte dieser gesagt? Ich bin dreimal nach Kreta gefahren, hatte er gesagt und dabei so verzückt dreingeschaut, als zerginge Honig auf seiner Zunge.

Das letzte Wort aber hatte Melek Hanum, die den Kreis der Frauen verlassen hatte und zu den Männern herübergekommen war. Sie sprach von einem kretischen Berg und meinte den Berg, den die Griechen Berg Ida nennen und die Türken Gänseberg. Melek Hanum hatte diesen Berg verschiedene Male im Traum gesehen, und der Agaefendi soll auf diesem Berg gewesen sein. Wegen seiner Schönheit, seiner Düfte, der Schönheit und Güte seiner Menschen wagte es niemand, diesen Berg auch nur anzuschauen. Melek erzählte von diesem nach Veilchen, Minze, Heidekraut und

Myrthe duftenden Berg nicht wie von einem Traumbild, sondern so, als hätte sie sich selbst dorthin begeben und die Erde gerochen. Jeder, der ihr zuhörte, war gefesselt, als habe sie diesen kretischen Berg selbst erlebt; und jeder fragte sich, wann Melek Hanum wohl auf Kreta gewesen sein könnte.

Die Feigen waren nun alle verzehrt, und der Agaefendi war wieder glücklich.

Die Frauen und Kinder hatten ihre Körbe, ihre Schürzen und Röcke und die von Şükrü Efendi gehamsterten Obstkisten gefüllt und sich plaudernd und lachend auf den Weg ins Dorf gemacht.

Doktor Salman Sami gesellte sich zum Agaefendi. »Würden Sie uns heute beehren? Die Frau in unserem Haus hat Essen vom Schwarzen Meer zubereitet. Sie kocht sehr schmackhafte Gerichte, die wir nicht kennen. Ich habe auch Nordwind Bey und Dengbej Uso eingeladen. Tierarzt Bey, Deserteur Hasan, Hüsmen, Melek Hanum und noch einige mehr werden auch kommen. Die Hanums habe ich nicht eingeladen, ich weiß, sie wären nicht gekommen, auch wenn ich sie eingeladen hätte. Şükrü Efendi kommt auch.«

»Wenn Sie Veli den Treffer auch riefen, würde ich mich freuen.«

Der Doktor schaute verwundert. »Mit Vergnügen, mein Efendi!«

»Einen so interessanten Mann hatte ich noch nicht kennengelernt. Jedes Mal, wenn ich ihn sehe, spüre ich ein Glücksgefühl in mir.«

Unter den Ersten, die kamen, war Veli der Treffer. Kaum war dieser durch die Tür, ergriff Doktor Salman Sami ihn am Arm, zog ihn in eine Ecke, neigte sich an sein Ohr und sagte: »Hör zu! Ich habe dich an die Spitze der Gästeliste gesetzt. Als ich Musa Kazim Agaefendi zum Essen einlud, bat er mich, auch dich einzuladen. Er sagte, du seiest einer der Menschen, von denen es auf diesem Erdenrund nur wenige gibt. Er sagte: Das ist ein vorzüglicher Mensch, einer der wenigen, die mit Wolf und Vogel, Ameise, Hornisse und Spinne in Frieden lebt und mit jedem Geschöpf in Liebe verbunden ist. Als sei er unsterblich, sagte er, und sehe ich in sein strahlendes

Gesicht in dieser undurchdringlichen Dunkelheit, geht in meinem Innern die Sonne auf. Ja, das sagte der Agaefendi über dich. Nimm bitte hier Platz!« Und er setzte ihn in den samtenen Sessel. Bald darauf trat der Agaefendi in den Raum, und alle erhoben sich. Der Agaefendi ging sehr schnell weiter und setzte sich zu Treffer.

Der Agaefendi konnte den Blick nicht von Treffer wenden, der beim Essen ihm gegenübersaß. Dieser Mann verzaubert nichts, dieser Mann bannt alles, was er sieht. Dieser Mann ist von Geburt an verzaubert. Dieser Mann wird Tag für Tag von allem verzaubert. Die Stimme von Şükrü Efendi unterbrach den Fluss seiner Gedanken. »Ich habe zwei Meister zum Weinberg geschickt, sie haben ihn vermessen. Wir haben bis jetzt noch nie einen so schönen Weinberg gesehen, sagten sie. Wo haben die nur so gute Weinstöcke gefunden, wunderten sie sich. Dieser Weinberg wird viel, sehr viel Geld einbringen. Preislich kann ich den Weinberg noch nicht schätzen. Denn so ein Berg ist mir bis heute noch nirgends vorgekommen. Was die Granatäpfel betrifft, auch diese sind von seltener Güte. Rosa, groß, mit großen Beeren, Kamelzähne, wie wir sagen. Nordwind Beyefendi, Sie haben sich eine schöne Insel ausgesucht. Auf keiner Insel gibt es solche Granatäpfel. Wo haben die Einwohner der Ameiseninsel die Schösslinge der Bäume nur hergeholt? Was die Bienen betrifft, reichen die Blüten auf der Insel so vielen Bienen nicht, also fliegt ein Teil der Bienen zu den Nachbarinseln und versorgt sich dort mit dem nötigen Honig. Unser Bruder Nordwind Bey und unser Bruder Tierarzt haben die Bienenkörbe vom Finanzamt gekauft. Für jedes Haus den Honig eines Korbes. Das reicht ein Jahr für jeden Haushalt.«

»Außer dem Inhalt von einem Bienenkorb für jeden Haushalt werden wir das Geld für den verkauften Honig den Doktoren für eine Schule geben.«

»So, so, ha! Woher wisst ihr, dass wir hier eine Schule aufmachen wollen?«

»Die Wanderderwische erzählen es uns. Sie werden die alte Schule wieder eröffnen, mein Efendi, ohne Schulbänke, ohne Wandtafel, ohne Pult, alles, was es gab, auch Bänke und Stühle, hat unser Parteivorsitzender Kavlakoğlu Kavlak Remzi Bey gestohlen und fortgebracht.«

»Ihnen vielen Dank«, sagte Doktor Salman Sami. »Wir wollten eigentlich niemandem von unserem Plan erzählen. Wir haben uns ans Landratsamt gewandt. Auch an den Präfekten. Wir haben auch einen Lehrer angefordert. Und wir werden die Lehrkraft unterstützen, mein Efendi. Fürs Erste genügt ein Lehrer.«

»Ja, das genügt, aber unsere Insel wird noch voller werden! Und wenn sie voll ist, wird sie immer noch diese schöne Insel sein. Werden immer noch die besten Pfirsiche, Feigen, Granatäpfel und Weintrauben hier wachsen. Werden auf guter Erde auch gute Menschen aufwachsen. Nichts Schlechtes wird auf dieser Insel entstehen. Bitte sehr, unsere verehrten Doktoren haben unserer Insel die Ehre erwiesen! Warum? Weil sie in Gallipoli im Lazarett die Soldaten gepflegt haben, auch in der von Kavlak Remzi zerstörten Kirche, wo Tausende Verwundete ihr Leben ausgehaucht haben. Und nun sind sie pensioniert zurückgekommen und haben eine neue Aufgabe übernommen, indem sie eine Schule eröffnen und Menschen Wissen beibringen werden.«

»Ich bitte Sie«, riefen beide Doktoren zugleich, »auf so einer Insel tatenlos dazusitzen, ist Sünde.«

»Wir beide sind, schwer verwundet, am Leben geblieben«, fügte Doktor Halil Rifat hinzu. »Wir beide werden bis an unser Ende unter euch bleiben. Gegen jene Leute, die unsere unvergessliche Erinnerung wegen zwei, drei Stühlen, ein bisschen Glas und ein, zwei Ikonen abgerissen haben, werden wir euch beistehen! Die neue Türkei beginnt! In diesem Land gibt es viele Orte wie diesen hier. Als die von uns zum Lazarett verwandelte Kirche, die von uns aufgestellten Zelte von Tausenden Verwundeten aus allen Nähten platzten, übernahmen die Frauen dieser Insel den Dienst im Krankenhaus. Als die Frauen dieser Insel die Pflege so vieler Verwundeter nicht mehr schafften, kamen uns die türkischen Frauen aus den Küstendörfern zu Hilfe. Durch die Menschen dieser Gegend erlebten wir den Himmel in einer Hölle.«

Während sie so sprachen, rannen dem Agaefendi, der seiner auf dem Herweg verstorbenen Frau gedachte, einige Tränen über die Wangen. Das bedrückte Şükrü Efendi, der es sah. Er versuchte, das Thema zu wechseln. Er grämte sich über das, was in früheren Tagen geschehen war, ärgerte sich aber auch über die Männer, die das Land in den heutigen Zustand gebracht hatten. Stimmt, wir sind im Gelege des Vogels Anka nach tausend Jahren in Flammen neugeboren. Und als in dieser klitzekleinen Provinzstadt ein Deserteur, ein Räuber, ein Spekulant, ein Gottloser erschien …

»In einer klitzekleinen Stadt«, sprach Şükrü Efendi, »wenn da ein Kavlak erscheint und in der Asche des Vogels Anka Parteivorsitzender werden kann, dann stellt euch dasselbe hinsichtlich der gesamten Türkei einmal vor! Nun, das ist ein endloses Thema, stellen wir uns das nur für unsere kleine Insel vor … Was ich für die Schule zu tun habe, erachte ich als meine Pflicht. Den Honig aus den Bienenkörben werde ich in Istanbul, in Izmir verkaufen und meinen ganzen Gewinn den Doktor Beys aushändigen. Schon bald werde ich zum Präfekten gehen und um ein, zwei Lehrer für die Schule bitten.«

»Um Gottes willen, verlange nicht zwei«, beschwor ihn Doktor Salman Sami, »dann gibt er dir keinen einzigen. In den ersten Jahren genügt uns ein Lehrer.«

»Nun gut, das müssen Sie wissen, also nur einen Lehrer. Um was ich den Präfekten bisher gebeten habe, hat er mir gegeben. Der Vali Bey ist auch der Bezirksvorsitzende der Republikanischen Volkspartei.«

»Und was sagt er zu Kavlak Remzi, dem Rais der Republikanischen Volkspartei?«

»Er weiß alles über ihn und wartet auf eine günstige Gelegenheit. Wie alle grämt er sich im Innersten. In Ankara soll er Fürsprache in hohen Ämtern haben.«

»Ich danke Ihnen, Şükrü Bey. Für Sie werden wir morgen Abend ein Festmahl geben. Wir werden den Zauberer der Meere, Veli den Treffer, hinausschicken, er wird für Sie die seltensten Fische fangen.«

»Ich werde mit ihm hinausfahren«, sagte Handscharträger Efe, »mal sehen, wie er das Meer in Bann schlägt und das Meer ihn!«

»Und ich werde euch mit meinem Boot begleiten, mit dem Boot, in dem ich fischend vom Ende des Schwarzen Meeres bis hierher gekommen bin.«

»Dieses gesegnete Meer wird auch dich umarmen. Die Meere erkennen den Mann, der zu ihnen gehört, an seinen Augen, Deserteur Hasan.«

Schon früh am Morgen suchte Deserteur Hasan Meister Arsen auf. »Meister, ich brauche neue Angeln. Du kennst ja alle Fische in diesem Gewässer.«

»Ich weiß auch, welcher Fisch in wie viel Faden Tiefe schwimmt. Hab Geduld, du lernst es beim Kreuzen. Es ist nicht so schwer.«

»Ein bisschen habe ich dieses Meer schon kennengelernt, Meister, such du mir jetzt die Angeln aus. Sag mir auch, welcher Fisch in wie viel Faden Tiefe schwimmt. Einmal sagen reicht, ich vergesse es nicht. Von einigen Fischen weiß ich es schon.«

Arsen holte die Angeln für jeden Fisch hervor und sagte, in wie viel Faden Tiefe sich dieser Fisch befindet, während er die Angelhaken zu zehnt abzählte.

»Hasan«, sagte Meister Arsen dann, »wenn du kein Geld hast, gibst du es mir später.«

Hasan warf sich in die Brust. »Als ich vom anderen Ende des Schwarzen Meeres hierherkam, habe ich unterwegs gefischt und jeden Fisch verkauft.«

Er löste seinen Geldbeutel von der Brust. Der Beutel war aus orangefarbenen Perlen, darauf aus grünen Perlen ein Skorpion mit hochgerecktem Schwanz. Arsen kannte diese Geldbeutel sehr gut.

Im Taurus stickten fast alle jungen Mädchen diese Geldbeutel und verzierten sie mit Vögeln, Schmetterlingen oder Ornamenten. Die Turkmenen und Armenier der Taurus-Berge benutzten alle diese Geldbörsen.

»Auch bei euch am Schwarzen Meer werden solch schöne Geldbörsen aus Perlen hergestellt? In den Bergen nähten sie unsere turkmenischen und armenischen Mädchen.« Meister Arsen seufzte.

»Hat dich auch jener Wind hergeweht? Hast du auch Heim und Heimat verloren? Sag mir den Preis der Angeln, Meister.«

Arsen schnappte sich das Heft vom Nebentisch, nahm den hinter seinem Ohr steckenden Bleistift, rechnete und nannte den Preis. Hasan der Fahnenflüchtige zählte ihm langsam das Geld in die Hand.

Meister Arsen ließ die Hand mit dem Geld um seinen Kopf kreisen und rieb sie dann an seinem Bart. »Das erste Geld heute von dir, Hasan Rais, und das Glück vom Herrgott!« Als Hasan seinen Geldbeutel wieder eingesteckt hatte, steckte er seine Hand in die andere Tasche und holte noch einen Beutel aus blauen Perlen hervor, der mit einem Schmetterling aus orangefarbenen Perlen verziert war, dessen Flügel zu zittern schienen. »Nimm, tu das Geld da hinein. Es bringe dir Glück!«

Im selben Augenblick kamen Treffer und Handscharträger Efe in den Laden. »Oho«, rief Treffer, »seht euch unseren Hasan an, er hat alle Arten von Fischen in unserem Meer gelernt und für jede die entsprechende Angel gekauft.«

Er wandte sich lachend an Meister Arsen. »Hast du auch Angeln für Wale?«

»Habe ich nicht, aber ich schmiede sie dir.«

»Die bestelle ich später, gib mir jetzt von den Angeln, die schon geschmiedet sind!«

Treffer nannte den Fisch, und Meister Arsen gab ihm die entsprechende Angel.

Die Männer waren sich schnell einig.

»Komm doch zu mir aufs Boot, wir fischen zusammen!«, sagte Treffer zu Hasan, als er die Angelhaken verstaute.

»Ich komme. Aber ...«, sagte Hasan.

»Was heißt aber?«

»Ich werde zur Rauen Insel fahren. Und ich habe einige Fragen über diese Insel an dich.«

»Abgemacht«, sagte Treffer, »wir umfahren die Insel gemeinsam.«

Sie stiegen in das Boot von Treffer und nahmen Kurs auf die Raue Insel. Dann umkreisten sie sie langsam. Hasan der Fahnenflüchtige zeigte Treffer den Olivenhain, die Ruine mit den noch stehenden vier Wänden, die kleine, versteckte Bucht, in der ein Kutter verschwinden konnte. Anschließend gingen sie an Land und zur sprudelnden Quelle am Fuße der Felsen, bückten sich und tranken Wasser aus der hohlen Hand. Da kamen die blauen Ziegen vorsichtig die Felsen herunter, umringten die beiden und betrachteten sie neugierig und ohne Scheu.

»Hast du schon einmal blaue Ziegen gesehen?«, fragte Hasan der Fahnenflüchtige Treffer.

»In einer großen Herde soll ab und zu eine blaue Ziege zu sehen sein. Ich habe sie noch nicht gesehen.«

»Diese hier sind alle blau.«

»Dies sind die Ziegen des gesegneten Hizir, hast du davon noch nie gehört? Die sehen ja nicht so aus wie gewöhnliche graue Ziegen, denn ist der gesegnete Hizir nicht der Heilige der Meere? Sagt er den Meeren: Haltet ein!, rühren sie sich nicht, sind spiegelglatt, ohne Welle, ohne Schaum, ohne Brise, ohne Kräusel. Alle sinkenden Schiffe rettet er. Manche Schiffe rettet er nicht, er schickt sie auf den Grund des Meeres. Auf dem Rücken seines Apfelschimmels reitet er von Ost nach West, von Nord nach Süd, und er ist unsichtbar. Die Hufe seines Pferdes berühren nie das Meer, und es geht auch nicht unter.«

»Steigt er nie vom Pferd, rastet er nirgends, um zu essen?«

»Blöder Kerl, nehmen die Heiligen Gottes, die Vierzig Unsterblichen, denn Speisen zu sich? Wo sollen sie denn ihre Notdurft verrichten, wenn sie im Paradies essen?«

»Wenn Hizir Efendi nicht isst, wozu hat er denn diese Ziegen hier ausgesetzt!«

»Denk doch mal nach, warum sind diese Ziegen denn so himmelblau, warum? Der heilige Hizir ist doch ein Gesegneter, sollen da seine Ziegen denn so sein wie die pechschwarzen Ziegen gewöhnlicher Menschen?«

»Es gibt auch gelbliche und rötliche Ziegen. Vielleicht sind diese Ziegen gar keine Ziegen. Sollten es vielleicht als Ziegen verkleidete Feen sein? Wer weiß, vielleicht sind diese Ziegen die Vierzig Unsterblichen?

Sonst hätte dieses verhungerte Volk schon alle geschlachtet und verzehrt.«

Die Ziegen standen da und lauschten der Diskussion. Treffer war in Gedanken versunken und wusste nicht, was er sagen sollte.

»Sie sagen, ein Grieche habe jeden Tag diese Ziegen gemolken und fünfundsiebzig Jahre lang die Milch getrunken. Wegen dieser Milch habe der Grieche mehr als hundert Jahre gelebt.«

»Und dann hat seine Heiligkeit Hizir jenem Griechen, als dieser oben auf dem Felsen die Ziegen über einem Zuber molk, einen Fußtritt verpasst, dass der alte griechische Fischer holterdiepolter von den scharfen Felsen ins Meer purzelte und nicht mehr auftauchte. Und während er auf dem Grund des blutgetränkten Wassers zu Fischfutter wurde, zog die See auch sein Boot auf den Grund. Auch das Boot tauchte nicht mehr auf. Wir haben davon sogar in den Bergen gehört. Und dazu ist seine Heiligkeit Hizir auf seine Ziegen sehr eifersüchtig. Wer seine Ziegen anrührt, wer sie schlachtet, den schickt er, ohne Rücksicht auf sein Alter, mit Boot, Kutter oder Dampfer geradewegs auf den Meeresgrund.«

»Ist dieser Hizir der Heilige der Meere oder ein Ziegenhirt? Wenn ich ein fettes, kugelrundes, meerblaues Ziegenlamm schlachte, ihm das Fell abziehe, das Fleisch an den Ast dieses Olivenbaumes hänge, jeden Tag aus trockenem Olivenholz ein Feuer mache und auf der geschichteten Glut das Lammfleisch röste und esse, was wird mir Hizir denn tun?«

»Schweig, du gottloser Heide, schweig!«

Efe griff nach seinem Handschar an der Hüfte, Treffer packte ihn sofort am Handgelenk.

»Wirst du mich jetzt töten, indem du den Handschar in deiner Hand in meinen Bauch stichst und danach zur Behörde gehst und sagst: Der ungläubige, gottlose fahnenflüchtige Hasan hat eine Ziege des Hizir geschlachtet, und Hizir ist auf seinem Grauschimmel über den Weltmeeren sofort herbeigeeilt und hat seinen Handschar in den Bauch von Hasan getrieben?«

»Oh du Gottloser, du«, rief Efe und griff wieder nach seinem Handschar, Hasan aber zog seinen Revolver aus dem Gurt. »Los, lass uns doch mal sehen! Komm her, du Hirte der blauen Ziegen, du Hizir Aga, Gott gibt es dir oder mir, du Ziegenhirte, du!«

Als sie so aneinandergerieten, ging Treffer dazwischen: »Benehmt euch, ich mag solche Späße nicht. Nimm du deine Hand vom Handschar, und du steck das Ding in deiner Hand da hin, wo es hingehört! Die Ziegen von Hizir sollen eure Augen blenden! Wenn ihr Recken seid, schaut doch hin, anstatt euch zu töten, und seht, sie sind zu euch gekommen, wenn ihr eine Hand ausstreckt, könnt ihr sie fangen. Schnappt euch sofort eine von den Ziegen oder eins von den Lämmern und schlachtet es. Da liegt so viel trockenes Olivenholz herum, und Brot, frisch aus der Backstube, habt ihr auch. Los, los, wenn ihr so mannhaft seid, euch gegenseitig zu töten, dann fangt doch diese blaue, knusprige Ziege von Hizir und schlachtet sie. Es ist leichter, eine Ziege zu töten, als euch gegenseitig den Garaus zu machen.«

»Die Ziegen von Hizir kann niemand schlachten, auch nicht Zaloğlu Rüstem, nicht einmal Köroğlu«, rief Handscharträger Efe.

»Wenn er es nicht kann, warum füttert er sie dann? Zur Zierde?«

»Bestimmt hat er einen Grund. In deren Angelegenheiten mischt man sich nicht ein!«

»Warum hat Gott uns eigenartige Menschenkinder, die sich gegenseitig foltern, sogar gegenseitig aufhängen und beim Anblick der Gehenkten Lustgefühle empfinden, denn geschaffen?«, fragte Hasan der Fahnenflüchtige.

»Hört damit auf und lasst uns anfangen zu fischen! Was gehen euch die Ziegen von Hizir an? Vielleicht schlachtet der heilige Hizir sie heimlich und verzehrt sie. Vielleicht essen die Heiligen heimlich. Was wisst ihr schon? Ob Hizir isst oder nicht? Wenn wir auf unsere Insel zurückkommen, werden wir das jenen verrückten Doktor Salman Sami fragen. Der wird uns schön auslachen! Wer es übers Herz bringt, nehme sein scharfes Messer zur Hand, schnappe sich die feisteste Ziege von Hizir, schlachte sie, ziehe ihr das Fell ab und verspeise sie mit Appetit. Nun, dort sind die Ziegen! Anstatt euch gegenseitig umzubringen.«

Wütend eilte Treffer zum Ufer, die Ziegen trabten hinter ihm her. Bald darauf bahnten sich Handscharträger Efe und Hasan der Fahnenflüchtige eine Gasse durch die Ziegenherde, bestiegen das Beiboot und fuhren zum Kutter. Hasan der Fahnenflüchtige übernahm das Ruder. Treffer zeigte mit ausgestreckter Hand auf eine Stelle: «Wenn ihr mich fragt, dort brodeln Rotbrassen, fahren wir hin und schauen wir mal!»

Sie kamen an die angezeigte Stelle, die Angel von Treffer war schon beködert, er warf sie weit aus. Efes Augen rollten. In einer Hand die Schnur, in der anderen die Angel, wusste er nicht, was tun. Hasan der Fahnenflüchtige hatte seine Angel schon ausgeworfen. Die Augen auf seinen Händen, bewegte er die Angel auf und ab.

»Hasan, hier auf dem Meer gibts kein Grollen und Schmollen. Gib mir, was du da in der Hand hast, und wenn der Fisch anbeißt, ziehe ich. Nimm, was ich hier habe, und mach daraus eine Angel!», sagte Efe und reichte Hasan Schnur und Angelhaken.

Hasan der Fahnenflüchtige hatte flugs den Angelhaken an die Schnur befestigt und beködert. «Wie ich den Köder eingesetzt habe, hast du ja gesehen. Schau, die Köder nimmst du aus dieser Schale und hakst sie ein. Wirf jetzt die Angel weit ins Meer. Wenn ein Fisch hakt und zieht, ziehst du auch!»

In diesem Augenblick hatte Treffer seinen ersten Fisch schon gedrillt und aus dem Wasser gehoben. Wie Flitterplättchen glänzte es in der Luft. Es war eine größere Rotbrasse, die an der Angel nach allen Seiten ausschlug. Schließlich schnappte Treffer sie mit seinen kräftigen Händen, die Brasse zappelte in seinen wie Zangen klammernden Fingern, und er hob sie an Deck. Nachdem Treffer den Fisch gelandet hatte, nahm er ihn vom Haken, warf ihn ins Becken, wo dieser mit aller Kraft das Wasser peitschte. Bis der Fisch erschöpft war, wechselte Treffer das Wasser nicht, erst als der Fisch langsamer wurde, leerte Treffer das Becken und füllte es mit frischem Wasser, das er aus dem Meer schöpfte. Im frischen Wasser begann die Rotbrasse langsam wieder zu schwimmen.

Danach hob auch Hasan eine noch größere Rotbrasse aus dem Meer. Der am Haken zappelnde Fisch blitzte dreimal auf und hinterließ dreimal einen dünnen Strich in der durchschnittenen Luft. Vom zappelnden Fisch breiteten sich leuchtend rote Flitter aus.

Die Fische waren so zahlreich, dass Treffer und Hasan der Fahnenflüchtige, kaum dass sie ihre Angeln ausgeworfen hatten, glänzende Fische landeten. Während sie Fisch auf Fisch herauszogen, wurde Handscharträger Efe immer missmutiger. Treffer und Hasan dem Fahnenflüchtigen war es gar nicht recht. Aus dem Augenwinkel beobachteten sie heimlich seine Angel. Endlich zog auch Handscharträger eine große Rotbrasse aus dem Wasser, hielt den zappelnden und dabei Licht sprühenden Fisch eine Weile zwischen den Fingern, schäumte über vor Freude und lachte, die Mundwinkel an den Ohrläppchen.

Die Wanne füllte sich mit übereinander zappelnden Fischen. «Jungs, dieses Becken ist voll, füllen wir die zweite Wanne noch mit anderen Fischen. Ab jetzt sind wir drei Meisterfischer», sagte Treffer.

»Leben sollst du«, rief Handscharträger Efe, »hätte man mir früher gesagt, du wirst Beifang angeln, nicht einmal das hätte ich geglaubt, und hätte es mir auch der auf seinem Grauschimmel über die Weltmeere reitende gesegnete Hizir gesagt, der Hirte aller blauen Ziegen.«

Der Fahnenflüchtige schlug ihm mit aller Kraft auf die Schulter. »Vertragen wir uns wieder, mein Efe?«

Efe lachte ihn an. »Wann haben wir uns denn verkracht?«

Sie gingen an einer von Treffer gezeigten weit entfernten Stelle vor Anker und warfen ihre Angeln aus. Auch hier fingen sie viele Fische. Sie suchten noch einige Fischgründe auf, und die Becken waren bald randvoll. Gegen Nachmittag kehrten sie zurück. Treffer füllte immer wieder frisches Wasser in die Becken. Bis sie die Insel anliefen, war kein einziger Fisch eingegangen.

Mit Messern in den Händen standen die Frauen und Mädchen auf dem Anleger und hießen sie willkommen.

Für das Mahl zu Ehren von Şükrü Efendi war Nordwind mit dem Boot von Kapitän Kadri in die Stadt gefahren und hatte alles Nötige besorgt.

Die Fische, die von den Frauen auf die Kiesel am Ufer geschüttet waren, wurden gereinigt, die aufgehäufte Glut flach ausgebreitet, die aufgespießten Fische in die Glut gelegt, die Flaschen mit Raki und Uzo geöffnet und die Weinflaschen entkorkt. Auf der Festtafel hätte es auch Vogelmilch gegeben, wenn es sie denn gäbe!

Die Hirtenflöte in der Hand, kam auch Dengbey Uso. Alle standen auf und ließen ihn an der Spitze der Tafel Platz nehmen. Das Essen begann. Raki, Uzo und Wein flossen in Strömen. Der Agaefendi bat Dengbey Uso, die Hirtenflöte zu spielen. Dengbey Uso hatte auf diese Bitte schon gewartet. Zuerst blies er dreimal nur so in die Flöte, und dann legte er los. Zuerst waren es traurige Weisen, aller Augen füllten sich mit Tränen. Dann ging er auf tänzerische

Melodien über, und fast wäre jeder aufgestanden und hätte sich zum Reigen aufgestellt. In diesem Augenblick schritt Zehra wie ein Schatten mit langen, bemessenen Schritten an Nordwind vorbei, und das erhobene Glas in seiner Hand blieb bewegungslos in der Luft stehen. Abgeschnittene, blutende, zuckende Brüste nacheinander in den Sand geschleudert. Adler kreisten weit oben am Himmel, verschmierte Brüste zucken im Sand, Blut strömt. Zu Kugeln geduckt rauschen Adler auf die Brüste herab und verkeilen sich ineinander. Rücklings, die Arme wie Flügel ausgebreitet, treiben Leichen auf dem Euphrat. Und Zehra, die Brüste abgeschnitten, blutüberströmt, splitternackt ausgestreckt, die Arme wie Flügel geöffnet, gleitet dahin.

Nordwind stellte sein Glas auf den Tisch, krümmte sich. Sein Kopf schien auf den Tisch zu stürzen. Vasili stand langsam auf, nahm ihn am Arm und hob ihn hoch. Nordwind stand mit Leichtigkeit auf, wie schwerelos. Bis nach Haus schritt er mühelos dahin, auch die Treppe erstieg er so leicht, als sei nichts gewesen. Er ging ins Schlafzimmer, zog sich ohne Hilfe aus, schlüpfte in seinen Pyjama, legte sich ins Bett, zog die Decke über sich und fiel in tiefen Schlaf.

Nach Mitternacht klang das Fest aus. Das Boot von Şükrü Efendi legte ab, als das Meer noch weiß war. Er konnte vor Glück nicht schlafen, in den letzten Jahren war dieses Leben sein einziges Glück. Und um dieses Glück festzuhalten, war er nicht eingeschlafen. In zwei Tagen wird er sich mit dem Agaefendi treffen und mit ihm nach Istanbul fahren. Mit diesem edlen, so verletzten Menschen über Nacht so eine Freundschaft zu schließen, war auch ein Glück. Wenn auch spät, hatte das Schicksal doch begonnen, ihm zuzulachen.

6

Die Mädchen packten ihre besten Kleider in den Koffer. Auch ihr zweites Paar Schuhe, das sie selten getragen hatten. Der Vater hatte sie ihnen aus Italien mitgebracht. Die Schuhspanner steckten noch. Auch die Lederkoffer waren wie neu. Den Friseur würden die beiden am Tag ihrer Ankunft in Istanbul aufsuchen. Kapitän Kadri hatte für den Agaefendi auf der Vorplicht ein Sitzkissen gelegt, daneben zwei kleinere Kissen für die Mädchen. Kaum waren sie an Bord, legten sie ab. Das Boot war noch nicht weit, als Nordwind gerannt kam, um sie zu verabschieden. Er winkte, sie winkten stehend zurück. Nordwinds Hand blieb ausgestreckt, solange das Boot in Sichtweite war. Als es aus den Augen verschwand, sank er auf die Bohlen, legte die Stirn auf die Knie und blieb so hocken, bis Vasili kam. Vasili hob ihn auf die Beine und brachte ihn nach Haus. Kaum lag sein Kopf auf dem Kissen, schlief er ein und kam drei Tage lang nicht aus dem Bett heraus.

Am Anleger der Stadt wurde Musa Kazim Agaefendi von Şükrü Efendi erwartet. Er führte sie in sein Haus und bewirtete sie. Zwei Tage später kamen sie nach Istanbul. Im Hotel Pera Palace wurde Musa Kazim Agaefendi wiedererkannt. Ihm wurde das schönste Zimmer mit Blick aufs Meer gegeben.

Nach dem Frühstück suchten sie Sait Rahmi Bey auf, der aus Europa zurück war. Er führte sie in sein Arbeitszimmer und setzte sich ihnen gegenüber in einen Sessel. Der Kaffee wurde gebracht, sie tranken, und der Agaefendi fragte: »Was gibt es Neues in unserer Sache? Was sagt der Botschafter Griechenlands, was hat

Ankara gesagt?« Dabei schaute er Sait Rahmi hoffnungsvoll in die Augen.

»Frag nicht!«, antwortete Sait Rahmi. »Wem ich deine Angelegenheit auch vortrug, der schaute mir feindselig ins Gesicht. Um Gottes willen, riefen sie, mit den Griechen verbessern sich unsere Beziehungen, da wollen wir über solches nicht reden. Und überhaupt: Wie kann ein Türke, der aus Griechenland in dieses paradiesische Vaterland kommt, wieder zurückwollen?, sagten sie. Und mein Vater, der schrie mich an: Hast du das schon jemand anders gesagt? Ich habe, antwortete ich. Dann hast du deine Zukunft vernichtet. Mit deiner diplomatischen Laufbahn ist es aus! Oh weh, mein einfältiger Sohn, oh weh! Und der Botschafter von Griechenland kam eines Morgens mit hochrotem Gesicht ins Haus und rief: Ich habe seine Angelegenheit Athen dargelegt, die sind über meine Bitte so wütend geworden, dass sie mich wohl abberufen werden. Und sie haben ihn abberufen!«

»Ich bitte dich um Verzeihung! Ich wusste nicht, dass ich dir so viele Unannehmlichkeiten aufhalse. Was soll ich denn tun, du weißt, früher hatte ich viele Freunde um mich, aber du warst mir immer der Nächste.«

»Gräme dich nicht!«, sagte Sait Rahmi. »Ich werde in Kürze in Thrazien eine Farm kaufen und dort leben. Am Hang des Istranca.«

»Auch ich habe mir eine schöne Farm gekauft, nah am Meer.«

»Bravo, du bleibst also hier?«

»Ich bleibe nicht.«

Sait Rahmi geleitete die Gäste bis zur Tür, doch als sie sich umarmten, fragte er den Agaefendi nicht, wo wohnt ihr? Darüber ärgerte sich der Agaefendi. »Wir sind wieder im Pera Palace«, sagte er.

Im Hotel erwarteten die Mädchen sie schon ungeduldig. Er fragte Şükrü Efendi: »Wie war doch der Name dieser Schneiderin?«

»Die Damen Atina und Eleni erwarten uns. Sie sind Bekannte von mir. Der Ehemann von Madame Atina stammt aus Izmir, jedes Jahr machen wir uns auf zum Gänseberg und besuchen dort gemeinsam mit den Aleviten die Stätte des Blonden Mädchens. Madame Atina und Madame Eleni sind die besten Damenschneiderinnen von Istanbul!«

Sie gingen hinauf zur Istiklal Straße, vorbei am Gymnasium Galatasaray Richtung Taksim, überquerten die Straße zum großen Eisentor des Appartementhauses und stiegen die Treppe hoch bis zum zweiten Stockwerk. Madame Atina hatte schon die Tür geöffnet und wartete auf sie. Davon war Şükrü Efendi sehr angetan. Sie durchquerten einige Salons, wo mehrere Mädchen arbeiteten, und kamen in einen großen Raum mit grünen marokkanischen Sesseln.

Madame Eleni kam, und Madame Atina stellte sie vor.

»Aus Paris sind die neuesten Modelle gekommen. Unberufen, ihre Mädchen sind sehr schön, was sie auch anziehen, steht ihnen. Wir werden ihnen die schönsten Pariser Modelle zeigen. Sie werden zufrieden sein! Beyefendi, wollen Sie mitkommen?«

»Ich verzichte, schon immer haben sie sich ihre Kleider selbst ausgesucht.«

Die Mädchen blieben eine ganze Weile verschwunden, endlich kamen sie puterrot zurück. »Papa, wir sind erschöpft. Wir haben so viele Kleider anprobiert, dass wir beinahe gestorben sind.«

Madame Atina und Madame Eleni kamen mit Kleidern in den Händen ins Zimmer. »Schauen Sie, mein Efendi, wie viel Geschmack Ihre Töchter haben, sie haben die schönsten Kleider gewählt. Vor wenigen Tagen sind sie aus Paris gekommen. Sie kamen gerade zur rechten Zeit! Etwas später, und alles wäre weg gewesen.«

Der Agaefendi warf einen Blick auf die Kleider. »Packen Sie sie ein, Madame«, sagte er. »Und bitte die Kleider getrennt einpacken.«

Ein Mädchen in weißer Schürze kam herein, nahm den Mesdames die Kleider aus der Hand und verließ, gefolgt von den beiden Mädchen, den Raum.

»Wie viel, Madame?«, fragte der Agaefendi auf Griechisch. Madame Atina nannte den Preis, und bedächtig zählte er die Scheine ab.

Şükrü Efendi hetzte durch Istanbul und ließ keinen Freund aus.

Die Mädchen wollten auch hinaus und durch Istanbul wandern, aber der Agaefendi wartete insgeheim auf den Besuch von Sait Rahmi und verließ das Pera Palace drei Tage lang nicht. Am Morgen des dritten Tages rasierte er sich fliegenglatt, zog sich sorgfältig an, ließ sich einen Wagen rufen und fuhr zu Sait Rahmi. Wie immer öffnete ein Diener in Livree. »Sait Rahmi Bey ist zu seinem Gut nach Thrazien gefahren.«

Musa Kazim Bey hatte mit so einer Situation gerechnet, dennoch war ihm, als wäre er mit kochendem Wasser überschüttet worden. So etwas hatte ich erwartet, warum hab ich es so weit kommen lassen, haderte er ununterbrochen mit sich, bis er im Hotel war. Die Mädchen hatten ihre neuen Kleider angelegt und begrüßten ihren Vater mit fröhlichem Lachen. Als der Agaefendi seine Töchter so erlebte, vergaß er alles andere und freute sich mit ihnen. Während der ganzen Heimfahrt hielt seine Fröhlichket an.

Kaum in der Kleinstadt angekommen, eilte er ins Postamt. Der Direktor des Amtes sagte freudig: »Sie haben einen Brief, Beyefendi!« Er drückte ihm den Umschlag in die Hand. Der Agaefendi wurde quittengelb. Lange verharrte sein Blick auf der Briefmarke, dann drehte und wendete er den Umschlag einige Male, las beide Seiten, öffnete ihn dann mit zitternden Händen und las. Sein Gesicht wurde leichenblass. Er drehte und wendete den Brief, las ihn noch einmal und noch einmal, war schweißgebadet. Besorgt holte der Direktor aus dem Nebenzimmer eine Tasse Wasser, die der Agaefendi an die Lippen setzte und mit einem Zug leerte. Danach ging er wortlos hinaus.

Das Boot nahm mit schäumender Bugwelle Kurs auf die Insel. Der Motor lief leise und gleichmäßig wie ein Uhrwerk. Musa Kazim Agaefendi holte den Brief aus der Tasche und reichte ihn Zehra. Sie zog ihn mit zitternden Händen aus dem Umschlag und las, wobei der Vater sie nicht aus den Augen ließ. Auch an der Miene von Nesibe war nichts zu erkennen. Der Agaefendi steckte den Brief wieder in die Innentasche seines Jacketts. Ohne die Mädchen zu fragen, was sie dazu sagten, ergriff er das Wort: »So ist es, meine Töchter. Wer solche Freunde hat, dem kann auch eine Verbannung nichts anhaben. Nicht einmal der Tod macht ihm Angst. Wie ihr wisst, im Krieg um Anatolien wurden sogar die hochrangigsten Generäle ins Gefängnis geworfen. Nur meinem Freund, obwohl er ein besiegter Kommandant war, konnten sie nichts tun. Weil er ein großer Heerführer war. Ihn zu verhaften, ist nicht so leicht. Dass er mit Recht diesen Krieg nicht wollte, wusste ganz Griechenland. Darum wurde er von niemandem angerührt. Nur die unfähigen Generäle wurden verhaftet oder überwacht. Seht ihr, meine Kinder, solche Freunde hat euer Vater. Wenn du in dieser Welt auch hungrig und nackt bist, mit solchen Freunden bist du glücklich. Keine Minute habe ich gezweifelt, er werde mir schreiben. Im Gefängnis bekommt auch ein General keine Erlaubnis, einen Brief zu schreiben. Mein Freund hat eine Gelegenheit gefunden, hat alles gewagt und mir diesen Brief geschrieben, weil er wusste, in welcher Lage ich bin. Habt ihr diesen Brief gut gelesen, meine Kinder? Vertraut meinen Worten, mein Freund wird bald aus dem Gefängnis herauskommen, und ich werde nach Kreta zurückkehren. Habt ihr jetzt begriffen, warum ich euch nicht habe die Truhen öffnen lassen?«

»Papa, wir möchten unsere Truhen öffnen und nicht nach Kreta fahren. Was wir in Istanbul gekauft haben, ist ja sehr schön, aber wir wollen wieder das anziehen, was in den Truhen ist. Nicht wahr, Papa?«

Während sie sprach, hatte der Agaefendi seine grünen Augen schweigend auf Zehras Augen geheftet. Plötzlich explodierte er so, dass sogar Kapitän Kadri unten am Motor aufsprang, aber, kaum oben, wieder kehrtmachte. Der Agaefendi brüllte mit einer Stimme, wie sie noch keiner je gehört hatte: »Habe ich euch nicht gesagt, mein Freund wird bald das Gefängnis verlassen? Und jene, die ihn hinter Gitter brachten, verhaften! Und an dem Tag, an dem er an die Macht kommt, wird er mich nach Griechenland einladen, hab ich das nicht gesagt? Bleibt ihr auf dieser Insel und heiratet! Denkt ihr denn, ich kann nicht allein in mein Land zurück?«

Seit sie denken können, haben die Mädchen ihren Vater noch nie so erlebt. Zusammengekauert hockten sie da wie erstarrt. Die Halsadern ihres Vaters pulsierten, die beiden befürchteten, ihm könnte etwas geschehen. Jetzt wurden auch seine Worte unverständlich, die Mädchen krümmten sich immer tiefer. Die Augen ihres Vaters waren aus den Höhlen getreten, er war in Schweiß gebadet.

»Vater!«, riefen beide, und ihre Stimmen klangen so hoffnungslos, dass der Agaefendi seinen Wortschwall mitten im Satz abbrach. Außer dem Stampfen des Motors und dem Rauschen des Meeres war kein Laut mehr zu hören. Was tu ich diesen Kindern, diesen Halbwaisen, nur an, dachte der Agaefendi. Er konnte weder Zehra zu seiner Rechten noch Nesibe zu seiner Linken in die Augen schauen. Und die Mädchen hockten nur so da und rührten sich nicht.

Bis die Insel in Sicht kam, sprach keiner, hob keiner den Kopf, um den Blick schweifen zu lassen. Den Agaefendi hatte quälendes Mitleid gepackt, und dieser Schmerz wurde immer unerträglicher. Fast wollte sein Herz mit einem Knall mittendurch brechen. Weh, meine Schönen, weh, meine Waisen, was habe ich euch nur angetan, ich Widerling, ich Ehrloser, wozu bin ich noch nütze, nachdem ich den Mädchen, meinen Waisen, das angetan habe. Wäre ich doch gemeinsam mit ihrer Mutter gestorben und ins Meer geworfen worden. Ich habe meine Töchter getötet und mit ihnen auch mich. Zehra, mein Mädchen, warum habe ich das getan? In seinem Innern begann er mit den Mädchen zu sprechen. Nach dem Tod eurer Mutter habe ich euch, so gut ich konnte, allen Schmerz erspart. Ich habe in meinem Leben noch niemanden so brutal angebrüllt. Was ich euch angetan habe, wird in mir als Stachel bleiben. Was soll ich tun, damit ihr mir vergebt? Öffnet eure Truhen sofort, sobald wir auf der Insel sind. Würdet ihr auf mich hören, wenn ich euch sagte: Keine Reise nach Kreta? Was kann ich tun, um wieder euer Vater von früher zu werden?

In diesem Augenblick rief Kapitän Kadri aufgeregt: »Die Insel! Seht, die Unseren sind alle auf dem Anleger.«

Der Agaefendi umfasste mit dem rechten Arm Zehra und mit dem linken Nesibe. »Vergebt mir, meine Mädchen«, bat er, »ich habe euch sehr gequält. Ich weiß nicht, wie ich mir verzeihen soll.«

»Um Gottes willen, Vater!«, rief Zehra. »Natürlich wird dein Freund das Gefängnis verlassen und dich nach Kreta einladen. Wer zweifelt daran. Nimm du es mir nicht übel, ich war närrisch.«

»Um Gottes willen, Vater«, rief auch Nesibe und wiederholte, was Zehra gesagt hatte.

»Leben sollt ihr, meine Schönen! Wenn mein Freund der General noch der Mann ist, den ich seit seiner Jugend kenne, kommt er bald aus dem Gefängnis heraus und bringt ganz Griechenland zum Zittern. Seine erste Tat wird sein, uns nach Griechenland zu rufen. Die wichtigste Eigenschaft großer Führer ist, ihren Freunden in Treue verbunden zu sein. Verliert ein Kommandant seine Gefährten, verliert er alles. Große Bäume rauschen durch ihre großen Äste.«

Der Agaefendi stand auf und hielt sich mit der Rechten an der Kajüte fest. Auch die Mädchen hatten sich erhoben und betrachteten die Menge auf dem Anleger. Zehras Augen suchten Nordwind. Als sie ihn am äußersten Ende der Menge in der ersten Reihe entdeckte, machte ihr Herz einen Sprung. Ihre Blicke trafen sich. Nordwinds Gesicht war bleich, das schmerzte sie. Ich muss alles daran setzen, um ihn noch einmal zu sehen, ging es ihr durch den Kopf.

Die Menschenmenge nahm die Ankommenden in ihre Mitte, sie gingen zu den Platanen. Zuerst erkundigten sich die Doktoren über Istanbul. Doch diesmal hatten sie von der Stadt ja gar nichts gesehen außer dem Schneidersalon. Aber alle, sogar jene, die noch nie in Istanbul waren, wollten wissen, wie es jetzt in Istanbul aussah. Also begann der Agaefendi zu erzählen. Er beschrieb ihnen besonders die Moscheen Süleymaniye und Sultan Ahmet, aber auch den Leanderturm, die Brücke überm Goldenen Horn und das Hippodrom.

Nach einer Stunde erhob sich Doktor Salman Sami: »Unsere Reisenden sind bestimmt erschöpft, lassen wir sie nach Hause gehen.«

In jener Nacht herrschte festliche Stimmung auf der Insel. Irgendwie waren alle der Meinung gewesen, der Agaefendi und die Seinen hätten die Insel für immer verlassen, doch niemand mochte diesen Gedanken öffentlich äußern, ja, nicht einmal Melek Hanum danach fragen.

Nordwind hatte, woher auch immer, vier größere Wassermelonen ins Haus gebracht. Diese Melonen hatten die Frauen Kapitän Kadri gegeben, damit er sie zum Brunnen bringe. Das Brunnenwasser ist ja so kalt, dass du deine Hand nicht lange eintauchen konntest, ohne dass sie erfror. In dieses Wasser legte Kapitän Kadri also die Wassermelonen, damit sie, eiskalt gekühlt, dem hochverehrten Meister, seiner Mutter und seinen schönen Töchtern auch ja munden. Und der Kapitän hockte sich daneben. Eigenartiger Mann, dieser Nordwind, ging es ihm durch den Kopf, aber auch diese Doktoren, und wie viel Geld sie doch hatten! Wohin sie ihn auch schickten, und seis auch nur zwei Schritte weit, sie steckten ihm eine Handvoll Geld in die Tasche. Als Nordwind mich nur bis zur Brücke der Provinzstadt schickte, füllte er schon eine Tasche. Auch als ich zurückkam. Und die andere Tasche füllte mir der Agaefendi. Und die Doktoren gleichfalls. Und der Meister, der mir dieses schöne Boot vermachte, der dich früher an keinem roten Heller auch nur schnuppern ließ, und hättest du diese ganze Insel auf deinen Schultern vor ihm hergetragen. Und der Kapitän versank in tiefe Gedanken.

Die Frauen schickten Nordwind zum Agaefendi.

»Bemühen Sie sich nicht«, sagte er, »Melek Hanum und Mutter Lena bereiten Essen für Sie vor, sie werden es Ihnen gegen Abend bringen.«

»Komm auch du zum Abendessen, mein Sohn«, lächelte der Agaefendi.

Die tiefblauen, funkelnden Augen Zehras ruhten auf seinem Gesicht. War es Zorn, war es Trauer, Nordwind konnte es nicht deuten. Er floh zu den Granatapfelbäumen. Von Kindesbeinen an hatte er es erlebt: Die Welt wird schöner, wenn die Granatapfelbäume blühen. Nicht nur im Taurus, in der Çukurova, am Berg Ida mit den tausend Quellen, nein, überall. Das Rot der Granatapfelblüten strahlt auf die Felsen und rötet den Stein. Und hier reiften jetzt die Granatäpfel, das volle Rosa der Früchte fiel auf die Felsen und auf das Meer in der Tiefe. Er erinnerte sich an den Abstieg von Uzunyayla in die Çukurova. An den Hängen die von den Armeniern angelegten, jetzt verlassenen, verwilderten Granatapfelgärten. Beim Betreten des Hains traute er seinen Augen nicht. Jeder Granatapfel hatte den Umfang einer mittelgroßen Wassermelone. Die Früchte glühten so farbenfroh wie die Blüten. Die Zweige konnten die Früchte kaum tragen, und manche neigten sich unter dem Gewicht fast bis zur Erde. Nordwind grübelte und grübelte, dachte auch an die Schlangen, die in die Granatapfelgärten kamen. Wenn die Granatäpfel blühten, glitten die Nattern in die Gärten, umschlangen sich, wurden so feuerrot wie aus der Esse gezogenes glühendes Eisen und liebten sich. Sie liebten sich sehr lange und lagen danach wie leblos auf der Erde. Ganz langsam ging ihre rote Farbe in Schwarz über, wurden sie wieder lebendig und glitten ermattet davon. Und in den Granatäpfelgärten häuten sich die Nattern. Die Schlange gleitet unter einen Baum, nicht oben in die Zweige, die können diese große, schwarze Schlange gar nicht tragen. Sie zu töten, ist in der Çukurova übrigens eine große Sünde. Wer sie tötet, wird verflucht. Die Schlange rollt sich in zwei Schichten, dehnt und dehnt sich und rollt sich wieder zusammen. Danach rollt sie sich dreifach, dehnt und dehnt sich und rollt und rollt sich wieder. Dann wird sie zum Ballen, gibt Töne wie Pfiffe oder Wimmern von sich, rollt sich, dehnt sich, ballt sich zusammen, strafft sich, gibt unglaubliche Töne von sich. Ballt sich, strafft sich, ballt sich, strafft sich. Das dauert sehr lange. Wie dieses Geschöpf so große Schmerzen aushält, das ist schwer zu verstehen. Doch plötzlich verstummt die Schlange, streckt sich auf der Erde aus, bleibt wie tot längelang liegen, zuckt dann ganz unmerklich, beginnt ganz behutsam zu gleiten, hält an, nachdem sie ein bisschen gekrochen ist, und rührt sich nicht. Ergreife sie am Kopf, am Schwanz oder wo auch immer, hebe sie hoch, sie ist wehrlos, leblos wie ein Kadaver. Und hinter ihr, wo sie sich gewunden hat, liegt umgestülpt und durchsichtig die Oberhaut, so lang wie die Schlange selbst. Sie kommt zu sich und gleitet unmerklich durch das Gras davon und verschwindet.

Zehra und ich leiden mehr als eine sich häutende Schlange. Die Töchter dürfen die Truhen nicht öffnen … Weil wir morgen oder übermorgen heimfahren! Obwohl von diesem General oder Marschall oder was auch immer seit Jahren kein Brief kommt. Und kein Ton von diesem aus Ankara verjagten Schulfreund … Trotzdem heißt es tagaus, tagein: Kreta, Kreta! Großspurig wie ein Sohn des osmanischen Padischah oder ägyptischen Pharao! Lässt sich kein Haar aus der Nase nehmen. Ein Heiliger, nach Melek Hanums Meinung wohl ein Sohn Gottes, der mit seinen wunderschönen Töchtern wie mit Puppen spielt und dessen Herz mit Hornhaut überwuchert ist. Wenn deine Töchter ihre Truhen nicht öffnen dürfen, bleiben sie ewig im Haus, werden alt und dürr und spucken auf deine Leiche, wenn du stirbst. Erlaube doch endlich den Mädchen, ihre Truhen zu öffnen, damit der Herrgott dich eines Tages ins Paradies aufnimmt!

Als Nordwind, der sein schönstes Zeug angezogen hatte, die Wohnung betrat, deckten Zehra und Nesibe den Tisch. Der Agaefendi hieß ihn stehend willkommen: »Nehmen Sie bitte Platz, Nordwind Bey, mein Sohn.«

Bald darauf kam auch Vasili, eine verstaubte Flasche Rotwein in der Hand. »Dies habe ich unserem Agaefendi mitgebracht. Es wurde mir von einer Kirche in Ürgüp geschickt. Es gibt keine besseren Weine in Anatolien als die in Ürgüp.« Er stellte die Flasche mitten auf den Tisch. Zehra kam mit einem Tuch und wischte die Flasche ab. Vasili konnte ihr ja nicht sagen, dass es nicht üblich ist, den Staub von einer Weinflasche zu wischen.

Die Speisen wurden aufgetragen, sie aßen schweigend. Meistens wird in Anatolien beim Essen nicht gesprochen. Nicht immer hielt sich der Agaefendi daran, aber heute sprach er kein Wort. Nach dem Essen ging Zehra mit einer Wasserkanne in der Hand und einem Handtuch auf der Schulter in den Waschraum, der Agaefendi folgte ihr. Das Mädchen nahm die Seife aus dem Behälter, reichte sie dem Vater, goss aus der Kanne Wasser über seine Hände, und der hockende Agaefendi wusch sich sorgfältig die Hände, spülte sich den Mund und erhob sich.

Das Mädchen holte ein anderes Handtuch und goss Wasser auch über die Hände von Nordwind. Besorgt schaute er um sich und sagte mit kaum hörbarer Stimme: »Morgen in aller Frühe in der Mühle.« Dann schaute er noch einmal um sich, doch der Agaefendi plauderte mit Vasili auf Griechisch, er hatte nichts gehört. Nordwind entspannte sich und ging lächelnd an seinen Platz zurück.

»Hör mir gut zu, mein Junge. Ich wünschte mir eine Freundschaft wie zwischen dir und Vasili. Mich quält der Gedanke, keinen Freund zu haben. Gott sei Dank, bedeckt doch noch kein Schnee die Berge, auf die ich vertraute. Als ich meinte, alle meine Freunde, auch mein Freund der General, hätten mich vergessen, als diese Einsamkeit mir wie ein Handschar mitten ins Herz stieß, da bekomme ich von meinem Freund dem General einen Brief.« Er reichte Vasili den Brief. »Nimm, Vasili, sag es auf Türkisch, damit mein Sohn Nordwind es auch versteht! Jetzt bin ich auf dieser Welt nicht mehr allein, und die Welt ist nicht mehr menschenleer. Lies vor, Vasili!«

Vasili, der in der geistlichen griechisch-orthodoxen Schule auf der Prinzeninsel Heybeli eine ganze Zeit studiert hatte, doch dann grundlos, wie er sagte, relegiert wurde, übersetzte den Brief wohlgesetzt ins Türkische. Dem Agaefendi rannen Tränen über die Wangen. Als der Brief vorgelesen war, seufzte er tief. »Ihr hört, was der

General in seinem Brief schreibt: Wie könnte ich dich jemals vernachlässigen, mein Bruder, schreibt er. In der Schlacht um Anatolien besiegt, kam er in Haft. Doch er war in die Einheit versetzt worden, als sie schon auf dem Rückzug war. An der Niederlage trifft ihn also keine Schuld. Bald wird er aus der Haft entlassen, und er schreibt, dass er wieder einen hohen Posten bekommt und mich sofort einlädt. Ja, so wird es sein. Denn mein Freund ist nicht nur ein General, er ist Griechenlands Augapfel.« Er nahm Vasili den Brief aus der Hand, steckte ihn in die Tasche und sagte: »Vasili, komm morgen zu uns, ich brauche dich.«

Er wandte sich an Zehra: »Mädchen, habt ihr den Kaffee fertig?«

»Du hast ihn schon getrunken, Vater.«

»Dann brüht uns noch einen.« Der Agaefendi glühte bis ins Knochenmark vor Freude. »Ich bin hier im Paradies, und dieser Augapfel eines Landes ist in der Hölle einer Haftanstalt. Er hat mich mit einem Brief ins Paradies geschickt und ist selbst in der Hölle einer Haftanstalt. Was ist das für eine Welt, Kinder?«

Bis in den Morgen fand der Agaefendi vor Freude keinen Schlaf, er verließ noch vor Morgengrauen das Bett, ging am Meeresufer entlang, bis es hell wurde. Im Haus wartete Vasili schon auf ihn. Die Mädchen machten sofort das Frühstück. Melek Hanum hatte auch heute Ziegenmilch geschickt. Auf dem Tisch stand der vom Agaefendi so geschätzte Nomadenkäse. Und Nordwind hatte weißen Gänseberg-Honig gebracht. Sie machten ein gemütliches Frühstück, gingen dann zur Arztpraxis von Salman Sami. Der Doktor begrüßte sie draußen vor der Tür. »Der Gedanke, Ihr kehret aus Istanbul nicht mehr zurück, machte uns schwer zu schaffen, mein Lieber! Bitte setzt euch! Die Frauen, die in unserem Haus arbeiten, machen guten Kaffee und Tee. Und wenn wir sie loben, wie gut es uns schmeckt, sagen sie, auf brennendem Olivenholz gekocht schmeckt alles gut.«

»Herzlichen Dank, Doktor, wir haben uns erst nach dem Frühstück hierher auf den Weg gemacht. Ich bin begeistert über euer beider Freundschaft. Nichts ist wichtiger auf dieser Welt. Ich habe von meinem Freund, dem General in Griechenland, von dem ich euch erzählte, einen Brief bekommen und konnte die ganze Nacht vor Freude kein Auge zumachen.«

»Bittet er Sie, nach Griechenland zurückzukommen?«

Agaefendi holte den Umschlag aus seiner Tasche, zog den Brief heraus und reichte ihn Vasili. »Wenn es dir nichts ausmacht, lies den Beys diesen Brief auf Türkisch vor.« Dann wandte er sich an die Doktoren: »Vasili war in Istanbul in der griechisch-orthodoxen Schule, Sie werden jetzt erleben, wie er diesen auf Griechisch geschriebenen Brief des Generals auf Türkisch vorliest.«

Vasili las ihn nicht wie eine Übersetzung vor, sondern als sei er auf Türkisch geschrieben. Und seine Stimme klang sehr anrührend. Gegen Ende des Briefes konnte der Agaefendi wieder nicht an sich halten, und zwei Tränen rannen ihm über die Wangen bis hinunter zum Hals. Am Ende des Briefes war der Agaefendi nicht in der Lage, das Wort zu ergreifen.

»Sie haben recht, Beyefendi, der Mensch braucht nichts auf dieser Welt, es genügt, wenn er so einen Freund hat. So ein Freund ist ein Leben wert.«

»Er ist Griechenlands Augapfel.«

»Ihr Freund war schon gegen den Anatolischen Krieg, bevor er begonnen hatte. Als das griechische Heer einige Schlachten verlor, schickten sie ihn auch noch an die Front. Und somit trägt er keine Schuld an der Niederlage.«

Şükrü Efendi saß unter den Platanen, neben ihm Melek Hanum, Şehmus Aga, Şerife Hanum, Hüsmen, Handscharträger Efe, Kapitän Kadri, Saliha, ihre Kinder, die bei den Doktoren arbeitenden Frauen und ihre um die zwölf Jahre alten Jungen. Als sie den Agaefendi und Vasili kommen sahen, standen alle auf.

Nach kurzer Begrüßung herrschte Schweigen. Niemand fand die richtigen Worte, um die Unterhaltung fortzusetzen. Da kam Hasan der Fahnenflüchtige. Hasan war ein redseliger Mann. Er setzte sich auf einen freien Platz am Ende der Runde. Der Agaefendi fasste ihn ins Auge, aber er sprach nicht. Daraufhin schaute er mit einem Lächeln Şükrü Efendi an, dieser lächelte zurück und fragte: »Nun, Agaefendi, wann reisen Sie nach Kreta?«

»Wie kommen Sie darauf?«

»Sie bekamen doch vom Postamt einen Brief.«

»Das ist richtig, auf diesen Brief von meinem Freund, dem General, habe ich Tag für Tag gewartet. Dieser Freund hatte mich noch nie enttäuscht. Da es Sie interessiert, soll Vasili ihn auf Türkisch vorlesen!«

Vasili nahm den Umschlag, zog den Brief hervor, räusperte sich und begann vorzulesen. Seine Stimme klang so schön, als lese er einen heiligen Text. Die Zuhörer hielten den Atem an. Und wie immer füllten sich die Augen des Agaefendi mit Tränen.

Kaum war der Brief gelesen, rief Şükrü Efendi wutentbrannt: »Was hat er denn in Anatolien zu suchen, dieser Rotarsch – ich bitte um Entschuldigung! Er ist doch nur gekommen, um uns niederzumachen. Haben wir ihn denn eingeladen?«

»Ich bitte Sie, mein Efendi, ganz Griechenland weiß, dass mein Freund gegen die Landung der griechischen Armee in Anatolien war. Erst als das griechische Heer sich zurückziehen musste, wurde mein Freund nach Anatolien beordert und mit den anderen Generälen gefangen genommen und ins Gefängnis geworfen. Ich möchte Ihnen nur sagen, mein Freund wird in Kürze das Gefängnis verlassen, eine leitende Stellung übernehmen, die Türkei und Griechenland werden Frieden schließen wie zwei brüderliche Völker, die sich gegenseitig achten. Und das wird mein Freund, der General, verwirklichen. Denn er ist jemand, der den Frieden liebt. Und ich werde in Kürze nach Kreta zurückkehren. Ich kann mich nicht so recht auf meine Rückkehr freuen, ich kehre also nicht geflügelt zurück, Şükrü Bey, Bruder. Denn diese Welt wird immer noch vom Unheil heimgesucht, es geht um Leben und Tod. Aber nach diesem Brief kann mich nichts in die Knie zwingen. Habe ich mich verständlich ausgedrückt, Şükrü Bey, mein Bruder?«

»Wenn Sie erlauben, Musa Kazim Beyefendi, ein so enger Freund von Ihnen hätte gar nicht anders sein können.«

»Ich danke Ihnen, Şükrü Beyefendi, Sie sind sehr liebenswürdig. Und heute wollen Sie Honig aus den Waben schleudern lassen, nicht wahr?«

»Ich habe fünf erfahrene Imker gebracht. Die Meister haben jeden Korb geprüft und mir gesagt, so einen Honig gibt es sonst nirgendwo. Beim Öffnen der Körbe schlägt der Blumenduft einem Menschen so kräftig ins Gesicht, dass er schwankt, ja ihm schwindlig wird. Dieser Honig ist ein Allheilmittel, sagen sie, und sie haben recht.«

Der Tierarzt war, als der Brief vorgelesen wurde, still und leise gekommen und hatte sich am Ende der Bänke hingesetzt. »Şükrü Efendi«, sagte er, »wie Sie wissen, haben wir beide die Bienenkörbe vom Finanzamt gekauft. Wir hatten in unserem Weinberg in Van auch Bienenkörbe, aber ich habe so einen Duft bisher weder erlebt noch davon gehört. Wie es heißt, sind auf dieser und den nahen Inseln Blumen und Blüten genug für das Zehnfache dieser Bienenstöcke. Die Leute wohnten nicht ohne Grund auf diesen Inseln.«

Die Landarbeiter pflückten in zwei Tagen die Granatäpfel. Drei volle Kutter machten drei Fahrten in die Stadt. Noch bevor sie die Stadt erreichten, stürmten die Bewohner ihren Obstgarten. Als es Abend wurde, hing kein einziger Granatapfel mehr in den Bäumen. Wer viel gepflückt hatte, gab denen, die wenig hatten, etwas ab, und so glichen sie untereinander aus. Und als alle Bienenkörbe geleert waren, hatte auch jeder Haushalt fast die gleiche Menge Wabenhonig bekommen. Die überschäumende Freude des Agaefendi hatte die ganze Insel erfasst. Die Vögel zwitscherten anders, das Meer duftete anders, die Brise wehte anders.

Ungezwungen, ohne sich zu verbergen, nahm Zehra nicht den Weg durch den Olivenhain, sondern über das freie Gelände zur Mühle, stieß lachend die Tür auf, und Nordwind, der auf dem Mühlstein saß, stand sofort auf. Zehra ließ sich auf den Mühlstein nieder, ergriff Nordwinds Hand und zog ihn neben sich. Eine ganze Weile schwiegen sie, ohne sich anschauen zu können. Zehra hielt noch immer Nordwinds Hand, die wie Feuer brannte. Sie dachte: Wohin es auch führt, ich muss mit ihm darüber reden. Auch wenn er mir danach nicht mehr ins Gesicht schaut, es muss sein. Sie ließ seine feuerheiße Hand los. »Musa Nordwind, du trägst etwas mit dir herum, dessen du dich schämst und das du niemandem erzählst. Bedrückt dich etwas, das du nicht einmal dir selbst eingestehst? Hast du im Krieg viele Menschen getötet, Kinder umgebracht, Frauen und Mädchen vergewaltigt und danach getötet? Wenn du mich in die Arme nimmst, lässt du mich plötzlich los und fliehst. Schämst du dich vor mir, hast du Angst? Du musst es mir sagen. Wenn du hundert Mädchen vergewaltigt hast und danach ihre Gesichter in Stücke geschlagen und sie getötet hast und dich dafür schämst – du bist ich, ich bin du, sag es mir, und wir schämen uns gemeinsam. Wenn du den Schmerz nicht mehr tragen kannst, dann lass ihn uns gemeinsam tragen. Ist der Schmerz aber so groß, dass wir ihn gemeinsam nicht tragen können, dann lass uns gemeinsam sterben. Es ist schade um dich, schade um mich, wenn jeder diesen Schmerz allein trägt. Schau, mein Geliebter, als meine Mutter starb und vor den Augen meines Vaters ins Meer versenkt wurde, dachte ich, das überlebt er nicht. Er war halb tot, und der Schmerz wurde nicht leichter. Dann fing er an, auf Briefe von Freunden zu warten. Dass keine Briefe kamen, war schwerer zu ertragen als der Tod meiner Mutter. Der Gedanke, dieser Schmerz könnte meinen Vater töten, bedrückte mich Tag und Nacht. Er hatte schon keine Lebenskraft mehr, da kam von seinem Freund ein Brief aus dem Gefängnis. Jeder auf dieser Insel kennt inzwischen diesen Brief. Jetzt ist er bis auf den Grund seines Herzens voller Freude. Seine Freude hat die ganze Insel erfasst. So sind die Menschenkinder wohl, ein dauerndes Auf und Ab, himmelhoch jauchzend, zu Tode betrübt. Sag mir, was dich bedrückt, mein Geliebter. In einer Welt, in der sich die Menschen gegenseitig quälen, ist sich zu finden und zu lieben ein Glück, das nicht jedem zuteil wird. Schämst du dich, weil du in den Krieg gezogen bist? Das war nicht deine Schuld, sondern die Schuld von denen, die euch in den Krieg trieben. Sollen sie sich ihrer Unmenschlichkeit schämen.«

Zehra war in Schweiß gebadet und zitterte. Plötzlich umarmte sie ihn mit aller Kraft, streckte sich zu ihm, küsste ihn lange, sehr lange, fasste sich und sagte mit ruhiger Stimme: »Sags mir, mein Liebster, sag mir alles, und wir tragen diese Last gemeinsam!«

Nordwind suchte nach Worten. Sein Blick klebte an der gegenüberliegenden Wand, und nachdem er eine Weile überlegt hatte, begann er ganz langsam und stockend zu erzählen. Er machte zwischendurch kleine Pausen, dachte nach und erzählte dann ununterbrochen weiter. Als er zu Ende erzählt hatte, war er in Schweiß gebadet. Auch Zehra hatte Blut und Wasser geschwitzt.

»Du hast also keinen Jesiden, ob Mann oder Frau, getötet?«

»Ich habe keinen getötet.«

»Du hast also keiner Frau, keinem Mädchen die Brust abgeschnitten?«

»Das habe ich nicht.«

»Keine Frau, kein Mädchen geschändet?«

»Habe ich nicht.«

»Nun, was hast du denn?«

»Ohne mich einzumischen, habe ich zugeschaut, wie Mädchen und Frauen splitternackt ausgezogen wurden, zuerst ihre Brüste abgeschnitten und in den Sand geworfen und sie selbst erstochen wurden. Ich konnte nichts tun, schaute zu, war wie erstarrt.«

»Konntest du es nicht verhindern?«

»Es waren ihrer zu viele, wir dagegen nur wenige. Das ist es, was ich nicht vergessen kann und was mir so zusetzt.«

Beide sprachen mit unterdrückter Stimme, fast unhörbar.

Plötzlich leuchteten Zehras Augen auf. »Ähnliches hat vor einem Monat Şerife Hanum erzählt. Plötzlich hörte sie auf zu weben. Kommt, Mädchen, sagte sie, und ihre Miene war ganz verstört. Was diese Augen gesehen haben, was diese Augen alles gesehen haben, muss ich euch erzählen. Ich und auch Şehmus sind aus der Gegend, von Diyarbakir geflüchtet. Eines Tages war der Krieg da. Jeder tötete jeden. Auch in unserem Viertel brachten sie sich gegenseitig um. Der Bruder war des Bruders, der Freund des Freundes Feind geworden. Ich war ein erwachsenes Mädchen, aber noch nicht verheiratet. In unserem Viertel sammelten sie eines Tages Frauen, Mädchen, Jungen, Alte, junge Burschen und Knaben ein. Wir folgten ihnen heimlich, sie gingen zum Ufer des Tigris hinunter. Wir versteckten uns in den Büschen. Unter den Mädchen, den Frauen waren unsere nächsten Nachbarn und Freunde, die uns so lieb waren wie unser Leben. Am Ufer des Tigris trennten sie die Männer und Knaben von den Frauen und brachten sie hügelan. Die Arme waren auf dem Rücken gefesselt, sogar die der Kinder. Die Frauen und Mädchen zogen sie am Ufer splitternackt aus, schnitten ihnen dann die Brüste ab, warfen sie in den Sand. Die Frauen schrien vor Schmerzen so, dass ihre Schreie bis zum Himmel hallten. Was haben diese Augen, die erblinden mögen, nicht alles gesehen! Auf dem Tigris trieben nackte Leichen. Den Tigris stromab zur Wüste …«

»Zuckten die in den Sand geworfenen Brüste noch?«

»Ich weiß es nicht, davon hat sie nichts gesagt.«

»Und wer waren diese erstochenen Menschen?«

»Ich weiß es nicht, das hat Şerife Hanum auch nicht gesagt. Şerife Hanum hat gesagt: Wer sie alle waren, weiß ich nicht, es waren Menschen wie wir, sie sprachen wie wir, es waren Freunde. Die meisten waren aus unserem Viertel.«

»Sind Adler gekommen, haben die Toten im Sand gegriffen und sind fortgeflogen?«

»Das hat Şerife Hanum nicht erzählt. Nur ein einziges Mal sagte sie, es waren Giauren.«

»Zuckten die blutigen Brüste noch im Sand?«

»Şerife Hanum hat davon nichts gesagt. Sie sagte: Versteckt in den Büschen zitterten wir uns zu Tode und liefen davon. Im Haus weinten wir. Wir waren um die fünfzehn Mädchen. Auch Nachbarn kamen zu uns nach Haus und weinten. Gegen Abend kamen blutbedeckte Männer ins Haus, und auch sie weinten mit uns. Was hattet ihr in den Büschen zu suchen, warfen sie uns vor. Wenn ihr das Gesehene irgendwelchen Menschen erzählt, schneiden sie auch euch die Brüste ab und werfen euren Kadaver in den Tigris, sagten sie. Wir haben danach viel geweint, über Monate fanden wir keinen Schlaf. Jede Nacht kamen diese Männer, schnitten unsere Brüste ab und warfen unsere Leichen in den Tigris. Dann flossen die Tränen wie Regen aus ihren Augen. Ich habe das bis auf den heutigen Tag nicht einmal Şehmus erzählt. Heute werde ich es ihm erzählen. Auch er soll erfahren, was diese Augen alles gesehen haben. Bis ich Şehmus heiratete, dachte ich bei jedem Mann, den ich sah, er wird mir die Brüste abschneiden.«

Sie standen auf, umarmten sich. Es war eine so leidenschaftliche Umarmung, dass Nordwind die Brüste des Mädchens, die sich an seinen Körper pressten, nicht einmal wahrnahm. Als sie sich trennten. sagte er: »Ich fühle mich schon etwas leichter. Ob sie es Şehmus Aga erzählt hat?«

»Ich weiß es nicht. Ich habe dir noch viel zu erzählen. Ich war in Athen in einer englischen Schule. Über die Beziehungen zwischen Mann und Frau haben sie uns alles erzählt. Wie Kinder gemacht werden und wie man es verhindern kann.«

Als Nordwind das hörte, erstarrte er. Wie konnte ein Mädchen wie Zehra so etwas auch nur in den Mund nehmen? In seinen verzerrten Zügen sah Zehra, wie verstört er war.

»Auch mich traf fast der Schlag, als ich es von meiner Professorin zum ersten Mal hörte. Sie erzählte alles bis in die kleinste Einzelheit. Wir waren siebenunddreißig Mädchen, Türkinnen, Griechinnen und zwei Französinnen. Weil Nesibe alles schon vor mir gehört hatte, war sie gar nicht erstaunt, als sie das hörte. Erstaunt war die Professorin, weil Nesibe nicht erstaunt war. Und sie ließ es Nesibe vortragen. Und Nesibe erzählte schön der Reihe nach. Die Professorin war zufrieden. Sie war eine füllige, schöne Frau.«

Nordwind lachte lauthals, und sie umarmten sich wieder.

Zuerst ging Nordwind aus der Mühle ins Freie. Zehra stand noch eine Weile in Gedanken versunken, ging dann hinunter zu den Olivenbäumen, hielt sich zwischen den alten, knorrigen Stämmen auf, wollte zur Quelle hoch. Sie fühlte sich erleichtert, sorglos, unbeschwert. So wie in den Tagen vor der Verbannung, lange bevor sie hier ankamen. Sie setzte sich an die Quelle, sah im Wasser ihr Gesicht strahlen wie in einem glänzenden Spiegel. Wie schön der Name Abbas doch ist, dachte sie. Nur gut, dass Şerife Hanum ihr den Vorfall mit den Brüsten erzählt und sie Nordwind davon berichtet hatte. Damit könnten sich seine schrecklichen Gewissensbisse verringern. Die Poleiminze nahe der Quelle war kniehoch gewachsen, ihre klitzekleinen blauen Blüten hatten sich geöffnet und verbreiteten durchdringenden Duft. Durch Duftwolken ging Zehra an dem beidseitig blühenden Lauf der Quelle entlang. Sogar das Wasser duftete nach Minze. Kaum zu Haus, lief Zehra zum Spiegel. Vergraben in einer wer weiß wie viele Tage alten Zeitung, saß der Vater in seinem Sessel und las. Er hörte nicht einmal, dass Zehra gekommen war. Im Spiegel glänzte ihr Gesicht heller noch als im Wasser. Sie hätte nie gedacht, dass in dieser Fremde ihre Augen so strahlen, ihr Inneres so erleichtert sein könnte. Ihr Vater schaute von den arabischen Lettern der Zeitung hoch, sah Zehra und musterte sie wortlos. So in sich versunken vor dem Spiegel habe ich sie noch nie gesehen, dachte er.

Zehra ging zu ihm und umarmte ihn.

»Vater«, rief sie, »Gott sei Dank, wie gut es uns doch geht.«

»Gott sei Dank, mein Mädchen«, sagte Musa Kazim Bey, und auch er nahm seine Tochter in die Arme.

Nordwind ging von der Mühle geradewegs zu Şerife Hanum, die am Webstuhl an einem Kelim arbeitete. Als sie Nordwind sah, legte sie den Weberkamm beiseite und stand auf. »Willkommen, Nordwind Efendi«, rief sie.

»Şerife Hanum, wo ist Şehmus Aga?«

»Ich weiß es nicht, er sagte, er gehe zu Hüsmen. Komm bitte herein und setz dich!«

Sie gingen ins Haus. Drinnen blieb Nordwind verwundert stehen. Das Innere des Hauses war so schön, so sauber und so aufgeräumt, dass seine Verehrung für die beiden noch stieg. Im Salon lag ein Kelim, der den ganzen Raum ausfüllte. Er hatte im Taurus viele Kelims, viele Filzteppiche gesehen, aber so einen paradiesischen Kelim in seinem Leben noch nicht. Er setzte sich in den Sessel, den Şehmus Aga in der Stadt gekauft hatte, aber konnte den Blick nicht vom Kelim wenden.

Ein starker Kaffeeduft ließ ihn aufblicken, Şerife Hanum kam mit einer dampfenden Tasse Kaffee. Nordwind nahm den Mokka vom Tablett, behielt aber den Kelim noch immer im Auge.

»Şerife Hanum, einen schöneren Kelim habe ich in meinem Leben noch nie gesehen. In unseren Bergen weben die turkmenischen und kurdischen Frauen auch schöne Kelims, aber dieser Kelim ist schöner noch als der Garten vom Paradies.« Ohne die Augen vom Kelim zu wenden, trank er bedächtig seinen Kaffee und fuhr fort: »Ich war in den Völkermord an den Jesiden verwickelt. Sie schnitten den Mädchen und Frauen die Brüste ab, warfen sie in den Sand, und wen sie erdolchten, überließen sie dem Tigris.«

»Auch ich habe in unserer Gegend so ein Massaker gesehen«, sagte Şerife Hanum. »Die Schreie der Frauen und Mädchen stiegen zum Himmel. Wenn die Handschars in ihre Herzen fuhren, krümmten sie sich, fielen in den Sand und wurden dann ganz steif. Ein nacktes Mädchen und ein nackter Junge kamen aus den Büschen, und als sie am Flussufer waren, musste der Junge die Brüste des Mädchens abschneiden.« Şerife Hanum zitterte, ihre Augen füllten sich mit Tränen, sie stockte. Etwas später begann sie wieder zu sprechen: »Şehmus hatte die erdolchten Frauen von Weitem ja auch gesehen, konnte sich ihnen aber nicht nähern und flüchtete. Er hat nie wieder die Ufer des Tigris aufgesucht, wo die abgeschnittenen Brüste der Frauen und Mädchen lagen und sie von der Brücke in den Tigris geworfen wurden.«

»Ich konnte dort auch nicht mehr hin, konnte meinen Fuß nicht mehr auf die Ufer des Tigris setzen.« Er begann seine Geschichte von Anfang an zu erzählen und erzählte sie Şerife Hanum bis zum Ende.

»Weh, Nordwind Efendi! Dein Kummer ist groß, jetzt weiß ich es. Als Şehmus von Weitem sah, was diese Ungeheuer taten, ist er geflüchtet.«

»Ich konnte nicht fliehen.«

»Hätten diese Ungeheuer dich auf der Flucht getötet?«

»Diese Ungeheuer hätten mich getötet.«

Danach ging Nordwind zu den Doktoren und schilderte ihnen, was ihm widerfahren war. Sie hörten und hörten ihm zu, und Doktor Salman Sami sagte schließlich: »Der Krieg macht den Menschen zum Ungeheuer.« Doktor Halil Rifat sagte gar nichts, er schluckte nur und räusperte sich.

Nach einer Woche gab es keinen auf der Insel, dem Nordwind nicht erzählt hatte, was ihm widerfahren war. Sogar Şükrü Efendi rief: »Kann ein Menschenkind denn wie ein Mensch weiterleben, nachdem er so viel Grausamkeit gesehen hat?«

Nordwind hatte sich gefasst, er schlief ruhig, träumte nicht mehr von den Adlern, die wie dunkle Wolken mit angewinkelten Schwingen rauschend auf die Ufer des Euphrat und des Tigris herabstürzten und die blutigen Brüste in ihren Fängen davontrugen. Sie kamen auch nicht zur Insel. Die Schreie der Frauen und Mädchen und das Rauschen der Adlerschwingen raubte ihm nicht mehr den Verstand. Wenn Şerife dieses Blutbad wie ein Märchen erzählte, erschrak Nordwind manchmal. War sie nicht selbst dabei gewesen? Wie konnte man über solche Erlebnisse überhaupt berichten? Wie leben die aus den Schlachten von Gallipoli und Allahüekber denn weiter? Wächst Hornhaut über ihre Herzen, bedeckt Asche ihre Erinnerungen?

Während Nordwind, ausgestreckt auf dem Sofa im Salon, nachdachte, kam von unten die Stimme von Treffer: »Nordwind, Nordwind, bist du zu Haus?«

Nordwind ging ans Fenster, eine starke Brise wehte, die Fensterläden krachten.

»Was ist?«

»Komm herunter!«

»Schau zur Brücke. Die Insel ist bald voll. Ein Kutter legt an.«

Aus einem blauen Kutter kamen in langer Reihe Menschen, Jung und Alt, mit Kind und Kegel und Gepäck, auf den Anleger. Die Männer waren fast alle älter, die meisten Frauen jung. Die Mehrheit waren Mädchen und Knaben.

Der Kutter legte ab, wendete und fuhr davon. Die Ankömmlinge blieben stehen und schauten um sich.

Treffer ging zu ihnen. »Wieso bleibt ihr auf der Anlegebrücke stehen, was wollt ihr?«

Die alten Männer auf dem Anleger bewegten sich. Jeder hielt in der Hand ein Schriftstück hoch. An ihrer Spitze ging ein langer weißbärtiger Mann, dessen Bart ihm bis zur Brust reichte.

»Wir wollen zu Musa dem Nordwind.«

»Ich bin es«, rief Musa, »seid willkommen!«

Der langbärtige, hochgewachsene Mann an ihrer Spitze stand vor ihm stramm, reichte ihm das Schriftstück, auch die anderen hielten ihm die Schriftstücke hin.

»Die Grundbriefe der Häuser«, sagte Musa der Nordwind.

Vasili nahm die Grundbriefe. »Folgt mir«, sagte er, »ich werde euch eure Häuser zeigen!«

Die Besichtigung der Häuser dauerte bis zum Nachmittag. Mit der Hilfe der Inselbewohner wurde das Hab und Gut schnell zu den Häusern getragen. An jenem Tag wurde in jedem Haus für die Neuankömmlinge gekocht, das Essen in Schüsseln und Töpfen in ihre Häuser getragen. Wie staunten sie über die prächtigen Häuser! Dass sie ihnen gehören sollten, konnten sie gar nicht glauben. Sie waren besorgt: Bestimmt würde bald ein Aga, ein Bey kommen und sie ihnen wegnehmen. Mit Heißhunger aßen sie, bis sie satt waren.

Am Abend kamen Treffer und Hasan der Fahnenflüchtige mit Becken und Körben voller Fische vom Meer zurück. Auf dem Freiplatz vor den Platanen brannte ein Feuer. Der Rauch vom Fett der Fische in der Glut breitete sich aus und machte den Hungrigen neuen Appetit. Sie, die sonst halb verhungert Getreide sichelten, in Baumwollfeldern schufteten, Feigen, Granatäpfel, Weinreben und Pfirsiche pflückten, wurden am Tag ihrer Ankunft auf der Insel zu einem prächtigen Fischgelage an eine Tafel gesetzt, fanden sich in einem unvergesslichen Traum wieder.

Keiner der Neuankömmlinge trank beim Essen, keiner sprach ein Wort. Über ihre Tischsitten war besonders Şerife Hanum erstaunt. Frauen und Männer aßen an derselben Tafel! Nun, was solls, Şerife Hanum sagte nichts dazu, dachte sich, das werden ihre Sitten sein.

Nachdem sie sich alle satt gegessen hatten, erhoben sie sich fröhlich. Nur einer blieb sitzen: Aziz, der hochgewachsene Mann mit dem langen weißen Bart. Während des Essens schon hatte er Emine nicht aus den Augen gelassen, aber Emine war seinen Blicken immer ausgewichen. Als sie jetzt mit ihrem Sohn an der Hand nach Hause ging, holte Aziz sie ein. »Emine, hast du mich nicht erkannt?« Er strählte seinen Bart.

Emine zitterte wie Espenlaub, fragte mit erstickter Stimme: »Wer bist du, ich kann mich nicht erinnern.«

»Ich bin Aziz. Bist du nicht Emine, die Tochter von Temel, und ist dein Mann nicht nach Sarikamiş gezogen, dort erfroren, und wurde euch nicht seine Stammrolle zugeschickt?«

»Jene Emine bin ich nicht.«

»Du bist es! Warum versteckst du dich? Ich hatte einen Falken. Ich jagte mit ihm Vögel und brachte sie dir! Und Esme, die bei dir war, weißt du noch, sie war die Tochter von Musta dem Kahlen vom

Dorf Kastal, der mit euch verfeindet war. Ihr habt euch seit hundertfünfzig Jahren gegenseitig …«

»Alter, ich habe dich nie gesehen, ich kenne dich überhaupt nicht.« Sie zog ihren Sohn hastig fort.

Aziz stand wie festgenagelt und strählte seinen Bart. Nach einer Weile ging er zu den Platanen, wo seine Frau, seine Schwiegertöchter und seine Enkel nach ihm Ausschau hielten.

»Was hast du mit Emine, der Tochter von Temel, besprochen, Aziz Aga?«

»Sie hat mich nicht erkannt, sagte: Ich habe dich nie gesehen und kenne dich überhaupt nicht. Und ich habe ihr gesagt: Emine, habe ich dir nicht die von meinem Falken gejagten Vögel zu essen gegeben? Gehörte deine Begleiterin Esme nicht zur Sippe, mit der ihr seit hundertfünfzig Jahren in Fehde liegt? Die Stammrolle deines Mannes wurde dir geschickt, habe ich gesagt. Ich habe dich nie gesehen, und ich kenne dich nicht, sagte sie. Und ich sagte ihr: Die Vögel, die mein Falke schlug und ich dir schenkte und die du, happ, happ, gegessen hast, mögen dir zum Fluche sein, mögen dir im Halse stecken bleiben!«

»Im Halse stecken bleiben«, wiederholte seine Frau.

»Die Vögel, die sie aß, mögen dieser Undankbaren im Halse stecken bleiben«, sagten die Schwiegertöchter.

Aziz war ein redseliger Mann. Nach einigen Tagen hatte die ganze Insel von der Undankbarkeit der Emine gehört. Und wie Emine war auch Esme hochnäsig geworden, schien den weißbärtigen Aziz nicht mehr zu kennen, würdigte ihn keines Blickes. Dabei war Aziz ein enger Freund ihres Vaters gewesen. Kam Aziz ins Dorf Kastal, übernachtete er in ihrem Haus, kam der Vater von Esme ins Dorf Yalniz, übernachtete er bei ihnen. So wie diese Frauen ihren eigenen Vater kannten, mussten sie Aziz, den weißbärtigen Aziz, kennen.

Dass sie Aziz verleugneten, ging ihm so nah, dass er am liebsten an die Decke gesprungen wäre. »Sind die so stolz, Dienstmagd bei Doktoren zu sein, dass sie jemanden aus ihrem Dorf und den besten Freund ihres Vaters verleugnen? Diese beiden Frauen sind unzertrennlich. Ihre beiden Mütter sprachen kein Wort miteinander. Seit hundertfünfzig Jahren hatten sich ihre Sippen gegenseitig umgebracht. Wenn die beiden eines Tages erfahren, wie verfeindet sie eigentlich sind, töten sie sich auf der Stelle. Diese Huren schauen den weißbärtigen Aziz nicht an, weil sie bei Doktoren mit ihren Hintern wackeln; sie werden noch was erleben! Wenn eines Tages ihre Kinder erfahren, wer sie sind, dann wird die Welt ihr blaues Wunder erleben.«

Je mehr Tage vergingen, desto wütender gebärdete sich der weißbärtige Aziz. Die Bewohner, sogar die gutmütigsten, begannen Emine und Esme mit eigenartigen Blicken zu mustern. Es wurde gemunkelt: Gott gebe, die Frauen und die Kinder erfahren nicht, dass die Sippen Cemal und Handi in Blutfehde leben!

Emine klagte Doktor Salman Sami ihr Leid. «Ich sterbe täglich tausend Tode! Wenn unsere Kinder erfahren, dass sie Feinde sind, ihre Sippen sich gegenseitig getötet, in Blutfehde gelebt haben, werden sie sich am Ende gegenseitig umbringen. Seit es diese Welt gibt, bis auf den heutigen Tag, töten sich die Männer unserer beiden Sippen gegenseitig.«

»Warum töten sie sich gegenseitig?«

»Ich weiß es nicht«, antwortete Emine, »sie töten sich eben. Und keiner weiß, warum. Es ist einfach so.«

»Fragt denn niemand, warum?«

»Ich habe nicht gefragt. Es ist auch sonst niemandem eingefallen. Und falls die Kinder es erfahren, werden auch sie nicht fragen. Sie werden sich töten. Jetzt ist die Reihe an Cemal.«

»Was für eine Reihe?«

»An dem Tag, als der Onkel von Hamdi vom Militärdienst zurückkam, hat ihn der Onkel von Cemal mitten in der Stadt getötet. Dann kam der Krieg, in den Häusern gab es keine Männer mehr, alle wurden eingezogen. Vom Militär kam auch niemand zurück, manche hauchten in Gallipoli, manche am Kanal, manche bei Sarikamiş ihr Leben aus.«

»Von wem hast du das alles erfahren?«

»Ich weiß es einfach. Mein Bey Major, die Kinder dürfen es nicht erfahren. Wären die Kinder im Dorf geblieben, sie hätten sich bestimmt gegenseitig getötet. Dann hören auch deren Kinder, dass sie sich gegenseitig getötet haben, und töten sich gegenseitig, und danach deren Kinder, und danach auch ... Jetzt werden die Kinder alles erfahren. Vielleicht wissen sie es schon. Dieser gottlose, langbärtige Teufel hat keinen auf der Insel ausgelassen und es allen erzählt. Wenn die Kinder davon hören ...«

»Vielleicht kümmern sie sich nicht darum.«

»Sie werden sich töten, mein Doktor Bey. Ich habe mit Esme oft darüber gesprochen, wir haben es auch Kapitän Kadri erzählt. Er wird uns heute Nacht abholen, in die Stadt bringen, und wir werden an einen Ort fahren, den der weißbärtige Teufel nicht erreichen kann, und so das Leben unserer Kinder retten. Ich kann nicht weg, ohne es Ihnen zu sagen. Unsere Männer, Brüder und Verwandten sind alle umgekommen, wir wollten wenigstens unsere Kinder retten. Doch jetzt hat uns dieser Ungläubige eingeholt. Gott segne Sie, Doktor Bey, und vereine Sie mit Ihren Angehörigen. Sie haben uns besser behandelt als unser leiblicher Vater. Wenn es nicht um das Leben unserer Kinder ginge, würden wir Sie nicht verlassen. Seit zwei, drei Tagen vergießen Esme und ich schon Tränen, weil wir von hier fortmüssen.«

»Warte erst einmal ab, mein Mädchen«, sagte Salman Sami aufgebracht. »Wenn es sein muss, jage ich diesen langen, weißen Bart morgen von dieser Insel!«

»Auch wenn du ihm verbietest, seinen Mund zu öffnen, Doktor Bey, er ist ja kein schlechter Mensch. Wohin du ihn auch verbannst, er findet unsere Kinder und erzählt ihnen alles.«

Der Doktor senkte den Kopf. Emines Augen ruhten auf ihm. Er überlegte eine Weile, hob den Kopf und schaute der Frau in die

Augen. »Schau, mein Mädchen, solange ich lebe und solange Nordwind lebt, werden eure Kinder das nicht erfahren und wie Brüder miteinander leben. Ich werde mit Treffer, Nordwind, Langbart und Hasan dem Fahnenflüchtigen reden. Mach dir keine Sorgen!«

Doktor Salman Sami schickte Cemal los, Treffer zu holen, sie sprachen lange über diese Angelegenheit.

»Überlasse mir diesen langen Aziz, Doktor Bey«, sagte Veli der Treffer. »Wenn er dann noch einmal das Wort Blutrache in den Mund nimmt, will ich auf diesen Hügel steigen und drei Nächte heulen, dann zur Rauen Insel fahren, auf den Gipfel der Insel klettern und mich vor den Augen der Ziegen des heiligen Hizir ins Meer stürzen, Ha, noch etwas, Doktor Bey. Bevor ich mich ins Meer stürze, werde ich eine Zange nehmen, Aziz im Olivenhain mit einem festen Strick an einen Olivenbaum fesseln und ihm jedes Barthaar einzeln mit der Zange herausreißen. Nun erlaube mir, dass ich ihn mir vorknöpfe, ihm durch einen Trichter mitten in seinen Mund scheiße, aber so, dass auch die Schicksalsgöttin alle Achtung sagt.« Lachend sprang er auf.

»Halt, Treffer, setz dich!«

Treffer setzte sich. »Bitte!«

»Mit Aziz dem Langen wirst du leicht fertig. Tötest ihn sogar, wenn du willst.«

»Ich töte keinen Menschen, Doktor«, sagte Treffer scharf, »wenn ich könnte, würde ich nicht einmal Fische töten. Aber wenn diesem Aziz noch einmal das Wort Blutrache über die Lippen kommt, ziehe ich ihm mit einer Zange den Bart und jage ihn mit Kind und Kegel nach Jemen, wo ich fahnenflüchtig wurde.«

Doktor Salman Sami wurde plötzlich zornig. »Warum wurdest du fahnenflüchtig?«

»Um keine Menschen zu töten, bin ich geflüchtet.«

»Wie konntest du flüchten, während Tausende in den Dardanellen, in Sarikamiş starben?«

»Ich bin ein sehr ängstlicher Mann, erschrecke schon vor einer

Ameise. Fürchte mich, getötet zu werden, aber auch zu töten. Deswegen habe ich hier auch Zuflucht gesucht.«

»Los, beeile dich und bringe mir diesen Mann her!«

»Zu Befehl, mein Major, sofort.«

Kurz darauf hatte Treffer den langen Aziz am Arm gegriffen und hergebracht.

»Setz dich hierher, Aziz Aga, und setz du dich auch, Veli.«

Sie setzten sich auf die von ihm gezeigten Plätze.

»Wie du weißt, arbeitet Emine Hanum in unserem Haus. Du sollst aus ihrem Dorf stammen und kennst sie sehr gut. Auch das Dorf von Esme, die im Hause meines Freundes, eines Doktors, arbeitet, soll dir wohlbekannt sein.«

Doktor Salman Sami sprach so schön und friedlich, dass man hätte meinen können, ihm fließe Honig von den Lippen. »Über sie möchte ich eine Auskunft haben. Sie sind in unseren Diensten. Deswegen müssen wir alles über sie wissen. Dich hat der Herrgott uns geschickt.«

Verblüfft schaute Treffer den Doktor an.

»Ich kenne beide Frauen gut. Beide Ehemänner zogen in den Krieg und kamen nicht zurück. Wäre kein Krieg gewesen und wären sie nicht fürs Vaterland gefallen, hätten sie sich gegenseitig getötet, wären sie nicht als Helden in den Himmel gekommen, sondern als gegenseitige Mörder in die Hölle gefahren und dort verbrannt. Der Herrgott hat ihnen Gutes getan, Enver Pascha hat ihnen einen väterlichen Dienst erwiesen, hat einen Krieg gemacht, sie sind als Helden gefallen und geradewegs in den Himmel gekommen. Ich habe mich umgehört, Emine und Esme haben allen erzählt, sie hätten sich unterwegs kennengelernt. Als die Armee der Russen bei uns einmarschierte, sind wir alle geflüchtet, und als danach der Austausch stattfand, die Dörfer und Höfe der Griechen sich leerten, die Regierung begann, sie an uns zu verteilen, sind wir bis hierher gekommen. Emine und Esme haben also beschlossen, in Gegenden zu flüchten, wo keiner sie kennt und wo die Söhne nicht erfahren, dass sie in Fehde leben und sich gegenseitig töten müssen. So kamen sie auf diese Insel. Als sie mich sahen, taten sie, als kennte sie mich nicht. Ich aber kenne sieben Generationen ihrer Sippen! Sie haben überlegt, dass ich alles erzähle, darum taten sie, als kennten sie ihren bärtigen Onkel Aziz nicht. Als ich dahinterkam, klagte ich: Oh weh, was habe ich getan. Aber dann habe ich gedacht: Sollen sie doch vernünftige Menschen werden und sich nicht gegenseitig töten. Sollen sie doch Soldaten werden und wie ihre Väter als Helden sterben, ihre Mütter auf ihre Rücken nehmen und sich geradewegs auf den Weg in den Himmel machen.«

»Halt, Aziz Aga. Das ist aber eine lange Geschichte! Was haben sieben Generationen ihren Sippen denn getan?«

Aziz der Lange war begeistert, wie gut, dass endlich jemand danach fragte. »Seit zweihundertfünfzig Jahren töten sich ihre Sippen gegenseitig, und das ganze Schwarze Meer weiß davon. Es gibt am Schwarzen Meer viele Familien, die sich wie diese gegenseitig töten.« Aziz der Lange kam richtig in Fahrt. »Nun, ich wills Ihnen sagen, mein Major, mein Doktor Bey. Der Vater von diesem hat den Onkel von jenem getötet. Dessen Onkel den Vater von diesem. Der Großvater, Urgroßvater, Ur-Ur-Urgroßvater von jenem den Großvater von diesem. Dessen Großvater den Urgroßvater von diesem und der Großvater der beiden einen noch weiter entfernten … Noch bevor sie das Alter für den Militärdienst erreichten, hatten sie schon getötet und wurden reif für die Hölle. Sie sind beherzte, heldenhafte Männer. Die Küsten des Schwarzen Meeres sind voll von solch beherzten Männern. Und erst noch Kurden. Diese Jungen wissen hoffentlich nichts von ihrer Blutfehde, werden eingezogen und fallen …«

Der Doktor sprang auf und brüllte: »Steh auf, du widerwärtiger, geschwätziger Kerl. Durch deine aufgequirlte Scheiße sind diese armen Kinder auf der Insel in aller Munde, und da erteilst du mir auch noch Ratschläge, du Ungeheuer. Die Kinder werden sich umbringen, und du Hund wirst dich daran aufgeilen und das vergossene Blut auflecken. Treffer, bring ihn fort und tu mit ihm, was du willst! Hör mir gut zu! Wenn diese Kinder von dieser Sache irgendwie erfahren, mache ich dir den Garaus! Sollte ich gezwungen sein, einen Hund zu töten, ich würde es bedauern. Aber einen Wurm zu töten, der wie du Gefallen daran findet, Blut zu saufen, wäre mir eine Freude. Ich würde meine Pflicht als Arzt tun und dir eine Giftspritze geben! Treffer, führ ihn ab und mach mit ihm, was du willst!«

Aziz der Lange war leichenblass geworden. Seine Lippen zuckten, aber er brachte kein Wort heraus. Treffer packte ihn und führte ihn ins Freie. Im Freien knickten Aziz' Beine ein. Treffer schleppte ihn keuchend zum Brunnen, setzte ihn auf eine Pritsche, goss ihm einige Becher Wasser über den Kopf, gab ihm ein bisschen zu trinken, und das fahle Gesicht bekam etwas Farbe. Nach einigen Schluck Wasser kam der Mann wieder zu sich.

»Komm, lass uns bis zur Quelle gehen. Gott sei Dank geht es dir wieder gut, los, steh auf!«

»Dort wirst du mich doch nicht töten, oder?«

»Ich werde dich nicht töten, los, steh auf!«, antwortete Treffer, »ich werde dich nie töten.«

Bis zur Quelle sprach Treffer kein Wort. Je länger er schwieg, desto angespannter lauschte Aziz der Lange, und seine Angst wuchs. Bei der Quelle brach er zusammen. »Töte mich nicht, Treffer Aga«, stöhnte er, und seine Stimme klang wie die eines Sterbenden. »Du hast mich doch nicht hergebracht, um mich zu töten? Der Major hat mich dir übergeben, damit du mich tötest, nicht wahr?«

»Nein«, antwortete Treffer mit scharfem Ton. Während er sprach, wurde die Miene von Aziz dem Langen abwechselnd rot und bleich. Irgendwann rollten drei Tränen aus seinen feuchten Augen in den weißen Bart. Danach senkte Treffer den Kopf, musterte die Schatten der auf dem Grund des Wassers von einem Rand der Quelle zum andern hin und her huschenden Wasserläufer und wartete ab.

Nachdem einige Zeit vergangen war, strählte Aziz immer wieder seinen Bart. So lange, bis er wieder sprechen konnte. »Bruder Treffer«, sagte er matt, »bring mich zum Major!«

Treffer stand auf, zog Aziz am Arm mit und brachte ihn hinunter zu Doktor Salman Sami. Offensichtlich hatte der sie erwartet. »Bitte setzt euch«, bat er, und sie sanken in die Sessel.

Kaum hatten sie Platz genommen, sagte Aziz der Lange: »Mein Major, du hast himmelhoch recht. Bruder Treffer hat mir alles in allen Einzelheiten erzählt. Was uns, nachdem wir unsere Heimat verlassen hatten, alles widerfahren ist, erträgt kein Herz eines Menschen, der Mensch ist, ohne dass es, ratsch!, auseinanderreißt! Auf meinen Schultern ruht eine große Last. Neun Kinder von meinen drei gefallenen Söhnen und deren drei Frauen. Dazu noch meine Hanum, und keinen Para Geld. Uns wurde gesagt: Verlasst eure verdorrte Erde, auf der kein Gras wächst, und eure Häuser, in denen kein Hund Platz findet. Wir werden euch Häuser wie Serails geben und Grund und Boden, wo einem Menschen Rhabarber durch den Kopf wächst, wenn du ihn einpflanzt. Wir antworteten: Oh, wie schön, dann hat es sich für uns, die in den Bergen fast erfroren sind, doch gelohnt. Wir machten uns auf den Weg, vom anderen Ende des Schwarzen Meeres. In jedem verwaisten griechischen Dorf mit Weinbergen, Gärten und fruchtbaren Feldern, aus jedem Haus, wo wir uns niederließen, wurden wir wieder vertrieben. Wir schlugen uns durch, in irgendwelchen Diensten arbeitend, immer weitergetrieben, hungernd, aber nicht bettelnd, denn bettelnde Menschen gab es viele. Wir kamen hierher, und Gott segne euch, hier wurden wir wie Menschen begrüßt. Und was tat ich? Was tat meine Zunge? Ausreißen sollte man sie mir! Wenn Sie nicht gewesen wären, hätte ich den Tod zweier Kinder verursacht. In Zukunft werde ich jedem sagen …«

»Schweig still, in Zukunft mischst du dich in nichts ein. Hauptsache, du hältst deinen Mund!«

»Ich halte meinen Mund, und wie ich ihn halte. Bis zu meinem Tode!« Er schaute den Major flehentlich an: »Bitte, lass mich nicht töten. Mein Major, sieh, wie viele Köpfe ich pflegen und großziehen soll. Wer soll sie denn zum Militärdienst schicken, und wer soll sie im Heldenfriedhof begraben lassen?«, wollte er sagen, aber er verbiss sich die letzten Worte. »Mein Major, meine Schuld ist groß, aber bestrafe mich nicht mit dem Tod. Ich bin ein kleines Vöglein. Du bist ein mächtiger Dornbusch. Den Greifen entronnen, suchte ich bei dir Schutz.«

Doktor Salman Sami lachte, offensichtlich fühlte er sich rundum wohl.

»Wie viele Köpfe zählt deine Familie?«, fragte er. Seine Stimme klang wohlwollend, sie fegte die Ängste im weißbärtigen Aziz hinweg.

Aziz der Lange zählte an seinen Fingern ab. »Dreizehn«, antwortete er fröhlich.

»Wir besorgen dir ein zweites Haus. Ich schreibe Vahap Bey einen Brief, und er gibt dir noch eins in der Nähe. Du musstest ja viel erdulden.«

»Dank guter Menschen haben wir es überstanden. Dazu bekam unser Magen warmes Essen. Und unser neues Haus hier ist sehr groß, größer als unser damaliges im Dorf. Schließlich gibt es so viele obdachlose Menschen, die in der Wildnis leben. Diese Insel wird bald voll sein. Jeder sucht sich ein schützendes Loch. Gott gebe dir ein langes Leben, und zu Gold werde, was du in die Hand nimmst!«

»Auch du sollst leben, Aziz Aga. Nur, die ganze Insel weiß, was du gesagt hast. Wenn die beiden Kinder es bis jetzt nicht gehört haben, werden sie es in ein, zwei Tagen erfahren.«

»Mach dir keine Sorgen. Ich werde von Haus zu Haus gehen und sagen, ich habe Emine mit jemandem verwechselt. Dann ist die Sache erledigt.«

»Das geht nicht«, sagte Treffer, »wenn du von Haus zu Haus gehst, bekommt die Sache erst Gewicht, und jeder erzählt es weiter. Die Jungen hören es und werden argwöhnisch. Überlasst mir die Sache, ich regle das.«

»Treffer regelt es schon«, nickte der Doktor.

Zum ersten Mal lächelte Aziz der Lange. »Bruder Treffer regelt alles so leicht, als ziehe er ein Haar aus der Butter.«

Alle drei lachten.

Treffer und Aziz der Lange gingen zusammen ins Freie.

Aziz der Lange wandte sich an Treffer. »Ich habe dem Major gesagt: Ich werde junge Kriegshelden großziehen, und die werden uns Sünder an die Hand nehmen und ins Paradies tragen … Darüber hat er sich sehr erbost. War das ein Fehler, und hat sich der Major über diesen Fehler geärgert? Sind wir denn nicht auf diese Welt gekommen, um als Helden zu fallen?«

»Ich will dir sagen, warum der Major in Wut geriet. Zum einen war er als Militärarzt in den Dardanellen, in Gallipoli und auf dieser Insel eingesetzt. Durch seine Hände gingen Hunderte verwundete und gefallene Soldaten. Auch er war schwer verwundet. Wer solche Schlachten erlebt hat, hat danach einen großen Zorn auf alle, die den Krieg rühmen, auch wenn es Veteranen sind. Und der andere Doktor wurde in der Schlacht um die Dardanellen verwundet und als Kriegsversehrter pensioniert. Abgesehen davon, dass die beiden sich in der Kirche dieser Insel um die Verwundeten kümmerten, fanden sie Gefallen an der Insel, kamen anschließend her und ließen sich hier nieder. In ihrer Gegenwart sollte man besser auf den Krieg schimpfen. Sei froh, dass der Doktor dich, warum auch immer, lieb gewonnen und verschont hat. Der Mann mag das Töten nicht, aber er wäre imstande, jeden zu töten, der den Heldentod rühmt, und sei es sein eigener Vater oder Bruder. Mich lieben sie, weil ich ein Fahnenflüchtiger bin. Hasan den Fahnenflüchtigen haben sie vor dem Strick bewahrt. Ich würde in ihrer Gegenwart auch Enver Pascha nicht erwähnen. Unter ihren Händen sind viele verwundete Soldaten den Heldentod gestorben. Er kann das Wort Heldentod nicht mehr hören.«

»Ich werde es in seiner Gegenwart nicht mehr aussprechen. Sag du mir, wo die beiden Jungen sind, ich muss sie sofort finden!«

»Ich weiß, wo sie sind. Und sag ihnen, was du zu sagen hast! Du sollst nur eins wissen, Aziz, sogar eine Lüge kann der Mensch, wenn er will, mehr oder weniger glaubhaft erzählen. Während du jetzt zu den Kindern gehst, reinige dein Inneres sehr sorgfältig, überzeuge dich selbst von der Wahrheit dessen, was du sagen wirst. Irgendwann kommt der Augenblick, da glaubst du selbst an die Wahrheit deiner Lüge. Die Kinder sind da unten auf den Felsen. Wenn du dich selbst, bis du da unten bist, von deiner Lüge nicht überzeugen kannst, geh nicht zu ihnen. Geh erst, wenn du deine Lüge wahr machst!«

»Ich habe schon jetzt, während du sprachst, mein Herz gereinigt. Ich werde die Kinder nicht belügen.«

»Du wolltest diese Kinder töten, jetzt wirst du sie retten.«

»Schon erledigt«, sagte er selbstsicher und ging hinunter zum Meer, wo die Kinder nebeneinander auf dem Felsen saßen.

Als Meister Arsen ins Dorf gekommen war und in der Werkstatt eine Schmiede einrichtete, indem er einen großen Blasebalg aus Büffelleder festmachte, einen Amboss in den Boden rammte und die Kästen mit den Geräten zum Fischfang aufstellte, hatten ihm die Jungen geholfen. Der Meister war mit ihnen sehr zufrieden gewesen und hatte ihnen vorgeschlagen, beim ihm zu arbeiten. Die Jungen erzählten ihm, die Doktoren würden die alte griechische Schule wieder eröffnen und sie wollten zur Schule gehen. Meister Arsen wollte ihnen Geld geben, sie nahmen es nicht an. Der Meister sagte: »Ihr langweilt euch doch sehr, nicht wahr?«

»Ja, sehr«, antworteten sie.

»Dann werde ich euch bis zum Schulanfang eine Beschäftigung geben.« Er öffnete die Kästen, und in jeder blitzten verschieden große Angeln.

Meister Arsen fingerte zwei Angelhaken heraus. »Kommt näher!«, sagte er und reichte sie den Kindern. »Diese sind für Blaufische.« Dann beschrieb er ihnen Blaufische. Danach unechte Bonitos und Hornhechte. »Der Hornhecht schwimmt meistens an der Oberfläche, er ist lang wie ein Aal und schmackhaft. Außerdem wird er als Köder für andere Fische wie Rotbrassen und Goldbrassen verwendet.« So ging er mit ihnen alle Fische durch. Aus einem anderen Kasten holte er Bambusrohre hervor, steckte sie zusammen zu zwei langen Angelruten, nahm dann aus einem anderen Kasten Angelschnüre, befestigte daran die Haken und Korken und knotete die Schnüre an das Ende der Ruten. »Da, sie sind fertig«, und er fügte hinzu: »Wenn der Fisch beißt, sofort hochziehen ...«

»Das wissen wir«, sagten beide wie aus einem Mund.

»Woher wisst ihr das?«, fragte Meister Arsen.

»Wenn Hasan der Fahnenflüchtige nicht mit seinem Motorboot hinausfährt, geht er zu den Felsen hinterm Hügel, wirft seine Angel aus, zieht sie blitzschnell heraus, wenn ein Fisch anbeißt. Dann nimmt er ihn vom Haken und wirft ihn in die Felsmulde.«

»Tauscht er die Haken aus?«

Hamdi, der bis jetzt fast nichts gesagt hatte, antwortete: »Hasan der Fahnenflüchtige wechselte je nachdem, wo er war, zwei-, dreimal die Angeln aus. Wir wissen alles, was Hasan tat.«

Danach gingen die Kinder fast täglich angeln. An manchen Tagen stieß auch Hasan der Fahnenflüchtige zu ihnen, und sie angelten nebeneinander. Die Kinder lernten viel über das Meer, über die Fische und ihre Eigenarten. Ach, wäre da die Schule nicht, was würden sie doch für gute Fischer werden, sie würden sich gemeinsam ein riesengroßes Boot kaufen und keinen Fisch im Wasser zurücklassen und alle verkaufen. Der Doktor Major aber meinte: »Reichtum ist gar nichts. Der Mensch muss studieren und wissen, was auf Erden so kreucht und fleucht.«

»Wir wissen dafür, wie die See rollt und wann die Fische schwärmen, das ist doch auch nicht schlecht, oder?«

Die ersten Fische zappelten schon in ihren Körben, als sie hinter sich eine Stimme grüßen hörten. Sie drehten sich um und standen auf.

Leise sagte Cemal: »Dieser Mann soll aus unserem Dorf stammen, meine Mutter hat ihn schon gesehen, aber nicht wiedererkannt. Hasan der Fahnenflüchtige kann ihn gar nicht leiden, er ist ein Lügner.«

Die Angeln der Jungen hingen noch im Wasser. Dass Aziz der Lange sie wie Erwachsene begrüßt hatte, gefiel ihnen sehr.

»Setzt euch, Freunde, guten Fang! Wie siehts aus?« Während sich die Kinder wieder setzten, hockte er sich auch hin.

»Es läuft gut«, antwortete Hamdi. »Wenn es so weitergeht, machen wir den Korb voll, noch bevor es Abend wird.« Und während er noch sprach, hatten sie beide einen Fisch am Haken. Zwei mittelgroße Rotbrassen zappelten am Ende der Angeln, versprühten rote und blaue Glitzer.

»In meiner Heimat fischten die Kinder auch im Schwarzen Meer, und ich schaute ihnen zu. Unser Dorf lag ja nicht am Meeresufer, wo ich das Angeln hätte lernen können. Unser Dorf war Yalnizköy, das Dorf von Cemals Vater und Großvater. Das andere Dorf lag nahe bei unserem, es war das Dorf von Hamdis Vater und Großvater. Eure Mutter hat mich nicht erkannt. So ist der Krieg, er verändert die Menschen. Vor dem Krieg sah ich anders aus. Hunger und Armut haben mich verändert. Lebten eure Väter und Großväter noch, wären sie nicht gefallen, sie sähen auch anders aus. Eure Väter und Großväter waren so befreundet, so gute Freunde, dass ich mir sagte, als ich euch hier jeden Tag Hand in Hand zusammen sah: Blut und Blut gesellt sich gern. Zwei Verletzte kamen von der Front zurück, sie erzählten, eure Väter fielen eng umschlungen. Und ihre Kameraden, die überlebt hatten, begruben sie nebeneinander.«

Aziz der Lange musterte die Kinder: »Wusstet ihr das alles und wurdet daher wie Brüder?«

»Wir wussten es nicht«, sagte Cemal.

»Wir wussten es nicht«, sagte Hamdi.

»Nun wisst ihr es«, sagte Aziz der Lange.

Hasan der Fahnenflüchtige war gekommen und hatte sich hinter sie gestellt. Sie bemerkten es genauso wenig wie die an ihren Angeln zappelnden Fische.

Als Erster nahm Cemal, als er hochblickte, den hinter ihnen stehenden Hasan wahr. »Willkommen, Onkel Hasan!«, sagte er, »woher kommst du mit deinem randvollen Korb?«

»Da unten bei den Felsen vorm Feigenbaum brodelte es vor Fischen, in kurzer Zeit war mein Korb voll.«

»Hier ist es auch so«, sagte Cemal, »hier brodelt es heute vor Fischen.«

Er zog seine Angel heraus, nahm eine noch größere Rotbrasse vom Haken. Der Fisch war schon fast verendet, er zitterte ein- oder zweimal in langen Abständen. Hamdi holte seine Angel auch ein, und auch er hatte eine stattliche Rotbrasse am Haken.

Aziz der Lange stand auf. »Lasst es euch gut gehen, Jungs!«, wünschte er. »Viel Glück und volle Körbe!«

Mit Hasan schlug er den Weg ins Dorf ein. Unterwegs unterhielten sie sich über die Kinder. Aziz der Lange erzählte auch Hasan viele Einzelheiten. Die in den Bergen vor Sarikamiş erfrorenen Väter von Cemal und Hamdi waren brüderliche Kriegskameraden. Noch im Tode am Berg Allahüekber waren sie eng umschlungen. Und hier waren ihre Kinder zu Brüdern geworden.

»Sieh doch, Hasan Efendi, diese Kinder sind unzertrennlich geworden. Wenn sie Soldaten werden und gegen die Russen zum Berg Allahüekber ziehen und dort auch erfrieren, werden sie eng umschlungen sterben.«

Die Knie von Hasan dem Fahnenflüchtigen wurden weich, plötzlich fiel ihm alles wieder ein. Er stellte sich Aziz in den Weg, schaute ihm in die Augen, schwieg eine Weile und fragte mit brüchiger Stimme: »Wird es wieder einen Krieg mit den Russen geben?«

Aziz der Lange lachte. »Hoffentlich nicht!«

»Niemand wird zum Berg Allahüekber ziehen?«

»So Gott will, niemand!«

»Und keine halbe Armee wird vor Kälte aufrecht erstarren?«

»Nie und nimmer.«

Hasan seufzte tief, und nebeneinander gingen sie weiter. Als sie sich dem Dorf näherten, blieb Hasan erneut stehen. »Nimm diesen Korb«, sagte er, »die Fische gehören dir. Kann deine Hanum Fische zubereiten?«

»Und ob sie es kann, wir sind vom Schwarzen Meer. Um uns herum gab es nur Griechendörfer, und das Meer war nahe. Die Griechen aßen immer Fisch. Wir schauten es ihnen ab. Eine Hälfte der Fische gehört dir, die andere Hälfte mir!«

»Nimm alles. Vom vielen Fisch habe ich die Nase voll. In meinem Haus lebt außer mir niemand. Du hast einen großen Anhang. Morgen werde ich für die Doktoren zum Fischen hinausfahren, und auch dir werde ich ein- oder zweimal die Woche Fische bringen.«

»Sie halten sich zwei Tage.«

Danach erzählten Treffer und Hasan der Fahnenflüchtige und auch Aziz jedem auf der Insel, dass Aziz ein Irrtum unterlaufen war, indem er Emine mit jemandem verwechselt hatte. Und niemandem kam seitdem die Geschichte dieser Verwechslung jemals wieder über die Lippen.

Einige Tage danach brachten die Jungen Aziz dem Langen, der ihre Väter gekannt hatte, Fische, die sie vor Morgengrauen im brodelnden Wasser am Fuß des Felsens geangelt hatten. Aziz der Lange hatte das von den Kindern nicht erwartet. »Leben sollt ihr, gesund und lange! Eure Väter, die jetzt im Paradies sind, waren wie ihr.« Er rief ins Haus: »Komm her, Hanum, und schau, wie viele Fische sie uns gebracht haben!«

Die Frau fragte: »Sind das nicht die Kinder der gefallenen Helden, die sich näher als Brüder waren und eng umschlungen starben?«

Nachdem die Frau gebetet hatte, fuhr sie sich mit den Handflächen übers Gesicht. »Gott möge euch euren Müttern erhalten, und grüßt sie von mir!« Und mit flinken Lippen lispelte sie ihr Morgengebet zu Ende.

Die Jungen waren verlegen, von der Frau Aziz' des Langen so empfangen zu werden, und wussten nicht, was sie sagen sollten.

Ein größerer, blaufarbener Kutter hatte an der Landungsbrücke festgemacht. Vasili, Hüsmen, Şehmus Aga und noch einige standen auf der Brücke, wo fremde Männer, Frauen und Kinder allerlei Dinge ausluden. Zehra stand am Brunnen und ließ einen Eimer volllaufen.

»Dieses Mädchen dort«, sagte Cemal zu Hamdi, »ist mit ihrem Vater sehr weit weg vertrieben worden. Sie hat noch eine Schwester. Ihr Vater trägt einen grau melierten Kinnbart. Meine Mutter hat deiner Mutter erzählt, die Mutter dieses Mädchens ist auf dem Dampfer gestorben, und ihre Leiche wurde ins Meer geworfen. In jenem großen Meer soll es sehr große Fische geben, und die haben die Leiche der Frau verschlungen.«

»Ich weiß«, sagte Hamdi, »mir hat es auch meine Mutter erzählt. Sie hat es gehört, als die Doktoren darüber sprachen. Und das Mädchen dort, das Wasser holt, heißt Zehra.«

»Ich weiß«, sagte Cemal, »alle sagen, ein so schönes Mädchen gibt es auf der ganzen Welt nicht mehr.«

Cemal nickte. »Das weiß jeder. Man sieht es ja.«

»Nordwind hat sich in Zehra verliebt, er stirbt vor Liebe. Aber der Vater will Nordwind das Mädchen nicht geben.«

»Stimmt«, sagte Cemal. »Wenn die Verbannung zu Ende geht, wird der Vater das Mädchen in sein Land zurückbringen und dort verheiraten.«

»Nordwind hat dem Vater des Mädchens gesagt: Ich gebe dir mein Wort, wenn du von der Verbannung befreit bist, werde ich mit dir in dein Land kommen.«

»Ihr Vater war damit nicht einverstanden.«

»Das Mädchen und Nordwind sind einander in Schwarzer Liebe verfallen. Wenn der Vater Zehra dem Nordwind nicht gibt, werden beide eines Nachts in den Olivenhain kommen, sich einen alten Olivenbaum suchen und sich daran aufhängen.«

»Dieser Nordwind soll ein Held sein.«

»Und das Mädchen sehr schön.«

»Hoffentlich hat der Vater ein Einsehen!«

»Hoffentlich!«

Der alte Mann, der als Erster aus dem Kutter gestiegen war, näherte sich Nordwind. »Bist du Nordwind Bey?«, fragte er.

»Bin ich«, antwortete Nordwind.

»Vahap Bey hat mir gesagt, grüße Nordwind. In Kürze wird seine Insel voll sein, er soll sich darauf vorbereiten.«

»Hast du gehört, Vasili? Die Leute hier sind sehr müde, sie schlafen fast im Stehen ein.«

»Wir sind sehr erschöpft«, sagte der alte Mann. »Seit Jahren sind wir unterwegs, haben wir keinen Halt, keine Pause einlegen können. Wo wir einen Bissen Brot bekamen, haben wir wie die Gefangenen des Pharao gearbeitet. Und wenn wir keine Arbeit fanden, stahlen wir. Wir sind am Ende. Schauen Sie sich doch einmal die Kinder an, ihre Hälse sind wie Birnenstengel. Nur Haut und Knochen. Sahen wir denn vor dem Krieg auch so aus? Wir sind sehr erschöpft, todmüde.«

»Hoffentlich erholt ihr euch auf unserer Insel!«

»Gibt es einen Friedhof hier?«

Verwundert über diese Frage, fand Nordwind eine Weile darauf keine Antwort. »Einen Soldatenfriedhof.«

»Umso besser, wir ruhen uns auf dem Gefallenenfriedhof aus.«

»Vasili, bring sie hin, sie sollen sich ausruhen. Falls ihnen etwas fehlt, finde es heraus und komm schnell her.«

Nordwind hatte ein eigenartiges Rauschen in den Ohren, er ging zum Brunnen, trank einen Schluck und setzte sich auf die nächste Pritsche. Diese halb toten Menschen hatten ihm ziemlich zugesetzt. Er ging zu den Doktoren und erzählte ihnen deren Lage. Auch die Doktoren waren mitgenommen. Salman Sami bekam einen Hustenanfall, fast drohte er zu ersticken. Halil Rifat brachte ihm einen Becher Wasser, aber der Husten hörte nicht auf. Sein Gesicht lief so rot an, als spritze gleich Blut durch die Haut. Halil Rifat öffnete ein Fläschchen, ließ ihn daran riechen, und der Husten legte sich nach und nach. Salman Sami war in Schweiß gebadet, seine Haare, sein Gesicht, sein ganzer Körper wie durch Wasser gezogen. Er hielt seine Augen geschlossen und hatte seinen Rücken in die Lehne des Sessels gedrückt.

Nach geraumer Weile öffnete er die Augen, richtete sich auf. »Etwas Wasser, Rifat!«, sagte er. »Was war mit mir?«

»Wenn Sie sehr mitgenommen waren, nach hoffnungslosen Operationen, husteten Sie immer so, mein Efendi.«

»Ich kann nicht glauben, was da vor sich geht, kann es nicht ertragen«, sagte er, zog ein Schnupftuch aus seiner Tasche und wischte sich über Stirn und Haar.

Abgehetzt und mit hochrotem Kopf kam Vasili herein. »Sie sind alle krank, ihr Zustand ist erbärmlich, mehr tot als lebendig. Nur der alte Mann steht noch auf den Beinen, der Rest bricht zusammen.«

Mit Handzeichen, Augenbrauen und Stirnrunzeln versuchte Nordwind, Vasili zum Schweigen zu bringen. Doch Doktor Salman Sami sah es und rief in Befehlston: »Sprich weiter, Vasili!«

Vasili legte wieder los: »Jener alte Mann sagte, im Hof der Präfektur warten noch mehr Menschen. Ihr Zustand soll noch schlimmer sein. Vahap wird sie auf unsere Insel schicken. Sie sagen, auf unserer Insel soll es zwei große Ärzte geben, die können sogar Toten neues Leben geben.«

Der Schweiß von Salman Sami war getrocknet, er hatte sich gefasst und fühlte sich allem gewachsen. Die Doktoren suchten gegen Abend die Neuankömmlinge in ihren Häusern auf. Außer dem alten Mann lagen alle auf Pferdedecken, alten Kelims und Matratzen unter schmutzigen, löchrigen Decken. Zum Glück hatten die Doktoren aus Erfahrung schon reichlich Medikamente mitgebracht. In den Räumen hatten die neuen Mieter schon so einen Gestank ausgedünstet, dass man hätte meinen können, er breche einem das Nasenbein. Sie verließen gemeinsam mit dem alten Mann das Haus.

Salman Sami runzelte die Stirn. »Unmöglich! Ist ihr Zustand denn niemandem aufgefallen?«

»Stimmt, Doktor Bey, wir sind gestorben, ohne dass wir es merkten und es jemandem aufgefallen ist. Der Krieg hat uns hungrig und durstig und splitternackt durchs Land getrieben. Unterwegs sind viele gestorben, die Wege sind voller Toten ohne Grab. Wenn russische Soldaten auftauchten, flüchteten wir.«

»Nordwind, es bleibt wieder an dir hängen«, sagte Salman Sami, »sie sind hungrig und durstig, kannst du ihnen Suppe schicken?«

»Sie wird schon zubereitet«, antwortete Nordwind.

»Und wenn Vahap Bey auch die anderen schickt?«

»Was sollen wir dann tun?«

Salman fragte den alten Mann: »Wo wart ihr bis zuletzt?«

»Wir haben Feigen, Granatäpfel, Pfirsiche und Baumwolle gepflückt. Bei der Weinlese sagten sie uns: Keine Arbeit zu haben. Da haben wir uns an die Regierung gewandt, und die hat uns auf diese Insel geschickt. Wir sind sehr erschöpft. Gott segne euch.«

Die nächsten drei Tage kamen Kutter voller Menschen zur Insel, löschten ihre Fracht und fuhren gleich wieder davon. Die Häuser der Insel waren fast alle voll, etwa fünfzehn nur blieben noch leer. Die Ankommenden waren erschöpft, ein Teil von ihnen krank. Ihre Kleidung war abgewetzt, sie alle hatten aber auch etwas Geld bei sich. Unterwegs hatten manche beim Mähen von Getreide oder bei der Ernte gearbeitet und sich das Geld vom Mund abgespart. Von den Familien waren höchstens fünf wohlhabend. Weil sie dem Bevölkerungsaustausch unterlagen, hatten sie Unterstützung von der Regierung bekommen.

Şükrü Efendi kam mit achtzehn Helfern, um Honigwaben herauszuschneiden. Die achtzehn Männer waren Meister ihres Faches. So randvolle Bienenstöcke hätten sie noch nie erlebt, sagten sie. Und dieser Duft … Şükrü Efendi frohlockte, holte die Doktoren, Nordwind, Musa Kazim Agaefendi, Vasili und den Treffer, und gemeinsam mit den Zeidlern gingen sie zu den Bienenkörben. Der

Agaefendi verstand etwas von der Imkerei, auch er hatte auf seinem Gut Bienenstöcke. Der Tierarzt, der von ihrem Ausflug zu den Bienenkörben gehört hatte, kam hinter ihnen hergelaufen. »Auch ich bin zwischen Honigbienen aufgewachsen«, rief er.

»Schaut euch diese Insel an, sie ist randvoll mit Blumen. Auch die klitzekleinen, unbewohnten Inseln hier in unserer Nähe sind voller Blumen.«

Der Führer der Zeidler sagte: »Warum die Griechen nicht mehr Bienen gezüchtet haben, will mir nicht in den Kopf. Diese Inseln haben Blumen für weitere Hunderte Körbe.«

»Wer weiß«, sagte Nordwind, »sie werden ihre Gründe gehabt haben.«

»Wer weiß«, wiederholten alle. Die geöffneten Körbe dufteten so schwindelerregend, dass niemand sprechen mochte.

Auf dem Heimweg hielt Nordwind inne. »Was sollen wir tun?«, fragte er. Auch die andern blieben stehen. »Ja, was tun?«, fragte auch Doktor Salman Sami.

»Setzen wir uns da unten hin und reden dort weiter.«

»Das wäre besser«, nickte Şükrü Efendi, fragte aber gleich: »Diese Bienenstöcke haben Sie gemeinsam mit Tierarzt Bey von der Finanzverwaltung gekauft, nicht wahr?«

»So ist es«, bejahte Nordwind.

»Habt ihr euer Gehalt in die Stadt gebracht?«, fragte Doktor Salman Sami.

Nordwind überlegte: Warum stellt dieser Mann aus heiterem Himmel so eine Frage? Er lächelte und antwortete: »Ich habs gebracht.«

»Wir auch«, sagte der Doktor. »Das Gehalt hier zu bekommen, ist eine weitere Erleichterung.«

Sie gingen in die Praxisräume der Doktoren. Kaum hatten sie Platz genommen, sagte Salman Sami: »Wisst ihr, was ich sagen, was ich fragen wollte? Ich frage Şükrü Bey, wie viel Honig bekommt man aus diesen Körben?«

»Viel«, antwortete Şükrü Efendi.

»Wie viele Familien sind hergekommen?«

»Viele«, sagte Vasili, »ich habe sie ja nicht gezählt, aber wir haben höchstens noch fünfzehn leere Häuser.«

»Die Ankömmlinge sind verwahrlost, krank, arm, haben nichts am Leib und weder Decke noch Matratze. Wenn wir ihnen nicht helfen, überleben sie den Winter nicht, und unsere Insel wird zum Friedhof.«

»Die sind nicht so arm, wie sie aussehen«, sagte Vasili, »sie kommen vom Arbeitseinsatz. Unter ihrem Kissen haben sie Geld, das nicht nur für einen Winter, sondern für ein Jahr reicht.«

»Sie haben ja gar keine Kissen«, lachte Doktor Salman Sami.

»Aber in den mit Bienenwachs verklebten Beuteln unter ihren Achselhöhlen haben sie Geld.«

»Rufen wir einen von ihnen und fragen ihn«, schlug der Major vor.

Nordwind nickte. »Vasili, geh und hol uns einen Vernünftigen her!«

»Der einbeinige Osman«, sagte Vasili, »der scheint ein ordentlicher Mann zu sein.«

Als Osman der Hinkende kam, sagte er: »Leben sollst du, mein Major, aber unser Kopf ist in der Schlinge.«

»Wieso, was ist geschehen?«

»Fast keiner ist in den Häusern geblieben. Die Matratzen, die in den Häusern waren, also die Nachtlager, das Geschirr und was sonst noch da war, trugen sie ins Freie.«

»Warum denn das?«

»Wir schlafen hier lieber im Freien. Wenn die Austauschgruppen aus Griechenland kommen, werden sie uns ohnehin wieder auf die Straße setzen und sie denen geben.«

Salman Sami war wieder schweißgebadet. »Die ausgetauschten Bürger sind doch alle schon untergebracht worden.«

»Habe ich ihnen alles gesagt, sie glauben mir nicht. Die meisten, die hergekommen sind, wurden aus den Dörfern vertrieben, in denen man die Ausgetauschten untergebracht hat.«

Doktor Salman Sami hatte seinen Kopf in beide Hände gestützt. »Was machen wir jetzt?«, fragte er. »Sag mir, Gefreiter Osman, was machen wir jetzt?«

»Die Frauen betreten die Häuser nicht, sogar meine Frau hat mich hinausgesetzt. Sie sagen, wenn wir diesen Winter hier vertrieben werden, gehen wir ein und finden kein Dach überm Kopf mehr. Verlassen wir diese Insel und suchen wir uns anstatt dieser Schlösser Lehmdächer und Strohhütten als Zuflucht.«

»Wir hatten uns schon allerlei überlegt.«

»Du kannst hingehen und mit ihnen reden.«

»Wie bitte?«

»Hingehen und mit ihnen reden.«

»Dann versammelt sie also unter den Platanen.«

»Nicht nötig«, sagte Vasili, »alle haben ihre Habseligkeiten gepackt und sind schon längst beim Anleger unter den Platanen.«

»Ich werde sie überzeugen. Sagtest du, sie sagen kein Wort, sie schweigen nur?«

»Die Felsen hier sind gesprächiger als sie«, antwortete Vasili.

»Schweigende Menschenmengen sind furchterregend«, sagte Salman Sami. »Man kann sich bei ihnen nicht durchsetzen.«

»Man kann!«, sagte Osman der Hinkende selbstsicher.

»Wie?«

»Zieh die Majorsuniform an. Die Anführerein der Frauen ist Elif die Dunkle, sie wird dir widersprechen, und sie ist eine redegewandte Frau. Du darfst, was immer sie sagt, nie wütend werden. Sie ist eine Frau mit goldenem Herzen.«

»Geht ihr zur Brücke, ich werde mich schnell umziehen.«

Sie kamen zur Anlegebrücke, wo sich alle, die Bewohner und die Neuankömmlinge, versammelt hatten.

Der Major kam in seiner nagelneuen Uniform in blanken Stiefeln, mit schmissigem Schritt. Er stemmte beide Fäuste in die Hüften, schaute zunächst jedem Einzelnen in die Augen. Dann sagte er: »Warum seid ihr nicht zu mir gekommen? Ihr hättet mir sagen müssen, was euch bedrückt. Wir hatten in der Schlacht um die Dardanellen«, er zeigte auf die Kirchenruine, »die Kirche dort zum Lazarett gemacht. Nachdem die Griechen weggezogen waren, kam ein Gottloser, riss sie ab, sammelte die Ziegelsteine, das Bauholz, die Bilder des heiligen Jesus und was es noch in der Kirche gab, und verkaufte alles. Wir waren vierzehn Doktoren und fanden monatelang keinen Schlaf. Die Frauen dieser Insel arbeiteten als Krankenschwestern und fanden auch keinen Schlaf. Nach dem Krieg sind wir, Doktor Halil Rifat Bey und ich, in dieses lieb gewonnene Paradies gekommen und haben uns hier niedergelassen. Sie haben euch ein Grundbuchblatt gegeben. Nun kann niemand herkommen und euch eure schönen Häuser wegnehmen. Schaut, dieser Mann, Nordwind, der gegen die Russen und in Urfa gegen die Franzosen gekämpft hat, ist ein mit dem Orden des Freiheitskrieges ausgezeichneter Held. Und mit diesem Doktor Halil Rifat Bey hier habe ich in den Dardanellen und auf dieser Insel zusammen gearbeitet. Wir sind hier, vertraut uns, euch kann niemand wegschicken. Geht jetzt in eure Häuser, wascht euch und ruht euch aus. Um eure Kranken werden wir uns kümmern. Nicht einmal in der Stadt gibt es zwei Doktoren. Außerdem werden wir eine Schule für eure Kinder eröffnen und sie lesen und schreiben lehren. Also los, geht jetzt!«

»Hochverehrter Doktor, du meinst es gut mit uns. Aber diese Häuser sind zu schön. Mitten im eisigen Winter werden sie kommen und sagen: Was? Solche Häuser für euch? Ihr seid ja elender als Zigeuner! Verpisst euch! Sie werden uns ansiedeln auf einem steinigen Hang, wo kein Gras wächst. Weißt du denn, was ansiedeln heißt, mein Doktor mit dem goldenen Herzen?«

Salman Sami nahm all seine Sprachgewalt zusammen und versuchte Elif die Dunkle und alle, die da standen, zu überzeugen.

»Du hast noch keine Ansiedlung erlebt, mein Pascha Doktor! Die lassen uns ums Leben nicht in solchen Häusern wohnen. Es reicht, dass sie von diesen Serails nur hören, und schon sind sie da und schicken uns mitten im Winter in wer weiß welche Hölle! Wir haben noch vier, fünf Kuruş hart verdientes Geld in der Tasche. Solange wir es noch haben, hilf uns einige Hütten finden, aus Schilfrohr, Stroh und Lehm. Hilf uns dabei, wir sind sowieso schon halb tot!«

Der Doktor war schweißgebadet und fuchtelte mit hochrotem Gesicht durch die Luft. Elif die Dunkle und die anderen Frauen und Kinder gaben ihm Zunder. »Wir wollen weg!«

»Sowieso ist jeder von uns halb tot!«

»Sonst vertreiben sie uns mitten im Winter.«

»Uns gibt doch keiner solche Häuser!«

»Die haben sich geirrt.«

»Lass uns gehen!«

»Wir alle, bevor wir sterben ...«

»Wir finden schon etwas Passendes ...«

»Wo uns niemand wieder vertreibt ...«

»Seit Jahren werden wir herumgejagt.«

»Wir sind erschöpft.«

»Tu uns das nicht an, wir küssen dir Hände und Füße!«

»Verursache nicht unseren Tod!«

»Den Tod von uns allen!«

Mit weit aufgerissenen Augen schwieg Doktor Salman. Er starrte auf die flehende Menschenmenge, sein Kreislauf stockte.

»Gott strafe euch tausendmal!«, rief er, kehrte der Menge den Rücken zu und schlug den Weg zur Praxis ein. »So viel Dummheit, so viel Feigheit! Selber schuld seid ihr«, murmelte er. »Gott strafe euch tausendmal!« Er ließ sich in den Sessel fallen. Seine Gedanken überstürzten sich. Sind wir schuldig? Tragen sie nicht auch ein gerüttelt Maß Schuld an diesem Elend? Je länger er überlegte, desto mehr beruhigte er sich.

Als der Doktor sich entfernte, erschien Treffer mit gerunzelter Stirn und mürrischer Miene. Er ließ die Augen über die Menschenmenge wandern, bis sie schwieg. Dann zeigte er auf die Häuser: »Los, jeder nach Haus! Keiner bleibt im Freien. Und du, Elif – ich habe mit dir zu reden!«

Dann stampfte er mit dem rechten Fuß so heftig auf die Planken des Anlegers, dass es knallte. Ohne hinunterzublicken, machte er sich kerzengerade auf den Weg zu den Häusern. Elif die Dunkle winkte ihren Enkeln, ihren Schwiegertöchtern und ihrem Mann und ging hinter ihm her.

Die Menschenmenge zerstreute sich und machte sich auf den Heimweg. Bald sahen diejenigen, die am Haus von Elif der Dunklen vorbeigingen, wie deren Schwiegertöchter und ihre Söhne die draußen liegende Habe ins Haus trugen, während Treffer dabeistand und sie dabei beobachtete.

Die Geschichte von Elif der Dunklen und von Veli dem Treffer machte sofort die Runde im ganzen Dorf. Auch Doktor Salman Sami hörte es wenig später. »Dieser Mann hat einen Hexenzauber«, sagte er. Nachdem die Sachen hineingetragen waren, ging auch Treffer ins Haus. Er wurde mit Hochachtung empfangen, berichtete Nordwind. Und alle lachten über diesen Mann, der solche Wunder verrichtete.

Die Neuankömmlinge und Treffer waren nach drei Tagen ein Herz und eine Seele. Treffer kam zu den Doktoren und erzählte: »Erledigt! Jeder ist zufrieden. Man könnte die Häuser über ihren Köpfen einreißen, sie würden keinen Schritt vor die Tür setzen. Nur: Über die Hälfte ist krank. Ich denke, vor Hunger. Unter ihnen sind keine Todkranken. Wer jetzt noch lebt, bleibt am Leben.«

»Du kommst gut mit ihnen zurecht«, sagte Doktor Salman Sami.

»Wärst du nicht in einer Majorsuniform aufgetreten, hätten sie mich nicht einmal angeschaut.«

»Ich habe schon verstanden«, sagte der Doktor.

»Man muss ihnen noch vieles beibringen. Ich sage ihnen, dass es im Haus ein Klosett gibt, zeige es ihnen sogar, doch sie begreifen es nicht. Die ganze Insel stinkt. Wenn es so weitergeht, werden denen, die uns anlaufen, vor Gestank die Nasenbeine brechen.«

»Was meinst du, sollen wir tun?«

»Braucht es die Uniform eines Majors, eines Hauptmanns oder Paschas? Ich glaube nicht, dass sie darauf verzichten, ihre Notdurft im Garten zu verrichten.«

Daraufhin hielten die Doktoren, Nordwind, Melek Hanum, der Agaefendi und die Töchter ihre Nasen immer wieder in den Wind. Kam der aus einer bestimmten Richtung, zog ein unangenehmer Gestank über sie hinweg.

Die Arbeit der Zeidler, die Şükrü Efendi auf die Insel gebracht hatte, dauerte mehr als eine Woche. Bienen, die den Körben entwischten, flogen ins Dorf und stachen manchen Bewohner. Manch einer wagte es nicht, das Haus zu verlassen. Nur die Beherzten und die Kinder gingen ins Freie. Viele hatten von Stichen angeschwollene Hände und Gesichter. Treffer und Hasan der Fahnenflüchtige rannten auf ihre Boote und flohen aufs Meer.

Der Honig füllte Fässer und Kanister. Şükrü Efendi war außer sich vor Freude. Als der geschleuderte Honig gewogen wurde, trauten sie ihren Augen nicht. Şükrü Efendi zählte im Beisein der Doktoren das Geld ab und gab es Nordwind. »Bleibt gesund, ich komme in knapp einer Woche zur Weinlese wieder her. Wir werden Trauben pflücken, dass es euch die Sprache verschlägt. Ihr werdet im Geld schwimmen. Ich werde eure Weintrauben trocknen lassen und die Rosinen in Izmir verkaufen.«

Dann zog er einen Beutel aus der Tasche und schüttete das Geld auf den Tisch: »Bitte, das ist für die Schule.«

»Die Schule ist nicht dringlich«, sagte Doktor Salman Sami. »Geben wir dieses Geld den Neuankömmlingen, die meisten von ihnen haben keine fünf Kuruş. Anstatt das Geld gleichmäßig zu verteilen, geben wir es denen, die es nötig haben. Der Winter hier ist hart, sie müssen ernährt werden. Sie brauchen Kleider. Für die Kranken braucht es Arznei. Wir können mit Medikamenten aushelfen, aber wie lange noch?«

Vasili und Nordwind saßen am Ufer und plauderten, als sie weit draußen einen Kutter aufkommen sahen.

»Da kommen wieder neue Insulaner«, lachte Vasili.

»Vielleicht ist es auch Handscharträger Efe mit einem Ochsengespann und einer Pflugschar. Er hat von den Griechen die Weinstöcke nach Norden hin gekauft …« Er zeigte es mit ausgestreckter Hand. »Und die ganze Ebene. Für ein paar Münzen. In wenigen Jahren ist Handscharträger Efe durch diese Güter so reich geworden, dass er Handscharträger Aga genannt wird.«

»An der Grenze zum Hügel steigt eine Quelle aus der Erde und fließt zur anderen Seite. Sie strömt stärker als unsere Quelle. Bevor die Unsrigen auswanderten, bewässerten sie damit ihre Getreidefelder. Was dort außerdem an Wasser- und Honigmelonen, Auberginen, Tomaten, Okraschoten und Paprika wuchs, gab es so schmackhaft nirgendwo. Hätten wir uns dort doch auch fünfundvierzig Morgen Ackerland gekauft!«

»Vielleicht hat dieser Wegelagerer ja nicht alles gekauft. Morgen gehe ich in die Stadt und kaufe den Rest. Davon verkaufe ich dir, notariell bestätigt, die Hälfte.«

»In Ordnung«, sagte Vasili, »mein Vater ist im Meer ertrunken, drum habe ich immer etwas Angst auf dem Wasser. Mit diesem Land lege ich Melonenfelder an und komme glänzend zurecht.«

»Ich muss dich noch etwas fragen.«

»Na, dann frag!«

»Hattest du damals keine Angst, mich aus den himmelhohen Wellen zu retten?«

»In jenem Augenblick konnte ich an Angst nicht einmal denken. Ich konnte an gar nichts denken.« Er schwieg und überlegte. Nordwind starrte ihm ins Gesicht und wartete ab. Eine ganze Weile verging: »Als ich dich sterben sah, konnte ich an Angst nicht einmal denken. Es war, als seien wir eine einzige Person. Nicht du ertrankst im Meer, sondern ich ertrank. Als ich dich rettete, rettete ich mich. Das war es wohl, warum ich mich ins Meer stürzte, als du fast starbst. Was weiß ich, warum ich mich überhaupt nicht fürchtete. Vielleicht fürchtet sich niemand, wenn der Tod vor ihm steht, was weiß ich.«

Sie sprangen von Thema zu Thema, von einem Menschen zum nächsten, am längsten verhielten sie bei Hasan dem Fahnenflüchtigen. Der hatte Angst, gehängt zu werden. So viele gehenkte Soldaten mit heraushängender Zunge hatte er gesehen, dass er sich mit ihnen identifizierte. Nicht vor dem Tod hatte er Angst, nur vor dem Hängen. Jetzt hatte er seinen Entlassungsschein bekommen, niemand wird ihm ein Haar krümmen, das weiß er. Aber immer noch kommt die Angst, gehängt zu werden. Tag und Nacht, immer wenn er allein ist, sagt er sich: Fürchte dich nicht, Hasan, keine Angst, mein Freund, du hast dein süßes Leben vorm Strick bewahrt, wenn du stirbst, wird deine Zunge nicht längelang heraushängen. Einige Tage lebt er ohne Furcht und in Freuden. Doch dann wieder: verschneiter Wald, vereiste, weiße Bäume, an ihren Ästen Gehängte, barfüßig, mit heraushängender Zunge, hervorquellenden Augen … Einer dieser Bäume gleitet an den Platz, an dem, mitten in der Kleinstadt, die Platane steht. Und Hasan sieht sich an diesem Baum hängen.

»Kann er das loswerden?«

»Hätte er den Entlassungsschein nicht bekommen und wäre noch fahnenflüchtig, könnte er es schneller loswerden.«

Das Boot legte an. Ein kleiner, dicklicher, glatzköpfiger Mann mit ununterbrochen schweifenden Augen, der einen Schalwar und ein zerknittertes dunkelblaues Jackett trug, kam auf die Brücke und sagte dem Bootsführer: »Warte hier auf mich, ich werde kurz etwas erledigen, dann fahren wir wieder.«

Der Mann ging auf Nordwind und Vasili zu. »Mich schickt

Varhap Beyefendi. Er sagte mir, fahre zur Ameiseninsel und suche dort Nordwind Bey auf. Und hier bin ich. Könnt ihr mir sagen, wo ich ihn finde?«

»Ich bin Nordwind. Sie sind willkommen!« Er zeigte auf den Platz neben sich.

»Und mein Name ist Salih. Vahap Bey grüßt Sie besonders herzlich!«

»Ihm ein langes Leben!«

»Ich will Sie nicht lange aufhalten und meine Bitte gleich vortragen!«

»Wenn es in unserer Macht steht … Vahap Beys Wunsch ist uns Befehl!«

»Kürzlich hat Vahap Bey mich rufen lassen. Wie Sie wissen, ist er einer der namenlosen, betrogenen Helden, die den Griechen ins Meer gejagt haben. Als meine Söhne bei der Schlacht am Fluss Sakarya in Gefangenschaft gerieten, war er auch dort und sah, wie meine Söhne bei heldenhaftem Kampf von feindlichen Soldaten umzingelt und gefangen genommen wurden. Wohin sie gebracht wurden, wusste niemand. Während die Kämpfe andauerten, verarmte ich vom dauernden Anschreibenlassen. Durch den Krieg war das Volk so pleite, dass ich keine Schulden eintreiben konnte und meinen Krämerladen schließen musste. Als meine Söhne aus der Gefangenschaft zurückkamen – sie konnten lesen und schreiben, ich hatte sie in Schulen von großen Städten geschickt –, fanden zwei von ihnen in Ankara sofort hohe Beamtenposten. Sie schickten mir einen Teil ihrer Gehälter. Ein bisschen lieh ich mir auch von meinen Freunden, und als ich in der Kleinstadt einen Laden eröffnen wollte, hörte Vahap Bey davon. Ich bin ja der Vater seiner Kriegskameraden, und in den Dardanellen waren fünfzigtausend Universitätsabsolventen gefallen, also gab es kaum jemanden mehr, der lesen und schreiben konnte. Wenn in einem Land wie dem Osmanischen Reich in einer Schlacht fünfzigtausend Universitätsabsolventen fallen, kann das Land so etwas verkraften? Genau zu diesem

Zeitpunkt kam Vahap zu mir und sagte: Auf der Ameiseninsel lebt ein Held, Träger des Freiheitsordens, der alle Läden der Insel mit barer Goldmünze gekauft hat. Geh zu ihm, er soll dir einen Laden geben. Er wird dir in allen Dingen behilflich sein, sagte er. Und deswegen fasste ich mir ein Herz, Sie zu behelligen.«

»Wir haben diese Läden gemeinsam mit Tierarzt Bey vom Finanzamt gekauft. Ich rufe ihn.«

Als der Tierarzt sich den Platanen näherte, rief Nordwind: »Unseren Freund hier, Salih Efendi, schickt uns Abdülvahap Bey, damit er hier einen Krämerladen aufmachen kann.«

»Gut und schön, aber wem will Salih Efendi hier was verkaufen?«

»Eure Insel ist voll«, antwortete Salih Efendi. »Bevor die Griechen von hier wegzogen, gab es hier nicht nur ein, zwei Läden, sondern ganze Ladengassen. Und die Zahl der Einwohner war nicht so hoch wie jetzt. Die Ladeninhaber ließen aus Istanbul, Athen, Paris und London Ware kommen, und die Provinzstädte und nahen Bezirke machten von dieser Insel aus Geschäfte.«

»Ich weiß, Hayri Efendi und Cafer haben uns das zur Genüge erzählt. Aber an wen wollen Sie jetzt etwas verkaufen?«

»Die Menschen auf dieser Insel ernähren nicht nur einen Krämerladen, sondern zehn davon.«

»Diese Habenichtse?«, fragte der Tierarzt mit Staunen. »Wir beraten jeden Tag, wie wir diese Hungerleider satt bekommen, bevor uns die Hälfte von ihnen stirbt, und wir sind bis jetzt noch zu keinem vernünftigen Ergebnis gekommen.«

Salih Efendi lachte: »Wisst ihr denn, woher die hierhergekommen sind? Die kommen aus den Ebenen, wo sie Getreide gemäht, Baumwolle gepflückt, in Obstgärten Pfirsiche, Feigen und Granatäpfel geerntet haben. Seit Jahren konnten ihnen die Regierungsstellen keine Gegend schmackhaft machen. Was denkt ihr denn, wie reich die sind! Jeder von ihnen kann dich und mich mit Geld aufwiegen!«

Der Tierarzt regte sich über die Worte dieser Krämerseele ziemlich auf, ließ es sich aber nicht anmerken. »Wenn jeder von ihnen so reich ist, möge er dich und mich in Gold aufwiegen! Also, du kennst unsere Läden, was kannst du uns dafür geben? Wie hoch ist in der Stadt die Miete für einen Laden?«

Salih Efendi nannte die Monats- und Jahresmieten für Läden in der Stadt. Es war eine sehr quirlige Stadt, sie konnte mit einer verschlafenen Insel nicht verglichen werden. Er nannte den Preis, den er bezahlen konnte. Sie zogen eine Jahresmiete vor, schließlich hatten sie sich in den Kopf gesetzt, die Neuankömmlinge durch den Winter zu bringen. Deswegen eine Jahresmiete, und die im Voraus. Salih Efendi hatte den Vertrag schon mitgebracht, sie lasen ihn durch und unterschrieben. Salih Efendi zählte vor ihnen das Geld ab und gab es Nordwind.

Sie gingen zu den Läden. Vasili schloss auf, der Innenraum war blitzblank. Regale, Tresen, Stühle, Waage, Gewichte, Behälter, alles stand an seinem Platz.

»Wischen und fegen müssen wir nicht«, sagte Salih Efendi, »dennoch, mein Lehrling ist so gewissenhaft, der wischt noch einmal nach. Ein Haus sucht Vasili für mich aus. Man sagt, er ist der Meister in diesem Dorf.«

»Willst du es kaufen oder mieten?«, fragte Vasili.

Salih schaute Nordwind an: »Was meinen Sie?«

»Pascha, wie es dir gefällt«, sagte Vasili. »Wirst du auch Knoblauchwurst und Paprikaschinken herbringen?«

»Im Laden wird alles verkauft. Nur Vogelmilch kann es nicht geben. Sonst alles.«

»Bleib uns erhalten!«, wünschte Nordwind. »Was das Haus betrifft, warum willst du Miete zahlen? Kaufe es und damit basta, zumal es jetzt nur eine Kupfermünze kostet.«

»Häuser werden von Tag zu Tag teurer. Du hast recht, jetzt, wo sie für eine Kupfermünze zu haben sind, kaufen!«

Salih blieb vor allen dreien stehen, und nachdem er jedem von ihnen in die Augen geschaut hatte, sagte er leise: »Ich habe euch einige Worte zu sagen. Es könnte zu eurem Nutzen sein. Können wir einen menschenleeren Platz aufsuchen?«

»Ja, gehen wir!«, nickte Nordwind und ging vorneweg. Durch kniehoch blau blühende, schwindelerregend duftende Poleiminze gingen sie zur Quelle hoch. Dort hockten sie sich nieder und lehnten ihre Rücken gegen die glatte, rot geäderte Felswand.

»So geheim ist ja nicht, was ich zu sagen habe, aber man weiß ja nie, es könnte euch von Nutzen sein. Heutzutage herrscht in der Welt und im Land ein Durcheinander. Auf eure Insel sind ziemlich viele Menschen gekommen. Unter ihnen Heilige, Hitzige und Diebe, Gutmütige und Böswillige, solche, die saubere Muttermilch, und solche, die sündige Muttermilch gesaugt haben. Da muss man auf der Hut sein. Wer hätte jemals gedacht, dass einer wie der Handscharträger Efe jahrelang in den Bergen die Griechen Blut kotzen ließ und sich dann auf einer öden Insel niederlässt, hundert Morgen Land kauft und mit Landwirtschaft beginnt?... Wie dem auch sei, der Handscharträger ist ein guter Kerl. Unter den Menschen gefällt einem der eine und der andere nicht. Kein anderes Geschöpf in dieser Welt kennt der Mensch so gut wie den Menschen. Er kennt ihn tausendmal besser als alles andere auf dieser Welt. Was ich euch sagen will: Schaut genau hin, wenn Menschen zu euch kommen. Wer euer Leben, euer Eigentum, eure Ehre gefährden will, den werdet ihr finden. Vielleicht sogar auf einen Blick. Dass ich euch das sage, ist ein Zeichen meiner Freundschaft. Denn ich bin gekommen, um unter euch zu leben.«

Unter diesen Menschen wird einer der Attentäter sein, der es auf Nordwind abgesehen hat, dachte sich Treffer und beobachtete genau das Verhalten und die Mienen der Männer, die aus den Kuttern stiegen. So dachten auch Nordwind und Vasili. Auch sie hatten die Ankömmlinge fest im Blick. Vasili behielt einen Mann im Visier, von dem er meinte, ihn schon früher gesehen zu haben, duckte sich hinter die Hecke und wartete darauf, dass der hochgewachsene, stattliche blonde Mann an Land kam. Mit dem jungen Burschen kam noch ein junges Mädchen von Bord, das kaum dem Kindesalter entwachsen war. Das Mädchen sah dem Burschen ähnlich, es konnte seine Angetraute, aber auch seine Schwester sein. Wer weiß. Der junge Mann könnte der sein, der damals mit einem kleinen Boot auf die Insel gekommen war, vor Erschöpfung bei den Granatapfelbäumen so tief eingeschlafen war, dass er auch nicht aufwachte, als eine lange lila Schlange mit weißen Punkten über ihn kroch, und der, als er endlich aufwachte, verstört brüllte: »Wer seid ihr?«

»Wenn du uns meinst, wir sind Einheimische. Und wer bist du?«

»Ich bin Kerim.«

»Warum kamst du heimlich her?«

»Im Dorf an der Küste da drüben habe ich jemanden gesucht, der mich auf die Insel fährt, aber keiner brachte mich herüber. Und da habe ich für eine Münze ein altes Boot gekauft und bin hierher gerudert.«

»Bist du gekommen, um dich niederzulassen?«

»Ich bin gekommen, jemand zu suchen, und nicht heimlich. Ich bin gekommen, Abbas zu suchen, dem Unheil droht. Wenn ich ihn finde, werde ich ihm sagen, nicht hier zu bleiben, sondern in den Kaukasus zu flüchten. Er kann sich auch unter dem Flügel eines fliegenden Vogels oder im Loch einer flüchtenden Schlange verstecken, sie werden ihn finden und töten.«

»Woher kennst du Abbas, wie steht er zu dir, dass du ihn so hartnäckig suchst?«

Sie hatten ihm gesagt: »Auf dieser Insel lebt ein Abbas, aber der nützt dir nichts.«

»Auch wenn er blind ist oder lahm oder tausend Jahre alt, zeigt ihn mir!«

Unter den Platanen rief Vasili: »Abbas, komm!« Und Abbas kam miauend angelaufen und rieb seinen Kopf an Vasilis Beinen …

Ist dieser Jüngling der gleiche wie damals? Er war schnurstracks zurückgefahren …

Salih Efendi kam drei Tage später mit drei Kuttern und elf jungen Männern zurück. Er legte Nordwind und Vasili ein Grundbuchblatt für das Haus und gleichzeitig einen für fünfzig Morgen Ackerland in der oberen Ebene vor. Mit den mitgebrachten jungen Arbeitern richtete Salih Efendi seinen Laden vollständig ein. Am Ende war im Laden kein Plätzchen mehr frei.

Als Salih Efendi schweißnass zum Brunnen kam, füllte er den Wasserbecher und leerte ihn mit einem Zug bis auf den letzten Tropfen.

Am Freitag kamen aus der Stadt der Landrat, der Oberbürgermeister, Kavlakzade Remzi Bey, der Vorsitzende des Wehrbezirks, Hayri Efendi, Cafer und noch einige Notabeln der Provinzstadt, um die Eröffnung des Ladens zu feiern. Unter den Platanen wurden Festtafeln gedeckt und Raki getrunken. Nachts wurden im Kutter von Kapitän Kadri Sessel und Stühle aufgestellt, um die Rückfahrt in die Provinzstadt komfortabel zu machen. Die Inselbewohner fühlten sich vom Besuch der Notabeln geehrt, so auch die Neuankömmlinge …

Sofort nach der Eröffnung begann der An- und Verkauf. Sogar Salih Efendi war über die Höhe des Umsatzes erstaunt. Niemand weiß, wer reich ist und wer gläubig, wie es heißt!

Während der Feier hatte Nordwind Sükrü Efendi zur Seite genommen. »Ich wollte dir verkünden, unsere Insel ist jetzt voll.«

»Das wusste ich schon.«

»Ich wollte dir sagen, Arbeiter auf die Insel zu bringen, ist nicht mehr nötig, wir haben genügend.«

»Die können wir nicht gebrauchen. Das sind ganz üble Kerle.«

»Was haben sie denn verbrochen? Waren sie Wegelagerer, haben sie Menschen ausgeraubt?«

»Nichts von alldem, sie haben Weinberge in ein Trümmerfeld verwandelt, Weintrauben zertrampelt, Zweige geknickt. Wo sie waren, wächst nicht einmal mehr Gras. Von Izmir bis Aydin, Aydin bis Manisa, von dort bis in alle Provinzstädte und Dörfer lässt kein Weinbauer Siedler aus Anatolien in seinen Weinberg. An ihren Weinstöcken lassen sie nur noch einheimische Landarbeiter arbeiten.«

»Was tun denn diese anatolischen Umsiedler, dass in den Weinbergen kein Gras mehr wächst?«

»Bei Gott, mein Freund, ich weiß es nicht. Ich habe sie ja noch nie in meinen Weinbergen arbeiten lassen. Und werde es auch in Zukunft nicht.«

Beim Aufstehen sagte Sükrü Efendi: »In einer Woche oder zehn Tagen komme ich mit eigenen Landarbeitern auf eure Insel. Da lass ich keinen hinein, der keine Ahnung hat von Weinbergen.«

Nordwind war sehr niedergeschlagen, ließ es sich aber nicht anmerken. Wer auch immer sie sind, was immer sie anstellen – er war stolz darauf, dass die Insel voll war. Wenn unter ihnen auch jemand war, der ihm ans Leben wollte. Darüber musste er noch einmal mit Treffer umfassend reden.

Den Lauf entlang stiegen sie hinauf und setzten sich in die Poleiminze neben der Quelle. Als sie sich in die blauen Blüten setzten, stieg aus den zerquetschten Blumen ein starker Duft empor.

»Wir haben mit Vasili darüber gesprochen«, ergriff Treffer das Wort. »Ist dieser Mann mit der Menschenmenge aus den Kuttern gestiegen oder auf anderem Wege zur Insel gekommen?«

»Und was habt ihr herausgefunden?«, fragte Nordwind.

»Ich habe gesagt, Vasili, hast du diesen Mann, diesen blonden Jungen nicht in sein Haus geführt? Und er hat mir gesagt: So genau erinnere ich mich nicht, schließlich habe ich ihn nicht mit Käuferaugen gemustert. Ich bin zu ihm ins Haus gegangen, und um nicht aufzufallen, habe ich vorher einige seiner Nachbarn besucht. Dann erst bin ich zu ihm. Er hat mich freudig begrüßt. Im Haus hatte er sogar Kaffee, das Mädchen stampfte den Kaffee im Mörser. Dieser blonde Junge kommt demnach aus einer Familie, wo im Mörser zerstampfter Kaffee getrunken wird. Ich sagte ihm, deine Hanum hat den Kaffee sehr gut gemacht. Sie ist vorläufig noch nicht meine

Hanum, sie ist noch zu jung, antwortete er. Wir haben uns unterwegs getroffen. Ist der Mörser von hier?, fragte ich. Er stand auf, brachte einen aus rötlichem Holz geschnitzten Mörser, wie er nur in Häusern von Beys und Paschas zu finden ist. War dein Vater ein Pascha?, fragte ich. Er lachte. Woher stammst du? Aus Erzurum, sagte er. Ich hob schnell den Kopf, schaute ihm ins Gesicht, seine Sprache klang überhaupt nicht nach Erzurum. Als ich den Kopf hob, bebten seine Lippen, und er begann zu stottern. Wovon hast du gelebt?, fragte ich. Mein Vater hatte einen Bauernhof, antwortete er. Danach ließ er mich nicht mehr reden, jetzt fragte nur er. Als wir dieser Insel zugewiesen wurden, sagte jeder, den wir nach der Ameiseninsel fragten, dort lebt Veli der Treffer. Danach begann er zu erzählen, wie ihm über Treffer berichtet wurde … Aus Griechenland sei eine ganze Kleinstadt von Auswanderern hergekommen. Sie wurden in einer Küstenstadt angesiedelt, aber mit den Türken haben sie nie gesprochen, haben sich nach ihnen nicht einmal umgedreht. Es vergingen Monate, Jahre, sie haben nicht einmal mit den Männern der Behörden gesprochen. Sie waren alle wie taub und stumm. Ein Mann namens Treffer, ein Heiliger verkleidet als Fischer, kam auf einem Apfelschimmel, brachte drei blaufarbene Ziegen auf eine hiesige Insel, genannt Raue Insel, zog von dieser Insel zu den stummen und tauben Menschen, sagte: Verlasst eure Häuser, geht zu euren Nachbarn, redet mit ihnen. Und alle, mit Kind und Kegel, Junge und Alte, Kranke und Sieche, kamen heraus, zogen zum Marktplatz, und die Einheimischen, die das sahen, kamen auch heraus. Alle fielen sich in die Arme. Ist dieser Treffer hier? Ja, der bin ich, bei meiner Mutter, sagte ich. Was sagt ihr dazu?«

»Wir können ihn nicht töten, nicht entführen, wir können ihn allenfalls beobachten«, antwortete Nordwind.

»Überlasst ihn mir. Er hält mich für einen Heiligen. Wir brauchen etwas Zeit, bis wir wissen, wer er ist. Dann entscheiden wir, was mit ihm geschehen soll. Vor allem muss Nordwind ihn sehen. Und uns sagen, ob es Kerim ist«, sagte Treffer.

»Vasili, ruf mir Kapitän Kadri!«, sagte Nordwind.

Nach kurzer Zeit kam er mit Kapitän Kadri.

»Kapitän, da ist ein blonder Mann, Vasili wird dir sein Haus zeigen. Bring ihn mir her!«

Vasili und Kapitän Kadri verschwanden zwischen den Häusern.

»Wenn er da ist, schau dir seine Hände gut an, sie haben noch nicht hart gearbeitet. Sie sind weich wie Samt. Sind das Hände, die Feigen, Granatäpfel, Baumwolle gepflückt und Getreide gemäht haben?«

»Dann sähen sie wohl anders aus«, meinte Nordwind.

»Was hat dieser Mann hier zu tun? Auch wenn er nicht dieser Kerim ist, der Abbas suchte, er ist einer von denen! Hast du einmal nachgedacht, warum Kavlakzade dich so fürchtet? Warum er, der sich hier für den König hält, so unterwürfig vor dir wieselt? Weil er dich für einen Geheimagenten der Regierung hält, denkst du? Nein, Kavlak weiß genau, wer du bist, deswegen fürchtet er dich. Dieser blonde Junge ist aus keinem der Kutter gekommen. Ich habe genau aufgepasst. Plötzlich tauchte er in der Menschenmenge auf. Wer hat dieses Haus für ihn kaufen lassen? Wenn Kavlak es nicht hat unter der Hand kaufen lassen, hacke ich mir einen Finger ab.«

»Sollen wir uns um ihn kümmern, bevor er sich um uns kümmert?«

»Abwarten! Da kommen sie.«

Der blonde Jüngling grüßte. Sie antworteten: »Bitte, setz dich hierher!« Der junge Mann nahm schüchtern Platz.

»Bitte, deinen Namen!«

»Mein Name ist Kerim.«

Totenstille. Sie sahen sich an. Nordwind fasste sich sofort.

»Bist du schon einmal auf diese Insel gekommen? Mit einem kleinen Boot?«

»So ist es.«

»Hast du nach einem Abbas gefragt?«

Er lachte: »Ja, und ihr habt mir eine Katze gezeigt.« Er lachte noch einmal, zeigte auf Vasili: »Abbas war die Katze von diesem Freund. Eine sehr schöne Katze, habt ihr sie verheiratet?«

»Haben wir«, antwortete Vasili, »wir holten aus der Kleinstadt eine schöne, entzückende Braut. Die Braut ist jetzt trächtig. Sie zählt schon die Tage, bald wird sie fünf allerliebste Junge haben.«

»Habt ihr außer unserem Abbas noch einen anderen Abbas finden können?«, fragte Nordwind.

»Gefunden schon, aber unsere Freunde brachten es nicht übers Herz, ihn zu töten«, sagte der junge Mann.

»Warum brachten sie es nicht übers Herz?«

»Das weiß ich nicht, das weiß nur Gott.«

Nachdem sie sich ein bisschen unterhalten hatten und Kerim aufstand, um sich zu verabschieden, sagte Treffer: »Was für ein schönes Türkisch du sprichst.«

»Meine Mutter ist Istanbulerin.«

»Wann wird unsere Insel die erste Hochzeit erleben?«

»Wenn der Herrgott es gestattet. Bleibt gesund!«

»Warum machst du so ein langes Gesicht?«, fragte das Mädchen, als sie nach Hause kamen.

»Frag mich bloß nicht!«, antwortete Kerim. »Abbas hat mich gerufen. Er hat mich erkannt und fragte nach meinem Namen. Bist du schon früher einmal auf diese Insel gekommen?, fragte Abbas, und ich bejahte. Dann fragte er noch: Habt ihr Abbas gefunden?, und ich sagte: Freunde haben ihn gefunden, mochten ihm aber nichts antun. Warum mochten sie ihm nichts antun?, fragte er noch einmal, und ich sagte: Die Mutter von dem, der ihn töten sollte, sei Tscherkessin gewesen, und als Abbas das erfuhr und auch sah, dass er stattlich, beherzt und ein gutmütiger Mann war, konnte er es nicht über sich bringen, ihn zu töten.«

»Hat Abbas gemerkt, dass du der Mann warst, der es nicht über sich bringen konnte, ihn zu töten?«

»Ob er es gemerkt hat oder nicht, weiß ich nicht. Aber vor Treffer muss man sich in Acht nehmen. Sein Blick durchbohrt eines

Menschen Herz genau in der Mitte. Er weiß sofort, was einer denkt. Als ich zum ersten Mal kam und merkte, dass Nordwind in Wirklichkeit Abbas war, war er noch nicht auf dieser Insel. Wäre er damals hier gewesen, hätte er mich gleich getötet. Meine Leiche in einen Sack mit Steinen gefüllt und in die Meeresenge der Dardanellen geworfen. In Zukunft hat mich dieser Mann am Kragen. Wenn mich so einer am Wickel hat, kann ich nicht einmal einen Stein auf einen Spatz werfen, geschweige denn auf einen Mann wie Nordwind. Dieser Mann wird mir bis an mein Lebensende auf den Fersen bleiben. Diese Leute kann man nicht so leicht umlegen. Wenn die beschließen, mich zu töten, machen sie dir und mir den Garaus, bevor ich Abbas umgebracht habe. Dir nichts zu tun, nachdem sie mich getötet haben, bedeutet ihren Tod. Abbas wird sich dagegen sperren, mich zu töten, aber dazu reicht seine Macht nicht.«

»Wir müssen flüchten, aber noch nicht sofort. Wir müssen auf der Hut sein. Lassen wir ihn auch nur einen Augenblick aus den Augen, sind wir so gut wie tot!«

»Ich hatte nicht gedacht, von ihnen so schnell erkannt zu werden. Ich dachte, sie hätten mich längst vergessen.«

»Die Sache ist doch klar wie der lichte Tag! Auch dass wir gekommen sind, Abbas zu töten. Niemand darf wissen, dass du einen Revolver hast!«, sagte das Mädchen. »Du wirst ihn unter der Achselhöhle befestigen. Auch ich werde ohne Revolver nirgendwohin gehen.«

»Wir rennen ins Unheil und können den Weg nicht sehen! Wollen jagen und werden gejagt!«

»Abwarten und aufpassen! Sie sind noch unentschlossen, und so leicht können sie uns nicht aus dem Weg räumen. Wie viele Patronen hast du noch?«

»Viele.«

»Ich habe auch viele. Ist der Patronenbeutel noch voll?«

»Noch unberührt.«

»Weißt du, was sie mich noch gefragt haben? Sie fragten: Wann feiert unsere Insel die erste Hochzeit? Soll ich dir was sagen? Wenn sie nicht so viel Angst hätten, sie würden uns an ihre Brust drücken.«

»Wir dürfen keine Unsicherheit, kein Zeichen von Angst zeigen.«

»Das kleinste Zeichen von Furcht kann unseren Tod bedeuten.«

»Stimmt«, sagte das Mädchen, »auch wenn niemand in unserer Nähe ist, werden wir fröhlich und unbeschwert sein, werden wie ein Liebespaar Händchen halten und jeden Tag bei Salih Efendi einkaufen. Und eines Morgens werden wir auf dem Kutter von Kapitän Kadri in die Stadt fahren und von der Bildfläche verschwinden.«

»Denkst du denn, Treffer bleibt uns nicht auf den Fersen?«

»Natürlich. Er wird Kindern von der Insel den Auftrag geben.«

»Woher willst du das wissen?«

»So machen sie es immer, weil niemand auf den Gedanken kommt, er werde von Kindern verfolgt. Ich bin als Kind vielen Menschen hinterhergelaufen … Nur Geduld! Dann werden wir nach Istanbul fahren, und während sie noch jammern, kommen wir zurück. Und sie beruhigen sich. Nach kurzer Zeit fahren wir mit dem Kutter von Kapitän Kadri wieder in die Stadt, kaufen teuer ein und kommen abends zurück. Wir tragen das gekaufte Bett, die Matratze, das silbrige Sofa, die seidene Daunendecke aus dem Kutter. Jeder sieht es.«

»Was sollen wir mit Daunendecken auf dieser Insel?«

»Die seidene Daunendecke, die samtbezogenen Sessel, wertvolle Teppiche, Töpfe und Geschirr tragen wir nach Hause. Dann heiraten wir, feiern eine prächtige Hochzeit. Wer kommt dann auf den Gedanken, dass wir zum Töten gekommen sind.«

»Niemand.«

Treffer ließ Kerim und das Mädchen nicht aus den Augen. Flog auch nur eine Fliege durch ihr Haus, Treffer erfuhr es.

Als immer mehr Kinder auf die Insel kamen, begannen für die Mädchen von Hüsmen angenehme Tage. Noch vor den Erwachsenen gesellten sich die Kinder zueinander. Nach einigen Tagen trafen sich die Töchter von Hüsmen mit anderen Kindern am Ufer, sie ließen die Beine baumeln und starrten aufs Meer. Die See war gähnend leer, nicht das kleinste Kräuseln, nicht das leiseste Geräusch. Sie schauten abwechselnd auf den Wasserspiegel und sich in die Augen und wussten nicht, worüber reden.

Die älteste Tochter von Hüsmen ergriff schließlich das Wort. »Wir kennen ein Spiel, das alle Kinder auf dieser Insel spielen. Es macht so viel Spaß, dass wir es immer wieder spielen. Man kennt es nur auf unserer Insel. Schließlich gibt es auf anderen Inseln keine weiß gefleckten, blauen Schlangen, um das Schlangenspiel zu spielen.«

Das gleichaltrige Mädchen, das sich neben die ältere Tochter von Hüsmen gesetzt hatte, sagte: »Zeig uns dieses Schlangenspiel!«

»Ein schweres Spiel.«

»Schwere Spiele machen mehr Spaß.«

»Wenn die Granatäpfel blühen, musst du vor dem Granatapfelgarten stehen, bis vom nahen Felsen eine lange, weiß gefleckte, funkelnde, blaue Schlange herunterkommt, mit feuerroter, gespaltener Zunge, feuerrot hervorquellenden Augen ... Die Kinder fürchten sich so, flüchten in den Granatapfelgarten, und die Schlange springt und springt hinter ihnen her. Schnappt sie die Kinder, tötet sie sie mit einem Biss. Und wir haben dann so eine große, so eine große Angst, dass wir in unsere Unterhosen pinkeln.«

»Kommt die Schlange jedes Mal?«

»Sie ist einmal gekommen, wir haben dann geübt, vor Angst in die Unterhose zu pinkeln. Aber meistens tun wir nur so, als käme die Schlange auf uns zu, rennen brüllend zwischen die Granatapfelbäume, fürchten uns und tun so, als pinkelten wir in die Unterhose.« Während sie sprach, wurden die drei verschämten Jungen aschfahl, glotzten mit großen Augen auf die Mädchen, die in ihre Unterhosen pinkelten.

»Ach, geh!«, rief das gleichaltrige, kleine Mädchen, das neben der Tochter von Hüsmen saß. »Dieses Spiel ist nicht lustig!« Es zog die Beine hoch, stand auf, und auch die andern erhoben sich. Die Töchter von Hüsmen gingen zum Anleger, die anderen Kinder hinunter zum Meeresufer. Am Strand lagen bunte Kieselsteine, damit spielten sie Steinegleiten, und auch das ungeschickteste der Kinder, sogar die kleinsten Mädchen brachten die dicht über das Wasser geschleuderten Kiesel mindestens dreimal zum Hüpfen. Dann stiegen sie auf den gegenüberliegenden Hang. Und was sahen sie, als sie dort waren: Weinberge, soweit das Auge reichte. An jedem Weinstock gelbe, zur Erde herabhängende Weintrauben und an jeder Traube Hunderte Weinbeeren wie Honigtropfen. Gelb, taufrisch. Die Kinder standen in einiger Entfernung und schauten auf die Beeren. Sie hatten schon oft am Rand eines Weinbergs gestanden und geguckt, ihre Münder wurden dabei wässerig, aber bisher hatte sie noch keiner in den Weinberg hineingelassen. Jetzt waren sie fast drinnen, und die Trauben dampften. Das Wasser lief ihnen im Munde zusammen, aber sie waren vor Angst wie angewurzelt. Wenn sie sich früher einem Weinberg auch nur genähert hatten, waren sie von Wächtern mit Knüppeln halb tot geschlagen worden. Sie schauten hinunter: das weite, endlos ausgedehnte Meer. Sie schauten nach Norden: eine von glänzenden Stoppeln bedeckte, wie ein riesiger Löffel sich zum Meer ausdehnende Ebene. Im Süden eine zum Meer abfallende schwindelerregende Steilküste. Sie schauten nach rechts, nach links; weder Hütte noch Laube, weder Pferch noch Zaun. Die Augen starrten wieder auf die taufrisch dampfenden Trauben. Sie schluckten noch einmal und noch einmal. Dann schauten sie sich noch einmal nach allen Seiten um, es war niemand zu sehen, und schon waren sie im Weinberg verschwunden. Jedes saß unter einem Rebstock, von draußen war nichts zu sehen. Jedes riss eine Traube ab, die größer war als der eigene Kopf, und stopfte sich die Beeren in den Mund. Jedes der Kinder aß so viel, dass in kurzer Zeit der Bauch anschwoll, sie sich nicht mehr bewegen konnten und einfach sitzen blieben. Erst als der Tag sich neigte, konnten sie aufstehen.

»Dieser Weinberg hat wohl keinen Besitzer«, meinte eines der Kinder, »seht doch, da lässt sich keiner blicken.«

»Kann es denn einen Weinberg ohne Besitzer geben?«

»Bestimmt haben sie den Besitzer ins Gefängnis gesteckt. Ihre Häuser, Felder, Weinberge, Gärten, alles, was sie hatten, auch ihre Mühlen sind hiergeblieben. Sie werden nicht vom Wasser, sie werden vom Wind gedreht. Hast du nicht gesehen, wie sie sich wie Adlerflügel drehen, das sind die Flügel der Windmühlen. Die hat auch einer gekauft, er soll damit Weizen und Mais mahlen.«

»Dann hat auch jemand diesen Weinberg gekauft.«

»Ich habe ja noch nie Weintrauben gegessen«, sagte das andere Kind.

»Wir auch nicht«, riefen die anderen Kinder wie aus einem Mund. »Die ließen uns ja nicht einmal an ihren Weinbergen vorbeilaufen.«

Die Frage, ob dieser Weinberg einen Eigentümer hatte oder nicht, wurde lange und sorgfältig debattiert. Dann setzte sich jedes wieder vor einen Weinstock und begann eine Beere nach der anderen zu essen. Nur waren sie diesmal schneller satt. Ohne aufzustehen, begannen sie zu diskutieren: »Sollen wir Trauben mit nach Hause nehmen?« Einige sagten: »Ja, aber erst nachts.« Andere meinten: »Wenn der Eigentümer uns sieht, wohin flüchten? Sie werden uns einfangen und wie die Eigentümer dieser Insel ins Gefängnis stecken. Warum haben sie in diesen Weinbergen keinen Pferch, keine Laube, kein Laubdach hineingesetzt?«

Das kleinste der Kinder gab die Antwort darauf: »Weil es auf dieser Insel außer uns keinen gibt.«

Sie dachten nach, überlegten eine Weile und sagten dann: »Weil keiner da ist, deswegen.«

»Wir haben Weintrauben gegessen, und zu Hause kommen sie um vor Hunger. Wären sie an unserer Stelle, würden sie die Weintrauben pflücken und uns bringen! Oder nicht?«

»Sogar ohne sich auch nur eine Beere in den Mund zu stecken.«

Da befahl der Junge von vorhin: »Wir ziehen unsere Hemden aus, sofort! Egal, ob wir dann nackt sind! Danach binden wir den Hemdkragen und die Hemdärmel zu und füllen die schönsten und süßesten Weintrauben ins Hemd.«

»Wir füllen die Weintrauben in den Rock«, sagte das längste der Mädchen.

Jedes stützte sich mit den Händen auf und kam stöhnend und pustend auf die Beine. Dann knipste jedes ein, zwei Trauben ab und füllte damit Hemd oder Rock.

»Jetzt werden wir langsam, langsam durch den Olivenhain bergab steigen und uns verstecken, bis es dunkel wird.« Sie zogen durch den Olivenhain zwischen Sträuchern bergab bis zur Quelle.

Die Jungen waren alle halb nackt, sie hatten ihre Oberhemden unter die Bäume gelegt, die Mädchen den Inhalt ihrer Röcke auf das Gras. Dann legten sie sich auf den Bauch und tranken, gingen dann zu einer Lichtung und setzten sich auf den Rasen.

»Dieses Wasser schmeckt so gut«, sagte das hochgewachsene Mädchen. »Wenn man es trinkt, glaubt man, Minze zu trinken.«

»Von irgendwo da oben, es muss unter einem Felsen hervorkommen«, antwortete der Junge, der sie geführt hatte. Nach Blumen duftendes Wasser quillt immer aus einer Felswand. In unserer Hochebene sind alle Quellen so.«

Sie starben vor Ungeduld, endlich nach Hause zu kommen. Wie würden ihre Angehörigen sie wohl empfangen? Der Junge an ihrer Spitze war zuerst im Haus. Kaum hatte die Mutter die Weintrauben im Kittel des Jungen erblickt, wurde sie aschfahl und fragte mit bebender Stimme: »In welchem Weinberg hast du die Trauben geklaut? Du erstickst das Feuer in unserem Herd! Diesmal verjagen sie uns wegen Diebstahls von Weintrauben, und wir verlieren unser schönes Haus.«

Auch die Lippen des Vaters bebten. Vor Wut schwoll ihm die Halsschlagader an.

»Du Unheil Gottes!«, knirschte er. »Musstest du uns das auch noch antun!« Er ließ die Hände hängen. »Das hier ist eine Insel, ringsum nur Meer, fliehen können wir nicht. Was sollen wir tun?«

Er stützte seinen Kopf in beide Hände, und nachdem er eine Weile überlegt hatte, schien sich sein Zorn gelegt zu haben. »Los, bring alles zurück und wirf es in den Weinberg!«, sagte er dann.

»Augenblick, Vater, mach dir keine Sorgen. Habe ich dir in der Ebene von Aydin nicht versprochen, nie wieder zu stehlen?«

»Du hast es versprochen, und was ist das da?«

»Weintrauben. Aber nicht gestohlen.«

»Wer hat sie euch gegeben?«

»Niemand hat sie uns gegeben.« Und der Junge erzählte von Anfang an, was geschehen war.

»Da ist kein Eigentümer, sagst du?«

»Augenblick, Vater, mein Magen grummelt!« Wie ein Pfeil schoss er durch die Tür ins Freie. Etwas später kam er puterrot wieder zurück.

»Mensch, hast du vom vielen Traubenessen Dünnpfiff?«

»Ich habe Dünnpfiff bekommen, Vater.«

»Und der Weinberg hat keinen Zaun, keine Mauer, keine Hecke, sagst du?«

»Hat er nicht, Vater.«

»Keine Lauben und keine Wächter, hast du gesagt?«

»Da war niemand, Vater.«

»Das sind die Weinberge von denen, die fortgezogen sind. Wie gut, dass ihr sie entdeckt habt.«

»Wir haben sie entdeckt, Vater. Und wenn es keine Hecken gibt …«

»Wozu braucht es Hecken, mein Sohn, ringsum ist das Meer! Wer soll denn über das Meer hinweg in den Weinberg hinein?«

Und der Junge rannte wieder ins Freie, und während er hinauslief, kam eine Menge aufgeregter Männer und Frauen herein.

»Dein Sohn richtet uns zugrunde«, sagte der Vollbärtige an ihrer Spitze.

»Was hat unser Junge denn getan? Setzt euch erst einmal!« Sie setzten sich mit dem Rücken zur Wand und streckten die Beine aus. »Dein Junge hat sich an die Spitze der Kinder gesetzt, und sie haben alle Weinberge der Insel, ja alle Weinberge geplündert. Vahap Bey hat uns vertraut und uns hierher geschickt.«

»Als wir kamen, haben die Einheimischen uns wie die Soldaten des Padischah begrüßt.«

»Was antworten wir, wenn sie uns sagen: Eure Kinder haben unsere Weinberge geplündert?«

»Und wenn sie uns fortjagen …«

»Wohin gehen wir dann Schutz suchen?«

»Seit Jahren auf der Flucht …«

»Wie Hunde behandelt …«

»Nun haben wir endlich ein Plätzchen gefunden.«

»Und jetzt wegen deines Jungen!«

»So kurz vor dem Winter, dazu noch als Diebe.«

»Zugegeben, wir haben gestohlen …«

»Wer hungert, wird zum Dieb.«

»Sogar der Padischah.«

»Sogar Abdülvahap Bey.«

»Jeder!«

»Wurde dein Junge denn aus Hunger zum Dieb?«

»Oder weil er durstig war?«

»Und er hat unsere Kinder auch zu Dieben gemacht.«

»Wie sollen wir in Zukunft diesen Leuten in die Augen schauen?«

»Wir schauen ihnen schon in die Augen, aber schauen sie auch in unsere?«

»Als ich im Rock meiner Tochter all diese Weintrauben sah, erschrak ich zu Tode. Mädchen, woher hast du so viele Weintrauben? Und sie erzählte. Und ich nahm die Weintrauben und warf sie ins Meer. Was waren das für schöne bernsteinfarbene Beeren. Jede ein

Honigtropfen. Als ich sie ins Meer warf, blutete mein Herz. Ich habe vor Angst keine Beere in den Mund gesteckt und geschmeckt.«

»Quälst du dich deswegen oder weil wir Diebe sind? Ach, dieser Sohn, ach!«

»Hört auf, jetzt reichts!«, brüllte der Vater des Jungen. »Die Kinder haben gemeinsam einen Weinberg ohne Eigentümer entdeckt. Er soll weder Wächter noch Zaun gehabt haben. Seid doch vernünftig und sagt nicht immer: Dein Sohn, dein Sohn! Die Kinder zeigen uns einen Weg. Hat man uns bis heute in einem Weinberg arbeiten lassen? Ja, an einem Weinberg auch nur vorbeigehen lassen? Konnten wir uns je eine einzige Weinbeere in den Mund werfen? Diese paradiesische Insel ist uns von den Griechen doch überlassen worden! Samt diesen honigsüßen Weintrauben! Gott segne sie dafür!«

Er rief seinen Sohn zu sich: »Erzähle deinen Tanten und Onkeln in allen Einzelheiten, was geschehen ist!«

»Papa, ich muss raus!« Und schon war er verschwunden.

»Genau wie unsere Kinder.«

»Sie haben so viele Weintrauben gegessen, jetzt haben sie alle Dünnpfiff.«

»Die Trauben sind so süß, man kanns ja verstehen!«

Noch am Gurt nestelnd, kam der Junge wieder herein und begann zu erzählen. Jeder hörte ihm gebannt zu. Er berichtete in den höchsten Tönen von dem Weinberg, wie die Trauben ausgesehen hatten, wie sie ihren Bauch gefüllt und aufgebläht hatten. Während seiner Geschichte musste er dreimal hinaus ins Freie.

»Gehen wir morgen auch zum Weinberg!«

»Aber die Einheimischen dürfen uns nicht sehen!«

»Endlich Weintrauben essen!«

»Das haben wir den Kindern zu verdanken.«

»Ohne die Kinder hätten wir im Leben keine Weintrauben gesehen.«

»Die ließen uns ja nicht einmal zur Weinlese, weil sie meinten, wir plünderten die Rebstöcke und ließen ihnen keine einzige Beere übrig.«

»Recht geschieht ihnen, jetzt haben wir unseren eigenen Weinberg.«

»Dein Junge soll leben, und leben sollen die Kinder!«

»Leben sollen die Kinder! Und wenn sie uns am Kragen kriegen, jagen sie uns mitten im Winter davon.«

»Und wenn ihr nach meinem Namen fragt«, sagte einer mit Glatzkopf, »mich nennen sie Ali den Kahlen. Mein Schädel ist voller Verstand. Deswegen hat mich die Regierung, obwohl sie Hände ringend nach jedem Soldaten sucht, nicht eingezogen. Untauglich!, haben sie gesagt. Und sie haben mir eine riesengroße Urkunde in die Hand gedrückt, warum sie diesen kahlen Jungen nicht eingezogen haben. Wenn sie den Verstand in meinem Kopf gekannt und mich zum Soldaten gemacht hätten, Enver Pascha hätte es nicht gewagt, mitten im Winter ein riesiges Heer zum Erfrieren in die Berge zu treiben. Jetzt sagt mein Verstand: Sind die Mütter und Väter der Kinder, die gestern den riesigsten der riesigen Weinberge entdeckt haben, auch hier?«

»Sie sind hier«, riefen sie alle auf einmal.

»Dann gebt ihnen, wenn die Hähne des Morgenrots krähen, einen Korb in die Hand und schickt sie unter den riesengroßen Birnbaum. Habt ihr den Birnbaum gesehen, kennt ihr ihn?«

»Wir kennen ihn«, riefen sie wie aus einem Mund.

»Nicht verspäten! Wenn die Hähne krähen, mit dem Korb in der Hand unter dem Baum!«

Wie aus einem Mund: »Wenn die Hähne krähen, werden alle beim Baum sein!«

»Dann werden wir alle, die hier versammelt sind, beim Schrei der Hähne des Morgenrots zum Weinberg hinaufziehen. Aber alle gemeinsam. Es darf nicht einer fehlen. Sind Kranke unter uns, werden wir sie auf unseren Rücken bis zum Weinberg tragen, ihre Weintrauben werden wir pflücken und in ihre Häuser bringen. Gott hat uns so einen Weinberg geschenkt, wir werden den Geschmack immer im Munde tragen. Habt ihr mich verstanden?«

»Du hast gut gesprochen«, riefen sie wie aus einem Mund.

»Wenn die Hähne des Morgenrots krähen, unter dem mächtigen Birnbaum ...«

»... mit großen Körben. So ist es richtig.«

»Keiner fehlt, alle werden gemeinsam essen. Getrocknete Fruchtfladen machen! Sirup schlagen!«

»Wir durften einer Weinlese nicht einmal von Weitem zugucken.«

»Jetzt machen wir unsere eigene Weinlese.«

Ihre Besprechung ging mit diesem glücklichen Ergebnis zu Ende. Sie erhoben sich, und auf der Treppe schlug einer von ihnen vor: »Bringen wir morgen die Kinder zu den Doktoren. Sie haben vom dauernden Hinausgehen ihr Inneres schon nach außen gekehrt. In den Gärten der Häuser haben sie kein Plätzchen mehr ohne Dünnpfiff gelassen.«

Ein anderer gab ihm zur Antwort: »Denkst du denn, die Doktoren können sich nicht denken, warum so viele Kinder Dünnpfiff bekommen haben? Falls die Weinberge Eigentümer haben, werden sie es denen sagen! Dann kommen die Wächter und die Eigentümer mit ihren aus den Dardanellen, aus Gallipoli und Sarikamiş übrig gebliebenen Waffen und bewachen ihre Weinberge! Darum können wir die Kinder erst nach unserer Weinlese zu den Doktoren bringen. Die Eigentümer der Weinberge sind grausam. Wehe, sie entdecken einen Fremden in ihrem Weinberg! Sie schnappen ihn und schlagen auf seinem Rücken mindestens drei Knüppel zu Bruch. Los, gehen wir, morgen haben wir Weinlese!«

Danach vergingen einige Tage, und die Insel hüllte sich in Schweigen. Das Stimmengewirr war plötzlich wie abgeschnitten. Treffer lag schon lange wach, außer dem gewohnten Rauschen des Meeres hörte er kein Geräusch. Eine Stille, die es seit dem Einfall der Umsiedler auf der Insel nicht mehr gegeben hatte. Sogar nachts kamen sonst von irgendwoher irgendwelche Fetzen von Stimmen.

Doch seit einigen Tagen ... Treffer verließ das Bett, seine Frau Sultan und die Enkel schliefen sanft und selig. Er stellte sich vors Fenster und holte tief Luft. Sie roch wie immer nach Meer, aber in diesen Geruch mischte sich noch etwas, und das behagte ihm nicht. Was mag das für ein Geruch sein, überlegte Treffer ... Seit er sich auf dieser Insel befand, war ihm noch nie so ein Geruch in die Nase gestiegen.

Wie die Nüstern eines galoppierenden Pferdes bewegten sich seine Nasenflügel, öffneten und schlossen sich, doch diesen Geruch erkannte er nicht. Er war ein Meister, wenns um Gerüche ging, und er fragte sich: Bin ich alt geworden? Wenn er, zum Beispiel, im Dunkel unterwegs war, konnte er riechen, was rechts und links des Weges wuchs, welcher Baum dort stand, welches Getreide. Selbst die Städte erkannte er mit geschlossenen Augen an ihrem Geruch. Denn jede Stadt hatte ihren eigenen. Auch jeder Fels und jede Quelle. Die in der Ebene hervorquillt, riecht anders als die in den Bergen, und anders auch die Wasser, die zwischen Felsen strömen. Aber diesen unbehaglichen Geruch konnte er nicht deuten. Seltsam ... Wäre ich doch bloß nicht so früh aufgestanden, dachte er, als aus jeder Richtung der Insel auf einmal das Krähen von Hähnen an sein Ohr kam. Wie immer erfüllte es ihn mit Glück. Die Morgenbrise begann ganz sanft zu wehen. Die krähenden Hähne wurden immer mehr, der Osten immer heller. Treffer stürzte sich ins Freie, stieg den Hang hoch, hockte sich hin, ließ die Beine baumeln und behielt den sich aufhellenden Osten im Auge. Als der Sonnenrand am Horizont sichtbar wurde, verstummten auf einmal alle Hähne. Treffer ging nach Hause. Sultan war aufgestanden, hatte sich angezogen, einen Stuhl vors Fenster gestellt und den Blick auf das Licht des anbrechenden Tages gerichtet. Als sie die Schritte auf der Treppe vernahm, sprang sie auf: »Mein Veli«, rief sie mit lachendem Gesicht, »hast du sie gehört?«

»Und ob ichs gehört habe. Ich habs gehört, mir wuchsen Flügel, und ich flog in den Himmel.«

»In unserem Dorf gab es gar keine Hähne mehr. Und wir sehnten uns im Morgenrot danach. Gott sei Dank, auf dieser Insel haben wir die Stimme der Hähne gehört. Wo immer auf dieser Welt unsere Söhne auch sein mögen, sie haben die Stimmen der Hähne gehört! Krähen die Hähne überall auf der Welt im Morgenrot?«

Treffer nickte. »Jemen liegt am anderen Ende der Welt. Am Kanal, in der Wüste, auch dort krähten die Hähne, bevor es im Osten hell wurde.«

»Am anderen Ende der Welt, überall auf der Welt krähen sie zur selben Zeit, nicht wahr? Das heißt, unsere Kinder haben, falls sie kurz vor dem Morgenrot erwachten, das Krähen der Hähne gehört?«

»Sie haben es gehört.«

»Als die Morgenbrise wehte, die Gipfel der Berge aufleuchteten, überall Freude ausbrach, wuchsen unseren Kindern Flügel, kamen sie hergeflogen und kehrten wieder zurück, nicht wahr?«

»So ist es«, sagte Treffer.

Auch Lena hörte das Krähen der Hähne, sofort weckte sie Nordwind.

»Hahnenschreie, Mutter? Gott sei Dank, Hahnenschreie! Woher kommen sie?«

»Von den Hühnerställen der Neuankömmlinge. Früher, bevor die Unsrigen davonzogen, krähten auch in diesem Dorf die Hähne. Unsere Hähne stammten alle aus Denizli. In jedem Haus gab es mindestens drei, vier Denizli-Hähne. So schöne Stimmen wie die der Denizli-Hähne gibt es nirgends sonst auf der Welt. Unter den Hähnen, die heute krähen, sind mindestens fünf Denizli-Hähne.«

Als die Hähne krähten, war Musa Kazim Agaefendi schon wach. Er lief sofort ans Fenster, schaute auf die Berge gegenüber. Es war kurz vor dem Morgenrot – also krähen sie überall auf der Welt im selben Augenblick, zur selben Stunde, in derselben Minute! Wie eigenartig, dachte er.

Hasan der Fahnenflüchtige rief: »Sie sind auf unsere Insel gekommen, sie werden Glück bringen!«

Vom Schrei der Hähne waren auch die Neuankömmlinge aufgewacht, hatten ihre Gesichter gewaschen, ihre Körbe, Kiepen und Säcke genommen und waren hintereinander in aller Stille durch das Tal der Olivenbäume zum Weinberg gewandert. Bei Sonnenaufgang hatten sie sich wortlos mitten im Weinberg versammelt und sich von dort zu den Weinstöcken verteilt. Wie gestern die Kinder setzte sich jeder unter einen Rebstock und begann sich Traube um Traube in den Mund zu stopfen. Bis zum Mittag hatte jeder so viele Beeren gegessen, dass er nur mit großer Mühe wieder auf die Beine kam.

Nachdem sie auf der warmen Erde bis zum Nachmittag geruht hatten, begannen sie ihre Körbe, Kiepen und Beutel und Säcke zu füllen. Diese Arbeit dauerte, bis es dunkel wurde, dann trennten sie sich voneinander und gingen schwer beladen, ohne gesehen zu werden und etwas zu verlieren, hinunter ins Dorf. Einige würden die Beeren zu Sirup pressen, andere sie zu getrockneten Fladen rollen, andere wiederum zu Rosinen trocknen. Jetzt würden sie den Winter mit Freuden überstehen.

Diese Weinlese dauerte an, bis Şükrü Efendi mit etwa dreißig Landarbeitern auf drei Kuttern zur Insel kam.

Şükrü Efendi, die Landarbeiter, Musa Kazim Agaefendi, Melek Hanum, Doktor Salman Sami, Treffer, Hasan der Fahnenflüchtige, der Tierarzt und Nordwind, die ganze Schar stieg zum Weinberg hoch. Vorneweg der begeisterte Şükrü Efendi: »Ihr werdet schon sehen, so einen ergiebigen Weinberg hat es noch nie gegeben. Wären jene, die diese Weinstöcke gepflanzt und so gepflegt haben, jetzt hier, ich würde mit Ehrfurcht ihre Stirn küssen!«, rief er. Je näher sie den Rebstöcken kamen, desto mehr wuchs seine Begeisterung, er schritt immer schneller aus, blieb stehen, schaute zurück und wartete ungeduldig auf die andern. So kamen sie zum Weinberg. Şükrü Efendi wartete vor einem Felsblock auf die Nachzügler. Nach einer Weile kamen auch die Letzten. Unter einem Maulbeerbaum versammelten sie sich, etwa fünfzig Schritt vor dem Weinberg, dann liefen die Bewohner los und waren noch vor Şükrü Efendi bei den

Weinstöcken. Doch bald war Şükrü Efendi wieder an der Spitze. Er ging etwas schneller, plötzlich verhielt er, ein Geräusch wie Röcheln entrang sich seiner Kehle. Die hinter ihm waren, kamen herbei. »Um Gottes willen!«, sagte er und hielt sich an Nordwind fest.

»Um Gottes willen, was ist geschehen?« Er lässt Nordwind los, eilt murmelnd im Laufschritt durch den Weinberg, bleibt manchmal stehen, bückt sich, schaut sich um, während die andern zu ihm kommen. Da war nichts mehr von einem Weinberg. Zertretene, von Staub und Erde verschmutzte Weintrauben, geknickte Rebenstämme, herausgerissene Wurzeln … Er runzelte die Stirn, seine Lippen liefen bläulich an, und seine Hände zitterten.

»Um Gottes willen, sie haben den ganzen Weinberg in einen Abfallhaufen verwandelt! Wer war das?«, murmelte er ununterbrochen, und je weiter er ging, desto schlimmer wurde es.

Fast der halbe Weinberg war vernichtet. Rebstöcke lagen übereinander auf der Erde, waren zertreten.

Drei Arbeiter kamen ihnen im Laufschritt entgegen, sie waren außer Atem und stellten sich Şükrü Efendi in den Weg. »Wir sind im Laufschritt durch den ganzen Weinberg. Das meiste wurde samt Wurzel herausgerissen. Kein Blatt, keine Beere, alles zerstört.«

»Kehren wir um, ladet Körbe und Kiepen in die Kutter, und nichts wie weg von hier.« Şükrü Efendi eilte mit seinen Arbeitern hinunter. Er setzte sich auf die Polsterbank unter den Platanen und stützte den Kopf in beide Hände. Bald darauf kamen die andern und setzten sich ihm gegenüber.

Şükrü Efendi hob den Kopf. »Und deswegen ließ man sie nie in die Weinberge hinein. Weil sie es überall so machten. Diese Rücksichtslosen, diese Gottlosen, Unmenschen sind das.«

»Wer kann es gewesen sein, Şükrü Efendi?«, fragte Doktor Salman Sami.

»Was fragst du mich«, rief Şükrü Efendi. »Du wirst als Erster erfahren, wer sie sind. Hoffentlich treibt ihr es mit dem Olivenhain nicht genauso.«

Sie begleiteten ihn bis zur Anlegebrücke. Nachdem die Kutter sich entfernt hatten, kamen sie zurück zu den Platanen, und sie hatten sich noch nicht auf die Polsterbänke gesetzt, als Doktor Salman Sami das Wort ergriff: »Was hat Şükrü Efendi damit gemeint, als er sagte, hoffentlich treibt ihr es mit dem Olivenhain nicht auch so? Als Erster wirst du erfahren, wer die Diebe waren, hat er zu mir gesagt. Meint er damit, ich sei der Anführer der Diebe?«

»Um Gottes willen, verehrter Doktor Bey!«, rief Nordwind. »Er meinte, dass Sie wohl der Erste sind, der diese Ungeheuer finden wird.«

Als bei Tagesanbruch die Hähne des Morgenrots krähten und die Morgenbrise wehte, kam Treffer zum Anleger. Ahmet schlief im Boot. Treffer rief nach ihm: »Komm einmal her, Ahmet! Heute Morgen riecht die Insel doch eigenartig.«

»Das ist ein Gestank!«

»Kommt er vom Meer, Ahmet?«

Ahmet drehte sich zum offenen Meer und beschnupperte die aufkommende sanfte Brise: »Nein, mein Meister, das Meer duftet wie Moschus.«

Ahmet drehte sich mehrmals um seine eigene Mitte: »Dieser Gestank kommt von der Insel.«

Treffer kehrte ihm wortlos den Rücken und setzte sich unter die Platanen. Ahmet setzte sich neben ihn.

»Ahmet, heute fahren wir nicht zum Fischen hinaus. Ich weiß jetzt, woher der Gestank kommt. Wenn du willst, frühstücken wir bei mir.«

Sie machten sich auf den Weg. Sultan war früh aufgestanden und hatte das Frühstück schon längst zubereitet. Im Osten hellte es auf, im Haus duftete es ja nach Tee, aber von draußen kam ein fauliger Gestank.

»Auf dieser Insel stank es nie, Treffer, was ist denn los mit deiner Insel? Von diesen Gerüchen wird dem Menschen ja speiübel.«

»Es ist eine Insel, da kanns stinken«, sagte Treffer wütend.

Sultan nickte. »In unserem Dorf wehte manchmal ein Wind, wenn der aufkam, stank das ganze Dorf.«

»Unser Dorf stank, weil jeder Fuß eines Felsblocks ein Abort war, und jeder wischte sich den Arsch mit Kieseln. Hier gibt es Klosetts in den Häusern, und die Wasserkannen für die Waschung stehen daneben.«

»Gott sei Dank, dass die Klos im Haus sind und das Wasser in den Kannen!«

Treffer machte sich zu Nordwind auf. Vasili war auch schon da, und auch Lena saß am Tisch. Sie frühstückten.

»Hast du gehört, was geschehen ist?«

»Was ist denn geschehen?«, fragte Nordwind.

»Nimmt deine Nase denn keinen Geruch wahr?«

»Doch, ab und zu kommen stinkige Gerüche auf, aber ziehen gleich wieder ab. Was ist das?«

»Auf dieser Insel habe ich so einen Gestank bis jetzt noch nie gerochen«, antwortete Vasili. »Erst dachte ich, da ist der Kadaver von einem Ochsen, einem Pferd oder einem Kamel ans Ufer geschwemmt. Ich bin gestern sehr früh aufgestanden und habe das ganze Ufer der Insel abgeschritten, aber ich konnte kein Aas entdecken. Ich werde noch einmal die ganze Insel ablaufen und das Aas finden.«

»Spar dir die Mühe«, sagte Treffer. »Du hast dich schon genügend abgemüht, Vasili. Wir gehen gleich los und finden diesen Geruch.«

Treffer ging so schnell, dass Nordwind und Vasili kaum Schritt halten konnten. Sie waren schon an einigen Häusern vorbei, als Treffer vor der Gartenmauer vor einem dunkelbraunen Haus stehen blieb.Aus jeder Ecke des Gartens kamen ihnen aus den verdorrten Tomaten Gerüche entgegen. Sie schauten sich an und verzogen das Gesicht. Sie gingen an dem Haus vorbei, kamen zu den nebeneinander aufgereihten Häusern und blieben vor den Pferchen stehen. Von überall her wehten unerträgliche Gerüche. Nordwind hielt sich das Taschentuch vor die Nase. Im Laufschritt, bis der Gestank schwächer wurde. So kamen sie ans Meeresufer.

Verstört sagte Nordwind: »Gehen wir zu den Doktoren, vielleicht stehen wir kurz vor einer Seuche. In der Feldschlacht von Dumlupinar, hieß es, lagen die gefallenen Soldaten übereinander und Rücken an Rücken bis an den Felsrand. Von den Toten verbreitete sich so ein Gestank, dass einige, die ihn rochen, gleich das Zeitliche segneten.«

»Ich war dort, wie du weißt«, sagte Vasili. »Bei den Pionieren. Wir schleppten gefallene Griechen auf unserem Rücken und warfen sie in einen Bach. Der Gestank war wie ein Sturzbach, er löcherte unsere Lungen. Hätte ich die Leiche auf meinem Rücken nicht fallen lassen und die Flucht ergriffen, wäre ich vor Gestank erstickt. Vor meinen Augen sind viele durch den Gestank draufgegangen.«

»Und werden wir jetzt in der Feldschlacht auf der Ameiseninsel vor Gestank ersticken und sterben?«

»Gott behüte uns davor!«, rief Vasili verängstigt. »Unseren Herrn Lehrer hier schickt uns der Präfekt. Wir werden ihm beim Unterrichten zur Seite stehen. Auch Nordwind Bey und Tierarzt Bey werden zeitweilig Lehrer unserer Schule sein. Ob Vasili unserem Lehrer Sitki Bey wohl die Schule zeigen kann?«

Sitki Bey und Vasili standen auf und gingen. Nachdem Nordwind sich ein bisschen gesammelt hatte, sagte er: »Wir haben eine Bitte an Sie, meine Doktoren.« Nordwind erzählte von Anfang an, dann ergriff Treffer das Wort, nach ihm wieder Nordwind.

»Jetzt weiß ich, was Şükrü Bey meinte, als er behauptete, die anatolischen Umsiedler lässt niemand in die Nähe seines Weinbergs.«

»Wie haben die Leute die riesigen Weinberge nur gerodet? Sie sind darüber hergefallen, sie haben alle Trauben in ihre Körper gestopft, so gründlich hineingestopft, dass ihre Bäuche wie Pauken anschwollen. Das ist nicht das Werk von ein, zwei Tagen, die haben sich den Bauch tagelang vollgeschlagen.«

»Dass diese Menschen nicht auch noch unsere ganze Insel verwüsten! Gehen wir hin!«

Alle erhoben sich, vorneweg der wütende Salman Sami. Sie kamen zu den Häusern.

»Halten wir hier!«, bat Nordwind. Salman Sami blieb stehen. Seine Nasenflügel öffneten und schlossen sich … »Es stinkt.« Er ging weiter, jetzt aber viel schneller. »Es stinkt noch mehr.« Vor einem Gartenpferch blieb er stehen. »Es stinkt zum Himmel. Die Mägen von denen sind verfault, sie stinken wie Aas.« Er ging weiter, blieb wieder vor einer Gartenmauer stehen. »Bei diesem Gestank wird mir die Lunge hochkommen. Ich habe in den Lazaretten viele Schweißfüße gerochen, aber nie einen Gestank wie diesen.« Im Laufschritt kehrten sie zurück.

Als sie wieder bei den Praxen ankamen, ging Doktor Salman zu den Arzneiregalen. »Nein, für so viele habe ich nicht genug Mittel gegen Durchfall.«

»Und wenn wir Wasser abkochen und ihnen viel zu trinken geben?«, fragte der Doktor Halil Rifat.

»Das Brunnenwasser ist sehr sauber, es geht auch ohne Abkochen.«

»Was empfiehlst du noch, Halil? Was hältst du von fettfreiem Pilaw ohne Fleisch?«

»Die essen keinen Reis, in Anatolien wird fast gar kein Reis gegessen.«

»Sie essen gar keinen Reis?«

»Fast gar keinen.«

»Mir ist etwas eingefallen«, mischte sich Veli der Treffer ein. »Kartoffeln! Und verglichen mit Reis viel billiger. Auf meiner Flucht bin ich durch ganz Anatolien gekommen. Ich lebte Monate und Jahre dort als Flüchtling. Die anatolischen Menschen nehmen einen Fahnenflüchtigen bewusst unter ihre Fittiche. An manchen Orten betrachten sie ihn wie einen Heiligen. An manchen Orten aber nehmen sie den Fahnenflüchtigen fest und liefern ihn der Regierung aus.«

»Treffer, wolltest du nicht über Reis oder Kartoffeln reden?«

»Nimms mir nicht übel, mein Doktor, aber wenn der Mensch älter wird, lockert sich seine Kinnlade, sagt man. Was ich sagen will, in jedem Dorf, in jeder Kleinstadt von Anatolien werden in Kesseln Kartoffeln mit Fleisch und Weizengrütze gekocht. Der Reis wird nur in den Häusern der Reichen, der Beys und Agas, gekocht, und das bedeutet tausend zu eins.«

»Wir werden also Kapitän Kadri aus dem Budget der Insel Kartoffelgeld geben, er soll Säcke voll Kartoffeln in seinen Kutter laden. Ob er wohl morgen früh damit zurück sein kann?«

»Er kann, wenn er will.«

»Dann ruft ihn mir auf der Stelle!«

Hüsmen ging hinaus, und kaum draußen, kehrte er wieder zurück: »Sie kommen!«

»Wer kommt?«

Doch Hüsmen war so schnell wieder draußen, dass er die Frage nicht hörte.

»Na, wer schon«, sagte Treffer, »die Dünnscheißer natürlich.«

Bald wurde der Lärm lauter. Dann verstummte er kurz, und Wortfetzen von Gesprächen zwischen Männern und Frauen wehten herein. Von der Praxis bis hinunter zum Meer stand eine Menschenmenge aus Frauen und Männern mit Kind und Kegel. Treffer ging wieder hinein, griff sich einen Stuhl und kam wieder heraus und stieg auf den Sitz.

»Nachbarn, seid willkommen, ihr bringt Freude auf unsere Insel, und ihr wisst, dass wir euch an unsere Brust drücken. Warum habt ihr euch von sieben bis siebzig hier versammelt? Fehlt euch etwas, habt ihr einen Wunsch? Habt ihr ein Anliegen? Dann möge jemand von euch zu mir kommen und mir sagen, was ihr wollt!«

Eine hochgewachsene Frau mit einer indischen Leibbinde bahnte sich einen Weg durch die Menge und blieb in der Nähe des Doktors stehen. Ihre Locken waren weiß, und am Nasenflügel trug sie einen kunstvoll ziselierten Nasenring.

»Sie haben uns hier aufgenommen, dafür unseren Dank. Ach ja, ich habe vergessen, meinen Namen zu nennen, ich heiße Elif das Reh. Wir haben so viele Weintrauben gegessen, dass sich unser Inneres nach außen kehrte.«

Immer wieder bahnten sich Männer und Knaben, die Bauchbinde zwischen den Fingern, Frauen und Mädchen, die Röcke gerafft, eine Gasse durch die Menge, rannten zu den Tamarisken dicht am Ufer und entleerten sich dort. Manche so laut, dass es bis hierher zu hören war. Das Gerenne hörte gar nicht auf.

»Woher sollten wir wissen, dass der Weinberg, den die Kinder entdeckt haben, der Insel gehört? Woher sollten wir wissen, dass die Weinberge auch unser Eigentum sind? Wir dachten, sie seien herrenlos, und haben uns Tag und Nacht vollgestopft. Außer Weintrauben haben wir nichts gegessen. Was kann man da machen, die Trauben waren so süß. Dieser Durchfall wird uns alle, uns alle umbringen, wenn ihr uns nicht helft. Wir sind todkrank. Gebt uns Medikamente, Doktor Beys, seid so gut. Bitte, ein Heilmittel für uns!«

»Hört mir gut zu!«, sagte Doktor Salman Sami mit rauer Stimme, »beißt jetzt eure Zähne zusammen, nachher könnt ihr euch entleeren, soviel ihr wollt. Ihr werdet in Hülle und Fülle, ununterbrochen, von morgens bis abends, von abends bis morgens Wasser trinken. Und ihr werdet Kartoffeln essen. Wo sind Kartoffeln, werdet ihr sagen, ich habe Salih Efendi gefragt, in seinem Laden gibt es nur einen Sack voll. Ich schicke jetzt Kapitän Kadri in die Stadt, werde ihm sagen, fülle deinen Kutter mit so vielen Kartoffeln, wie du finden kannst, randvoll bis ans Dollbord, und bring sie her. Bis morgen schafft Kapitän Kadri die Kartoffeln heran, er ist ein guter Junge, morgen am frühen Vormittag sind die Kartoffeln hier.«

»Und die Medizin?«, fragte Elif das Reh.

»Das beste Mittel ist, Tag und Nacht Wasser trinken und dazu Kartoffeln essen. Die Kartoffeln werdet ihr kochen, salzen und ohne Fett essen. Und das so lange, bis euer Durchfall aufhört. Ich würde auch noch Reis empfehlen, aber in der Stadt gibt es nicht genug für alle. Und zudem ist er sehr teuer. Dazu ist ein Reispilaw ohne Fett geschmacklos.« Er stockte, holte Luft und sagte: »Wartet eine Minute!«

Plötzlich ein Stimmengewirr aus der Menge: »Wir können gar nicht warten.«

»Wir machen uns ins Hemd.«

»Lass uns gehen!«

»Beeilt euch, und dann kommt wieder. Ich habe euch noch einige Worte zu sagen.«

Augenblicklich stoben sie auseinander. Am Hosenbund nestelnd, kamen sie wieder zurück und blieben vor Doktor Salman Sami stehen.

Doktor Salman Sami schaute auf die Menschenmenge vor sich und sagte mit freundlicher Stimme: »In allen euren Häusern gibt es einen Abort. Habt ihr den nicht benutzt?«

»Woher sollen wir denn wissen, wie man auf einen Abort geht«, riefen viele auf einmal.

»Abort in einem Haus, wie das denn?«

»Man geht doch mit Dünnschiss nicht auf den Abort im eigenen Haus.«

»Das ist unschicklich.«

»Scheißt der Mensch denn in sein Haus?«

»In einem so schönen Konak, den die Regierung uns gegeben hat? Da schämen wir uns.«

»Nun gut, ich habs begriffen. Ihr fragt aber nicht, wer soll das Geld für so viele Kartoffeln bezahlen.«

»Wir dachten, wir werden uns verschulden«, antwortete Elif das Reh.

»Wir haben es von dem Geld der Insel bezahlt. Die Insel hat Geld. Wir legten es für Medikamente und Nahrungsmittel in Notfällen beiseite.« Dann erzählte er, wie sie zu dem Geld gekommen waren, dass Şükrü Efendi ihnen für die Feigen und Granatäpfel einen unerwartet hohen Preis gezahlt hatte und sie dieses Geld für solche Tage zurückgelegt hatten. Und dass sie noch mehr gehabt hätten, wenn die Weinberge nicht so zerstört worden wären.

»Doktor Pascha«, rief Elif das Reh, »kauf uns doch auch Tee. Wir schließen euch alle in unsere Gebete ein und pflegen im nächsten Jahr die Weinberge wie unsere Augäpfel!«

»In Ordnung«, sagte der Doktor. »Doch ihr sollt den Tee ungezuckert trinken. Richtig genießen könnt ihr ihn, wenn ihr wieder gesund seid. Dieses Jahr habt ihr, ohne es zu wissen, einen Fehler gemacht. Hauptsache, ihr werdet gesund! Im nächsten Jahr werden wir gemeinsam die Weinberge pflegen, und diese Sache ist damit erledigt. Ein Dünnpfiff von zu vielen Weintrauben geht schnell vorbei. Aber vergesst nicht, ihr müsst viel Wasser trinken. Falls ihr euch Weintrauben ins Haus gebracht habt, wird euch unser Bruder Vasili das Trocknen der Trauben lehren. Und allen gute Besserung!«

Innerhalb weniger Tage ging es jedem wieder gut. Auf Bastmatten, die sie von Salih Efendi geholt hatten, legten sie auf Balkons und Gärten Weintrauben zum Trocknen aus. Egal wie der kommende Winter auch ausfiel, in jedermanns Haus würde es Rosinen geben.

Gegen Herbst kam Şükrü Efendi mit einigen seiner Freunde auf die Insel, ging mit ihnen zum Olivenhain hoch, dann kamen sie zurück und setzten sich unter den Platanen zusammen. Die Inselbewohner drängten sich um sie herum.

»Ihr habt einen Olivenhain, wie es ihn bis nach Izmir, ja bis nach Edremit nicht noch einmal gibt.Hoffentlich blüht den Oliven kein solches Unglück wie den Weinbergen!«

»Wofür sollen schwarze Oliven denn gut sein?«, fragte Elif das Reh.

»Habt ihr schon einmal Oliven geerntet?«

»Was denn sonst? Wir alle, sogar unsere Kinder, sind Meistersammler von Oliven. Die Gleichen, die uns nicht in ihre Weinberge ließen, flehten uns an, für sie Oliven zu pflücken.«

»Dann werdet ihr diesen Herbst eure Oliven selbst einsammeln.

Haltet eure Schlagstangen, Körbe und alles andere bereit. Diesmal werdet ihr eure eigene Ware ernten, ohne den geringsten Ausschuss. Denkt dran: Jede einzelne Olive pfleglich behandeln!«

Gegen Ende des Herbstes begannen die Insulaner auf Şükrü Efendi zu warten. An einem sonnigen, sehr hellen Tag liefen seine Kutter die Insel an. Das ganze Dorf fand sich auf der Brücke ein.

Şükrü Efendi rief: »Auf denn, Olivenpflücker, hievt die Körbe, Stangen, Fässer und Säcke auf den Anleger und dann her zu mir!« Alle eilten zu den Kuttern, entluden sie, es waren ihnen bekannte Geräte, mit denen sie schon gearbeitet hatten. Auch eine nagelneue Waage war darunter.

Şükrü Efendi war mit fünf Mann aus dem Kutter gestiegen. Er zeigte auf einen jungen Burschen zu seiner Rechten, dem der linke Unterarm fehlte: »Das ist unser Buchhalter, er wird das Gesammelte aufschreiben. Ich werde euch pro Okka bezahlen. Das ist hier nicht üblich, aber ich habe es für euch erfunden.« Er zeigte auf den Mann zu seiner Linken: »Und das ist der Waagemeister.« Der Waagemeister hinkte und schwankte dabei nach beiden Seiten. Wie der Buchhalter hatte er die Schlacht um die Dardanellen überlebt. Von den dreien, die hinten standen, konnten zwei nur auf einem Auge sehen.

»Und das sind Vorarbeiter, sie werden euch zugeteilt. Ihr seid ja Eigentümer, braucht also keine Vorarbeiter, aber es ist nun mal Brauch.«

»Şükrü Efendi, mach Elif das Reh zur Vorarbeiterin.«

Alle lachten.

»Ich salze euch ein, damit ihr nicht stinkt«, rief Elif das Reh. »Wer seid ihr denn, dass ihr mich zum Narren haltet, ihr Dünnscheißer, ihr Diebe eurer eigenen Weintrauben …«

Şükrü Efendi kam, den Bauch wippend, auf die Beine. »Ich mache Elif das Reh zum Vorarbeiter. Was die als Tagelohn bekommen, wird auch sie erhalten, und sie wird euch bewachen.«

»Haben wir gehört, haben wir gehört«, riefen sie.

»Wenn ihrs gehört habt, hört auch das«, sagte Elif das Reh, »ich salze euch ein, damit ihr nicht stinkt. Heute bin ich euer Vorarbeiter, und wenn ihr deswegen platzt.«

Gegen Abend des ersten Tages erzählten die Vorarbeiter Şükrü Efendi, wie meisterhaft die Leute arbeiteten. Nach elf Tagen war die Arbeit beendet, waren die Oliven eingesammelt. Die auf Bastmatten von jeder Familie aufgehäuften Oliven wurden gewogen, und der Buchhalter zahlte den Lohn für jeden Okka Oliven aus.

Die Pflücker hatten in dieser Gegend schon oft Oliven eingesammelt, aber noch nie so viel Geld dafür in die Hand bekommen. Auch Elif das Reh war ganz stolz. Noch nie hatte sie so viel Geld verdient.

Auch Meister Arsen, der lange nicht mehr gesehen worden war, ließ sich wieder blicken. Schon früh am Morgen, kurz vor Tagesanbruch, begann der Blasebalg zu fauchen und verstummte, wenn die Hammerschläge auf den Amboss knallten.

Seitdem Meister Arsen auf der Insel war, hatte er viel getan und, Gott sei Dank, gut verdient. Treffer hatte von jedem Angelhaken ein Dutzend gekauft und viel Geld dafür auf den heiligen Amboss gezählt. Auch von den Küstendörfern waren viele Fischer gekommen, hatten Angeln und Harpunen kaufen wollen. Die meisten von ihnen hatten zur Mannschaft fortgezogener griechischer Fischer gehört oder waren ihre Partner gewesen. Die Harpunen hatten sie schon für die Jagd auf Schwertfische im April, Mai nächsten Jahres in Auftrag gegeben. Der Meister hatte auch ohne Auftrag Harpunen geschmiedet und sie übereinander an der Wand gestapelt. Wenn die Zeit der Jagd auf Schwertfische naht, sind Harpunen gefragt. Und seit die Griechen fort waren, hatte es in dieser Gegend keine Schmiede mehr gegeben. Harpunen zu schmieden, war eine schwierige Kunst, und mancher gute Schmied ließ es lieber sein.

Nordwind und Meister Arsen waren schon am Tage der Ankunft des Meisters auf der Insel Freunde geworden. An jenem Tag kamen sie gemeinsam zu Nordwinds Haus, setzten sich zusammen, besprachen die Reparatur der Windmühle und tranken den von Lena gebrühten schaumgekrönten Mokka. Nordwind zählte fünf Goldstücke in die Hand von Meister Arsen.

»Ist das nicht ein bisschen viel?«, fragte Meister Arsen.

»Was drüber ist, gibst du mir zurück, Meister.«

Meister Arsen machte sich auf in die Werkstatt, und Nordwind setzte sich auf eine der Pritschen unter den Platanen, behielt das Haus des Agaefendi im Auge und wartete mit der Hand auf dem Herzen darauf, dass die Tür sich öffnete und Zehra die Treppe herabstieg. Liebe heißt das, Liebe! Wer sie nicht kennt, wundert sich über diesen eigenartigen Zustand. Endlich ging die Tür auf. Nordwind hörte Zehras Schritte, sie eilte mit dem Eimer in der Hand sehr schnell die Treppe hinunter. Er taumelte, wusste nicht, was tun. Zehra stellte ihren Eimer unter den Wasserhahn. Als sie sich bückte, weil der Eimer voll war, fasste sich Nordwind endlich: »Ich werde die Windmühle reparieren lassen, Meister Arsen wird bald damit beginnen, die Flügel …« Er stockte. Seine Stimme zitterte. »… die Flügel werden blau. Wenn der Wind weht, werden sie zu einer Sonne, einer blauen Sonne.« Den Rest sprach er sehr schnell: »Wenn ich und du uns auf den Mühlstein setzen … die jungen Schwalben … werden kreischen.«

Zehra lächelte. Nordwind flog vor Glück. »Das Meer ist spiegelglatt, Regen wird wüten. Ich werde ans Meer … Du auch. Zur Mühle, in Ordnung?«

Während Zehra mit dem Eimer davonging, neigte sie den Kopf nach vorn, lächelte, das hieß: In Ordnung.

Nordwind erhob sich, blau, weiß, orangefarben glänzende Flügel drehten sich in seinem Kopf, er wusste nicht, wohin sich wenden. Er sah Vogelnester in den Zweigen der Platanen, und jetzt erfasste ihn ein leichter Schwindel. Er machte einige Schritte, lehnte seinen Rücken an den Stamm und schloss die Augen. Neben ihm, um ihn herum erstarrten im eisigen Schnee zu Tausenden aufrecht stehende Soldaten, und er selbst wird aus dem Schnee geschaufelt. Mit ihm ein ganzes Regiment … Er hat es noch im Ohr, das ohrenbetäubende Rauschen und Pfeifen der vom Himmel herabschießenden, zu einem Knäuel geballten Adler.

Er stand da und überlegte, plötzlich entschloss er sich und machte sich auf den Weg zu Kerim. Zum Hause von Kerim, mit den Teppichen aus Isparta, samtenen Sesseln, Tischen aus Nussbaum, Bildern an den Wänden und einem Grammofon mit Schalltrichter. Peri und Kerim hatten ihn schon durchs Fenster gesehen und empfingen ihn an der Tür.

»Ich bitte zu entschuldigen. Ich sollte schon längst da sein, um Sie willkommen zu heißen!« Er schaute Kerim ins Gesicht. Ja, dieser Kerim war als Erster auf die Insel gekommen. Er hatte nach Abbas gefragt und die Katze vorgefunden. Dem ersten Kerim hatte er damals verziehen. Der Kerim, der zum zweiten Mal kam, wurde von Treffer entdeckt, er blieb auf dem Boot und fuhr zurück, ohne an Land zu gehen. Und was die fünf schwarz gekleideten Männer wollten, niemand wusste es. Warum waren sie in dieser Aufmachung gekommen, warum hatten sie sich so benommen, warum waren sie so auffällig wieder gegangen? Warum war Kerim mit einem Mädchen hergekommen, obwohl er wusste, dass er erkannt, ja getötet würde, ohne töten zu können? Er sah nicht aus wie einer, der zum Töten gekommen war. Seine Miene war ruhig, selbstsicher, gelassen. Benimmt sich jemand in diesem Alter so, wenn derjenige, den er töten will, seinen Weg kreuzt? Nur beim Mädchen blitzten immer wieder die Augen auf, ihre Miene bekam einen flehentlichen Ausdruck. Verrieten sich Frauen immer so? Frauen konnten, wenn sie wollten, sich besser tarnen als Männer. Ihr Gesicht aber war abwechselnd rot und bleich geworden, kaum dass sie ihn erblickt hatte. Oder war es Nordwind nur so vorgekommen? Der Duft im Mörser zerstoßenen Kaffees füllte das ganze Haus. Nordwind bekam bessere Laune. Der Kaffee war heute morgen geröstet und zerstoßen worden. Bestimmt wurde Treffer erwartet. Oder jemand anders?

Nordwind hatte ihnen alles, und sie hatten ihm alles erzählt, ausgenommen, dass sie gekommen waren, ihn zu töten. Auch dass sie vorher schon auf diese Insel gekommen waren, nach jemandem namens Abbas gesucht hatten, doch nur eine Katze mit Namen Abbas gefunden hatten. Und wieder ohne von Nordwind danach gefragt zu werden, sagte er: »Ich bin mit der großen Menschenmenge an Bord eines Kutters gekommen, alle dicht gedrängt mit Kind und Kegel. Dass die Insel so nahe war, hatte ich vergessen. An der Anlegebrücke mietete ich mir ein Boot, und als die Menge sich der Insel näherte, legten wir auf der anderen Seite an.« Nordwind war ratlos, er konnte diesem Mann ja nicht sagen, einem Mann, der gekommen war, zu töten, dass alles ganz anders war! Er musste mit Treffer darüber reden. Er stand auf, Kerim und Peri geleiteten ihn bis zur Gartenpforte.

Nordwind, völlig durcheinander, eilte zu Treffer. Doktor Salman Sami fing ihn in der Tür ab.

»Treffer ist auch hier und auch der Lehrer, los, gehen wir gleich zur Schule. Dieser Lehrer ist ein großartiger Mann, er hat die Schule bestens eingerichtet, Fibeln, Hefte, Schreibstifte, nagelneue Bänke, Bücher, Wandtafeln, Kreide. Los, Freunde, Nordwind Bey ist auch gekommen, gehen wir uns die Schule mal anschauen!«

Das Gebäude glänzte bis hin zu den Treppenstufen vor Sauberkeit. Auch die meisten Schulbänke waren nagelneu. Überall duftete es nach frisch geschälten Balken.

»Am Monatsanfang beginnen wir mit dem Unterricht, so ist es in der ganzen Türkei«, sagte der Lehrer.

»Wir werden jeden Tag kommen und beim Unterricht zuhören.«

»Der Tierarzt meinte, er werde hier auch unterrichten, bis die Lehrer vollzählig da sind.«

»Pech für den Tierarzt«, brüllte Doktor Salman Sami. »Ich werde nämlich bis ans Ende aller Tage unterrichten. Wir dürfen dankbar sein, dass wir nur einen Lehrer gefunden haben …«

»Wenn Treffer lesen und schreiben könnte, wer weiß, welch guten Lehrer er abgegeben hätte!«

»Vielleicht ist es besser, dass er nicht lesen und schreiben kann. So kann er den Kindern, die dem Schulalter entwachsen sind, den Jünglingen und Alten Unterricht im Fischfang geben, und unsere Insel wird ein Fischerdorf. Er lässt seine Augen ja nur einmal übers Meer wandern, sagt: hier Blaubarsch, da Unechter Bonito, dort Rotbrasse. Wir fahren hin und fangen die angesagten Fische. Das ist noch nie schiefgegangen, kein einziges Mal.«

»Wie geht das, sieht er von Weitem unters Wasser?«

»Vielleicht erkennt er es am Gekräusel der Oberfläche des Meeres, am Dunst, an den Farben, was weiß ich … Er sagte mir: Ich gebe für dich mein Leben, aber dich das zu lehren, bin ich nicht fähig. Ich weiß ja selbst nicht, was es ist und wie ich es gelernt habe. Hier gibt es diesen Fisch, denke ich mir, wenn ich übers Wasser blicke, und wenn nicht?, frage ich mich voller Angst. Wir fahren hin, und wie von mir vorausgesagt, wimmeln dort die von mir genannten Fische. Keine Ahnung, was da los ist. Und wen willst du das lehren, und wie? Und dennoch kann er jene, die Fischer werden wollen, zu Meistern machen.«

Nordwind fragte den Lehrer: »Wie viele Kinder wurden bis jetzt zum Schulbesuch angemeldet, Lehrer Bey?«

»Fünfundsechzig«, antwortete der Lehrer.

»Es werden noch mehr«, sagte Salman Sami. »Fünfzehn bis zwanzig Häuser stehen noch leer. Auch ohne neuen Zuzug auf die Insel ist die Zahl der Kinder bald hundertundfünfzig. Zählen wir die Mädchen? Wie viele Mädchen hast du notiert, mein Hodscha?«

»Ich habe gar keine notiert, Doktor Bey.«

»Als wir hier lebten, war diese Schule eine Mädchenschule. Die Knabenschule stand neben den Villen der Pfeffersäcke. Mit den Villen hat Kavlakzade auch die Schule abgerissen. Wir werden alle Mädchen in diese Schule mit übernehmen.«

»Sie werden sie nicht schicken, Doktor Bey«, sagte der Lehrer.

Dem Doktor, der eben noch ganz ruhig gesprochen hatte, kam plötzlich die Wut hoch. »Wie gehorsame Esel werden sie die Kinder herschicken, oder sie werden die Insel verlassen. Wir können in dieser großen Zeit nicht mehr so gänseköpfig weitermachen. Entweder wir bilden uns wie die Europäer, oder wir gehen unter. Dieses Land ist zurückgeblieben, sehr zurückgeblieben.«

Nordwind gab ihm recht. »Was nützt es dem Mann, der lesen kann, wenn die Frau es nicht gelernt hat? Ein Land, dessen Frauen nicht lesen können, kommt zu nichts, wie gebildet die Männer auch sein mögen.«

»So ist es«, wiederholte der Doktor wütend. »Wir werden für Frauen und auch für Männer, die nicht lesen und schreiben können, Kurse abhalten. In diesem Zeitalter darf es in diesem Land keinen Menschen, besonders keine Frauen mehr geben, die nicht lesen und schreiben können!«

»Die Luft beginnt kühl zu werden«, sagte Doktor Halil Rifat Bey. »In den nächsten Tagen wird die Schule eröffnet, wir brauchen einige Öfen. Woher bekommen wir Feuerholz?«

»Geld für Öfen haben wir. Sogar Kachelöfen der Griechen können wir auftreiben. Mutter Lena und Vasili erzählen, die Griechen sammelten jedes Jahr, bevor der Winter kam, im Olivenhain, im Tannenwald, im Granatapfelgarten genügend trockenes Holz für jedes Haus. Auch wir werden Holz sammeln, und wenn es nicht reicht, in der Stadt zukaufen.«

Wer von sieben bis siebzig laufen konnte, eilte zum Holzsammeln in den Olivenhain, in den Tannenwald, in den Granatapfelgarten. Nur Treffer ging zu den Feigenbäumen. »Du wirst schon sehen, Sultan«, sagte er zu seiner Frau, »zu den Feigenbäumen geht keiner. Sie wissen, dass die Äste der Feigenbäume in ihren Händen und unter ihren Füßen brechen. Aber die Äste verdorrter Feigenbäume sind hart wie Marmor und glühen im Feuer länger als jedes andere Holz …«

»Ist das so?«, wunderte sich Sultan. »Wird das Innere eines Feigenbaumes nicht faulig weich?«

»Ein saftiger Baum ist im Innern weich, aber wenn er austrocknet, ist er härter als ein Nussbaum, also hart wie Marmor. Und die Glut hält sich länger als die Glut vom Olivenholz, vom Nussbaum, von der Eiche.«

Nordwind ging zum Agaefendi, Zehra öffnete die Tür: »Bitte, Vater ist drinnen.« Sie trat beiseite, Nordwind ging hinein. Der Agaefendi, der Nordwinds Stimme gehört hatte, kam aus seinem Zimmer und hieß ihn willkommen.

»Ich hätte ein Anliegen.« Sie setzten sich einander gegenüber.

»Wir und die Doktoren werden Kapitän Kadri und Vasili in die Stadt schicken, um Brennholz für den Winter zu kaufen. Soll ich für Sie auch Holz kaufen lassen? Um Sie das zu fragen, bin ich gekommen.«

»Ich weiß nicht, wie viel Holz wir diesen Winter benötigen werden.«

»Mutter Lena und Vasili sagen, dass der Winter sehr hart sein kann, in manchen Jahren soll der Schnee bis zum Frühling nicht auftauen.«

»Mädchen, bringt mir meine Geldbörse!«

»Vorerst nicht nötig, mein Efendi. Vasili wird uns allen die gleiche Menge kaufen. Wenn das Holz geliefert ist, bezahlen Sie.«

Plötzlich duftete es stark nach Kaffee. Es war der Geruch von frisch geröstetem, im Mörser zerstampftem Kaffee. Nesibe brachte den schaumbedeckten Kaffee zuerst Nordwind, Nordwind nahm ihn nicht. Auf Nordwinds Beharren brachte sie ihn zum Agaefendi. Das Tablett wanderte zwischen beiden eine Weile hin und her, am Ende musste der Agaefendi seinen Kaffee nehmen. Sie hatten kaum ausgetrunken, da stand Nordwind schon auf, der Agaefendi geleitete ihn zur Tür, die Zehra ihm lächelnd öffnete. Nordwind stieg die Treppe hinunter ins Freie und spürte im Inneren eine Leere. Auch in seinem Kopf entstand plötzlich eine Leere. Nordwind wendete sich zum Olivenhain, folgte dem Lauf der Quelle, stapfte über die blau blühende Poleiminze bis zum Ursprung des Wasserlaufs. Wieder spürte er in sich diese Leere. Plötzlich fiel es ihm ein! Als er

Zehra gesehen, als Zehra gelächelt hatte – wo waren diese Bilder geblieben? Die blutigen Brüste, die herunterstürzenden, kreisenden, rauschend im Sinkflug niedergehenden, nah am Boden die weiten Schwingen ausbreitenden, dann die zuckenden Brüste schnappenden Adler … Verschwunden! Ein schon fast beklemmendes Glücksgefühl überwältigte ihn. Er eilte im Laufschritt hügelab. Seine Beine lenkten ihn zu den Agaefendis.

Als er sich setzte, fragte der Agaefendi: »Mein Junge, nimmst du ein kleines Getränk?«

Nordwind sprang sofort wieder auf die Beine. »Nachher, mein Efendi, ich komme gleich wieder«, rief er.

Nein, sagte er sich, ich habs nicht gesehen … Er ging die Treppe hinunter, murmelte etwas, fragte sich, ob er bei den Agaefendis etwas verraten hatte. Zehra hatte wieder geöffnet und ihn herzlich angelacht. Er musste sie sehen, Zehras Brüste, noch einmal, noch einmal. Unbedingt! Vorbei, sagte er sich, alles vorbei. Und wie schnell. Alles haben die Adler fortgetragen. Auf der Insel ist nicht ein einziger Adler zurückgeblieben.

Mit fadenscheinigen Gründen ging er drei Mal zu Agaefendis, jedes Mal öffnete Zehra die Tür, und kein einziges Mal kamen von den Himmeln Adler herab, tropfte Blut aus ihren Hakenschnäbeln in den Sand. In jener Nacht schlief er ein, kaum dass er seinen Kopf aufs Kissen gelegt hatte. Als in der Frühe die Hähne des Morgenrots krähten, wachte er auf. Auf der Insel hörte er zum ersten Mal einen Hahnenschrei. Er fühlte sich in seine Kindheit zurückversetzt, als habe er den Berg Allahüekber noch nie gesehen, als habe er am Massaker der Jesiden nicht teilgenommen. Und die rasenden Bluträcher suchten ihn auch nicht mehr, um ihn zu töten. Die ganze Welt war hell und klar. Er fühlte sich wie neugeboren, wie von allem gereinigt. Im Morgengrauen schritt er am Meeresufer entlang und hörte das Knirschen der Kiesel nicht. Als der Rand der Sonne sichtbar wurde, ging er am Hause Zehras vorbei. Nicht einmal das merkte er. Erst als er die Stimme des Agaefendi hörte, schreckte er zusammen.

Der Agaefendi hatte das Fenster geöffnet und rief: »Nordwind, die Kinder haben das Frühstück vorbereitet, nehmen wir es doch gemeinsam ein.« Als er in den Salon trat, machte der Agaefendi große Augen.

»Mein Junge, was ist mit dir, so kenne ich dich gar nicht! Dein Gesicht ist wie das eines siebenjährigen Kindes so arglos, ja blitzblank wie neugeboren, was ist mit dir geschehen?«

»Die Adler sind davon«, antwortete Nordwind. »Sie flogen über den Ararat und den Zauberberg Kaf davon.«

Zehra und Nesibe reagierten wie der Vater. Zehras Herz hüpfte vor Freude, und diese Freude füllte alle Räume.

»Hast du gute Nachricht erhalten? Dein Gesicht leuchtet. Nimms mir nicht übel, mein Sohn, dass ich so neugierig frage, was ist los mit dir?«

»Irgendetwas ist geschehen, aber ich weiß nicht, was. Die Adler sind fort. Ich fühle mich blitzblank.«

Nesibe neigte sich an Zehras Ohr, der Agaefendi und Nordwind hatten ihnen ihre Rücken zugekehrt. »Was will er damit sagen?«

»Ich bin ein anderer Mensch geworden, meint er.«

»Mädchen, kommt doch zu Tisch!«

»Wir kommen, Vater, der Tee brüht noch.« Sie füllten die Gläser, die auf einem silbernen Tablett standen, und der dampfende Tee duftete so stark, dass jeder meinte, noch nie einen so köstlichen Tee getrunken zu haben. Seit Jahren hatten sie nicht so gut gefrühstückt.

Nordwind ging gemächlich die Treppe hinunter, schlug den Weg zum Meeresufer ein, stapfte über den Kieselstrand zum Anleger und schweifte von dort in die Umgebung. Er fühlte sich so leicht wie noch nie in seinem Leben. Er kam nach Hause, Lena umarmte ihn. Er wurde schläfrig, so schläfrig, dass er im Stehen hätte einschlafen können. Aber er ging wieder hinaus und suchte Şerife Hanum auf. Als sie das Gesicht von Nordwind gewahrte, schien sie eigenartig gerührt. Sie stand auf, lief ins Haus und kam mit einem Stuhl zurück, den sie neben den ihren stellte. »Setz dich, Bruder«, sagte sie, »sei willkommen.«

Nordwind setzte sich, Şerife Hanum setzte sich auf ihren Stuhl daneben. Sie begannen die rundum auf den Leinen hängenden Kelims zu betrachten, versanken in ihren Anblick, bis zum Abend, bis sie nicht mehr zu sehen waren.

Als Nordwind nach Haus zurückkam, sagte Lena: »Der kleine Doktor war da. Du sollst ins Haus des großen Doktors zum Essen kommen. Und ich hatte für dich ein so köstliches Fischragout gekocht.«

»Schade. Nun, dann gehe ich jetzt.«

»Alles Gute, mein Sohn. Du wolltest Mustafa Kemal Pascha doch einen Brief schreiben, hast du geschrieben?«

»Jetzt gehe ich erst einmal zu den Doktoren, und über den Brief, den wir Mustafa Kemal Pascha schreiben werden, reden wir noch …«

»Schreibt Mustafa Kemal Pascha: Wenn er meine Kinder nicht für zwei, drei Tage schicken kann, soll er sie mir für einen Tag schicken. Es reicht, sie einmal aus vollem Herzen zu beschnuppern. Sagt Mustafa Kemal Pascha: Um ihre Söhne zu sehen, sie wenigstens einmal zu beschnuppern, ist Lena ihrer Verbannung nach Griechenland entkommen, ist ins Meer gesprungen, und als sie am Ertrinken war, hat sie ein Schiffsführer, ein Lase, gerettet und auf ihre Insel gebracht.« Lena straffte sich, wurde laut, so hatte Nordwind sie bis jetzt noch nie erlebt. Sie war zur Tigerin geworden. »Sagt ihm: Wie ich bei meiner Verbannung nach Griechenland ins Meer gesprungen und auf meine Insel gekommen bin, werde ich auch hier ins Meer springen, nach Ankara kommen und Kemal Pascha am Kragen packen. Ihr seid doch hochgestellte Männer, schreibt alles so, wie ich es gesagt habe.« Sie sagte es auf Türkisch und übersetzte es hinterher ins Griechische. Als sie griechisch sprach, klang ihre Stimme so eindrucksvoll, dass Nordwind Gänsehaut bekam.

Noch völlig durcheinander, kam Nordwind zu den Doktoren. Er

wollte gerade von Lena erzählen, da kam Treffer herein. Auch Treffer schien verstört.

»Was ist passiert, Treffer, was ist mit dir geschehen?«, fragte Doktor Salman Sami.

»Ich hatte Nordwind gesucht. Er ist zu den Doktoren gegangen, sagte Lena. Plötzlich explodierte sie: Sagt Mustafa Kemal Pascha, wenn er meine Söhne nicht schickt, wird er schon sehen! Und sie schüttete mir ihr Herz aus.«

»Das erzählte ich gerade«, sagte Nordwind. Und er berichtete in allen Einzelheiten ihr Leben seit ihrer Flucht aus Griechenland bis zu ihrem Leben auf der Insel und fügte hinzu: »Einen solchen Menschen gibt es kein zweites Mal. Ich liebe sie wie meine eigene Mutter. Als sie heute kam, schrie sie plötzlich: Ich will meine Söhne haben! Nun weiß ich nicht, was ich für sie tun kann.«

»Schwierig«, seufzte Doktor Salman Sami.

»Schwierig«, seufzte Doktor Halil Rifat.

»Gibt es denn gar keine Möglichkeit?«, fragte Nordwind.

»Gibt es«, sagte Treffer überzeugt. »Überlasst es mir, ich werde mit Lena sprechen. Und sie von dem bitteren Gift in ihrem Innern befreien. Lena ist unerschütterlich in ihrem Glauben, ihre Söhne seien nicht gestorben. Sonst würde sie sich nicht so an Mustafa Kemal Pascha klammern.«

Doktor Salman Sami sagte: »Treffer wird sich also um sie kümmern. Kommen wir jetzt zu unserem persönlichen Anliegen! Habt ihr euch schon in der Schule umgeschaut?«

»Natürlich«, antwortete Nordwind. »Wo haben Sie bloß die Schulbänke aus Nussbaum aufgetrieben? Ihr habt alle fünf Klassenräume der Schule eingerichtet. Alles ist vollständig, Hefte, Schreibstifte, Kreide, Radiergummi, Schwämme. Nur eine Wandtafel fehlt noch.«

»Mit den Mädchen übersteigt die Anzahl der Schüler die hundertundfünfzig. Es ist möglich, dass einige ihre Kinder nicht eingetragen haben, denn sie schicken sie zum Hüten der Lämmer von Schafen und Ziegen auf die Weiden.«

»Auf der Insel gibt es doch keine Lämmer …«

»Auch wenn es keine gibt, es ist Gewohnheit. Drei Klassen haben wir geöffnet. In einer wird der Lehrer unterrichten. In der zweiten Halil Rifat Bey, in der dritten meine Wenigkeit. Wir werden auch Kurse für Frauen und Männer einrichten, auf dieser Insel wird es keinen mehr geben, der nicht lesen und schreiben kann.«

»Gut und schön, aber in meinem Alter kann ich nicht mehr lesen und schreiben lernen.«

»Brauchst du auch nicht«, meinte Doktor Salman Sami. »Du bist in aller Herren Länder herumgekommen, hast die Meere, die Ebenen, Berge und Wälder abgefahren und die Herzen von Menschen in zweiundsiebzig Völkern für dich gewonnen. Was willst du mehr auf dieser Welt!«

»Ich bitte dich«, wehrte Treffer ab. »Wer bin ich schon? Ein armer Tropf, der als Trottel in diese große Welt gekommen ist und sie als Einfaltspinsel wieder verlassen wird.«

»Jetzt übertreibst du aber, Veli der Treffer«, rief Nordwind.

»Wer bin ich schon«, sagte Treffer bescheiden, ja verschämt. »Diese Welt ist so voller Geheimnisse, wir wissen ja nicht einmal, wer wir selbst sind. Heute gibts uns, und morgen vielleicht schon nicht mehr. Darüber hinaus machen wir noch Kriege, bringen uns gegenseitig um, als wären wir unsterblich. Dabei wissen wir nicht einmal, was ein Leben ist, wie lange es dauert. Ist ein Leben nicht so lang wie ein Augenaufschlag?«

»So sagt es Yunus Emre«, meinte Doktor Salman Sami.

»So soll er gesagt haben«, nickte Treffer. »Was wir auch sagen oder auch nicht sagen – leeres Gewäsch, nicht länger als ein Augenaufschlag.«

Doktor Salman Sami war verärgert. »Stimmt, Treffer, wie ein Augenaufschlag. Aber ist da nicht ein kleiner Fehler? Ich bin blutüberströmt aus einer Hölle auf diese Insel gekommen. Am Tag meiner Ankunft bin ich zusammengebrochen. Aus stockdunkler Finsternis fiel ich plötzlich ins Licht hinein. Hier roch es nicht nach

Pulver und Blut, sondern es duftete nach Veilchen, Poleiminze und Heckenrosen. Dann brachten Fischkutter und Dampfer blutverschmierte Verwundete, die Insel roch wieder nach Blut. Kein Verwundeter will sterben. Auch die keine Augen, Beine oder Augen mehr hatten, deren ganzer Körper in ein Sieb verwandelt war, wollten nicht sterben. Auch jene, die schrien: Tötet mich!, wollten nicht sterben. Rette mich, Doktor, rette auch mich, brüllten sie. Und oft waren ihre letzten Worte: Ich will nicht sterben, ich will nicht sterben! In dieser Welt ist für den Menschen nichts leer, denn wie er die Leere selbst geschaffen hat, füllt er sie auch selbst. Für ihn ist das Füllen der Leere der glücklichste Schöpfungsakt. Auf diese Welt kommt jeder nur einmal. Jeder weiß, dass es sein erstes und letztes Mal ist, und ist doch glücklich darüber. Wir sind früher nie hierhergekommen und werden es in Zukunft auch nicht mehr. Aber wären wir nicht gekommen, würden wir dieses Licht, dieses Meer, diese Helle nicht erleben!«

»Und diese Liebe«, sagte Nordwind in Gedanken versunken. »Wir wüssten nichts von diesem Genuss, zu leben, von dieser Frische des Tagesanbruchs, der Morgenbrise, von diesem Glück, das Flügel verleiht. Wie gut, auf diese Welt gekommen zu sein. Wir kamen nur einmal, auch dafür tausend Dank.«

»Das kann ich nicht verstehen«, sagte Salman Sami. »Sagen wir doch lieber: Wir sind einmal gekommen, genießen wir es tausendmal … Oh, diese Schwarzseher!«

»Wer einmal erlebt hat, wie sich die Menschen an das Leben krallen, weiß, was es heißt, zu leben.«

»Hätten wir den Krieg um die Dardanellen nicht erlebt, den tausendfachen Tod, die Schwerverletzten, wo hätten wir denn sonst gesehen und erfahren, wie verzweifelt sich die Menschen ans Leben klammern? Junge Menschen, die sich noch nicht sattgelebt haben … Hatten wir uns nicht auch genau wie sie mit aller Kraft an das Leben geklammert?«

»Ich habe drei Söhne in den Krieg geschickt, sie kamen nicht wieder. Ich bin desertiert und habe mein süßes Leben gerettet. Weil ich ein beherzter Mann bin, genieße ich das Leben in dieser Welt. Meine Söhne waren nicht so beherzt, dafür bedaure ich sie sehr. Die Welt leben heißt, unter welchen Bedingungen auch immer, eine Unendlichkeit leben, sagte unser General im Jemen. Weil er ein sehr kluger Pascha war, hatte der Padischah eine Riesenangst vor ihm und verbannte ihn an der Spitze einer Armee in den Jemen.«

»Ja, das stimmt«, sagte Salman Sami, »auf die Welt kommen heißt eine Unendlichkeit erleben. Der Padischah hat damit diesen klugen Mann in den Jemen geschickt, anstatt ihn zu töten.«

»So ist es«, sagte Doktor Halil Rifat. »Der schwer verletzte Cemşit aus Erzurum, der in der Kirche lag und mit dessen Tod wir jede Minute rechneten, hing so an seinem Leben. Als wir ihm, der schon keine Arme und Beine mehr hatte und keine Luft mehr bekam, sagten, er sei über den Berg, brüllte er: Ich wusste es, dass ich nicht sterben würde! Damals spürten wir im tiefsten Innern, was Leben für einen Menschen bedeutete. Wer keine Kraft des Willens zum Leben hat, müsste Cemşit aus Erzurum erlebt haben, er wäre vor Lebensfreude in die Luft gehüpft.«

»Die Todesangst liegt allem Bösen, das die Menschen treiben, zugrunde«, rief Salman Sami zornig.

»Allem Guten auch …«, setzte Nordwind an.

»Schweig, du Anfänger«, schrie Salman Sami, und Nordwind senkte den Kopf und schwieg. »Verzeih mir, Nordwind, kann aus Angst überhaupt Gutes entstehen? All diese Tollheiten, die das Menschenkind gebiert, diese Bosheiten, Kriege, Erniedrigungen des Menschen durch den Menschen, Grausamkeiten des Menschen an dem Menschen, Ausbeutung des Menschen durch den Menschen, geschehen aus Angst vor dem Tod. Im Kern des Menschen ist Liebe, vom Scheitel bis zur Sohle. Nur weil die Todesangst so tyrannisch ist, kann der Mensch den Menschen und seine Welt töten.«

»Und das alles aus Todesangst, ist es so?«

»So ist es«, sagte der Doktor leise, »leider ist es so, Nordwind, mein Freund. Nimms mir nicht übel, ich rede wieder zu viel!«

In der Schule wimmelte es wie im Bienenhaus, jeder hatte seine Töchter und Söhne geschickt. Die Kinder trugen ihre blauen Kittel und ihre weißen Kragen. Nach dem Krähen der Hähne füllte auch das Geschwätz der Kinder die Insel, die immer lebendiger und fröhlicher wurde.

Die Insel war nie windstill, die Flügel der Windmühle standen fast nie. Wenn eine Brise aufkam, drehten sich die Mühlenflügel so schnell, dass sie nicht mehr zu erkennen waren. Vom Süden und Südwesten stürmten der Lodos und der Schirokko. Vom Norden der Nordost oder Nordwest, und auch der Südsüdost oder Nordnordwest wirbelte die gelben und rötlichen Blätter vor sich her. Nach wenigen Tagen war die Erde mit Blättern bedeckt, die grasgrüne Insel verfärbte sich quittengelb. In Senken, Gräben, Pferchen, vor Mauern und Wänden türmte sich das Laub. Über der Insel ballten sich schwarze Wolken, ein Sturm brach los, das Meer schwoll an, die Wellen brandeten gegen die Platanen. Die Brecher rissen den halben Anleger mit. Es wurde nasskalt, in den Kaminen wurde Feuer gemacht. Die Schornsteine rauchten, der Wind trug den Rauch fort.

Tagelang schlugen die Wellen gegen die Insel, brachen Sturmböen Äste von den Bäumen, danach fielen schwere Regentropfen vom Himmel, zog ein Duft von Erde über die ganze Insel, der die Menschen berauschte. Auch wer den Geruch von Erde gut kannte, war von diesem Duft so berauscht, dass er sich wünschte, seine letzten Tage in so einem Duft verbringen zu können, verwarf diesen Gedanken aber sofort wieder.

Nach einigen aus schwarzen Wolken fallenden großen Tropfen ergoss sich jetzt ein flächendeckender Regen. Es wurde so dunkel, als sei plötzlich die Nacht hereingebrochen, und drei Tage und Nächte ließ der Regen niemanden zur Ruhe kommen. Niemand wagte sich ins Freie, und der Not gehorchend, schnappten sich die Bewohner die verzinnten, mit Wasser gefüllten Schnabelkännchen und eilten auf den Abort im Haus. In diesem wütenden Regen durch den Schlamm im Freien auszutreten, war zu schwierig geworden. Es regnete und donnerte so, dass sie meinten, dieser Regen würde die ganze Insel fortschwemmen. Hoch über ihnen donnerte es andauernd, grelle Blitze schlugen ein, dass die Insel in ihren Grundfesten wankte.

Sogar Doktor Salman Sami, der so oft Regen erlebt hatte, staunte. Sogar Nordwind, der in der Çukorova die Langschwänzigen Regen und Vierzig-Tage-Regen erlebt hatte, wunderte sich über dieses Unwetter.

Doch eines Morgens legte sich der Regen. Alles war wie gewaschen, strahlende Sonne überall. Das ganze Volk war im Freien. Die Schulkinder hatten ihre Schuhe nicht angezogen, sie befürchteten, der Schlamm würde sie beschmutzen. Dass die Straßen und der Platz mit bunten Kieseln bedeckt waren, fiel ihnen gar nicht auf. Die Helle nach dem Regen ist die schönste, eine blitzblank glänzende, eine andere Helle. Der Mensch kann alles vergessen, die Helle nach dem Regen vergisst er nie. Heute roch das Meer anders, sein taufrischer Duft drang dem Menschen bis ins Knochenmark.

Niemand war zu Hause geblieben. Überall heiteres Lachen und Geplauder.

»Musa Kazim Beyefendi«, sagte Doktor Salman Sami. »Schauen Sie sich diese Menschen an. Sie haben nichts, sind dem Hunger, der Unterdrückung, dem Tod entkommen und sind von dieser Welt so begeistert, schauen Sie, wie sie sich freuen, hören Sie, wie sie plappern. In dieser Helle töten sie die Grausamkeit, ja den Tod. Das ist es, was ich letztens den Freunden erzählte. Ihr Glück geht auch auf uns über! Kann ein Mensch, der aus der Hölle der Dardanellen kommt, überhaupt glücklich sein? Ja, er kann!« Er schwieg und holte tief Luft.

Die Menge blieb im Freien, bis es so dunkel wurde, dass die Hand vor den Augen nicht mehr zu sehen war.

Der stürmische Südwest trieb einige Tage lang die Meereswellen gegen die Insel, anschließend stürmte der steife Nordnordwest, gefolgt vom orkanartigen Nordnordost, und dann fiel wieder Dauerregen. Die Gewitter verzogen sich, nach einer Weile legte sich der Regen. Und als sie eines Morgens aufstanden, war ringsum die Insel schneeweiß. Zweige und Stämme, das Meeresufer, die Kieselsteine: milchweiß. Der schwache Glanz der Schneeflocken flimmerte in der Luft, lag auf dem Meer. Und wieder wehten Brisen aus Süden, Norden, Ost und West, trieben Wellen umher, und mit den Brisen begann es so dicht zu schneien, dass die Kutter nicht auslaufen konnten. Gut, dass man jetzt auf die Vorräte an Rosinen zurückgreifen konnte.

Je länger es schneite, desto mehr vereiste auch die Erde. Mit dieser Kälte hatte keiner der Neusiedler gerechnet, obwohl Vasili jeden gewarnt hatte: »Hier bekommen wir die Kälte Thraziens zu spüren, eine Kälte, die den fliegenden Vogel in der Luft erstarren lässt.«

Die Kälte machte den Leuten zu schaffen. Das im Olivenhain, im Tannenwäldchen, unter den Tamarisken, den Granatapfelbäumen und im Weinberg gesammelte Trockenholz hielt in dieser eisigen Kälte nicht lange vor. Als das Brennholz aufgebraucht war, blieben sie eine Weile im Bett. Kaum hatten sie gegessen und getrunken, schlüpften sie wieder unter die Decke.

Hasan der Fahnenflüchtige machte sich auf ins Dorf, holte jeden aus dem Bett.

»Was soll ich davon halten«, rief er, »aus dem Eis von Sarikamiş rettete ich mich mit Zucker, aber die Kälte auf dieser Insel ist schlimmer als die in Sarikamiş. Wie viel Zucker ich auch esse, ich bin sicher, die hiesige Kälte wird mich zu Eis erstarren lassen. Ich kann, wenn die See sich beruhigt, in mein Boot steigen und flüchten, aber was werdet ihr tun, was eure Kinder? Werdet ihr eure Betten nie mehr verlassen, und eure Kinder, werden sie in der Schule erfrieren?

Auch das Brennholz der Doktoren, auch das vom Agaefendi und vom guten Nordwind und selbst das vom Treffer ist verbraucht. Noch ehe ein Monat vergeht, werden wir hier vor Kälte sterben.«

Das Klagen von Hasan dem Fahnenflüchtigen berührte alle. Er sprach so nicht nur zu den Neuankömmlingen, sondern auch zu den Doktoren, zu Nordwind, den er mehr liebte als sein eigenes Leben, sogar zu Treffer, dem Weisen der Weisen, der die ganze Welt bereist hatte. Und jeder gab ihm im Innersten recht, auch wenn er es ihm nicht ins Gesicht sagte. Ja, es musste ein Ausweg gefunden werden.

Als der Schnee immer dichter fiel, die See sich immer wilder gebärdete, erloschen nach und nach die Rauchfahnen aus den Schornsteinen. In einem der Häuser wohnte ein alter Sägewerker, der eine gut verpackte Säge mitgebracht hatte. Obwohl die Nachbarn sich an ihn gewandt hatten, war er nicht bereit gewesen, Fichten im Nadelwäldchen zu fällen. Die Nachbarn bedrängten ihn, doch der alte Sägewerker ließ sich nicht erweichen. Schließlich bedrohten sie ihn. Er antwortete: »Ich bin ja schon tot. Wenn einer schon acht Enkel hat, fürchtet er das Sterben nicht.« Sie wollten seine Säge kaufen, aber wie viel Geld sie ihm auch anboten, er verkaufte sie nicht. Hasan der Fahnenflüchtige tauchte auf und fragte: »Wollt ihr dem Mann die Säge abkaufen? Schickt Treffer zu dem Sägewerker, der kauft die Säge, als zöge er ein Haar aus der Butter, und gibt sie euch. Wenn ihr wollt, lässt er von dem Sägewerker sogar die Bäume fällen.«

Trotz Schnee und Eis machten sich vier Alte auf, gingen ins Haus von Treffer, wo einer ihm ihr Anliegen in allen Einzelheiten vortrug.

»Also los, Freunde«, sagte Treffer. »Gehen wir doch zum Sägewerker und fragen wir ihn mal, warum er die Säge nicht herausrückt.«

Was sahen sie im Haus des Sägewerkers? Acht Kinder, drei junge Frauen und eine alte lagen unter den Decken und zitterten. Der Sägewerker hatte sich einen alten, abgewetzten Soldatenmantel um die Schultern gelegt und kauerte in einer Ecke. Als er sah, wer da kam, stand er auf: »Bitte, meine Agas, kommt und setzt euch. Ihr seid willkommen.«

Treffer setzte sich und lehnte seinen Rücken in das Sitzkissen. Nachdem er seine Begleiter vorgestellt hatte, sagte er: »Gib uns deine Säge, Freund.«

»Ich war nicht eigensinnig, aber ich gebe sie nicht her.«

»Schau dir doch diese Kleinen an, wie sie zittern! Wenn du uns diese Säge gibst, kannst du im Ofen knisterndes Feuer machen. Und diese Kleinen werden nicht wie krumme Hunde zittern. Solange diese Offiziere hier sind, ist die Axt zu nichts nütze, denn der Lärm ist überall zu hören, und die Offiziere greifen nach ihren Pistolen und stürmen auf uns los. Obwohl ich für Nordwind, als er noch der alte Nordwind war, alles tat und ich auch für diesen verrückten Doktor mehr war als ein Bruder, werden sie beim ersten Schlag mit der Axt nach ihren Pistolen und Flinten greifen und uns alle vernichten. Die haben an der Front in Blut gebadet, für sie ist es einfacher, einen Menschen zu töten, als einen Baum zu zersägen. Wenn du im oberen Nadelwald alle Bäume absägst, hört es hier niemand. Deine Söhne sind in den Schlachten als Helden gefallen, sollen deine Enkel denn in dieser Scheißkälte krepieren? Rück diese Säge raus!«

»Ich kann nicht.«

»Deine Enkel werden in dieser Scheißkälte erfrieren! Bevor ein Mensch stirbt, sollen doch tausend Wälder umkommen!«

»Darum geht es nicht.«

»Dann sag uns, worum es geht, damit wir es auch verstehen!«

»Sagen schon, aber danach werdet ihr meinen Kragen loslassen?«

»Erzähl, ich bin gespannt!«

»Ich war jung und hatte einen Freund, mit dem ich in dichten Wäldern für Seefahrer Zedern fällte. Als wir arbeiteten, erschien ein weißbärtiger, hochgewachsener alter Meister mit hell leuchtenden Augen und blieb bei uns stehen. Haltet ein, sagte er, ich habe euch ein, zwei Worte zu sagen. Wir hörten auf. Der Weise sprach, seine Stimme ging zu Herzen. Hört mir zu, auch ein Baum lebt und ist genau wie eine Person einmalig. Fällt ihn, wenn er verdorrt, also gestorben ist. Wer einen frischen Baum fällt, wird nicht erlöst, seine Sippe und alle Angehörigen auch nicht. Lebt wohl. Ich habe euch gesagt, was ich sagen wollte … Und er verschwand, als habe er Flügel. Danach fällte ich weiterhin Bäume, bis auf den heutigen Tag. Meine Brüder zogen in den Krieg, kamen nicht zurück, meine Söhne, die Söhne meiner verschollenen Brüder, nicht ein Einziger meiner Sippe, der zu den Soldaten gegangen war, kehrte heim. Alle jungen Burschen meines Dorfes wurden gemustert, nur drei kamen zurück. Und sie waren kriegsversehrt, zu nichts zu gebrauchen. Ich kann die Säge nicht herausgeben. Und wenn meine Enkel hier sterben, sollen sie wenigstens vor meinen Augen sterben.«

»Verkauf uns die Säge, wir geben dir so viel Geld, wie du haben willst!«

»Ich kann sie nicht verkaufen. Das kann ich meiner zukünftigen Sippe nicht antun. Seit Jahren trage ich diese Säge auf meinem Rücken. Habe sie bis hierher geschleppt. Niemand anders wird mit meiner Säge Bäume fällen.«

»Gehen wir!«, sagte Treffer, »dieser Mann ist nicht ganz richtig im Kopf. Damit in Zukunft seiner Sippe nichts geschieht, lässt er seine Enkel erfrieren.« Und an den Sägewerker gewandt: »Du willst ein Sägewerker sein? Warum hast du die Säge nicht unterwegs ins Meer geworfen oder in Stücke gebrochen?«

»Sie ist mein altbewährter, treuer Diener. Du bist ja ein guter, liebenswerter Mann, aber deine Schultern drücken auch viele Sünden. Wer weiß, wer weiß, wie viele Fische du aus dem Meer geholt und getötet hast. Viele Bäume habe ich zersägt, aber du hast noch mehr Fische gefangen.«

»Ja, ich fange Fische, füttere damit meine Enkel und verkaufe den Rest. Mit dem Geld kaufe ich Zucker und Holz. Ich lasse die Meinen nicht vor Kälte sterben. Hast du verstanden, du altes, grausames Gespenst!« Wutschnaubend gingen sie ins Freie.

Tief gebeugt gingen sie durch das Schneegestöber zu den Platanen.

»Ich gehe jetzt zu Meister Arsen«, rief Treffer. »Wenn er keine fertige Axt hat, werde ich ihn bitten, mir sofort eine zu schmieden.«

»Kauf uns auch je eine Axt, Treffer, das Geld dafür werden wir dir eines Tages zurückzahlen.«

»Wird gemacht«, sagte Treffer. »Gehen wir zusammen zu Meister Arsen, vielleicht hat er Äxte vorrätig. So erfahrene Meister kommen doch nicht ohne Axt auf so eine menschenleere Insel.«

Als sie die Schmiede erreichten, hatte sich jeder in einen Schneemann verwandelt. Treffer vorneweg, betraten sie die Werkstatt. Meister Arsen betätigte mit einer Hand den Blasebalg, dass die Funken sprühten, dann nahm er mit der Winkelzange das glühend rote Eisen aus dem Schmiedefeuer und begann es mit dem Handhammer zu formen. Und während die andern sich den Schnee abklopften, legte er das Eisen wieder in die Glut.

»Willkommen, Freunde!«, rief er, »habt ihr einen Wunsch?«

»Viele Wünsche, mein Meister«, antwortete Treffer. »Wir brauchen Äxte.«

»Ein Schmiedemeister kommt doch nicht ohne Äxte in diese Gegend!« Er ging zur Kiste, öffnete sie. »Da sind viele Äxte, und was für welche! Ich hatte jede einzelne in Istanbul, als ich nichts zu tun hatte, mit Mühe und Sorgfalt geschmiedet. Sucht euch je eine aus. Ich habe auch Stiele mitgebracht, einer davon reicht, damit könnt ihr die anderen Axtstiele selbst schlagen. Aber schaut, ich habe hier schon drei Stiele gefunden.«

Jetzt drängte sich Haydar vor. »Gib mir einen dieser Stiele!«, sagte er. »Ich komme aus den Bergen der Tausend Stiere. Beim Militär nennt man sie die Berge des Taurus. Früher nannte man uns in diesen Bergen Holzsoldaten, jetzt sagen sie Holzfäller. Seit wir denken können, fällen wir Bäume und sägen Holz. Schon unsere Großväter, ja auch die Urgroßväter und ihre Ahnen taten dasselbe. Gebt mir eine Axt in die Hand und kümmert euch nicht um den

Rest! Und nehmt es auch jenem Sägewerker nicht übel, er ist kein geborener Holzsoldat, er wurde wie ein Zweig dahingebogen. Die aus einem Zweig Dahingebogenen sind ihrer Arbeit schnell überdrüssig und fantasieren sich einen weißbärtigen Heiligen herbei und kehren ums Leben nicht zu ihrer Arbeit zurück. Das sind keine geborenen Holzfäller. Die haben es nur gelernt ...«

Er nahm einen Hammer und einige Hufnägel in die Hand, ging hinaus und schlug die Axt auf den Stiel: »Solange diese Bäume auf dieser Insel wachsen und ich diese Axt in meiner Hand habe, wird in keinem Haus auf dieser Insel mehr gefroren!«

»Und wenn die Doktoren und die Offiziere die Axt im Walde hören ...«

»Meine Axt macht keinen Lärm. Und wo kein Lärm ist, wird er nicht gehört. Ich geh jetzt in den Tannenwald, wer das Herz hat, sammle hinter mir Feuerholz!«

»Die Offiziere haben nicht mehr die Kraft, wütend zu werden«, meinte Meister Arsen. »Vor zwei Tagen musste die Schule geschlossen werden, seit zwei Tagen lachen die Doktoren nicht. Sie haben nicht einmal Holz, um noch Essen zu kochen. Wenn sie die Axthiebe hören, binden sie sich noch Schellen um und tanzen!«

Mit seiner Axt in der Hand verließ Haydar die Schmiede, ging nach Haus, legte sein Arbeitszeug an und zog einen Soldatenmantel drüber. Dunkelbraun, die Brauen gerunzelt, mit Adlernase, hellen Augen, hoher Stirn, breiten Schultern, hohem Wuchs, kräftigen Handgelenken und großen Händen. Ihm war gleich anzusehen, dass er ein starker Mann war. Sah man ihm ins Gesicht, fiel gleich sein buschiger Schnauzbart auf. So sah Treffer ihn, die Axt geschultert, dem Tannenwald zustreben.

Am Morgen des übernächsten Tages sah man aus den Schornsteinen der drei Häuser nahe der Windmühle Rauch aufsteigen. Am dritten Tag waren es schon neun Rauchfahnen. Es war windstill, die Insel glitzerte unter der Schneedecke. Die blauen Rauchfahnen stiegen steil in den Himmel. Die Insel machte einen fröhlichen Eindruck. Zu guter Letzt rauchten auch die Schornsteine der Doktoren. Nordwind und Treffer freuten sich darüber. Auch der Tierarzt …

Die Schule hatte wieder begonnen, und auch aus den Ofenrohren der Klassenzimmer stieg der Rauch. Die Gassen des Dorfes, der Platz bei den Platanen, wo anstatt der Pflastersteine verschiedenfarbige Kieselsteine den Boden bedeckten, lagen unter Schnee. Die Kinder, die aus den warmen Häusern in den Schnee gelaufen waren, bewarfen sich auf dem Weg zur Schule mit Schneebällen. Seit die Inselbewohner in der Fremde waren, hatten sie noch nicht so warm überwintert.

Dichte Wolken aus dem Norden ballten sich über der Insel. Das blendende Glitzern des Schnees erlosch, aus vier Richtungen wehten Brisen. Die aus den Schornsteinen senkrecht aufsteigenden Rauchfahnen legten sich je nach Böe Richtung Süden, Norden, Westen oder Osten, gerieten durcheinander, trennten sich, stiegen wieder, wirbelten in die Höhe und sanken in sich zusammen. Und wieder fiel Schnee in dichten Flocken, es wurde wärmer. Als es aufhörte zu schneien, begannen die wärmenden Brisen wieder zu wehen. Noch bevor der Tag sich neigte, vereiste die Erde, rauchten die Schornsteine nicht mehr. Die Schreckensbotschaft, die Nadelbäume gingen zur Neige, machte die Runde. Die Menschen suchten wieder Schutz unter den Bettdecken. Dass die Nadelbäume zur Neige gehen könnten, daran hatte noch niemand gedacht. Zuerst waren sie darüber erstaunt, danach glaubten sie es nicht. Und keiner von ihnen hatte den Mut, sich im Tannenwald davon zu überzeugen. Bis schließlich der Holzwerker Haydar und die anderen Holzfäller, die Äxte in den Händen, mit hängenden Schultern und langen Gesichtern unter den Platanen die Hiobsbotschaft bekannt gaben.

Holzwerker Haydar erhob sich.

»Freunde«, rief er, »dieser Winter hat sich als hart erwiesen. Wer hätte erwartet, dass auf dieser Insel der Winter so hart werden wird und der riesige Tannenwald so schnell zur Neige geht? Die Kälte hier kommt aus Thrazien. Die Kälte aus Thrazien ist schlimmer als die Kälte in Erzurum. Und die Kälte auf dieser Insel ist unheilvoller als die Kälte in Thrazien. Fünf große Tannen haben wir stehen lassen. Warum? Bekommen wir feuchtes Holz und feuchte Sträucher in die Hände, die fangen ohne geharztes Tannenholz nicht an zu brennen. Um Holz anzuzünden, muss geharzte Tanne unter den Holzstoß gelegt werden.« Er stellte sich auf die Zehenspitzen und ließ seine Augen über die Menschenmenge wandern. »Ihr werdet euch fragen: Wie kann ein Hain von Tannen so schnell zur Neige gehen? Und ich, dessen ganze Sippe aus Pionieren besteht, dessen Vater und Großvater auch Sägewerker sind, sage euch: Tannenholz verbrennt schnell. Gäbe es Eichenhaine, hätten wir bis zum Frühling nur die Hälfte von dem verbrannt, was wir verfeuert haben.«

Er schwieg, ließ den Kopf sinken und dachte eine Weile nach. »Ich gehe kurz irgendwohin, bin gleich zurück.« Er bahnte sich eine Gasse durch die Menge, verschwand hinterm Röhricht. Die Doktoren empfingen ihn stehend und boten ihm einen Sessel an.

»Meine Doktoren, ich bitte euch um Rat. Wie Sie wissen, ist der Kiefernhain abgeholzt, ich habe nur fünf Bäume stehen lassen für Kienholz. Auch wenn man mich tötet, ich werde diese Kiefern nicht fällen und von niemandem fällen lassen. So, wie feuchtes Kiefernholz brennt, brennt auch feuchtes Olivenbaumholz … Denn es ist auch harzig. Es verglüht nicht so schnell wie Kiefern.«

»Was willst du?«, fragte Salman Sami.

»Das ganze Volk wartet auf dem Platz am Anleger. Wenn es so weitergeht, werden Sie viel zu tun haben. Vom jahrelangen Herumtreiben sind alle geschwächt, es wird auch Todesfälle geben.«

Beide Doktoren schauten Haydar dem Sägewerker ins Gesicht. »Woher weißt du, dass feuchtes Olivenbaumholz so gut wie Kiefer brennt?«, fragte Doktor Salman Sami.

»Wir sind im Taurus zu Haus. Auf den mittelmeerseitigen Hängen wachsen viele Olivenbäume. Wenn wir in die Çukorova hinunterzogen, zogen wir feuchtes Olivenholz fürs Lagerfeuer vor. Auf diesen Bäumen wachsen wilde Oliven, sie werden nicht geerntet.«

»Warte du hier auf uns«, bat Salman Sami.

Die Doktoren gingen hinaus, und als sie nach einer Weile zurückkamen, waren beider Mienen finster. Wer sie anschaute, begriff sofort, dass sie Schmerzliches besprochen hatten. Auch Haydar taten sie leid. Hätte ich diesen Freunden doch nicht gesagt, dass die Olivenbäume harzig seien, dachte er sich.

»Grämt euch nicht, meine Doktoren. Die Menschenmenge wartet dort bei den Platanen. Ich habe ihnen nichts versprochen, sagte ihnen nur, wartet hier auf mich, und kam zu euch.«

Die Doktoren gingen noch einmal hinaus und kamen bald wieder zurück. »Meister Haydar«, sagte Salman Sami. »Meister Haydar, eine andere Lösung gibt es nicht. Nehmt eure Äxte und geht in den Olivenhain. Was sollen wir tun? Das Schicksal hat es so gewollt.«

»Ich weiß es, Doktor Bey, die Olive ist eine Himmelsspeise. Die Bäume, die wir im Taurus fällten, trugen wilde Oliven.«

»Zuerst werdet ihr Feuerholz in die Schule bringen.«

»Zu Befehl, mein Doktor!« Auch Meister Haydar blutete das Herz. Er kam unter die Platanen, wo eine schweigende Menschenmenge wartete. Sie sahen ihn, aber niemand rührte sich. Er nahm seinen alten Platz ein, stellte sich auf die Zehenspitzen und ließ seine Augen wieder über die Menge wandern. »Für alles gibt es eine Lösung. Das Holz des Olivenbaumes brennt auch, wenn es feucht ist, nur müssen unter das Holz ein, zwei Kienspäne von der Kiefer gelegt werden.« Danach erzählte er ihnen, dass sich die Glut von Olivenholz nach Eichenholzglut am längsten hielt. »Wäre uns der Olivenbaum nicht eingefallen, hätten wir diesen Winter nicht überlebt. So, und nun geradewegs unter die Decken! Der erste Rauch wird morgen früh aus den Ofenrohren der Schule aufsteigen. Und danach wird zuerst in die Häuser der Kranken und Alten Holz verteilt.«

Die Menge fror, sie ging sofort auseinander, und keiner blieb im Freien.

Nur elf Sägewerker blieben draußen. Alles meisterliche Holzfäller, die sich mit Bäumen auskannten. Als sie sich zum Kiefernwäldchen aufmachten, um Kienspan zu schlagen, kam Vasili im Laufschritt hinter ihnen her. Er musterte sie so feindselig, dass sie sich unter seinen Blicken krümmten. »Euch rufen die Doktor Beys. Ihr sollt für fünf Minuten kommen und dann gleich zur Arbeit aufbrechen!«

Sie kehrten um.

»Mein Leben lang habe ich Bäume gefällt«, sagte Meister Haydar, »und alle meine Ahnen und meine Sippe waren Holzfäller. Das ist und war ihre Arbeit. Niemand kann die von mir gefällten Bäume zählen. Ich weiß, jeder Baum ist ein Leben. Hat jemand schon einen Waldbrand erlebt? Wenn sie brennen, schreien und weinen Bäume wie Menschen. Vor jedem Baum dieser Insel sage ich mir: Brächte der Herrgott mich doch um, bevor ich diesen Baum zersäge!«

Sie kamen zu den Doktoren. Doktor Salman Sami sagte: »Ihr habt einen ganzen Nadelwald gefällt. Gäbe es euch nicht, wäre ein Teil dieser Menschen bis jetzt gestorben oder krank. Habt ihr für diese Arbeiten von irgendjemandem Geld bekommen?«

»Wir haben von niemandem etwas genommen«, sagte Meister Haydar mit kaum hörbarer Stimme.

Doktor Salman Sami nahm einen Umschlag vom Tisch und reichte ihn Haydar. Meister Haydar druckste herum, da wies Salman Sami ihn zurecht: »Nimms, es ist dein gutes Recht, und es ist nicht einmal ein Zehntel deines Lohnes für diese Arbeit.«

Meister Haydar, ob er wollte oder nicht, nahm es an. So auch die andern.

»Die letzten Kiefern zu zersägen, bringe ich nicht übers Herz.«

»Wir machen das, Meister Haydar«, riefen sie wie aus einem Munde. »Du musst gar nicht mitkommen. Geh zu den Doktoren, wir bringen dir das Holz. In dieser Kälte hält man es ohne Arbeit sowieso nicht aus.«

Meister Haydar ging zu den Doktoren und erzählte ihnen den Grund seines Kommens.

»Das heißt, diesmal wird es zuerst bei uns rauchen.«

»Der erste Rauch ist euer«, nickte Meister Haydar.

Bald darauf kamen zwei Mann mit Holz in den Armen, warfen einen Teil davon in den Ofen und zündeten es gleich an.

Die blau gekachelten Öfen der Doktoren hielten die Wärme lang. Nach Haydar kam Nordwind zu den Doktoren. Bald auch Vasili und Treffer.

Doktor Salman Sami sagte: »Vasili, darf ich Sie bitten, den Agaefendi herzurufen, er stirbt jetzt vor Kälte. Beeilen Sie sich. Sagen Sie ihm, dass in unserem Ofen das Feuer knistert.«

»Ich hole den Agaefendi sofort. Er stirbt vor Kälte.«

Die Gespräche drehten sich um den Winter, die Kälte, das Holz. Als sie hitziger wurden, hörten die dumpf hallenden Schläge der Äxte auf.

»Meine Leute scheinen das Kienholz geschnitten zu haben und gehen jetzt zum Olivenhain. Ich werde die alten Bäume auswählen und zersägen.«

»Das ist überflüssig. Wenn der Winter so anhält, werdet ihr sie alle zersägen.«

»Ich werde sie trotzdem aussuchen. Vielleicht bessert sich das Wetter, und wir fällen sie nicht alle.«

Vom Olivenhain hallten Axthiebe herüber, Meister Haydar eilte dem Lärm entgegen. Die Holzwerker hatten bereits sieben Olivenbäume gefällt und die Äste vom Stamm gesägt. Meister Haydar hockte sich auf die Erde, schärfte sorgfältig seine Axt, machte sich dann zornig über einen alten, verwachsenen und verwitterten Olivenbaum her, und bald schon lag der betagte Baum am Boden. Haydar musterte ihn mit bedauerndem Blick: »Deine Zeit war abgelaufen, mein Freund, du warst zu alt. Jede deiner Oliven war klein wie eine Kichererbse, du bist niemandem mehr von Nutzen.«

Bis Mitte Februar hörte es nicht auf, zu schneien, die Axt im Walde verstummte nicht, und der Rauch aus den Schornsteinen versiegte nicht. Dann senkte sich der Frühling mit seinem Licht, seinen Blumen, seinem Duft, seinem lauen Regen, mit seiner ganzen Pracht hernieder auf die Insel.

Die Freundschaft zwischen Hasan dem Fahnenflüchtigen und Treffer wurde immer enger. Sie fuhren alle zwei Tage zum Fischen, liefen auch die Raue Insel an, tranken aus der Quelle und rechneten sich aus, wie lange die hier wachsenden wilden Olivenbäume ihrem Dorf nächsten Winter reichen würden. Aller Voraussicht nach reichten diese Bäume hier nicht nur einen, sondern zwei Winter, denn Meister Haydar war ein meisterlicher Holzfäller, bei dem nicht der kleinste Span als Abfall liegen blieb.

»Gut und schön«, sagte Treffer, »aber in unserem Olivenhain stehen höchstens noch fünfzehn Bäume. Und im Nadelwäldchen nur noch eine einzige Kiefer. Im nächsten Winter werden wir die Rebstöcke verfeuern …«

»Bald wird auf der Insel kein einziger Baum mehr stehen.«

In diesem Augenblick kletterten die blauen Ziegen die Felsen herunter, kamen dicht zu ihnen. Sie hatten auch ihre Lämmer dabei.

»Schau, unsere Freunde sind da.«

»Früher dachte ich, sie kämen herunter, um Wasser zu trinken. In Wirklichkeit wollen sie sich mit uns austauschen. Warum hat der heilige Hizir diese Ziegen hergebracht und hier ausgesetzt?«

»So genau weiß ich das ja nicht, aber seine Heiligkeit hat auf jeder Insel der sieben Meere andersfarbige Ziegen ausgesetzt. Alle unbewohnten Inseln dieser Welt sind voll von Hizirs Ziegen. Mit den sieben Farben des Regenbogens hat Hizir die Inseln belebt. Das sagten unsere Vorfahren. Grün, rot, gelb, orangefarben. Auf jeder Insel haben die Ziegen eine andere Farbe.«

Der Fahnenflüchtige war baff: »Ich kenne hellbraune Ziegen, schwarze Ziegen und auch weiße Ziegen«, sagte er.

»Die sind nicht vom heiligen Hizir«, rief Treffer.

»Nun gut, verspeist Hizir denn seine Ziegen in sieben Farben, trinkt er ihre Milch, was macht er mit diesen Ziegen, mit ihrem Fell, kleidet er sich damit, macht er ein Zelt daraus und wohnt darin?«

»Darüber weiß ich nichts. Wenn du so wissbegierig bist, geh hin zum heiligen Hizir und rede mit ihm.«

»Zeig mir, wo er sich aufhält.«

»Niemand kann das wissen. Über die Weltmeere hinweg galoppiert er auf seinem Grauschimmel. Ob er schläft oder nicht, ob er isst oder nicht, ob er verheiratet ist, ob er irgendwo wohnt, haben uns unsere Ahnen nicht gesagt. Wenn du mich fragst, der heilige Hizir wohnt im Paradies. Und wer im Paradies wohnt, nimmt kein Essen zu sich. Er würde ja das Paradies beschmutzen. Warum hat der Herrgott denn unseren von ihm aus Lehm geschaffenen Vater Adam aus dem Himmel gejagt?« Er schaute Hasan mit blitzenden Augen ins Gesicht. »Nun sag schon, warum jagte der Herrgott unseren Vater Adam aus dem Paradies?«

Hasan warf sich in die Brust und rief: »Das weiß ich genau. Da war doch auch Eva, die Frau unseres Vaters Adam. Was sie taten, weiß ich nicht. Ich weiß auch nicht, wie viele Jahrhunderte sie verheiratet waren und warum sie keine Kinder bekamen. Es wäre doch gut gewesen, wenn sie Kinder gehabt und das Paradies schöner gemacht hätten. Ich habe das nie begriffen.«

»Ich begreife es auch nicht«, sagte Treffer.

»Ist auch besser so«, nickte Hasan der Fahnenflüchtige. »Was mützt es uns, wenn wir es begreifen … Ich wills meinem Freund aber sagen: Unsere Mutter Eva hatte im Paradies eine schöne, stattliche, ja sehr stattliche Natter zur Freundin. Diese Freundschaft zwischen den beiden war wasserdicht, wie wir sagen. Nattern können sich unsterblich in Frauen verlieben, aber auch unsere Mutter Eva hatte sich unsterblich in die Natter verliebt. Unser Vater Adam wusste es wohl, aber was konnte er schon tun. Im Paradies war nur eine Mutter Eva, nur ein Vater Adam und nur eine Natter, sonst niemand, und diese Natter kam auch mit ins Brautgemach. Unsere Mutter Eva bekam keine Kinder von der Schlange, aber die Schlange bekam tausend Kinder, und die sind es, die den Krieg erfunden haben!«

»Schweig, Ungläubiger!«, brüllte Treffer. »Nein, erzähl mir das Ende dieser Geschichte, aber dann schweig, du Ungläubiger.«

»Du wirst mich nie zum Schweigen bringen. Mein Leben für die Schlangen, denn sogar sie töten sich nicht gegenseitig, wie es die Menschen tun.«

»Was geschah mit unserer Mutter Eva, als sie sich mit der Schlange paarte?«

»Danach entdeckte die Natter einen Apfelbaum, pflückte einen roten, nach Rosen duftenden Apfel, reichte ihn unserer Mutter Eva, aber diese nahm ihn nicht. Doch die Schlange, die ja schließlich eine Schlange ist, pries den Apfel so, dass unserer Mutter Eva der Mund wässerig wurde, so wässerig, dass Wildbäche über ihre Lippen flossen und sie schließlich den Apfel schnappte und zu unserem Vater Adam eilte. Nachdem sie unterwegs den halben Apfel schon gegessen hatte, gab sie ihm die restliche Hälfte. Unserem Vater Adam schmeckte der Apfel noch besser als unserer Mutter Eva. Sie suchten die Schlange auf und flehten sie an: Zeige uns den Apfelbaum. Die Schlange, schließlich eine Schlange, freute sich, eilte vorneweg zum Apfelgarten, wo diese Menschenkinder, die weder zu essen noch zu trinken wussten, so viele Äpfel verschlangen, dass ihre Bäuche anschwollen und sie einen Platz suchten, um sich zu entleeren. Das konnten sie schließlich nicht mitten im Paradies machen, der Gestank hätte den ganzen Himmel besudelt.«

»Schweig, du ungläubiger Kerl! Kann es im Paradies denn einen Apfelgarten geben?«

»Natürlich gibt es dort einen Apfelgarten. Der Herrgott sah, was da vor sich ging, und schimpfte: Hinaus, hinaus aus meinem Paradies. Und kaum waren sie aus dem Paradies geflohen und auf der Erde angekommen, hockten sie sich hin und ließen es so platzen, dass der Gestank sich auf der ganzen Welt verbreitete. Nicht einmal die Schlange konnte ihn ertragen und bohrte ihren Kopf in die Erde.«

»Schweig, Mensch, jetzt reichts!«

»In Ordnung, ich bin still. Als sie in die Welt kamen, pflügte Adam, damit sie sich ernähren konnten, die Erde, er säte, pflanzte Apfelbäume, sie bekamen Kinder, Enkel, und das waren Geschöpfe, die keinem anderen Geschöpf ähnlich waren. Sie kratzten sich gegenseitig die Augen aus, töteten einander, logen und stahlen. Sie machten einander zu Dienern und Sklaven, machten es sich auf Kosten anderer bequem, ernährten sich auf Kosten anderer, machten sich die Welt zur Hölle.«

»Mensch, halt den Mund, sage ich dir!«

»Ich bin gleich fertig. Sie haben alle Geschöpfe, außer sich selbst, getötet, die Bäume gefällt, verbrannt und die schönsten Vögel des Paradieses verspeist.«

»Das heißt, die Welt wurde wie die heutige.«

»Wie die heutige. Der Herrgott wurde darüber sehr wütend: Ich werde euch die Sintflut schicken, werde euch alle vernichten! Noah flehte ihn an, und den Rest kennst du ja.«

»Ich kenne das«, nickte Treffer.

»Da ist noch ein kleiner Rest, wenn du erlaubst …«

»Erzähl schon!«

»In der Arche Noah war wie alle anderen Geschöpfe auch ein Schlangenpaar. Im Schiff fingen sie wieder an, sich die Augen auszukratzen. Der Herrgott wurde wütend auf sie, durchlöcherte den Kiel des Bootes, das Boot nahm Wasser und drohte zu sinken. Eine Natter kam, stopfte ihren Schwanz in das Loch und hielt das Leck so lange dicht, bis die Taube mit dem Olivenzweig im Schnabel angeflogen kam.«

»Das heißt, all diese Dinge hat uns eine verliebte Natter eingebrockt! Und da wird noch gesagt, Nattern töten sei Sünde! Es wäre gut, wenn du das, was du mir da erzählt hast, auch Dengbey Uso erzählst. Er macht daraus eine Sage und singt sie türkisch und kurdisch in sieben Ländern.«

»Er kennt diese Sage. Einen Teil davon habe ich ja von ihm gehört. Er kennt auch die Sage von dem Mann, der das Unsterblichkeitskraut gefunden hat.«

»Auch ich kenne sie«, sagte Treffer stolz.

»Bestimmt ist deine anders als seine«, meinte Hasan der Fahnenflüchtige.

»Wenn du nach meiner fragst: Ein Doktor hatte die Arzneien für jede Krankheit schon entdeckt, am Ende machte er sich auf die Suche nach dem Unsterblichkeitskraut. Als er eines Tages in den Bergen unter einer Platane, wo er geschlafen hatte, aufwachte, was sieht er? Tausende Blumen vor sich. Unter ihnen die Stimme einer Blume, die sagt: Ich bin die Arznei der Unsterblichkeit, komm zu mir! Der Mann läuft zur Blume, streckt sich nach ihr, doch die Blume glänzt so sehr, dass der Mann seine Augen schließt. Als er sie bald danach öffnet, sieht er, dass die Blume sich mit den anderen vor ihm vermischt hat und verschwunden ist.«

Hasan der Fahnenflüchtige seufzte tief: »Nun, so geht es immer: Der Pferdewirt von Köroğlu findet das Lebenswasser, tränkt den Grauschimmel in dieser Quelle. Er legt die von Köroğlu erlegten Rebhühner ins Wasser, um sie zu rupfen, und die toten Rebhühner werden lebendig und fliegen davon. Köroğlu sagt: Das ist ja Lebenswasser, der Grauschimmel ist jetzt unsterblich. Er eilt zur Quelle, und die Quelle ist zu tausend Seen geworden ...«

Inzwischen waren alle Ziegen und Lämmer über die Felsen heruntergeklettert und scharten sich um sie.

»Ob wir eins dieser Lämmer schlachten, in der Glut von Olivenbaumholz rösten und dann verputzen?«

»Schweig still, du Ungläubiger, verspeist man denn ein Lamm des heiligen Hizir!«

»Verspeist Hizir wohl diese Ziegen?«

»Speist Hizir überhaupt?«

»Ich weiß es nicht, sag du es mir.«

»Ich glaube, eher nicht. Sonst kommt er nicht ins Paradies. Nehmen wir an, er hat gegessen, nehmen wir an, er ist in den Himmel gekommen, wohin geht er, wenn er muss?«

»Er verlässt das Paradies, kommt in die Mitte der sieben Meere, dort hockt sich der, Gott segne ihn, heilige Hizir auf dem Meer hin, behält die Zügel von seinem Pferd in der Hand, entleert sich, steigt auf seinen Grauschimmel Benliboz und reitet davon.«

»Dein Herzenswunsch ist: Diese Ziegenlämmer geröstet! Mich fährst du seit Tagen nur hierher, um die Ziegenlämmer zu verspeisen.«

»Ich habe dich hergefahren, um dir die Bäume zu zeigen. Hast du das Krähen der Hähne gehört?«

»Ich habs gehört. Was hat das mit Hizirs Ziegen zu tun? Hör zu, ich rede mit dir. Wenn du den Ziegen nur ein Haar krümmst, macht Hizir deine Augen blind, deine Ohren taub, lähmt er deine Beine, treibt er dich ins Elend. Dann packt er dich, bringt dich mitten in die sieben Meere und wirft dich in das Maul vom größten Fisch.«

»Schau, Treffer, mein Aga, wenn er das macht, tut er mir Unrecht. Wie kann der große Hizir Gottes mir so etwas Böses antun, nur weil ich eine seiner Ziegen gegessen habe? Ist das eine gerechte Strafe? Nimmt der Herrgott jemanden in sein Paradies auf, der einem Menschen so Grausames angetan hat? Nein! Und Hizir weiß das ganz genau. Ich bin Jahre auf See gewesen, bin vom dauernden Fischessen selbst zum Fisch geworden. Jahrelang habe ich die Meere abgefahren, habe keinen Hahnenschrei gehört. Doch nun höre ich den Hahnenschrei und weiß: Hizir liebt mich.«

Veli der Treffer senkte den Kopf und überlegte. Und er sagte nichts mehr. Er schob sein kleines Boot vom Strand ins Meer, stieg hinein. Und Hasan der Fahnenflüchtige folgte ihm.

Erst als die Hähne des Morgenrots krähten, wurde die Insel zu unserer Insel und das Dorf zu unserem Dorf.

Worterklärungen

Aga Offizierstitel; höfliche Anrede
Agaefendi Meister und Gebieter; höfliche Anrede
Allahüekber-Berge Gebirgszug nördlich von Sarikamiş
Bey Adelstitel; höfliche Anrede
Dardanellen (Hellespont) türkische Meerenge zwischen der Halbinsel Gallipoli und Nordwestanatolien, verbindet das Ägäische Meer mit dem Marmarameer
Dengbej wandernder Sänger und Erzähler
Dumlupinar türkische Stadt in Kleinasien; Schauplatz der gleichnamigen Schlacht, an deren Wendepunkt am 30. August 1922 das türkische Heer unter Mustafa Kemal den Griechisch-Türkischen Krieg endgültig für sich entschied; der 30. August wird in der Türkei seitdem als Zafer Bayrami, als »Tag des Sieges«, gefeiert
Efendi Gelehrter, Gebieter; höfliche Anrede
Emir Fürst
Enver Pascha (Ismail Enver) 22.11.1881–4.8.1922; Kriegsminister des Osmanischen Reichs und General im Ersten Weltkrieg, Weggefährte Atatürks
Gallipoli türkische Halbinsel; Schauplatz der gleichnamigen Schlacht im Ersten Weltkrieg, bei der das osmanische Militär die Invasion der Entente-Mächte aufhalten konnte; es starben rund 400 000 der insgesamt beteiligten 800 000 Soldaten
Fez Filzkappe
Ghasi Ehrentitel
Giaur Ungläubiger, im Islam Bezeichnung für Nichtmuslime
Hadschi Mekkapilger
Handschar Krummdolch
Hanum Frau
Hasan Izzet Pascha türkischer General in der Schlacht von Sarikamiş
Imam Vorbeter und Leiter der islamischen Gemeinde
Kalpak Husarenmütze
Khan Herrschertitel
Kelim Webteppich
Konak Residenz, Amtsgebäude
Kuruş kleine osmanische Münze
Lausanne Stadt in der Westschweiz; Ort des gleichnamigen Vertragsschlusses

vom 24. Juni 1923; in Lausanne wurden die Souveränität und die neuen Grenzen des türkischen Staates anerkannt und ein »forcierter Bevölkerungsaustausch« beschlossen, der die unfreiwillige Umsiedlung von rund 1,5 Millionen Griechen und 500 000 Türken völkerrechtlich legitimierte

Mustafa Kemal Pascha 19.5.1881–10.11.1938; seit 1935 als Atatürk, »Vater der Türken« bezeichnet; Osmanischer General, Gründer (1922/1924) und erster Präsident (1923–1938) der türkischen Republik

Okka osmanisches Handels- und Münzgewicht

Padischah Großherr, Titel des regierenden osmanischen Sultans

Para kleinste türkische Münzrechnungseinheit (17.–19. Jahrhundert)

Pascha höfliche Anrede im Generalsrang; Titel höchster osmanischer Würdenträger

Rais Oberhaupt, Präsident; höfliche Anrede, besonders für Schiffsführer

Sarikamiş nordanatolische Stadt; Schauplatz der verheerenden Niederlage des osmanischen Reichs gegen das russische Reich im Ersten Weltkrieg; von den 90 000 Soldaten der türkischen Dritten Armee, die auf Befehl Envers im Winter (29.12.1914–10.1.1915) gegen die überlegen ausgerüsteten 60 000 Russen in die Schlacht ziehen mussten, fielen rund 75 000; die meisten erfroren auf dem ungeordneten Rückzug in die Allahüekber-Berge

Schalwar Pluderhose

Scheich Führer eines arabischen Stammes, geistliches Oberhaupt

Serail Palast und Regierungssitz der osmanischen Herrscher

Sultan Herrschertitel im osmanischen Reich

Volkspartei 1923 von Mustafa Kemal gegründet, 1924 in Republikanische Volkspartei (CHP) umbenannt, bis zur Einführung des Mehrparteiensystems (Mai 1945) die einzige im türkischen Parlament vertretene Partei

»Mit diesem Zylus habe ich zum ersten Mal eine Insel zum Schauplatz meines Romans gemacht. Ich fragte mich: Wie kann ich am besten zeigen, welche Zerstörungen in diesem Jahrhundert an der Natur und den Menschen begangen wurden? Das geschah aber eher unbewusst. Ich konnte so den Prozess der Zerstörung sehr konkret verfolgen – den Niedergang der natürlichen Umgebung und parallel dazu des Zusammenlebens der Menschen.«

*

»Im ersten und zweiten Band wird nach der Vertreibung der Griechen die Insel neu besiedelt. Die Neuankömmlinge kennen ihre Geheimnisse nicht. Die Bäume, die Tiere, die Vögel sind ihnen fremd. Die alten Bewohner kannten seit dreitausend Jahren jede Blume. Aber wie soll ein frisch angesiedelter Bewohner aus der anatolischen Steppe all das wissen? Dass die Oliven zum Köstlichsten auf dieser Welt gehören, wie man den Weinberg pflegt und die Bienen gedeihen lässt, wo man Wasser findet und wie wertvoll das Leben auf einer Insel ist … Andere Menschen ziehen ein, sie haben andere Erfahrungen und andere Werte. Sie gehen anders mit der Natur um, und auch miteinander. In den ersten beiden Bänden unterstützen sie sich noch gegenseitig, achten sich, aber dann wird die Insel zur Wüste. Es bleibt nur kahler Felsen zurück. Und die Menschen werden einander zu Feinden. Denn die Natur ist ein schöpferischer Prozess, wenn man ihr freundschaftlich begegnet. Wenn man die Natur zerstört, zerstört sie den Menschen. Die Freundschaft verschwindet, die Liebe.«

*

»*Die Ameiseninsel* beginnt mit der Vertreibung der Griechen von der Insel nach dem Ersten Weltkrieg. Seit Jahrtausenden haben die Griechen sie bewohnt. Die Ausweisung kommt so unerwartet und schnell, dass sie ganz einfach nicht daran glauben. Darum leisten sie auch keinen Widerstand, als sie von einem Tag auf den anderen gehen und alles zurücklassen müssen. Der ›Bevölkerungsaustausch‹ zwischen Griechenland und der Türkei ist eine der großen verschwiegenen Tragödien der Geschichte. An die zwei Millionen Menschen wurden vertrieben. Ich stamme selbst aus einer Familie von Vertriebenen, die einst im Osten der Türkei wohnte und in die Çukurova ziehen musste. Diese Tragödie ist Teil meines Lebens und wurde Teil meines Werks. So kann man den ersten Band eigentlich mit zwei Wörtern kennzeichnen: Ökozid und Genozid.«

*

»Die Menschen in *Die Ameiseninsel* werden von den Alpträumen ihrer Kriegserlebnisse heimgesucht. Ich erzähle die Geschichte von Tausenden von Soldaten, die im Osten zu Eis erstarrten. Wie ganze Völker hingeschlachtet wurden. Ich zeige die Gewalttätigkeit. Warum töten Menschen einander? Woher kommt diese Brutalität? Aber es geschah auch Folgendes – das ist eine meiner liebsten Szenen: Während einer Schlacht in der mesopotamischen Steppe, mitten in heftigsten Feuergefechten, die Steppe ist in Aufruhr, die Schützenlinien und Geschütze stehen einander gegenüber und feuern pausenlos, kommt plötzlich eine riesige Gazellenherde aus den Bergen herunter. Und diese Herde stürmt direkt auf die Frontlinie zu. Tausende von Gazellen. In Panik vom Lärm der Geschütze wogt die Herde im Galopp nach links, nach rechts, wie Wellen im Meer. Aber dann, wie von einem Messer durchtrennt, verstummt aller Kriegslärm, die Geschütze schweigen, als sei Waffenstillstand. Die Gazellen ziehen unbehelligt zwischen den Fronten durch. Erst danach beginnt der Kampf aufs Neue. So endet dieses Kapitel. Tote Soldaten liegen in Haufen auf dem Schlachtfeld, ineinander verkrallt wie in einer Umarmung. Aber auf die Gazellen wurde nicht geschossen. Für mich ist das ein großartiges Zeichen. Denn wenn wir feststellen müssten, dass der Mensch der Gewalt völlig bedingungslos verfallen wäre und sie über jede Grenze hinaus verehrt, dann müssten wir den Menschen hassen.«

*

»Ich will mit diesem Zyklus die doppelte Tragödie nach dem Ersten Weltkrieg, im Westen und im Osten, erzählen. Weil die türkischen Medien letztlich vom Militär kontrolliert werden, fiel *Die Ameiseninsel* unter eine Art Bann. Die Zeitung Milliyet kaufte zwar für viel Geld den Vorabdruck, aber machte nicht die übliche Werbung dafür und kürzte die kurdischen Passagen weg. Es gab nur wenige Buchbesprechungen. Trotzdem wurden innert kürzester Zeit über 50 000 Exemplare verkauft. In Griechenland wurde das Buch ein großer Erfolg, und ich erhielt sogar einen Ehrendoktor dafür. Aber trotz alldem: Die politischen Absichten sind nebensächlich, man schreibt keine Romane, um die Leute zu belehren. Man schreibt einen Roman, um eine Tragödie zu erzählen. Um Menschen von anderen Menschen zu berichten. Der Roman ist selbst ein Mensch, eine Schöpfung.«

*

»Ich habe nie längere Zeit auf einer Insel gelebt. Aber schon seit den Siebzigerjahren arbeitete ich in meiner Fantasie an dieser Trilogie. Damals besorgte ich mir jedes erhältliche Buch über Inseln, auch wissenschaftliche Bücher. Außerdem kannte ich einige alte Leute, die mir Geschichten von ihren Inseln erzählten. So wurde ich allmählich zum Fachmann. Nach Abschluss des ersten Bandes war ich einige Zeit auf einer Insel im Marmarameer. Sie war zwar kleiner als ›meine‹ Ameiseninsel. Aber alles war, wie ich es mir vorgestellt hatte.«

Yaşar Kemal
»Sänger und Chronist seines Landes«

Yaşar Kemal wird 1923 in einem Dorf Südanatoliens geboren. Sein Vater ist ein wohlhabender, später verarmter Grundbesitzer, seine Mutter stammt aus einer Familie von Räubern und Briganten, die Not und Armut in die Berge getrieben hatte. Mit fünf Jahren erlebt er, wie sein Vater beim Gebet in der Moschee von dessen Adoptivsohn erschlagen wird. Nach dem Tod des Vaters lebt die Familie in großer Armut. Vier Geschwister sterben an Malaria.

Früh beeindrucken ihn die wandernden Volkssänger mit ihren Gedichten und Epen, bald improvisiert er in der gleichen Art Lieder. Um seine Lieder niederzuschreiben und festhalten zu können, lernt Yaşar Kemal Lesen und Schreiben – als einziges Kind seines Dorfes in einer zehn Kilometer entfernten Schule. Später arbeitet er unter anderem als Hirte, Traktorfahrer, Schuhmacher und Gehilfe eines Dorflehrers. Als Straßenschreiber in einer Kleinstadt verfasst er Briefe, Bittschriften und Dokumente für analphabetische Bauern.

1951 werden seine ersten Erzählungen in der Istanbuler Zeitung *Cumhuriyet* abgedruckt. Sie erregen großes Aufsehen, denn sie handeln vom täglichen Leben der Bauern und sind in der Umgangssprache geschrieben.

Als Journalist durchstreift Yaşar Kemal zwölf Jahre lang die ländlichen Gebiete Anatoliens. Er schreibt über die Armut, den Hunger, die Dürre und die Ausbeutung durch feudale Großgrundbesitzer. Noch nie sind solche Berichte in der türkischen Presse erschienen. Einige führten sogar zu Debatten in der Nationalversammlung.

Mit dem Roman *Memed mein Falke* wird er 1955 auf einen Schlag zum meistgelesenen Schriftsteller der Türkei. *Memed* bringt Kemal auch den Durchbruch in die internationale Literatur. Auf Empfehlung der UNESCO und des internationalen PEN-Clubs wird dieser Roman in über dreißig Sprachen übersetzt.

Yaşar Kemal wird mehrere Male von der türkischen Militärregierung festgenommen und gefoltert. Nach zahlreichen internationalen Protesten kommt er frei, um allerdings immer wieder wegen »separatistischer Propaganda« mit Gerichtsverfahren überzogen zu werden.

Yaşar Kemal wurde mit zahlreichen internationalen Preisen ausgezeichnet. 1997 erhielt er den Friedenspreis des Deutschen Buchhandels. Yaşar Kemal lebt und arbeitet in Istanbul.

Die Insel-Romane

Die Ameiseninsel · Der Sturm der Gazellen · Die Hähne des Morgenrots

»Yaşar Kemal hat uns ein Märchen zubereitet, das strahlt im gleißenden Schimmern des Mittelmeers. Er greift weit in die Geschichte zurück und befasst sich mit einem der brennenden Themen der Gegenwart: dem Verhältnis von Türken und Griechen. Den Türken wird er gerecht, den Griechen schenkt er seine Sympathie.« Neue Ruhr Zeitung

Der Memed-Zyklus

Memed mein Falke · Die Disteln brennen

Das Reich der Vierzig Augen · Der letzte Flug des Falken

Memed, der schmächtige Bauernjunge, wird zum Räuber, Rebell und Rächer seines Volkes. Ein Roman, der selbst wieder zur Legende wurde: In türkischen Kaffeehäusern wird er vorgelesen, wandernde Sänger erzählen ihn nach.

Der Baum des Narren

Kemals eigenes Leben ist ein epischer Stoff voller Dramatik und Abenteuer, der durch die Höhen und Tiefen des Landes führt. Er erzählt von den Menschen, die seinen Weg geprägt, und von den Büchern, die sein Werk beeinflusst haben.

Salman

In dieser großen Familiensaga hat Kemal das Schicksal Anatoliens und persönliche Erlebnisse verarbeitet. Er erzählt von den Wanderungen der Völker nach Krieg und Vertreibung, von Glück und Grausamkeit der Menschen.

Zorn des Meeres

Ein alter Mann und das Meer: Der Fischer Selim jagt auf dem Marmarameer seinem Traum nach. Gleichzeitig wird ein jugendlicher Mörder durch ganz Istanbul gehetzt.

Herausgegeben von Erika Glassen und Jens Peter Laut
Eine Initiative der Robert Bosch Stiftung

Die Türkische Bibliothek präsentiert Meilensteine der türkischen Literatur von 1900 bis in die unmittelbare Gegenwart. Ob Roman, Autobiografie, Kurzgeschichten, Gedichte oder Essays – alle Texte werden repräsentativ ausgewählt. Das Gewicht liegt dabei auf Autorinnen und Autoren, die in ihrer Heimat viel gelesen werden, die es aber im deutschsprachigen Raum noch zu entdecken gilt.

»Die Türkische Bibliothek ist beispielhaft ausgestattet. Jeder Band ist mit einem ausführlichen, kenntnisreichen Nachwort versehen. Im Internet sind zusätzliche Informationen bereitgestellt. Bravo, die bisherigen Veröffentlichungen machen Lust auf mehr!« *Christoph Burgmer, Deutschlandfunk Köln*

Adalet Ağaoğlu *Sich hinlegen und sterben*
Sabahattin Ali *Der Dämon in uns*
Oğuz Atay *Der Mathematiker*
Yusuf Atılgan *Der Müßiggänger*
Leylâ Erbil *Eine seltsame Frau*
Aslı Erdoğan *Die Stadt mit der roten Pelerine*
Memduh Şevket Esendal *Die Mieter des Herrn A.*
Erika Glassen und Turgay Fişekçi (Hrsg.) *Kultgedichte*
Erika Glassen und Hasan Özdemir *Im Reich der Schlangenkönigin*
Murathan Mungan *Palast des Ostens*
Börte Sagaster (Hrsg.) *Liebe, Lügen und Gespenster*
Ahmet Hamdi Tanpınar *Seelenfrieden*
Hasan Ali Toptaş *Die Schattenlosen*
Tevfik Turan (Hrsg.) *Von Istanbul nach Hakkâri*
Ahmet Ümit *Nacht und Nebel*
Halid Ziya Uşaklıgil *Verbotene Lieben*
Murat Uyurkulak *Zorn*

Newsletter bestellen auf *www.tuerkische-bibliothek.de*